被爱本加小身的人，

赋不见，都小小动。

有又儿

我炙热的少年

WO ZHIRE DE
SHAONIAN

有厌 著

上册

青岛出版集团 ｜ 青岛出版社

图书在版编目（CIP）数据

我炙热的少年/有厌著.—青岛:青岛出版社,2023.8
ISBN 978-7-5736-1204-5

Ⅰ.①我… Ⅱ.有… Ⅲ.①长篇小说－中国－当代 Ⅳ.①I247.5

中国国家版本馆CIP数据核字（2023）第108872号

WO ZHIRE DE SHAONIAN

书　名	**我炙热的少年**
作　者	有　厌
出版发行	青岛出版社（青岛市崂山区海尔路182号）
本社网址	http://www.qdpub.com
邮购电话	18613853563
责任编辑	郭红霞
特约编辑	孙小淋
校　对	李晓晓
装帧设计	千　千
照　排	梁　霞
印　刷	三河市良远印务有限公司
出版日期	2023年8月第1版　2023年8月第1次印刷
开　本	32开（880mm×1230mm）
印　张	15
字　数	418 千
书　号	ISBN 978-7-5736-1204-5
定　价	65.00元（全2册）

编校印装质量、盗版监督服务电话 4006532017　0532-68068050

目录 上 册

下 册 **目 录**

他是她藏了很多年未曾公之于众的秘密

楔 子

立夏，首都机场。

金色的建筑物如同守护着这座城市的战士，在阳光下光彩闪耀。不尽的人流裹挟着热浪，背后是悲伤的离别与喜悦的重逢。

今睢在最热的时候离开，又在最热的时候回来。就连负责接她的人都还是当初送她的人，仿佛她离开的时间不是两年，而是两天。

"国外没有理发店吗？"孟芮娉下车后迎过来，接过今睢的行李箱，一开口便是问这件事情。

今睢摸了摸自己的头发。以前，她的头发不算短，她绑马尾辫时发梢能扫到肩膀的位置。如今长发垂到了后背的中间处，黑亮且蓬松，衬得她脸庞娇小，皮肤越发白皙了。

"懒得剪。"今睢回答道。

今睢是个自制力、行动力很强的人，懒惰和拖延症在她的身上绝不可能存在。孟芮娉看着她，只说："挺好的。长发让你看起来更有女人味。"

话是这么说。但今睢才二十二岁，刚大学毕业，还很年轻。

今睡的行李箱很轻，孟芮婷把它提起来往后备厢里放时愣了一下。等两人坐到车里了，孟芮婷才故作轻松地问道："这次回来了就不走了吧？"

"嗯。可能会读华清的研究生，或者进科学院做项目。"今睡回答道。

孟芮婷比今睡高两个年级，是与今睡同在一间化学实验室的师姐。以前在华清大学时，两人都是"论文狂魔"，假期时为了课题的进度恨不得住在实验室里，久而久之便熟悉了。

两人顺着专业方向的问题聊了一会儿。孟芮婷很快注意到了那辆紧跟在后面的轿车，皱眉道："后面这辆车从我们离开机场时一直跟着吗？"

今睡抬眸瞥了一眼右侧的倒车镜，语气很淡地道："是陈宜勉安排的。"

孟芮婷一路上憋着没提的这个人，被今睡先提起了。孟芮婷微微地张嘴，又轻轻地合上，最后还是问道："在国外时也这样？"

今睡闭上眼，嗯了一声。

陈宜勉强势、霸道，根本没给她选择的机会，便以这种方式介入了她这两年的留学生活。

今睡在国外时的生活很单调，她绝大部分时间在实验室里，偶尔会参加同学间的聚会和短途旅行。她就当他安排的人不存在。

"那你们这算……？"孟芮婷犹豫着道。

才过了两年。过去的那批人还没被彻底遗忘，"今睡""陈宜勉"这两个名字对于他们来说算不上陌生。更何况好奇心作祟，大家对于浪子被甩后低迷、失意的桥段百听不厌。

关于今睡和陈宜勉的关系，孟芮婷比外人知道得具体一些，却同样不知道他们为什么会分开。分明他们一起拥有过无数快乐的时光。

"在你出国后，我见过他几次。"沉默许久后，孟芮婷小心翼翼地说，"他看上去没什么变化，但无论面对谁，都挺冷淡的。"

"听上去他过得不太好。"今睡想象着陈宜勉一个人的样子，慢慢地睁开眼，平静地说道。

你看，顽劣多情的陈宜勉惯会让女孩儿伤心。

今睡在家中休息了两天，周五一早，被孟芮婷拽出门参加毕业典礼。今睡在华清大学里只待了两年，其中大部分的时间泡在实验室里。她一直没住过学生宿舍，班里的同学，她有很多说不出名字。

反倒是大家都记得她，比她自己都要了解她和陈宜勉的那段情史。

孟芮婷老妈子似的把今睡塞到一张张的合照里，试图让今睡沾染一些烟火气，可她渐渐地发现，今睡跟摄影师都比跟班上的同学聊得火热。

准确地说，是摄影师很热情。

负责给今睡以及她的同班同学拍毕业照的摄影师是陈宜勉的朋友——池桉。池桉在双桥那边有一间摄影工作室，店名叫欵壹，虽然规模不大，但五脏俱全。过去，今睡常被陈宜勉带去欵壹，今睡跟陈宜勉一样，称呼池桉为"池哥"。

回国后没多久，今睡就碰见了陈宜勉的朋友，不是京市太小，而是陈宜勉认识的人太多。陈宜勉爱好广泛，做的事情也多，文身、摄影、赛车，对路边的流浪动物有善心，对朋友讲义气。

当然，与陈宜勉有来往的女生也多。毕竟他是导演系的，戏剧学院里美女众多，加上他英俊的外表，在异性往来中便更有优势了。

"池哥，我觉得她有些眼熟。"今睡被朋友喊走后，站在池桉旁边的助理晓雯挠了挠头，道。

"可不眼熟吗？暗房里的墙上挂着的照片中，有一多半拍的是她。"池桉言简意赅地总结道，"这是你陈哥的情债。"

晓雯闻言，瞪圆了眼睛。

池桉问："你觉得陈宜勉这人怎么样？"

晓雯想了想，说："高傲严肃、不近人情。看着脾气很坏，但做事很有分寸……是一个脾气很坏的绅士。"

"这是收敛了。刚读大学时，正是一个人玩得最野的阶段，更何况陈宜勉天生反骨，而今睢这个姑娘纯得要命，生活简单到只有学习。"

"陈宜勉这个游戏人间的浪子，在今睢的影响下一点点地迷途知返。结果小姑娘把他甩开，出国留学去了。"

"浪子难回头，但一旦回头，谁能拦住？陈宜勉痴情啊。"

池桉吸完烟，从台阶上跳下去跺了跺脚，接着对晓雯道："你跟过去照顾一下。我去找找那个情种。"

"放心。我一定好好照顾她。"晓雯盯紧远处，活动手腕，不知从哪里学的一身匪气。

池桉咋舌，说："想什么呢？我说的'照顾'，就是字面意思上的照顾。这姑娘陈宜勉稀罕着呢，你动她试试！"

"哦。"

孟芮婷让今睢站在校门口拍照留念时，有个脖子上挂着照相机的女生走过来了，说道："我帮你们拍吧。"

孟芮婷考虑到待会儿自己也要和今睢拍合照，便干脆地答应了。

今睢认出了这个女生是池桉的助理，点头应下，说："麻烦你了。"

"要不要抱着这个拍？"晓雯递过来一束鲜花，问她们。

"谢谢。"今睢说。

今睢平时话不多，愿意用笑容待人，但大多数时候她的眼神很冷淡，温柔中有一丝倔强。孟芮婷记得有人说过，一看到今睢，就会想到黄玫瑰，优雅、坚韧。

"领子歪了。"孟芮婷撤到一边后，看了一眼，又走近，帮今睢调整学士服的领口。

今睢顺势低头，看着孟芮婷先是帮自己调整了学士服的领口，又拨了拨自己的头发，连怎么样抱着花更好看也安排得明明白白，最后还坚持道："你要不要补一下口红提气色？"

今睢顺着她的意见来，冲晓雯说："不好意思，稍等我一下。"

"没关系的。"晓雯盯着阳光下耀眼的今睢，笑道。

晓雯不得不承认，今睢长得真好看。今睢的长相不是具有攻击性

· 4 ·

的长相，她的眉眼间带着让人心疼的疏离感，她即使穿着不比麻袋好看多少的学士服也好看。

晓雯正感慨着陈宜勉栽得不冤时，肩膀就被人拍了一下。

今天天气炎热，来人却携着一身冷气。他眉骨很高，平剑眉，眼窝立体，鼻梁挺直，长得很英俊，但眼神很淡。他冲晓雯抬了抬下巴，示意她把照相机给自己。晓雯在压迫性极强的气场中回过神，下意识地朝不远处补妆的女生看去。

两秒钟后，晓雯收回目光，小声地喊了一声"宜勉哥"，然后摘了照相机递了过去。

"行了。"孟芮娉后退一步，仔细地打量了今睢一番，轻轻一拍手，宣布道，"拍吧。"

今睢不敢乱动，生怕破坏了孟芮娉帮自己做的造型，说："你这强迫症简直……"今睢在看清前方拿着照相机的摄影师是谁时，立马噤声。

摄影师是陈宜勉。

陈宜勉穿着黑衣黑裤，这身形她太熟悉了，肩宽腰窄，被太阳晒得肌肉松弛，但挺拔有型，后颈笔直。他的手里夹着一根烟，没点，他懒洋洋地托着照相机，那张英俊的脸被照相机遮住了，但今睢知道，他在看她。

今睢是听话的、压抑着自我的。

而陈宜勉是狂傲的、特立独行的。

不过才过了两年，他们仍然是未出象牙塔的学生，身上被社会雕琢的痕迹并不多，但还是有的。今睢觉得，跟陈宜勉在一起的那两年像是一场暴雨，来得突然，去得突然。结束的速度让她觉得这段经历是自己的错觉，雨水带来的滋润与改变却是清晰而深刻的。

沉默中，陈宜勉把照相机拿开了一些，一双漆黑的眸子盯着她。

今睢嘴微张，抱着花的手臂慢慢收紧，包装纸发出了轻轻的声音，但在嘈杂的环境里不容易被人听见。

她猜测了很多种情况，唯独没料到，陈宜勉只是抬起夹着烟的手在她的脸侧一划，神色淡漠地指挥道："笑一下。"

太阳悬在高空，光落到她的身上，她的发丝被染成了金色，她仿佛在发光。今睢恍若没听到一般，站在原地没动。

陈宜勉等了一会儿，不见今睢笑，也不急。他从口袋里摸出了打火机，拢着手把烟点了。

他用的打火机还是以前的那个，今睢送的，银色的，上面刻着一株麦穗。陈宜勉的指腹在打火机的外壳上抹了一下，他的眼神很深沉，他此刻正盯着今睢。

今睢被他盯着，在滚烫的热浪中觉得有些冷。她露出柔和的笑容，淡淡地道："好久不见。"

她最先告别，也是最先问好。

她来去自由，不曾为谁改变，却让另一个洒脱的灵魂钉在了原地，脱胎换骨。

重逢时，陈宜勉隔着薄薄的烟雾，用最随意、温和的语气，说着质问的话："舍得回来了？"

孟芮娉站在旁边紧张得要命，见两人短时间内很难和谐地拍照，便举起手机贴在耳边，大声地假装讲电话："你们已经到了？就差我和今睢了？好好好，别催了，我们马上到。"

孟芮娉也顾不得自己和今睢拍合照的事情了，拉着今睢就要走，并说道："拍完了是吗？咱们去吃饭，李教授说我们再不到，就把我们扫地出门。"

孟芮娉顶着陈宜勉要杀人的眼神，坚定地把今睢带走了。到了没人的地方，孟芮娉才撒开今睢，长长地舒了一口气，问："没追来吧？"

陈宜勉虽然没追来，但今睢说道："躲不掉。"

孟芮娉张张嘴，要辩解，但很快冷静下来，认同了今睢的看法，又问："要不，掉头回去把话说完？"

"下次吧。"

今睢在国外时也没能离开他的视线，京市说大不大，两人活动的区域过于重合，更何况，陈宜勉对她的行踪了如指掌。所以再见到陈宜勉时，今睢依旧很平静。

今睢还没确定接下来的规划，倒是也没闲着。周日那天她去参加实验室里的师兄的婚礼，在那儿又遇见了陈宜勉。今睢是男方的朋友，陈宜勉是女方的朋友。

今睢还是住在学校的教职工公寓里，来赴宴前去了一趟实验室，把东西放下，跟导师李孝杰一起过去。

李教授爱做媒，在她出国前便时常撮合实验室里的师兄和她。两年过去了，他还有这样的习惯。他问了一些她在国外的学校论文答辩课题的事情，又聊回来："实验室里新来的小师弟很崇拜你，你以后常过来，教教他，你们的课题相近。"

"好。"今睢答应得很干脆。

李孝杰又夸了那个男生几句，今睢听出了做媒的意思，便没再应话了。

"不喜欢师弟？那喜欢什么样的？"李孝杰关心地问。

酒店的门口放置着喜庆的花门，陈宜勉站在花门旁，手里拿着手机，似是刚打完电话。他将电话挂断后，随意地朝马路这边瞥了一眼，恰好撞上了今睢的视线。

他长相英俊，在人群中总能被人一眼瞧见。

今睢自然注意到了他，下一秒钟便不动声色地将注意力移开了。耳畔的风刮来喜庆的气息，她和李孝杰缓缓地往前走，离陈宜勉越来越近了，她故意说道："本分、踏实的就好。"

跟"本分"不沾边的陈宜勉深深地看过来，将视线落在了今睢的身上，夸的却是跟今睢同行的李教授："叔，您这身西装太帅了。等我结婚时，也请您来当证婚人。"

李孝杰恨铁不成钢地说着教训他的话，但语气里全是对这个小辈的喜爱："臭小子，我是这么好请的？那得是我学生的婚礼，我才来。"

"您有那么多得意门生，让我娶一个不就得了？"陈宜勉说这话的时候没看今睡，但字字是说给她听的。

他的脸部线条轮廓明显，骨相俊朗，标准的帅哥坯子，他在开玩笑时，带着坏坏的浪荡劲儿，极尽风流。即便你因为不善言辞而接不上他的话，因为羞涩而不敢直视他，也绝不会对他心生厌恶。因为像他这样英俊不羁却又坦荡真实的人，本身便很难让人讨厌。

李孝杰脸一板，笑着骂他："成天吊儿郎当的。"

今睡不知道陈宜勉是怎么和她的导师熟悉起来的，好像他总有本事跟任何年龄层的人做朋友。他看着不靠谱，却跟谁都能聊到一块儿。他脾气很坏，可很招人喜欢。

过去，陈宜勉带今睡见过他的一个又一个朋友，他们性格迥异，但都和他一样，有着一身的才华。

今睡敛眉，不敢再想。她适时地介入两人的对话，说："教授，孟师姐喊我了，我先过去找她。"

"去吧。"李孝杰笑吟吟地道，等她走远了，跟陈宜勉感慨道："这丫头重情，在国外待了两年，回来后更黏她的孟师姐了。"

陈宜勉神色淡了，没接话。

新娘子是学设计的，对现场的布置花了不少心思。整场婚宴，今睡的存在感很低，她连新娘和陈宜勉是什么关系也没有刻意去打听。她安安静静地坐在席位上，看新郎、新娘在老师的见证下，交换戒指、亲吻。

孟芮娉坐在她的旁边，听着邻桌的几个女生在聊陈宜勉，干着急。她总想着让今睡亮亮相。但今睡故意唱反调似的，连眼神都没分给陈宜勉一个，更别提过去宣示主权了。

抢捧花的环节开始了，新娘子背过身抛花前，笑着主动对今睡道："小师妹，虽然我们没见过面，但我从宜勉那儿听说过你。今天这捧花谁也抢不走，我给你预留下了。一会儿你可得接好了。"

新娘子的准头可以，捧花在空中划出一道流畅的弧线后，稳稳地落到了今睡的怀里。

今睢想不接都难，抬手将捧花拿住。

传说抢到捧花的人，会是下一个走进婚姻殿堂的人。

新娘子拎着厚重的裙摆转身，确定自己命中，欢喜地挤挤眼，带头起哄道："小师妹，结婚的时候不要忘记喊上我。"

新郎搂着新娘，冲底下的亲友喊："我这个师妹还单身，在场的单身男士抓紧了啊。"

今睢不想打破现场喜庆的气氛，笑着应下祝福："那我要努力了。"

孟芮婷在众人的起哄声中，侧过头看向陈宜勉。

这位当事人悠闲地坐在热闹之外。不知在与别人聊什么，他的脸上挂着淡淡的笑，他被朋友撞了下肩膀，才抬眼朝这边看过来。

他身上的亚麻色西装外套已经被脱下，对折后搭在椅子上，衬衣的纽扣开了几颗，他玩世不恭地望向今睢所在的地方，脸上的笑容一丁点儿都没收，眼里皆是今睢。

一旁的朋友戏谑地道："压力来到你这边了。"

陈宜勉能有什么压力？他乐观地想着，自己从小到大想要的都得到了——所以他并不知道，自己这次踢到了钢板。

陈宜勉和今睢坐得很近，他一抬头，正巧可以看到她的背影。此刻的今睢恍如这两年的缩影，哪怕知道他的存在，依然坚定地不曾回头。

婚宴接近尾声时，今睢把盖在腿上的外套拿起来放到了椅子上，倾身和旁边的孟芮婷说了一句什么话，起身出了婚宴厅。

陈宜勉又坐了一会儿后，拿起手边的打火机和烟盒，说了一句"抽根烟"，便跟出去了。

今睢在卫生间的隔间里，听到了外面有两个正在补妆的女生在聊陈宜勉，说他大学时女朋友换得勤，说不少女明星上赶着追求他，又说他在和哪个当红女明星传绯闻。

今睢站在门里，垂着眼玩手机，没反应。

外面的人开玩笑地说起他家境多殷实，又说他现在也算是升官发财死爸爸，是真正的人生赢家。

今睡本想再待一会儿，等她们离开后再出去的。结果听到这儿，她干脆利落地拧开门锁，过去洗手。

两个女生没想到这里有别人，彼此交换了一个眼神，上下打量今睡。今睡安静地洗完手，抽了一张纸巾擦水渍，转头时，目光似故意又似不经意地落在了其中一个女生的脸上。下一秒钟，她笑了一下，道："你照镜子看看自己。"

女生正茫然呢，闻言朝镜子里看了一眼，面露不解之色。

只见今睡收敛起笑容，不带攻击性地说："口红涂出来了。"

今睡说完便离开了，那个女生对着镜子端详了半天，嘟囔了一句"没有吧"，被旁边的人小声提醒后，才意识到自己被嘲讽了。

今睡在吸烟区待了一会儿，准备回去时，被陈宜勉拦住了。

"什么时候学的？"陈宜勉看着她娴熟的拿烟动作，问道。

今睡没回答。有小孩儿在走廊里追逐打闹，撞了今睡的腿一下，动作不大。

今睡往旁边挪了挪，让开路，陈宜勉却以为她要走，抬手抓住她的手臂，问她："躲我？"

今睡被陈宜勉半圈在怀里，两人的影子重叠在一起，像一对拥抱着的恋人。

两人还在僵持着，新郎也出来抽烟了。看到这一幕时，他先是看看自己的小师妹，又捶了一下陈宜勉的肩膀，明显是酒喝多了，说话声抬高，道："你小子，可算被我逮着了。之前我替我妹要你的联系方式，你说你有主了。结果你连对方的照片也不给我看，我还以为你在诓我……这不就巧了？"

陈宜勉把手放开，却始终盯着今睡。

今睡淡淡地回望了他一眼，音量不高，但咬字清晰，说道："师兄，你误会了。"

陈宜勉再度朝今睡看来。今睡无视陈宜勉审视的目光，回答时嘴角处挂着浅浅的笑，如此概括他们的关系："我们只是朋友。"

他的人生是辽阔的旷野，他拥有着无限的可能，不该被定义。

陈宜勉控制不住身体的变化，那种比疼痛还要糟糕的无力感，从心口一直蔓延到四肢百骸，垂在腿侧的手掌握紧又松开，关节处密密麻麻的痛感传来，从指间滑过的风，像极了无论如何也留不住的人。

陈宜勉更加确定了，眼前的女孩儿爱过自己。

以前，她纵容别人误会他们的关系，是因为喜欢；但现在，她将他们的关系撇得干干净净，避之不及。

"过"的意思是结束了。

第一章

老同学

　　今睢的人生轨道，正式通到陈宜勉的辽阔旷野上，是在大学报到的那天。

　　前一夜的雨带走了一些暑气，一并带走了学生在室外暴晒时会产生的抱怨声，让白天的迎新工作开展得格外顺利。道路上，被雨水打湿的落叶在石板路上铺展开来，与深褐色的石板路融为一体，成为它独特的花纹。

　　今睢因为在化学竞赛中取得了很好的成绩，所以被保送进了华清大学的化学系，一整个暑假待在实验室里，忙碌却宁静。今天早晨，需要她来处理的事情格外多，先是因为过敏而去了医院拿药的师姐叮嘱她，把桌上的盆栽拿到阳台上晒晒太阳，再是办事路过华清大学的高中同学手机电量告急，问她借充电宝。

　　今睢动作麻利地把实验室里的事情处理好后，带着充电宝出去前，顺便取了桌上已被看完的资料、书，准备一会儿还到图书馆里去。

　　化学实验楼离被设在喷泉广场的迎新处很近，穿过一座凉亭便是了。今睬按照高中同学说的位置寻过去，不料，先见到了坐在行李箱上打电话的陈宜勉。

他那时还不记得今睬，大大咧咧地敞着腿，一只手自然地垂在膝盖上玩着打火机，另一只手捏着手机凑到耳边，语气听着既漫不经心又没什么耐心。

"再闹就挂电话。"他说。

他的声音很好听。今睬从他的身边经过时没转头，那种单听声音带来的刺激感更加强烈。她开始想，上次去图书馆里借书是什么时间，有没有逾期，但旁边的男生的声音存在感太强，她的注意力没有被成功转移。

男生淡淡地朝她看了一眼，放在膝盖上的手指微微屈起，随着校园广播里传出来的音乐声，有节奏地敲着。

"想要什么礼物？"男生冲着电话那头的人问道。

得到答案后，他又说："我晚上过去。听话。"

"今睬——"

被高中同学高声喊名字的时候，今睬在想：陈宜勉这是在哄什么人吧？他应该是哄好了。

"今睬，这边！"

今睬又被喊了一声，弯着唇笑了，看向站在广场上的高中同学陆仁。陆仁是个性格外向的阳光男孩儿。他穿着橙色的T恤衫和球鞋，笑起来露着八颗牙齿，声音响亮，冲这边挥了挥手。

"刚结束拍摄，顺路过来给你送这个。"他递过来两个信封，一个薄薄的，装着一沓洗好的照片；一个鼓鼓的，装的是冲洗过又被收好的胶卷。

"谢谢。"陆仁昨天发消息给她，说要来给她送胶卷时已经是凌晨，她休息了，早晨才回复他。陆仁在戏剧学院上学，戏剧学院离华清大学不近，转地铁过来要一个小时。今睬本来想说现在刚开学，他在新学校里要忙的事情多，不着急送过来。没承想他今天一大早就过来了。

今睬把信封收好，又把手里的充电宝递了过去，说道："这个给你。"

"太及时了。"陆仁感激地说着，却不是自己用，而是朝今睚的身后望去，喊道："宜勉——"

太阳从今睚的背后照过来，陈宜勉从后面走近时，被阳光拖出的身影恰好笼罩住她。

今睚没回头，感受着这股无声的压迫感。

陆仁笑着跟今睚解释道："早晨去拍日出，他的手机连接了无人机，电量消耗得快，又忘了带备用手机。他一会儿要去医院，没手机不方便，幸好路过你们学校。"

今睚笑笑，稍一侧身，抬眸望向陈宜勉，把充电宝递过去，声音格外轻，道："你试试 USB 接口合不合适。"

陈宜勉在确认自己的手机能正常充电后，回今睚："合适。"然后，他抬眼看向陆仁。

陆仁懂他的意思，朝他伸手，道："箱子我带回学校，你先去医院。"

陈宜勉点头，又对今睚说："谢了，用完让陆仁还给你。"

"好。"今睚不是甜美类型的女生，笑起来时两个酒窝很浅，气质很淡雅。

陈宜勉似乎真的挺急的，打过招呼便离开了。今睚保持着目送他离开的动作，半晌没回过神，直到陆仁在她的眼前打了个响指，才急忙收回注意力。

"今天忙吗？"陆仁平易近人，与人相处时让人觉得随和、舒服，"带我逛逛校园？"

"好。"今睚说，"我需要先去图书馆还书。"

陆仁觉得无所谓，转过头看了看她手里的书，说："正好，我还没去过华清的图书馆呢，一起去吧。"他顿了下，又说，"不过这行李箱，需要先放在你们实验室里。"

两人往实验室走的路上，今睚抱着书本，状似无意地问陆仁："今天才报到吗？"

陆仁在看风景，随口回答道："里面是陈宜勉的小老婆——单反照相机、无人机和一些摄影器材。"

今睢点头。

跟戏剧学院自由的学风不同，华清大学是国家级重点大学，学风淳朴，学生们的脸上，自信中多有勤勉与谦虚的味道。

陆仁的注意力从风景移到了今睢的身上，他盯着她看了几秒钟，突然俯身，打量起了她的脸。

他和今睢认识很多年了，也算见证了今睢各个阶段的成长。无论是哪个阶段的她，都是自信、优秀的，身上的光越来越亮。今睢的身高，即使在北方女孩儿里也是高挑的，她身形纤瘦、匀称。

估计是暑假时一直待在实验室里的原因，今睢的皮肤竟比读高中时还要白一些了。她长着一张鹅蛋脸，长相也不是具有攻击性的那种，但五官立体，有记忆点。她不是多话的人，身上有着疏离的气质，所以偶尔露出的笑容更显得动人。

今睢被他吓了一跳，站定后茫然地问："怎么了？我的脸上有脏东西吗？"

她说着，抬手去摸自己的脸。

陆仁已经起身，十指交叉，将胳膊撑在脑后，仰头看了看天花板，拖着长音感慨道："我们今睢同学越来越好看了。"

今睢一噎，不明白他为什么突然说这个。

直到陆仁意味深长地调侃道："某个人怎么就是看不到呢？"

"……"

"某个人"指的是谁，今睢知道。她没有接话，佯装没听到，看了一眼时间，问陆仁中午想去哪个食堂里吃饭。

他们一起逛了校园，在学校的食堂吃了中饭，陆仁下午还有事情，便带着行李箱离开了。

今睢本以为她和陈宜勉不在同一所大学里上学，所以见面不易，没料到晚上吃完饭从餐厅里回实验室时，在实验楼下看到了陈宜勉。

和陈宜勉面对面地站着说话的女生今睚认识，是与她同专业、同导师、在读大三的师姐孟芮娉。

实验楼正门的前方是台阶，两侧有斜坡，树木枝叶茂盛，经过昨夜的降雨，越发葱郁了。

两人站在斜坡上，光线不强。孟芮娉也看到了今睚，率先摆手跟她打了招呼。陈宜勉跟着望过来，眼神淡淡的，没说话，也看不出记住她没有。

今睚在两人的注视下进了实验楼。李教授带研究生，北楼的二楼有一间大实验室和一间自习室属于他。自习室里除了研究生的自习座位，也给像今睚、孟芮娉这类处在本科阶段便进实验室做研究的学生安排了固定的位置。

今睚回去后，拿水杯去接水，经过孟芮娉的位置时，不经意地注意到了，她的桌上有一个长形的，包装精美的礼品盒。

想要什么礼物？

今睚的脑袋里闪过陈宜勉讲电话的内容，她又想到了，他上午拿到充电宝后急匆匆地离开，是因为要去医院。

而那个时间，孟芮娉因为过敏正在医院里。

最关键的是此刻，两人正在楼下说话，今睚很难不把这两件事联系在一起。

今睚心里有事，水杯里的水溢出来了才猛地回过神来。她连忙把水渍清理掉，自责地提醒自己要专注。

过了一会儿，孟芮娉回来了。她哼着小曲儿，心情愉快，已经不见早晨因为过敏而哭丧着脸，直叹"倒霉"的模样。她进来后，立刻对今睚说道："斤斤，陈宜勉找你。"

今睚正在写实验报告，用尺子比着画表格的线条，闻言手腕一抖，线条被画歪了。

孟芮娉没注意到这边的情况，继续说："在门口。"

今睚的睫毛颤了颤，她说："好，我现在出去。"

实验室的走廊里很安静，不会有学生追逐打闹。陈宜勉站在那儿，两手插在兜儿里，仰头看着对面的墙壁上科研学者的名言海报。

廊顶的灯照射下光，照着少年的脸庞。他的皮肤比大部分男生的要白一些，眼眸深沉，鼻梁直挺，薄薄的眼皮叠出漂亮的褶；他的嘴唇也薄，但很有立体感，从这个角度看，嘴唇很性感；因为仰着头，所以他的下颌线紧绷着，修长、流畅的脖颈上，喉结旁有一颗小小的，并不太清晰的痣。

今睢不敢再看，顺着他的视线望向墙壁上挂着的人物画像，是瑞典化学家诺贝尔，上面是那句很经典的名言："人生最大的快乐不在于占有什么，而在于追求什么的过程。"

今睢不禁走神，心想：化学真是一门很浪漫的学科。

陈宜勉终于发现了她，面朝着她，道："这个给你，谢了。"

他说的"这个"是她的充电宝。

拿着充电宝的那只手很白净，指节细长，指关节明显，食指上有一枚样式简单的戒指。

今睢伸手去接，他却没松手。今睢一脸茫然，眨着眼抬头看他。

走廊里很安静，廊顶的灯因为年头久了，所以不是太亮，但教室门口的位置漏着屋里亮堂的光线，今睢站在这光里，仰着头，安静地望着他。

她的五官小巧而精致，眼神干净，模样太乖了，乖得陈宜勉将滚到嘴边的，调侃的言语咽了回去。

他不确定地盯了今睢半响，嗤笑，道："脸红什么？"

他这惯用的逗弄女孩儿的语气，配上他英俊的脸，听得今睢的心里酥酥麻麻的，脸更红了。

被藏在心里的人，见或不见，她都会心动。

今睢再回实验室时，孟芮娉正对着镜子，欣赏自己脖子上的丝巾，见她回来了，喊她看，问她："怎么样？还可以吧？"

孟芮娉的脖子很长，这条丝巾的花纹经典不俗，丝巾是亮色的。

"很衬你。"今睢回答道。

孟芮娉被夸，开心得笑了起来。她把镜子放下，嘴角一垂，跟今睢说："我今天在医院里，看到一个男生因为过敏而晕倒了，吓得非常后悔没有喊你陪我去医院。幸好医生说我过敏得不严重，我真是害怕自己晕倒了都没人扶。后怕得我从医院出去后，立马去商场里买了这条丝巾安抚自己。斤斤，如果我再过敏，你陪我去医院吧？"

　　今睢闻言，意识到自己误会了什么，顿时觉得很窘迫。面对孟芮娉的撒娇，她无奈地笑了笑，说："哪儿有你这样，盼着自己过敏的人？"

　　孟芮娉叹了一口气，说道："算了，不提这个了。希望没有下次。"她把镜子放下，将丝带摘了，放回盒子里，又说，"原来你和陈宜勉认识。"

　　今睢用橡皮擦掉出门前被画歪的线条，将其重新画好，垂眸，点头，回答道："同一所高中毕业的。"

　　不过，他们读高中时没有说过话。春来高中每一个年级有二十八个班级，共有上千名学生，两人更是一个在南楼，一个在北楼，若不是有心，则很难碰面。

　　"你跟他是高中同学啊？"孟芮娉闻言，来了兴趣，眼睛放光，好奇地道，"他以前交往的女友，是不是都很好看？"

　　今睢注意到了孟芮娉用的"都"字，一时不知道该肯定还是纠正，问："你也喜欢他？"

　　"得了吧。他不是我喜欢的类型，而且他这样的男生，一般女生降不住。"孟芮娉一脸坦荡地摆了摆手，道，"我就是听他的朋友吹牛，说他的前女友都是大美女，身材火辣情商高。好奇嘛。"

　　今睢听着她说话的重音落在"大美女"上，懂了。

　　孟芮娉不是好奇陈宜勉，而是好奇他的那些红颜知己有多美。孟芮娉身材好，人也美，心思缜密，性格直爽不扭捏。她还喜欢一切美好的事物，愿意表达自己的情绪。

　　但今睢说不出八卦，只道："我和他不熟。不过，他身边的女性朋友确实都挺好看的。"

陈宜勉是艺术生，学导演专业的，在学校里与他来往较为密切的朋友也都是艺术生，与裹着肥大的校服、每天觉都不够睡、只知道闷头学习的普通学生相比，那些女生会打扮、性格叛逆、光鲜靓丽。

"没有八卦听，无聊。"孟芮婷撇了撇嘴，道。

今睢想了想，倒是想起了一件事情。

"他们这一届的艺术生都挺厉害的。考进一流戏剧院校的学生很多，有的学表演的女生，大学还没开学便已经开始拍戏了。"

"这也太'卷'了（形容某些人事事都要做到最优秀）。"孟芮婷突然想到了伤心事，说道，"哪儿像我？一篇论文写了两年还没写完。时光蹉跎，我的如花容颜，肉眼可见地变得苍老了。"

两人又说了一会儿闲话，就写论文去了，自习室里很快就只剩下了敲击键盘的声音，以及笔尖擦在纸上的声音。

过了一会儿，今睢慢慢地停下了手上的动作，朝桌上的充电宝看去。

说到"卷"，今睢想到了以前从同学那儿听来的，有关陈宜勉的八卦——

"有的人是'卷'，但有的人是天生优秀。你看陈宜勉，妈妈是知名建筑师，咱们京市的机场就是他妈妈设计的，那可是在国际上都能拿奖的建筑；爸爸是商人，不算京市的首富，也就是'随处可见'的富吧——走在街上，随处可见他家的产业，商场、酒店、连锁餐厅，连我那不上网的奶奶，都能说几句他爸公司的产品的广告词。你看他们一家，既有艺术气息，又有财富。陈宜勉的脑子也是真的灵光，任何事情他一学就会。我真怕他哪天想不开'卷'起来，那会让我更加觉得自己是来人间凑数的。"

这些话她不方便跟别人分享，只能自己想想。

新生军训结束后，没上几周课便到了国庆假期。不少同学拖着行李箱回了家，校园里冷清下来。今睢虽然是本地人，但是为了方便来实验室，大多数时候住在学校西边的教师公寓里。这个长假，她依然打算待在实验室里继续做实验。

国庆节那天是陆仁的生日，他在源森订了包间，邀请了高中和大学时期的不少同学，其中包括今睢。

今睢跟他们离得不近，陆仁开车过来接她，结果今睢临时被导师安排去听一场学术讲座，耽误了时间。等讲座结束时，陆仁已经等了很久了。

今睢抱着记录本急匆匆地返回实验室，在实验室的楼下看到了靠在车上玩手机的陆仁，不好意思地说："今天你过生日，还麻烦你来接我，结果又让你等了这么久。抱歉啊。等我回实验室放个东西就出发。"

"不用急。"陆仁晃着手里的墨镜，无所谓地说，"他们玩着呢。"

他今天特意打扮过，穿着一件花衬衫，头发上抹了发胶，这样的打扮既简单又帅气。

今睢冲他笑了笑，不会因为他安慰了几句就放慢动作。她回实验室收拾了一番，下楼时把提前准备好的礼物给了陆仁。

"生日快乐。"她说。

"今年送的什么？"陆仁问。

今睢是跑下来的，有点儿急，气没喘匀，头发也被吹乱了。陆仁没立马上车，借着拆礼物的时间，让今睢缓一缓。

盒子里是一块某品牌最新款的手表，表带是黑色的。

陆仁扬了扬眉，说了句"你怎么知道我正想买"后，当场拆开盒子，将手表戴到手腕上，又道："和我今天的这一身穿搭很配。"

今睢笑了笑，说："我们走吧。"

陆仁这个假期回家住，开的是家里的代步车，来来回回很方便，就是这个时间点路上有些堵。陆仁借机开玩笑，道："你现在知道了，我说让你慢点儿不是客套？"

"我怕你不去他们不上菜，会饿。"今睢说。

陆仁哼了一声，说道："那群家伙，要是真饿了，才不会管今天谁过生日呢。"

两人正说着，陆仁的电话响了。今睢努努嘴，道："来催了。"

陆仁看了一眼手机，用车载蓝牙接通，随口对今睢说道："陈宜勉打的。"

电话已经接通，今睢没再接话，听着他们讲电话。

"到哪儿了？"陈宜勉那头闹哄哄的，但他的声音十分清脆。今睢的脑海里，立马闪出陈宜勉英俊的模样。

前面的车子动了，陆仁缓缓起步跟上，说："堵在南大街了。你们要是饿了就先上菜。"

"上菜不急。那什么……蛋糕忘取了。要不你顺路取一下？"陈宜勉的语气里，没一丁点儿不好意思。

这把陆仁气得不轻，当即怒道："陈宜勉，你还是不是人啊？小爷我今天过生日，有让寿星自己取蛋糕的吗？服了。"

"你这人——"陈宜勉离开了人群，杂音少了，说话的声音变得更清晰了，"就没一丁点儿浪漫细胞。"

陈宜勉应该是叼着一根烟，因为今睢听见了打火机开盖的声音。紧接着，他悠悠地说："你这时该想，我让你去取蛋糕，是不是在餐厅里准备什么浪漫的惊喜。"

"去你的。小爷没你心思多。"

陈宜勉吊儿郎当地说："没事，多学学就行。"

今睢听到这里，没忍住，扑哧笑出声，很轻，意识到自己唐突后立马止住了。

好在陈宜勉没听见，只交代了一句："地址发到你的手机上了，记得去取。"

陆仁骂骂咧咧地挂了电话，跟车上的今睢说道："相比较之下，你让我等几分钟，已经非常有礼貌了。"

今睢眼角的笑还没完全消失，她附和地点头，声音很轻地道："是我见外了。"

陆仁取了蛋糕，回车上时递给今睢一支冰激凌。

这应该是店里特制的甜品，手掌一般大的圆筒，奶油冰激凌堆出小山尖，上边绕着筒铺了半圈饱满多汁的草莓，另外半圈插着两支不同口味的雪糕，还撒了碎果仁，用薄荷叶装饰，连挖冰激凌的勺子都是木制的，手柄设计得很讲究。

"能吃吗？"

今睢接过去，说道："谢谢。"

陆仁把蛋糕放到后面，随口说："买蛋糕送的，看着卖相不错，你尝尝好不好吃。"他把蛋糕固定好，开始系安全带，吐槽道，"他们还算有点儿良心，没让我付蛋糕钱。"

他们到餐厅时还不算太晚，今睢只看了一眼，便看到了站在餐厅门口的陈宜勉。

餐厅临海，夕阳照射在海面上，再流淌到沿海大道，一如既往地宁静。陈宜勉打扮得很休闲，灰色的衬衫搭配工装短裤。他的手里拿着一瓶矿泉水，他正姿态随意地站在夕阳下，和旁边的女生说话。

女生穿着露脐吊带上衣、阔腿牛仔裤，身材纤瘦、高挑，棕色的鬈发波浪似的散在窄、薄的肩膀上。不知陈宜勉说了什么，她笑得很开心。

今睢敛眉，突然觉得陆仁给她的冰激凌不够甜。

陆仁停好车，拎着蛋糕下去，过去时先戗了陈宜勉一句"真够兄弟"，见穿着吊带上衣的女生在打量今睢，才想起来介绍："今睢，以前是理科一班的。"

紧接着，他又对今睢介绍那位女生："她叫薛媛，以前跟我在一个班里，现在在川城上学，刚回来。"

今睢对薛媛有印象，薛媛便是她先前跟孟芮娉说，大学还没开学便已经有戏演的女生。

薛媛冲今睢一点头，没假客套。理科一班是尖子班，艺术生和尖子生各有各的傲气。

介绍完女生，陆仁又一指陈宜勉，俨然忘记了华清报到日那天的事，对今睢说："这位是春来的风云人物，你应该听说过。"

今睢不动声色地抿唇，没说话。

陈宜勉的身量比陆仁的还要高一些，他肩宽颈直，只见他一抬下巴，棱角分明的五官被晚霞染上了好看的色彩。他道："陈宜勉，前几天见过。"

"哦，对，那个充电宝。"陆仁一拍脑袋，神情没露出丝毫破绽，仿佛才想起来，道，"看我这记性。"

今睢没吭声，看着他演戏。

在场者有男有女，大多是与陆仁玩得好的朋友。包间很大，有吃饭的区域，也有玩桌游、唱歌的地方。正如陆仁说的，他虽然没到，但这帮人没闲着。

这里的很多人今睢不认识，有的能对上脸但没说过话。她被陆仁带在身边，坐在沙发上听别人唱歌，倒也不会不自在，只不过时不时地会用余光去找陈宜勉。

陈宜勉支着腿坐在立式麦克风旁的高脚凳上，低头玩手机。他的旁边是点歌台，薛媛正在点歌。

薛媛知道陈宜勉的脾气，所以说话、做事时都把握着朋友的度，保持着不近却很熟稔的距离。

只不过，现场有女生在小姐妹的怂恿下，不知深浅地凑到陈宜勉的身边，问陈宜勉要他的联系方式，陈宜勉神色冷淡，耐着性子听人把话说完，才直截了当地拒绝了。

有人嬉笑着，帮被拒绝的女生解围："陈导这是为某人守身如玉呢，不敢乱给异性微信号。"

有人了然，说了一个女生的名字；也有人意味深长地笑了一声，顺势问陆仁，过生日怎么没喊她。

陆仁有意无意地瞥了今睢一眼，举着麦克风回答道："在复读呢，闭关状态，联系不上啊。"

今睢被热闹包围，没抬头，安静地吃冰激凌。

众人正闹着，门口突然传来了一道既惊喜又激动的声音："听说我的'女神'来了？陆哥，你太行了。"

只见一个身材干瘦的"黄毛"兴致勃勃地冲了进来，瞥见包间里的一抹白影后，当即确定自己没被骗，眼前一亮，要跟穿着一身白色长裙的今睢打招呼。

"黄毛"快跑到今睢所坐的沙发旁边时，被人恶作剧般绊了一跤，重心偏移，整个人不受控制地往前倒去。

今睢不知道这声"女神"喊的是谁，慢吞吞地抬头，眼看着"黄毛"就要扑过来，骤然睁大眼睛。

陆仁反应过来了，率先往今睢的身前挡了挡。

彼时，"黄毛"还没栽倒在地上，只觉得脖子一紧，手脚还能动，但上身悬空了。

他穿着连帽衫，帽子被陈宜勉抓在了手里，前面的领口紧紧地卡在他的脖子上，憋得他脸通红，喘不过气来。

陈宜勉把人松开，质问"黄毛"："干吗呢？"

"黄毛"终于喘顺了气，说道："谢谢勉哥。我……打招呼……"

陈宜勉淡淡地道："还以为你要给寿星磕头呢。"

小插曲没影响大家的节奏，大家各玩各的。在场有男生接着先前的话调侃道："钟洋，关于陆仁行不行这件事，你可不能知道。"

"黄毛"的大名是钟洋，他闻言，骂了一声，率先跳起来，用手臂钩住说话者的肩膀，把说话者狠狠地往下压。两个男生闹成一团，其他人爆笑。

今睢装没听懂。

旁边的陆仁小声跟今睢介绍，说钟洋是哪个班的，又说大家挺好相处的，让她不用拘谨。

今睢笑了笑，应了一声"好"。

钟洋"女神"长"女神"短地称呼着今睢，其他人开始好奇了，有人问钟洋："钟洋，你倒是说说，今睢怎么就是你的'女神'了？"

钟洋清了清嗓子，说道："我和我的'女神'可是有一起翻墙的革命友谊的，秘密就是秘密，怎么能让你们知道？"

今睢正在小口地吃着草莓，没料到他是因为这件事情才把自己当成"女神"的，尴尬地咳嗽了一声。

陆仁诧异地问今睢："你还翻过墙呢？"

今睢觉得陈宜勉朝她这边看了一眼，不知道是不是错觉，但不敢抬头确认，只解释道："之前有点儿事，着急离开学校。"

好学生翻墙，大家都觉得奇怪。

大家就着春来高中那面挨着歪脖子树的矮墙聊了起来，有男生说自己有一回已经爬上墙头，结果一露头就被教导主任逮住了。

今睢则说："其实，最好的方法是你跟门卫大叔说有人翻墙，在他过去逮人时，自个儿从校门溜出去。"

"绝！学霸还有这一面呢！"

他们这群逃课惯犯，自然尝试过各种离开校园的方法，只是没想到，像今睢这种好学生也有这样的一面，一时觉得诧异。

也因此，这群艺术生觉得今睢身上的距离感淡了，包间里的气氛变得热闹起来。

生日聚会后的很长一段时间里，今睢没有和陆仁见面，自然也没有机会见到陈宜勉。

她大多数时候待在实验室里，偶尔也会被实验楼前满地的夕阳吸引，会想一想那天站在后海边，一身少年意气的陈宜勉。

假期结束后的某一天，她在微博里看到陈宜勉发的照片后，才知道他假期里去了沙漠。

大漠、落日、孤烟，陈宜勉拍的照片构图磅礴大气，却随处可见细节。他为这条动态配的文案也恰到好处：宏伟的叙事未曾消亡。

他不是一个人去的。今睢从很多人的微博动态里，捕捉到了陈宜勉。

钟洋晒了他们在旅途中的歌单。

薛媛晒了一堆破布头，以及一张她穿着红衣，站在沙漠中回眸的照片，风卷着她黑色的发、红色的绸带，背后是比水面还要平静的沙面。她在文案里夸赞道：图一是原材料，图二上身的是成品。还有什么是陈宜勉不会的？名副其实的全能选手陈宜勉。

而陈宜勉除了发了几组风景照，只在假期的最后一天发了一张他们那伙人的合照。照片是用无人机拍的，十几个人或坐或站在冲沙车上，有的振臂挥手，有的扶着方向盘耍酷，他们一起望向高远的天空，神采飞扬。

　　倒是陆仁发在朋友圈里的一段小视频中，拍到了陈宜勉的正脸特写。

　　视频中，陈宜勉坐在越野车的后备厢里，一条腿垂在地上，另一条腿支着，手肘随意地垫在上面，正拢着手点烟，陆仁喊了他的名字一声，他抬眸，朝镜头看了一眼，咬着烟时眼角带着轻狂的笑。今睢听到有人在唱"是谁在心里面流亡了那么远，决定去穿越孤独的国境线"，振奋的歌声在风沙中荡漾，震耳欲聋。

　　今睢把短视频看了一遍又一遍，狠狠地栽在陈宜勉深不见底的含情眼里。

　　孟芮婷进实验室了，见她对着手机发呆，问："看什么呢？眼睛都直了。"

　　孟芮婷只是随口一问，没刨根问底。今睢不动声色地退出视频，打开了别的页面，说了一句"没什么"，抬头时注意到孟芮婷在照镜子。见孟芮婷的脖子上起了红疹，今睢顾不得看手机，起身关心地道："怎么了？"

　　"应该是又过敏了。"孟芮婷无奈地说。

　　今睢："看着比上次严重，你拿的药还有吗？"

　　"吃了，好像没什么用。"孟芮婷撇着嘴，看今睢，说道，"真的需要麻烦你陪我去医院了。"

　　"好。"今睢应着，拿东西出门，问她，"因为什么过敏，知道吗？以后防着点儿。"

　　"猫毛。"孟芮婷爱猫，微信头像和电脑的壁纸都是猫咪的图片，"我戴着口罩、手套，抱了一下猫，没想到还是过敏了。唉。"

　　孟芮婷对看病的流程轻车熟路，今睢跟着其实没帮上什么忙，但医院是个让人心慌的地方，身边若是有个人陪着，孟芮婷会觉得更轻松一些。

孟芮婤输完液，说要去吃一顿大餐，结果刚出医院的门，便接到了家里人打来的电话，有急事要赶回去。

今睢看着她含着歉意的眼神，善解人意地道："我自己回学校。大餐先欠着。"

"斤斤，你太好了。"孟芮婤在今睢的怀里蹭了几下，拦下出租车，走了。

今睢站在街口，想着一会儿回学校时，顺路去干洗店把前几天拿过去的衣服取走。结果她刚转过门诊部的街口，便看到了陈宜勉。

陈宜勉的头发被剪短了一些，五官显得更立体了。刚下过一场秋雨，天气已经转凉，但他仍穿着薄薄的黑色短袖，越发衬得他背脊单薄。

因为刚看过他在沙漠里的照片，这一刻见到他本人，今睢一时真有些不适应，冷静了一会儿才想起来，国庆假期已经是上周的事情了。

陈宜勉的旁边还有一个年轻男人，深色的衬衣上，扣子只扣了两颗，露着里面浅色的打底衫，衬衣的下摆收在浅色的休闲裤里，气质于严谨中带着轻松感，应该是一位医生。

今睢往公交站牌处走，势必从两人旁边经过，所以他们聊天的内容，顺着风声落到了今睢的耳朵里——

"你弟弟虽然出院了，但还是要多注意。他喜欢跟着你，你有空时就多陪陪他。"毕竟是别人的家事，他作为医生也不便多说，只说，"游戏机是你给他买的吧？护士想帮他收拾，结果他碰都不让护士碰，睡觉时都要抱着它。"

陈宜勉应该是没休息好，看着有些疲倦，单手插兜儿站在沉稳的年轻男人的身边，身上那股顽劣劲儿还在。他接话："臭脾气，在家里被宠得没样了。"

医生认识陈宜勉很久了，知道他嘴硬心软，知道他对一个人上心是什么样子的，所以自然也知道他重视这个弟弟，又说："你来看他一次，他就能高兴好几天。"

陈宜勉一点头，应了："我尽量多陪他。"

路边有停着的车等着男人，男人又叮嘱了陈宜勉几句后，上车离开了。

陈宜勉站在马路上，看着车影很快消失在车流中。他没急着回医院，抬头望了望天空中被云挡住的太阳，下一秒钟，目光毫无征兆地落到了今睢的身上。

今睢被逮了个正着，心中一慌。她不是有意偷听的，等反应过来时，自己已经在路边站定。她心虚地别开眼，朝马路的两头望，祈祷陈宜勉没注意到自己。

恰好有公交车驶来，缓缓减速，在站点停下。

今睢故作镇定地抬步上了车，随着身后的门缓缓关住，今睢却不再镇定，因为她发现自己坐错方向了，而且这里距离下一个站点的路程特别长。

陈宜勉站在公交站牌旁，咬着烟，点火。刚才起步的公交车再次停下，他抬起眼皮扫视了一眼，只见前车门缓缓打开，方才上车的女孩儿窘迫又狼狈地垂着头下来了。

今睢想：我折腾这一下，更尴尬了，还不如方才便大大方方地跟陈宜勉打个招呼呢。

她在路边站定，见陈宜勉朝公交车上望了望。今睢见他的视线落向自己，抿了抿唇，主动解释道："司机说这辆车不到我要去的地方，让我去对面坐车。"

今睢觉得自己的演技糟糕透了，陈宜勉作为将来要成为导演的人，一定已经看穿她，觉得她很蠢。

但陈宜勉实际上在想事情，听完她的话后没什么反应，只淡淡地嗯了一声。

今睢又看了他一眼，想到方才医生与他的对话，猜想他在为家里的事情担心。担忧的话到了嘴边，但今睢找不到立场将它说出口。

今睢思考的时候容易掐自己的手指，在她掐到第三次的时候，听陈宜勉说了句："45 路来了。"

她抬眼，见陈宜勉望着马路对面的车，抬了抬下巴。

聚在一起的云被风轻轻一吹，散开了，太阳一点点地显出形状，有光照射在刚下过雨，还有积水的地面上，风吹皱了水面上城市的倒影。

今睢顺着他的目光看去，是她要搭乘的 45 路公交车。

"那我先过去了。"她冲陈宜勉笑笑，如是说。

"看着点儿车。"

"好。"

今睢按照原计划顺路去干洗店取了衣服，先回了一趟家，吃过午饭才去实验室。华清校园里的绿化做得很讲究，听说是参照了园林学院的某位毕业生的获奖作品完成的。

实验室和教师公寓隔了一整个校园，今睢抱着书到实验室时，背上已经出了一层薄薄的汗。

她接了一杯水，站在饮水机旁，一边慢慢地喝着水，一边看窗外的夕阳时，有一个女同学敲门，探着脑袋朝屋里望，并问道："孟学姐不在吗？"

今睢觉得她眼生，不像是这一层的实验室里的同学，说："她家里有事回去了。你可以打电话联系她。"

女生拘谨地笑了笑，说："当面说比较好。"

女生扑了个空便走了，今睢给孟芮娉留言说了这事。孟芮娉回"知道了"。

隔天下午，今睢来实验室了才知道，那个女生找孟芮娉是因为什么事。

"我前段时间一直在一家流浪动物救助站里做义工，结果我连着几次因为对猫毛过敏而去了医院，救助站的老板说什么也不让我去了。老板人挺好的，对我也很照顾。他建立的这个救助站是纯公益性质的，大多数时候他还得往里面搭钱。我想着自己不去的话，得给他再介绍一名义工。"孟芮娉摊摊手，道，"义工在救助站是要做很多事情的。

我需要介绍一名去了能做事，真心爱动物的义工，所以我也不敢随便推荐一个人过去。我问了几个同学，他们都拒绝了。昨天过来的那个姑娘，本来是答应了的，突然反悔了。"

今睢安静地听着，想了一圈自己身边的朋友，看有没有可以推荐的。

"斤斤，你有没有兴趣去？"孟芮娉眼前一亮，想起了一直被自己忽略的今睢。

今睢暑假里刚进实验室时，孟芮娉不论是在生活中还是在学业上，都帮了她很多，带她熟悉实验室里的环境，带她去别的实验室借用器材，所以她说："你要是觉得我合适的话，我可以试试。"

"你做事很细心，又有善心，当然合适。"孟芮娉轻轻一拍手，说道，"你也知道我是什么人，所以我也不绕弯子。救助站离华清有点儿远，但绝对靠谱，是那个谁……就是陈宜勉，你的那个高中同学，他的亲舅舅建立的。你如果去的话，来回的车费可以报销，救助站里有做饭的阿姨，老板会留义工吃饭。每天的工作……"

孟芮娉还在说救助站的事情，但今睢在她提到陈宜勉的那一瞬间，便觉得自己连呼吸都变轻了。

今睢知道自己不可能拒绝这件事。

大一课多，未来的职业规划，化学专业的基础课程，等等，都十分重要。能考进华清的学生，自我管理能力都很强，今睢很快便适应了大学的学习、生活节奏。

今睢除了上课、休息，便活跃在图书馆和实验室里，着手准备SCI论文的事情，她有这方面的兴趣和能力，家人为她创造了足够自由的条件，所以她的生活被安排得十分充实。

每周至少去救助站一天，这改变了今睢的生活节奏，却成了她每周最期待的一件事情。

今睢是本地人，孟芮娉把地址发给她后，她便知道救助站的大概位置了。

救助站远离商业区和居民楼，位置有些偏。周六那天，今睢头一回去救助站。她搭地铁到了附近的地铁站，手指戳着电子地图走走停停。

"应该是到了。"今睢看了一眼路边的公交站牌，准备拐进巷子，但很快，她的脚步就慢了下来。

巷子僻静，不远处，男人丢开手里的火腿肠，假意后退，逗着在他跟前徘徊的大黑狗过来吃。

今睢盯着，觉得哪里不对劲儿。

大黑狗的警惕性很强，它呼呼地吠着，试探着往前走。

男人尖嘴猴腮，眼底露着精明的光。在狗垂着脑袋嗅地上的吃食时，这种光便更不加掩饰了。

眼瞅着大黑狗要开吃，半块砖头被丢了过来。

今睢扯着嗓子吼了一声，狗受到了惊吓，跑开了。

尖嘴猴腮的男人见到手的狗肉没了，狠狠地瞪向今睢这边，说道："少管闲事。"

他见今睢是个女生，手无缚鸡之力，还是一个人，脸上的怒气瞬间变成了猥琐的笑。

男人压着唇瓣，吹了一声口哨，停在主路边的那辆黑色的面包车的车门哗一下被打开，另一个男人拎着铁棍下来。

今睢心中一惊，强出头前做好了事后一有危险便往公交站跑的准备，好歹是主路，人流量大。不承想面包车上的男人直接堵住了她的后路！

"妹子，管闲事是要付出代价的。"

今睢抓着包站在那儿，被人从后面箍住肩膀。男人恶心的话还没说出口，只觉得腹部一痛，是今睢猛地向前弯腰，用腰后的力量撞了他一下。紧接着，他脚掌吃痛，被踩了一脚。

"死丫头，还挺辣。"

今睢的力气不大，好在她反应灵活。

男人憋着火气，也不客气了，抡着胳膊甩了过来。

"欺负女孩儿算怎么回事？"一道极具压迫性的男声响起。

偷狗贼刚要骂，扭头见到来人时，隐隐露出忌惮的神色，犹豫了几秒钟，话被硬生生地咽了回去，不甘心地冲同伴使眼色，钻进面包车溜了。

从陈宜勉出现的那一刻起，今睢的注意力便一直在他的身上。

他穿着一件与他的气质完全不符的玩偶服——是一只顽皮的狗，肚皮是白色的，头套用胳膊夹着。他个头儿高，穿着这个依然挺拔、英俊。他因为穿着这件衣服，所以行动起来比平时要迟缓一些，让他看上去有些懒散。

他过去把地上的火腿肠捡了，才看今睢，问她："被伤到了吗？"

今睢摇头，道了谢，盯着他今天的装扮，仿佛有些不认识他。

陈宜勉不在乎她认不认识他，只问："要去哪儿？送你过去。"

今睢看了一眼他手里拿着的，那沓宣传彩页上的显眼的大字——爱宠救助站，笑了一下，说："就在附近，我自己可以。"

今睢又往巷子里拐了几次，看到了"爱宠救助站"的门牌号码。

孟芮娉已经跟救助站的人打过招呼，今睢刚到便有人接待她。接待她的人是个女孩儿，叫小婧。小婧向她简单地介绍了一下救助站里的情况。今睢第一天做义工，做的是一些基础的工作。

快中午时，救助站的老板出现了。老板是个面容英俊的青年男人，穿着一件灰色的针织开衫，肩宽腿长，头发有点儿鬈。救助站里的其他义工喊他："恒哥。"

今睢不知道是不是自己先入为主的关系，看到他时仿佛看到了十几年后的陈宜勉，他和陈宜勉不只长相相似，那带点儿痞气又绅士的气质也很像。

不过，舅舅更沉稳一些，陈宜勉更桀骜、嚣张一些。

周恒正进院后把东西放下，等从屋里出来时，想起了什么事似的，问道："小孟说推荐了一个小美女过来，人来了吗？"

"来了，是真的很漂亮。"有义工回答道。

今睢愣了一下才知道他们说的是她。她还没反应过来，就被开朗、爱笑的小婧挽着手臂拉了过去。

"在这儿呢。"小婧说道。

今睡在清理猫舍时戴着口罩，过去跟众人打招呼时把口罩摘了。

她头小脸小，脸部线条流畅。她的五官于清秀中带着明艳，鼻头不是很翘。

"你好，孟芮婷是我的师姐，我叫今睡。"

"你好你好，你跟他们一样，喊我'恒哥'就行。"今睡与周恒正简单地打了招呼，周恒正又说，"我们是一个相对松散的团体，你在这儿怎么舒服怎么来，只一点，不能虐待动物。遇到了什么事、有什么要求，大家商量着来处理。"

"好。"

这时，周恒正的视线偏了一些，越过她的肩膀，他冲着她的身后喷了一声。今睡的背后是院门，不知来了什么人，只听周恒正调侃道："发传单就发传单，你穿玩偶服做什么？你这张脸不比这个好看？"

"玩不起就直说，真好意思让我用脸给你撑门面！"

这声音今睡太熟悉，语气慢悠悠的，听着有点儿冷淡。

今睡猛然扭头，视线正和陈宜勉的撞在一起。

现在暑气未消，今天的天气闷热得厉害，陈宜勉在玩偶服里闷了几个小时，额前的碎发带着湿意。他看过来时，眼睛格外亮。

"新来的义工，今睡。"周恒正向陈宜勉介绍道。

陈宜勉点头，甩了甩头发，笑起来带着痞气，但很清爽，说道："敢情我是帮了自己人。"

救助站里干净、宽敞，天高云淡，时间似乎都流逝得慢了下来。陈宜勉的这句话说得随意，但今睡听着不自觉地耳热起来，不知道回什么。

很快，她发现陈宜勉还带了一只狗回来，是自己在巷子里救的那只。此刻，大黑狗跟在陈宜勉的腿边，看着体积庞大，但格外乖巧。

今睡的注意力一下就被转移了过去，她诧异地道："它是这里的狗？"

陈宜勉摸了摸大黑狗的头，回今睡："以后就是了。"

到了吃午饭的时间，小婧推了推今睡的胳膊，说："带你尝尝阿姨的手艺。"

今睡看了陈宜勉一眼，小声应着"好"。

两个女孩儿走开一段距离后，小婧低声问今睡："刚才那个男生是不是很帅？他叫陈宜勉，是恒哥的外甥，在戏剧学院的导演系里读大一。"

"他常常过来吗？"

"不愧是姐妹，咱们的关注点一样。"小婧看着跟今睡差不多大，正是对异性充满好奇的年纪，"他一般周末过来。挺神奇的，帅哥不只招人喜欢，连这里的猫猫狗狗也很喜欢他。"她顿了下，想起今天自己的任务之一是带今睡熟悉救助站，便补充道，"这里的义工来自各行各业，有学生，有医生、教师，也有白领和做生意的老板。有的人出钱，有的人出力。他们只有周末和节假日有时间过来，平时这里加我在内有四五个人。"

今睡在想事情，闻言，问："你平时不用上学吗？"

"抑郁症休学。在这里找点儿事情做。"小婧说罢，无所谓地耸了耸肩。

倒是今睡闻言诧异了一下，但很快恢复正常了。

"跟你聊陈大帅哥呢，怎么偏题了？"小婧调节气氛，想了想，继续说，"其实只要陈宜勉在这儿，这儿就不愁招不到义工。之前有女生追陈宜勉追到这儿了，疯狂又主动，陈宜勉躲了几天，后来女生被恒哥打发走了。"

聊到周恒正，小婧一脸崇拜，忍不住多夸了几句："恒哥特别厉害。他做过'背包客'，在香格里拉开过酒吧和客栈，其实他是一个商人，炒股很厉害的那种商人。这个救助站一直是公益性质的，但恒哥从没说要放弃它，因为他做这个的初衷很纯粹，只是因为爱。"

小婧话不白说，最后点明主题："所以今睡，如果你喜欢我们这里，就一定要留下来。虽然我们才相处了半天，但我很喜欢你，我相信大家也都会喜欢你。你跟那些为了追陈宜勉来这儿的女生不一样，你很认真，也很真诚。"

今睡被夸得心虚，只点了点头，说"好"。

另一边，陈宜勉目送今睡走远，周恒正见此，问道："认识？"

陈宜勉嗯了一声，说："正要和你说这件事。"

"这么隆重，需要你专门再介绍一遍？"周恒正意味深长地道。

陈宜勉撇嘴，强调道："是关于杨绍的。今睡早晨过来时，在巷子口碰见他手底下的人了。"他低头瞥了一眼脚边的大黑狗，说，"它就是被今睡救下的。"

周恒正神情严肃，沉默了一会儿，拍了拍陈宜勉的肩膀，说："你先把衣服换了去吃饭。我来想办法。"

陈宜勉点头。

陈宜勉换好衣服，在院子角落的自来水管旁洗手。天气热，他刚才便把短袖挽到了肩膀上，露出两条结实的手臂。

水流很猛，他动作不拘，被光照得晶亮的水珠溅到了他的鞋上、手臂上。

周恒正从刚才起，便一直在发消息联系人，扭头注意到了陈宜勉，细细打量起外甥身体里隐藏的力量，感叹时间匆匆，不知不觉，浑小子也长开了，说道："确实像我，帅气。"

"我们不一样。"陈宜勉笃定地说。

周恒正饶有兴致地打量他。

"陈总的原话——"陈宜勉清了清嗓子，学陈康清的语气，道，"'你舅舅从青春期起，就有万花丛中过，片叶不沾身的本事。'当然还有后半句，是比着你骂我的，我就不学了。"

陈康清的后半句：你没这本事，就别仗着这张脸给我在外面瞎搞。

陈宜勉似是陷进了回忆里，呢喃着，既是回答周恒正，又是回答陈康清，道："我是没这个本事。"

因为他懒得过这种生活。

周恒正竖起大拇指，提醒他："抓紧时间在你爹面前洗白，等我哪天穷得连改装摩托车的配件都买不起了，你好接济接济我。"

"拉倒。"陈宜勉当机立断地否决舅舅的这个提议，想：你自己好手好脚，到不了那个地步。他把滴着水的水龙头又拧了拧，冲周恒正说，"你看，咱俩又多了一点儿不一样的地方。"

周恒正不跟小孩儿斗嘴，一本正经地道："我昨天在鹤甶吃饭时碰见你爸了，听他说你半个月没回家了。怎么？还在为出国的事情跟他置气？"

陈宜勉洗了手和脸，浑身清爽，站在太阳下眯了眯眼，没吭声，去摸口袋。

周恒正瞥见后，丢给他一根烟，继续道："照你爸的意思再待一阵子。等你们的矛盾缓和了，舅舅送你出去。"

原本，高考完陈宜勉是要出国的，最后却被陈康清送进了首都戏剧学院。周恒正知道外甥心里不舒服。

陈宜勉却说："我本来就没想出国。"

周恒正问："那你置什么气？"

"说不清楚。烦。"陈宜勉皱着眉说道。

今睡把手机落在了猫舍里，此刻回来拿手机，不凑巧听见了他们的聊天内容。

她觉得自己还是待会儿再过来更好，正准备悄悄地转身，不料脚边有一个空易拉罐，她没提防，一脚踩到了它，声音吸引了他俩的注意。

今睡窘迫地捂住额头，故作轻松地喊人："恒哥。"

周恒正和气地问："阿姨做的菜还吃得惯吗？有什么想吃的和忌口的就跟阿姨说，当季的菜阿姨都能做。下午别急着走，我请大家聚餐，热闹一下。"

"谢谢恒哥。"

今睡注意到陈宜勉始终没说话。他的后腰倚在旁边的架子上，背微微地弯着，他盯着今睡这边，一声不吭地抽着烟。

周恒正把烟按在石台上捻灭，丢进垃圾桶，说："你俩聊着，我去前面看看。"他走出一段距离后，想到了什么，停下，望着自己的外甥，这是怕陈宜勉跑。

陈宜勉一抬下巴，嘴角一撇，道："不跑。有人请吃大餐，不吃白不吃。"

"浑小子。"

周恒正一走，院子里立马安静下来。

今睢有些不知所措，偷听别人家的事情被发现，一次也就罢了，还接连经历两次，觉得自己确实过分。

陈宜勉明显感觉到，眼前的女生有些怕自己，上回在医院外面也是。

他把烟掐了，就着旁边的水龙头洗手。

水流动的声音停止时，今睢听见了他的声音："听见就听见了，不是大事。"

她此刻正盯着他小臂处的文身——一行黑色的符号，有数字、英文。她听陆仁说过，那是陈宜勉的母亲去世的日期。

闻言，她将视线往上移，正对上陈宜勉投过来的，等待她回应的目光。

今睢心不在焉，木讷地点点头，轻声说："知道了。"

话虽然这么说，但今睢明显感觉到陈宜勉心情不好。

晚上聚餐的烧烤店在市中心，一行人坐公交车过去。往常这时候被朋友搭着肩膀调侃的陈宜勉，今天头上蒙着外套，整个人仰靠在最后一排的座位上睡着觉。

他今天有点儿烦躁。

众人到了餐厅里，点好菜，上了酒，有人向服务生要开瓶器的时候，今睢只听见砰的一声，一旁的陈宜勉率先打开了一瓶酒。

他好像是用手指将酒瓶打开的，准确地说是用的食指的第二指节上的戒指。

"要喝？"陈宜勉见她看了过来，于是问她。

今睢摇头，说："我喝白开水。"

陈宜勉点点头，说："挺好。"

饭吃到一半时，陈宜勉接了一个电话便出去了。

又过了一会儿，今睢因为不小心把水洒到了身上，去卫生间里整理，出来时，在包间外的窗户边看见了他。

陈宜勉见有女生过来，将指间的烟转了一下，往掌心处藏。

今睢率先问他："不进去吗？"

"待会儿。"陈宜勉有些冷淡地道。

今睢淡淡地嗯了一声，没动，似乎要陪他待一会儿。

就这一小会儿的时间，就有客人经过走廊。

对方应该是陈宜勉的大学同学，远远地认出了陈宜勉，便走过来跟陈宜勉打招呼："宜勉。"

"学长。"

陈宜勉的学长饶有趣味地上下打量了今睢一番，冲陈宜勉的肩膀打了一拳，说："上周聚餐结束时，我特意安排系花坐你那辆出租车，结果人家刚进去就被你赶下去了。我还在纳闷儿呢，原来你喜欢这个类型的女生。"

陈宜勉笑了，澄清道："她是我的高中同学，我们在聚会呢。小姑娘脸皮薄，你别乱造谣。把人吓哭了，你哄。"

学长露出意味深长的笑容，捏着手指在嘴边做了一个拉拉链的动作，说："懂了。"然后，他看向今睢，道歉："不好意思，妹妹。我跟宜勉闹着玩的，你别放在心上。"

今睢笑了笑，说："没关系。"

学长诧异，冲陈宜勉抬了抬眉，回今睢："厉害啊。"

学长打了个招呼便走了，今睢没注意陈宜勉，低头继续看手机。

实验室的成员们有个聊天群，这会儿大家正在聊导师下个月过生日，他们给导师准备什么惊喜的事，今睢虽然来实验室不久，却也是其中的一分子，所以很积极地参与了讨论。

陈宜勉抽完烟，让风吹了吹身上的烟味，才对今睢说道："进去吧。"

今睢抬头，愣了几秒钟，才轻声回应道："好。"

今睢到家时今渊朝正在煲汤，屋里弥漫着浓郁、甘甜的味道。她换鞋、洗手，跟小时候一样，扒着厨房的推拉门往里面望。

今渊朝是华清大学历史系的教授，是一个很酷的老学究。汤煮得差不多了，他关火后先给今睢盛了一碗，说："早上听你咳嗽了两声，煮点儿梨汤给你润嗓祛燥。"

今睢吃东西很挑剔，小时候就是，即使只是吃清汤面，也只吃放花生油的。要是换成菜油、豆油，一般人吃急了都闻不出来，她反应大，吃一口就会吐出来。外人做的今渊朝不放心，只能一点点地做给她吃，这些年，他被自家这个挑剔的闺女锻炼得厨艺大增。

今睢喝了一碗热乎乎的梨汤，父女俩说了一会儿话，今睢被催着早点儿休息。

今睢回到房间后，坐在书桌旁，却没有睡意，不知不觉间想到了傍晚时发生的事情。

那会儿在餐厅里，她和陈宜勉一起回了包间。周恒正原本在说话，见他们是一起回来的，扬了扬眉，问他们："出去了这么久，你俩单独开了个小会啊？"

陈宜勉坦然地说："在门口碰上的。"

今睢的脸颊热着，她面不改色地坐下。两人的座位挨着，其他人都看向了这边，不知谁起了个头，竟跟周恒正开起了玩笑："恒哥，我看你要有外甥媳妇儿了。"

周恒正笑吟吟地看了陈宜勉一眼，道："那我是挺满意的。"

…………

外面传来今渊朝提醒今睢"少看一会儿书，早点儿休息"的声音，今睢猛然回过神，出声应着。等今渊朝不再跟她说话了，她才抬手，用手背贴了贴脸颊，叹了一口气，道："脸怎么又红了？"

今睢把桌子简单地收拾了一下，像往常一样，把今渊朝做的梨汤发到朋友圈里，关灯睡觉。

今睢很喜欢发朋友圈，有时拍的是实验楼前满地的落叶和晚霞，有时拍的是今渊朝做的一日三餐，偶尔也会拍一拍试剂反应。

孟芮婻被她在朋友圈里分享的动态深深吸引了。

这天中午，孟芮婻捧着手机思考着要吃什么，随口问道："斤斤，你上周吃的纸包鱼，是哪家餐厅的？看着很不错。"

今睢："我爸在家里做的。"

孟芮婻十分诧异地道："好厉害。"顿了下，她失落地说，"我还想问你是在哪家餐厅吃的，然后去吃呢。"

今睢笑了笑，停下手里的事情，邀请她："今天是来不及了。我让我爸明早买鱼，你明天中午跟我回家吃吗？"

"好啊。"孟芮婻开心地蹦过来，挽着今睢的胳膊，夸了今睢好一会儿。

今渊朝在教职工公寓里的住处，是学校的负责人在几年前分配给他的，他不常住，偶尔中午过来睡个午觉。过去，他为了照顾念书的女儿，住在市里的公寓里。在今睢升入大学后，这处公寓他才住得勤了。

有了些年头的楼体看上去有些破旧，但围墙上爬满了蔷薇科植物，每家每户的窗台上也装点着盆栽，十分温馨。

孟芮婻第一次去今睢家蹭饭，没空着手，知道历史系的今教授爱喝茶，便投其所好地拎了两盒茶叶来。还没到吃午饭的时间，孟芮婻便催促着今睢带她回家，说还能帮叔叔打打下手。

今睢被孟芮婻弄得不好意思，想说一声"不用"。孟芮婻却板起了脸，问："是不是怕我偷学？"今睢无奈地轻声叹息，想：既然拦不住她，便顺着她来吧。

经过超市时，今睢踩着夏天的尾巴，买了一袋雪糕上楼。

结果她们来早了，家里没人，今睢也没带钥匙。

今睚给今渊朝打电话，得知他被事情绊住了，一时走不开。今睚不想麻烦别人，拒绝了他派一名学生来送钥匙的提议，只说自己和同学在楼下看人下棋呢，不着急。

挂了电话后，今睚提了提自己的购物袋里冒着冷气的雪糕，想着要不要回实验室。

就在今睚纠结于哪一种选择更能照顾孟芮娉的情绪时，邻居回来了。

"今睚？"来人戴着无框眼镜，模样斯文、英俊。

今睚从台阶上站起来，应了一声，喊人："郄教授。"

郄浩宇之前在国外留学，今年回母校任职，是经贸系里拥有教授职称的最年轻的导师，今睚住进来后与他打过照面。

郄浩宇说话的声音和他的形象相符，给人一种如沐春风的感觉。

"怎么坐在这里？"郄浩宇问。

今睚不好意思地挠了挠脸，说："忘记带钥匙了，我爸不在家。"

"需要的话，来我家里坐会儿。"

今睚苦恼地撇嘴，道："我还好，但我的雪糕需要。"

郄教授开门，杜宾犬摇着尾巴冲过来，嗅到陌生的气味后大叫起来。

"稍等一下。我把狗关到阳台里去。"

"没关系。让它闻闻我身上的气味吧，我不怕。"今睚没麻烦别人，问，"它叫什么名字？"

"路西法，是'启明星'的意思。你在门口这么久它也没叫，这是看我回来了，故意表现，求夸奖呢。"郄浩宇摸了摸杜宾犬的头，对它说："我们路西法很棒。"

"汪。"

孟芮娉一直挽着今睚的手臂，所以今睚能察觉孟芮娉的身体僵了僵，她回头一看，发现孟芮娉的表情也突然变得严肃起来了。她以为孟芮娉怕狗，便只把装着雪糕的袋子递给了郄浩宇，并对郄浩宇说道："郄教授，我跟同学就不进去了，麻烦你帮我把这个放在冰箱里吧。"

"好。"

等郊浩宇进了屋，孟芮娉眼睛发亮，问今睢："你和郊教授住对门啊？"

今睢一点头，便觉得孟芮娉看自己的眼神变得亲切了不少。

"你也认识郊教授？"孟芮娉笑得贼兮兮的，郑重其事地攥紧她的手腕，压低着声音说，"姐妹的幸福就靠你了。"

然后，今睢便听孟芮娉说了她最近在"图谋"的事情，还被她硬拉进了自己的阵营做"僚机"。

周五这天，孟芮娉得知郊浩宇在击剑馆时，守在阶梯教室外等今睢，一下课便拽着今睢去"偶遇"郊浩宇。

姐妹俩火急火燎地冲到击剑馆。孟芮娉因为头发被风吹乱了，怎么捋都不满意，决定去卫生间里收拾收拾，顺便补个妆。今睢百无聊赖地站在休息区里，率先碰见了郊教授。

今睢下意识地看向卫生间的方向，孟芮娉还没回来。

郊浩宇朝她走过来，问她："一个人来的？"

今睢笑了笑，回答道："和师姐一起来的。"

今睢听今渊朝说过，郊浩宇有留学的经历，本科以专业第一名的成绩考入华清大学建筑系，后来修了金融学。两个专业跨度之大，让郊浩宇的身上多了一些传奇色彩。

郊浩宇也听今渊朝说过，今睢过两年要留学，两人便聊了起来。

另一边，陆仁从击剑场上下来，边摘头罩边摆着手说："歇会儿。"他很容易出汗，头发湿着的他，打量着自己的对手陈宜勉，问，"心情好点儿了吗？"

陈宜勉淡淡地瞥了他一眼。

白色的击剑服贴合他的身形，显得他优雅、贵气。他为了方便戴头罩，将头发全梳在了脑后，此刻有一缕头发垂在额头上。

"是我自取其辱。我这技术还不够你热身的。"陆仁真诚地发问，

"需要给你找个陪练吗？"

"不用。"陈宜勉拿着水瓶撞了撞他的水瓶，说，"还是谢了。"

"小事。"

陆仁爱跟陈宜勉玩，一是因为今睫，二是因为陈宜勉这人的人格魅力太强。在他的影响下，陆仁会觉得人生酣畅有劲儿。认识陈宜勉的人，很少有不想和他成为朋友的。

所以今睫喜欢他，陆仁也理解。

只不过，陈宜勉带着坏劲儿，骨子里有野性，一般人降不住他。

陆仁歇够了，想问他要不要再来一局。虽然陆仁被碾压，但他觉得过瘾啊。不料他一侧过头，便发现陈宜勉的注意力正落在别处。

这里的每一个单独的场馆，都是由玻璃隔开的，从里面能看到从走廊里经过的人。

陆仁顺着陈宜勉的视线看过去——今睫和一个青年男人并排行走着。

今睫穿着浅色的针织上衣，搭配长裙，肩膀上挂着帆布包，看起来很有文艺气息。她体形清瘦，即使穿着平底鞋，站在那个男人的身边也不显矮。

男人穿着浅色的西装，薄薄的无框眼镜下眼神温润。不知他在讲什么，今睫露出了浅浅的笑意，望向对方的眼神里带着崇拜与敬佩的意味。

陈宜勉收回视线前，陆仁已经起身，走到玻璃墙边，抬手敲了敲，并叫了今睫的名字。

今睫正在听郤教授讲留学时华人圈子里的事情，隐约听见有人在喊自己，声音闷闷的，从很远的地方飘过来。

不像是孟芮娉的声音。

今睫扭头望了望，没见到人，正怀疑自己产生了幻觉时，便看到了旁边的击剑室里的人。

几人只隔了一层干净、透明的玻璃，陆仁笑容爽朗，露着整齐的牙齿。

今睢的注意力越过他，她看到了穿着一身白色劲装的陈宜勉。

她抓住自己的衣角，心中忐忑。她一上完早课就被孟芮婷拽来了，此刻不修边幅的模样一定非常难看。她下意识地想要躲开陈宜勉直视过来的目光。

郄浩宇将今睢的反应尽收眼底，问她："男朋友？"

今睢不在状态，轻轻地啊了一声，出神地看着他，问："谁？"

郄浩宇抬了抬下巴，回答道："我说喊你的那个男生。"

今睢沉默了一瞬间，整理好情绪，笑着解释道："高中同学。"

第二章

救助站

　　孟芮娉哼着歌回来，远远地看见今睡的身影后便开始说话："斤斤，我刚知道，郄教授是这家击剑馆的老板之一。"

　　今睡和她旁边的人闻声回头。孟芮娉噎住了，忘记自己接下来要说什么了，尴尬地望着站在今睡旁边的，刚才她只看到了背影的男人，嘴角抽了抽，说："郄教授，好巧。"

　　郄浩宇随和地笑了，接着她刚才的话，回答道："这儿是朋友的店，我只占了点儿股份。"

　　孟芮娉的嘴角僵着，她这个"小话痨"此刻不善言辞，只频频点头，说："挺好的，挺好的。"孟芮娉显然不待见此刻嘴笨的自己，所以猛然间想起自己刚才要继续说的话是什么时，不假思索地脱口而出，"我刚才看到了那边挂着的，您穿着击剑服的照片，很帅。您还在锦标赛上拿过奖……"

　　孟芮娉觉得自己这话题找得真不合适，还不如沉默呢。

　　陆仁闻言，扬扬眉，道："是个高手啊。"说着，他看了今睡一眼，笑着邀请郄浩宇："要不一起玩一玩？"

陆仁说着，扭头问陈宜勉："来吗？"

刚才进店登记时，陆仁看到过易拉宝上郄浩宇穿击剑服的照片。当时他还夸了一句"没点儿技术傍身，都不敢开店当老板"，陈宜勉在旁边瞥了一眼，罕见地嘲讽起了一个陌生人："一个名字听着唬人的小比赛，你上你也能获奖。"陆仁知道他心情不好，所以没把他的情绪当一回事，却也知道，他这样说是因为他真的厉害。

陆仁知道陈宜勉能赢，所以才敢这样问，否则让陈宜勉在今睚跟前出糗，那就是自己卑鄙了。

陈宜勉支着腿坐在那儿，没动，淡淡地、并不友好地瞥了郄浩宇一眼，说："随他。"

孟芮婷跃跃欲试，兴奋地道："郄教授，我们有这个荣幸吗？"

"很久没碰，有些手生。"郄浩宇神情温柔，仿佛永远不会拒绝别人。他说着，望着陈宜勉所在的方向，说："献丑了。"

他这是应了。

孟芮婷激动地捏着今睚的手臂。

今睚其实也很激动，却没有表现出来。她还没有见过陈宜勉击剑。

郄浩宇去换衣服，孟芮婷在今睚的耳边小声道："这趟来值了。"

今睚偷偷地看着旁边陈宜勉英姿勃发的身影，心想：值。确实值。

今睚没看过击剑比赛，陆仁倾身，低声给她讲规则："击剑的武器分三种，重剑、花剑、佩剑。他们用的是花剑，只有剑尖刺中才有效，剑杆横击无效。有效击中的部位是躯干。比赛的台子长 14 米，宽 2 米左右，双方选手在距中线 2 米的位置就位。谁先击中对方 5 箭，便算胜利。他们穿的击剑服是由防弹材料制成的，绝对安全……"

今睚听得认真，看到台上的陈宜勉侧身站着，蓄势待发。

陆仁停止介绍，看热闹不嫌事大，道："比赛要有个彩头，赢的人请客吃饭怎么样？"

孟芮婷一听，想：有机会跟郄教授同桌吃饭，太好了！她立马冲陆仁竖起了大拇指，举手表态，道："可以蹭饭了！不过我不白蹭，我押郄教授赢！如果郄教授赢了，我就请大家喝奶茶！”

"那我……"陆仁略一思索，决定了，道："我也押郄教授赢。如果郄教授赢了，我就请大家去冲浪。"

"你们这是捧杀我啊。"郄浩宇听明白了这意思。

陆仁嘿嘿笑着，右手攥拳，在自己的左胸膛处捶了一下，冲比赛场上的两个人道："没办法，勉哥是我的兄弟。"

陈宜勉回了个一样的动作，说："这钱帮你省了。"

话是这么说，但孟芮娉一看到有人支持郄教授就开心，看陆仁时，觉得更顺眼了。她撞了撞今睢的胳膊，说："你的这个朋友够意思。"

今睢苦笑，孟芮娉是开心了，郄教授有两票支持。

孟芮娉很快也发现了，这个局势对陈宜勉有一点儿不利，遂问今睢："斤斤，你押谁赢？"

场上，郄浩宇意味深长地说："好像不用比，我就已经赢了。"

"这不是还有人没押吗？"陈宜勉转过头，看向今睢。他已经戴上了面罩，加上隔着一段距离，所以今睢看不清他的神情，但不妨碍她知道他在看她。今睢从他平静的眼神里看到了滔天巨浪，他这样的人，怎么可能输？

顶着几人的目光，今睢压力颇大。她对自己的选择无比坚定，却也无比忐忑。她默默地挪到孟芮娉与陆仁的对立面，说："我押陈宜勉赢。"

今睢觉得自己有片刻的失聪，说完这句话，四周的声音才重新被她听见。陆仁起哄："二比一，有好戏看咯！"孟芮娉振臂高呼："郄教授加油！"

其中也有陈宜勉的声音——

"靠谱。"陈宜勉的话掷地有声，极强的信念感让人无条件地推崇与追随他，"等着，带你赢。"

陈宜勉会事事做到最好，但好胜心不强，在他看来，有很多东西比单纯的比赛获胜更有意义。

更何况，他这不还有一个支持者吗？让女孩儿输，这怎么行？

所以，这次陈宜勉赢得很漂亮。

击剑比赛的节奏很快，穿着击剑服的陈宜勉动作灵活却有力度，每一次进攻和防守，都干脆利落。今睢眼睛一眨不眨地盯着，轻易地便能捕捉到陈宜勉的骄傲与轻狂。

较量与拉扯间，陈宜勉十分自信，不畏惧，不怯懦。他要做的事，便要做到最好。他想要的东西，便会想尽办法得到。

陆仁讲的规则，今睢听明白了；但真到了看比赛时，她屏息凝神，看着细长的钢箭刺来刺去，只觉得眼花缭乱，根本分不清楚哪一次是有效击中。

孟芮娉更不懂了，只顾着微微张着嘴巴，目光紧紧地锁定在郄浩宇的身上。

幸好有陆仁在旁边适时地解说着。

陆仁学的专业是音乐剧，他的声音十分动听，但此刻，旁边的两个女生各有各的焦点，压根儿不在意他的声音是否好听。

他很无奈，一边感慨两人没眼光，一边用言简意赅的语言让两人了解比赛实况。

最终，众人只见陈宜勉跨出一个非常帅气的大弓步，手臂一前一后笔直地伸展开。今睢还没看清楚，右侧的地板上突然亮起红灯，然后便听到陆仁说道："陈宜勉胜了。"

陈宜勉率先击中了对手前胸的感应位置，结束了这局比试。

陈宜勉赢了比赛没得意，但心情好了一些，脸上露出一抹轻狂的笑，说："承让。"

郄浩宇输了比赛也不恼火，摘掉头套后，依旧是那副令人如沐春风的随和模样，问其他三人："还不谢谢宜勉请客？"

陆仁吹起口哨，跟已经下场的陈宜勉碰了碰拳头。

陈宜勉的发丝都被汗水打湿了，陈宜勉问今睢："怎么样？"

此刻的今睢有些呆滞，恍如没听清陈宜勉的问题，半晌后才露出淡淡的笑意。

没等她说话，陈宜勉便又问道："没让你输吧？"

"很厉害。"今睢还在回答上一个问题。

在今睢的世界里，有的人只要站在那儿，便胜过了周围的一切。

孟芮娉短暂地郁闷了一下，但很快想通了。她觉得让郗教授省钱了也挺好，第一个蹦出来，建议道："我想吃海鲜！"

陆仁："羊排！"

今睢："我觉得对面的素食馆不错。"

"太实惠了。"孟芮娉抗议道，"斤斤，你不用客气，陈导有的是钱。"

几个人在商量去哪里吃饭时，击剑馆的工作人员过来了，似乎有事找郗浩宇，在郗浩宇的耳边说了几句话。郗浩宇对工作人员点点头，表示自己知道了，随后对今睢他们说道："我过一会儿再过去。"

今睢问："郗教授，您有事吗？"

郗浩宇笑了笑，说："我今天过来，是有点儿事要处理。刚才你们聊去哪儿吃饭，定了吗？"

今睢："每个人的想法都不一样。"

"那我来推荐一个地方。"郗浩宇去旁边拿自己的手机，低头按了一下，说，"隔壁有一家私房菜馆，口碑不错，我预留好了包间，你们可以去尝尝。我还有事，就不跟你们一起去了，这顿饭我来请。"

郗浩宇比其他几人要年长几岁，自觉地担任起领头的角色。说完，他又看向陈宜勉，说："宜勉，帮我招待一下他们，我先过去忙。"

陈宜勉冷淡地点了点头，算是应了。

今睢下意识地看向陈宜勉，想：男生之间的关系似乎很简单，打一场球、击一局剑，他们便能熟络起来。

陈宜勉低头看了一眼手机，猛一抬头，视线撞上了今睢的视线。今睢被吓了一跳，眼神躲闪着，却又忍不住偷瞄他。

陈宜勉目不转睛地盯着她，倏然笑了起来，他问今睢："怎么？不喜欢那家私房菜馆？"

今睢没这个意思，但陈宜勉接下来的话说得更加带有宠溺与纵容的意思。

"想去哪家吃？只要你开心，你想吃什么我都请。"陈宜勉道。

郄浩宇还没走，转头看了陈宜勉一眼。

陈宜勉的注意力全在今睡的身上。

陈宜勉存在感强，极具压迫性。今睡语塞，竟不知道应该怎么回答这个问题。

"都可以。"今睡别开眼，道。

孟芮婷捧着手机，在欣赏自己刚才偷拍的郄浩宇击剑的照片，对这边发生的事毫不知情，不经意间瞧了今睡一眼，吓了一跳。

"斤斤，你的耳朵怎么红了，是有蚊子吗？痒不痒？"她关心地问今睡。

"……"今睡生怕这些话被陈宜勉听去，连忙用手摸了摸耳朵，说，"不痒。"

从击剑馆出来后，孟芮婷因为跟"男神"同桌吃饭的机会泡汤了，本来就很不开心，又和陆仁因为一丁点儿事便皱起来了，更加不开心了。她挽着今睡的手臂，也不看路，一路上和陆仁皱来皱去，全凭今睡带着往前走。

从击剑馆出来时，陈宜勉低头踢着地上不知谁乱丢的烟头，踢到垃圾桶旁，落到了大队伍的后面。今睡借着看孟芮婷的机会，转头注意着他的动作，眼下一热，眼角挂着微笑。

陈宜勉就是这样一个人，不羁的外表下，有一颗正直的心。

在陈宜勉抬头望过来的前一秒钟，今睡移开了视线。

此时已经入秋，天高云淡，气候凉爽。今睡踩着脚边的落叶，放慢脚步等着陈宜勉跟上来。

孟芮婷和陆仁还在争吵，说到兴奋处还手舞足蹈起来。她作势去打陆仁，一时忘了自己还挽着今睡，结果自然是抬起胳膊的时候，把今睡的身体带得晃了晃。

今睡在想事情，回过神时，身体被一股猛力推了一下，重心偏移，整个人径直往旁边栽去。孟芮婷很快反应过来，伸手去抓今睡的胳膊，但手指尖擦过今睡的衣服，什么也没抓住。

状况发生得太突然，今睡来不及做反应，但预想的摔倒并没有发生，她撞上了一堵结实、宽阔的胸膛，勉强站住了。

今睡站稳后，立马往后挪了一步，拉开与陈宜勉之间的距离。与他离得太近了，今睡觉得自己的心快要跳出嗓子眼儿了，心跳声震耳欲聋，将她的小心思暴露了个彻底。

陈宜勉松开扶着她的手臂的手，问她："没事吧？"

今睡摇摇头，说："谢谢。"

"对不起、对不起，斤斤，我不是故意的。"孟芮娉着急了，说话时带着哭腔。

孟芮娉见今睡脸都红了，以为是被气的，越发愧疚了。

今睡一点儿都没有怪她的意思。

孟芮娉松了一口气，瞥见旁边的陆仁后，气呼呼地哼了一声，说："都怪你！不准和我说话了。"

陆仁背着这个莫名其妙地被甩过来的"锅"，简直无从争辩。他没再和孟芮娉互怼，而是朝今睡和陈宜勉看了一眼。

私房菜馆就在击剑馆旁边。服务生把他们领到包间后，把菜单放下，让他们点菜时喊他。

"好纠结。"两个男生示意女生先点，结果孟芮娉翻了翻菜单后放弃了，托着脸将菜单推给旁边的人，道，"斤斤，你对吃的有研究，你来点。"

她在吃的这方面对今睡无条件信赖。

在今睡翻看菜单时，孟芮娉边拆被塑封好的餐具，边跟她说："每当我在减肥，但刷到你的朋友圈时，都是煎熬。"

今睡："都是一些很平常的小事，没什么特别的。"

"但你发的很有趣。"

今睡笑着说："我是发给我妈妈看的。她和我爸很多年前就分开了。"

话题变得有些严肃，饭桌边的几个人有默契地安静下来。

今睰神色平静，注意力仍在菜单上。

今睰也不知道吃什么，她没来过这家私房菜馆，不了解。她翻了一遍菜单后，对着这些华丽又讲究的菜名依旧无从下手，又从头翻看。过了一会儿，她报了两个菜名，问其他人的意见："我挑了这两道菜，你们再挑。"

她把菜单推给坐在她对面的陈宜勉，结果陈宜勉还没接，陆仁便抢先伸过胳膊，把菜单拖走了。陆仁扬了扬眉，冲今睰笑了一下，说："我来看看。"

服务生进来送热水，今睰把人喊住，报了几个菜名，特意叮嘱："不要放姜。"

陈宜勉这才抬眸看了今睰一眼。

陆仁恍如不知情一般，问今睰："今睰，你吃不了姜吗？陈宜勉，你不是也不吃姜吗？"

今睰抿着唇，没说话，装没听见，想着：早晚有一天，我要被陆仁害惨。

倒是陈宜勉应了一声，把手里的菜单合上，说："再加两份甜品吧，两个女生吃。"

服务生把菜品记好，去下单了。

几个人又坐了一会儿，孟芮娉捂了一下肚子，做作地起身去卫生间。

今睰觉得她不对劲儿，问："需要陪你吗？"

"不用。"孟芮娉借着起身的动作，朝今睰挤挤眼，做口型说，"我回一趟击剑馆。"

今睰茫然，片刻后，懂了。孟芮娉是要去找郄教授。

今睰没吱声，目送孟芮娉离开，心里佩服她追求爱情的勇气。

又过了一会儿，陆仁见孟芮娉一直没回来，朝门口望了望，嚷嚷道："她不会是在外面迷路，找不到包间的位置了吧？我出去找她一下。"说着，他不给今睰拦他的机会，起身出去了。

包间里一时只剩下今睢和陈宜勉两个人了。

今睢："……"

她和陈宜勉面对面地坐着，一时有些不知所措。陈宜勉先开口了，提醒她："看看手机。"

"好。"今睢点了点头，道。

她掏出手机看了一眼，注意到有新的微信消息显示在通知栏里。她被拉进了一个群名叫"爱宠"的聊天群组，这是救助站的互动群。

她点开群聊，见恒哥提到了她，便往上翻了翻历史消息。

一位很酷的叔："@C @斤斤 运营文案的事情，就交给你们俩了。"

今睢又往上翻了翻，了解到是救助站要开通微博账号，缺人负责运营。

她看历史消息的时候，陈宜勉已经回复了。

C："我没问题。"

一位很酷的叔："斤斤呢？"

一位很酷的叔："哦，对，忘记问了。斤斤，你周末还过来吧？"

今睢赶忙回消息。

斤斤："过去的。"

斤斤："我也没问题。"

今睢正准备问运营微博要做什么准备时，只见通知栏里弹出了一条好友申请，来自坐在她对面的陈宜勉。

陈宜勉没附加个人信息，倒是直接说话了："微信是我，加一下方便沟通。"

今睢应了一声"好"，随即通过了申请。

下一刻，她想到了什么，点开了自己的朋友圈。

她确定自己没有发什么不好的内容后，才放下心来。今睢觉得自己一定病得不轻，陈宜勉怎么会闲得翻看她的朋友圈啊？

周六一早，今睢被导师安排去实验室，签收了一批实验器材。她确定好实验器材的数量和规格，送走送货员后，又把实验室打扫了一遍才出校园。

等她到救助站时，已经快上午十点钟了。

救助站里的气氛莫名的严肃，今睢问了小婧才知道，是近期偷狗贼猖狂，附近有几位居民的狗被下药偷走了。

今睢想到了自己第一天过来时，在巷子里遇见的那两个男人，问小婧："我们救助站没事吧？"

小婧自信地说："这个你放心。恒哥在这方面有门路，一般人不敢动我们的狗。"

今睢点了点头，想到那天两个蛮横的男人见到陈宜勉后，连一句挑衅的话都没说便溜了，想来就是这个原因。

中午吃饭前，周恒正给大家开了一个小会，提到今年冬天救助站要举办一次领养活动，同时要举办宠物摄影展，让大家更了解它们。

"谁拍照好看？"周恒正看了大家一眼，想挑个帮手，"快，毛遂自荐一下。"

大家交头接耳地聊着天，互相谦让着，却没有人举手。

一只手缓缓地举了起来。

"我可以试试。"举手之人说道。

周恒正看过去，打了个响指，道："行，就今睢吧。你主要负责拍照片，其他人若有拍得好的照片，可以发给你。"

他安排完，不忘感慨道："还是年轻人自信。"

周恒正又说了偷狗贼的事情，让大家不必因此而感到恐惧，但也不要放松警惕。

"大家早晚来回时也要注意安全。女孩儿最好不要落单。"周恒正说着，看了看今睢，一指她，安排道："你晚上跟宜勉走。"

今睢在想照片的事情。她不是爱出风头的人，做出某个决定只是因为有把握完成。她喜欢拍照，所以才答应的；但她拍照时习惯用胶片照相机，她想着晚上或者明天先去把胶卷洗了，拿照片给恒哥看看，也好做调整。

她正想着，被小婧碰了下胳膊才回过神。她茫然地转过头，小声问小婧："怎么了？"

小婧笑得意味深长，提醒她："陈宜勉啊，陈大帅哥……"

今睢不知道发生了什么事，闻言去看陈宜勉。陈宜勉坐得远，叠着腿，坐姿端正又松弛。他的肩膀宽阔、单薄，脖颈修长、白皙，他是典型的衣服架子。他此刻专注地盯着手机，脸上没什么表情，五官在光影的雕琢下显得十分立体，带了一些距离感，但极具少年气，始终意气风发。

小婧说："恒哥安排他送你回家。"

今睢愣住了，不解地看向小婧。

小婧的神情表明，事实就是这样。

陈宜勉听见了周恒正的话，抬头望过来，淡淡地道："需要的话喊我。"

他这话是对着今睢说的。这一点，今睢确定。因为她再转过头时，正好对上陈宜勉炙热的目光。

那眼神看得今睢心里发烫。

她轻声应道："好。"

陈宜勉似乎有事，会还没开完便带着手机出去了。今睢看着他向恒哥使了个眼神，看着他起身往外走，想：我怎么可能真让他送？

所以，今睢下午离开的时候，并没有告知陈宜勉。

但陈宜勉一直在等她。她常坐的那条地铁线路挂出了维修通知，她看到消息后，琢磨着今天搭公交车回去，在大门处看到了陈宜勉。

他叼着一根烟，注意力在手机上。

他看的是今睢的朋友圈。

今睢很爱摄影，也很会摄影。这个"会"不仅局限在构图上，更多的是，她的镜头里定格住的情绪和氛围。

就在今睢斟酌着打招呼的开场白时，陈宜勉看见了她，将烟蒂摁在垃圾桶上捻灭，率先问她："走了？"

今睢"嗯"了一声，接着上午的话题说："我早点儿回去打印照片。"

"你去哪里打印？"

"学校附近的影印店。"照片要得急，她去影印店打印是最方便的。先前今睢拍的照片，是陆仁帮忙洗的，专业技术上肯定要更好一些。

"想自己洗照片吗？"

今睢的眼睛骤然亮起，她自然是想的。

"那我带你去一个地方。"他说，"等我一下。"

陈宜勉去找舅舅拿摩托车的钥匙。

周恒正跟出来，提醒他："别飙车啊。"

"去一趟欤壹。"

周恒正环着胳膊，远远地看过来，问："你俩去？"

陈宜勉拿着俩头盔，抱一个拎一个，走过来把小一点儿的给今睢，对她说道："试试看。"

陈宜勉长腿一迈，跨坐在摩托车上，转头见今睢站在车边没动。

周恒正在不远处看着这边，以为今睢是不喜欢这个头盔，便说："头盔若是戴着不合适的话，屋里还有几个，你来挑一挑。"

"这个就可以。"今睢冲周恒正笑了笑，把头盔戴好。

上车时，她不得不扶了一下陈宜勉的肩膀，坐稳后立马松手，抓着车后的横杠。

摩托车是流线型的，非常酷炫，今睢坐在后座不受控制地往前滑，一次次地贴到陈宜勉的后背，又一次次别扭地与陈宜勉拉开距离。

总之，从救助站到欤壹的这一路，今睢非常煎熬。

陈宜勉骑得还特快，等到了地方，今睢从车上下来时腿都是软的，扶着车尾，过了好一会儿才站直。

"晕？"陈宜勉问她。

今睢糊弄着点头，说："有点儿。"

陈宜勉从车尾箱里取了一瓶矿泉水递给她，说道："喝点儿水缓缓。"

"谢谢。"

今睢渐渐平静下来，开始观察附近的风景。

看到旁边这条河时，今睢便有印象了。陈宜勉在微博里发过这附近的图片，晚上的时候红灯笼在岸边亮着，灯影在水下随风摇晃，像一盏盏荷花灯，偶尔会有人在这里钓鱼。这里下雪后更好看，银装素裹，似乎整个世界是白的。

今睢跟着陈宜勉继续走，顺着一段工业风的楼梯上去，便看到了欸壹的门牌。黑底红字，这是一家照相馆。

欸壹的生意似乎不太好，而且今睢怀疑这里是一家文身馆，店里的沙发上坐着一个男人，男人的手臂上文着各种图案，头上编着脏辫，很有艺术感。男人抖着一身肌肉，架着腿在神情激愤地玩手机游戏。

门开，风铃被风吹着发出了清脆的响声，男人随意地抬头看了一眼，继续看游戏界面。

"老板有事出……"他一顿，重新抬起头，一咧嘴，又道，"是阿勉啊？"

陈宜勉喊了一声"钟哥"。

他往里走时，今睢的身影出现在了大钟的视野里。

大钟抬抬眉，道："既然你来了，那我就下去了。还有一幅图没画完。"他说着，从陈宜勉的旁边经过，撞了撞他的肩膀，小声道，"看着挺乖，换口味了？"

陈宜勉看看今睢，想把大钟捞回来澄清，但没有行动，一是大钟已经走到门口了，二是觉得没必要。

他示意今睢随便坐，随口介绍道："钟哥是一名文身师，楼下那家店是他的。"

今睢不知道聊什么，脱口而出："你身上的文身就是在他那里文的吗？"

"算是吧。"他顿了一下，补充道，"我在店里，自己文的。"

今睢点点头，想象他给他自己文身的样子。

陈宜勉把捎来的东西放好，对今睢说："开工。"

"好。"

暗房里的光线泛着红调，人影朦朦胧胧的，不真切。暗房的墙壁上拉着几条麻绳，木质的夹子固定着一张张照片，有风景照，也有人物照。照片的质量很高，是一些放到摄影大赛中不说拿奖，但肯定会入围的作品。今睎认不出哪些是陈宜勉拍的。

他的身边总有一些很有天赋的朋友，文身的、摄影的、赛车的，他有很多朋友，他们就像他一样，很有才华。

今睎话少，陈宜勉不抛话题，她便沉默、专注地做事。

过了一会儿，陈宜勉把需要的东西备齐了，问她："之前自己洗过照片吗？"

今睎不用他介绍，率先辨认出他拿来的一样样东西是什么，各有什么用途，回答道："在实验室里洗过黑白的。"

陈宜勉点头，说："那你自己完全可以，现在试一下。"

"好。"

今睎的专业优势这个时候便体现出来了，她跟试剂、量筒这些东西打交道久了，操作起洗照片的工具来轻车熟路。

陈宜勉落得清闲，退到一旁，确定她根本不需要自己帮忙，彻底没事干了。

今睎做实验时习惯一定很好，陈宜勉这样想。

她取、放物品时有条不紊，手上的动作干净利落，很稳，不慌。每一步要做什么，等待的时候可以做些什么准备，她都很清楚。

陈宜勉将视线从她的手上移开，往上移。

女孩儿极其专注，俨然已经忽略了他的存在。

今睎确实已经忘了陈宜勉在这儿，等回过神时，发现他已经不在暗房里了。

她洗了手出去，刚接触刺目的光，让她有些不适应，抬手遮了遮眼睛。

手再放下时，她看到陈宜勉站在柜台旁摆弄咖啡机。他系着围裙，勒出劲瘦的腰，笔直、挺拔地站在那儿，头顶的灯将他笼罩在柔和又温暖的黄色光晕中，减淡了身上不羁的味道。

"洗好了？"陈宜勉发现了她，问道。

今睡迈步过去，刚站稳，陈宜勉就递过来一个咖啡杯。咖啡杯里是他刚磨的咖啡，表面用奶液拉了花，是一株麦穗。

今睡接住，说了"谢谢"，不合时宜地想：现在大家对导演的要求这么高吗？未来陈宜勉就算不做导演了，也一定不会失业。

她把咖啡杯放到桌上，没舍得破坏咖啡上面的图案，说："照片洗好了。"

"我看看。"陈宜勉擦了手，接过她手里的一小沓照片。

陈宜勉看照片时，今睡拿出手机，小心翼翼地拍了一张咖啡的照片。她的动作有些急，她误打误撞地一并拍到了陈宜勉拿着照片的手。

好在陈宜勉没注意这边，他边看照片边转身，去旁边的柜子里取了什么。

陈宜勉把照片放到桌上，摊开，示意她挑选，并说："挑一张你最喜欢的。"

"嗯？"今睡不解，故作不经意地指了那张陈宜勉给猫顺毛的照片。照片只拍到了陈宜勉的手，如果不是拍摄者，如果不仔细看，可能辨认不出是他的手。

但今睡还是忐忑地观察着陈宜勉的反应，陈宜勉的表情很平静，他拆开一个新的相框，把照片装上、固定好，递给她。

"那留作纪念。"他说。

"谢谢。"今睡越看照片越喜欢。

陈宜勉收好其余的照片，用信封装好，递给今睡，道："这个也收好。"

今睡正专注地低头端详着手里的相框。

她此刻发圈松了，有几缕碎发从马尾辫上散下来，眼眸明亮，里面盛着光。

今睡觉得她手里的这张照片拍得很温馨，正准备和陈宜勉分享，结果一抬头，对上了陈宜勉盯着她的视线。

男生眼褶薄，眼尾往下压，神情凝重，带着审视的意味。今睡陡然一惊，被灼到了似的，慌乱地低下头。

她自己也意识到了自己的反应有些突兀，遂欲盖弥彰地朝别处看，装出一副随处打量的模样，问："这是你的店吗？"

"不是。"陈宜勉始终盯着她，悠悠地说，"不过你可以随时来。"

今睢"哦"了一声，抿着唇，始终不去看他，却无法忽略他的注视。

今睢投降，转头撞上了他的视线，结结巴巴地问他："怎……怎么了？"

陈宜勉露出一抹笑容，身体渐渐放松，靠到身后的柜子上，意味深长地道："蚊子好像格外喜欢你。"

什么蚊子……

今睢猛然想到了孟芮娉的话，意识到了陈宜勉是在取笑她。

她抬手，假意整理头发，把耳朵盖住，不给他看。

今睢不知道陈宜勉有没有继续盯着自己，但她的耳根处的红晕一直蔓延到了脸颊，她的脸越来越热，脸上的红晕根本藏不住。

"这里有卫生间吗？"今睢瓮声瓮气地问。

陈宜勉朝柜台旁边的一条走廊指了指，说："从这儿过去，右手边。"

今睢低声应了一声"好"，垂着头过去了。

"好丢脸啊。"卫生间里，今睢捧了一把凉水，将手浸湿变凉后贴到脸颊上给自己降温，盯着镜子里的自己自言自语。

她容易脸红，尤其在见到他时。

许久后，今睢平复好心情，整理了一下衣服出去了。

工作台那儿传来歌声，那是一首节奏舒缓的英文歌，听得今睢的心情渐渐平静下来。她迈步过去，看到陈宜勉坐在靠墙的几台电脑前面，握着鼠标的手白皙、修长，带着从容不迫的散漫劲儿。

不过，今睢站在原地没动。

因为就在她去卫生间的时间里，店里多了一个人，今睢只能看到来人的侧脸，双眼皮、嘴唇的颜色很浅，鬓边的刘海儿蓬松、自然，脑后到肩膀的黑发半扎成一个马尾辫。

来人穿着舒适、宽松的衣裤，看不出身材曲线，但身材高挑、匀称，此刻站在陈宜勉的旁边，将胳膊肘搭在他的肩膀上，身体斜斜地依靠着他。

陈宜勉侧着头，不知说了什么，只见那人俯身凑向电脑屏幕，也凑近了陈宜勉，搭在陈宜勉的肩膀上的胳膊自始至终没有放下，两人看上去很是亲密。

今睟彻底冷静下来，觉得自己方才的羞涩情绪有些可笑。

陈宜勉侧头时注意到她回来了，抬了抬下巴，对她说："你先坐在沙发上等一等，一会儿我送你回学校。"

今睟正要说"不用，你有事就先忙"时，陈宜勉旁边的人也注意到了她。

对方笑着和今睟打招呼："你好。"

是一道男声。

今睟微微眯眼，不禁又仔细地打量了一下对方，这人的脸庞棱角分明，白净、清秀却不娇俏，眉目间具有英气，帅气又撩人，是男生女相。

陈宜勉不知她误会了什么，介绍道："池桉，这里的老板。"顿了下，他又向池桉介绍今睟："我朋友，今睟。"

"喊我'池哥'就行。"池桉放下搭在陈宜勉的肩膀上的胳膊，将两只手臂环在身前，站直，眼睛发亮地上下打量着今睟，邀请道，"妹妹考虑做模特吗？"

"哎，干吗呢？我还在这里。"

陈宜勉坐的是一张底下带万向轮的圆凳，没有靠背，也没有扶手，刚才介绍两人认识时，他脚尖踮地转了身，背对着电脑。此刻他说话时，他的后背靠在桌沿上，长腿微微张开，随意地支在前面，整个人显得既懒散又随意。他这话说得却一点儿都不随意，玩世不恭的语气中，是实实在在的警告意味。

"别乱打她的主意。"陈宜勉道。

池桉啧了一声，诧异地瞥向陈宜勉，与他对视了两秒钟，倏然笑起来，像煞有介事地问道："我做什么了？就是约她很正经地拍拍照。妹妹还没拒绝我呢。"

在池桉看来，今睢外形好，眼睛里的光很干净，一定很上镜。刚才他只是职业病犯了，顺嘴一问，这会儿见陈宜勉这样在意，就更为好奇了。

他又将胳膊搭到陈宜勉的肩上，往下一压，意味深长地笑了笑，问："什么情况？"

今睢佯装没听见池桉的打趣，借着整理包的动作，不看他们。

"饿了。"池桉没刨根问底，揉着肚子，懒洋洋地说，"我点外卖，你俩要吃什么？"

他们从傍晚忙到这时候，还没吃东西，是该吃饭了。陈宜勉看向今睢，问她："吃吗？"

"就不麻烦了吧。"借用了这里的暗房洗照片，还要让老板招待自己，今睢有些不好意思。

陈宜勉点点头，带着她走了。

周日，今睢原本打算在实验室里待一天。结果她早晨看到了小婧发来的消息，说有领养人要来救助站看猫。

领养人看中的猫咪叫"豆子"，豆子是救助站里所有猫咪里最黏人、最听话的一只，小婧知道今睢喜欢这只猫咪，所以特意和她说了这件事。

今睢踩着清晨稀薄的日光进了实验楼，脑袋里一直闪过豆子平日的模样，不知怎么了，突然有些难过。她停在楼梯下面，下一秒钟，转身出了实验楼，拦了一辆出租车去救助站。

小婧见今睢来了，还以为她是舍不得，不愿意豆子被领养呢。不料，今睢笑容拂面，向领养人介绍了小家伙有趣的日常习惯，以及喂养时的注意事项，亲手把它交到了领养人的手上。

领养豆子的姑娘临走前由衷地夸赞了救助站里的义工们："来之前我还在担心自己会不会被骗，但现在发现是我狭隘了。你们是真的爱小动物，太贴心了。"

送走领养人，小婧挽着今睢的胳膊，吸了吸鼻子，说："其实我有点儿舍不得。"

今睢实话实说，道："我也有点儿。"她顿了下，爽朗地道，"希望它在新家生活愉快。"

"嗯！"小婧肯定地点了点头，问，"你现在是回学校，还是再在这里待一会儿？恒哥昨晚搬来了两箱石榴，特甜，你等会儿，我给你装几个。"

今睢看着小婧进屋，自个儿也没闲着，接着小婧的活儿，去给救助站里的狗崽喂食。

福大正在后院里晒太阳，听见今睢的脚步声后，欢快地跑了过来，绕着她的腿转啊转。今睢摸了摸它的头，把小婧已经拌好的狗粮倒在了地上的狗盆里。

福大叫了几声，跑过去也要吃。

今睢为了让其他狗都能吃到狗粮，抬手挡了它一下。福大甩了甩头，今睢还没反应过来呢，只觉得拇指一痛。她看过去时，拇指上已有了两道口子，有血珠渗出来。

"福大！"

今睢很少生气，此刻很凶地吼了一声，虽然没什么力度，但福大知道她生气了。

"怎么了？"

小婧正好出来，听见声音后，连忙迎过来询问情况。看到今睢的手时，小婧吓了一跳，连忙把今睢手里的搅拌盆接走，拉着她去处理伤口。

今睢处理好伤口后，福大灰溜溜地过来，似乎知道自己犯了错。

今睢拍了它几下，道："这几下是惩罚你。幸好你咬的人是我，你要是敢咬别人，我就把你赶走，让你继续流浪去。"

小婧帮她把伤口消了毒，贴了创可贴，说："为保险起见，你还是去打疫苗吧。"

"好。我下午去打。"

"我看你是忘不掉今天了。豆子被领养，你还被自己养的狗咬了。"

今睢又戳了戳福大的脑袋，回小婧："谁说不是呢？"

今睢要走，福大将她送到救助站门口。

今睢让小婧回去，又低头吓唬福大："看我做什么？现在知道错了？晚了，你伤了我的心，我这次离开了，就再也不来看你了。"

小婧在旁边起哄，对福大说："还不跟妈妈道歉？"

福大垂头丧气地望着今睢。

今睢哪里舍得真不回来？她揉了揉它的头，说："走了。下周见。"

今睢着急回实验室，暂时没想伤口和打疫苗的事情。她在实验室里忙了一阵，隔壁实验室的师兄来找她要一份论文资料，今睢的手机里有备份的资料，便说现在传给他。

她一拿起手机，便看到了救助站沟通群里的消息。

是婧婧啊："福大打疫苗了吗？"

C："还没。你带它出去的话，给他戴上止咬器。"

是婧婧啊："福大今天中午把斤斤咬了。"

今睢赶忙回复。

斤斤："不严重。手指破了一块皮。"

今睢准备再说点儿什么，不让大家小题大做时，手机铃声响起，电话是陈宜勉打来的。

今睢吓了一跳，手忙脚乱间，不小心按了接听键。她被迫捧着手机，接听了这通电话。

陈宜勉的声音从听筒里传来，有点儿陌生。

"疫苗打了吗？"他关心地问。

今睢捂着听筒，跟师兄说"稍等一下"，然后拿着手机去旁边接听了。

"准备过一会儿再去。"她回答道。

陈宜勉又问："现在在哪儿？"

今睢如实答道："实验室里。"

陈宜勉只说了一声"好"，便挂了电话，弄得今睡莫名其妙的，猜不出陈宜勉的意图。

今睡还有工作要处理，不适合走神太久。她放下手机，过去和师兄说了一声"抱歉"，把文档传给他，又聊起了课题的事情。

因为两人是同专业的，所以聊天时话题可以无限发散。今睡作为大一的新生，在科研这条道路上，要学习的东西还有很多，她勤勉、虚心，很乐意与同专业的佼佼者沟通。

聊着聊着，师兄说起了自己读本科时写论文的经验。今睡的记忆力不错，有些东西还是要记一下才更深刻，所以师兄说的时候，她抽出一旁的笔记本，边听边记。站着写字不方便，她拖过旁边的凳子坐下。

师兄把要点说完，站在今睡的斜后方看她的笔记内容。

今睡的字很漂亮，会有连笔，但依旧清晰、好辨认。

"下个周末有个学术讲座，是关于这个课题的。你如果感兴趣，我们……"

师兄正说着，今睡的手机铃声又响了，还是陈宜勉打来的。今睡虽不知他有什么事，但能接到他的电话，还是很开心的。

她一时没收敛神情，嘴角挂着笑。她关了手机的声音，只有屏幕亮着，电话还是未接通的状态。她飞快地接上师兄的话，道："你说的那个讲座我知道，我会去看看的。谢谢师兄，今天麻烦你了。"

男生到嘴边的邀请被打断，他也没急在这一刻，只道："你先接电话，我回去了。若有不懂的，随时来问我。"

"好。"

还没等师兄走出实验室，今睡便迫不及待地接通了电话。

"喂。"今睡心情雀跃，甜甜的声音里有藏不住的喜悦。师兄回头看了她一眼。

手机那头的人却没吭声，似乎没料到电话被接通了，又或者是在思考，今睡突然这么开心是因为什么。他沉默片刻后，才说话："下来。"

今睢眨眼，拿着手机出了实验室，透过走廊里的窗户往下看。她觉得，楼下停着的那辆摩托车很眼熟，靠在摩托车上的人更眼熟。

半分钟后，陈宜勉看着眼前穿着白大褂、头发绾在脑后扎成低马尾的女孩儿，皱了皱眉。

"不用换衣服？"他问。

今睢照实说："还没忙完。"

陈宜勉皱眉，问她："知道我找你有什么事吗？"

"救助站有事？"

他回忆了一遍自己和今睢的对话内容，思考到底是自己的问题，还是她的问题。最后他说："你先上去忙，忙完后我带你去打疫苗。"

今睢眨眼，不知该怎么回答。

"好。"今睢犹豫着答应了。

今睢没敢让陈宜勉等太久，脱了外套，洗了手，便去找陈宜勉了。

陈宜勉站在走廊里吸烟，胳膊搭在栏杆上，手腕随意地垂着。

他的注意力在手机上，舅舅发来了微信，问他有没有带今睢去打疫苗，叮嘱他主动付钱，不要让姑娘掏钱。陈宜勉回了一句"你给报销就行"，随后便注意到了，出现在自己视线范围内的今睢的鞋子。

"我好了。"今睢拉了拉肩上的帆布包的带子。

陈宜勉把烟摁灭，把烟头丢到旁边的垃圾桶里，点点头，道："走吧。"

下楼的时候，今睢无意间抬起头，看到了墙上挂着的约翰·道尔顿的名言："一些人能获得更多的成就，是由于他们对问题比起一般人能够更加专注和坚持，而不是由于他的天赋比别人高多少。"

到了医院，登记好信息，今睢便被护士领到了注射室。整个过程很快，她没费什么事。

今睢从注射室里出来时，看到陈宜勉正坐在休息区里用手机看电影。

他随意地往那儿一坐，没什么表情，穿着一件圆领口的黑色卫衣，脖颈修长，肩膀宽阔，让人很有安全感。休息区里的塑料椅坐着算不上舒服，他大大咧咧地张开着腿，没有丝毫不耐烦的神情，灯光在他的眼下映出阴影。

医院里，到处弥漫着浓烈的消毒水的味道，这个熟悉的标志性的味道，以及眼前坐在医院里的休息椅上的陈宜勉，刺激着今睚想起高中时，在医院里见到陈宜勉的场景。进入大学以前，她与陈宜勉接触的次数并不多，所以他们每一次见面的情景，她都清楚地记得。

那是她读高二时发生的事情，陈宜勉在校外发生了车祸。消息在学生间传开时，已经渐渐失真，今睚听着那些被越传越严重的内容，上课的心思都被吓没了。

今睚借口胃疼去医务室，逃了接下来的那节生物课，她走得太急了，连找人伪造请假条的时间都挤不出来。今睚从教学楼里跑出来后，直奔操场西南角的那堵矮墙。

她之前无意间听几个和陈宜勉玩得好的男生说起过，那里有一棵歪脖子树，能翻出去。

今睚到地方后试了两次，掌心全是汗，很滑，根本攀不住。

又一次，今睚用衣摆擦掉汗，一鼓作气，终于跨上了墙头。

还没等她松一口气，便听见有男生爆了一句粗口——是从校外翻墙进学校的学生，被她吓得摔倒在了地上。

"不好意思。"今睚从墙上跳下去，慌忙道歉。

那人皱着脸，刚准备吐槽几句，抬头看见对方是个模样文静的女生，脏话没说出口，从地上爬起来摆了摆手，说"没事"。

男生边拍裤子上的土，边打量今睚。

那时候还没有手机打车软件，春来高中位置偏僻，非节假日学校外面鲜有出租车经过。

今睚正愁没有交通工具去医院时，被她误打误撞碰见的这个男生，把他藏在树林里的电瓶车贡献了出来。

有了电瓶车，今睚连声道谢，火急火燎地赶去医院。头发被风吹得贴在了脸上，她也顾不得整理。

她在心里拼凑着从同学们那儿听来的消息，到了医院才知道陈宜勉伤得不重，右脚脚踝骨裂，没有其他危险。

　　陈宜勉的右脚打着石膏，他整个人放松地倚在墙上，旁边坐着一个还没他一半高的小男孩儿。

　　陈宜勉在假期里染过一次头发，开学后剃成了光头，现在头发长长了一些，薄薄的一层发楂儿贴着头皮。他头型圆润，五官立体，留这样的发型非但不难看，还将他身上桀骜的气质放大了。

　　小男孩儿拿着《魔兽世界》里的英雄的手办（没有着色的树脂模型组件），陈宜勉估计是等得太无聊了，后背离开墙，身体往前倾，去跟小孩儿争辩"是为了部落还是为了联盟"。

　　今睢当时不了解这款游戏，不知道联盟和部落这两个不同的阵营间有什么深刻的矛盾。听着陈宜勉与小孩儿说话的声音一阵阵地传来，今睢躲在拐角这边，长长地松了一口气。

　　今睢的额角还挂着因为紧张和着急而渗出的汗珠，她唇边的笑容却比过去任何时候的都要灿烂。她做惯了循规蹈矩的好学生，是老师和同学眼中的纪律标兵。那次翻墙是她十八岁前做的唯一的出格的事。

　　再历历在目的往事都被时间蒙上了一层薄薄的纱，往事中的每个人都被时间裹挟着，以不同的方式，朝不同的方向成长着。时至今日，今睢和陈宜勉依然朝着不同的方向前行，但所幸，他们不再背对背而行，而是面对面，走向了彼此。可能有些慢，但他们总有重合的时候。

　　陈宜勉听见了护士领着下一位患者去注射室的动静，抬头望了一眼，看到今睢已经出来。陈宜勉的耳朵里戴着蓝牙耳机，他摘了一边的耳机，问今睢："打完了？"

　　今睢微笑着说道："要观察三十分钟才能离开。"

　　陈宜勉示意她坐，解释道："有个作业要交，我看一部电影你不介意吧？"

　　今睢自然是不介意的。

　　休息区里的沙发是弧形的，今睢与他隔了一段距离坐下。读高中时，她大多数时候出现在他注意不到的地方，哪怕走到他的面前，他也未必留意。

现在，她终于能光明正大地出现在他的身边了。

陈宜勉看电影时有自己的拉片习惯，他拖着进度条，注意力集中在屏幕上，并未注意到今睢肆无忌惮的打量。

三十分钟过去了，护士叫了今睢的名字，确认她没有不良反应，便说她可以离开了。

今睢道了谢，见陈宜勉已经放下播放电影的手机，起身过来。他站在她的斜后方，今睢转身时，险些撞到他。

"三天、七天、十四天、二十八天。"陈宜勉盯着被张贴在墙上的注意事项，说了一遍剩余几针的接种时间，"一针都不能落下。"

"好。"

今睢执行力强，记性好，很快就把打几针疫苗的时间安排好了。周三这天，今睢满课，她计划上完下午的高等数学课后，先去医院里打疫苗，然后回市里的房子里拿几样东西。

结果快下课的时候，她收到了陈宜勉发来的微信消息，说自己在校门口等她。早晨的时候，陈宜勉问她今天什么时间去打疫苗，却没说他要和她一起去。

今睢不太喜欢别人打乱她的安排，尤其在她时间紧张的时候，但陈宜勉接连两次自作主张的安排，今睢还是挺喜欢的。

她先是吃惊，然后欢喜地奔向他。

今睢把课本、笔记本收好，一路小跑着回实验室放东西，生怕让陈宜勉等太久。她来到门口时，陈宜勉正蹲在花坛边，逗那只常年出现在校园里的"团宠猫"。

今睢看陈宜勉拿起手机，对着猫拍了几张照片。

下一秒钟，她的手机响了。

是陈宜勉发来了微信消息，他发了猫的照片，以及一句话："猫也在等你。"

今睢心里一软，再抬头时，觉得落日里的长街美不胜收，连萧瑟的秋风也变得温柔了几分。

又是一个周六，今睡去救助站时，带了自己制作的小饼干分给大家吃。今睡自己吃东西挑，所以擅长制作的几样食物的味道是没有挑剔的余地的，大家尝后纷纷赞不绝口。

今睡的包里还有一小盒饼干，是她单独留给陈宜勉的；但她逛遍了救助站的每一个角落，都没有看到他的身影。

她翻了翻陆仁的朋友圈，看到他昨天发的定位在郊区的动态后，才知道他和陈宜勉这几天没在学校。今睡沮丧地拆了那个包装精致，却不显刻意的饼干盒，自己吃了一块饼干。

中午周恒正过来了，今睡把先前洗好的照片拿给他看。

周恒正大概看了一遍，十分满意地说："我对你的审美完全放心，摄影展和领养活动我交给宜勉负责了，你如果有什么拿不准的事，就跟他商量着来做。"

周恒正把照片递回到她的手上，问她："疫苗打了吗？我让宜勉接送你去打疫苗，他没偷懒吧？"

今睡闻言愣了一下，这才明白昨天陈宜勉的主动是怎么一回事，说："去打了。"顿了下，今睡又说，"恒哥，我自己去就可以，不用安排人特意送我去。医院离我们学校很近，陈宜勉从戏剧学院过来一趟挺不方便的。"

周恒正摆摆手，道："你随便支使他，不用客气。"

"好。"今睡抿抿嘴，应着，心里不是滋味。

原来，喜欢陈宜勉这件事，不是付出了便会有回报。虽说她比旁人享受到了更多的优待，但那是她靠着外力达成的。先是陆仁，然后是孟芮娉，再之后是周恒正。

归根结底，在陈宜勉的生活中，她的定位不外乎是"朋友的朋友"。

今睡的心情变得很糟糕，她怕被小婧看出来，忙完手上的活儿后，便带着福大去救助站后面的公路上玩滑板了。

公路平坦，天气好的时候常有人在这里骑行。

一人一狗，夕阳映着他们跳跃的身影。福大今天格外乖，今睢教了它几遍，它就能顺利地滑了。

当老师的成就感渐渐驱散了今睢心里的烦闷情绪，这里僻静，远眺能看到起伏的山脉。

夕阳铺在刚下过雨的地面上，秋风萧瑟，盎然的绿意还没完全消失，橘色的晚霞为其加上了一层朦胧、浪漫的滤镜，风一吹，这景比翻滚着的海浪还要好看。

今睢渐渐放松下来，举着手机拍了一条福大滑滑板的视频。她的运镜能力一般，她却努力把视频拍好，好在根本不用额外调色，画面便足够好看。

她只给视频配了仙侠剧里御剑飞行的背景音乐，便将视频发到了朋友圈里。

这天一直到今睢离开救助站，陈宜勉也没出现。

晚上，今睢在实验室里改论文，拿起手机查看记在备忘录里的实验数据时，在通知栏里看到了救助站的微信群里，有人正在聊她下午录的视频，开玩笑说"福大这么'卷'，救助站里的其他狗该着急了"。

她参与着聊了几句，退出对话框时，看到陈宜勉给她朋友圈里的这条动态点了个赞。

今睢盯着陈宜勉的头像，两秒钟后，便把手机放下了，没什么多余的表情，继续对着电脑屏幕敲打打。

隔天，是今睢该去打第三针疫苗的日子。她吃完午饭，一回到实验室里，就接到了陈宜勉打来的电话。

看到他打来电话的那一瞬间，今睢就知道，他是来接她去打疫苗的。

电话接通，今睢确定了自己的猜测，说："我已经打完了。"顿了下，今睢不忍心地补充了一句，"上午和同学出去逛街时，顺路去了医院。"

她不是不忍心欺骗他，而是不忍心让他知道他被骗了。

也不知道陈宜勉怀疑没有，只听他应了一声，便挂了电话。

今睢放下手机，明明这个结局是她主导的，她却率先难过起来了。

陈宜勉给今睢打电话时，刚从欤壹出来。

池桉办的摄影班今天结业，大伙儿一起吃散伙饭，学生们嚷着要见陈宜勉。

陈宜勉被池桉诓了来，知道缘由后，明确地表示："今天不行。"

他记得今睢打疫苗的事情，所以自觉地把今天的时间空了出来，不料今睢用不着他。

通话结束后，陈宜勉把拿在手里的头盔放回到摩托车上，返回欤壹。

照相馆里，池桉见陈宜勉去而复返，问道："忘拿什么了？"

"不是。"陈宜勉说了这句话后，便坐回到了方才坐过的位子上，道，"安排被临时取消了。"

"那正好，聚会下午四点开始。等我修完这组图，一起过去。"

陈宜勉应了一声，接着看刚才没看完的电影。

沙发上的人很安静，池桉渐渐地忽略了他的存在。等修完图，把文件存好，池桉将身体往后仰，将胳膊举过头顶，伸了一个舒服的懒腰，转头时，瞥见了陈宜勉的神情，觉得他不对劲儿，问："被人放鸽子了？"

"不算。"

"那是家里的事情？"

"不是。"

听着陈宜勉否定了两次，池桉将脚踩在地上，一用力，带着椅子转了个身，双手交叉往脑后一撑，问道："那你怎么露出这种神情？"

"我露出了什么神情？"

池桉腾出一只手来，伸着食指，在空中点了点，一字一顿地说："大冤种。"

"……"

陈宜勉回给池桉一个无语的眼神，说："看电影呢。"

"行吧。"

池桉不计较，起来倒了一杯水，百无聊赖地在照相馆里走了几步后，站在陈宜勉的旁边，靠在柜子上盯着他看了一会儿，问："上次你带来店里的妹妹，有说自己愿意做模特吗？"

陈宜勉在拖电影的进度条，头也没抬地反问道："来劲儿了是吧？"

不对劲儿，陈宜勉今天非常不对劲儿。在经过切实的求证后，池桉得出了这个结论。

实验室里，今睢挂了电话后一直在走神，直到有人敲门。

屋里的人闻声望过去。今睢瞧见了出现在门口的陆仁，诧异地道："你怎么来了？"

陆仁提了提手里的纸袋，说："路过，顺便给你送几个石榴。"陆仁拎着东西进来，打量着屋里的环境，问，"在这儿能吃东西吧？"

"可以偷偷地吃。"今睢在陆仁的面前，明显放松下来了，俏皮地挤了挤眼，说道。

陆仁把袋子给她，说："那尝尝，挺甜的。"今睢拿着石榴，探究地打量了陆仁一眼，陆仁立马招了，"好吧。确实有事求你帮忙。一会儿陪我去一趟商场吧，给我爸妈挑一份结婚周年礼物。"

"行，不过你得先等我去打疫苗。"

"没问题。"

今睢喜欢陈宜勉这件事，陆仁是第一个发现的。为公平起见，陆仁也告诉了今睢一个他的秘密。因为秘密，两人做起了朋友。

今睢没有表面看起来那么乖，陆仁的性格却贴合了他名字里的"仁"字，通情达理、体贴细致、品德高尚……总之，今睢觉得任何正面的、夸赞人的词语，安在他的身上都挺合适的。

因为两人用真心换真心，所以这份友谊保持得非常愉快。很多时候，陆仁也成了她与陈宜勉之间的桥梁。

陆仁不吝啬地告诉她有关陈宜勉的消息，今睢也只有在和他聊起陈宜勉时，收起了试探和谨慎。

不过，今天陆仁没主动提陈宜勉，今睢也不想打听。

但好像少了这个话题，两人连话都说得少了。两人安静地去了医院，又去了商场。

"我去买果汁。"

"好。"今睢应了一声，站在原地盯着旁边一家奢侈品店的广告上的文字没动——"纵然结局不如意，遇见即是上上签。"

今睢看得出神，直到听见了小男孩儿的哭声，才移开目光。

乐高门店对面的休息椅上，坐着一个三四岁的小男孩儿。他一把鼻涕一把泪地摸着脸，他的面前有一个小汽车形状的行李箱。今睢见他摆弄着行李箱里的玩具，本来没想管，但看到小男孩儿发紫的唇瓣后，还是过去了，蹲下问情况。

"我不小心把哥哥的模型摔坏了，而且我太笨了，拼不起来。"小男孩儿说。

今睢看见他面前摊开的行李箱里是一些木制零件，应该是一个建筑模型，切口处不难看出是卯榫结构。

"姐姐小时候打碎了家里的东西，会主动道歉，然后想办法弥补。你可以向哥哥说明情况，和他一起复原，姐姐相信……"

不等今睢说完，小男孩儿就摇着脑袋，拒绝道："我哥哥的脾气很差的，他会打我。"

似乎想到了被哥哥打的场景，小男孩儿哭了起来。

今睢沉默了一会儿后问："那姐姐和你一起将它拼起来好不好？"

小男孩儿停止哭泣，红着眼咬了咬唇，说："好。"

陆仁买了鲜榨果汁回来，见这边的两个人头挨着头凑在一起，小心翼翼地摆弄着手上的零件。

"怎么了？"陆仁把其中一杯果汁递给今睢，接着打量起了盒子里的零件。

今睢咬着吸管润了润嗓子，似乎有了思路，对他说道："等我一下。"

陆仁看了一会儿，察觉了对面有一道炙热的目光，抬头看过去，发现了一个小屁孩儿，五六岁的样子，穿着一身名牌服饰，不知道是哪家跑出来的小少爷。

一大一小两个男生对视着，陆仁把手里的另一杯果汁往前送了送，问小男孩儿："我还没碰，喝吗？"

"谢谢哥哥！哥哥你真好！"小男孩儿麻溜地接过，嘴甜地说道。

"……"

连示意图都没有，今睡凭感觉一通瞎拼，最终失败了。她拨着盒子里的几块零件，突然想到了什么，拿出手机查了查，果真被她查到了。

她一边回忆自己看过的设计图，一边对照从网上查到的关键信息，重新开始拼模型。

陆仁注意到今睡的动作逐渐变快，视线从她的手渐渐往上移，落在了她的脸上。

今睡是一个很容易满足的人，能够轻松地把自己哄开心；但她又是一个不好满足的人，她想要的远比她此刻拥有的多。

陆仁盯着今睡挂着笑的眉梢，忘了移开视线。

"好了。"今睡轻轻一拍手，喜悦地说，"你看看，是原来的样子吗？"

边喝果汁边晃腿的小男孩儿见状，从凳子上跳下去，眼睛发亮，连连点头，道："谢谢姐姐！姐姐你又漂亮又聪明，简直才貌双全。"

小男孩儿估计是把他会的词语都用上了，今睡被逗得开心极了，对他说："快带着回家吧，家长不在身边时，一个人不要乱跑。"

"嗯！"小男孩儿临走时，眼睛滴溜溜地转了转，问，"姐姐，这个哥哥是你的男朋友吗？"

今睡模仿着小男孩儿抑扬顿挫的语气，笑着回答道："不是啊。"

"那可真是太好了！"小男孩儿惊喜地道，笑得比看到自己的模型完好如初时还要开心。

陆仁倒吸一口气，板着一张脸，道："你这个小鬼头。"

小男孩儿调皮地吐了吐舌头，拖着行李箱，丢下一句"姐姐再见！哥哥就不再见啦"之后，飞快地跑开了。

今睢被逗得开心极了，对陆仁道："我们回去吧。"

两人往扶梯口走去，陆仁侧过头看向今睢，想到刚才她因为找到拼模型的方法，而洋溢着笑容的脸庞，深深地望着她，突然出声："今睢。"

"嗯？"今睢茫然地转过头，见陆仁神情严肃，似乎有话要说。不等他开口，今睢的手机先响了，来电号码是个陌生的本地号码。

"稍等一下。"今睢说完，接通电话。

电话是池桉打来的，他联系今睢说店里多了两个胶卷，问是不是她落在那儿的。单听池桉的描述，今睢也说不准，池桉便问她现在是否有空，让她去店里取一下。

挂了电话后，今睢在回忆洗照片那天自己有没有落下东西。

"怎么了？"陆仁见她若有所思，问。

今睢摇头，说："没事。我有东西落在照相馆里了，一会儿要去取一下。"顿了下，她问，"你刚才要说什么？"

有些话，一旦被打断感觉就变了，陆仁笑了笑，说："我一会儿有事，就不陪你去照相馆了。"

"好。你先忙。"今睢说，"谢谢你陪我去打疫苗。"

今睢到欤壹时天色发黄，光线不明。楼下的文身店大门敞着，今睢朝里面望了一眼，收回视线往楼梯走时，看到了楼梯旁的陈宜勉。

他叼着烟，没点燃。

陈宜勉在口袋里摸打火机时，嗅到了身上浓烈的酒气。他扯着领口闻了闻，三两下把薄外套脱了。

他身上的酒是被人泼上来的。

摄影班的人的散伙饭是在后面那片草地上吃的，他们自己烤东西吃，一群人有共同话题，相处近三个月了，彼此很熟悉，起初其乐融融。吃完饭在草坪上玩游戏时，两个女生拽着头发打了起来，嚷着什么"打小三"。

陈宜勉离得近，帮忙拦了一下，人没被打到，衣服遭了殃，被"敬"了一杯酒。

陈宜勉把外套随意一折，丢到了旁边的架子上，似有所感地抬头，对上了今睢的目光。

他的身上只剩一件黑色的T恤衫了，下摆收在裤腰里，风一吹，他身上的酒气淡了，今睢觉得，他看着有点儿冷。

"瞒着我偷偷来？"陈宜勉的声音也冷。

陈宜勉不会小气到不准她背着他单独见他的朋友，所以今睢被这么一问，知道陈宜勉不是在故意逗她，而是在为其他的事情生气，当下心虚起来。

她往前挪了挪，闻到了从他那边飘来的酒气，顿时乱了思绪，心虚地道："不是，我……"

陈宜勉很清醒，始终盯着她，了然地道："那就是特意来找我的。"

今睢动了动嘴角，不敢承认，却也不能否认。她站在离陈宜勉不远不近的位置，微微仰着头，在混杂着酒香的秋风中，问他："你喝酒了吗？"

"喝了一点儿。"估计是吓到她了，陈宜勉强调道，"没醉。"

他为了证明自己没醉，站直，迈着直线走向她。

正如陈宜勉发在微博上的那些照片，这片产业园的风景很美。今睢看着这个炙热蓬勃、不见面都让她心动的男生，在这浪漫、温柔的秋夜的晚风中，主动朝她一步步地坚定地走来。

今睢觉得自己此刻说什么都煞风景。

很不巧，真正煞风景的另有其人。此时，结束聚餐的一众人说着话走近了，吵闹间，今睢听到了池桉的声音。

池桉也发现了她，远远地喊了她一声，说："胶卷我搁在桌上了，你自己上去看看。"

今睢应了一声"好"，转回视线时，发现陈宜勉已经停下脚步。

他又恢复了松弛懒散、类似醉酒的状态，垂头敛眉，把烟点上了。

夜似乎又暗了一些，陈宜勉的五官被光影照映着，显得格外立体。他抬头看过来时，眼神晦暗不明，紧紧地锁定在她的身上，不讲理地勾着她。

今睡回望着，忘记了闪躲。

陈宜勉倏然轻笑一声，手抬高到今睡的额头的位置，手背朝向她，手指自然地分着，微微弯曲，食指和中指一弹，轻轻地碰了一下她的眉心，问她："骗我？"

他兴师问罪的语气里，笑音还没被完全敛去，所以听着不像责备，更像自嘲。

今睡背风站着，从陈宜勉的指尖腾起的烟雾，飘不到她的身上。

"上去吧。"陈宜勉的语气轻飘飘的。他抬了抬下巴，放过了她。

今睡走到楼梯的中央，回头时，发现陈宜勉仍站在原地，只留了一个圆润的后脑勺儿给她。

今睡到了店里，找遍了每一张桌子的桌面，始终没看到池桉所说的两个胶卷。

正当她想自己找漏了哪里时，门口响起"有客人来"的电子音。她以为是陈宜勉上来了，扭头去看。

"找到了吗？"来人是池桉。

他把拎上来的东西往角落里一丢，听今睡说了"还没有"后，恍如才想起来一般，猛一拍脑门儿，说："你看我这记性。"

他走到五斗橱旁，在第一层抽屉里翻了翻，拿出两个胶卷，道："在这儿呢。"

今睡不用走近，一看便认出了不是自己常用的那个品牌的胶卷。

"这两个不是我的。"她说。

池桉露出疑惑的神色，说："不是吗？那这是谁落在我这儿的？"

他演得很逼真，有模有样的，加上今睡的注意力都在楼下，所以她暂时没意识到，自己被池桉算计了。

池桉把自己的胶卷搁回原位，说："害你白跑一趟，应该先拍个照给你看看的。你怎么来的？一会儿让陈宜勉送你回去。今天我们给摄影部的学生准备了小礼物，多出来了几份，是一套带照相机元素的东西，陈宜勉设计的，挺可爱的，你拿一份当纪念。"

池桉话密，把事情都安排妥当了。不等今睡回答，他便已经抛出了下一个问题。

最后，今睡一个问题都没来得及回答，笼统地应了一句："谢谢池哥。"

池桉把礼品袋给她，示意她看看，自个儿则站在旁边，面带微笑地等着，同时状似无意地道："我听陈宜勉说，你也喜欢拍照，是吗？有空的时候就和他一起过来。陈宜勉朋友多，也爱热闹，但他其实没什么安全感。他的朋友都很热情，但人心都是好的，希望你不要被我们吓到。"

池桉零零碎碎地说了不少话，最后说："趁陈宜勉还没走，我送你下去。"

今睡捻着礼品袋的抽绳，嗯了一声。

两人往门口走，池桉先出去，朝楼下看了一眼后突然停步，想拦的时候已经迟了。今睡从店里出来，一抬头便看到了在楼下站着的陈宜勉，以及他对面正在说话的女生。

玩摄影的人自我审美好，也爱打扮，时尚，这个女生就是池桉的摄影班里，颜值很高的一个女生，目前在读大三，是在微博里有五十万名粉丝的"网红"摄影师。

入夜了，风有些凉，天似乎要下雨。今睡看了一眼便移开了视线，对池桉说："我坐地铁回去，很方便。不用麻烦别人送我了。"

池桉累死累活地说了半天，结果陈宜勉自己把机会整没了。

那天之后，今睡和陈宜勉很长一段时间没见面。福大的滑板技术越来越精湛，他依旧给她的朋友圈点赞，却连着两周没去救助站。陆仁也没有在今睡的面前提陈宜勉，与今睡的聊天话题，也变成了简单的日常兴趣。

连续下过几场秋雨后，气温骤降，京市被一股股肃杀的冷空气笼罩着。

　　这天，陈宜勉回了一趟家。这是继开学前与陈康清吵架后，他第一次回这里。

　　家里的大人没在，陈嘉俊由阿姨带着，在草坪上玩游戏，见到哥哥后，立马扑过来抱哥哥的大腿，生怕哥哥跑了似的。

　　"哥。"陈嘉俊从小就黏陈宜勉，着急地要把陈宜勉往屋里拽。

　　"做什么？"陈宜勉问。

　　"你回房间看看。"

　　陈宜勉瞧着完好如初地摆在置物架的格子里的建筑模型，诧异地看向旁边还不到自己的腰的小鬼头，问："你拼的？"

　　小鬼头得意地挠着头，咧开嘴，露出一排干净的牙齿，道："不是。是我找了一个高手姐姐拼的。"

　　"高手姐姐？"陈宜勉猜能被小鬼头这样称呼的人是谁，严肃地说，"不准去打扰你陶菡姐姐。"

　　"不是。是比陶菡姐姐还要漂亮的一个大姐姐。"

　　"……"

　　陈宜勉露出一副"你说什么就是什么吧"的表情。

　　家里的阿姨上楼敲门，说先生和太太回来了。陈嘉俊对哥哥和爸爸上次的争吵仍心有余悸，不安地仰头去看哥哥。陈宜勉沉默着，眉眼间的温和情绪几乎是一瞬间消失了。他淡淡地应了一声，说"知道了"。

　　"哥哥，你可不可以不和爸爸吵架？"陈宜勉离开房间的时候，陈嘉俊用小手紧紧地攥着陈宜勉的卫衣的下摆，难过地说。

　　陈宜勉按着他的头顶，揉了揉，反问他："男子汉大丈夫还怕看人吵架？胆小鬼。"

　　陈嘉俊委屈地咬着唇，反驳道："我是不希望爸爸打你。"

　　陈宜勉嗤笑，说："那哥哥下次躲着点儿。"

　　陈嘉俊是郗斓嫁入陈家后和陈康清生的孩子，当时不是适合怀孕的时机，郗斓却坚持留下了这个孩子。

这个被寄予厚望的小鬼头，刚出生便被查出了先天性心脏病，而且因为早产，身体素质比一般的小朋友要弱很多。

陈宜勉捏捏小孩儿的脸，抬头示意阿姨："刘姨，我买了礼物放在外面的车上了，你带小俊去取一下。"

支走了小鬼头，陈宜勉才下楼。

客厅里，郐斓泡了花茶，端给陈康清喝。

陈康清喝不惯这甜味，也不生气，两人来来往往不知说了什么，陈康清性情温和，两人相敬如宾的模样，象征着家庭和睦。

陈康清看到陈宜勉后，表情变得严肃，板着脸，生气地道："你还知道回来？"

郐斓的语气则是温和的，她说："宜勉下来了？过来坐。回来的路上你爸还说想你呢，知道你回来了，特意交代刘姨中午做鱼，说你爱吃。"她说话、做事滴水不漏，在这对父子面前，将姿态摆得恰到好处，跟陈宜勉说完，又柔声对陈康清说："我重新给你冲一壶普洱，你们父子俩好好聊。宜勉这不是回来了吗？他还是听你的话的。"

陈宜勉坐到沙发上，张开腿，没骨头似的靠着。

陈康清看见他这坐姿就来气，都十八岁了，一点儿大人样都没有。他把心里的火气压了压，说："还适应学校里的环境吗？先在那儿念着。等读大二时再学一个财经类的双学位，学着管理家里的公司。"

"要不，你去定做一个机器人吧。"陈宜勉觉得累，像是被什么掐住了脖子，每一次呼吸都沉重而艰难，"保准贴你的心意。机器人比我聪明多了。我脑子笨，胸无大志，学不来双学位，而且喜欢跟你对着干。"

陈康清憋不住火气，气得直哆嗦，道："你听听你说的这叫人话吗？你是我的儿子！我说你几句还不对吗？"

郐斓出来，担忧地道："怎么又吵起来了？"

陈宜勉觉得没必要在这儿待下去了，站起来要走。

刚放到桌上的一整壶普洱茶，还没被完全泡开，便被陈康清抬手摔了过来。

他气急，只想摔东西解气，忘记了这是开水。

好在他不是真的想砸人，丢的位置偏了些，不多的热水溅到了陈宜勉的家居拖鞋和裤脚上。

陈康清说："你看看你现在像什么样子？坐没坐相，在长辈的面前一点儿礼貌也没有，平时少跟那些不三不四的朋友往来！"

陈宜勉低头看了一眼，冷笑一声，道："你该庆幸，我没遗传你的暴力倾向。否则你该去看守所里见我了。还有，"他顿了顿，又道，"我不喜欢吃鱼。"

陈嘉俊欢天喜地地抱着机器人玩具从外面进来，正好看见陈宜勉在玄关处换鞋，于是着急地问陈宜勉："哥哥，你要走吗？"

陈宜勉挤出一点儿笑意，按按他的脑门儿，说："乖，哥下次回来陪你玩。"

"好吧。"陈嘉俊不开心，自我消化了一会儿，压低声音，笃定地保证，"我会帮你保护好公园模型的！"

"嗯。小俊最勇敢。"

那个公园模型是陈宜勉小时候根据他妈的设计图纸做的，一块一块的模片都是他自己刨的，陈康清知道他逃课做木匠的事情后，和他发过无数次火，将那个模型摔坏了。

陈宜勉随了他的暴脾气，一丁点儿亏也不肯吃，戗了回去。

毕竟是跟母亲有关的东西，他本想着父亲看着它，能记得母亲，所以他虽然一直住在外面，却没把这个模型带走，谁知陈康清说摔就摔。

陈宜勉骑着摩托车到救助站时已经是晚上。

暗夜空旷，空中没有一颗星星。摩托车的轰鸣声，停止在陈宜勉看到今睡的那一刻。

他的长腿支在地上，他摘掉头盔后甩了甩头发，问："你怎么在这儿？"

今睡也对这时见到他感到意外，解释道："福大生病了，我过来看一下。"顿了下，她猜陈宜勉也是为这事过来的，于是补充道，"已经没大碍了。"

陈宜勉点点头，一拔钥匙，长腿跨下摩托车。

"我过去看看。"陈宜勉道。

福大通人性，似乎感受到了今睢的担心，病恹恹地蹭着她的腿，像是撒娇，又像是安慰。

今睢蹲下去摸它的头，挤出笑容，说："赶快好起来，我很担心你。"

陈宜勉进了屋，却没走近，站在远处出神，有一下没一下地玩着自己的打火机。

今睢看出他心情不好，以为他是因为狗生病的事情，想了想，把福大往陈宜勉那边推，同时说道："哥哥也在担心你，过去拉拉他的手，告诉他等你好了，表演滑板给他看。"

陈宜勉在今睢轻声说"哥哥"二字时，朝她看了过去，不自觉地被她的状态感染，内心渐渐平静下来，伸手摸了摸福大的头。

陈宜勉跟福大玩了一会儿，回头时发现今睢不见了。

他从屋里出来，看到今睢站在院子里和家人讲电话。

外面只开了一盏灯，今睢站在那儿，柔和而安静，说话有耐心，能听出来，她与家人关系和睦。

陈宜勉靠在门口抽了一根烟，等今睢打完电话后，才抬步出去，问她："你怎么走？"

"打车。"今睢说着，低头看手机里的打车软件。

"现在时间晚了，估计不容易打到车。"陈宜勉说，"我送你。"

其实现在还挺容易打到车的。今睢看着手机软件上已经被接单的行程单，闻言，悄无声息地点了取消，应了一声："好。"

她之前戴过的头盔放在车尾箱里，陈宜勉将它取出来，对她拘谨的小动作视而不见。

车子发动起来，呼啸的风声掩饰着女孩儿的心跳声。

陈宜勉朝后看了一眼，今睢仍没有抓他的衣服。他说："今睢。"

今睢不清楚他为什么突然喊自己，轻轻地啊了一声。

陈宜勉还保持着侧头的动作，问："我身上有刺？"

今睢的胳膊还在车后，没有松，她回答道："没有……吧。"

陈宜勉嗤笑一声，说："我的衣服不贵，抓坏了不用赔钱。"

第三章

偏 爱

　　陈宜勉的声音顺着风，变得格外悠长。摩托车疾驰，过了一会儿，今睢松开抓在身后的横梁上的手，拽住了他的衣服。

　　旁人看去，车上的两人似是极亲密地拥抱着。

　　但今睢抓住的仅仅是陈宜勉的衣服，她浑身僵硬，不让自己碰到他的身体。

　　如果陈宜勉没有突然刹车的话——

　　陈宜勉停下车，感觉到今睢的下巴在他的肩上磕了一下，先说了一声："抱歉。"

　　今睢轻轻摇头，说："没事。"

　　陈宜勉边摘头盔边解释道："想吃烤红薯吗？"

　　"好。"

　　刹车的那一瞬间，今睢的身体往前倾，撞到了陈宜勉的后背上。她在车子稳定后立马坐直，但那结实的触感始终在。

　　这种感觉让今睢在站在卖烤红薯的摊位前了仍然昏昏沉沉，不敢直视陈宜勉。

摊主是一个年迈的阿婆，推着三轮车在路边摆摊，烧烤炉上放着几个热气腾腾的烤红薯，香味飘散在四周。

"阿婆，还有几个？我都要了。"

现在已经入冬了，这个时间街上已经没什么人了。陈宜勉穿了一件短款的夹克外套，身材高挑、瘦削。

"就剩上面这几个咯。"阿婆的语速慢悠悠的，她认出了陈宜勉，亲切地道，"每回来都是全买了，吃得完吗？可不能浪费粮食呀。"

陈宜勉和长辈说话时，一改往常的顽劣劲儿，道："粒粒皆辛苦，哪儿能浪费？"

今睡在一旁附和："您烤的红薯甜。我们身边好多同学都爱吃。"

阿婆慈眉善目，笑吟吟地道："你们这群孩子啊，嘴比红薯甜。"

车上还剩四个烤红薯，陈宜勉让阿婆单独给今睡包了一个，另外几个自己拎着。

陈宜勉帮着阿婆收摊，说："阿婆，天冷路滑，您回去时路上慢点儿。"

陈宜勉提醒今睡回去。

两人往车边走的路上，今睡问："你常来买吗？"

"嗯。男生宿舍里熬夜的人多，回去分一分，很快就吃光了。"陈宜勉轻描淡写地说道。

今睡听着，自觉地在陈宜勉的身上贴标签——他好像总能看到大多数人忽略或者不在意的小事，爱行一些力所能及的善。

夜里车少，摩托车很快到了华清大学的校门口。

今睡摘掉头盔时，觉得眉心一凉，还没反应过来，便听陈宜勉说："下雪了。"

"嗯？"

今睡的鼻尖被冻得有点儿红，她仰着脸，惊喜地望着从空中纷纷扬扬地落下的雪花，眼底泛着亮光。

陈宜勉见她露出这副模样，问："喜欢雪？"

今睡的嘴角翘着，她放松且自在。她强调道："喜欢初雪。"

初雪的意义是不同的，尤其和喜欢的人一起看的初雪。

今睡看了一会儿，收回视线，往围巾里缩了缩脖子，去看陈宜勉。

陈宜勉不知什么时候拿出了手机，对着天空举起来，似乎在拍照。

他神情专注，手指在屏幕上勾画着调节相机的参数。

雪落在他的发上、肩上，小小的一片，很快化开。

"有人在图书馆的天台上放烟花！"不远处，有人扯着嗓子喊了一声。

今睡闻声转过头，朝那方的天空看了一眼。几道砰砰声后，空中炸开了一簇簇彩色的"花束"。

陈宜勉用手机拍了几张照片，便没了兴致。手机里的照相机的性能，与单反照相机的相比还是差了一点儿，想要的那种氛围感没被呈现出来。

他想要收起手机时，正看到第一簇在空中绽开的烟花，不算漂亮，却是深夜的天空中亮眼的点缀。

面前的女生却很喜欢这种短暂又美好的事物，跃跃欲试地踮着脚，试图看远、看多一些。

陈宜勉的手机还没被收起，他从镜头里看到了女孩儿欢喜的剪影，不自觉地弯着唇笑了笑。

这一瞬间，他想到了在今睡的朋友圈里看到的照片，烟火气浓，情绪很足，万分鲜活。他突然明白了专业课导师评价他拍的东西"冷清、孤独、太悲壮"的含义。

不是他拍的东西的原因，而是他这个人的问题。

他需要走到热闹中，做一个有感情的人，这样才能拍出能让人看到感情的照片。

"陈宜勉，你看！"今睡突然转身，喊他看烟花，却发现他在发呆，"怎么了？"

"没事。"陈宜勉正色，把举着的手机拿平，准备退出照相机软件。

他这一看才发现，刚才被今睡喊了一声回神时，手指误触到了屏幕，意外地拍下了今眸侧身回眸的画面。

他看屏幕时没遮掩。

今眸自然注意到了照片，眼睛微眯，脸上露出诧异之色。

陈宜勉站直，瞧着女孩儿委屈却不敢言的模样，那股子浑劲儿上来了，蛮不讲理地道："你自己闯进来的。"

今眸被他"恶人"先告状，噎得没话说，好一会儿后才憋出来一句："无赖。"

"那我删了？"他的眉梢挂着笑，他故意问道。

今眸哪儿有这么小气？而且……她忍不住又看了一眼陈宜勉的手机屏幕。

"很好看。"陈宜勉说着，点了几下手机屏幕。

紧接着，今眸的手机振动起来，有新消息进来，是陈宜勉发的照片。

今眸这才仔细打量起这张照片，画面很干净，夜空飘着白雪，她的皮肤跟雪一样白，小巧的眼睛黑而亮，绕在颈间的围巾衬得她的下巴小小的，脸也小小的，轮廓柔和，细碎的头发丝被路灯的光映成了金色。

她小心翼翼地点击了"保存"，却不知道陈宜勉在把照片发给她后，是不是删掉了这张照片。

两人沉默地站了一会儿，烟花绚烂，却短暂。很快，夜空恢复了宁静，雪似乎下得密了，深色的街砖上被铺上了薄薄的一层纯白、干净的"毯子"。

今眸收起手机，乖巧地道："谢谢你送我回来。我回去……"

"最近有按时打疫苗吗？"两人同时开口了，只有陈宜勉把话说完了。

"有按时打。"今眸不知道陈宜勉为什么会突然问这个，虽然是实话，却说得没什么底气，不知情的人还以为她在撒谎。

陈宜勉自然没怀疑她这句话的可信度。

他之前听陆仁说过，今眸做事认真、行动力强，高三时每天只睡四个小时，是个很实诚、爱跟自己较劲儿的女孩儿。

他关心的是她怎么没叫他。

今睡去欸壹取东西的那天，临走时陈宜勉说顺路送她，那会儿他正好要回学校，而且之前在救助站里，周末待得晚了捎她回学校是常事，没想到被她干脆地拒绝了，理由也合情合理，说什么他喝酒了，不能开车。

陈宜勉起初没察觉出什么，直到今睡走开，一旁的朋友问："你怎么惹人家姑娘了？"

当时陈宜勉没懂，问："什么意思？"

对方解释道："躲着你呢。"

经朋友这么一说，陈宜勉才琢磨出不对劲儿来。

陈宜勉知道自己名声不好，习惯了，也懒得解释。爱惜名声、怕麻烦的女生躲着他是正常的，所以他向今睡确认："怕我？"

"没有。"今睡低头盯着地上的雪，用脚踩了踩，说，"我听恒哥说了，是他让你接送我打疫苗的。你不用特意照顾我。我自己能去。"

"真心话？"陈宜勉问。

今睡抬头，接住陈宜勉投来的目光，坚定地说："是。"

不是怕我就行。陈宜勉想。

今睡安静、温和，但性格倔强、有主意。

陈宜勉大概能理解她的抵触情绪，想了想，说："救助站是纯公益性质的，不会给义工报酬，所以能遇到一个有耐心、善心，愿意长期留在救助站的义工很不容易。退一步讲，你在救助站里受了伤，是工伤。不要觉得这是在给我们添麻烦，相反，我们应该补偿你。"

他言辞恳切，难得地有耐心，并不知道自己搞错了重点。

今睡在乎的是"他"，而不是"怕麻烦"。

不过今睡没解释，很多事情摊开了说很矫情，却实实在在是她解不开的心结。

听着陈宜勉的话，今睡在心里找到了可以定义两人关系的词——同事。

也好。

他们好歹是同事。

陈宜勉思前想后，试图找寻合适的机会缓和今睢的这一抵触情绪。于是，他问："你周末有空吗？陪我出去一趟。"

"去哪里？"

陈宜勉看着女孩儿突然警惕起来，耐心地解释道："流浪动物摄影展和领养活动的场地还没定，需要到现场看看情况。"

今睢问："周六吗？"

"嗯。那天你不用去救助站了，带你出外勤。"

"好。"今睢轻声回应，想：做同事似乎也挺好的。

陈宜勉想到了什么，问："疫苗是不是还有一针？"

今睢照实说："还有最后一针。也是要周六去打。"

"我那天来接你，先去打疫苗。"陈宜勉盯着今睢，一字一顿地强调道，"不准拒绝。"

今睢把手放到棉服的口袋里，摸到了里面的烤红薯。烤红薯还是热的，热度缓缓地传到了今睢的身上，温暖了她的全身。

有晚归的学生结伴回来，说笑着，打破了宁静的雪夜。

陈宜勉一抬下巴，对今睢道："进去吧。"

今睢进了校园后，回头望望，陈宜勉和摩托车已经消失在了雪夜里。

她不住在学校的宿舍里。穿过校园，往西北角的教职工公寓走，雪越下越大，她不自觉地加快了脚步。

她到家门口拿钥匙开门时，今渊朝打了电话过来。今睢没接，腾出手来翻包找钥匙开门。

她还没找到钥匙，面前的防盗门就开了，今渊朝拿着外套和手机，鞋子也没穿好，火急火燎地要往外走。

"爸，你现在要出去？外面下雪了，你带上伞。"

今渊朝的嘴里嘟嘟囔囔的，注意力都在手机上，他没料到门口有人，被吓了一跳。

认清门口的人是今睡后，今渊朝舒了一口气，让出路，让闺女进来，嘴里唠叨着："你还知道雪大？这半夜三更的，出去了也不知道回来。你知道我多担心吗？"

今睡脱掉鞋子，又脱掉外套，被今渊朝数落了一通后，把口袋里的烤红薯掏了出来，说："回来时，在路上看到有卖烤红薯的，才耽搁了时间。"

今渊朝很好哄，瞥了一眼烤红薯，问："给我买的？"

今渊朝对今睡爱吃的东西了如指掌，知道她爱吃红薯干，却不爱吃烤红薯，这样问一句是想让她顺势哄哄他。

今睡也想哄他啊，可这烤红薯意义不同，她为难了一会儿，只好忍痛割爱，把烤红薯递了出去，道："对啊。还热乎的，装在口袋里带回来的。"

"这还差不多。"

今睡洗了手，换了一身舒服的衣服，出来时，看到今渊朝坐在餐桌旁，跟人打视频电话炫耀今睡买的烤红薯。

今睡凑过去，在镜头前做了个鬼脸，问："陆叔，您还没休息呢？"

"小睡啊。"陆成渝和今渊朝是老友，早些年一起下过乡，感情深厚，"你好几天没来家里吃饭了，等有空了你过来吃饭。"

"好啊。我可想吃陆姨做的锅包肉了。"

听今睡和陆成渝说了几句，今渊朝嚷着时间不早要休息了，便挂了电话，心事重重地看了看今睡。

今睡把今渊朝给她热好的牛奶喝了，捧着杯子，接受他的审视。

今渊朝探究地道："你是不是谈恋爱了？"

今睡的神情有些不自在，她眨了眨眼，说："没有啊。"

今渊朝不信，紧紧地盯着她，又问："没和小仁谈恋爱？"

"没有。"今睡一听他怀疑的对象是陆仁，哭笑不得，理直气壮地澄清，"我们就是好朋友。"

"那你陆叔说,你前段时间和小仁去约会了,还给他买了礼物。"

今睢无奈了,给他解释那天她和陆仁只是一起逛了逛商场,帮陆仁给陆叔陆姨挑了一份礼物。

今渊朝似信非信地点了点头。

今睢作势去抢那个烤红薯。

"你还吃不吃?不吃我吃了。"今睢说。

"吃!我闺女大雪天给我买回来的,我必须吃。"

今渊朝成功地被转移走了注意力,专心地吃起了烤红薯。

今睢在一旁给他倒水,问:"甜吗?好吃的话我再买。"

今渊朝停下吃东西的动作,严肃地盯着她,说:"下次不准回来这么晚了。"

"我知道了。爸爸,对不起,让你担心了。"

"还有,"今渊朝表情严肃地道,"谈恋爱了要告诉我。"

"好。我会的。"今睢起身,过去抱了抱他的肩膀,说,"我大三就出国了,谁受得了和我异地恋啊?"

今渊朝听她这么说不乐意了,在他眼里,她就是最优秀的。

"连异地恋这样的考验都接受不了的男生,要他有什么用?"今渊朝道。

"是是是。我以后找男朋友就照着你这样的找。"

"那不行。"今渊朝反驳道,"我女婿啊,要是一个有担当、有上进心、优秀的人,长相还得英俊,不能普通了。"

今睢听他堆叠了一个又一个形容词,像小时候一样,道:"我爸爸才不普通呢,他是大英雄。"

父女俩说了一会儿话,今睢睡觉的时候,窗台上的雪积了厚厚的一层。

她舒服地往床上一躺,拿起手机打开相册,找到陈宜勉发给她的那张照片,拇指和食指滑着手机的屏幕,将照片放大又缩小,不放过任何一个细节,看了一遍又一遍。

好一会儿后,她才恋恋不舍地锁好手机屏幕,两手捧着手机捂在胸口，挣扎着翻了个身，把自己卷到被子里，龇牙咧嘴地偷着乐了好一会儿。

陈宜勉为什么这么让人心动？

今睢啊今睢，你没救了，自恋死算了。

周六那天是个晴天，雪化后，街道上干干净净的。今睢起早去学校的食堂里带了早餐回来，今渊朝在楼下打完太极拳，上来吃饭。

"你是今天去医院对吗？等会儿我跟你一起过去。"今渊朝说。

"周末你不在家里歇歇？我一个人能行。"

今渊朝则说："我跟你陆叔约了去打网球，球馆在医院附近，正好开车把你捎过去。你打完针我就不管你了，你过去找我也行，自己回来或者去哪儿也行。"

"行。你怎么突然要去打网球了？当心闪着腰。"

"上了年纪就是要锻炼锻炼。"

今睢没再拦，心里却想着一会儿今渊朝撞见陈宜勉了怎么办？

今睢给陈宜勉发消息，说了今渊朝要送她去医院的事情，为保险起见，将她和陈宜勉会合的地点定在了要去的公园。

今睢说完自己的想法，小心翼翼地问道："行吗？"

陈宜勉回："随你。"

干巴巴的两个字，今睢看不出他的情绪。

当下除了这样，确实没有其他办法。

本以为这样就没事了，可今睢刚进医院的大厅，正准备去取号时，便瞧见了陈宜勉。他的五官英俊、立体，身材挺拔有型，他在人群中过于显眼。

今睢下意识地扭头，透过落地大玻璃朝医院的门外望了望，今渊朝停车放下她后立马开车走了，外头已经看不到他的车了。

陈宜勉不是故意逮她的，来医院是有事情的。

"宜勉。"有一名穿着白大褂的医生把陈宜勉叫住了，从远处款款走来。

今睢认出了这位医生，他正是上次在公交站旁和陈宜勉说话的那位医生。她看了一眼医生胸前的名牌，看到了他的名字——贺斯海，心外科主任医师。

　　贺斯海递给陈宜勉一个袋子，说："这个你带回去，说不定有帮助。"

　　"好。"

　　关系着别人家的事情，今睢自觉地没有打听。

　　她正琢磨着找个什么由头避开他们的谈话时，手机响了，是今渊朝打来了电话。

　　今睢觉得爸爸的电话打来得及时，走到一旁接电话。不料，今渊朝说她的围巾忘在车上了，坚持要来送，还说自己已经掉头了。

　　今睢便说在医院门口等他。

　　她接电话的工夫，陈宜勉和医生也说完话了。

　　她挂断电话，去陈宜勉那边。

　　陈宜勉问她："去打疫苗了吗？"

　　"还没有。"今睢抱歉地看了他一眼，说，"稍等我一下，我爸来给我送东西。"

　　"去吧。"

　　今睢站在医院门口等着今渊朝时，忍不住扭头望向医院的大厅里，陈宜勉站在那儿，低着头看手机，周围人流匆匆，今睢觉得此刻的陈宜勉有些孤单、落寞。

　　今睢听到有车喇叭声，移开视线看了一眼，确认不是今渊朝的车后，再次转头看向大厅。

　　陈宜勉不见了。他刚才站的位置被空了出来，保洁大妈推着保洁车经过。

　　今睢还没找到陈宜勉的身影，就听到了几声喇叭声，而后听到了今渊朝的声音："斤斤，这里！"

　　今睢看到了今渊朝的车。这里不让停车，他降下车窗把围巾递出来，叮嘱了她几句后便走了。

今睢目送今渊朝的车子驶远，抬步回了医院大厅，左右张望了一下，在靠墙的休息椅上看到了陈宜勉。

医院是一处随处充满沉重气息的地方，就连在今睢的心里时时刻刻都朝气满满的陈宜勉待在这里，都变得忧郁起来了。

陈宜勉注意到了出现在自己的视野里的鞋子，视线从手机上缓缓移开，露出一个不算敷衍的笑容，问她："拿到了？"

今睢"嗯"了一声，抬抬手道："我把围巾落在车上了。"

陈宜勉一点头，起身说道："先去打疫苗。"

"好。"今睢忍了忍，在陈宜勉站直后，还是担忧地问了，"你……没事吧？"

她问得小心翼翼的。

今睢承认自己唐突了。她刚才过来时走得很慢，趁这段时间想了很多事情。她想起了先前无意间听到的，有关他弟弟的事情，想着刚才心外科的医生说话时的神情，胡乱联想出可能的情况，甚至想了自己家里在这方面有权威的亲戚能否帮上忙。

不料，陈宜勉突然一俯身，直视着她的眼睛，仿佛要把她看穿，又仿佛已经把她看穿了。

今睢注视着他这张被放大了数倍的脸，微微瞪圆眼，蜷着手指，紧紧地攥住围巾。她从未离他如此近过。

周遭嘈杂的声音如潮水般退去，今睢只能听到自己那有力的、错乱的心跳声。

"怎……怎么了？"今睢强迫自己不要往后退，不要露怯，不要……脸红。

她倒是没有往后退，脚后跟生生地踩在地上，都快僵了。露怯就不确定了，她压根儿不知道自己此刻在陈宜勉的眼中是什么样的，但脸红是藏不住的，她本来就容易脸红，加上陈宜勉的视线仿佛带着火，随便一下，就把她的耳根烧红了。

陈宜勉神色平静地打量了她一会儿，不知道发现了什么有趣的事，放荡地笑了一下，又正经地说："我刚才在想，我这个人名不正言不顺的，还挺可怜。"

明明是今睢在担心他，话题却被他轻而易举地岔开了。

他这句话说得颇为无赖，给今睢扣了一顶大帽子。

今睢语无伦次地解释道："我爸看到你后，肯定会问东问西，怕你尴尬。"

陈宜勉点头，说："那我得谢谢你。"

今睢硬着头皮接话："不客气。"

陈宜勉轻声笑了一声，慢慢站直身子。

今睢很喜欢陈宜勉的这种小动作，比如他轻笑着逗她，或者用手指弹她的额头；她也喜欢陈宜勉处理日常小事时的态度，他走在路上时会顺便把别人随地丢的垃圾踢到垃圾桶旁边，会照顾年迈的阿婆的生意，让阿婆在大冷天里可以早点儿回家。

好像只有这个样子，他才是鲜活的，没有那么强烈的距离感。

经过了这么一段小插曲，还是陈宜勉陪今睢打了最后一针疫苗。

这次打完疫苗后，三十分钟的观察时间里，陈宜勉没有看电影，也没有玩手机。

他主动跟今睢提起："我弟，患有先天性心脏病，刚才你看到的人是他的主治医师。"

今睢转过头看他，他微微仰着头，下颌线流畅、紧绷，喉结处那颗小小的黑色的痣正对着今睢。

她觉得自己该说点儿什么，于是想了想，道："我一直觉得，我们活在世上会遇到各种挫折：离别、生病、死亡。苦恼是一种考验，也是一种历练，我们因此拥有了更珍贵、纯粹的感情。

"我有一个双胞胎姐姐，但我爸妈在我很小的时候离婚了，我妈带走了姐姐。我小时候身体不好，我爸为了照顾我，用了很多心思。我不挑食，但我胃娇气，吃东西挑，我爸为了照顾我，学了很多技能。

"虽然过程忙碌且艰苦，还常常看不到尽头，不知道以后会如何，但生活的魅力不就是未知吗？正因为有失去的可能性，所以才会更加珍惜。"

陈宜勉靠到沙发上，看过去时最先看到今睡的耳朵，她的耳尖带点儿粉色，眼神坚定。他能看出来，她是一个幸福感很强的女生，精神富足。

今睡说完才意识到自己说得有些多了，今渊朝是做老师的，平日里爱跟她讲大道理，今睡自小耳濡目染。

她察觉了斜后方的目光，转过头，露出不解又忐忑的眼神，问道："怎么了？"

"我觉得你说得很有道理。"陈宜勉的声音有些哑。

他将拳头抵在唇边，咳嗽了一声，顿了下，解释道："有点儿感冒。我去买个口罩。"

"好。"

陈宜勉出去后迟迟没回来，今睡不知道第几次望向他离开的方向时，收到了他发来的微信消息。

"我在医院门口等你。"

今睡回了一个"好"字之后，便听到了护士喊她的名字，说她可以走了。

她拿上围巾，一路小跑着出去。

等到快进大厅时，今睡才放慢脚步，对着锁了屏的手机屏幕捋了捋头发，以正常的速度往医院外走。

陈宜勉正站在花坛旁打电话，口罩覆在下巴处，见今睡出来了，立即把手里的酸奶递给了她。

今睡抿着嘴角，小声说了一句"谢谢"，没打扰他讲电话。

是学校里的老师给他打来的电话，他们聊的是专业课的话题。

今睡竖尖了耳朵听，试图多了解他一些。没提防旁边有患者家属推着轮椅，火急火燎地往医院门口冲，今睡反应过来时，想躲已经迟了。

"小心。"

今睡只觉得手臂一紧，被一股猛力往旁边一揽，才避开撞击，勉强站定。

陈宜勉还在讲电话，确定她站稳后便松了手。电话那头的导师听到了这边的"小插曲"，听陈宜勉说起此时在医院里，才说有事回头聊。

　　电话被挂断后，陈宜勉问她："没被撞到吧？"

　　今睡用手按了按陈宜勉刚才揽过的地方，摇了摇头。

　　陈宜勉注意到她的动作，蹙眉，问她："抓疼你了？"

　　"没有。"今睡立马把手放下来，生怕他误会。今睡没有忘记今天他们出行是有任务的，恒哥先前把几个待定的活动地点的照片发到了群里，让大家说想法，得出的结论是今天她和陈宜勉去现场看过再定，所以她问："我们怎么过去？"

　　陈宜勉看了看手机，说："等一会儿。"

　　"等什么？"

　　"来了。"陈宜勉朝她的身后示意。

　　今睡转头，看到了孟芮婳和陆仁打闹着从远处走过来。

　　孟芮婳蹦到今睡的旁边，挽着她的手臂，身体歪歪地靠在她的身上，说道："只要没有猫毛，我就还是救助站里的一分子。"

　　陆仁笑她："你不添乱就不错了。"

　　"那也和你没关系。"孟芮婳松开今睡的胳膊，叉腰，不甘示弱地回击道，"你添乱添的是麻烦，而我是制造乐趣。你不懂就闭嘴。"

　　今睡被孟芮婳的胳膊不经意打到，身体晃了晃。

　　陈宜勉抬手，在她的身后护了她一下，问："没事吧？"

　　今睡摇摇头，看着快要吵起来的孟芮婳和陆仁，伸了伸脖子，想要劝架。结果她还没开口，便见陈宜勉朝她使了个眼色。

　　"不用理，我们先走。"陈宜勉道。

　　"好。"

　　今睡不放心，却还是听话地跟上了陈宜勉的步伐。

　　今睡刚走出几步，吵架的两个人便发现了。

　　孟芮婳："吵不过就放弃吧，你没看陈宜勉和斤斤都听不下去了吗？"

"我真没见过哪个女生跟你似的，嗓门儿这么大。"

"你现在眼瞎吗？我不就是吗？"

今睢："……"

今睢听了半天也没听明白，两人是因为什么吵的架。结果就是，这一路两人互看不顺眼，随便说点儿什么都能互怼上。

陈宜勉应该是嗓子不舒服，话很少。

好在有孟芮娉和陆仁这对欢喜冤家，他们一行四人才不至于太冷清。

结果就是场地都没怎么好好看，今睢和陈宜勉光听这两人拌嘴了。

连陈宜勉都表示后悔了。

今睢当时在想事情，他们来的这个公园，就在春来高中的隔壁，今睢读高中时就住在这附近，所以对这边的环境非常熟。她心里惦记着陈宜勉的嗓子，回忆着附近的药店的位置，一时没听清他的话，问："什么？"

陈宜勉沉沉地呼了一口气，感慨道："牵福大出来，也比带这两个灵长类动物省心。"

"说你呢，听见了吗？"孟芮娉借题发挥，对陆仁说。

陆仁反击，道："我又不是聋子，当然能听见了。"

陈宜勉无语了。

今睢哭笑不得，说自己去买水，问吵架的两个人要喝什么。

孟芮娉要跟她一起去。

今睢主要是要去药店，所以拒绝了孟芮娉的陪同，说道："就在旁边，我很快回来。"

"行。"

今睢走开后，隐隐听见陈宜勉在跟那两个人说什么。隔得远了，今睢听不清，只知道陈宜勉的语气听上去挺无奈的。

今睢买水用了一些时间，回来时陆仁和孟芮娉也不吵了，三个人正在认真地聊，在这个公园里举办活动的利与弊。

今睢先把水分给了陆仁和孟芮娉，分到陈宜勉时，她的手里还拿着一样别的东西。

"他们怎么突然不吵了？还真有点儿不适应。"她说。

"估计是吵累了。"陈宜勉见她递水，先是说了一声"谢谢"，伸手去接时，才注意到她一起递过来的润喉糖。

今睢压低声音，飞快地解释道："含上一片嗓子会舒服一些。"

陆仁喝水时，注意力始终在今睢的身上，自然瞅见了她和陈宜勉之间的小动作。他意味深长地笑了一下，故意大声地道："给的什么啊？还偷偷摸摸的，见者有份。"

孟芮娉正在一旁拍照，闻言望过来，好奇地问："什么东西？"

今睢本以为自己做得悄无声息，没想到还是被陆仁瞧见，还直接被他戳穿了。听着两人一唱一和的声音，今睢此刻心里充满了悔意。

早知道……早知道她就晚一点儿给了，再谨慎一点儿就好了。

陈宜勉用舌尖抵着糖，眼底含笑地看了陆仁一眼，说："差不多得了啊。我让她帮忙买了一盒润喉糖，你们也要？"

陈宜勉从口袋里抽出手，晃了晃那个草绿色的圆形盒子。阳光下，糖果撞击的声音清脆、响亮。

今睢被这冬日里难得的艳阳晒得浑身发烫。

接下来，陆仁提议回春来高中看看，距离不远，步行几分钟便到了，其他人没有意见。

门卫认识陈宜勉，他们没费什么口舌便进去了。

明明才过了半年时间，几个人再看到高中校园时，竟有一种恍惚的感觉，既陌生又亲切，角角落落都有回忆。

虽然是周末，但操场上仍有男生在打球。

其中有陈宜勉的熟人，那人隔着大老远喊了一声："勉哥！"对方将胳膊伸得笔直，在空中用力地摆了摆，球也不打了，三步并作两步地跑了过来。

到了近处，那人才看到陆仁，还没等喊人，就被陆仁按着后颈往下压了压，佯装生气地问道："没看到你陆哥啊？"

男生疼得嗷嗷直叫，脸上挂着笑，却没有生气。

几个男生闹了一会儿，陈宜勉和陆仁上场打球。

孟芮娉不是从春来毕业的，打量着校园里的环境，跟今睢感慨，道："我突然意识到，我也好久没回十四中了。等有时间了，一定要回去看看。"

只剩下她们两个人了，今睢终于找到机会了，于是问她："你和陆仁为什么吵架？"

孟芮娉撇了撇嘴，道："他说郐教授看着斯文，其实私底下玩得很开放，让我离他远一点儿。他还说了郐教授的挺多坏话，总之，从今往后我和陆仁势不两立。"

一吐槽起陆仁，孟芮娉就刹不住车了。

她还说了什么，但今睢没用心听。今睢的注意力渐渐地落在了篮球场上。

知道陈宜勉和陆仁两个学长要上场后，大家就嚷着"他们俩在一个队里，根本没法打，他俩配合起来，根本没人能防住，必须分开"，结果他俩一人一个队，成了各自队里的队长。

今睢读高中时也看过陈宜勉打篮球，当时在学生会里有职位的今睢被安排去计分。夏天的夜晚来得很迟，男孩儿们在篮球场上挥汗如雨。那是一场被学生定义为最有看头的篮球赛，两个实力强劲的班级对抗，再加上其中一支队伍里有陈宜勉，所以来现场围观的学生更多了。

今睢想事情想得出神，没注意陈宜勉朝场边走了过来。

队伍分好后，陈宜勉脱了外套，把裤子口袋里的打火机、香烟还有手机都掏了出来，手腕上的手表也被摘掉了。

"发什么呆？"他站在今睢的面前，修长的五指在她的脸前一晃，打了个响指，唤她回神。

今睢被猛然叫回神，还有点儿蒙，那年嚣张、桀骜的高中生陈宜勉和此刻依旧意气风发的大学生陈宜勉重叠着，今睢一时分不清自己眼前的是哪一个陈宜勉，过了好一会儿才从回忆里回过神。陈宜勉说得没错，她此刻的模样确实有些呆。

不过，陈宜勉有分寸，没做什么过分的事情，只是抬手揉了揉她的头发，说："帮我看着点儿外套，我打一会儿球。"

今睢压下心底藏不住的悸动，伸手去接外套，道："给我吧。"

原本她表现得挺平静的，结果一旁的陆仁脱了外套后，让孟芮婶帮忙看着，孟芮婶不客气地道："这里一共也没几个人，还全是认识你的。谁会捡你的破烂衣服？还是说你的衣服上有脚，它们会自己走，非要我给你看着？我是那么好被支使的吗？给钱！一个小时五百块钱！"

"一个小时五百块钱，你怎么不去抢啊？还有，孟芮婶你有没有点儿少女心？你不觉得帮喜欢的男孩儿拿衣服，是一件很酷的事情吗？"

"我呸！你少往自己的脸上贴金。"

今睢："……"

他俩的对话像是巴掌一样，扇在了今睢的脸上，很快，今睢的脸热起来了。

陈宜勉站在今睢的面前还没走，她不敢直视他，悄悄地别开眼，看向别处。

陆仁骂骂咧咧地和孟芮婶吵了一会儿，往场上走时，不忘叫上陈宜勉。

"来了。"陈宜勉的声音在距离今睢极近的位置响起，他嚼着笑。

今睢心虚，总觉得自己这份谨慎、卑微的少女心思，被身经百战的陈宜勉看穿了。

直到陈宜勉走远，今睢才抬头望向球场。

陈宜勉上了球场，身上那股很淡的懒散劲儿彻底不见了。他充满朝气，身形矫健，散发着少年充沛的自信与活力。

今睢第一次遇见陈宜勉时也是在球场上，那是一个令人喜出望外的傍晚，是学校的篮球比赛进行决赛的日子。

今睢坐在计分桌后面，占据了一个绝佳的观赛位置。她在比赛开始前，还不知道陈宜勉是哪一位。

"长得最帅、进球时观众的欢呼声最响亮的就是他了。"朋友说。

正如朋友所料，今睡轻易地认出了陈宜勉——场上的 24 号。他的球衣是黑色的，他身形挺拔，四肢有力，奔跑时与队友做手势打配合，在阳光下神采飞扬。

那时的今睡带着好学生的沉默与清高，看不上如此特立独行的人，所以很快移开了视线。

但总有人能轻轻松松地闯进你的世界。陈宜勉真正在她的心里留下痕迹，是在比赛中场休息时。

现场人太多了，也很混乱。有爱表现的男生为了耍帅，站在场上原地起跳，打算把篮球投进场边的篮筐，但就在他起跳时，被身边的伙伴撞了一下肩膀，而这时，篮球失去控制，偏移了原本的方向。

"小心！"朋友提醒今睡。

但今睡没听清朋友在说什么，倾身过去询问。

篮球带起的风在今睡的耳畔停止，她被笼罩在突如其来的身影中，茫然地转过头，看到了眼前横着伸过来了一只手臂，手臂的主人用掌心轻松地接住了篮球，漫不经心地将球丢进了旁边的篮筐。

今睡循着那流畅的动作望过去，正好看见了陈宜勉那张英俊的脸庞。他只是随手一截，压根儿没注意自己帮谁挡了灾，也没去指责将球丢歪了的人。

篮球场边，半数女生给他送水和毛巾，但他站在场边，谁的也没接。

平日跟陈宜勉关系不错的一个女生穿着吊带短裙，拿着毛巾和运动饮料等在一边，见陈宜勉走近，藕段似的胳膊直直地伸出去，说道："刚才的灌篮太帅了。"

"必须帅啊。"陈宜勉丝毫不谦虚，顺着女生的话说着，脸上的笑容看起来很轻狂，同时抬手，冲一旁正从装矿泉水的包装袋里拿水的队友说道："振哥，给我拿一瓶。"

被称为"振哥"的男生，一只手撩着球衣的下摆擦脸上的汗，另一只手抽出两瓶水，胳膊一扬，朝陈宜勉的方向丢去一瓶。

陈宜勉稳稳地接住水瓶，说道："靠谱。"随后，他握着这瓶水，冲眼前的女生笑了笑，说："我这儿有。还是谢了。"

下半场即将开始，双方队员上场。陈宜勉和朋友从今睰的旁边经过，她不小心听到了他们的对话。

韩振过去撞了撞队长的肩膀，看了看场边沮丧的女孩儿，使眼色，问："什么情况？刚才我还没反应过来，你怎么不接那女生递给你的水？换目标了？"

陈宜勉玩世不恭地往对方的肩上一撞，挤了挤眼，不正经地道："我这不是想让大家知道，谁才是我的正宫吗？"

今睰听着这玩笑话，隐约明白了这个保持着顽劣、浪荡形象的男生，刻意却自然地与这个顽劣、浪荡的形象保持着距离。

连她自己都不知道，自己的脑子里怎么会冒出这样充满矛盾的结论，所以她不受控制地抬眸，想要多从他的身上寻找一些特性，来证明自己的结论是对的。

她在看别人，而有的人也在找她。

韩振扭头张望着，跟陈宜勉打趣："刚才你帮忙挡球的那个女生，怎么没贴上来？一般这种被英雄救过的美人，是要以身相许的。"

陈宜勉的注意力在别处，闻言，他漫不经心地反问："你这是羡慕还是吃醋啊，正宫？"

最后两个字他说得慢悠悠的，韩振反应了几秒钟，理解意思后说："我喜欢女生。"

"巧了，我也是。"陈宜勉笑得坦荡。

今睰已经移开视线，垂着头，在整理桌上被风刮得哗啦哗啦响的文件夹，在这温柔且肆意的风中，她的嘴角翘着，迟迟没有抿平。

陈宜勉的人缘很好，他永远不缺朋友，女性朋友多，男性朋友更多。

他对朋友仗义，在男生间开得起玩笑，也会玩，从不端着天之骄子的架子，却没人能否定，他的身上有着各种出类拔萃的天赋。

"啊！陈宜勉打球时这么帅吗？"

今睢的手臂被孟芮娉用力地攘了一下，今睢猛地从回忆里回过神，耳边响起了孟芮娉的这句号叫。

"陆仁，你太逊了！风头都被陈宜勉抢光了！"

篮球场上，陈宜勉的桀骜一如往昔，比阳光还要刺目的，是他奔跑跳跃、拥有无限活力的身影。

"先不说陈宜勉的长相，光说他这打球的水平，在校园里他便拥有了优先择偶权。"孟芮娉热衷于欣赏美的事物，从不吝啬自己的夸奖。她起初还有闲心调侃、刺激一下陆仁，渐渐地，注意力全被陈宜勉吸引了。

她一个人欣赏还不够，还要让今睢与她一起夸陈宜勉。

今睢不太擅长夸奖别人，回应了几句后，把话题岔开了。

"对了，你和陈宜勉是怎么认识的？"今睢问。

"我没跟你说过吗？"孟芮娉说，"是因为我过敏，总往医院跑之前的事情。我有一天在路上看到几个小孩儿在虐待狗，陈宜勉比我动作快，先上去阻拦了，狗被救下，送去了宠物医院救治。我住校，不方便养狗，陈宜勉说我如果放心的话，就把狗交给他，我那时便知道了他舅舅的那个流浪动物救助站。我觉得救助站很酷，就一腔热忱地想去帮忙，一来二去就和他混熟了，结果我因为过敏往医院跑了几次，折磨死我了。"

陈宜勉会做这样的事情，今睢一点儿也不意外。他那最不正经的皮囊下，是最正经的深情。

这样的少年，怎么不讨人喜欢？

今睢回忆起读高中时的陈宜勉，那时，他的身边总少不了红颜知己的身影。

即便是现在，今睢偶尔去看戏剧学院的论坛，抑或是他的微博账号时，也总能看到跟在他身边的女孩儿。

他从来不对女生有过分的行为，就是这种他的优秀有目共睹，但又都得不到他的若即若离的劲儿，特别吸引人。

打球出了一身汗，陈宜勉觉得自己的感冒都好了。他和陆仁只打了一小场，便朝场边走来，让学弟替他们打去了。

陆仁钩着他的肩膀，讨论刚才的篮球比赛，所以走得特别慢。

今睢原本已经忘记自己的手里还拿着他的外套，恰巧这时候，他放在外套的口袋里的手机嗡嗡地响了起来。

今睢这才迈步，走去陈宜勉那边，把外套给他，指了指口袋，提醒他："好像是手机在响。"

"我看一下。"陈宜勉抖了抖衣服，去掏口袋里的手机。

陆仁趁陈宜勉没注意，冲今睢抬抬眉，使眼色。今睢自然懂他的意思，佯装没看见。

陆仁也不在意，拍了拍陈宜勉的肩，说了句"我先过去喝水"，便走开了，给两人留出独处的空间。走了几步，他一抬手，顺便把要冲过来夸赞陈宜勉的孟芮婳带走了。

隔着一段距离，今睢听见他们两人又互怼起来了。

陈宜勉拿出手机，看了一眼屏幕，却没着急接，目光重新落到了今睢的脸上。

他很容易出汗，细密的汗珠挂在额角，薄薄的一层，有水珠顺着他紧绷着的、流畅的下颌线滚下来，他也没擦，亮晶晶的，晃得今睢眼睛疼。

今睢被他猝不及防地看来的目光盯得心里不自在，故作轻松地别开眼。只是不经意地，她看见了手机屏幕上显示的来电人的名字。

一时，她什么情绪也没了。

陈宜勉瞧着她绷着的脸，将方才要说的话先抛到了一边，不明所以地笑了一下，逗她："怎么这么严肃？"

"没。"今睢抿了抿嘴，让自己的表情看上去轻松一些，道，"我在想场地的事情。"

他们今天出来一天了，玩玩闹闹的，没做正事，所以她这个理由合情合理。

陈宜勉表示理解，只说："放心，有我呢。"

今睢"嗯"了一声，提醒他："你先接电话。"

给陈宜勉打电话的人很执着，一遍不通又打了第二遍，连续响着的铃声很刺耳。

陈宜勉没避着今睢，接通电话时，脸上开玩笑的神情已经淡了。

电话那头的女生在哭，说自己今天可能又考砸了。

今睢听见了，自觉地转身去了旁边。

她拿出手机看了一眼日期，马上要到艺考生参加联考的时间了。

陆仁灌了一口水，无视孟芮娉的挑刺儿，径直朝着今睢走来。

刚才打球时，他朝场边看了一眼，纵使今睢再冷静自持，喜欢一个人的神情也根本藏不住。

陆仁知道她是因为什么契机开始对陈宜勉动心思的，沉默地将她今天的反应看在眼里，罕见地没有像平时那样调侃她。

陆仁不动声色地凑到今睢的跟前，撞了撞她的肩膀，小声说："收一收，眼睛都看直了。"

"哪儿有？"今睢把手机收起来，把手藏在口袋里，忍不住抠手指，却不忘嘴硬，死不承认。

陆仁仿佛要印证自己说的，站到今睢的正前方，与她四目相对。

今睢这会儿想法多，也懒得做样子，就这样坦荡地任由他打量。

陆仁看了一会儿，放弃，站直身子后，长长地叹了一口气，摆出一副替今睢着急的模样道："眨眼间大一上学期就要结束了，等明年夏天……"

陆仁的话点到为止，他看着今睢，做了个鬼脸，说："我只是提醒你，若不抓紧点儿，局势对你很不利啊。"

陆仁了解她，所以轻易就能说中她心里最怕的事情。

不远处，陈宜勉还在讲电话，刚运动完的男生四肢舒展，浑身充满活力，说话时看着极有耐心。

她垂眸，神色淡淡地回陆仁："我知道。"

陆仁从后面拨了一下她的马尾辫，拆穿她："又胡思乱想。"说着，他转过头，朝另外两个人说道："孟姐姐，你等一下宜勉。我和今睢先去超市里买东西。"

他说完，也不等两个人说话，便对今睢道："走。"

今睢知道陆仁这是在转移她的注意力，既无奈又感激，想解释自己没有这么脆弱，但话到嘴边，并没有说出来，因为她发现自己并没有想象的那样坚定和勇敢。

陈宜勉听见陆仁的话后，对孟芮婷道："一起吧。"

然后，他边打电话边跟在几个人的身后走着。

孟芮婷走在两拨人之间，一会儿瞧瞧前面，一会儿看看后面，总觉得自己错过了什么很重要的细节。

正如陆仁所说，这学期真的要结束了。期末周学习气氛变得紧张起来，大家生怕绩点少了给自己的家乡丢人，图书馆里学生天天爆满。今睢偶尔去图书馆查查儿资料，找半天也找不到一个空座位。

那天打完球回来，陈宜勉把可以在领养活动上加点儿游戏环节的想法和今睢说了，然后拉着周恒正和救助站里的其他人讨论了几回，最终确定了方案。

一场社会性质的活动，要考虑的事情很多，周恒正把一些手续处理好，零碎的事便全部交给了陈宜勉和今睢处理。

活动的日期被定在了寒假刚开始的那几天，留给他们的准备时间不多，所以这段时间，两人在处理课业之余，还要去救助站里照顾动物，去软壹准备摄影展上要用的东西。他们频繁地保持着联系，但也仅仅是沟通着救助站的事情罢了。

陆仁那天的提醒犹在耳畔，今睢一闲下来就会忍不住想一想，为了少胡思乱想，每天都让自己异常忙碌。

考完最后一门科目后，今睢按照今渊朝的叮嘱，拎了东西去陆成渝家里吃饭。

小区里戒备森严，访客只有在登记后才能进入。今睢给陆仁打了电话说自己到了，在门口等着他出来接。

她没想到在这里还能碰见陈宜勉。

陈宜勉拎着打包好的速食和啤酒刷门禁卡，侧过头和保安小哥打招呼时，注意到了站在旁边，低着头玩手机的女生。

"今睡？"他诧异地道。

被点名的女生听见声音后愣了一下，抬头时，眼神里充满了难以置信的意味，喊她的人确实是陈宜勉。他穿着黑色的到脚腕的羽绒服，拉锁拉到了顶，皮肤白，五官立体，头发蓬乱却不显邋遢。

"你住在这里吗？"今睡诧异地道。

陈宜勉昨晚熬了个通宵，这会儿有些疲惫，强打着精神跟人说话时，带着一股慢悠悠的懒散劲儿。

"朋友住在这儿。"他顿了一下，注意到了今睡的脚边被装得满满的手提袋，问，"你呢？"

今睡回答道："我来找陆仁。"

保安小哥拿着保温杯出来，看看今睡，又看向陈宜勉，问："宜勉，你朋友啊？"

见陈宜勉点头，保安小哥便对今睡道："那你进去吧。"

"谢了。"陈宜勉跟保安说完，冲今睡一抬下巴道："走吧。"

今睡跟上陈宜勉，走进小区。

陈宜勉问："知道是哪栋楼吗？"

今睡点头，想了下，怕被误会，遂解释道："我爸和陆叔叔是相交很多年的朋友，我们两家人认识，我和陆仁小时候是邻居，经常到对方家里蹭饭。"

"总角之交啊？"陈宜勉笑着瞥了她一眼，道。

今睡闻言，点了点头。

这时，陆仁出现了。陆仁穿着拖鞋就出来了，看见今睡后，笑了起来道："斤斤，这里！你已经进来了？"

他走近，接过今睡手里的东西后，捶了一下陈宜勉的肩膀，语气自然地道："你这是熬了几宿？片子剪好了？"

"嗯，差不多了。回去就睡了。"陈宜勉没多客套，看了今睡一眼，朝分岔路的一边指了指说："我往右边，走了。"

目送陈宜勉走开后，陆仁搓了搓手，对今睐说："我们也回去吧，冻死我了。"

今睐收回落在陈宜勉身上的目光，道："今天零下二十摄氏度，你穿拖鞋出来？"

陆仁抬手，把今睐外套上的帽子扣到她的头上，按了按，说："这叫时尚，懂吗？"

"正常人都不懂。"今睐抬手，推开陆仁按在自己脑袋上的手，往旁边躲了躲，与他拉开距离。

"我发现你跟孟芮娉待在一起久了后，说话越来越难听了。"陆仁垂眼看她，见她再往前走就要撞进绿化带了，伸手拽着她的胳膊，把她往自己这边拉了拉，提醒道，"看路。"

"哦。"

陈宜勉走出一段距离后回头，正好看到两人说笑打闹的画面。女孩儿在男生的身边笑得轻松又自在。

今睐走出一段距离后也回了头，陆仁不用回头都知道。

"别看了，肯定已经走远了。"陆仁道。

今睐欲盖弥彰地道："什么走远了？哦，你说陈宜勉啊，我在看小区的绿化呢。"

"行。你说什么就是什么吧。"陆仁懒得和她计较，又走出去几步，恨铁不成钢地道，"你说你现在这条件，得天独厚、近水楼台、天时地利，真是老天爷追着你给你喂饭吃，结果你还不吃。干吗？不饿啊？你不饿我饿。"

今睐这些天生怕被陆仁逮到机会问进度，没想到这么久了还是没躲过。她插科打诨，试图糊弄过去道："哎呀，烦死了。你怎么比我爸还能唠叨？别当什么音乐剧演员了，留在学校里当老师得了。"

陆仁不给她岔开话题的机会，抓重点问："我是说真的，你追不追？"

"追追追，我赶明儿就表白还不行吗？"今睐快走几步，生怕陆仁拦住她再说什么。

今睡当然是说说而已,她有贼心,没贼胆。

到了家,陆仁便没再提这个话题。

陆成渝是高中的化学老师,作为班主任,他今年带毕业班,升学率像一座大山压在他身上,马上就要放寒假了,工作量只多不少。

今睡到时,他正在书房里和学生家长打电话,说孩子学习的问题,过了好一会儿才出来。

陆成渝是"女儿奴",但家里只有陆仁一个孩子,所以那份疼爱女儿的柔软心肠,都落到了今睡的身上,更何况今睡乖巧、懂事、让人省心,格外讨长辈喜欢。

陆成渝说了一句"去端水果",把陆仁赶走,坐在客厅里跟今睡聊天,问她大学生活过得如何,又聊自己班上的那群不让人省心的学生,还说她要是有时间的话,就回去给这群孩子做做考前动员。

陆姨也喜欢今睡,问长问短,让她有空多来家里吃饭。

陆仁端着果盘站在一旁,自己吃得过瘾,嘴上酸溜溜地道:"原来我是外人。"

过了一会儿,陆家的阿姨做好了饭,招呼大家洗手吃饭。

彼时,陈宜勉回到朋友的别墅后,没能睡成觉。

陈宜勉被人从二楼拽下来时,表情好似要吃人。不过是他自己有事麻烦他们,所以没释放出太强的抵触信号,捡起一个抱枕往怀里一塞,抱着坐下,大大咧咧地张开腿,抬了抬下巴,示意他们开始。

这个小区里的别墅都是独栋别墅,绕着假山、绿树,私密性很强。陈宜勉的朋友早有将这栋别墅用作工作室的打算,在装修时特意在房间的墙壁上装了吸音棉,此刻音乐声再大,都不会被人投诉扰民。

陈宜勉为了赶一个参赛作品,连着熬了几个夜剪辑片子。这会儿他正困着,被乐器敲敲打打的声音吵得不能睡,却也没有专心地听他们唱了什么,思绪飘忽间,想到了刚才见过的人。

只是,刚才他看见的最后那幅画面,在他的脑海里闪个不停。

陈宜勉精力不济，很多情绪抓不准，所以也没强迫自己多想。

乐队的成员们把歌唱了一遍，问陈宜勉："怎么样？"

他坐正，挤出微笑，感情欠佳地拍了拍手道："完美！我完全相信你们的水平，着实给我们的救助站增光了。"

"少贫嘴。我们再调几个细节，你上去睡一会儿。"乐队的主唱白杨一挥手，赶他走。

被音乐声刺激后，陈宜勉睡不着。他索性去厨房里冲了一杯咖啡，打算做一会儿事，晚上再多睡一会儿。

他刚在咖啡机旁站定，乐队的贝斯手吉吉就跟了过来。陈宜勉以为她有事找自己，便等她先开口，结果看到她在发呆。

"吉吉姐？"

对方回过神，茫然地问了一句"怎么了"，之后才反应过来陈宜勉是在关心她，才解释道："让我躲一会儿。"

陈宜勉冲了两杯咖啡，递给她一杯。两人靠着料理台，安静地喝着咖啡。

陈宜勉朝客厅里看了看，看到白杨坐在地毯上跟其他人说着话，仍时不时朝这边看。陈宜勉隐约看出了一点儿什么，于是问吉吉："杨哥……在追你？"

玩音乐的女生大多很潇洒，吉吉尤其如此，她的脸上难得露出这种拧巴的表情。

"你看出来了？"吉吉问。

陈宜勉也看出了吉吉的抵触，反问："你不喜欢他？"

先不说两人同在一支乐队近十年的知根知底、配合默契的感情基础，单论白杨的个人条件，双一流院校的音乐系高才生，学历无可挑剔；乐队主唱身份下的商业价值更无可挑剔，平日里除了乐队，白杨也有投资餐厅、酒吧，堪称富人。

吉吉却说："太熟了，没感觉。"

见陈宜勉没说话，吉吉以为他不理解，冲他抬了抬眉道："我问你啊。我之前见过的那个女生，叫陶什么的，她喜欢你吧？大美人一个，你怎么不跟她在一起？"

"她不是我喜欢的类型。"陈宜勉干脆地答完道，"说你跟杨哥呢，怎么扯到我身上来了？"

吉吉大笑，颇为感慨地说："一个道理。太熟了，两个人是朋友、兄弟、搭档。友达以上，恋人未满。男女之间没有纯友谊，但人在社会上行走着，没有哪一条社交规则允许大家只跟同性往来，所以与异性相处时的度，要靠双方心里的道德标准来拿捏。"

"赞同。"陈宜勉和她碰了碰杯。

陈宜勉又想到了今睢和陆仁说笑打闹的画面。

那么今睢对陆仁……他皱眉，心里堵着什么似的，喘气都困难。

看来，以后不能连着熬夜了，他会猝死的。

他把递到嘴边的咖啡杯拿远，不喝咖啡了。

救助站举办领养活动的日子到了。周日一早，公园里不少人停留在由救助站的义工们搭建的棚子前。

说起来，领养活动能有今天这人气，多亏了今睢和陈宜勉管理的救助站的微博。今睢无意间发到朋友圈里的福大滑滑板的视频，被小婧转发到了群聊里，得到了大家的一致夸赞。

陈宜勉在经过今睢的同意后，把视频放到了微博里。他有营销方面的人脉，稍微运作一番后，短视频被各大营销号转发、讨论，甚至登上了热搜榜。

乘着这个东风，救助站正式进入公众视野。流浪动物领养大会的活动公告一经挂出，反响很好。

陈宜勉还请了一支乐队，为流浪动物专门创作了一首单曲。乐队的成员们保持了一贯的演出风格，欢快、积极向上，可爱又温暖。

这首歌让听的人感到很舒服，看演出的人被快乐感染。简单的词、调，让这首歌拥有了很高的传唱度。

这支具有很强的感染力的乐队，轻轻松松地就把场子暖了起来。

救助站里的义工们，耐心地向前来咨询的人介绍着救助站和流浪动物的情况，棚子的四面拉着彩色的绳子，上面挂着很多照片，有宠物的特写，也有救助站的场景照。

他们用真诚展示着这个有爱的团体，以及健康、漂亮的动物们。

"我好喜欢这支乐队。"小婧自打乐队的成员们出场的那一刻便不淡定了，两只手捂在嘴边，说了一遍又一遍，"你刚才看到了吗？陈宜勉和乐队的主唱有说有笑，他们似乎很熟。陈宜勉真是个神人，怎么和谁都能玩到一起？"

今睢不知道怎么接这些话，只是抬头朝旁边看了一眼。陈宜勉穿着印着救助站的标识和宣传语的马甲，做着和今睢一样的工作。

他确实有这样的魅力，朋友很多，所以今睢只是他众多朋友中的一员。

之前，救助站凭福大滑滑板的视频火了，所以他们特意将福大滑滑板作为今天活动的保留节目。

只是他们没想到今天人流量会这么大，如果发生意外，滑板或者狗伤到人就不好了。所以今睢和陈宜勉讨论后，针对这个状况做了一些调整，将注意力放到了在公园的广场上玩滑板的那个群体上。

他们是来自附近的滑板俱乐部的成员，在这里练习，听说狗会滑滑板，很感兴趣，便同意配合。

于是，一行人踩着滑板，为福大的演出开辟了一块相对安全的区域。

福大在今睢的指示下，完成了一段简单的直线滑行。

意思到了就行，围观群众主要看个乐子。今睢又训练福大带板刹车，还是保持了十足的警惕心，好在一切顺利。

结束后，小婧把准备好的饮料分给大家，表示感谢。

本以为一切顺利，不料，今睢牵着福大往回走时出了点儿状况。

当时今睢的手里抱着福大的滑板，她牵着狗，踩着自己的滑板慢悠悠地滑回去。结果今睢一个没注意，福大在花丛边的栏杆处绕了圈，把绳子缠住了。

当今睢反应过来时，人已经从滑板上跳下来了。

她接连跟跄了几步才站稳。

好在这处没什么人，她顾不上去追飞出去的滑板，而是先去看福大的情况。

陈宜勉打着电话往这边走，凑巧看到了这一幕。

在今睢跳下滑板的一瞬间，旁边冲过来了一个男生，轻松地跳上她的滑板进行接力。今睢今天玩的是长板，滑起来柔美又帅气。

男生跳上去后，压低板头滑出去一段路，适应后在空中做了一个流畅又漂亮的炫技动作——今睢站定转身时，认出男生是刚才一起玩滑板的人。

今睢单手抱板，另一只手牵狗，过去道谢。

男生踩着滑板滑近，在她的面前稳稳地刹住滑板，把滑板拿在手里，却没立马还给她。

风吹乱了今睢的头发，她抬手捋头发时，注意到了手腕上绑着的红色丝巾，道："抱歉，这个忘记给你们了。"

刚才一起滑滑板时，今睢"入乡随俗"，跟大家绑了一样的红色丝巾。

"你留着做纪念吧，这是俱乐部的东西。"

今睢没客气道："谢了。"

"你常来这儿滑滑板吗？我们加个微信吧，下次可以一起玩。"

今睢摸了摸口袋，无奈地说："不好意思，我的手机落在车上了。"

说话间，今睢手里的狗绳一紧，她低头看到福大正撒腿往前面跑，视线顺着移过去，发现陈宜勉不知什么时候过来了。

陈宜勉没看她，单手插兜，另一只手手心朝上，手指冲狗勾了勾。

他穿着戏剧学院给学生们发放的黑色长款羽绒服，英俊不羁。他所在之处，便是她视线的焦点。

陈宜勉将目光从福大的身上移开，看向她时，她收回了视线。

她不好意思地冲面前的男生笑了笑，说："下次有缘碰见了再加微信。我朋友在等我，我先过去了。"

说完，她匆忙地从男生的手里拿过自己的滑板，被狗拽着，去了陈宜勉的身边。

福大这急切的样子,让今睡又想笑又想恼。

"你着什么急啊?"今睡低头瞧着福大,无奈地道,像是在问它,又像是在问自己。

福大在陈宜勉的裤脚旁来回跑,别提多开心了。

今睡把狗绳给他,问:"是要走了吗?"

"你可以再玩一会儿。"陈宜勉的眼神很平静,他朝今睡的身后看了一眼,那个男生在这种无形的压迫感下站直了些。

今睡点点头,正准备说"福大应该是饿了"时,只听陈宜勉问道:"他找你什么事?"

"要……微信号。"

陈宜勉:"那你给了吗?"

他问得霸道且直接。

"没……没给。"今睡照实回答道,抬眸对上陈宜勉冷静的、带着探究之意的眼神时,顿了一下,没有思考,话顺着说了出来,"手机没带在身上。"

陈宜勉像煞有介事地一点头,帮她找出了句子里的重点,问她:"也就是说,如果带着手机就给了?"

她没这个意思。

但陈宜勉的话听上去怪怪的,她一时不知道该怎么解释。

不过,她的思绪很快被福大打断了。

福大今天在外面玩高兴了,一整天了还活蹦乱跳的。今睡叫了它几声,没什么效果,陈宜勉伸手,道:"给我吧。"

"好。"

牵绳的人换了,福大立马乖了。

被福大一打岔,两人便没再被困在方才的话题里。

往前走着,陈宜勉把刚才周恒正在电话里反馈的情况一一跟今睡说了:"舅舅说,今天有不少人去救助站里办领养手续。"

今睡喜上眉梢地道:"太好了。我还在担心今天现场虽然来了这么多人，但他们只是看个热闹呢。"

今睢一时开心，又说了要及时安排领养者回访之类的事情。

日头渐渐落下，今天的活动正式结束了。

陈宜勉晃了晃手机，说周恒正订了餐厅，收拾完了直接过去。

喜多乐队的几个人演出结束之后，自觉地留下来帮忙。

今睢被小婧拽着，小婧正纠结要不要过去要个签名。

今睢正跟小婧说着话，陈宜勉在远处喊了她一声，招招手，示意她过去。

陈宜勉的旁边是乐队里的四名乐手，今睢过去，有礼貌地冲他们笑了笑，问陈宜勉："怎么了？"

"这是刚才给我们演出的乐队的成员们，白杨、吉吉、米莱和大源。"略一顿，他又向四人介绍今睢："救助站的同事，今睢。"

陈宜勉简单地介绍了两边的人，才对今睢说："我一会儿跟车回一趟救助站，把活动用的东西放下。你带大家先去吃饭。餐厅的位置知道吗？"

今睢说在群里看到餐厅的地址了，又说："那你把福大带回去吧，它不方便进餐厅。"

"都行。那家餐厅是我们常去的餐厅，我们和老板认识，怕太折腾了，特意包了场。可以把福大带进去。"

"好。"今睢轻声回应道，"还是把福大带回去吧。"

"行。"陈宜勉说着，抬手把她头上不知什么时候沾上的纸片摘掉，说，"这几个人是我的朋友，多照顾一下。"

陈宜勉做这个动作时，离她很近。今睢瞬间屏息，不敢有动作。陈宜勉似乎注意到了她的反应，将手里的纸片给她看了看，才将纸片与另一只手上拿着的、几张从地上捡起来的、被踩脏了的宣传页一并攥在手里，打算一会儿丢掉。

"行了，我们是三岁的小孩儿吗？"乐队的四个大活人没再装空气，仿佛这一番叮嘱严重贬低了他们似的，嫌弃地赶人。

队里有两个女生，贝斯手吉吉看着酷一点儿，主唱之一兼吉他手米莱，看着性格比较温柔，显得亲切一些。

米莱主动和今睢说话了："你就是今睢吧？我听池桉提过你很多回。"

另一位主唱白杨说："你看，都是老熟人了。"

陈宜勉突然有些担心，看看今睢道："别照顾了，让他们自生自灭吧。一会儿随便给他们几份盒饭打发他们，自然点儿，别被他们拿住把柄传到网上。"

白杨对陈宜勉道："你还是人吗？一会儿你这小妹妹可在我们的手上，当心我们把你的那些不光彩的事抖出来。"

陈宜勉嘿瑟地道："随便，我不怕。"

今睢听着他们互怼，嘴角挂着笑，知道他们的关系是真的好。

玩音乐的人大多很有个性，但可能与喜多乐队的整体风格有关，他们几个人都很亲切，很迅速地就跟救助站里的义工们打成了一片。

陈宜勉要回一趟救助站再返回来，路上时间不短，特意跟今睢说不用等他，让大家先吃。

大家今天从早上忙到天黑，工作量不少，中午随便垫了下肚子，这会儿早就饿得前胸贴后背了，自然不能等。餐厅的老板是周恒正的熟人，将菜量给得足，菜被端上桌后，没一会儿便被消耗得差不多了。

等陈宜勉来时，大家已吃饱喝足，正心情放松地靠在椅子上闲聊。

"你来得也太迟了，专门过来结账的是吧？"坐在门口的人跟陈宜勉搭话。

陈宜勉笑着接话："这不是回去申请经费了吗？大家一会儿别着急走，去旁边的 KTV 唱歌。今天大家都辛苦了。"

众人欢呼时，陈宜勉朝今睢这边走了过来。

因为是包场，一行人直接在大堂里吃的，座位随便坐，所以吃完饭后为了方便聊天，大家也都没坐在原来的座位上。

刚好今睢旁边的座位空着，陈宜勉把凳子拉开，长腿一迈，放松地坐了下来。

陈宜勉看了看桌面，道："吃得也太干净了，都不记得还有个我饿着肚子吗？"

刚才跟他开玩笑的那人招呼服务生，说要加几道菜。

服务生说厨师已经下班，说他们若还需要什么，自己可以帮他们买。

今睢把自己面前的碗往旁边推了推，陈宜勉扬眉，疑惑地看着她。

今睢说："干净的碗，菜是在大家动筷子前夹出来的。你要吃吗？"

今睢脑子一热就给他留了菜，这会儿才开始思考，自己的这一行为是否多此一举，正准备问"要不点个外卖吧"，就见陈宜勉把碗、碟拉近了一些，说了句"谢谢"，抬头对与服务生沟通的人说："不麻烦了，我这里有。"

见陈宜勉没嫌弃，今睢松了一口气，问："怎么过了这么久才回来？"

陈宜勉一边拆着筷子的包装纸一边说："有几个领养人在看猫，我帮着接待了一下。"他问今睢，"这家餐厅的菜还吃得惯吗？"

今睢点头道："挺好吃的。"

他记得她吃东西挑。

她之前无意间说过的话，他竟然记得。

今睢看陈宜勉吃东西问："凉吗？要不要热一下？"

"没事。"陈宜勉在吃的方面不是很挑剔，"学期末那会儿熬了几个大夜，有空吃就不错了，哪儿还顾得上管是热的还是凉的？"

今睢问："你们系大一就这么忙吗？"

"是一个参赛作品。学校里留的作业没什么难度。"陈宜勉在任何时候吃东西的习惯都是好的，嘴里含着东西的时候不说话，所以和今睢聊天时是断断续续的，"我听陆仁说，你大一也很忙，就差住在实验室里了。"

"我喜欢忙起来的生活。"今睢怕影响陈宜勉吃东西，便没再说了。

喜多乐队的几个人进餐厅时，乐器不离身。他们不知什么时候拿出了吉他，随手弹了起来。歌曲耳熟能详，大家跟着唱。

小婧本来就是他们的粉丝，这会儿完全露出了"花痴脸"。她一个人听还觉得不过瘾，站起来在屋里看了一圈后，精准地找到了今睢，过来挽着今睢的胳膊，十分激动地把今睢拽到近处看表演。

今睢拦不住，只能随她去。

喜多乐队拥有高人气不是没有道理的，他们的感染力很强。

今睢被带入音乐里，过了好一会儿，才想起来去看一看陈宜勉。

他已经吃完饭，没继续坐在餐桌旁。

屋里有女生，陈宜勉没在这儿抽烟。他开了角落里的窗户，站在窗边吹着晚风，一边听着屋里热闹的歌声一边点了烟。

今睢坐在中心位置，被欢快的音乐声感染，话很少，始终注意着陈宜勉所在的方向。

直到有人喊了陈宜勉一声，他扭头。他看过来的一瞬间，今睢飞快地转过头。坐在今睢旁边的小婧问今睢怎么了，今睢抿着唇，紧张地摇了摇头说："没事。你帮我拿一下可乐。"

小婧没怀疑，将可乐递给她道："给你。"

陈宜勉被叫回来坐下，怀里多了一把吉他。喜多乐队的主唱白杨拍了拍他的后背说："给哥哥姐姐们表演个节目。"

"去你的。"陈宜勉的嘴里叼着一根烟，没点。他拨着弦爬了两遍音阶，一只脚踩在旁边的空凳子的横梁上，抱好吉他，再抬头时，眼底满是自信，对众人说道："我唱一首《偏爱》。"

他们总在一块儿玩，默契是有的。陈宜勉弹吉他时，其他几个人打着拍子配合他，不抢戏。

陈宜勉故意压着声音，声音低沉又有磁性。歌词本就深情，他唱起来，就像是一场勇敢又羞涩的告白。

把昨天都作废，现在你在我眼前。

…………

等你的依赖，给你偏爱。

陈宜勉唱到副歌部分时，冲旁边的人一歪头道："走着。"

旁边的人立马懂了，做了一个"请"的手势，手挡在嘴边，打着节奏配合他。

陈宜勉把接下来的几句唱成了 RAP（说唱）。

他用最好听的声音，唱最温柔的歌。

今睡眼前一亮，在别人的欢呼声中，聚精会神地盯着人群中的焦点。

那晚他们唱了很久，根本不用特意去 KTV 唱，会玩的人在哪里都能玩出乐趣。

直到饭局结束，今睡的耳畔仍围绕着陈宜勉唱《偏爱》的声音，她彻底明白了什么叫"余音绕梁"。

大家陆续离开，陈宜勉把今睡喊住，让她等一下自己。

今睡看着他过去和喜多乐队的乐手说了几句话，见米莱笑着跟自己摆手，也过去跟他们打了个招呼，跟陈宜勉一起目送他们离开。

两人给今天的聚餐收了个尾，是在众人离开后才走的。

北方的冬天很冷，陈宜勉喝了点儿酒，摩托车停在餐厅外面，没骑。

挺不巧的，这个时间不算晚，他们却迟迟打不到车。

两人在路边等了一会儿。

今睡注意到陈宜勉盯着她手里的滑板，便将滑板往前递了递问："要滑一会儿吗？"

陈宜勉语气自然地道："不太会。要不你教教我？"

第四章

约　会

今睡闻言一愣，没想到他不会滑滑板。

陈宜勉神色认真，一副虚心求教的模样，问她："福大都被你教会了，你还怕教不了我？"

旁边的商品房前面有一块宽敞的空地，几乎没有人经过。今睡便把陈宜勉带到那边，简单地讲解了一下基础的脚法和重心的情况。

她认为陈宜勉运动能力强，上手肯定很快。

事实确实是这样的。

陈宜勉踩着滑板，顺利地直线滑行了一段，甚至转了个弯……嗯，他试图转弯，却没把握好，没转成。

今睡老师夸赞道："第一次滑，滑成这样已经很厉害了。"

陈宜勉踩着滑板滑回来，从今睡的旁边经过，又做了一个压板过弯的动作。

结果还是差了一点儿，他这次强撑着脚没有落到地上。

今睡观察着他前行的趋势，在他快要摔倒的时候，着急地过去扶了一下他的胳膊。

"当心！"

陈宜勉摇摇欲坠的身体，因为有了攀附物，一下站稳。他反手抓住她的胳膊，说了一声"谢谢"。

两人离得太近了。今睢觉得陈宜勉因为站在滑板上，身体微微往前倾，像整个人压在她的身上似的。

但两人又只有胳膊叠在一起，保持着非常安全的距离。

今睢不自在地别开脸，在陈宜勉从滑板上下来后松开了手，语气尽量平稳地道："先学这些吧。你要是感兴趣的话，没事时可以自己滑，入门挺简单的。"

"好。谢谢小今老师。"陈宜勉的声音里带着笑意。

今睢觉得自己到家时脸还是烫的。她按了按被陈宜勉抓过的手臂，轻轻地抿唇，似乎想回忆得再具体一些。

那会儿他们离得非常近，近到即便是黑夜，今睢也能数清楚他的眼睫毛有多少根。

不知道是最近太忙了，还是昨晚吹了冷风，今睢一早醒来，只觉得头很沉，浑身没力。她以为是自己昨晚太亢奋，失眠了半宿没睡足觉导致的，直到坐在餐桌前，今渊朝瞧见她的脸色，拿体温计给她测了测体温才知道，这是发烧了。

今睢喝了一点儿粥，又吃了退烧药，被今渊朝推回了房间。

她睡了一天，再量体温时烧虽然退了，但引发了咳嗽，还不轻。

今睢这一病，家里的很多事便帮不上忙了。马上就要过年了，家里要添置的、收拾的东西也多，全是今渊朝一个人在忙。

年三十，今睢的感冒终于好了。今渊朝带今睢回爷爷奶奶家，吃了一顿热热闹闹的团圆饭。

今睢上了大学，今渊朝需要操心的事情也少了。家里的亲戚热心肠地要给今渊朝介绍对象，说那谁谁谁不错，又说谁谁谁很合适。今睢大病初愈，神清气爽，对亲戚们的行为举双手表示赞同。

今渊朝恨铁不成钢地瞪了她一眼，说："我是让你帮我解围的。"

"这是好事啊，爸，你就见见嘛。"

怕再被爸爸拖过去当挡箭牌，今睢飞快地给今渊朝腾出被说媒的空间来。

在爷爷奶奶这边，今睢的年纪算大的，她有个堂哥在国外留学，没回来过年。她一下成了孩子王，被小孩儿们姐姐长姐姐短地吵得不行。

等她拿到手机时，发现陈宜勉发了一条朋友圈。

照片里是月亮。

他拍了头顶的天空，漆黑、深远，有一弯月亮皎洁无瑕。

他是用手机拍的，画质可以，但月亮的细节几乎没有拍到。

文案是"除夕快乐"。

今睢点了赞，将照片保存下来，抬头看看，与他看着同一轮月亮。

今睢将脖子仰酸了，才重新看向手机，百无聊赖地翻看起陈宜勉的朋友圈，发现他每一年的除夕夜都会发一张月亮的照片。

这些照片大同小异，文案都是一句"除夕快乐"。

今睢正琢磨着陈宜勉的这个小习惯时，便收到了陈宜勉发来的微信消息。

"在做什么？"

今睢用两只手捧着手机，郑重地回："刚吃完饭，在跟一群小孩儿玩游戏。"

紧接着，她把手机拿远了一些，把手腕处被画上的小红花手表拍了下来，发给陈宜勉看。

"喏，除夕限定款。"

二叔家的小堂妹不知什么时候凑到了她的跟前，仰着头，明显盯着她看半天了。

今睢不解地蹲下，问堂妹："怎么了？"

上小学的小堂妹捂着嘴，仿佛发现了什么大秘密似的，笑嘻嘻地问："姐姐，你是不是在跟喜欢的人聊天？你的嘴角都快咧到耳根了。"

"……"

今睢想：今睢，你也太没出息了，陈宜勉只是问了一句你在做什么，你就能开心得像个傻子。

把小堂妹赶走后，今睢再看手机时，发现陈宜勉这次发了一条语音消息过来。

今睢手忙脚乱地从口袋里翻出耳机，听见陈宜勉笑了一声，然后说："原本心情不好，被你这两句话哄好了。今睢，除夕快乐。"

今睢全神贯注地把这条语音消息听了好几遍，听他字正腔圆地叫自己的名字，听他愉快的笑声。

她很想问他为什么心情不好，但这大过年的，她不想破坏他突然拥有的好心情。

最终，她只发了一句："除夕快乐。"

过完年，就是走亲戚拜年。正月初四，今渊朝才带今睢回了家。

今睢并没闲着，和孟芮娉看电影、逛街，吃吃喝喝地过了几天。正月初七的时候，小婧说恒哥给大家准备了新年礼物，让大家有空时去救助站里取一下，今睢便留了一天时间去救助站。

今睢没空着手去，去的前一天，装了一些家里的亲戚送的不同地方的特产，满满的一兜，打算明天带去救助站里。打好包，她又想到了什么，去储藏室里找东西。

她过了个年，记性还变差了，年前放过的东西，年后眨眼就忘记放在哪儿了。

"爸，你看到我那块滑板了吗？"

"上次发快递寄回来的那块滑板吗？在阳台上呢。"

今睢应了一声，去阳台，张望了半天，在窗台上看到了一块崭新的、干干净净的滑板……

今渊朝站在阳台的门口，正沾沾自喜地等着女儿夸奖他。

"我看这滑板太脏了，就顺手帮你刷了刷。怎么样，爸爸勤劳吧？"他得意地道。

今睢欲哭无泪道："爸，滑板不能用水洗。"

滑板的板是由木头制作的，用水洗受潮了会影响它的弹性，而轴承是金属材质的，生锈后会导致转不动，而且这块滑板不是她的。

说起来这还是个乌龙事件，她滑的长板是自己的，福大滑的那块滑板是救助站里的。

那天的活动上，用到的有些东西是今睢私人准备的。活动结束后，她将自己的东西拆下打包好，叫了同城闪送，让同城闪送的人将那些东西送回家。

当时她被小婧拽着去找喜多乐队的人要签名，便没亲自等同城闪送的人来，托了救助站里的一名义工帮忙。

对方倒是非常热心，说："放心，这点儿东西我就帮你寄了。"

结果对方误把福大滑的滑板当成了她的，连带着一起给了快递小哥，就导致这块板子被寄来了今睢家。

所以，今睢准备明天把这块滑板送回去。

今渊朝不知道这些，一脸蒙，解释道："我看它挺脏的……"

"没事，我来解决。"今睢冲今渊朝露出一抹微笑，先把他安抚住，然后开始想解决办法。

她玩滑板，自然也知道，这块滑板不便宜。

今睢等了两天，托朋友买的滑板到了，才拎着特产和滑板去了救助站。

她刚到巷口，便碰见了周恒正，愧疚地说了那块滑板的事情，并表示自己托人订了一块同品牌的新滑板。

"什么滑板？你是说办公室的墙边丢着的那个双翘？"周恒正似乎对那块滑板有印象，说，"那是宜勉读高中时玩的板，你不用买新的，他板子多，估计早忘记这块了。"

今睢抓住了重点，问："陈宜勉读高中时就会滑滑板？"

"会，他比板高不了多少的时候就开始滑了。他这个人爱运动，爱冒险。滑板、攀岩、骑摩托车，说得上来的项目他都会一点儿。"

"……"

周恒正还有事，跟今睢聊了几句，临走前交代："把这里当自己的家，用坏了什么、丢了什么，不用自己掏钱买，告诉宜勉或者跟我说，回头采购时一起补上。"

"知道了。"

今睢应着，目送周恒正离开，心里五味杂陈。

她进院子时，陈宜勉正在跟福大玩，见她进来了，注意力落在了她手里的滑板上。

"新买的？"他问。

今睢走近，把滑板递给他，问他："好看吗？"

陈宜勉接过，看了看板钉，又翻过来看板子的轴承。

今睢敷衍地摸着福大的头说："我刚才在巷子口碰见恒哥了。"

陈宜勉的注意力在滑板上，他"嗯"了一声，道："他新投资的餐厅今天开业，他过去剪彩。"

"是一块好板。"陈宜勉把滑板递回给今睢，看着她，眼窝里盛着笑，问，"小今老师，我直线滑行练得差不多了，什么时候能学别的动作？"

"看你的时间。"今睢拨了拨滑板的轮子，状似随意地问，"你怎么不问问我，恒哥都和我说了什么？"

"他说什么了？"

"他说……"今睢将一双手往身后一背，拿着滑板，微微仰头，盯着他说，"我们优秀的陈宜勉同学……"

陈宜勉听着今睢这语气，眉心一跳，只觉得不对劲儿，但一时没意识到是什么事情，配合地接着她的话问："我什么？"

今睢的语速慢悠悠的，她接着说："比滑板高不了多少的时候，就开始滑滑板了。"

"……"

"还总跟职业滑手一起玩。"

"……"

今睢绷着唇角，挤出一抹不太真诚的微笑，看上去十分在意这件事情。

待在两人中间的福大不知道听见了什么，抬着头朝后院望了望，叫了两声，跑开了。

陈宜勉低头看了一眼福大，抬头道："我可以解释。"

今睢其实没有生气，只是在被戏弄后有些窘迫。

他明明会滑滑板，还装新手滑得东倒西歪，甚至装要摔倒，骗她扶他。

"好啊。"今睢表现得非常善解人意，道，"我听着。"

陈宜勉能有什么理由？他这种行为，跟中学时男生拽女生的马尾辫的恶作剧有什么区别？

所以，他压根儿不知道该怎么解释。

陈宜勉往前走一步，俯身，在同一水平线上和她四目相对。

今睢强迫自己镇定，不要怕，不要后退。所以她看似镇定地站在原地，但其实背在身后的手快要把木板捏碎了。

"你是真不懂，还是装不懂？"他压低声音，语气放慢时听着像是在调情。

今睢的脸不争气地又红了，她控制不住地口吃起来，问他："我……我懂什么？"

陈宜勉的眼睛很亮，他这个人，心中有着许多未知的信息。

他永远炙热，永远一往无前，所以在他的眼底，寻不见胆怯与退缩。

今睢恰恰相反。

她想逃，又舍不得逃，但此时被他盯得十分煎熬。

"那个……"小婧不知什么时候出现了，带着福大在旁边，道，"我打断一下。"

今睢的脸红得要命，她趁此机会别开脸，用手背贴着脸，给脸降了降温。

陈宜勉站直，转身时把今睢往身后挡了挡，问："怎么了？"

小婧没多留意今睢的神情，自顾自地说道："你要不要过来看一下？我刚才打扫卫生时，发现墙上有一个脚印……"

因为偷狗贼猖狂，救助站更新过一次院内院外的摄像设备，陈宜勉看过脚印后，让小婧去确认院里有没有丢东西，或者有没有其他的异常情况，自己则去监控室里调这几天的录像。

有了突发状况，今睢自然顾不上那些别的情绪了。她跟着过去，看陈宜勉一段一段地拉着录像的进度条，问："怎么了？"

陈宜勉头也没抬，只说："有人翻墙进来了，应该是踩点。不清楚他们会有什么动作。"

今睢问："是上次那伙人吗？"

"应该是。"陈宜勉找到了外人翻墙进院的视频，把时间段记下来，给周恒正发消息说了这件事情。

处理好这件事情后，他才转身看向今睢。

今睢眨眼，问："需要报警吗？"

"暂时不用。"陈宜勉不是要说这件事。

他顿了顿，看着今睢忧心忡忡地盯着电脑屏幕的样子，脚往前伸了伸，踢了她的鞋尖一下。今睢收回视线，先低头看了看他的鞋，又抬头看他，一脸不解。

"你这几天，"陈宜勉微微抬起下巴，神色严肃地道，"不要一个人走。"

"……"今睢还以为他要说别的事情。

她只听陈宜勉又说："晚上我送你。"

今睢短暂地回忆起方才在院子里时的窘迫感，哦了一声。陈宜勉想：听这语气，这是还记着我戏弄她的仇呢。

陈宜勉沉默了，盯着两人挨在一起的鞋尖看了一会儿，解释道："我不是故意骗你的。"

"我没生气。"今睢也说。

陈宜勉又说："我只是想多跟你待一会儿。"

今睢不说话了。

她不知道该说什么，好在这时陈宜勉的手机响了。

是周恒正打来了电话。

陈宜勉看了一眼，不打算接，仍望着今睡，仿佛她一刻不原谅他，他便一直不接这电话似的。

　　今睡催他："先接电话。"

　　"不急。"

　　陈宜勉既不按静音键，也不挂断电话，把手机拿在手里，视线落在今睡的身上。

　　今睡不知道自己是被这铃声吵的，还是被陈宜勉这眼睛盯的，浑身麻麻痒痒的，十分不自在。

　　她无奈，飞快地说："我先出去了，你接电话吧。"

　　陈宜勉还想把她留住，但电话一直在响。他知道周恒正上午忙，便没多耽搁，立马接了电话。

　　"怎么这么久才接？"

　　"手机找不着了。"陈宜勉连谎言都不好好编。

　　今睡来到室外，长长地舒了一口气，回忆了一遍陈宜勉说的那句话，却不敢细想。

　　趁陈宜勉在接电话，她躲到了小婧那儿。

　　小婧正在喝水，被今睡突然进来的声音吓了一跳，手抖了一下，慌乱地收拾桌子。今睡以为她是洒了水，走近了才发现她的面前有一个白色的药瓶。

　　"你身体不舒服？"

　　小婧含糊地应了一声说："吃点儿控制情绪的药。"

　　今睡记得她跟自己说过，她是因为抑郁症休学的，所以此刻对此没表现出不自然，当作一件寻常事，接她的话说道："我看你状态不错，还以为控制住了。"

　　"原本我也以为控制住了，但过年在家时跟我妈一直在吵架，所以就……"小婧无所谓地摊手，晃了晃药盒说，"我用药物过渡几天吧，不回家和我妈正面交锋的话，情绪就会稳定一些。"

　　"解铃还须系铃人。矛盾要解决了才行。"

　　"再说吧。"

小婧其实是个很极端的人，对各种情绪的感知非常敏感，会极端喜悦，也会极端暴躁。

因为小婧的特殊性，今睢不着痕迹地照顾她。两人形影不离，下午的时候多聊了一会儿，过年期间没见，自然有好多话题聊。女孩儿们兴趣爱好相近，很容易聊到一起。聊得太合拍了，傍晚的时候，两人更是约着一起吃晚饭、逛街。

今睢和小婧手挽手地从室内出来，看到陈宜勉靠在摩托车上玩手机时，今睢才猛然想起陈宜勉说晚上要送她的事情。

她下午只顾着陪小婧聊天了，早就忘了他。

陈宜勉似乎也忘记了这件事，笑着问俩人："要出去？"

"去吃火锅。"小婧先答的，顺嘴邀请他，"要一起吗？"

陈宜勉站直了一些，问："是真想让我去，还是客套啊？"他一顿，视线落在今睢的身上，故意道，"我怎么看着今睢的神情，觉得她不太想让我去啊？"

今睢嘴角微动。

小婧知道今睢乖巧，不善言辞，怕她尴尬，自然地解围："哪儿能啊？你去了肯定要请客，她是舍不得让你掏钱。"

"是吗？那我就领了这份好意。"陈宜勉接住话，又说，"路上注意安全。"

两人走了没多久，陈宜勉就接到了周恒正打来的电话。

"火锅店的地址发到你的手机上了，别忘了过来。"周恒正道。

"知道。"陈宜勉想：搞不好我和今睢要去的是同一家火锅店。

今睢和小婧去的这家火锅店是新开的，今天刚剪彩，门口摆着一排花篮，地上是没清扫的礼花。来之前，小婧只说恒哥给了几张优惠券可以用，到了地方，今睢才想到，这家店不出意外的话，就是恒哥新投资的那家。

新店开张，优惠力度大，加之这一片是商业区的中心，人流量够大，所以店里的生意好到爆。今睢和小婧在门口领了号，服务员告知她们，前面还有十几桌客人，需要等一会儿，又说旁边有免费的饮料和零食，还有娃娃机，可以过去休息一下。

小婧对娃娃机感兴趣，便拽着今睫过去看。

"你看，那只熊和你身上的这只好像。"

今睫今天穿的外套的袖子上有一只抱着双臂的小熊，她当时就是因为喜欢这只熊才买的这件外套，觉得它俏皮可爱，闲来无事捏两下很解压。

今睫觉得看到这小熊娃娃是缘分，所以提议道："我们一会儿去抓这个。"

"好啊。"

她俩逛了一圈，等娃娃机前的那对情侣空手离开后，小婧跃跃欲试地拽着今睫过去。

"网上有人说，这种被别人抓过几次没抓成功的机器抓中的概率更大。"小婧道。

娃娃机投纸币或者硬币都可以，不用专门兑换游戏币。今睫似乎真被鼓舞到了，投币时很有信心；但她也只是心理上很自信而已，她平时不怎么玩这个，也没研究过概率和技巧之类的东西，纯属瞎抓。

第一次，她失败了。

"我再试一下。"

今睫开始抓第二次，这次金属抓手准确无误地垂直落在了熊上，但因为抓力不足，又一次扑空了。

今睫没有瘾，却因为一直失败，较上了劲儿。

但两个人身上的现金不多，钱花光了也没抓到。

小婧后悔自己多嘴了，道："好像也没有那么像，要不我们不抓了，一会儿去玩偶店里买一个。"

今睫看着还挺淡定的，点了点头道："走吧。应该快到我们了。"

店里的装修很讲究，假山流水，挂帘屏风；菜品也好看，薄薄的肉片铺在冰块上被端上桌，配菜用颜色鲜艳的菜叶点缀着。

两人第一次过来，点菜时多考虑了一会儿。

整体来说，她们吃得很愉快。

结账的时候，穿着暗红色围裙的服务生打印了小票，又从柜台后面拿出了一只玩具熊，递给今睢。

小婧从柜台上拿了两块薄荷糖，自己吃了一块，拆了另一块递到今睢的嘴边，看到服务生递过来的玩偶时，"咦"了一声，说："这不是刚才你想抓，却没抓上来的娃娃吗？"

小婧不开心地低声说道："原来是送的，早知道就不花冤枉钱了。"

服务生面带微笑，解释说："是一位客人托我转交的。"

小婧瞬间明白了，立马露出看好戏的神色，道："原来是有人投其所好。"

"不好意思，那我不能要。"今睢听了服务生的话，把玩偶递回去，有礼貌地道，"再麻烦你帮我还回去吧。"

她说完，拉着小婧的手说："我们走。"

服务生觉得难办，想了想，只好又说："是一位姓陈的客人托我转交的。"

今睢："……"

这么巧？

服务生朝今睢身后的某个方向指了指，说："就是这位客人。"

今睢眨眼，扭头，看见陈宜勉已经走到了自己跟前。

因为在室内吃饭，所以他把外套脱了，只穿着一件黑色的高领针织衫，肩膀平直，脖颈修长，背脊单薄却不显羸弱，身材比例好，仪态也好。

他从柜台上拿过玩偶，跟服务生说了一声"你去忙，我来"之后，才看向今睢。

小婧一脸看好戏的神情，偷笑着给两人腾位置。

今睢愣愣地看着他，问："你怎么在这儿？"

"过来吃饭。"陈宜勉胳膊一晃，用玩偶轻轻地打了一下今睢的额头，质问道："我送的也不要？"

"不是。"今睢不知道是他送的，"你怎么突然送我这个？"

"刚才注意到你喜欢，特意抓的。"陈宜勉将小熊往前一递，又道，"给我们的小今老师道个歉。"

这娃娃其实挺难抓的，陈宜勉抓了几次都没抓到。

当时周恒正也在，看清陈宜勉在做什么后，让工作人员过来将机器打开，并对陈宜勉道："费这事做什么？你想要哪个？直接拿！"

陈宜勉果断地让工作人员回去了，说要自己抓。

周恒正搞不懂现在的小孩儿在想什么，见他坚持，便也没再管。

轻易拿到的，还有什么意义？

陈宜勉捏了捏这巴掌大的玩意儿，补充道："这机器太坑人，害我抓了好一会儿，回头就跟老板投诉。"

其实这东西不小，是陈宜勉手大。

他的手指修长，皮肤白，他随便拿什么，都让人觉得赏心悦目。

今睡得了便宜还卖乖，竟然嘟囔了一句："我也没有很想要。"

"那我给小婧了？"

"不行。"今睡下意识地拒绝了，但这着急的态度将她的情绪彻底暴露了，令她开始反思。

陈宜勉晃了晃玩偶，提醒道："快拿着，大家都在看你。"

今睡没胆量去确认谁在看她，只连忙抬手，把玩偶接了过去。

小婧在火锅店外面等了一会儿，见她出来，凑过去撞了撞她的肩膀，问道："什么情况？"

"什么什么情况？"今睡装傻，反问道。

两个女生推搡着，往电梯口走去。

正月初七，学校里有师生返校，今睡回到学校旁边的教师公寓里居住，每天去实验室里忙论文的事情。

今睡在家里过完正月十五，吃了汤圆，大学也正式开学了。

周五这天，今睡去戏剧学院给陆仁送东西，刚进校园，便见不远处的凉亭里站着一群学生，大多是女孩儿。

被围在中间的小孩儿跟小大人似的，脸颊粉嘟嘟的，十分可爱。

"是个童星吧？这颜值不演戏可惜了。"

"我才不要当童星，我的梦想是做宇航员。"

"哟。"

今睢从人与人之间的缝隙里瞥了一眼，被稚气的发言逗得弯着嘴角笑了笑，准备走开。

哪承想小娃娃眼尖地瞥见了她，立马扒开身旁的人，朝着今睢扑过来。

今睢听着身后的男孩儿在喊"姐姐"，却没料到是在喊自己，直到自己的大腿被人环抱住，才错愕地垂头去看人。

"姐姐，你走得这样快，是不认识我了吗？"

今睢闻言，定睛看了看。小孩儿戴着领带，穿着小西装，跟小王子似的。他年纪小，五官还没长开，但眉清目秀，特别是眼睛，很是灵动。今睢望着他，心中有一种说不出来的熟悉感。

小男孩儿意识到自己被姐姐忘记了，瞬间哭丧起脸。

今睢瞧见这模样便想起来了，又惊又喜地道："是你啊？原来，你不哭的时候这么帅气。"

"姐姐想起来了？"

"当然。姐姐可聪明了。"

今睢又问："你怎么在这儿？"想到刚才那几个女生的话，她诧异地眨眼，问他，"你不会真是小明星吧？"

"我不是。我是来找我哥哥的。"

今睢恍然大悟，又问："哦，那你哥哥是明星？"

"我哥哥是拍明星的。"小男孩儿粉雕玉琢的，十分讨人喜欢。

"行吧。那你乖乖地在这儿等你哥哥，姐姐还有事。"今睢记得小男孩儿说过，他哥哥脾气不好，便没多干涉，准备走。

不料，她的裤腿被人拽着，小男孩儿委屈巴巴地说："姐姐，你之前修好了模型，我哥哥想谢谢你。一会儿他来了，我介绍你们认识吧。"

今睢推辞说不用，只是举手之劳。

她正说着，余光里出现了一道熟悉的身影——

陈宜勉来了，他身上的黑色运动服的领口高高地立着，肩膀宽阔、单薄，胸前挎了一个胸包。他一只手抚着后颈活动了一下，带起一身蓬勃的少年气。

只是，他的另一只手上拎着的小黄鸭保温水杯有些突兀。

今睬下意识地把目光移到与他同行的女生身上。女生有着一头波浪鬈发，容貌美艳，身材高挑，陈宜勉不知道说了什么，女生娇媚地笑了。

俊男靓女！

今睬没敢多看，下意识地想躲着陈宜勉，不愿被他发现，于是收回视线，看向腿边的男孩儿，说："那姐姐陪你去凉亭那边等一会儿。"

小男孩儿把手递到她的掌心，突然看见了什么，开心地说："现在不用等了，我哥哥接水回来了。"

今睬朝别处张望，想看他的哥哥在哪儿。

她的身后传来了熟悉的男声："陈嘉俊，你再乱跑，趁早滚回家。"

陈宜勉只是去附近的教学楼里接了一杯水，一扭头就发现小屁孩儿不见了，好在听路过的同学提起，在公园里见着他了。

"还不过来？"陈宜勉生气了——小孩儿在自己的面前怎么闹都行，出去给别人添麻烦就不合适了。

他沉声训完，看到背着身站在陈嘉俊跟前的女生慢慢地转过了身——素净的一张脸上是恬静的笑容。

陈宜勉这才看到今睬。

今睬牵着孩子的那只手，不知是要松开，还是……松开。

没等今睬说话，陈嘉俊率先雀跃地向陈宜勉介绍今睬："哥哥，这就是我跟你说过的'高手姐姐'。"

今睬这才知道，小男孩儿眉眼间的熟悉感是从哪儿来的，也意识到之前自己拼的建筑模型是陈宜勉的。

是的，她之前听陆仁提过，陈宜勉的母亲是一位建筑师，想来他自小受母亲的影响，对榫卯建筑有兴趣。

等他们走近了，和陈宜勉同行的女生看了今睢一眼，冲陈宜勉摆手告别。

陈宜勉淡淡地应了一声，将注意力落到了今睢的身上。

今睢适时开口解释："之前在乐高店门口碰见他，没想到他是你的弟弟。"

她说着，揉了揉陈嘉俊的头说："下次别乱跑了。"

陈嘉俊拽着今睢的袖子道："姐姐，今天是我的生日，我邀请你一起去游乐园玩。"

今睢有些错愕，不知该答应还是该拒绝。

陈嘉俊："去嘛去嘛。我一年只有一次生日，而且我哥哥有恐高症，好多项目不能陪我玩，也不让我自己玩。很无聊的。"

"喂！小鬼。"陈宜勉抗议道，"你哥还在这儿呢。"

今睢没忍住，被逗笑了，抬眸去看陈宜勉。

陈宜勉瞪了陈嘉俊一眼，但一点儿也不凶，平日里冷峻的眉眼，看向自己的家人时，多了一些温情与耐心。

今睢正打量着他，他突然抬头，接着陈嘉俊的话题问她："有空吗？陪我一起。要不他一直闹，我管不了他。"

陈嘉俊撇嘴想：陈宜勉这个"撒谎精"，最会编故事了。

很快，陈嘉俊看见今睢姐姐点了点头，柔声说了一声"好"。他一时欢喜，便没拆穿陈宜勉。

"太好了！"

陈嘉俊一只手拉着哥哥，一只手拽着姐姐，觉得今天可真是有意义的一天。

今睢瞧着小孩儿天真烂漫的模样，冲陈宜勉笑了笑，低头揉了揉陈嘉俊的头，说："姐姐也有恐高症，所以你今天还是不能玩刺激的项目。"

陈嘉俊"啊"了一声，嘴角耷拉下去，一脸沮丧。

今睢没有恐高症，也知道陈宜勉没有恐高症。她之所以学着陈宜勉撒谎，是猜到了陈嘉俊不适合玩那些刺激的项目。

今睡温柔地安慰陈嘉俊："等你长大了，成大人了，带哥哥姐姐玩好不好？"

陈嘉俊正处在爱玩闹的年纪，但很好哄，听今睡这样说，立马坚定地答应了："好！那拉钩。"

"拉钩。"今睡莞尔。

陈嘉俊："哥哥也拉钩。"

陈宜勉无奈地道："三个人怎么拉？"话虽这样说，他却还是抬起了手，弯着小拇指，加入进去，将另一只手抬起来，在陈嘉俊的脑后揉了揉说："快点儿长大。"

陈嘉俊皱着眉，去扒他的手，"哎呀"一声，道："你别乱揉我的头发，发型乱了就不帅了。"

"小屁孩儿。"陈宜勉无奈地道。

今睡笑着看着兄弟俩闹。

去游乐场的路上，今睡收到了陆仁发来的消息。

陆仁问她去哪儿了，说学校的食堂里有几道新推出的菜品味道还不错，等一会儿带她尝尝。

今睡此时坐在副驾驶座上，陈嘉俊坐在后座的儿童座椅上，开心得双腿一蹬一蹬的。她看了一眼开车的陈宜勉，垂眸回陆仁："突然有点儿事，今天就不过去了。你的雨伞我改天拿给你。"

陆仁没有立马回消息。今睡等了一会儿，才收到了陆仁回过来的消息。他说："好。放在你那儿也行，我还有备用的。"

今天是工作日，游乐场里的游客依旧不少，他们光是找停车场就用了一些时间。陈宜勉把今睡和陈嘉俊放在游乐场的入口处，让他们先去买票，自己把车开到附近找车位。

陈嘉俊崇拜今睡，听话地跟着她。

今睡爱拍照，包里一直装着照相机，到这儿正好派上用场。

陈宜勉回来时，一大一小两个人玩得不亦乐乎。

他们一上午只玩了两个项目，大多数时间在排队。有陈宜勉在，今睡没觉得无聊，不过带着一个半大的孩子，确实挺累的。

在陈嘉俊不知道第多少次乱跑，要撞到人时，陈宜勉揪着他的衣领把他拽了回来，并警告他："再乱跑就饿着。"

他们是在游乐场里吃的午饭。儿童餐厅的外墙被建成了小黄鸭的形状，很讨小孩儿喜欢。今睡好久没来游乐场了，见状，跟陈嘉俊一起"哇"了一声。

今睡："好酷是不是？"

"嗯！"陈嘉俊说，"我喜欢小黄鸭。"

今睡笑着，学起小黄鸭的叫声来。

陈嘉俊蹦蹦跳跳地跟着学。

陈宜勉跟在两人的后面进去，注意力落在了今睡的身上，看着这个生动活泼、满身童真的女孩儿。

儿童餐厅里的菜品，也都融合了小孩儿喜欢的卡通元素。陈嘉俊扒着展示柜的玻璃纠结了一会儿，选了一个套餐。

然后他扭过头，可怜巴巴地望着陈宜勉，哀求道："哥哥，能买这个糖果吗？"

陈嘉俊刷牙的习惯不好，陈宜勉说了他几次他不听后，便开始管他吃糖这件事了。

若是在平时，这盒糖陈宜勉是不会给他买的；但今天，陈宜勉破天荒地同意了。

"拿吧。"

"哥哥最好了！"

如愿拿到糖果的陈嘉俊小朋友，吃饭时一直很安静。快吃完饭的时候，他突然神秘兮兮地对今睡说："姐姐，你以后多陪我一起玩好不好？"

今睡学着陈嘉俊，奶声奶气地反问他："为什么啊？"

她还以为陈嘉俊会说什么"因为我喜欢你"之类的话，结果他小大人似的，托着脑袋像煞有介事地道："因为我觉得，有你在，我哥哥对我特别好。"

今睢瞥了陈宜勉一眼，陈宜勉在给陈嘉俊挽袖子。她笑了笑问："那你哥哥平时对你不好吗？"

"也好，但今天更好。"

陈宜勉其实挺细心，小细节都能照顾到。他帮陈嘉俊整理好袖子后，又把陈嘉俊掉在衣服上的薯条捡起来丢到桌子上，顺势接上陈嘉俊的话说："知道得这么清楚，还不对你今睢姐姐好一点儿？"

这话的意思是他承认了陈嘉俊的观点——有她在，他开心，所以连带着对陈嘉俊也宽容些。

小孩儿可能没听懂，但今睢被他这句话说得不好意思起来。

今睢怕自己脸红被拆穿，看了陈宜勉一眼，丢下一句"我去买一盒水果捞"，起身去了点餐台。

现在正是吃饭的时间，餐厅里进进出出的人很多，点餐台前的人更多。来就餐的人大多带着孩子，小孩儿跑来跑去，四周显得更挤了。

陈宜勉注意到了点餐台那边的情况，屈着手指叩了叩桌子，对陈嘉俊说："你在这儿老实坐着，不要乱跑。我去给你买牛奶。"

"要草莓味的！"

"坐好，不要踢桌子。"陈宜勉指了指他不老实的腿说。

陈嘉俊乖巧地答应了，坐在那儿不动弹了。

今睢并不是很想吃水果捞，只是想站起来透透气，但在这儿排队被挤来挤去，觉得更闷了。

她正在想要不就不买了，只见旁边有个男人用一只手托着一个托盘，从前面挤出来，托盘上放着比萨、汉堡，还有三杯大份的可乐。

男人嚷着"让一让，麻烦让一让"提醒着大家，但场面太混乱，仍有很多人没有注意到。

男人被别人无意间撞了一下胳膊肘，手腕一晃，手里的托盘不受控制地朝着今睢这边翻了过来。

今睢有心无力，想要抬手帮忙，但根本来不及，只有身体受潜意识支配，往后面仰了仰。不仰还好，这一仰，重心不稳，往后跟跄着，有摔倒的趋势。

男人也慌，这托盘上的可乐要是洒了，那周围的这一圈人都得遭殃。

就在男人着急时，一只手伸了过来，托住托盘，帮他稳住了托盘。

男人面露感激之色，抬头见是一个二十岁左右的小伙子帮了他。不过，小伙子的注意力没在男人的身上，小伙子用一只手稳住摇摇晃晃的托盘，另一只手揽住了旁边眼看就要栽倒的女孩儿。

女孩儿惊魂未定，站定后长长地舒了一口气。

"谢谢。"

今睢说完，却发现揽在自己腰上的那只手仍没松开。她不解地扭头，却看到了陈宜勉。

陈宜勉没看今睢这边，端着两个托盘的男人刚才似乎道了谢，陈宜勉冲他一点头，让开路，等他过去后陈宜勉才转过头，看向今睢。

"你怎么过来了？"今睢问。

陈宜勉这才收起了扶着今睢的手，说："小俊要喝草莓味的牛奶。"

"哦。"

彼时，坐在餐桌旁的陈嘉俊又开始晃腿了，好在餐桌与餐桌之间是分开的，他这张桌子晃起来不会影响邻桌。

陈嘉俊今天很开心，正想着吃完饭要去玩什么项目时，只听啪嚓一声，什么东西掉到了地上。

陈嘉俊咬着薯条，俯下身，看到是今睢姐姐的包掉到了地上。

他连忙去把包捡起来，生怕被过路的人踩到。结果包是捡起来了，他起身时，不小心碰倒了搁在桌上的可乐。

洒出的可乐将今睢姐姐放在桌上的照相机打湿了。

他吓了一跳，手忙脚乱地去拿纸巾擦。

照相机上的水被擦干净了，他却不知道水有没有流到照相机的内部。

他鼓着腮帮子，憋红了眼睛，自责到马上就要哭了。

"小鬼，你做什么呢？"陈宜勉从后面过来，揉了揉他的头，看了一眼桌面，质问他，"你又闯什么祸了？再这么不听话，下次就不带你出来玩了。"

陈嘉俊闻言，将在眼眶里打转的眼泪憋了回去，把手里的照相机往自己的衣服里藏了藏，仰起头说："我只是不小心把可乐弄洒了。哥哥，你小心眼儿，在你的心里，我竟然还没有一杯可乐重要。"

"你最重要，行了吧？从哪儿学的这些词？一套一套的，还知道'小心眼儿'。"陈宜勉见他捂着衣服，还以为是洒上水了怕被骂，没多想，把他赶到一旁，道，"在一边站着，别弄湿了衣服。"

陈嘉俊"哦"了一声，站到旁边后，偷偷摸摸地把照相机装到了自己的包里。

他刚把书包背好，便看到今睢拿着一盒水果捞回来了，立马扑过去，抱住她的大腿，抬起头道："姐姐，我们去玩旋转木马吧？"

"好，让姐姐拿一下包。"

"我哥哥拿就好。出门在外，男生就是要给女生拎包的。"

今睢被他这小大人般的发言弄得哭笑不得，看了陈宜勉一眼。

陈宜勉简单地收拾着桌子上的东西，抬头说："我拿就行。你先带他出去。"

"好。"

今睢领着陈嘉俊走出餐厅，见他脸色不对，抬手挠挠他的下巴，问："怎么了？"

陈嘉俊哭丧着脸说："我哥哥凶我。"

"那你一会儿凶回来。"

"嗯！我有姐姐撑腰，才不怕他呢。"

两人在餐厅门口等了一会儿，陈宜勉才出来。陈嘉俊拽着今睢，着急地去坐旋转木马。

"姐姐，快点儿，一会儿人多了，又要排好久的队。"

今睢无奈地笑了笑，任由他拽着自己走，还要回头确认陈宜勉有没有跟上来。

陈宜勉腿长，三两步便走到了他们跟前，质问陈嘉俊："刚才又说我什么坏话呢？"

"我才没有。"陈嘉俊躲到今睢的身后。他这是认准了陈宜勉当着今睢的面不会揍他。

今睢想要拍照时,才意识到照相机丢了。

"找什么?"陈宜勉注意到了她的动作,问。

"照相机。"今睢想起了是陈宜勉帮自己把包拎出来的,于是问他,"你拿包的时候,有注意到桌子上有一部白色的照相机吗?一部胶片照相机。"

陈宜勉回忆了一下,确实记不得什么了。

那部相机对今睢很重要,她不知道应该怎么跟陈宜勉解释,只说:"餐厅应该没关门,我回去找找。"

"一起吧。让你自己去,我也不放心。"陈宜勉正说着,只听旁边的陈嘉俊"哎哟"一声,手捂在了肚子上,整个人使劲地弯着腰。

"你怎么了?"陈宜勉问。

陈嘉俊虚弱地说:"哥哥,我突然肚子痛。"

今睢谨慎地过去查看他的情况,问他:"是不是吃坏肚子了?"

陈嘉俊没回答,只是,白净的小脸皱在了一起,表情看起来很痛苦。

陈宜勉垂眸,沉默地看着小孩儿的动作。

今睢对陈宜勉说:"这样吧,你带小俊去医院做检查,小孩儿体质弱,别真出什么问题了。我自己去找照相机。"

陈宜勉沉声说:"有事就给我打电话。"

"好。"

今睢的心里记挂着照相机,她没多耽搁,便抬步去了餐厅。

陈宜勉过去看陈嘉俊的情况,问:"自己能走吗?"

陈嘉俊憋着泪说:"可以。"

陈宜勉打量了他一会儿,手臂从他的胳膊下穿过,把他抱了起来。

陈嘉俊坚强地道:"哥哥,我能自己走。"

陈宜勉道:"车离得远,你自己走太慢了。"

"哦。"

到了停车的地方，陈宜勉把他放到后排的儿童座椅上，帮他系好安全带，才拉开驾驶座的门，坐进去。

陈宜勉拧着车钥匙打火时，从后视镜里看到陈嘉俊抠着手指，一副心不在焉的样子。

"还能坚持吗？"陈宜勉问。

陈嘉俊重重地点点头说："可以。"

陈嘉俊从小体质弱，小时候胳膊细，手背上找不到血管，护士还在他的脚上找过血管。他长大一些后，免疫力好多了，但先天性的毛病一直在，时不时就得去医院。

所以他对去医院这事习以为常，不像别的小孩儿似的，一听要去医院就开始哭。

但今天，这小孩儿的态度有点儿不正常。

他不像是肚子痛。

陈宜勉慢条斯理地系着安全带，状似不经意地道："肚子痛的话，到医院后医生会给你做一下肠镜。你知道什么叫肠镜吗？"

陈宜勉用夸张的表达方式给他概括了一遍。

陈嘉俊被吓得脸色惨白，结结巴巴地说："我……我的肚子好像不那么痛了。"

陈宜勉道："身体不舒服的话不能拖，必须及时治疗，拖下去只会更严重。"

陈嘉俊咬唇，眼泪从眼眶里溢出，吧嗒吧嗒地打在手背上，道："对不起，哥哥，我刚才是装的，我的肚子没有不舒服。"

"为什么装？"陈宜勉没什么表情，盯着他问。

陈嘉俊垂着头，慢吞吞地从包里把今睢的照相机拿了出来，啜泣着解释道："我把今睢姐姐的照相机弄坏了，我想拿去修……我不是故意的……哥哥……"

陈宜勉没有哄他，而是严肃地问："你看到姐姐刚才很着急了吗？"

陈嘉俊继续哭，并说道："所以我想快一点儿修好后还给她。"

陈嘉俊从小被郯斓和陈康清宠着，陈宜勉会凶他、训他、管他，却也是疼他的，他无忧无虑地长到这么大，没受过什么挫折。因为身体不好，他一直没有去学校，所以连和其他的小朋友闹矛盾的事情都没经历过。

"平时跟个小大人似的，一遇到事情就慌，哪里还有男子汉的样子？"陈宜勉探身过去解开他的安全带，把他抱过来。

陈宜勉抽了纸巾擦了他的眼泪，把他头上戴着的棒球帽摘掉，将了将他被汗水打湿的头发，把帽子给他反着戴了回去。

陈嘉俊的哭声小了一些，陈宜勉继续说："哥哥给今睢姐姐打个电话，等姐姐回来了，你给姐姐道个歉，行吗？"

"好。"

陈嘉俊屏住呼吸，看陈宜勉拿出手机打电话。

陈宜勉没说经过，只说找到照相机了，又跟她说了车子停着的位置，让她先回来。

挂了电话，等今睢回来的时间里，陈宜勉垂眸，打量着眼前安安静静地坐在他腿上的小孩儿。

陈嘉俊被看得心虚了，说："哥哥，对不起。"

陈宜勉淡淡地"嗯"了一声，又问："下次再发生这样的事情，你会怎么做？"

陈嘉俊紧紧地攥着那部白色的胶片照相机说："第一时间道歉。"

"你这不是知道吗？"陈宜勉敲了下他的额头，没怎么用力，"我看看照相机，怎么坏了？"

陈嘉俊揉了一下自己的额头，把照相机给哥哥，说了可乐洒在上面的事情。

过了一会儿，今睢小跑着过来了，坐到副驾驶座上，随便将了将被风吹乱的头发，关心地道："在哪儿找到的？"顿了下，她才发现陈嘉俊的脸上有泪痕，又道："小俊还不舒服吗？你们怎么没先去医院？我晚一点儿拿照相机也行的。"

"让他自己跟你说。"陈宜勉抬了抬下巴，示意陈嘉俊自己说。

陈嘉俊坚强地吸了吸鼻涕，爬过去。今睢不解地抬手去接他，让这个脆弱、委屈的小孩儿坐到自己的身上。

"怎么了？"今睢问陈嘉俊。

"姐姐，对不起……"陈嘉俊说了事情的经过，也道了歉，眨着水汪汪的大眼睛盯着今睢，等她原谅。

今睢虽然心疼照相机，担心照相机的现状，却也不能为难一个小孩儿，于是笑着说："没事。姐姐原谅你啦。"

经过了这么一个小插曲，一行人没再回游乐场。陈嘉俊因为哭过，返程的路上歪着头睡着了。陈宜勉先回了一趟家，用外套裹着把陈嘉俊抱进房间，又回到了车里。

今睢坐在副驾驶座上，看着车窗外面，见陈宜勉回来了，问："小俊没再哭吧？"

"睡得正香。"陈宜勉说，"现在去修照相机。"

"好。"

车子掉头，驶出这片居民区。

他们快出小区的时候，迎面过来了一辆豪车，是陈康清的车。豪车的司机认出了陈宜勉的车子，按了一下喇叭，同时降下了后座的车窗，明显是后面坐着的人有话要说。

但陈宜勉目不斜视，佯装没注意，径直踩着油门往前开去。

今睢倒是转头看了一眼。

两辆车交错而过，直到陈宜勉出声说话，今睢才急忙收回视线。

"小俊的事情，抱歉。"陈宜勉说，"小孩儿被家里人宠坏了，但没坏心。我问他了，他说把照相机带走，只是想快点儿将它修好后还给你。"

今睢抿嘴，说："真没事。你回头也不要再说他了。"

因为要修照相机，陈宜勉便带今睢去了欤壹。池桉正好在，听陈宜勉说了情况后，问今睢要照相机去检查。

陈宜勉给今睢倒了一杯水，又打了附近的订餐电话让人送餐过来。

挂断电话后，他跟今睡解释道："随便点了点儿饭、菜，你中午没怎么吃。"

"谢谢。"

今睡的注意力在照相机上。

直到池桉说只是有些受潮，胶卷没受影响，她才松了一口气。

"我需要给照相机除潮，你后天来取。胶卷需要帮你洗吗？"池桉只是随口一问。

今睡的反应却很大，她非常坚定地道："不用。"

陈宜勉感到诧异，转过头看了今睡一眼。今睡佯装没察觉他的目光，将胶卷接过来，收到包里装好。

她也意识到了自己的反应有些过激，补充了一句："我自己洗就好。"

池桉没在意，只说："有需要就来。"

"谢谢池哥。"

"小事情。"

今睡有好几部胶片机，都不贵，今天这部也是，很普通的一部照相机，唯一特别的便是里面的胶卷。这卷胶卷里拍的都是陈宜勉，因为今天去戏剧学院，今睡打算拍一拍他的校园，所以将这部照相机放在了随身带着的包里。

这卷胶卷，她一定不能当着陈宜勉的面洗。

如果被拆穿……她还没做好被拆穿的准备。

没一会儿，订的餐到了，陈宜勉把角落里的那张会客桌收拾出来让她吃饭。

很可口的家常菜，不会重油重盐，陈宜勉看着，今睡吃了很多。

又待了一会儿，陈宜勉看时间不早了，便说要走。

陈宜勉把今睡送到学校门口，等今睡下车后，才注意到后座上放着的东西，又降下车窗把她喊住了。

"等一下。"陈宜勉解了安全带下车，从车头绕过来，走到今睡的跟前。

今睢站在原地等他，看着他一步步朝自己走近，问他："怎么了？"

"这个拿着。"

陈宜勉的手里拿的是一个狐狸耳朵发箍。今睢当时买了三个发箍，她、陈宜勉还有陈嘉俊一人一个。陈宜勉的是狼耳朵，陈嘉俊的是小狗耳朵。今睢盯着他手里拿着的东西，笑了道："那我留着当纪念。"

春寒料峭，风中仍带着冷意。

陈宜勉却没急着让她走，今睢捏了捏发箍上毛茸茸的耳朵，说："今天被照相机这事耽搁了，也没给小俊买个蛋糕。"

"今晚他在家里还过一次生日，有蛋糕。"陈宜勉道。

今睢想到了陈宜勉开车从他家小区出来时，那辆豪车降下的车窗里，那张与陈宜勉有七八分相像的成熟男人的脸庞，猜测那是他的爸爸。

晚上，他家里的人在给陈嘉俊庆祝生日，他却没在场。

今睢胡思乱想着，一时没听清陈宜勉接下来说的话。她定了定神问："你说什么？"

陈宜勉穿得单薄，一身黑，鞋子上的标识带点儿别的色彩，冲锋衣的拉链被拉到了顶，松垮地卡在脖子处。他整个人显得很放松，单手插兜站在那儿，把刚才说的话重复了一遍。

"明天吧。明天我们帮他买一个蛋糕。"

"好啊。他喜欢什么口味的？我提前订。"今睢自然是愿意的。

陈宜勉想了想说："明天上午我来接你，一起去蛋糕店里看看。小孩儿主意多，喜欢什么，一天一个样。"

他们又有见面的机会了。今睢轻声说道："好。"

忽然刮起了风，天气冷了几分。陈宜勉说："进去吧。"

今睢说了句"明天见。你路上慢点儿开"，正欲转身时，忽然听到路边传来了一道清脆的女声："宜勉！"

今睢和陈宜勉同时转过头。

陶菡穿着浅色的针织衫搭配长裙，露出纤细、匀称的穿着肉色丝袜的小腿，脚上穿着一双白色的带跟的小皮靴。

她从车上下来，脸庞白皙、美丽，柔顺又有光泽的鬈发披散在肩头，风一吹，格外动人。

"你怎么在这儿？"陈宜勉没什么感情地问。

陶菡的眉梢带着盈盈笑意，她走过来时，视线淡淡地从今睚的身上扫过，落向陈宜勉时，眼底依赖的情绪更浓了。她柔声道："过来找人，刚上车准备走。看着站在这儿说话的人像你，一时没敢认。"

陈宜勉简单地解释道："过来送个朋友。"

今睚面带微笑，适时说道："我先走了。"

陈宜勉点头，提醒道："将外套的扣子扣好，不然漏风。"

今睚应了一声"好"。

今睚转身进了校门，抬手拢了拢风衣，天不知不觉又冷了，一点儿也不像在过春天。

她渐行渐远，身后两人的说话声也逐渐变得模糊了。

陶菡站在风中，冷得抱着胳膊搓了搓手臂，问："刚才那个女生是理科班的今睚？你们怎么认识的？"

"我谁不认识？"陈宜勉此刻的神情，与刚才与今睚说话时，简直有着天壤之别，他此刻一点儿耐心都没有。

"也是。"陶菡强装镇定，说了几件陈宜勉读高中时的事情，"在咱春来，你可是相当出名的，大家都知道你；而且你记性特别好，与你只见过一面、打过招呼的同学，你都能记住对方的名字……"

陈宜勉靠到车上，嘴上应着陶菡的话，视线却轻飘飘地落到了远方，看着今睚渐渐走远，直至身影消失，才摸出烟点着。

"给我一根。"陶菡也要抽。

陈宜勉不客气地用烟盒把她的手拨开，道："你就别抽了，司机还在车上等你。"

"我让他走。你不是有车吗？一会儿你送我。"

陈宜勉的嘴里叼着烟，他拢手点上烟，突然亮起的火光照着男生英俊的脸庞，也照清楚了他冷淡的眼神。

他吸了一口烟，才说："我一会儿还有事，没空送你。"

"有约会啊？"陶菡故意这么问，打听他的生活。

"刚约完，回家复盘。"

陶菡听出来了，陈宜勉这是不想回答问题的态度。她深吸一口气，露出轻松、自然的微笑，试图挽回道："我那天在电话里是开玩笑的。我那阵子一直埋头学习，压根儿不知道自己能不能达到目标。我越是临近考试，心里越是没有安全感，所以总想抓着点儿什么依附着。陈宜勉，你知道我的，我一向直来直去，想到什么就说了，压根儿没细想。被你拒绝后，我才冷静下来。你就当我开了个玩笑，好不好？我们还像以前一样。"

陈宜勉抬眸瞧她，半晌后，提醒道："陶菡，别越界。"

他转身，抬起手随意地挥了挥，留下一道背影，头也不回地说："走了。"

今睢回到家里，看到茶几旁放着两盒茶叶。礼盒看着很高端，应该是有人来看望今渊朝时带的礼品。

今渊朝从厨房里出来，将煮好的酒糟汤圆端出来放到餐桌上，叫她洗了手吃。

他没有说茶叶的事情，今睢也自觉地没有问。

今睢吃完汤圆，跟今渊朝聊了一会儿天儿，去洗澡，随后睡觉。

她擦着头发坐在电脑桌前，盯着桌角的日历，不自觉地发起了呆。

今睢是认识陶菡的。

陶菡也是春来高中的学生，跟陈宜勉同为艺术生。他俩一个学表演，一个是导演专业的。读高中时，大家常调侃他们是金童玉女，无论是外表还是才华，他俩都非常般配。认识陈宜勉的人，大多知道他有一个红颜知己叫陶菡。

陈宜勉身边的异性朋友有很多，但所有人都知道陶菡是与他最亲近的那一个。

有人说陈宜勉只喜欢陶菡，但陶菡太花心了，为了征服她，陈宜勉只好一个个换着暧昧对象，对她欲擒故纵。

今睢以为这些传言都不重要，因为她对于陈宜勉的人品有着自己的判断，但此时此刻，想到这些，还是觉得心痛。

许久后，她回过神，把狐狸发箍和胶卷放到了最下面的收纳柜里。

门外，今渊朝提醒她时间晚了，早点儿休息。今睢应着，去把头发吹干，关了房间里的大灯。

临睡前，她的手机一振，是微信新消息的提示音。

今睢靠在床头，拿起手机看了一眼，是陈宜勉发来的消息。

"到家了。"

他现在才到家吗？

今睢抿唇，触了一下对话框，手指落在键盘上。她戳戳点点，编辑了一段内容又删除。她想问的话问不出口，该说的话又不想说。

她正纠结着，看到对话框里弹出了新的消息。

陈宜勉发来了一个问号，随后是一句话："输入十分钟了，在写作文？"

"……"

今睢硬着头皮回："你很闲吗？"

"不闲。"陈宜勉回，"但等不到你的回复，没心情做别的事。"

今睢觉得一定是屋里的温度太高，连带着她的脸也热了起来，是不是该停暖气了？

隔天，今睢起了个大早，进厨房忙忙碌碌地给陈嘉俊准备生日礼物。

饼干在烤箱里烤着的时候，今渊朝招呼她吃早饭。

吃饭时，今渊朝时不时地瞥一眼自个儿的闺女。确认她心情不错后，他才开口："昨天陶菡来看我了。"

今睢嘴角的笑收了收，她没抬头，继续撕手里的油条，道："我在门口遇见她了。"

今渊朝问："你们说话了？"

今睡答："只是打了个招呼。"

两人一来一回地聊了几句，这个话题就过去了，谁也没多说。

今渊朝吃完饭便出门了，今睡坐在餐桌旁，安静地等饼干烤好。

她百无聊赖地玩着手机，看到了陶菡昨晚发的朋友圈。

陶菡发了烤串的照片和她的自拍照，也有店里的照片。她没拍陈宜勉，但在文案里提到他了："跟老朋友深夜小聚。戏剧学院西门的这家烧烤店里的烤串味道真的不错，考这里的理由又多了一条。"

烤箱发出"叮"的一声，到了定好的时间。

今睡扯着纸巾擦了擦手，起身过去，戴上隔热手套拿托盘。

高考结束后的那个暑假闲来无事，今睡跟着今渊朝学过一点儿烘焙。戚风蛋糕这种步骤烦琐、考验技术的食品她做不来，但做曲奇她是非常擅长的。

因为在想事情，她装曲奇的时候心不在焉。早晨起床时的喜悦心情全不见了，此刻她一直在想：陈宜勉昨天跟陶菡待到很晚吧，他们在一起时都会聊什么？

快上午十点的时候，她的手机振动了一下，是陈宜勉发来了消息。

他说："还有二十分钟到华清校门口。"

今睡心里苦涩，回了个"好"字。

陈宜勉接下来发了一条语音消息过来，今睡点开，听见了他动听的声音："你等我打电话再出来。"

陈宜勉是这样说的，不过今睡还是估算了一下时间，拿着给陈嘉俊的生日礼物出了门。

今天天气不太好，清晨的时候还有些阳光，这会儿天空灰蒙蒙的，浅灰色的云彩压在天边，让人看着觉得非常压抑。

今睡站在路边等了一会儿，接到了陈宜勉打来的电话。

还没等她接起电话，陈宜勉便瞧见了她。今睡个子高，骨架却小，体形偏瘦，并不厚的春装穿在她的身上，衬得她越发清瘦了。

陈宜勉把电话挂断，按了按车喇叭，将车子缓缓减速，停在她面前。

今睡的注意力在手机上，她还没按接听键，对方便挂断了电话。她正犹豫要不要拨回去时，眼前便出现了一辆车。

今睡被吓了一跳，身体往后晃了晃，缓缓抬头。

车窗降下，陈宜勉的眉梢、嘴角挂着笑，一只手仍扶在方向盘上，另一只胳膊随意地往车门上一搭。他穿着一件黑色的圆领卫衣，头发打了发蜡，抓出来了造型，比平日里更帅气。

今睡的嘴角动了动，她没说话。

"出来得这么早？"陈宜勉开玩笑地道，"迫不及待要见我？"

今睡让自己镇定，不要轻易被陈宜勉时不时的调戏弄乱了阵脚。好在后排的车窗也降下来了，陈嘉俊扒着车窗，往外露了露头，热情而欢喜地与她打招呼："今睡姐姐，你今天好漂亮！"

"姐姐哪天不漂亮啊？"今睡学着陈嘉俊的语气反问他。

"上车。"陈宜勉对今睡道。

今睡"嗯"了一声，从车前绕到另一侧。驾驶座后面是陈嘉俊的儿童座椅，今睡拉开后排的车门坐进去，跟陈嘉俊并排坐下。

她佯装没看见陈宜勉投过来的、含有疑问的目光，冲陈嘉俊晃了晃自己手里的盒子，递过去道："这是补给小俊的生日礼物，姐姐自己做的饼干，尝尝看喜不喜欢。"

陈嘉俊拆开盒子，眼睛一亮，惊呼："哇！是小黄鸭。"

今睡做的曲奇是小黄鸭形状的。

"谢谢姐姐！"

陈宜勉通过后视镜看着在后排互动的两个人，不解地沉默着。

陈嘉俊抱着饼干盒，催促道："哥哥，你快开车啊。我已经迫不及待要去蛋糕店里做蛋糕啦。"

陈宜勉用舌尖顶了顶腮帮子，感觉自己被冷落得莫名其妙，一时猜不透是自己惹了今睡生气，还是自己想多了。

车子发动了，一路上，陈嘉俊叽叽喳喳地和今睡讲自己看的《小猪佩奇》的剧情，他看的是英文版的，说台词时有模有样，发音很标准。

今睡想到了陈宜勉说英文时的样子。

读高中时，陈宜勉的学习成绩一般，甚至可以说是中下游水平，但他的知识储备量很丰富，且不是那种课本上教授的知识。

他对国内外的电影、名著如数家珍，要是跟他聊体育竞技、电子机械、人文风土，他都能搭上话，所以尽管他那时学习成绩不好，学校里的老师也很喜欢他。

他的英语口语尤其好，他还参加过高校间举办的全英文的辩论赛。听说他原本是要出国的，不知道后来怎么没出国。

今睡走神时，车子因为红灯而停在了十字路口。

陈宜勉朝后面看了一眼，陈嘉俊正在津津有味地吃今睡给的曲奇。

"吃的什么？我看看。"

"哥哥，这是今睡姐姐给我的饼干！你还给我！"

"我尝一块。"

"不行！看看也不行！"

"小白眼儿狼，我给你买过多少回饼干，现在吃你一块都不行？"

"那哪里一样？这可是今睡姐姐亲手做的，每一块都包含了姐姐对我的祝福。才不给你吃呢。"

今睡笑了，揉了揉陈嘉俊的头说："姐姐下次再给你做。"

"好啊！"陈嘉俊提要求，"我还想吃小兔子形状的。"

"好。下次做小兔子形状的饼干。"今睡觉得跟小孩儿待在一起特别放松，不用刻意揣测他的想法，不用太注意自己的言行。

"姐姐你真好！我好喜欢你。"

"姐姐也喜欢小俊。"

陈宜勉没真抢小孩儿的饼干吃，只拿过来故意逗他一番，便把盒子还了回去。他听见两人的对话后，问："那我呢？"

他这语气颇有争宠的意味，这话问得寻常又不正常。

那他什么？他是想要饼干，还是在问她喜不喜欢他？

今睡一时分不清，生怕会错了意，小心翼翼地说："饼干太甜了，怕你不喜欢吃。"

"那也得试了才知道喜不喜欢。"

今睢觉得跟陈宜勉对话像极了做解密游戏，他这个字是什么意思，他这句话是什么意思，饶是她翻来覆去地想，也想不出正确答案。

今睢抿唇说："那下次给你带。"

陈宜勉得逞，提要求："我要吃小狐狸形状的。"

"好。"

陈宜勉挑的蛋糕房比较高档，店里除了店员，没看到其他客人。陈嘉俊似乎常来，到了后自然地往里面跑。

今睢落后了几步，跟陈宜勉并排走着。陈宜勉拿着陈嘉俊的小黄鸭水杯和车钥匙，自顾自地跟今睢解释道："去年带他来过一次，店员认识他，让他自己玩吧。"

"好。"

两人被引到会客区里坐着，有店员端来两杯水。陈宜勉跟店员说了一会儿要做的蛋糕的款式，店员记下，去准备东西了。

今睢拿出手机，拍了一张陈嘉俊拍气球的照片，收回视线时，发现陈宜勉正在打量她。

她眼角的笑意没来得及收，她笑盈盈地看了他一眼，问："我看小俊很黏你，你总带他出来玩吗？"

"我平时不常回家，一般是家里的阿姨带他。"陈宜勉朝陈嘉俊雀跃的身影望了一眼，说，"以后我尽量多带他出来。"

店员把烘焙室准备好了，过来领客人过去。

陈宜勉喊了陈嘉俊一声，让他不要再玩了。陈嘉俊应着，跑过来扑到今睢的大腿上，率先拉住她的手。

陈宜勉问："谁是你亲哥？"

陈嘉俊嘿嘿笑说："今睢姐姐的身上香香的，像牛奶味。哥哥你身上臭。"

陈宜勉瞪他说："行。我身上臭是吧？我现在就送你回家，蛋糕不做了，一会儿的大餐也没了。"

"不行！我一年才过一次生日！你不能剥夺我过生日的权利。"陈

155

嘉俊抗议道。

"谁让我臭呢？我的钱更臭，你别花了。"

被亲哥噎了的陈嘉俊噘着嘴，思考了一会儿，鼓起肉嘟嘟的腮帮子，冲陈宜勉愤愤地道："哥哥，你真的好幼稚！"

他说着，拽着今睢往前走，嘴里嚷着："姐姐，我们不要理他，幼稚是会传染的。"

"……"

今睢哭笑不得，被陈嘉俊拽走。

有陈嘉俊这个活宝在，今睢和陈宜勉虽然交流不多，但也不至于冷场。

店员向他们提供了已经被切好形状的蛋糕坯，他们只需抹奶油、装饰。陈嘉俊的动手能力很强，审美完全在线，最后的成品效果非常好。

快到饭点了，一行三人拎着蛋糕从店里出来，按照来时的座位分布坐到了车里。

陈嘉俊玩着手里的飞机模型，开心地欢呼："去吃大餐咯！"

车子却没动。

今睢抬头看了陈宜勉一眼。

陈宜勉道："坐到前边来。"

他没指名道姓，今睢却知道他说的是她。

今睢抓了抓皮质坐垫，没动。

陈宜勉转过头，朝她看过来，理直气壮地道："帮我指着点儿，我不认路。"

今睢："……"

今睢虽然动作缓慢，但还是动了。

陈宜勉瞧着她的动作，催促她："快点儿，这里的停车费挺贵的。"

"……"

今睢遂了他的愿，坐到了副驾驶座上。

第五章

发　烧

　　陈宜勉选的进餐地点是一家以中餐为主的儿童主题餐厅，餐厅装修得既温馨又高级，桌椅、摆件也都是孩子会喜欢的可爱造型的。除了就餐，店内的游乐区里还有许多游戏适合小孩儿玩。

　　店里，客人非常多，大多是大人带着小孩。

　　今睡和陈宜勉带着陈嘉俊混在其中，很容易被人误会。

　　陈嘉俊的注意力被隔壁的游乐区吸引了，他问了陈宜勉几次可不可以先去玩一会儿，都被拒绝了。

　　好在点的餐被端上来后，陈嘉俊看着精美的菜品胃口大开，吃了不少。

　　吃完饭，陈宜勉放他去玩，道："不准跑，对别的小朋友要有礼貌，注意保护自己，不要受伤。"

　　"知道啦！"陈嘉俊应着，开心地玩去了。

　　起初，今睡还能看见他在玩什么，过了一会儿，他就混在孩子堆里找不到了。陈宜勉气定神闲，似乎一点儿也不担心。

因为开心果陈嘉俊走了，两人间的气氛变得安静下来。今睢心里那股因为陶菡而生出的酸涩感再次冒了出来。

陈宜勉别开脸，用手背遮在嘴前打了个哈欠。今睢注意到了，问："昨晚没休息好？"

陈宜勉挑了一个舒服的姿势坐着，回答道："有作业着急交，熬夜写的。"

今睢哦了一声，嘟囔了一句："时间紧张，还去吃烧烤？"

"什么？"陈宜勉问。

今睢想：不好，一不小心把心里话说出来了。她清了清嗓子，改口道："不能总熬夜，得注意休息。"

陈宜勉盯着今睢，眼睛一眨不眨地打量着她。今睢被他看得不自在，眨了眨眼，正准备问"怎么了"时，听见陈宜勉问："你今天是不是心情不好？"

今睢摸了摸鼻子，说："没有。"

"是我做了什么吗？"

今睢不知道该怎么回答，指了指他的手机，岔开话题道："你的手机屏幕亮了，有消息。"

陈宜勉看了一眼手机屏幕，不打算回，但今睢垂着头，开始看手机，明显是不想和他说话。

陈宜勉想不通，心里堵着一口气，不舒坦。他随手打开手机，看到了完整的消息内容。

是他读高中时，与那群一起参加艺考的朋友组建的群，群里有人在问"有人打游戏吗？"。

陈宜勉看到有人提到了他，往上翻了翻聊天记录，看到了消息的内容："@陈宜勉和菡姐 吃烧烤不叫我们，还是朋友吗？"

接着，其他人回："这还不明显？俩人约会呢。叫我们做什么，照明吗？"

还有其他人跟着调侃。

陈宜勉没再看，而是翻到了最初的那条消息，看到照片是陶菡发朋友圈的截图。

陈宜勉沉默着皱了皱眉，回复道："什么烧烤？我没吃。"

聊游戏的一众人还以为他在开玩笑，接着，回复什么的人都有。

"哎呀，约会就约会，我们都懂。"

陈宜勉打着字，准备澄清得再具体一些。

陶菡出来了，主动说："不是跟宜勉吃的啦。我跟宜勉只是朋友，哪儿有什么约会？别瞎说，我要生气了。"

陈宜勉便没回消息了，把手机收了起来，看向今睢。刚才今睢说的那句话，他不是没听清，而是没明白。结合了群里的聊天内容，他才明白过来。

"你有陶菡的微信？"陈宜勉问。

今睢被问得一愣，点点头说："有。"

陈宜勉又问："你以为昨晚送你回学校后，我和她吃烧烤去了？"

被这么直截了当地一问，今睢抿唇，猜不透陈宜勉是怎么知道的。

陈宜勉情根开得早，小学时就知道男生欺负女生，不一定是因为讨厌，还有可能是因为喜欢。再加上他的社交圈不仅仅局限在校园里，他见得多、听得多，很多事情只听个苗头，就能猜到其发展和结局。

只不过有些经验终归是纸上谈兵，轮到自己切实经历时，很多事情他又拿不准了。

"所以，"陈宜勉坐正，问她，"斤斤，我可以理解为你在吃醋吗？"

今睢试图逃跑，但陈宜勉的目光过于炙热，紧紧地锁定在她的身上，让她动弹不得。她嘴硬地否认道："我没有。"

她的话与她的行为，有着完全相反的意思。

可能是餐厅里中央空调的风力被调大了，陈宜勉只觉得整个人比刚才要舒畅很多。

"没有就没有吧。"陈宜勉像是自言自语，又像是专门解释给她听道，"昨晚在华清的校门口和陶菡聊了几句后，我就开车走了。"他一顿，补充道，"一个人走的。"

强调完，他又恢复了一贯顽劣的语气，慢悠悠地说："你以为谁都能让我当司机？"

今睡被他看得不好意思了，别开脸，借着用手托脸的动作，遮住扬起的嘴角，但笑意不受控制地从眼睛里露了出来，根本藏不住。

陈宜勉瞧着她的侧脸，转了转脑袋，故意看她，问："开心了？"

今睡抬起另一只手，试图挡住脸，不让他看，下意识地"嗯"了一声。

她的声音很轻。

陈宜勉应该没听到，但又好像听到了。今睡用余光看着陈宜勉靠回到了椅子上，他的目光轻飘飘的，却准确无误地落在了她的身上。

今睡极力压制着刚才因为陈宜勉的调笑而产生的窘迫感，清了清嗓子，捋了捋头发，坐端正，故作轻松地岔开话题道："空调的温度有点儿高。"

陈宜勉耸耸肩，附和她说："是有点儿。"

他这语气颇有一种"哪怕你说太阳在晚上升起，我也敢赞同"的信念感。

今睡自然听出来了，又说："小俊玩多久了？是不是该让他回来了？"

陈宜勉知道自己如果再待下去，今睡的脸就要熟透了。他微微叹了一口气，起身道："我去叫他回来。"

陈宜勉走后，今睡自己缓了一会儿，渐渐平复了心情。

有小朋友追逐着从这里跑过，最前面的小女孩儿只顾着回头招呼身后的小伙伴，扑通一声撞到了今睡坐着的凳子。

小女孩儿的手里拿着冰激凌，今睡倒是没事，但她搭在椅子上的外套遭了殃。

小女孩儿的妈妈及时过来训了孩子一句，让小女孩儿给今睡道歉，同时从包里拿出纸巾，帮今睡清理外套。

"真不好意思啊，我的车上有多余的外套，这件我负责送去干洗吧。"小女孩儿的妈妈考虑周到，真诚地道歉。

"阿姨，对不起。"小女孩儿眨着大眼睛，愧疚地向今睡道歉。

今睢冲小女孩儿的妈妈摆手，说"不碍事，不用干洗"，随后摸了摸小女孩儿的羊角辫，说"没关系"，问她有没有撞疼，同时准备纠正她，让她叫自己"姐姐"。

听到今睢说"没关系"后，小女孩儿松了一口气说："没撞疼。那阿姨，我去玩了。"

最终，今睢也没把她纠正回来。

小女孩儿的妈妈在旁边不好意思地笑了笑，继续帮今睢清理外套。

这个时候，陈宜勉领着陈嘉俊回来了，一眼便看见今睢搭在椅子上的外套上脏了一块。

"怎么弄的？"陈宜勉问。

当着小女孩儿妈妈的面，今睢也不好说什么，只说："不小心蹭上了一点儿冰激凌。"今睢冲陈嘉俊招了招手，笑道："玩得开不开心？过来喝水。"

小女孩儿的妈妈瞧瞧今睢，再看看陈宜勉和陈嘉俊，惊诧地道："呀，你家小孩儿这么大了啊？"

起初今睢还没觉得这句话不对劲儿，直到听见小女孩儿的妈妈又说："你怎么保养的？身材恢复得真好。"

今睢瞪圆了眼睛，连忙摆手，哭笑不得地否认道："是弟弟啦。"

小女孩儿的妈妈不好意思地笑了笑，说："怪我误会了。"

小女孩儿的妈妈听见小女孩儿在远处喊自己，便再次跟今睢就衣服的事情道了歉，连忙过去了。

因为被错认身份，今睢刚平复好的情绪又乱作一团。

陈宜勉瞧着今睢的状态，一本正经地说："你这动不动就脸红的习惯，容易让我误会。"

今睢还没回答呢，只见陈嘉俊抱着小黄鸭水杯，咬着吸管，仰着脸问哥哥："误会什么啊？"

陈宜勉揉了揉陈嘉俊的头说："误会今睢姐姐一见到我就害羞啊。"

陈嘉俊似懂非懂地点了点头，"哦"了一声。

今睢是在这里待不下去了。她拿起外套，对陈宜勉说："我去卫生间里清理一下衣服。"

陈嘉俊瞧着今睢那又红了一点儿的脸，仿佛发现了新大陆，仰头告诉哥哥："姐姐又害羞了。"

今睢转过头，大步流星地往卫生间的方向走，听见陈宜勉心情不错地轻轻笑了一声，回答陈嘉俊："嘘，不要拆穿。"

今睢："……"

今睢去卫生间里清理衣服，陈宜勉领着陈嘉俊站在外面等着。

陈嘉俊今天很开心，东张西望，满眼好奇。陈宜勉靠在墙上，用手拨了拨他头顶的头发，问："哥哥好不好？"

"好！"陈嘉俊非常坚定地说，"哥哥对我最好了。"

陈宜勉很高兴地笑了笑，又问："那哥哥改天再带你出来好不好？"

"好啊！"陈嘉俊的眼珠子转了一圈，他想了想问，"哥哥，你是不是学习不好被开除了？"

见陈宜勉绷着脸看自己，陈嘉俊不解地嘟囔道："否则怎么会有时间陪我？"

陈嘉俊从小就黏他，而他跟陈康清的矛盾，在陈嘉俊出生以前便存在，所以在陈嘉俊的印象里，哥哥总不回家。而他每次被陈嘉俊问为什么总不回家时，给出的理由都是学习忙，要写作业。

所以此刻，陈宜勉听着陈嘉俊说的这句话，心里一酸。

"那哥哥不陪你了。"陈宜勉逗他。

陈嘉俊抗议道："不行！我喜欢哥哥陪我玩。"

陈嘉俊在心里盘算着接下来要去哪里，想来想去，只觉得哥哥真是太好了。

陈宜勉垂眸打量着小孩儿天真烂漫的模样，挠了挠他的下巴，又问："那今睢姐姐好不好？"

"好啊。你们两个都好。"陈嘉俊说。

陈宜勉接着说："那下次我带你出去玩时，邀请今睢姐姐一起好不好？"

陈嘉俊正在苦恼地思考哥哥和姐姐谁更好，闻言，非常干脆地答应道："好！"

陈宜勉莞尔，说："那你记得邀请她。"

陈嘉俊重重地一点头，接受了这项伟大而艰巨的任务。

紧接着，陈嘉俊仰起头，问："哥哥，你是不是喜欢今睚姐姐啊？"

陈宜勉觉得，这个小孩儿有时候聪明得挺让人讨厌的。

不料，陈嘉俊一本正经地继续道："我觉得你配不上她。"

如果这个小孩儿还自以为是，那就更令人讨厌了。

不过，陈嘉俊终归是个小孩儿，陈宜勉也不能真跟他一般见识。他抬了抬下巴说："那你倒是说说，我哪里配不上她？"

"今睚姐姐说，她喜欢我，所以她不喜欢你这样的老男人。"

"……"

卫生间的出口处出现了今睚的身影。

她把外套穿在了身上，蹭上冰激凌的地方不仔细看的话，看不出痕迹。她把手插在口袋里，款款走来，身姿摇曳，气质绝佳。

她过来时看见陈宜勉懒散地靠着身后的柜子，一只手按在陈嘉俊的头顶上，恶作剧似的揉乱了小孩儿带着点儿自来卷的头发。

陈嘉俊凶凶地鼓着腮帮子，又是挥胳膊又是踢腿的，但根本打不着陈宜勉。

今睚站在远处看兄弟俩闹，不忍打扰。

天气渐渐回暖，实验室前面的迎春花悄无声息地吐了花苞，吹响了春天的号角。柳叶垂下，花朵芬芳，将整座城市点缀得春意盎然。

孟芮婷在这个美好的春天，却没有迎来自己的春天，她的状态明显地变得沮丧了。

今睚听见她对着手机叹气，关心地问道："怎么了？"

孟芮婷两手交叠着放在桌子上，下巴垫在手臂上。她有气无力地道："我失恋了。"她一顿，继续向今睚倾诉，"我昨天看到郄教授和一个漂亮的女人在约会，他还帮她拎包。你说，暗恋一个人为什么这么卑微？我连去向他确认，那个漂亮的女人是不是他的女朋友的勇气都没有。"

今睡用力地捏着手里的笔杆，发着呆。

她想：我明白你的感受。

她何尝不是？面对陈宜勉暧昧的调笑，她只能佯装听不懂，生怕自己稍有不慎，将自己的小心思暴露出来。

不过孟芮娉比她坚强。孟芮娉的失恋状态只维持了一周，这周五，孟芮娉兴致勃勃地来问今睡，周末要不要去参加"彩虹跑"。

孟芮娉说的"彩虹跑"今睡知道，是京市政府与京市的知名企业联合举办的一场马拉松活动。因全程设五个彩色站，参与者跑过站点时会被喷洒彩粉而得名。

这项活动面向全社会，参与者不限年龄、职业，华清以及京市很多大学的学生会报名参加。

前几天陆仁问过今睡要不要参加，今睡因为周末要去救助站，所以拒绝了。

今天被孟芮娉问起，今睡被她的左一句"去嘛，我们好久没有一起出去玩了"，右一句"你就当陪我散散心了，'彩虹跑'结束后还有'美食节'，一起去嘛"说服，最终露出微笑，点点头答应了。

救助站那边今睡只能请假了。

也巧了，今睡看手机时，救助站的微信群里，大家也在聊"彩虹跑"的事情。

她看得出来，大家对这场活动很感兴趣，不少人说已经报名了。

今睡看到有人问陈宜勉要不要参加。

陈宜勉没回答。

他似乎不在线，今睡捧着手机等了一会儿，始终没见陈宜勉回复。

她纠结着，点开自己与陈宜勉的对话框问："周六的'彩虹跑'，你去吗？"

今睡翻看着两人的聊天记录，对于他回消息这件事没抱任何希望，所以来自陈宜勉的消息弹出时，今睢吓了一跳。

他竟然在线。

他几乎是立马回复了。

陈宜勉问她："你希望我去吗？"

他这话问得暧昧。

今睢敲敲点点着键盘，正犹豫着，猛地想起了先前被陈宜勉取笑，是不是在写作文的经历，慌忙之下，失手点击了"发送"。

她说："想。"

陈宜勉回："那周六见。"

今睢的心脏跳动得很快，隔着屏幕，她觉得陈宜勉回这条消息前应该轻轻地笑了一下。

陈宜勉确实笑了。

他难得轻松地笑了。

他刚跟人吵了一架。十分钟前，陈康清的秘书给他打了电话，说陈康清周六要出席"彩虹跑"的活动，希望陈宜勉也到场，届时会有记者拍摄陈康清与家人参与活动的照片。

陈宜勉只问了一句"我能拒绝吗？"，秘书的电话便被陈康清夺去了，父子俩没说几句话便呛起来了。

父子俩各有各的脾气，各有各的理由，谁也不让谁。

陈宜勉在电话里拒绝了陈康清，后来却答应了今睢。

陈宜勉挠了挠鼻梁，觉得陈康清知道后一定又得和他吵一架。

陈宜勉的视线落到他与今睢的对话框上，他说："我们来玩个游戏。"

今睢："什么游戏？"

陈宜勉只问："你那天几点到？"

"大概下午一点半。"

今睢说完大概的时间，托着脸，好奇陈宜勉为什么问这个。

很快，陈宜勉发过来的语音揭晓了答案。

"好。从下午一点半开始，看我们多久能遇见对方。"

今睡盯着手机屏幕，将这句话听了一遍又一遍。她没法否认，自己被陈宜勉这冷不防提出的小游戏撩得死死的。

今睡和孟芮娉都是时间观念很强的人，一般定好了时间便会准时到。

结果那天出发前，孟芮娉左右打量了今睡一番，心血来潮地提出帮她改改发型。

今睡的头发不算长，扎马尾辫时发尾扫在肩上，偶尔也会散开。

见孟芮娉十分坚持，今睡看了一眼时间，便没再拒绝，任由她把自己的马尾辫拆成两根拳击辫。

今睡身上穿的是方便彩粉挂色的白色T恤衫，不过，她在腰侧打了个结，显出盈盈一握的腰，白色的短裤下一双腿笔直、细长，整个人看起来清清爽爽。

而新发型为她添了一些英气。

好在今天路上畅通，今睡顺利地在下午一点三十分的时候，抵达了"彩虹跑"的起点站。

今睡对于这场活动的性质有所了解，但到了现场，还是被现场的人流量吓到了。人们比肩继踵，比高考那天校门外挤着的家长还要多。

今睡举着手机，拍了一张印着"不挂彩，无青春"字样的签名墙的照片，本来想把照片发给陈宜勉，告诉他自己到了的，但想了想，觉得这种行为有作弊的嫌疑，便只说："准时到达。"

很快，陈宜勉回："计时开始。"

今睡没有刻意去找陈宜勉，因为她也想看看，自己和陈宜勉的缘分能差到什么程度，所以，对在现场找陈宜勉这件事，今睡抱着顺其自然的态度。

孟芮娉不知道今睡和陈宜勉之间的游戏，挽着她的胳膊拍了几张合照，又帮她拍单人照。

十八九岁的女孩儿，不论是做出正经还是搞怪的动作，站在那儿便已经是青春最好的模样。

孟芮娉找了各种角度，指挥着今睢动来动去，拍了好一会儿，才换成今睢给她拍。

孟芮娉正向今睢递手机时，突然过来了一群人，那些人从她们中间穿过，猝不及防地把她们冲散了。

今睢听见孟芮娉在高声喊自己的名字，踮着脚朝声音传来的方向看了看。

只是今睢还没回应，眼前便晃过来了一只手。

对方的手腕上戴着黑色的运动手表，手指细长，对方打了个清脆的响指。

今睢茫然地扭头，看见了一双熟悉的眼睛。

陈宜勉穿着一条黑色的运动短裤，脚腕细长、笔直，上身也穿着一件白色的棉质 T 恤衫，额头上绑着一根红色的速干发带，浑身上下散发着青春的气息。

陈宜勉笑着看她，问："在找我啊？"

今睢朝身后指了指，下意识地说："找孟芮娉。"

她在这一瞬间记起了游戏的事情，但看着陈宜勉眼底的笑，知道他是在调笑自己，只敢怒不敢言，慢了半拍把话说完："刚才我和她被人群冲散了。"

陈宜勉抬起手腕看了一眼手表，还没说话，便走过来了几个男生。

"同学，你这招过时了。在你之前，已经有两个女生假装站不稳让陈宜勉扶了。"说话的人染着黄色的头发，身材高且瘦，手臂搭在陈宜勉的肩上，他们是一起的。

"黄毛"误会了这边的事情，刚才隔得远，还以为是又有"桃花"贴到陈宜勉的身上了，语气中带着开玩笑的意味。

今睢觉得自己对陈宜勉真了解，竟然懂了"黄毛"的意思，配合地笑了笑，反问"黄毛"："那我算是成功了吗？"

她的话是对着"黄毛"说的，用的是不想冷场的开玩笑的语气。

"黄毛"扬了扬眉，说："这是自然。之前的两个女生，陈宜勉可没扶。"

陈宜勉作势去踢"黄毛"。

"黄毛"动作快，敏捷地往后跳了一下。

陈宜勉无奈地笑了笑，对今睡介绍这几个人："我室友，薛元义、刘成。刚才跳开的那个'黄毛'叫蔡风。"

陈宜勉接下来要介绍今睡。

蔡风跳了回来说："我知道你。今睡嘛，听陆仁提过。"

今睡不知道自己这么出名，笑了笑道："你们好。"

那边，孟芮婳从人群中挤了出来，终于和今睡会合了。孟芮婳很外向，很轻松地就和陈宜勉的室友们聊了起来。

比较起来，今睡的存在感低多了。

但陈宜勉不这么觉得。

其他几个人说笑的时候，陈宜勉走到今睡的旁边，将手腕上的运动手表点亮，让她看清楚时间，道："十分四十七秒。"

他略微停顿，继续说："还挺快，看来，我们缘分不浅。"

"大家都去拍照了，你俩在这儿偷偷聊什么呢？"陆仁出现在两人中间，打断了陈宜勉的话。

今睡抬头，才注意到孟芮婳和蔡风他们说着话走开了。孟芮婳刚才要走时喊了今睡一声，不料走出一段距离后扭头看时，发现今睡似乎没听见，还站在原地，茫然地望着她。

孟芮婳道："斤斤，快点儿，我们去'搞怪留影墙'那儿拍照。"

陆仁也催促道："我们也过去吧。这边人太多了，热。"他顿了下，问今睡："我之前问你，你不是说不来的吗？"

孟芮婳挤回来挽今睡的胳膊，与今睡一起走，正好听到了这句话，回道："斤斤当然是陪我来的啊。干吗？你想约我家斤斤啊？先领号码吧。"

今睡被孟芮婳挽着往前走，借着转头回答陆仁的问题的工夫，用余光去找陈宜勉。

陈宜勉抬步走在旁边，单手插兜，神态自在，似乎并不在意今睡是和谁一起来的。

走在最前面的蔡风，用手挡在额头上遮太阳，朝附近看了看，吐槽道："上至退了休的大爷大妈，下至系着红领巾的小学生，今年的马拉松是什么人都参加了。不得不说一句，主办方准备的奖品也太差劲了，咱京市有这么多成功的企业家，就找不出一个赞助商吗？好歹安排一个双开门大冰箱啊。"

而另一边，主办方庆阳集团的董事长陈康清先生，正在礼仪小姐的指引下，迈步上台。麦克风被人试了试音后，交到了陈康清的手里。

分布在现场各处的音箱内传出男人沉稳、温和的声音："欢迎大家来到这里。跑步是一项很常见且非常健康的运动……"很形式化的发言。

陈宜勉没什么表情地朝台上看了一眼，有记者被安排在旁边录像，陈康清穿着运动衣，看上去和大家没有距离感。

陈宜勉刚准备走开，手机就振动起来了，是陈康清的秘书打来的电话。

他脱离了朋友的队伍，走到人少的地方接电话。

陈康清的秘书举着手机来到陈宜勉的跟前，言辞恳切地多了一句嘴，说陈总嘴硬心软，私下里总关心大少爷的情况，又说陈总希望他过去，只是一起跑步。

只是，陈宜勉还没动作，秘书便被出现在这里的郗斓喊去了，郗斓说让她来说。

郗斓穿着一身紫色的运动服，气质温柔，头上戴着一项白色的遮阳帽，妆容精致。

"阿勉，过去和你爸打招呼了吗？他看到你在，会很开心的。"郗斓善解人意地说，"父子没有隔夜仇。你爸特意选这个广场作为活动的起点站，就是希望你高兴。"

这个广场是陈宜勉的母亲设计的，广场中央的巨大雕塑是一只展翅冲天的飞鸟。

"有事。"陈宜勉冷漠的声音在春暖花开的季节里显得很突兀，丝毫没有因为周遭的热闹，就分给郗斓一点儿温情，他临时改了主意道，

"我就不过去了，大庭广众之下吵起来的话，挺难看的。"

郗斓被冷落了，脸上依然挂着笑容，在秘书的陪同下，回到了陈康清那边。

陈康清朝陈宜勉的背影望了望，问郗斓："他不过来？"

郗斓的话里满是对陈宜勉的维护，她道："他跟朋友约好了，不方便爽约。"

"与朋友的约定就是约定，我想见自己的儿子一面，还得排号是吧？"陈康清"哼"了一声，又道，"都二十岁了，真是没有一点儿担当。"

"怪我把他宠坏了。你别生气，回头他来家里了，你们父子俩好好聊聊。"郗斓帮陈康清整理着运动服的领口，低声提醒他："记者拍着呢，陈总注意形象。"

陈康清的脸色这才变得好看了一些。

众人来到"搞怪留影墙"旁，今睢发现陈宜勉没有跟上来。

她转头寻找着他，陆仁递给她一瓶水，解释道："他刚才接电话去了，应该是他爸找他。"

今睢点点头，失落地收回了视线。

她其实不了解陈宜勉，不了解他的家庭，不了解他的生活，也不了解他的社交圈。她知道的，不过是一些所有人听说过的事情。

这种若即若离的感觉，让今睢怅然若失。

很多时候，今睢觉得自己可能没有那么喜欢陈宜勉，又或者说她分辨不清楚，自己对陈宜勉是什么样的感情。

读高中那会儿，等她意识到自己在情绪上细微的变化时，陈宜勉的身影已经住到了她的余光里。

听说他高中毕业后要出国，今睢也只是感慨以后再难见到他，有遗憾，有不舍，但未想过改变什么。

像是高考是高中时期画上的句点一样，陈宜勉的离开也成了两人关系的句点。

只不过现在，今睡觉得自己变得贪婪了。

她想要的不仅仅是看到他，还有被他看到。

一直到活动开始，陈宜勉也没回来。

今睡跟朋友一起，在拥挤的跑道上不断地被人超过，也不断地超过别人。经过途中的站点时，工作人员泼彩粉，他们从彩色的雾中穿过，给青春挂上艳丽的色彩。

而没有回来与大家会合的陈宜勉，也站在了起点站的跑道上，随着一声枪响，跟周遭的众人一起，目标明确地奔跑起来。

陈宜勉将耳机的音量调大，四肢蓄足了力量发泄着。他甩开了很多人，城市里的高楼浮光掠影般滑过。他不知道自己要去哪里，只能大步向前。

经过终点时，少男少女们奋力跑出去，在阳光下，用力跳向高处。他们伸开手臂，仿佛要去摸一摸那高远的天空。

他们走过了十八岁的花季，站在二十岁的路口，将迎来拥有无限可能的十年。

他们即将独立，他们始终热血沸腾，他们带着不败的意志和永不磨灭的勇气，要与天比高。

运动发泄一番后，陈宜勉整个人变得神清气爽。

其他人陆续在终点站会合，陆仁见今睡到了，才晃了晃手机说："陈宜勉说在美食街等我们。"

美食街上人也不少，有跑完或者跑到中途退出，穿着一身五彩斑斓的衣服就过来吃东西的人，也有没参加"彩虹跑"直接过来的人。广场上支着成排的遮阳棚，棚下是热情揽客的商贩。

陈宜勉站在靠近入口的小吃摊前，等自己点的东西时，有一搭没一搭地跟老板闲聊着。

他跟谁都能聊几句，可他越是处在热闹处，今睡越觉得他离自己很远。

"等很久了吧？"陆仁问陈宜勉。

陈宜勉放下架在木凳的横梁上的腿，方便大家坐，回答道："刚过来。"

几个男生在聊天。

孟芮婷渴得嗓子冒烟，拽着今睢去买喝的。

放眼望去，这一排排的小吃似乎没有重复的，火热的气氛配合着辛辣的香味，让人食欲大开。果汁是鲜榨的，制作起来需要时间。

等待的时候，孟芮婷的眼神跟着香味飘走了。她拍了拍今睢的胳膊，让今睢在这儿等着，自己去买烤肠。

孟芮婷说是去买烤肠，可等今睢拿了果汁再去找她时，她早不知道去哪儿了。

今睢给孟芮婷拨着电话，没人接。她只能先回刚才集合的位置，看孟芮婷回没回来。

今睢拿着两杯果汁回来，见这里不只没有孟芮婷，连陆仁、蔡风那几个男生也不见了，估计是去买吃的了，此时这里只剩陈宜勉坐在凳子上。

他哪怕是这样懒散地坐着，仪态也很好。四肢矫健、修长，他比大部分的男生要白一点儿，但不显秀气。也许是刚运动完的缘故，他浑身散发着蓬勃的朝气，减淡了他身上冷峻的气场。

"他们人呢？"今睢走过去，问陈宜勉。

陈宜勉帮她拉开一把椅子，示意她坐，回答道："去买吃的了，一会儿回来。"

今睢坐下，把两杯果汁放到桌上。

"别动。"陈宜勉侧头，盯着她的脸，不知道看到了什么。

他刚才和老板聊得似乎很愉快，脸上挂着轻松的笑。

今睢陷在陈宜勉的笑里，看着他慢慢靠近自己，愣了愣。

只见他停在一个安全距离里，缓缓抬手，挨近她的脸。

他用温热、干燥的指腹在她柔软的脸颊上一抹，随即笑道："这里蹭到了粉。"

这是两人第一次如此亲密地接触。

今睡呼吸停滞，迟钝地抬手摸了摸陈宜勉碰过的位置，故作镇定地问："这里吗？"

"还是我来吧。"陈宜勉轻轻地笑了一下，如是说。

他一是笑今睡此刻呆呆的表情着实可爱，二是笑今睡的手上沾了果汁杯的外壁挂着的水珠，湿漉漉的，这一抹简直是添乱。

手边没纸巾，他用手背蹭了蹭，动作很轻，像是羽毛拂过。

"可以了。"陈宜勉很快收手。

今睡怕陈宜勉再提自己脸红的事情，自顾自地道："刚跑完步，有点儿热。"

陈宜勉垂眸，视线落在自己的手指上，随意地蹭了几下，似乎要把刚才从今睡的脸上蹭下的彩粉弄掉。

但不知道为什么，今睡看到他的这个动作后，越发觉得不好意思了。

他听见今睡的话后，抬眸看过去，神态自若地回了一句："习惯了。"

陈宜勉平静的反应并没有减轻今睡的羞涩感。

两人沉默下来。

今睡这个时候突然有些想念陈嘉俊，如果他在，那么自己和陈宜勉哪怕在闹别扭，也绝不会冷场。

想到那个小大人似的开心果，今睡倏然弯起唇，眉梢染上了笑意。

这时，今睡的手机响了，是孟芮娉打来了电话。

今睡刚接起，还没说话，便听见孟芮娉愤愤地道："我刚才在玩射击游戏，花了我一百块钱，一个礼物都没中。斤斤，你快点儿来帮我一雪前耻！"

今睡想提醒她自己也不擅长玩游戏，之前为了一个廉价的玩偶，花光了自己和小婧身上所有的纸币。

只不过正处于气头上的孟芮娉没给她说话的机会，只说了自己大概的位置，催促她快点儿过来。

也是在这个时候，蔡风回来了。他跟陈宜勉说，自己刚才接到了导师的电话，问作业的事情。

今睢没听懂他们说的具体是什么内容，只知道他们是有正事，便没打扰，起身去找孟芮娉了。

今睢逛了一圈，没看到哪里有玩射击游戏的。

这会儿人又多了，她正打算找路边的商贩问一下时，左肩被人从后面拍了一下。

今睢扭头，却没看到人。等她转回身时，发现右前方多出了一个男生。他正露着笑脸，冲她招手，并说道："又见面了。还记得我吗？"

今睢眨眼，愣了片刻才认出这个染着红色头发的男生，笑着说道："是你啊。你染头发了？"

他是寒假里，救助站的人在公园里举办领养活动时，她遇见的那个问她要微信号的男生。

男生无所谓地扬了扬眉道："跟朋友打赌输了的惩罚。我还不知道你的名字呢，我叫孙茂源。"

今睢说："今睢。"

"很好听。"孙茂源一顿，说，"上次你说下回再碰见就加微信，不会要赖吧？"

他竟然还记得这件事。今睢为难地笑了笑说："家里人管得严，我不敢乱加微信好友。"

她这是婉拒的意思。

不料，他问："陈宜勉不让你加吗？"

"你认识陈宜勉？"今睢有些诧异，但又觉得再正常不过。

陈宜勉朋友多，而且往往让人见一面便对他有印象。

只不过今睢没想到，孙茂源对此的反应是："呵，大名人，谁不认识？"

孙茂源的语气里是满满的、毫不掩饰的鄙夷，他甚至说："你跟他做朋友可要当心了，他可危险着呢。"

今睢突然理解，先前陆仁在孟芮娉的面前说郗浩宇的坏话，孟芮娉心里的感受了。此刻今睢觉得，对面的人当真可恶。

今睢猜孙茂源和陈宜勉有矛盾，抿着唇，懒得辩解，也不想多停留，只说："谢谢你的提醒，我对自己的朋友有判断。我还有事，先走了。"

她说完便要离开，听见孙茂源望着她的身后，喊人："师兄。"

她微微侧过身子，没想到过来的是她熟悉的人。

"郄教授？"今睢道。

郄浩宇还是穿着一件白衬衫，领口处的纽扣只开了一颗，下摆一丝不乱地扎进西裤里。他仿佛在任何嘈杂、混乱的场所里，都能保持温文尔雅的形象。

今睢看到郄浩宇后，心里对孙茂源的反感情绪减轻了一些。

孙茂源对郄浩宇说话的声音再次响起："大华他们去占座了，我们也过去吧。"

今睢差点儿忘了，孙茂源喊郄浩宇"师兄"，那郄浩宇和陈宜勉也有矛盾吗？

察觉了今睢的目光，郄浩宇温柔地看过来，眼神中略带疑问。

随后，他才对孙茂源说："你先过去。"

孙茂源欲言又止地看了看今睢，走了。

等孙茂源走了，郄浩宇浅笑着问今睢："刚才跑完了吗？"

今睢此刻的表情不太好看，她这个人护短，不喜欢旁人在背后讲她朋友的坏话，更何况那个朋友是陈宜勉。

今睢扯了扯嘴角，露出一个还算轻松的微笑，回答道："跑完了。"

和郄浩宇聊天总能让今睢体验到如沐春风的舒适感。

今睢朝孙茂源离开的方向望了望，忍不住问郄浩宇："他是你的朋友吗？"

"是我读本科时的师弟。今天我们约好了一起去看一场建筑类的展览。"旁边有人经过，郄浩宇抬手在她旁边护了一下她，提醒她站过来一点儿，同时继续说："你之前问我要家里挂的那幅设计图，是对建筑感兴趣吗？"

这是去年的事了。

今睡在商场的乐高店门口碰见陈嘉俊，帮他拼好那个公园模型，还多亏了郗浩宇提供的设计图全稿。

当时，今睡看着那散掉的模型一头雾水，大的零件还好，勉强能猜到是在什么位置，很多小零件不知道要安在哪里，上网查了半天，始终没有思路。

好在她及时记起了刚搬到教师公寓的那天，今渊朝带她去郗浩宇家里跟郗浩宇打招呼时，在郗浩宇家的客厅里，看到的那幅被装裱在相框里的设计图纸。

今睡下意识地没有提起陈宜勉，只道："第一次见那幅图纸便觉得那个公园设计得很好看，只是因为当时大家不熟，我没好意思多打听。"

"这样啊。"郗浩宇说，"那是我老师的作品，没有投入建设，也没有对外公开。"

没有对外公开，那陈宜勉怎么也有？

今睡之前不知道那个模型是陈宜勉的，只当是某个文创产品。后来知道陈嘉俊是陈宜勉的弟弟后，有心在网上搜索过同款模型，却没有找到。

因为事情忙，今睡也就没有多想。今天听郗浩宇这样一说，她忍不住猜测起来——陈宜勉的母亲是建筑师，而郗浩宇读本科时主修建筑。

所以，郗浩宇读本科时，专业课老师是陈宜勉的母亲吗？

"正好有朋友爽约，我这里多出来了一张门票，要不要一起去看展览？"郗浩宇不知道今睡在想什么，如是问道。

不远处，孟芮娉在玩射击游戏时造成的坏心情被美食治愈。

此刻，她握着一大把烤串，遥遥地看见了今睡，正准备开心地去和今睡说烤串摊的老板人真好，送给了她一把掌中宝，也算是弥补了她今天的幸运值。

结果还没走近，孟芮娉就看见了今睡身边的郗浩宇，嘴角抽了抽，想起了自己那还没开始便已经结束的初恋，脸上的笑一点点地散去了。

最后，孟芮娉朝郄浩宇所在的方向看了一眼，别别扭扭的，没过去，转身往另一个方向走去。

没走几步，她就遇见了陈宜勉。

陈宜勉朝她的周围看了看，随口问："今睢不是来找你了吗？"

孟芮娉精神不佳地"嗯"了一声，随手一指身后，情绪低落地道："她在和郄教授说话。"她这副模样，不知道的人还以为她和今睢吵架了。

面对郄浩宇的邀约，今睢还没拒绝，不经意地一抬眸，便看到陈宜勉从郄浩宇的后方走了过来。

"原来你在这儿。"陈宜勉目不斜视地款款走来。

郄浩宇闻声转头，熟络地道："宜勉也来了？"

陈宜勉就像没注意到他，径直从他的身边经过，往前走了走，问今睢："在聊什么呢？好像聊得挺投机的呢。"

今睢告诉了他，郄浩宇邀请她一起去看建筑类展览的事。他敷衍地冲着郄浩宇笑了笑，问道："郄教授现在对建筑学还有热情啊？什么建筑类的展览？我对这个也挺感兴趣的，能不能也给我一张票？"

今睢知道陈宜勉顽劣、浪荡，喜欢开一些无伤大雅的玩笑，但不论是有意还是无意，从不会让旁人下不来台。

所以，此刻今睢听着他故意为难的语气，只觉得气氛剑拔弩张，有什么矛盾在暗暗……不对，是在明晃晃地发酵。

今睢不知道暗潮里涌动着古怪的情绪是因为什么。

明明上一次，在击剑馆里遇见时，两人还愉快地以剑会友，来了一场友好的比拼。今睢仔细地回忆着，试图找到自己错过的，可以界定两人关系的重要细节。

郄浩宇的笑容依旧温和，他抬手扶了下鼻梁上的眼镜，说："是一场关于古代建筑的展览。有需要的话，我可以托朋友送一张门票过来。"

"这么麻烦？那还是算了。只是……"陈宜勉嘴角一挑，笑道，"没想到郄教授这么热心。"

陈宜勉刻意加重了"热心"这个形容词。

"举手之劳。"郄浩宇答得客客气气的。

郄浩宇仿佛感受不到陈宜勉并不友好的眼神，走之前看向今睢说："我出门时碰见你爸了，他知道我也来这里后，让我见到你后叮嘱一句，今晚要下雨，玩一会儿早点儿回家。"

今睢回答道："知道了。"

目送郄浩宇走远了，陈宜勉才看向今睢。

他盯着她，眼神中带着探究的意味。

"不老实。"陈宜勉离她极近，刺目的阳光从头顶洒下，在他的眼底拖出阴影。

今睢被这无形的压迫感逼得想要逃，但整个人完全被陈宜勉定在了原地，一时分不清楚他的情绪。

陈宜勉把话说完："故意气我是吧？"

虽然陈宜勉的眼底有笑意，但今睢觉得他此刻有些不高兴，根本顾不上猜孙茂源又或者郄浩宇和他有什么矛盾，慌张地解释道："我不想去看那个展览。"

正如今渊朝提醒的那样，傍晚时分，天空下起了雨。

今睢到家时暴雨如注，翌日雨势变小，时下时停，连绵了将近一个月。

今睢在这反常的气候里迎来了一年一度的儿童节，当然，这天也是她的十九岁生日。

早晨起床，收到今渊朝送来的生日祝福时，今睢并不知道，这将是一个令她非常难忘的生日。

这天是周六，她像过去的每一个周六一样，准时出现在了救助站里。

年初的领养活动让救助站里的很多流浪动物去了新家庭，救助站的微博里实时发布流浪动物的相关信息，有力地号召大家保护流浪动物，更有动物因为陈宜勉的介绍，被影视剧的导演相中，被带去拍戏。

总之近半年，救助站发展得顺风顺水。

救助站的义工里，有人离开，有人加入，大家相处得始终很融洽。

陈宜勉是吃完午饭后来的，今睢正跟小婧站在猫舍里闲聊，耳尖地听到了院子里轰鸣的摩托车的声音。

紧接着，他和救助站里的义工说话的声音传了过来，又过了一会儿，他来了猫舍。

小婧的手里拿着装曲奇的盒子，她和今睢正聊到兴头上，忘记放下，见陈宜勉进来，正好抬了抬手，问他："今睢做的，吃吗？"

小婧将盒子往陈宜勉那边一递，也没看他拿没拿，注意力一直在今睢的身上，继续聊刚才的话题。

她说得兴起，没有注意到，今睢的眼睛一直往陈宜勉那边瞟。

在陈宜勉要去拿饼干时，今睢起身，从包里拿出单独的密封罐，递过去说道："这一盒是你的。"

陈宜勉接过，看着透明的罐身，抬眉问道："小狐狸形状的啊？"

陈宜勉在救助站里待了一会儿，接到电话后有事要出去。走之前，陈宜勉过来找今睢，问她："你下午几点走？"

"跟平时一个时间。"

陈宜勉点点头说："我一会儿回来，送……"瞥见小婧哼着歌进来后，他改了用词，"捎你回去。"

"好。"

陈宜勉走了没一会儿，救助站里来了一伙人。小婧认出领头的女人是先前来领养过猫的顾客，便要迎上去与他们打招呼。

只见女人叉着腰站在门口，身后跟进来了几个五大三粗的壮汉，每个人的手里都拿着铁管。

今睢警惕地拦了小婧一下，两人对视一眼，觉得情况不对。

今天是六一儿童节，周六，但因为赶上了端午节调休，所以平日里该周末来的几个义工，因为要工作而没有来，今天救助站里只有小婧和今睦两个女生。

"给我砸！"只听女人一声令下，壮汉散开，挥着铁管，照着救助站的院子里堆着的东西砸去。

"你们要做什么？"小婧比今睦大两岁，进社会早，自觉地担起姐姐的责任，把今睦往后一推，低声说了句"报警"，自己则上前去跟女人理论。

"你们救助站简直是害人，猫一身病也敢让人领养！"女人一抖手里的化验单，咄咄逼人地道，"我今天不仅要砸救助站里的东西，还要告你们，让你们赔偿！"

今睦报警时，听到外面的女人在歇斯底里地吼，小婧根本插不上话。

好在对方既没有伤人，也没有伤害动物，把这里能敲碎的东西都敲碎了，说着狠话走了。

半个小时后，今睦和小婧坐在一片狼藉的院子里，配合警察做笔录。

小婧第一时间给周恒正打电话说了这事，他在外地出差赶不回来，转头给陈宜勉打电话。陈宜勉事还没办，就立马赶回来了。

"人没受伤吧？"陈宜勉看了一眼周围的情况，问今睦。

今睦摇头。

救助站里出了这样的事，今睦自然是不能提前走的，自觉地留下来，帮着大家一起清点被损坏的东西。

她给今渊朝打电话，简单地说了在救助站里遇到的事情，说不用等她吃饭了。今渊朝被吓了一跳，多问了几句，今睦一一回答了。

傍晚的时候，陈宜勉接到了派出所的人打来的电话，说抓到破坏者了，他们需要去派出所沟通解决办法。

他从回来便一直冷着脸，挂断电话后，让小婧留在这儿，说自己和今睦去。

"我叫了人过来清理，一会儿到，你帮着安排一下。"他对小婧说道。

小婧抹着眼泪，悲伤地点头。

今睡跟陈宜勉来到摩托车旁，见他率先拿起她常戴的那个头盔，便伸手去接。

陈宜勉却没将头盔递给她，而是抬起胳膊，帮她戴上头盔。

四目相对时，今睡听到陈宜勉问："害怕吗？"

"没。就是有些生气。"今睡胸腔起伏，看了看院子里一片狼藉的景象，叹气。

陈宜勉把她露在头盔外的碎发捋好，放下手道："抱歉。我晚一点儿走就好了。"

"你在也没用。对方来势汹汹，进来后二话不说便开始砸东西，根本不讲理。"

"我知道。"陈宜勉没藏着掖着，解释道，"这事也怪我警惕心不强。前段时间救助站被人翻墙进来踩点，舅舅知道后找人把对方警告了一番。估计是手段用急了，对方气不过，才借此闹一场恶心人的。派出所的人找到人后，发现闹事的女人手里的化验单都是假的，吓唬人的。"

到了派出所后，很多事情今睡帮不上忙，主要是陈宜勉在沟通，她配合警察回答了几个问题，便被安排在休息室里等着了。

其间，今睡接到了周恒正打来的电话。周恒正问了她的情况，安慰了她几句，又为救助站出了这样的事跟她道歉，一来一回地说了几分钟。

她一直以为自己独立、冷静，如今遇到事了才发现，很多事情她是心有余而力不足，她还是涉世未深。反倒是陈宜勉，危急时刻果敢、从容的处理态度让人很有安全感。

又过了一会儿，今睡听见了陈宜勉在走廊里说话的声音。她放下女警察递给她的装着温水的一次性纸杯，起身出去，看到陈宜勉正跟一位和善的、穿着警服的中年男人说话。

"钱伯，给您添麻烦了。"

"小事情。快回去吧。改天来家里吃饭。"

陈宜勉朝今睚走过来时，脸上的笑收了收。也许是今睚神情疲惫又严肃，陈宜勉抬手，在她的头顶上揉了揉，说："都解决了，我们走吧。"

两人从派出所里出来时，天已经黑透了。风在猛烈地刮着，陈宜勉被吹得侧了一下头。

今睚垂着眼尾，用手机看时间。

陈宜勉想到了什么，快速地扫视四周。对面是一条河，水面上灯影憧憧，派出所的两边是一排闲置的商品楼，一眼望过去，连便利店都没有。

陈宜勉思考的时候，将手插在口袋里，不经意间摸到了挨着烟盒的打火机，心中有了主意。

"把眼睛闭上。"他突然出声。

今睚不解地抬眸问："怎么了？"

陈宜勉抬手，在她的额头上轻轻地拍了拍，仿佛这里有开关。随后，他难得温柔、有耐心地说："先闭一下眼睛。"

今睚不解地"哦"了一声，随后乖巧地闭上了眼睛。

眼前黑下来后，今睚只能用听觉感受周围的环境。因此，她听到的声音比平时听到的更为清晰，仿佛被后期加工过一般。在这静谧的深夜里，今睚放松下来。

陈宜勉的声音便是在这个时候响起的。

"Happy birthday to you, happy birthday to you……（祝你生日快乐，祝你生日快乐……）"

因为这里只有他们两个人，距离很近，所以他唱歌的声音不大。

这次不用陈宜勉提醒，今睚便缓缓地睁开了眼。

他怎么知道今天是她的生日的？

因为是深夜，四周的光线不明亮，隔了几米才有一盏路灯。两人站在河边，此刻恰好站在两盏路灯的中间位置。

他们的左右都有温暖、昏黄的光洒下来，陈宜勉的手里也有光，是来自打火机的光。

他唱生日歌的时候，手里拿着处于打火状态的打火机，举在两人之间。

他唱完最后一句"Happy birthday to 今睢"后，抬了抬手腕，说道："愣着干吗？吹蜡烛。"

今睢配合地将脖子往前倾，冲着微弱的火苗轻轻地吹了一下。与此同时，陈宜勉把打火机的盖子盖上，火苗熄灭。

他将打火机装回口袋，单手插兜说："没有生日蛋糕，先勉强吹一下生日蜡烛。"

今睢诧异地道："你怎么知道今天是我的生日的？"

陈宜勉照实说："刚才你登记信息时，我无意间看见了你的身份证号码。"

今睢没想到他竟然会留意这个。

"十九岁了，今睢同学。"陈宜勉在风中说，"希望你得偿所愿，逢凶化吉。"

陈宜勉送完祝福，顿了下，后知后觉地道："刚才是不是忘记让你许愿了？"

今睢笑着点了点头说："好像是。"

"那现在补一个。"陈宜勉道。

"不用了吧……"今睢其实也不是那么注重仪式感。

陈宜勉坚持道："今天你受苦了，老天会宽容你，让你的生日晚一点儿结束。快许愿。"

"好吧。"今睢站定，看了陈宜勉一眼，面带微笑，再次闭上眼睛，双手轻轻地拢在一起。

她觉得自己是一个幸福感很强的人，今渊朝的陪伴给了她足够的爱，所以她很少有愿望。她往年过生日时，许下的愿望无非是希望家人身体健康，不过今年，她有了一个崭新的、卑微却不渺小的愿望。

她希望明年过生日许完愿睁开眼睛时，他依然在。

片刻后，她缓缓地睁开眼睛说："许完了。"

"许的什么？"

"不告诉你。说出来就不灵了。"

"傻不傻？愿望只有说出来，才会有人帮你实现。"陈宜勉笑她。

今睢道："我才不上当。"

陈宜勉把今睢送回学校了，她才问："你下午突然赶回来，原本要做的事情没受影响吧？"

"干吗？"陈宜勉笑着反问她，"担心我？"

夜色隐藏了今睢的很多小情绪，她说："你其实可以不赶回来的。"

陈宜勉正色，神色在浓重的夜色里显得格外温和，道："留你们两个女生在救助站里，我也不放心。"

他冲着校门抬了抬下巴，说："快进去吧，晚上睡个好觉，今天的事情别多想。"

"你路上慢点儿骑。"

现在太晚了，校门口除了他俩没有别人。陈宜勉目送她进去，倚在车上点了一根烟，过了一会儿才拿出手机看。

有未接电话，来自陈康清与陈嘉俊。

陈宜勉没回电话给他们，点开微信，看到了陈嘉俊发来的语音消息，于是点开来听。

"哥哥，你今天不回来了吗？爸爸生了好大的气。"

陈宜勉隔天下午回了一趟家，这次倒是没和陈康清吵架，不过刚进门便听见了郐斓和陈康清在吵架。

他们吵架的内容和他有关，准确地说，是因为他。

他倚在门口听了一会儿，大概明白了事情的经过。

陈宜勉进派出所的事情被家里人知道了，陈康清在郐斓的挑唆下以为是他惹了祸，气得骂了他几句。

郐斓一边哄，一边说不是陈宜勉闯了祸，是救助站被人砸了，还差点儿伤到人，陈宜勉是去解决事情的。

陈宜勉太了解他爸了，强势、爱面子，郐斓正是抓住了这一点。陈康清骂出来的话，就不可能收回，只会挑其他看不顺眼的事，来证实自己没骂错。郄斓看似在维护陈宜勉，其实是在火上浇油。

郄斓解释归解释，但没用。陈康清开始说陈宜勉没事去什么救助站，说他那个舅舅是三教九流之辈，救助站被砸，恐怕是被人报复了。

陈宜勉听着，想：我和陈康清一见面就吵架，还真少不了郄斓的功劳。

"宜勉回来了？"郄斓最先看见他，笑吟吟地与他打招呼。她的表面工作从来让人挑不出毛病。

陈康清脸上的愠色还没消，他也看了过来，问陈宜勉："回来了也不说话，站在那儿看戏呢？"

郄斓碰了碰陈康清的手臂，小声说："孩子好不容易回来一趟，好好说，别又吵。"

郄斓真的挺厉害的，总能不经意地在话里埋上陈康清一听就炸的雷点。

不过，父子俩虽总是拌嘴，但勉强算得上和平相处。

很快，阿姨做好了饭菜，看似和谐的一家人上了桌。

陈嘉俊挨着陈宜勉坐，因为爸爸和哥哥的脸色不好，所以他也不敢说话，看来看去，嘴巴噘了起来，不开心。

"下个周末把时间空一下，跟我去一趟 A 市。最近……"

陈康清话还没有说完，陈宜勉便把筷子一搁。

陈宜勉说："你们吃吧。"

"你又犯什么病？"

陈宜勉动了动嘴角，一字一顿地说："下个周日，是我妈的忌日。你空不出时间，我不行，我得去看她。"

"你给我站住！"

"我就不该回来。"陈宜勉说罢，朝着门口走去。

陈嘉俊坐在餐桌前，肩膀一抖一抖的，呼吸急促，眼泪吧嗒吧嗒地往碗里掉。

在陈宜勉离开时，他终于绷不住了，"哇"的一声大哭出来，跳下凳子。

"哥哥！哥哥！我不让你走。"

陈嘉俊又哭又喊地跑过去，抱住陈宜勉的腿，不让他走。

陈宜勉的心软了下来，他刚要回头安抚陈嘉俊几句，便发现环在自己腿上的手臂一松。

紧接着，郐斓用前所未有的尖锐的声音喊道："小俊！小俊，你别吓妈妈啊！"

时间仿佛被拉长了，或者陈宜勉生怕自己的担心成了真，以至此刻转身的动作变得异常艰难。

郐斓狼狈地扑到地上道："救护车，快叫救护车！"

陈宜勉跪下，从郐斓的怀里把陈嘉俊抢过来，平放在地上，解开他领口处的扣子，给他做应急处理。

一直到救护车来，陈嘉俊被送进手术室，陈宜勉才松了一口气。

手术室外，郐斓靠在陈康清的怀里，泣不成声。

陈宜勉坐在椅子上，懊悔自己为什么不能退一步，为什么一次次地当着陈嘉俊的面和陈康清产生矛盾，自己为什么控制不住……他垂着头，食指插在头发里，狠狠地抓了一下。

"你怎么这么恶毒？"陈宜勉垂着头，不提防地被人用力地推了一下肩膀。

他抬头，看到郐斓颤抖着手指着他。

"你好端端地踢他做什么？他是你的弟弟啊，他那么黏你、崇拜你，他从未想过抢你的东西，你怎么这么狠心？"

"我没有。"陈宜勉在郐斓的辱骂声中站了起来，震惊之下，这句辩解显得非常无力。

他扭头看向陈康清，重复了一遍："我没有踢小俊。"

当时情况混乱，事发突然，但陈宜勉确定，自己绝不可能做这样的事情。

陈康清扶住站不稳的郐斓，冲一旁的秘书使眼色，并说道："先把大少爷送走。"

秘书过来时，陈宜勉听到自己的手机响了，拿出来看了一眼。

此刻，他心烦意乱，不想接任何人打来的电话，只是他头痛欲裂，两眼发花，挂了几次才将电话挂断。

他不在状态，所以并不知道，他刚才误触到了接通键，通话持续了几秒钟，电话才被挂断。

这通电话是今睡打来的。

她当时在救助站里，昨天出了那样的事情，救助站里一团乱，她怕小婧忙不过来，一早便过来了。

结果她到了才发现，陈宜勉安排的人清扫得麻利有序，根本不用她和小婧插手。下午的时候，对方结束工作，说需要救助站里的人在工作清单上签字，今睡不敢乱签，表示要先给陈宜勉打电话确认。

电话很快被挂断了，只接通了不到十秒钟，陈宜勉没说话，今睡却听到了电话那头传来的，女人的刺耳、尖锐的哭喊声。

今睡再打电话过去时，陈宜勉便不接了。她不知道出了什么事，当下紧张起来。见旁边的人还在等自己，便自作主张地浏览了一遍单子，把字签了。

小婧拿着计算器，加加减减地算这次的经济损失，见今睡失魂落魄地拿着手机发呆，关心地问了一句"怎么了"。

今睡嘴巴微张，想了想，又把话咽回了肚子里。她要相信陈宜勉，他能处理好。

对，他能处理好。今睡在心里安慰自己。

因为刚出了这档子事，小婧有些神经敏感，想到了恒哥提醒过的早晚出行要注意安全的话，趁天还没黑，早早地把今睡赶回了学校。

今渊朝和陆叔叔在打球，晚上不回家吃饭。今睡去了学校的食堂，打算随便吃点儿，但因为心里有事情，所以晚饭根本吃不下。

她想了想，给陆仁打了电话，问陈宜勉今天去没去学校。

陆仁说陈宜勉回家了。

今睡应着，想：陈宜勉在家里就没事了，顶多是和家人吵架，而且那通电话时间太短，说不准是自己听错了。

今睢又在食堂里坐了一会儿，把几乎没吃的晚饭打包好，慢吞吞地回家。

她坐在沙发上，看着打包袋旁边的手机，忍不住又给陈宜勉拨了一次电话。

她觉得陈宜勉不一定会接电话，只是自己空等着也不是办法，没想到电话接通了。

"有事？"陈宜勉的嗓音很沙哑，听上去很疲惫。

今睢陡然一惊说："今天家政公司的人来救助站了，救助站里被他们打扫好了。"

"好。"

电话那头依旧有很多杂音，今睢屏息听了一会儿，抿起唇问："你现在在哪儿？"

今睢是在医院的大厅里找到陈宜勉的，他坐在塑料椅上，仰着头看过来时，像一只被抛弃了的小狗。

今睢从包里抽出几张纸巾递给他，他没接，抓过她的手，将脸埋在她的手掌心上，滚烫的泪水灼烧着她的皮肤。

"小俊在手术室里……今睢，我好后悔。"

此刻的陈宜勉，今睢从未见过——脆弱、狼狈，不知哪一刻他便会彻底崩溃。

过了许久，今睢不经意间碰到了陈宜勉的胳膊，发现了另一个问题。

好烫。

"你是不是发烧了？"

担心占据上风，今睢顾不得其他，用手背试了试陈宜勉额头的温度，紧接着，将手背贴在自己的额头上，一对比，确定了猜想。

"你先起来。"今睢去拽他的胳膊，不能让他继续待在这儿。

陈宜勉缓慢地睁开眼看她，眼底的血丝看得人格外心疼。

"你现在必须去看医生。"

今睢从小身体差，常进医院，对看急诊的流程十分熟悉。说话间，她已经拿出手机挂了号，准备带陈宜勉去做检查。

陈宜勉却坚持说："不去。"

这里也不是休息的地方。这个点宿舍回不去，家人住院了，他们回家也不踏实。今睢知道他放心不下陈嘉俊，便说："我在附近的酒店订一间房间，你先睡一觉。"

"嗯。"生了病的陈宜勉敛走了所有的光芒与棱角，非常配合。

她订好酒店后，又在外卖平台上买了体温枪、退烧药和清粥。等两人到达订好的房间时，外卖也陆续到了。

今睢先拆了体温枪，帮他测了体温——38℃。

"发烧了。"今睢去卫生间里拿毛巾，用冷水打湿，让陈宜勉擦了手，才去拆清粥和退烧药。

"空腹吃药伤胃。你先喝几口粥，再把退烧药吃了。"

"好。"

陈宜勉估计是真的饿了，也可能是因为，让今睢这个小姑娘忙前忙后地照顾自己而感到愧疚，很配合地喝完了一碗白粥。

"这几种都要吃吗？"陈宜勉拿起药盒，看上面的药名和提示。

今睢说："药片、胶囊、冲剂，吃一种就行。我不知道你吃得惯哪一种，所以就都买了。"

陈宜勉闻言，愣了一下，抬眼看今睢。因为生病了，所以他的脸上没有血色，连嘴唇都泛着白。

他无奈地笑了笑说："大男人没这么娇气。"

陈宜勉吃了药，被今睢赶到床上睡觉去了。今睢也没闲着，一遍遍地给他更换盖在额头上的毛巾，进行物理降温。

床上的人呼吸渐渐变得平稳。

今睢跪坐在地毯上，觉得肩膀都僵了，打算起身活动一下。

不料，她撑着床沿刚站起来，步子还没迈开，手就被人拉住了。

今睢扭头，见陈宜勉没睡着，神色比刚才好了一些，正静静地看着她。

"是不是我吵到你了？"她问。

"要去哪儿？"他反问。

今睢被噎住了，过了一会儿才答："我去拿体温枪。"

陈宜勉轻轻地"嗯"了一声，手却没松开。

"用手就行。"陈宜勉嗓子痛，说话的声音有些哑，听得今睢的心里麻麻的。

他坐起来了一些，抓着她的手贴上自己的额头，一本正经地问她："还烧吗？"

手指触感明显，今睢的耳根渐渐红了。窘迫感涌上心头，她一时难以辨别，是陈宜勉的体温更高，还是自己的体温更高。

第六章

吊桥效应

"我还是去拿体温枪吧。"今睢说罢，落荒而逃。

陈宜勉将手臂压在眼睛上，长长地叹了一口气，懊悔地质问自己刚才在做什么。

他看向玄关的位置，今睢跑过去躲到卫生间里迟迟没有出来。

卫生间里，今睢双手用力地捂住了自己的脸。

她再出来时，陈宜勉已经睡着了。今睢用体温枪给他测了体温，他还在发烧。

这晚，今睢没怎么睡，一遍遍地将被凉水浸过，再拧干的毛巾搭在他的额头上，一遍遍地确认他的体温。

陈宜勉终于退了烧，今睢也累得趴在床边睡着了。

天亮的时候，陈宜勉先醒了。他看着酒店的房间，慢慢回忆起了昨晚的事，一转头，看到了趴在床边睡着的今睢。

"就这么睡了一夜吗？"陈宜勉呢喃了一句。

今睢醒来时，觉得又困又累，正打算翻身睡个回笼觉时，猛然意识到自己昨晚没有回家。

此刻，她确实不是待在家里的，只是她怎么睡到了床上？

她左看看右看看，确认陈宜勉没在床上，才稍稍松了一口气。

今睤刚刚准备撩开被子下床，浴室的门就被打开了，刚洗完澡的陈宜勉擦着头发出来了。

"醒了？"他问。

今睤的脑子里，下意识地冒出常在影视剧里看到的，男主人公洗完澡只用浴巾裹着下半身出来，然后被女主人公撞见的画面，立马抬手捂住了眼睛，紧张地开始口吃道："你你你……"

陈宜勉睡了一夜，精神好了很多，见她这反应，轻轻地笑了一声，用轻松的语气道："我穿着衣服的。"

今睤小心翼翼地从指缝中瞥了一眼，确认他没撒谎，才把手放下，松了一口气。

陈宜勉穿着白色的宽松的浴袍，只一根腰带松松垮垮地系在腰间。他随便擦了几下头发，把毛巾往旁边一放，抬步绕到今睤右边的床头柜旁边，拿自己的手机。

床头柜矮，他拿东西时要弯下身子，本就没怎么拢好的前襟散得开了一些。

今睤别开眼，坐在另一边的床边，一本正经地道："嗯，我的拖鞋呢？"

陈宜勉拿到了手机，看了一眼医院那边的消息，闻声转头，视线落在了今睤微微泛红的耳根上。他再次俯身，把她的拖鞋拎起来，从床尾绕过去，搁到她的脚边。

"……"

陈宜勉没再逗她，拿了衣服去浴室里换好，再出来时，听见今睤在跟今渊朝打电话。

今睤听见身后的开门声后转身，冲陈宜勉比画了一个噤声的动作，随后才语气软软地回今渊朝的话："梦和现实都是相反的，我这不是好好的吗？你没事少看些乱七八糟的书，做个噩梦还赖到我的头上了，这个锅我可不背……"

今睡从小懂事，除了在饮食上要格外费神外，还是很让人省心的。昨晚，她跟今渊朝说，她要住在小婧的家里时，今渊朝也没怀疑。

不料，晚上今渊朝做了一个梦，梦见今睡出了不好的事情，一大早打电话开始和她絮叨。

今渊朝没什么安全感，这些今睡都知道。她耐着性子哄了他一会儿，成功地把他催去食堂吃早饭了，才挂了电话。

今睡疲惫地叹了一口气，想：我可真不容易！她转身见陈宜勉坐在单人椅上，盯着手机一动不动，似乎在发呆。

"是小俊的消息吗？"今睡突然紧张起来，问道。

陈宜勉确实是在发呆，听今睡这样一问，表情有一瞬间的呆滞。片刻后，他开口道："不是。是我在后悔。"

昨晚的经历以及当下的环境，骤然间拉近了两人的距离，今睡清晰地意识到了这一点。

她不解地问："后悔什么？"

陈宜勉一改方才的调笑神色，严肃地看着今睡，让她误会他此刻正在思考一个十分棘手的问题。

不料，他却说："后悔自己昨晚没有借着发烧为难你一下。"

"……"

陈宜勉在今睡的沉默中，换了一个舒服的姿势，嘴角、眉梢染上了笑意，道："我也想被你温柔地哄一哄。"

"……"

陈宜勉还是那个随性的陈宜勉，捉弄起人来根本不想后果。今睡想。

不过，看他这副样子，小俊应该脱离危险了。

今天是周一，今睡上午有课，没敢在酒店里多耽搁，以陈宜勉要去医院看小俊为理由，拒绝了他送她回学校的提议。

实验室里，今睡趁着做实验的间隙，靠在桌子上发呆。直到孟芮娉进来，提醒道"可以取出来了"，今睢才回神，打开离心机取东西。

孟芮娉今天没有戴隐形眼镜，摘下自己的细框眼镜，放到超声波清洗机里，问今睢："是身体不舒服，还是遇到什么事了？"

今睢咬了咬唇说："可能是昨晚没睡好。"

今睢想找人说说自己的心情，但除了陆仁，她没跟任何人提过她喜欢陈宜勉这件事。

如果此刻猛地聊起来，依照孟芮娉的性格，今睢一定要解释很多。她想了想，放弃了找孟芮娉出主意的念头，一是现在没有解释的心情，二是怕自己稀里糊涂地在别人的怂恿下越陷越深。

两人聊了一会儿别的话题。孟芮娉洗好眼镜后擦了擦，戴好先出去了。

今睢在实验室里又待了一会儿，准备去隔壁房间拿笔记本，出门时发现陈宜勉不知什么时候来了。

他此刻和孟芮娉站在隔壁实验室门口说话。

发着高烧的模样彻底不见了，陈宜勉又恢复了不羁的模样。

今睢在陈宜勉看过来时率先移开了目光，同样是怕被他发现她在看他，但这次好像跟以前的每一次都不一样了。

今睢没打断他们，从他们的旁边经过，到房间里拿笔记本。她再出来时，被陈宜勉拦住了，陈宜勉问："躲着我？"

孟芮娉不知什么时候已经走了，此刻门口乃至整个走廊里只剩下了今睢和陈宜勉。

今睢把笔记本抱在身前说："看你们在说话，怕打扰你们。"

"没什么打扰的。我在等你。"陈宜勉突然俯身凑近，跟她四目相对。今睢被他的这个动作吓得后退了一步，怀里的笔记本掉到了地上。

陈宜勉像煞有介事地看了她一眼，弯腰去捡她的本子，漫不经心地道："我刚才还以为是昨晚在酒店里，我对你做了什么事吓着你了。"

他捡起东西站直，双眼含笑，瞧着她道："摸都让你摸了，怎么现在我靠近一点儿都能把你吓着？"

闻言，今睢脸一红，急忙提醒他："你别乱说话。"她想到昨晚陈宜勉的模样后，声音放软了一些，补充道，"我只是摸额头试体温。"

"哦。听你的语气，你挺遗憾啊！"

"……"

陈宜勉看了看笔记本的封面和封底，随口问："能看看吗？"

"嗯。"

顺着陈宜勉翻笔记本的动作，今睢注意到他的手里拿着一个纸袋。没等她看清楚，陈宜勉已经把手里的纸袋递给了她，道："拿一下。"

今睢将纸袋接过来时，匆匆看了一眼。纸袋里还有一个盒子，方形的，扎着白色的蝴蝶结。

这是化学笔记，陈宜勉在笔记本上注意到了一个类似"^o^"的符号，问："这个图形是醚链？"

今睢看过去，对他竟然认识这个符号感到诧异，说："对。"

陈宜勉读高中时是文科生，那时今睢在校园里碰见他时，他的手里一般拿着照相机、篮球、书，书不是学校里发的课本，有时是《国家地理》那类的杂志，有时是名著、散文集。他的兴趣爱好很广泛，运动、建筑、电影、阅读……他在读高中时，前两年的学习成绩不算好，高三那年重点补过文化课，才在高考时作为"黑马"杀出重围。

她正走神地想着，陈宜勉已经把笔记本合上了，拿高了一些，轻轻地拍了一下今睢的头顶，随后把笔记本递回到了她的手上，语气随意地道："像你的微笑。"

嗯？

什么像她的微笑？醚链吗？

今睢觉得自己一定是被陈宜勉的这个动作敲晕了，脑袋转不动，放弃了思考。她想：我应该讹他。

但陈宜勉没给她讹他的机会，站直了一些，提醒道："行了，你忙去吧。我走了。"

今睢心里犯嘀咕，在他抬步离开前，提醒他："你忘记这个了。"

陈宜勉站定，皱了皱眉，不解地问道："不喜欢？"

"什么？"

陈宜勉道："特意买给你的，你不拆开看看就退给我？"

"不是。好端端地突然给我买东西做什么？"今睢微微张嘴，眼底有诧异之色。

陈宜勉解释道："今年是陪你过的第一个生日，礼物不能缺。"

盒子里装的是一部胶片照相机，机身是正方体，黑色，款式复古又经典。

今睢记得，陈宜勉读高中时常用的那部照相机便是这个牌子的。

她把镜头和机身安装好，开机调试着。她喜欢拍照，更喜欢用胶片照相机拍照。她不自觉地走到窗边，从镜头里观察着室外的树枝、街道、阳光，很巧，她看到了刚从实验楼里走出去的陈宜勉。

咔嚓——

今睢按下快门，用这部照相机定格了此时此刻的陈宜勉。

这天，今睢把陈宜勉的微信备注改成了"ˆoˆ"。

——他是她迷恋（醚链的谐音）的人。

今睢的生活很简单，她大部分时间待在实验室里，周末会抽出一天来救助站。她每天早上六点钟起床，跑步半个小时，一日三餐很规律，常常在实验室里熬夜。

摸清楚今睢的生活规律后，陈宜勉便高频率地介入了她的生活——有时是陪她吃夜宵，有时是陪她吃早饭，有时是接她去救助站。

暑假不知不觉地来了，这天，两人在音乐节上看喜多乐队的演出。

陈宜勉随口问了她一句："你明天有安排吗？"

今睢回答"没有"，犹豫了一下，还是忍不住问道："你最近不忙吗？"

晒人的骄阳丝毫没有影响观众的热情，大家比肩继踵，被台上的节奏带动得高举着手臂挥动着。

陈宜勉正在看朋友们在群里聊去露营、看流星雨的事情，在统计人数，陈宜勉说自己带一个人去。

群友甲："哟！浪子终于浪起来了。"

陈宜勉："滚。"

群友乙："所以，你带的人是谁？先给兄弟们透透底。"

陈宜勉看了几眼消息后才抬头，回今睢："见你就是我现在最重要的事情。"

台上，高人气的喜多乐队的成员们登场了，四周的欢呼声越发高了。陈宜勉说话的声音在嘈杂、混乱的环境中并不清晰。今睢微微发愣，分辨出自己听到的内容，还没等反应过来，便见陈宜勉直视舞台，神色如常地提醒今睢："开始了。"

喜多乐队今天准备了三首歌。

乐队的忠实粉丝小婧今天约了牙医拔智齿，好不容易挂到了专家号，抽不开身。今睢担负起了帮她拍现场视频的任务。

今睢举着照相机，将注意力放在台上，许久后才转过头，朝陈宜勉看了一眼。

他和其他的观众一样，笑着沉浸在现场热烈的气氛中。他漆黑的眼里，闪着干净的光。七月的风裹挟着热气，令人觉得异常烦闷。可这样明媚、刺目的夏日，正适合如此炙热的少年，阳光在他英俊、立体的脸庞上，雕琢出柔和的轮廓，明明他还是站在高岭之巅，可看着这个样子的他，今睢产生了只要她一伸手，就能碰触到他的错觉。

今睢想到了他抱着吉他、支着腿，唱《偏爱》的样子；想到了他单腿屈膝，虚跪在地上逗福大的样子；想到了他许多次送她回学校，站在校门口望着她离开的样子；想到了他捉弄完陈嘉俊，抬眸笑着望着她的样子……

最后，她想到了发着高烧的他抓着她的手，让她用手给他测体温的样子。

陈宜勉似有所感地转头看她，今睢脑海里的少年与眼前的人渐渐重合。

今睢看见陈宜勉笑，也跟着笑，和他一起跟着被音箱放大数倍，扩散在音乐节上的背景音乐哼唱起来。这一刻，他们都没说话，但好像他们说了很多话，他们眼神交汇的一瞬间，今睢觉得，他们离得很近。

这份特别的体验，在音乐声退去后久久无法停歇，像是绕梁的余音一般，在今睢的心尖久久萦绕，让她沉溺在此，难以自拔。

喜多乐队的演出结束后，两人又看了一会儿，直到陈宜勉收到消息，带着今睢去后台和朋友们会合。

后台有乐队成员和工作人员进进出出，加上随处可见的乐器，不夸张地说，连落脚的地方都没有。

今睢跟着陈宜勉过去，与其他人打招呼闲聊了几句，一行人便出发去附近的火锅店吃饭了。

乐队的几个人结束演出后才拿到了手机，看见群里大家在聊露营的事情。主唱白杨问陈宜勉："好奇地问一下，你露营带谁去？"

"到时候就知道了。"陈宜勉朝今睢这边瞥了一眼，没直接回答这个问题。

今睢垂着眸，咬着吸管喝果汁，察觉陈宜勉的视线后，默默地将余光收了回来。

这个群是有一年搞活动时建的，群里有陈宜勉、池桉，还有喜多乐队里的几个人，以及一些其他朋友，时不时也会有新朋友加入。群里的人大多数时候是约饭，偶尔在节假日里组织出行活动。

今睢没在这个群里，自然不知道大家在聊什么。

聊了几句露营的事后，白杨问陈宜勉："你最近有空吗？帮我们拍一部纪录片。"

"行啊。"陈宜勉问，"想要什么风格的？到十周年的日子了吧？"

"是啊。时间过得太快了。"

陈宜勉和乐队里的几个人聊起了拍纪录片的事情。

今睢插不上话，注意力被白杨边说话，边给坐在一旁的吉吉把冷酒换成温水的动作吸引了。白杨无微不至，于细节处照顾着吉吉，反倒是吉吉动了动嘴，古怪又不自在地默默接受了白杨的好意。

陈宜勉注意到了今睢的视线，倾身过来问："看出来了？"

陈宜勉虽然抽烟，但身上很少有烟味。他身上那淡淡的、清新的气息，在燥热的夏天，让人觉得格外舒心。

今睢转过头，注意到陈宜勉借着拿纸巾盒的动作，朝自己这边倾了倾身。

今睢不爱在背后讨论朋友的私事，她想陈宜勉也不爱。只不过当下两人挨得这么近，今睢必须说点儿什么，来转移一下注意力。

"杨哥在追吉吉姐吗？"她问。

陈宜勉轻轻地"嗯"了一声，问："你觉得有戏吗？"

今睢没有这个经验，人与人遇见容易，但能不能成为恋人是一件很复杂的事情，在今睢看来，这比她写了一年，仍然没多少进展的论文还要棘手。

她想了想，只说："他们太熟了。"

太熟悉的人很难成为恋人，就像她和陆仁。陆仁十分优秀，长得帅气、家教好，热心，很有女生缘，对今睢照顾得也很细心。因为彼此太熟悉了，所以今睢从没对他有过朋友之外的定义。

"那你呢？"

"我什么？"

陈宜勉问："有喜欢的人吗？"

今睢身后的位置新来了一桌客人，客人说笑着招呼服务生拿菜单。陈宜勉说话的声音被吞掉了一大半，但今睢与陈宜勉离得近，还是听到了。

今睢嘴唇微张，看着陈宜勉直直地落在自己身上的目光。

今睢察觉了他此刻的认真。

"你们俩偷偷摸摸地说什么呢？"

白杨的声音打破了两人与外界的屏障，这一瞬间，所有的声音，连同流动的空气一起涌来，陈宜勉神态如常地坐正，拿起一旁的漏勺，去锅里捞涮菜。

今睢这才得以自由地呼吸，动了动嘴角，听见了陈宜勉回白杨的话："在聊你一个不爱吃辣的人，为什么选择吃火锅。"

"哈哈哈，这样不是热闹吗？"

话题被转移了，今睢不动声色地吃起了自己碗里的食物。

之后，陈宜勉没再提刚才的问题，今睢虽不急着回答，心里却在想这件事情。

陈宜勉为什么要问这个问题？只是因为好奇吗？

吃完火锅，喜多乐队的几个人有事要回一趟公司，便先走了。陈宜勉要为明天的露营准备吃的，便带今睢去了附近的超市。

超市是一个生活气息很浓的地方，促销广告的声音、经典老歌的声音、顾客购物的声音、超市里的工作人员点货的声音，很乱，却让人听着很安心。

陈宜勉用一只手推着购物车，对今睢说道："挑点儿你平时喜欢吃的食物。"

今睢只当是陈宜勉犯懒，让自己推荐，便也没犹豫，朝货架上看了一眼，说了几个食物名，问陈宜勉要不要。

陈宜勉没意见，将那几种食物都放到了购物车里。

他们再往前走，经过了一家专卖棉花糖的门店。

货架上的棉花糖琳琅满目，软绵绵的棉花糖被制作成了各种可爱的形状。

今睢瞧着，突然说道："该带小俊来这儿的。他一定喜欢。"

陈宜勉此刻站在货架前，两只手里各拿着一包食品，对比着食品背面的成分表，闻言，朝前面看了看。

他下颌线流畅、紧绷，眼眸深沉。这段时间今睢与他几乎天天见面，所以很难意识到他的变化。但此刻，今睢觉得他瘦了。

今睢说完，才意识到自己说错话了，连忙又说："抱歉，我忘记了。"

"没事。"陈宜勉神色平静，把左手里的东西放回货架上，右手里的东西放到身边的购物车里，说道，"改天带他来。"

"好。"

这是自打陈宜勉发烧后，两人第一次聊起陈嘉俊。今睢不知道那天发生了什么事，但猜到那天一定发生了什么令陈宜勉觉得很痛苦的事情。

她从来没见过陈宜勉像那天那样脆弱。

好在一切过去了。

陈宜勉朝今睢看着的方向望去，说："过去看看。"

门店装修得很讲究，展示架前摆着的小盘子里，有可试吃的棉花糖，今睢在店员的提醒下，挑了一块尝了尝。

"好吃。"今睢换了一根牙签又插了一块棉花糖，扭头，眼睛亮晶晶地看向陈宜勉道，"你尝一下，不是很甜。"

陈宜勉将手垂在身侧，丝毫没抬，只微微张开了嘴。

今睢原本只是想递给他的，见他这动作，才抬了抬胳膊，拿近了一些，让他咬住。

今睢盯着他，忘记了动作，又像是在等他的答复。

陈宜勉评价道："很好吃。买一点儿吧。"

"好。"

今睢在店员的帮助下装棉花糖时，没敢再看陈宜勉。

从超市出来后，今睢接到了学姐打来的电话，说导师回学校了，晚上实验室里的人聚餐，问她什么时候回去。

因此，两人把满满的两大兜战利品放到后备厢里后，便没再逛了。

陈宜勉将今睢送回学校，这个时间校门口人流量大，陈宜勉把车子靠边临时停下，在今睢解安全带时，说："明天早晨我来接你。"

今睢愣了一下才反应过来，问他："你们露营我也去吗？"

"不想去？"

今睢抓着还没收回去的安全带，为这些天陈宜勉亲近她的举动找到了理由。

"其实你不用这样。"今睢在陈宜勉疑惑着挑眉后，一鼓作气地说，"你家里的事情、你发烧那天的样子，我都不会往外说。"

今睢说完，陈宜勉没有立马说话。许久后，他轻声笑了笑说："原来，你是这样想我的。"

她误会他对她的这些好是"封口费"。

他确实要强、好面子。但这几件事，他还真不在乎。

车里开着空调，流通着凉爽的空气。

陈宜勉转过头，盯着今睢看。见她迟迟没说话，他的手指在方向盘上敲了敲，他琢磨着接下来的话该怎么说出口。

今睢正在反思自己是不是弄巧成拙了，只听陈宜勉倏然说道："怪我，追得不明显。"

陈宜勉原本也不急，想着细水长流，缘分到了，两个人自然就走到一起了。不过，今天白杨和吉吉的事情给了他启发，如果两个人磨合得太久，发展成了朋友，便很难再跨出恋人这一步了。

既然此刻话赶话说到了这儿，陈宜勉便顺势问道："你是想做我的朋友，还是想做我的女朋友？"

今睢连自己是怎么下车、走进校门的都不知道，走出好长一段距离，已经不能被陈宜勉看到了，才脑袋一热，转身走回去。

她起初走得很快，后来小跑起来。

她终于看到了巍峨的校门，然后看到了陈宜勉的车子——车子刚发动，陈宜勉打着方向盘，熟练地将车开进主干道，消失在了车流中。

今睢回到实验楼，并没有急着进实验室。她在走廊里听见了师兄师姐和导师闲聊、说笑的声音，深吸了一口气，努力调整自己的表情，让自己的状态不至于看上去太夸张。

但无论如何，她上扬着的嘴角就是压不下去。

正当今睢在门口做心理建设时，实验室的门被人从里面打开了，孟芮婷出来，见到她后说："斤斤回来了。"

今睢被孟芮婷拽进了实验室，一时顾不上想私事。

一直到晚上回家了，今睢才重新想到了陈宜勉的告白……那应该是告白吧？

——"怪我，追得不明显。"

——"你是想做我的朋友，还是想做我的女朋友？"

今睡胡思乱想起来，结果失眠了。

翌日，今睡拖着疲惫的身子进卫生间洗漱，被镜子里自己的黑眼圈吓了一跳。她懊悔不已，翻出了去年暑假跟孟芮娉逛街时买回来的一次都没用过的粉底液，想着能遮一点儿是一点儿。

好不容易解决了黑眼圈的事情，今睡在穿什么衣服、梳什么发型上犯了难。太讲究了，怕陈宜勉看出来，觉得刻意；太平常了，今睡又觉得可惜。

在陈宜勉的朋友的面前，她不能给他丢面子……

向来冷静、有主见的今睡，此刻陷入了思索。

在一番折腾后，她终于在与陈宜勉约好的上午十一点钟准时出门了。

尽管今睡已经带着最好的状态来见陈宜勉了，但他还是一眼便看出了她精力不佳。

"昨晚又熬夜做实验了吗？"

今睡心虚，默认了这个理由，只说："我想出国，所以需要一篇高水准的论文作为敲门砖。"

陈宜勉第一次听她说起规划，问："什么时候出国？"

今睡说："顺利的话，大三。"

陈宜勉又问："去哪个国家？"

今睡回答道："Y 国或者 M 国，我还没定。"

陈宜勉点点头，没说话，又开出一段路后，只听他长长地叹了一口气说："我还没追到你呢，就开始发愁异国恋该怎么办了。"

"……"

今睡原本已经忘了昨天的告白、昨晚的失眠、早晨出门前的慌乱，正就着留学的话题，想着昨晚聚会时导师说的那个课题时，忽然听陈宜勉这样一说，顿时清醒了，再度被那些拧巴的情绪包围起来，烦恼并快乐着。

不过，陈宜勉没逼她立马给他答案，主动把话题岔开了，道："我们现在去和大家会合，要去的地方有些远，你如果困，就先在车上眯一会儿。"他趁着红灯停车的间隙，胳膊朝后伸，从后座上拿来一个深灰色的颈枕，递给今睢，补充道，"大家说是明天早晨返程。你如果不想在那儿过夜，我就晚上送你回来。"

"好。"

一路上，今睢强迫自己不要睡着，想着陈宜勉一个人开车闷，陪他聊聊天儿，帮他看着路，结果还是睡着了。

她醒来的时候，车子已经停下了。

她朝外面看看，远处是连绵起伏的青山，近处是翠绿色的草坪。

今睢动了动身子，把脖子上卡着的颈枕取下来——应该是陈宜勉帮她戴的，她记得自己睡着前，一直是把颈枕拿在手里的。

今睢下了车，走向靠着车头抽烟的陈宜勉问："你怎么不叫醒我？"

陈宜勉换了一只手拿烟，说："不着急。他们先去找场地了。"

今睢刚睡醒，睡眼惺忪。好在有风及时吹来，她清醒了一些。

"我们也过去吧。"陈宜勉吸了两口烟，在一旁的垃圾桶上把烟蒂捻灭丢掉。

今睢帮着他提东西，陈宜勉没让她拎沉的，只让她提了两袋看着体积不小，但实际上没多重的零食。

今天来的人不少，也有带家属、朋友的，今睢听着他们打招呼、互相介绍，庆幸陈宜勉带自己来不算突兀。

其实，今睢庆幸早了，别人带谁都不突兀，但仅陈宜勉带人这件事便很突兀了——陈宜勉的女性朋友多，除了吉吉这类大家共同的朋友之外，陈宜勉没有带女生参加过朋友间的集体活动。

他这是有情况啊。

不过，今睢没注意到这些，周恒正把福大也带来了。今睢见到福大后，处在陌生环境里的孤独感淡了一些，接过周恒正递来的飞盘，愉快地和福大玩起了游戏。

过了一会儿，陈宜勉不知从谁的帐篷里拿了一盒香草口味的冰激凌，过来找今睢。

今睢这才收起了玩心，坐到了帐篷前，一边吃冰激凌，一边和陈宜勉聊天。

除了冰激凌，陈宜勉还拿了不少吃的过来，炸鸡、薯条这类，量不多，统一装在一个打包盒里，明显是东要一点儿、西要一点儿，凑了这么一份。

他说："饿的话就先吃点儿。下午三点我们开始烤东西吃，黄昏时去山上拍流星。"

今睢不讲究，看了看自己这一盒 283 克的冰激凌，说："我感觉吃完这盒冰激凌就饱了。"

"吃不完就留着，池哥那里有冰袋，能暂时存一会儿。"

今睢坐了一会儿，福大过来了。

她刚才玩飞盘时，心血来潮地用牛肉干诱惑了福大学习握手。

这会儿，福大哈着气坐在今睢的脚边，眼巴巴地望着她，估计是馋了。

今睢笑着，将手往前伸了伸，下指令："握手。"

福大很聪明，立马抬起左前爪，按在今睢的手心里。

今睢扭头，得意地向陈宜勉炫耀道："看，我们厉不厉害？"

陈宜勉抬抬眉，垂眸瞧着福大，用开玩笑的语气对福大说："你倒是会享福。这手我还没牵过呢。"

今睢哭笑不得，摸了摸福大的头说道："棒！"随后，她从口袋里掏出牛肉干，喂给它吃。

大家坐在帐篷前闲聊了一会儿，便开始张罗烤东西吃了。

大家准备的食材，在大家出发前该切的切，该腌的腌，当下省了很多事。女生负责把肉穿到铁扦上，男生负责安装烧烤架、点火烧炭，还得负责烤。

今睢穿完最后一小盆鸡翅后，端给陈宜勉。

陈宜勉见她过来了，顺手把最先烤好的几串掌中宝递给了她，道："尝尝。"

这一举动碰巧被一旁的池桉瞧见了。池桉刚才搭帐篷时出了不少力，这会儿便没上手，举着照相机在录视频，瞥着这边的情形后，立马走过来道："这边有人搞小动作。我可是都拍下来了。"

今睢笑着，把手里的烤串分给他一半道："见者有份。"

"我要陈宜勉亲手递的。"池桉还怪有脾气的。

陈宜勉冲今睢说了一句"自己吃，别理他"，随后在池桉的起哄声中，偏心偏得理直气壮地道："你要是姓今名睢，让我喂你都行。"

池桉听了这句话，起了一身鸡皮疙瘩，道："看出是头一回追女生了，沉不住气。"

"……"

当事人今睢在旁边默不作声地吃串。

陈宜勉丝毫没有解释的想法，任由大家联想着。

傍晚，一行人扛着照相机、三脚架，去了山上的观星地。新闻上说，今天晚上有流星雨，已经有不少天文爱好者来这里占好了位置，有的开着直播，有的在拍星轨银河。

陈宜勉没跟池桉他们在一起，带着今睢找了一个人少的地方待着。

陈宜勉摆弄机器的时候，今睢走到一旁的石块上坐下，用陈宜勉送给她的那部照相机，为他拍了一张照片。

之前被陈嘉俊洒上可乐的照相机修好了，不影响使用，今睢也把从里面取出的那卷胶卷洗好了，她拍的那些照片没受影响。

不过今睢决定，以后陈宜勉送的这部照相机将是她的常用机。她会用它拍他、拍景、拍众生百态，就好像他也在一样。

不过……今睢习惯了喜欢他、追随他、关注他，但没完全适应，会给予回应，甚至主动朝她走来的他。

今睢把照相机收了起来，双膝并在一起，用手臂轻轻环住膝盖，借着身体往前倾的动作，将下巴垫在膝盖上，脸颊一歪，朝陈宜勉望了一眼。

片刻后，她仰头，盯着漆黑、高远的天幕，突然出声："陈宜勉。"

"嗯？"

"你听说过吊桥效应吗？"今睢缓缓地说，"当一个人提心吊胆地走在吊桥上时，会不由自主地心跳加快。如果这时恰巧遇到了一个异性，便会错把这种情绪当成对方让自己心动的生理反应，误以为眼前的人是自己的心动对象，所以怦然心动是可以设计的。"

陈宜勉从镜头上移开视线，慢慢地看向身旁的人。

他知道她是什么意思。

陈宜勉脸上的笑容慢慢消失，他正经地问她："你觉得，我是因为你照顾了我一晚，才产生了喜欢你的情绪？"

今睢微微坐直，手垂在身侧，揪住脆弱又顽强的小草。

夜色下，陈宜勉的眸子黑而亮，眼神异常坚定。他说："如果不是我喜欢你，那时候我不可能让你接近我。"

"……"

"我不脆弱，也不盲目。我知道自己想要什么，也知道自己为什么想要。"陈宜勉望向她，说，"相信我。"

"我不是这个意思……"

陈宜勉问："讨厌我？"

"不是。"她怎么可能讨厌他？

陈宜勉想了想，又问："不想现在谈，还是不想和我谈？"

"不想现在谈。"

"懂了。"陈宜勉点点头说，"那就先不谈，我慢慢追。你想谈时，给我个信号。"

今睢心脏抽疼，觉得自己冷漠又绝情。

陈宜勉为了兑现"慢慢追"的承诺，确实做了改变，甚至很长一段时间，没再出现在今睢的视线里。两人学校不同、专业不同，一旦一方不主动找另一方，便很难再遇见。

暑假结束，日子变得紧凑起来。没过几天就到了陆仁的生日。

和去年一样，陆仁过来接今睢，不过到订好的餐厅时，没在门外碰见和朋友聊天的陈宜勉。准确地说，大家到了很久之后，陈宜勉才姗姗来迟。

与他一同迟到的人，还有去年因为复读而缺席陆仁生日聚会的陶菡。

"要不是被我逮到了，还真不知道你俩是一块儿来的。"有男生在旁边的超市里买酒，回来时正好碰见陈宜勉和陶菡过来，陈宜勉让陶菡先进餐厅，本想错开两人进门的时间，免得造成误会，结果被碰见了。

今睡听着包间门口闹哄哄的说话声，从手机上移开视线，恰好看到陈宜勉和陶菡前后脚进来。陈宜勉抬手勾起刚才起哄的男生的肩膀，把那个男生拽得身子朝他这边倾斜着，笑着警告那个男生："再给你一次机会，话想清楚了再说。"

男生在陈宜勉的压迫下，边求饶边改口道："错了错了，我不起哄了。"

事实证明，陈宜勉这警告没什么用。在场的人大多是高中三年的老同学，对陈宜勉和陶菡的关系的定义不是一朝一夕形成的。

"大明星来了！"倒是陆仁，见到陶菡后，先看了今睡一眼。今睡一贯平静，但陆仁知道今睡不愿意见到她。

陆仁皱起眉，不太开心地扬声问其他人："谁把这个六小姐叫来的？"

陶菡把礼物按在陆仁的胸膛上，将胳膊一环，自个儿率先接话了："干吗？不欢迎老同学？"

"一听你说话，我就头痛。"陆仁戗人的话张嘴就来。

陶菡也不客气地道："我看你这是讹上我了。"

陆仁向来有"妇女之友"的外号，和女生的关系很融洽。大家知道陆仁和陶菡互戗惯了，见怪不怪，出来劝"和"："真是好久没见到陶菡了。陆仁，以后陶菡好歹要喊你一声'学长'，你对学妹好一点儿。"

是的，陶菡去年没考上自己喜欢的大学，复读了一年，今年如愿考进了首都戏剧学院的表演系。

因为这个，大家少不了打趣她和陈宜勉："金童玉女，未来的大导演和大明星，般配。"

"差不多行了啊。"陈宜勉提醒道，"今天我们坐在这里，是为我们的好朋友陆仁，庆祝生日的。"

陈宜勉开了个玩笑，把话题扯开。

陆仁和陈宜勉一对眼，压下种种不悦的情绪，笑着附和道："刚才起哄的人自罚三杯，都别搞错了，我才是今天的主角。"

今睢觉得自己挺平静的，面色如常地看着大家像去年一样热闹地说笑。手机一振，今睢低头，看到了陈宜勉发来的消息。

"饿了。"

她抬头，状似无意地朝陈宜勉的方向看了一眼。陶菡被包间里的女生叫走了，几个人说说笑笑，时不时朝陈宜勉那边瞥。陈宜勉则坐在沙发上，在一片热闹中低着头看手机，不知道旁边的人聊了什么话题，提到他，陈宜勉笑着应了一句，同时将胳膊一伸，从桌子上拿了一罐饮料，单手拉开了拉环。

只是，他借着喝水的动作，视线有意无意地从易拉罐的上缘瞧过来，远远地和今睢对视。

在今睢收回目光前，只见他下巴一抬，示意她看手机。

今睢抿唇，不动声色地垂下眼，回："你后面的柜子上有糖果。"

陈宜勉扭头，去拿了，又问今睢："哪个口味的好吃？"

"橘色包装的。"

陈宜勉在盘子里挑了一下，找到了橘色包装的糖果。

糖果是橘子口味的。

今睢没抬头，遥遥地听见了陈宜勉倒吸气的声音，便知道他吃了，紧接着，对话框里弹出了新消息："你害我的吧，这么酸？"

紧接着，他又发来了一条消息："你完了。"

今睢抿嘴偷笑，一本正经地回他："我觉得挺好吃的。"

陈宜勉发过来一个发火的表情包。

这个表情包还是今睢先前发给他的，不知道什么时候他竟然存了下来。

陈宜勉虽然迟到了，但从早晨起，便在和今睡有一搭没一搭地聊天。关于来迟的原因，陈宜勉也提前对她解释了——导师把他和陶菡以及其他几个同学临时留下谈话了。

陈宜勉坦诚、直接，今睡看在眼里，反倒是她自己，在一些事情上没有对陈宜勉做到坦白。

服务生过来确认上菜的时间时，一行人才从娱乐区挪到餐桌旁坐下。

在场的人里，今睡认识的不多，和往年一样，她的位子被安排在陆仁的旁边。

今睡刚拖开凳子，还没等坐下，手机一振——陈宜勉发来了消息，他说："我旁边有空位。"

今睡自然是不方便明目张胆地坐过去的，手上拖凳子的动作没停，老实地坐下后，才给陈宜勉回："我不过去。"

陈宜勉："那你旁边的位子留给我。"

今睡坚持："不要和你挨着。"

陈宜勉："也行。但你欠我一顿饭。明晚怎么样？香榭水涧，我订位子，你请客。"

今睡回："你无赖。"

陈宜勉："就赖上你了。"

陈宜勉催促："有人过去了，你自己考虑吧。"

"……"

今睡还没抬头，便听到了钟洋——也就是因为翻墙的往事，而一直喊今睡"女神"的黄头发男生，跟朋友说话的声音："我要坐我'女神'的旁边。"

今睡闻声转头，正看到他将手落在椅背上，问今睡："这里没人吧？"

今睡的手机接连振动了几下，她不用低头，也能猜到是陈宜勉发来的消息。

只是，还没等她开口回绝钟洋，陶菡便过来了，说道："我要坐在这儿。你们男生抽烟，坐门口去吧。"

钟洋喊了一声"菡姐"，遗憾地说："行吧。"随后，他冲今睢比了个心，说："'女神'用餐愉快。"

今睢回了个微笑道："谢谢。"

目送钟洋和其他男生勾肩搭背地去了别的位置，陶菡也不问这里有没有人，便自顾自地坐下了。

今睢佯装平静地移回视线，把手机倒扣在桌布上，没再看任何消息。

今睢浅笑，对陶菡说："还没恭喜你，考上了理想的大学。"

"谢谢。"陶菡把被塑封好的餐具拆开，不紧不慢地用热水烫了一遍，不经意地说，"妈说周日大家一起吃顿饭，你去吗？"

今睢端起瓷杯，抿了一口温水，放下时，语气平静地道："可以。"

今睢其实很多年没见陶茎萍了。

今睢很小的时候，陶茎萍和今渊朝便离婚了。强势、富裕的母亲带走了双胞胎中的姐姐，姐姐改了姓氏，把今睢丢给了懦弱、古板的父亲。

陶茎萍是个生意人，带着陶菡在州城生活，因为高考需要返回原籍上学，陶菡才转回春来高中读书。

高中时有一回放学，今睢在校门口碰见陶茎萍来接陶菡，当时陶茎萍连车子都没下，今睢只从被缓缓摇上去的车窗里，粗略地看到了她。

准确地说，今睢其实不清楚那是不是她，只是感觉可能是她。

因为她与陶茎萍没什么感情，所以对她而言，见不见陶茎萍都可以。

既然陶茎萍主动提了，她去赴约就是一种礼貌。

众人陆续落座，服务生上菜，今睢和陶菡便没再说话。

她俩的关系算不上坏，除了父母离婚外，没有别的矛盾，但也算不上好，除了是亲姐妹外，也没有更深的接触。

人多，一盘菜端上来，被大家转上一圈，便剩不了多少了。今睢难得尝到喜欢吃的菜，结果根本夹不到第二筷子。

眼看着又一道她觉得还不错的菜被别人转走，她眼巴巴地望着，不自觉地露出了沮丧的情绪。

某人突然伸出手，往玻璃转盘上一按，反方向推着转盘。今睢朝那只手望了一眼，手的主人没看这边，自顾自地说："汤不错，我再舀一勺。"

等胡萝卜烧牛腩精准地停在今睢的眼前时，按在转盘上的那只手也就离开了。

陈宜勉慢悠悠地舀了一小碗鱼汤，视线落在手机上。

今睢心满意足地吃到了第二口胡萝卜烧牛腩。

陈宜勉给今睢发来了微信："我不太好。"

今睢："怎么了？"

陈宜勉："没想到这是鱼汤。"

今睢："什么意思？"

"我不吃鱼。"

今睢以为他又在逗她，面无表情地回："多喝点儿，鱼汤能补脑。"

不管两人私下里聊了多少，在外人看来，他们一点儿互动都没有。很多人不了解他俩的关系，不觉得有什么，只有陆仁，全程注意着他们。

吃完饭，大家吃过生日蛋糕在闲聊，今睢去了一趟卫生间，再出来时，在走廊里被陆仁喊住了。

"闹别扭了？"

陆仁这句话问得没有主语，没有前言，今睢却知道他在问什么。

"没啊。"她回答得很真诚。陆仁却皱了皱眉，结合今天聚会上今睢和陈宜勉的表现来看，只当她是在强颜欢笑。

陆仁轻轻叹气，突然严肃地道："斤斤，你这是何苦？"

大家聊够了，三三两两地结伴从包间里出来，打断了陆仁的话。

"要去打台球吗？"今睢听着他们的谈话，遂跟陆仁道，"我就不去了。若是回家晚了，老令要念叨。"

陆仁摸了摸口袋，确定手机和车钥匙在身上，说："我送你。"

"不用。你今天生日……"

今睡还没说完，陈宜勉正巧出来，接上两人的对话，说："我送吧。"

陆仁下意识地要拒绝陈宜勉的这个提议，正要拿"你喝酒了"当理由，结果话没说出来，便先反应过来，自己也喝酒了。

今睡看向陈宜勉，陈宜勉垂眸，断绝了她拒绝自己的可能，自顾自地说："我没喝酒。"

陆仁诧异地扬了扬眉。

陈宜勉这么一个爱喝酒的人，今晚滴酒未沾，只是为了送今睡回家。

今睡推托不掉，便对陈宜勉说："你先出去等我，我拿一下包。"

今睡是想和陈宜勉错开走的，这包间里的人都是他的朋友，被撞见了肯定要遭到调侃。结果今睡出来时，见陈宜勉倚在门口玩手机。

陈宜勉注意到了她，说："走吧。"

今睡迟疑着道："你怎么没先出去？"

"干什么，怕我坏了你的名声啊？"陈宜勉突然凑近，用漆黑、深沉的眸子盯着她，眉梢带笑道，"那我们假戏真做吧。"

今睡绷着嘴角，觉得自己成熟了一些，似乎已经习惯了他的调笑。

身后有人说话，且正往门口走，今睡抬手把陈宜勉往后推了推，自个儿一溜烟先离开了餐厅，留下一句"不等你了"和一道风风火火的背影。

陈宜勉笑了笑，正要抬步跟上，就被出来的人喊住了，留下说了几句话。

今睡在露天停车场里找到了陈宜勉的车子，站在那里踢脚边的石头子儿玩。过了一会儿，陈宜勉才过来，把手里的东西往前一递。

"什么？"

今睡定睛看了一眼，是一包辣条，立马笑弯了眼道："谢谢。你去超市买烟了？"

"顺路买烟。"

"哦。"今睢嘟囔，"早知道就不问了。"

陈宜勉逗完她，笑着开了车锁。

今睢就近拉开副驾驶座那一侧的门，当即"咦"了一声。

副驾驶座上摆了一个收纳箱，今睢一瞧，能看到网球拍、游戏机手柄、篮球、护腕一类的东西，应该都是陈宜勉的，最上面半搭着一件夹克。

"忘记了。"陈宜勉闻声看过来，解释道，"本来是在后座放着的。"

今睢让开，看着他把收纳箱搬出来，开了后座的车门，放进去，问："怎么搁这儿了？"

"你确定要听原因吗？"两人坐进车子，系安全带时，陈宜勉反问今睢。

今睢被问得一脸茫然，从辣条的包装袋上移开视线，盯着陈宜勉，眨了眨眼问："有什么问题吗？"

陈宜勉来吃饭前和陶菡在学校里开会，那肯定是一起过来的了。副驾上放着杂物，那陶菡肯定是没坐在这里的。

今睢意识到了这一点，自觉地道："我不问了。"随即，她扭头看向车外。

陈宜勉也没非说不可，笑了笑，发动车子。

今睢盯着车窗外流动起来的风景，渐渐地发现了茶色的车窗玻璃上的小秘密——陈宜勉的影子。

他鼻梁挺，眉骨高，嘴唇薄，但唇型很好看，英俊的侧脸映在玻璃上，轮廓清晰又立体。

今睢不经意地调整了一下自己的坐姿，导致玻璃上映出的两人因为一个巧妙的借位，猝不及防地接了个吻。

她慌张地移开视线，瞥了左边的人一眼。

陈宜勉似乎有所察觉，目不斜视地问："怎么了？"

今睢想了想，有礼貌地问道："能在车上吃辣条吗？"

陈宜勉转头看她说："我还能把你赶下去？"

陈宜勉这次没有将车子停在校门口，而是径直开过校门，绕着华清大学的外墙开了半圈，停在了学校的西北角——这里是学校为教职工安排的公寓，今睢住在这儿。

"停在这儿可以吗？"陈宜勉问。

今睢在看手机，今渊朝说自己在楼下的超市里买雪糕，拍了雪糕的照片，问她想吃哪几种。今睢用手指滑着屏幕，放大、移动着照片，挑着，闻言抬眸时，才发现陈宜勉把车子停在了进出公寓的闸口。

"可……可以……"

今睢很久以后才意识到，这时的陈宜勉已强势又嚣张地介入了她的生活。

而她虽然不适应，却没有反感。

今睢进小区走了一段路，正好碰见拎着一大袋雪糕，从超市里出来的今渊朝。

"我要是知道你快到家了，就等你过来自己选了。"

今睢迎过去问："你怎么买了这么多？"

"天还得热一阵呢，慢慢吃。"

"我帮你拎着。"今睢跟今渊朝并排往小区里走。走到拐角时，今睢扭头朝小区门口望了一眼——陈宜勉的车子已经开走了。

到了家，今睢把雪糕装到冰箱的冷冻层里，拆了一盒酸奶，倚在阳台的门框上，看闲不住的今渊朝打理着阳台上的花花草草，说："今天陆仁过生日，陶菡也去参加聚会了。她说周日和陶荃萍一起吃饭，你去吗？"

今渊朝手一抖，差点儿掐掉兰花脆弱的叶片。

他说："你去吧，我就不去了。"

"好。"

今睢见今渊朝有些不自在，过去抱了抱他，语气轻快地赖着他撒娇道："爸，我突然好想吃水果冰沙啊。"

今渊朝无奈地道："晚上没吃饱吗？"

"又饿了。"今睡无辜地说。

闺女想吃，今渊朝自然是要立马准备的。今睡跟着他去厨房，见他忙活，自己也没闲着，主要负责陪他聊天儿。

"我有一个同学长得特别瘦，也是特能吃。她怀疑自己身体有问题，就去医院里做检查。结果不知道该挂哪个科，最后各个科查了一个遍。"

"吃饭是一件令人愉悦的事情，"今渊朝说，"能吃的人，会更容易开心。"

今睡笑道："那我一会儿多吃点儿。"

成功地把今渊朝的注意力转移，今睡才松了一口气。

今睡吃完冰沙，与今渊朝聊了一会儿学校里的事情，便各自休息了。

今睡洗完澡，穿着柔软、舒适的睡衣，却没着急睡觉。

她回到房间里，坐在书架旁，翻了翻最底层放着的纸箱。她把一本老旧的相册从一堆杂物里抽了出来，用手拍了拍上面的尘土，就近坐到旁边的凳子上，翻看起来。

陶苼萍和今渊朝离婚时，今睡还没开始读幼儿园，正是需要家长陪伴的时候。今渊朝那时有抑郁症，学校里的工作任务很繁重，还要忙着评职称，而且他本就属于新手爸爸，种种因素叠在一起，他便更难了。

好在今渊朝挺过来了。今渊朝慢慢地适应着这个新身份，经验少，便向有孩子的同事请教，再不济还有互联网能查到一切想查的资料；即使工作再忙，每天也会留出陪孩子玩耍的时间，每逢假期都会带着孩子去郊区，亲近一下大自然。

与其说是今渊朝把今睡拉扯大的，不如说是今睡治愈了处在挫败状态中的今渊朝。

今渊朝很喜欢拍照，所以记录下了很多今睡已经没有印象，却十分珍贵的瞬间。

今睡拍照记录生活的习惯，便是受了今渊朝的影响。因为她认为现在的生活过得足够幸福，光体验当下便用掉了很多时间，所以很少回忆以前的事情，也很少翻这本相册。

此刻，她对生活的体验依然不变，只不过也想回忆一下，过去父女俩相互照顾的那几年。

今睢坐在书桌前翻看了很久，不知不觉间趴在书桌上睡着了。此时十九岁的今睢和照片中九岁的今睢模样变化很大，但眼底满是自信，因为在任何时候，她都有一个将精力与爱全部倾注给她的爸爸。

今睢第二天早晨才看到陈宜勉昨晚到家后发来的报平安的消息。

她连忙回复："抱歉……昨天一到家就睡了，现在刚醒。"

陈宜勉极其敷衍地回了一个"嗯"字，连标点符号都没带。

今睢顾不上活动因为昨晚睡姿不正确而酸胀的后颈，捧着手机打字解释："真的。"

陈宜勉："我信了。"

今睢觉得，可能是自己心虚，否则怎么会觉得陈宜勉回复的这三个字，处处透露着不相信呢？

今睢抿了抿唇，给他拨去了语音电话。

语音电话很快被接通了，但那头的人没说话。

今睢也没有立马说话。

二人僵持了几秒钟后，今睢的大脑里突然变得一片空白，她一时忘了自己准备说什么。最后想了半天，她才说："你吃饭了吗？"

陈宜勉淡淡地"嗯"了一声，委屈地道："我昨晚为了等你回消息，晚睡了两个小时。"

"……"

陈宜勉下结论："你一点儿也不担心我。"

"……"

"下车时跟我说'路上慢点儿开，注意安全'，都是假的。你只是拿我当司机，还是不用付车费的那种司机。"

"我不是故意的。昨晚……"今睢欲言又止，不想说实话，也不想骗他。

陈宜勉说："如果你愿意为我做一盒小饼干，我就考虑原谅你。"

今睢笑了，语气轻快地道："完全没问题。"

陈宜勉："那傍晚见。"

"嗯？怎么就傍晚见了？"

"行。连跟我的约定都不记得了。"

陈宜勉应该是敲了敲手机壳，闷闷的叩击声撞在了今睢的耳膜上。

她猛然想起，昨天聚会上陈宜勉让她给他留座位时的两个选择，无奈地道："好。那傍晚见。"她顿了一下，特意提醒道，"不过，傍晚你的车停在校门口就行，不用往教师公寓这边开。"

今睢怕被今渊朝撞见，但不敢和陈宜勉这样说，要不他又得说他这个司机没名没分了，只解释道："我下午要去实验室里做实验，离校门近。"

"……"

今睢茫然，确认自己刚才没有说错话，问："怎么了？"

"你这是默认我会去接你了。"陈宜勉道，"还说没把我当成免费的司机？"

那顿饭吃完后，两人很长时间没见面。今睢在实验室里的时间大幅度增加，连救助站也没时间去了。

两人偶尔聊天儿，陈宜勉不陪她吃饭，但每次遇到菜品味道不错的餐厅了，都会打包几道招牌菜给今睢送来。

怕打扰今睢，陈宜勉没将菜亲自交给她，而是托跑腿小哥、孟芮娴或者其他同学转交给她。

两人保持着藕断丝连般的联系，今睢将自己的小情绪隐藏得很好，却还是被陈宜勉看出了端倪。

那天陈宜勉在斜塘街吃饭，中途离开包间，让服务生打包两道菜送去今睢的学校，不料一抬头，恰好瞧见今睢从餐厅的落地玻璃窗外经过。

今睢心不在焉地往前走着，没发现他。

陈宜勉站在餐厅门口抽了一根烟，看着今睢进了一家麻辣烫店，又过了一会儿，端着碗坐到了靠窗的位置。今睢平常吃东西的样子他知道，跟小仓鼠似的，模样专注，碰到喜欢吃的菜了，会兴奋得手舞足蹈，那动作幅度很小，正因如此，才显得十分俏皮、可爱。

只是今天……今睢明显不在状态，如果是这家店里的东西难吃，她估计草草吃完便离开了，但她此刻神色凝重，时不时要停下吃饭的动作，轻轻叹气。陈宜勉知道，她这是在克制自己的负面情绪。

陈宜勉叼着烟，拿出手机给今睢发消息："我刚才在一家餐厅里吃饭，菜品的味道很不错，你现在在学校里吗？打包带给你尝尝？"

陈宜勉看见今睢拿起手机看了一眼，然后放下。他的手机静悄悄的，他并没有收到她的回复。

今睢不喜欢浪费粮食，坐在那儿，硬是把东西吃完了才离开。

直到她落寞的身影消失在了长街的尽头，站在街对面的陈宜勉才终于抬步，返回了包间。他刚才站着的位置的旁边，一个垃圾桶里落了一堆新捻灭的烟头。

包间里，白杨和苏回春已经喝了几轮酒。

苏回春图便宜，一次性付了十年的租金，结果将房子装修完了，房东出来赶人，说他之前的租房合同是假的。

闹到派出所里，这事是苏回春吃亏。幸好陈宜勉插手，事情才得以解决。

陈宜勉回来时，苏回春正感慨着："我活了快四十年了，没想到被人下了套………宜勉干吗去了？酒还没喝呢。"

看到陈宜勉回来了，苏回春给他倒酒说："来来来，先走一个。"

苏回春性子直，考虑事情时没那么细致，所以没看出，陈宜勉回来后神情中细微的不对劲儿。见苏回春要给陈宜勉敬酒，白杨帮着拦了一下说："他一会儿还要回学校呢，身上不能带酒气。"

陈宜勉听见手机响了，似有所感地一低头，看到了今睢回的消息："不用了。我一会儿要进实验室，没空吃。"

陈宜勉回了一个"好"字，抬手挽了挽袖子，去接苏回春拿起又放下的酒杯，说道："今儿个高兴，喝点儿没事。"

他把这句话撂在这儿了，到最后可不止"喝点儿"那么简单了。

白杨不放心地看着陈宜勉问："你真没事？"

陈宜勉笑着反问："我能有什么事？"

从某种程度上讲，今睢没骗陈宜勉。她从斜塘街回校后，确实一头扎进了实验室，一待便是四个小时，别说吃东西了，连水都没顾上喝。

她和孟芮娉从实验室里出来时，天已经黑透了。

她们掐着食堂关门的时间，简单地收拾了一下，便往外走去。

"我就不该减肥。晚饭只吃了一个水煮蛋，现在又累又饿，感觉吃完一份鸭血粉丝汤和水煎包不成问题。"孟芮娉靠在今睢的身上说道。

今睢就不一样了，吃了两顿晚饭。

第一顿她是和陶茞萍在当地一家口碑不错的酒楼里吃的。这顿饭是几周前陶菡在陆仁的生日聚会上提过的，只不过因为陶茞萍工作繁忙，所以时间一推再推。

今天，今睢在学校里接到了陶茞萍打来的电话，陶茞萍说自己接下来要出差，很长一段时间不会在京市，说订好了餐厅，也安排了司机在校门口接她。陶茞萍强势地为今睢安排好了一切，最后才问了一句："你现在方便过来吗？"

今睢不是爱给别人添麻烦的人，略一沉默便答应了，只说自己需要在晚上七点前赶回来。

陶茞萍道："这是自然，我约了人六点半在机场签合同。"

今睢看了一眼时间，那个时候她还没有意识到，这顿饭会吃得如此不愉快。

今睢在校门口看到了陶茞萍安排的车子，到斜塘街的餐厅时，是下午五点十五分。从这里到机场至少要四十分钟，所以陶茞萍为这次见面留了十五分钟的时间。

如果要今睢用两个词来概括这次的饭局，那就是"草率"与

"寒心"。

整个过程是草率的，而陶苣萍的态度是令人寒心的。

今睢甚至不想再回忆这次的见面。

两人坐了一会儿，助理便进来提醒，时间到了。陶苣萍点了点头，让助理稍等，随后"体贴而周到"地对今睢说："我不知道你喜欢吃什么，点的是一些招牌菜，你尝一尝，吃完司机会送你回学校。"

餐桌上的菜肴，今睢一口也没吃。

从酒楼里出来后，她一点儿胃口也没有，但担心晚上在实验室里会饿，所以在回来的路上随便吃了一份麻辣烫。

她去的是一家她以前常吃的全国连锁的麻辣烫店，可能是因为心情不好，所以食之无味。

在实验室里忙了这么久，今睢把自己的负面情绪消化得差不多了。

这会儿她也想吃点儿东西。

两人走出实验楼，孟芮娉不经意地一转头，发现了什么，碰了碰今睢的胳膊，问："那是陈宜勉吗？"

今睢闻言转过头，看到了站在暗处的陈宜勉。

实验楼前有几级台阶，平台的两侧有斜坡，方便推车通行。陈宜勉就站在斜坡旁边，倚在墙上，月光穿透叶片快落光的树枝，在他的身上投下斑驳的树影。他拿着一根烟，没有点燃，单手插兜地靠在那儿，后颈微微垂着，看上去像是睡着了。

似乎听见有人在喊他的名字，陈宜勉才迟钝地抬了抬头，望过来。

他站在黑暗里，今睢看不清楚他的神情，却清楚地听见他喊了她一声。

"今睢，过来。"

宁静的暗夜，将他的情绪放大。

孟芮娉揉了揉自己咕咕叫的肚子，把今睢松开说："他这么晚过来，肯定是找你有事。你先忙，我去餐厅里等你。"

今睢应了一声"好"，看孟芮娉走远了，才抬步朝陈宜勉走去。

今睢还没走近，便停住了脚步。

他的身上有很浓的酒气，比起上次在欤壹楼下的醉酒程度，不知要严重多少倍。

"忙完了？"他问。

不知道是不是他喝醉了的缘故，今睡觉得这句普通的问话并不普通。

今睡定睛望着他，试图从他疲惫的脸上看到一些什么。

"嗯。准备去吃饭。"今睡顿了下，想了无数种可能，想要问他出什么事了，怎么喝得这么醉。

陈宜勉却在她沉默的时间里，自顾自地问道："晚上吃麻辣烫没吃饱吗？"

陈宜勉问得直接，今睡刚要回答，愣了一下，才反应过来——他是怎么知道的？

今睡睁大眼睛，脸上露出诧异的神情。

不等她回答，陈宜勉站直身子，从暗处走了出来。

他的手里拎着短款的深色夹克，打底的圆领卫衣的领口被他扯得歪斜着，露出一小块平直、白皙的锁骨。他脖颈修长，肩膀宽阔，酒精让他变得放松，但紧紧蹙着的眉头暴露了他真实的情绪。

今睡想后退，却被他先一步擒住了手腕。

夹克的衣料冰凉、坚硬，他隔着外套抓住了她的手腕。

"你拿我当什么？"陈宜勉把她压在墙上，质问道，"是不是连出国了也不打算告诉我？"

之前，今睡提起要出国的事情时，陈宜勉只是调侃了一句，并没有对她的规划做任何评判。

他知道自己无权干涉，也不愿逼她主动或者被动地做更改人生重大决定的事情。

但他不希望她瞒着自己。她出国一年也好，十年也罢，只要她告诉他，他肯定会风雨无阻地去送她。

他只想送一送她。

就像今天，他只是想安慰她而已。

"你确实没骗我,但我倒是希望,你能骗一骗我。"陈宜勉永远挺直的后背弯着,像一张紧绷的弓。他将额头抵在今睢的肩膀上,克制着情绪,沉重而滚烫的呼吸让今睢浑身紧绷。

今睢觉得男女生身体力量的悬殊在此刻得到了体现。

陈宜勉其实是一个很不幸福的小孩儿。母亲温苓离开得早,父亲陈康清再婚后,陈宜勉便成了半个外人。他小时候其实很爱吃鱼,温苓离开时他还很小,家里的阿姨得了郅斓的授意,对他并不尽心,有一回吃鱼时被刺卡了嗓子,无人过问,那之后,他便再没吃过鱼。

他规避掉这项危险性很高的体验,但又喜欢一切刺激的冒险活动,仿佛只有那时候,命运才在他自己的手里。

他讨厌这种抓不住的感觉。

但——

两人保持着这么近的距离,今睢的鼻息间全是酒气,陈宜勉没怎么用力,却把她卡得死死的,她根本挣不开。

今睢放弃挣扎,声音里带着让人怜惜的哭腔。

"陈宜勉,你抓疼我了。"她轻声说道。

我炙热的

WO ZHURE DE
SHAONIAN

少年

有厌 著

下册

青岛出版集团 | 青岛出版社

第七章

分 别

　　今睡说完这句话，觉得陈宜勉动了一下。他侧着脑袋，面朝她，呼吸扑在今睡的耳根处，她只觉得浑身酥酥麻麻，不敢再作声。

　　不过，陈宜勉只是略一停顿，便离开了她的肩膀。

　　"抱歉。"他说。

　　今睡垂着头，还没从刚才的惊惧中回过神。陈宜勉在生气，因为她隐瞒他；但她家里的事情，她不知道该怎么跟他开口。

　　她沉默时，陈宜勉松开了她的手腕。

　　紧接着，她只觉得肩膀被人拨了一下，人被拽离墙壁。她还没反应过来，肩上一沉，陈宜勉把手里的外套披在了她的肩上。

　　今睡这才抬头。陈宜勉保持着帮她披外套的姿势，今睡的这一动作让她像是在他的拥抱下抬头一般，两人显得格外亲密。

　　"穿着，要下雨了，冷。"陈宜勉下命令、解释一气呵成，带着不容置喙的态度。

　　等了两秒钟，见今睡没拒绝，陈宜勉又说："去吃饭吧。"

　　　　　　　　　　　　　· 225 ·

因为这晚的事情，两人连仅剩的那点儿联系也没有了。

陈宜勉没有再托人送东西给她，也没有发过任何消息给她。他仿佛从来没有出现过一样，消失在了她的世界中。

那晚，陈宜勉多此一举地留下的外套，虽然给了两人再联系的台阶，但他们谁也没有主动联系对方。

大二的紧张节奏让今睰短暂地没去想陈宜勉。她每天三点一线，保持着自己一贯的生活节奏，如永动机一般，积极、向上，没有过停留与浪费。

好不容易到了周末，孟芮婻借着过生日的机会，把今睰拽出了实验室。

吃饭、逛街，孟芮婻扬言要充分利用这段短暂的休闲时光，吃完晚饭带今睰去看现场演出。

今睰对孟芮婻的安排没异议。她的兴趣点在这儿，她不觉得无聊。只是她没想到，会在这里遇见陈宜勉。

他的头发长长了一些，往上梳着，露出光洁、饱满的额头，几缕头发垂下来；他的五官立体、好看，他十分适合这样的发型，甚至更显得他桀骜轻狂。

一件反光皮料的外套，宽松地套在他衣服架子似的身板上，他看起来十分帅气。

他没有站在热闹之处，有打扮得很性感的女生过去与他说话，他摆摆手，把人回绝了。过了一会儿，他的旁边多了一个留着中分鬈发的年轻男人。两人应该是朋友，聊得很愉快。

今睰仿佛看到了读高中时的陈宜勉。

他恢复了"浪荡子"的形象，准确地说他从来没有为谁改变过。

他适合这儿，但又不属于这儿。

这里光线差，人来人往，想找什么人简直是大海捞针，很快，今睰便看不见陈宜勉了。

这不，孟芮婻从卫生间出来，便险些找不到等在原地的今睰了。

今睢见孟芮娉过来时不停地朝身后看，不解地问："怎么了？"

孟芮娉不确定地道："我好像看到郄教授了。"她说完，自个儿先否定了，"应该是我看错了。"

孟芮娉释放了这段时间以来的高压情绪，又叫又喊，结束时嗓子都哑了。

今睢是在散场时看到郄浩宇的。

"那是郄教授吗？"今睢问。

孟芮娉闻言，随着今睢的目光看过去。他站在边缘的位置，远离热闹的观众，侧着身，五官的轮廓清晰、立体，身形挺拔。他不知在跟谁说话，薄薄的镜片下，眼底溢着浅浅的笑意。在这样嘈杂的场合里，再文质彬彬的人也染上了风流潇洒的气息。在这昏暗的光线中，就算他依然是白衬衫和细边的窄框眼镜的装扮，也有了一种禁欲的气质。

"我们走……"孟芮娉想到了自己无疾而终的暗恋，赌气地不愿再见到他，拽着今睢便要走，但迈出两步后又后悔了。

"过去'偶遇'一下吧。"孟芮娉道。

等她们与郄浩宇离近了，今睢才发现，跟郄浩宇聊天的人是陈宜勉。

陈宜勉姿态懒散，说话时并没有注视着郄浩宇，而是漫无目的地随处张望着。今睢知道，这是他很不耐烦时的表现。

她把孟芮娉拽住，说："他们在说话，我们先不要过去。"

孟芮娉在想，一会儿该怎么优雅地从郄浩宇的身边经过，如果他跟她打招呼，那她该如何回应才能显得情商高……她正胡乱想着，被今睢拦住了，茫然地朝郄浩宇那边看了一眼，听今睢的意见停住了脚步。

最终是陈宜勉率先发现了她们。

今睢别开眼，佯装在看别处。

郄教授注意到了陈宜勉的神情变化，顺着他的目光扭头。

孟芮娉见被发现了，又没处可躲，遂放弃了挣扎，用手肘碰了碰今睢的胳膊，两人一起过去了。

"郐教授。"

孟芮婷先跟郐浩宇打了招呼。

今睢不知道该跟陈宜勉说什么，便跟着孟芮婷一起喊了一声："郐教授。"

被当成空气的陈宜勉没露出丝毫介意的神色，甚至扬了扬眉，笑了起来，心情不错地问："你们一起来的？"

这虽是疑问句，但尾音干脆。

他问的是他们三个人，可他的目光直直地落在了今睢的身上。

但这眼神又很干净，仿佛只是许久未见的朋友关心你是胖了还是瘦了，最近过得开不开心。

也不知道他看出什么结论没有，只见他很快移开视线，笑着说："你们聊，我还有事，走了。"

陈宜勉没再看谁，没任何留恋地走了。

今睢望着他离开的背影，缓缓地吐了一口气，既觉得放松，又觉得沮丧。

她的心里因他而变得兵荒马乱，而他风轻云淡。

接下来孟芮婷和郐浩宇又说了什么，今睢丝毫没有听进去。

来到室外，今睢终于听清了孟芮婷一路嘟囔的内容。

"我就是自找的。明明知道结果，还要凑过去，该！"孟芮婷捶了捶自己的脑袋，愤愤地说。

今睢抿唇，不对孟芮婷的观点发表看法。

因为她自己也没比孟芮婷好到哪里去。

此时正是散场时间，大家集中离开，连出租车都不太好叫。

两人站在路边等出租车时，今睢的视线掠过酒吧的门口，瞥见陈宜勉出来。他在门口跟朋友说了几句话后，沿着路一个人往前走。

"斤斤，车来了。"孟芮婷这会儿已经自我反思完，恢复了一贯的轻松的状态。

今睢抿唇，将孟芮婷塞到车里，关上车门后冲她招手并说道："你先回学校，我还有点儿事。"

今睡顾不上跟孟芮娉多解释，抬脚去追陈宜勉。

陈宜勉没有一直直行，走出一段路后拐到了巷子里。

今睡没想太多，急忙跟上。

她穿的凉鞋的鞋跟有一点点高，她走在僻静的小胡同里，鞋跟撞着青石板的声音非常清晰。她怕被陈宜勉发现，解了鞋扣将鞋子提在手里。

陈宜勉似乎对身后的事情没有察觉，低头拢着手点烟，后颈白皙得像一弯月牙儿。

今睡想起了一件过去发生的事情。

读高三时，模拟考试的过程中，今睡和陈宜勉被分到了同一个考场。她事先是不知情的，他踩着开考的铃声进来，坐到了今睡斜前方的位置上。他们没机会说话，当时两人不熟，也没可能说话。

但那天考完试，今睡鬼使神差地跟着他走了很久。路上都是学生，她的存在并不显眼，所以他也不曾发现。

她跟丢了。

今睡懊恼地从回忆中回过神，急忙跑出去一段距离，确定自己是真的把人跟丢了后，沮丧地停下了脚步。

谁知，她一扭头，便发现了陈宜勉站在自己的身后。

他笑了一声说："是我们斤斤啊？"

这亲昵的语气，这小名被他喊得极其暧昧。

今睡正要抬头，只觉得眼前一暗。陈宜勉把他的棒球帽扣到了她的头上，恶作剧般使劲地往下压了压帽檐。

等今睡拨开帽子，陈宜勉敛去了方才的散漫姿态，认真地问："跟着我做什么？"

今睡不知道该怎么回答，想跟就跟了。可是她有预感，如果放开这次，陈宜勉会离她越来越远，所以这个回答便不敢轻易说出口。

陈宜勉很有耐心，摸出烟盒抽了一根烟出来，咬着，顾及今睡在场，没点，抬手把烟塞回烟盒里。

他低头看到了今睡的脚，皱眉，把手里的外套往旁边的石凳上一丢，抬了抬下巴，示意今睡坐过去，并说道："我看看脚。"

今睡坐是坐下了，但往回收了收脚，不让他碰。

陈宜勉屈膝蹲在她的身前，右手的手肘压着膝盖，"啧"了一声，抬眼觑她，问："欲擒故纵？"

今睡被他说得脸热，没再矫情，慢慢地把脚掌移了过去。

陈宜勉的身上没纸，他直接用手去拂她脚底的尘土。

"不用。"今睡想要往回收脚，但脚踝被他抓在了手里，没有机会。他的手掌比她的大一些，手指修长，而她骨架小，小腿匀称、纤细，脚踝更细，柔软、滑腻，被陈宜勉握着，越发显得小巧、秀气了。

今睡觉得，被他碰过的每一寸肌肤像是被火燎了一般，微微发烫。

而"纵火者"陈宜勉神色平静，像是在照顾家里贪玩的小孩儿，细心又有耐心。

陈宜勉帮她把鞋子穿好，却没第一时间站起来，依旧单腿屈膝，跪在她的面前，此刻正抬眼看她，无奈地说："你是真知道怎么让我疼。"

今睡将手按在石凳上，双脚在地面上踩实，无措地站起来说："谢……谢谢。"

陈宜勉随着她的动作起身，往后退了一步，拉出安全距离道："走了。"

同样的两个字，不是"我先走了"的意思，今睡听出了他是让她跟上。

今睡没问他要去哪儿，稀里糊涂地跟着，在巷子里七拐八拐，看到了宽敞、笔直的马路。

陈宜勉站在路边招了招手，有出租车缓缓停下。他拉开后座的车门，回头对今睡说道："上车。"

今睡以为他也会上来，便坐进去了，并慢慢地往里侧挪。

结果，她只听到了砰的一声，陈宜勉把车门关住了，人还在外面。

陈宜勉冲司机吩咐："师傅，送她去华清大学的校门口，麻烦了。"

司机师傅："得嘞！"

今睢："……"

她这是被嫌弃了啊。

司机师傅动作麻利，车子缓缓地起步。今睢没闹着非要下车，但什么也不做的话，又有些不甘心。

"陈宜勉！"今睢降下靠近陈宜勉这一侧的车窗，两手按在车门上，伸着脖子朝车外望去，道，"明天一起吃饭吗？"

次日的天气就像今睢的心情一样，很复杂。

她出门时天气晴朗，太阳高照，结果去餐厅的路上，太阳被云遮住了，乌云悄无声息地出现，到餐厅时暴雨如注。

今睢今天没让陈宜勉接，他没提，她也没说，两个人就跟闹了别扭，绝交了的幼儿园小朋友似的。

今睢先到了餐厅，坐在位子上讲电话时，陈宜勉姗姗来迟。

他穿着深灰色的风衣，不怕冷似的敞开着衣服，露出里面的同色系针织衫和休闲长裤。不得不说，他身量高，体态好，这样穿显得整个人很帅气。

今睢冲陈宜勉摆了一下手，继续讲电话。

"麻烦了，郤教授。"

见她挂了电话，陈宜勉问："怎么了？"

今睢解释道："我出门时忘记拔钥匙了，郤教授出门时看到钥匙在门锁里插着，打电话来问我，我麻烦他帮忙拔出来了。"

"哦。"

原本，她以为陈宜勉会说"连钥匙都能忘记拔，这么迫不及待地想要见我"之类的话，结果并没有。

今睢想到之前陈宜勉和郤浩宇见面时似乎都不太愉快，下意识地问道："你和郤教授之间是有误会吗？"

"误会？没有。"他顿了下，又问，"你们很熟？"

"他住在我家对门，经常会遇到。"今睢的心里绷着一根弦，她尽可能地在陈述事实的前提下，不让陈宜勉误会自己和郗浩宇的关系。

但陈宜勉仿佛只是随口一问，没有后话。

服务生见这桌的客人到齐了，便送来了菜单，陈宜勉示意他拿给今睡。

今睡没推让，翻着菜单点起菜来。这家餐厅她常来，因为店里有一道招牌菜是西湖醋鱼，做得很合她的口味。只不过此刻她点菜时，想到了陈宜勉说过他不吃鱼，便放弃了这道菜，挑了其他还不错的菜肴。

"我点了一荤一素两道菜，你还有什么想吃的？"

今睡把菜单推给他，他坐正了一些，翻看着菜单点了一道凉菜和一份甜品，合上菜单时，对服务生说："再加一道西湖醋鱼吧。"

今睡正低头看手机，闻言，抬了抬眼。

陈宜勉没看她，自顾自地和服务生说要点的主食和饮品。

两人一起吃过很多次饭，陈宜勉对她吃饭的习惯了如指掌，所以确定这个时，并没有问她的意见。

等服务生记录下来，拿着菜单离开后，陈宜勉才看了今睡一眼。

四目相对时，今睡想起了两人失去联系这么久的原因，想起了自己提出吃这顿饭的目的，把手机推到一边道："我那天没有故意不回你消息。"

其实到现在，今睡也不觉得自己有错。只是她没想到，陈宜勉会非常在意这件事情。

所以今睡专门挑了这个时间向他解释："我当时心情不好，心里的负能量很多，所以不想让坏情绪影响你。我没有故意吊着你……昨天晚上跟着你，是想解释的。"

只不过后来被打岔，她就忘记了。

提到昨晚，今睡想到了陈宜勉捏着她的脚踝，帮她清理脚踝上的尘土的动作，那举止太亲密了。

不同于那晚在实验楼下陈宜勉处于醉酒状态下的过激行为，昨晚他是理智的。正因为他是理智的、清醒的，才显得他们之间的关系越发暧昧了。

她抿唇，听见陈宜勉说："我也有错。那晚吓到你了，抱歉。"

"没事。"今睢摇了摇头。

今睢将话说了，心里也就舒畅了。

服务生陆续把菜上齐了，今睢舔着嘴角动筷子吃那道西湖醋鱼前，看了陈宜勉一眼，问他："你真不吃这鱼吗？"

"懒得挑鱼刺。"

今睢"哦"了一声，冲他一伸手道："碗给我。"

陈宜勉虽然不知道她要做什么，却还是配合地把碗递了过去。

"筷子。"今睢又说。

陈宜勉继续递。

今睢把白色的瓷碗挪到装鱼的汤盘边，边往里面夹鱼肉，边向陈宜勉介绍："鱼尾是鱼主要的运动器官，所以这里的肉很爽滑，非常好吃。"

"这块是鱼唇肉。据传慈禧太后每次吃鱼时只吃鱼唇，便足以说明其鲜嫩诱人的程度了。"

"鱼眼的口感比较特殊，带嚼劲，营养价值高。"

她心思细腻，在吃这方面极其有耐心，挑好鱼刺后，又舀了一勺褐色的浓香的汤汁浇上，推给陈宜勉道："尝尝看。"

"谢谢。"陈宜勉把碗接过去，在今睢期待的目光中，尝了一口。

陈宜勉确实是好多年没吃鱼了，这种陌生的熟悉感让他有些感慨，说不上来是什么感觉，像是这些年来心里空落落的地方突然被蜜糖填满了。

他很快夹了第二筷子，吃完后评价道："确实好吃。"

今睢从他刚才的表情中便看出他喜欢吃了，这比自己品尝到了好吃的菜肴还要让她开心。她弯起眼睛，提醒他："用来拌米饭也好吃。"

今睢没有光顾着为他服务，自己也拿起筷子开始吃了。

过了一会儿，她注意到陈宜勉盯着面前的小瓷碗没动，诧异地道："怎么了？被鱼刺卡着了？不可能啊，我挑得很干净。"

陈宜勉的神情有所松动，只见他做作地吸了吸鼻子，语气夸张地说："有点儿感动。"

"……"

"我妈说，遇见除她之外，给我挑鱼刺的女人了就娶了吧。"

"……"

他又开始没个正经了，早知道她刚才就不对他好了。

两人从餐厅里离开时雨已经停了，路上湿漉漉的，灰色的云压在远处的天边，而他们头顶的这片天空放晴了。

这种幸运让今睢的心情变得愉快了很多。

当然，这份好心情更大程度来源于陈宜勉送她回学校这件事。

两人又恢复到了一贯的相处状态。

车子缓缓地停在了校门外，今睢想起来一件事，说道："你的外套我下次拿给你。"

"放在你那儿也行。"陈宜勉靠在车座上，看她解安全带，说，"我真怕你把外套托陆仁或者谁转交给我，连面都不想见；但你留着没还，我便知道，你在等我去找你。"

今睢抠着安全带上的金属扣，故作平静地问："那你为什么没来找我？"

"怕你还在气头上。"陈宜勉又开始耍无赖了，油嘴滑舌地道，"我们斤斤娇贵，我笨嘴，怕哄不好。"

"你的心眼儿怎么这么多？"今睢无奈地笑道。

陈宜勉说："再多也没用，唯独对你甘拜下风。"

"我回去了。"

今睢板起脸，不理他，手按在门锁上要开门。

"等一会儿。我还有事没说。"陈宜勉喊住她道。

今睢保持着要下车的姿势，只回了一下头问："什么事？"

"先坐回来。"陈宜勉抬了抬下巴，道，"挺严肃的一件事情。"

今睢以为他又在逗她，于是慢吞吞地坐了回去，眨了眨眼，盯着他。

陈宜勉是真的有正事要说。

因为是一件很重要的事情，所以他不知道该怎么开口。

轿厢里，渐渐变得安静下来，许久后，陈宜勉正色道："我不评判你身边的朋友，但我希望你认真地听我说接下来的事情。"

"好。"

"是关于郗浩宇的。"

今睢诧异地道："郗教授怎么了？"

郗浩宇除了是温苓的学生外，也是温苓资助的来自山区的贫困生。他以高分考入华清大学，学建筑设计，成了温苓的学生。

那年，他险些被骗进传销组织，温苓是在去帮他解围的路上出车祸去世的。

不过这些，陈宜勉没说。

他只是说了几件事："郗浩宇读大学时勤工俭学，险些被骗进传销组织，谁知一年不到，这个传销组织便被连根拔除了；他去国外做交换生的名额被人做了手脚，半个月后，徇私舞弊的那名领导因猥亵女学生的事情，进入了行业黑名单；我爸再婚那天，庆阳集团的服务器遭到了境外势力的恶意攻击，如果不是对方手下留情，公司的机密性核心信息，将面临被暴露的危险。"

今睢微微张嘴，愕然地道："这些都是郗教授做的吗？"

"我没有证据。"陈宜勉回答道。

他怀疑是郗浩宇做的，但没有证据。

陈宜勉只说："人的行为不该只由法律来界定，眼里容不得沙子，和踩着法律的盲区以暴制暴是不一样的，好人与坏人的距离比纸还要薄。他是个天才，也是个疯子。他不是个坏人，但也不是绝对意义上的好人，更没有外表看上去的这样文质彬彬。

"我说这些，你可能暂时意识不到严重性，但我不愿将你置于危险中。斤斤，我喜欢你，是那种'想要把一切美好的事物捧给你，不好的事情全挡开'的喜欢，你能感觉到吧？"

这是陈宜勉第一次说喜欢她。

比起以前模棱两可的暗示与佻达不羁的调笑，陈宜勉这次的态度郑重而严肃。

因为前段时间与今睢闹过别扭，陈宜勉想明白了一些事情，所以他今天说这番话时，站了一个相对公正的立场上，理性、客观，刻意地收敛了自己的占有欲与压迫性，端端正正地把自己的态度亮了出来。

今睢前一秒还因为郜浩宇的事情感到震惊，下一秒就被陈宜勉这突如其来的情话弄蒙了，一时不知道该如何作答。

不过，陈宜勉只是在陈述一件事情，并没有急着让她回应。

"行了，我说完了。"陈宜勉冲着车外抬了抬下巴说，"进去吧。"

今睢动了动嘴角说："你路上注意安全，到家后报平安的信息我会及时回。"

"嗯。"陈宜勉表示知道了。

两人虽然把误会说开了，见面的机会却依旧很少。陈宜勉有拍摄任务，在天津待了小半个月，同行者有近二十人，陶菡也在其中。

这天结束拍摄后，一行人终于能不吃盒饭，嚷着要去大吃一顿。

陶菡挑了一个陈宜勉一个人待着的时间，过来和他道歉："薛媛的事情，不好意思啊，给你造成了困扰。她也没想到会这样，已经把微博主页上相关的动态都隐藏了，也让公司和营销号那边沟通，把话题盖过去了。"

薛媛是两人读高中时的朋友，考去了川城学表演，大一还没开学时便已经开始接戏了。

她去年拍的那部低成本古装偶像剧上个月播出，收视率特别高，她作为女主角，更是受到了极大的关注，个人微博账号的动态被营销号带着显微镜分析。

营销号没找出她的什么黑料，倒是粉丝在她和朋友的日常照片里逮到了一位帅哥——陈宜勉。

这把火猝不及防地烧到了陈宜勉的身上。

一时，陈宜勉首都戏剧学院导演系大二学生的身份曝光，更有营销号找到了陈宜勉的个人微博账号，进行了一番阅读理解。

"告诉她不用在意，没什么影响。"陈宜勉对这个无所谓。他敢发出来的东西，便是敢让别人看的。旁人的关注对他而言，已经是习以为常的事情。

陶菡还要说什么，只见陈宜勉冲她比了个"稍等"的手势，注意力转到了手机上。

"你去看看大家讨论出结果了没有。我先打个电话。"

"好。"

陈宜勉的电话是打给陆仁的，陆仁此时正在吃饭，接起电话后，还在和与他一起吃饭的人聊天。

"你说斤斤这个月要出国？不是夏天吗？喂，宜勉，什么事？"陆仁跟与他一起吃饭的孟芮娉说着话，后知后觉地反应过来电话已经接通，于是问道。

陈宜勉原本是要他帮忙签收一个包裹的，听到他前面说的几句话后，顿时忘了自己的事情，问道："你刚才说今睢要出国？"

"对，你听到了？孟芮娉跟我说的，要去M国，明晚的飞机。"

"……"

"孟芮娉人呢？她好像去卫生间了，一会儿我再问问。"陆仁嘟囔着，正准备问陈宜勉"这事你不知道吗？"，就发现陈宜勉把电话挂断了。

前来拍摄的一行人原定在天津多留一天，等明晚返程回京市。这会儿大家正嚷嚷着去哪里吃饭，吃完去摩天轮那儿看看。有个男生过来问陈宜勉的意见，陈宜勉拍了拍对方的肩膀，跟大家说："你们好好玩，我有点儿事，需要先回京市。"

两个小时后，陈宜勉的车停在了华清大学的校门口。

他拿出手机给今睢打电话，等待接通时，不经意地往窗外一瞟，遥遥地看见了今睢正和同学从外面回来。

今睢站在校门前，听见手机响，还没接通，对方便挂了。

她茫然地眨了眨眼，想等等看陈宜勉还会不会打来时，身后便响起了陈宜勉喊她的声音。

"今睡！"

她扭头，见陈宜勉大步流星地走过来，面上一喜，随即诧异地道："你回来了？"

陈宜勉淡淡地"嗯"了一声，目光朝与她同行的两个女生看了一眼，今睡才反应过来，转头和同学们道："你们先回去吧，不用等我。"

"好，那我们先走了。"

"再见。"

两个女生和今睡说完，面色泛着潮红，互相推搡着窃窃私语："是陈宜勉。"

"今睡竟然认识他！"

随着她们走远，她们的说话声越来越小了。

今睡震惊了，陈宜勉竟然出名到这个程度了，不过知道他确实有这个本事，便没有多想。

今睡从同学们的身上收回视线，问陈宜勉："不是说要明天才回来吗？"

陈宜勉回来得急，还穿着黑色的夹棉冲锋衣，看着挺拔、硬朗、帅气、有型。他这段时间熬大夜是常事，胡子三天两头忘记刮，头发随便抓一抓造型随缘，他倒是还有自知之明，过来时戴上了卫衣上的帽子。

这会儿今睡定睛望着他，才发现被他隐藏在兜帽下的细节。

今睡倒不觉得他狼狈，眼睛亮晶晶的，新奇地打量着此刻更有男人魅力的陈宜勉。

直到他严肃地问："我明天回来的话，还来得及见你吗？"

今睡隐隐感觉到空气中流动着紧张的空气，将嘴角的笑一点点敛走，解释道："你知道了？我打算晚上告诉你的。"

关于出国的事情，今睡是今天早晨得到通知的，但今天她一直在忙雅思考试的事情，下午考完，和一起备考的同学出去吃了一顿饭。

她确实是打算等晚上陈宜勉有空了，再和他说的。

不料，陈宜勉十分在意这件事情，问她："你怎么不到了 M 国再跟我说？"

今睢："……"

这个时间校门口人流量大，两人站在道路中间说话，任谁经过都要朝他们看一眼。

陈宜勉压了压脾气，对今睢道："你跟我过来。"

陈宜勉坐到车里了，发现今睢仍站在车边没动。

陈宜勉一路上想了很多种可能，从今睢的性格出发，考虑了近来发生的事情，以尽可能合理的因果逻辑，推出原因和最坏的结果。

见到她时，他却在气势上自动弱了下来，不舍得凶她。

"站在这儿干吗？怕我关上车门后打你？还是着急回去收拾行李？"陈宜勉自嘲地笑着问，"我在想自己是什么危险人物，表个白就能把你吓得躲到国外去。"

他顿了下问："什么时候回来？"

陈宜勉怕她说"不回来了"。

但她回答的是："下个月月中。李教授说，如果论坛会延迟结束，有可能会再拖个三四天。"

陈宜勉噎住了，半晌后才问："只是去开会？"

"对。"今睢略一顿，从陈宜勉这前后的反差，大概猜到了他是从哪里听的消息才造成了误会，于心不忍地盯着他，补充道，"国外的学校秋天才开学，而且我还有很多事情没准备好。"

陈宜勉在心里骂了一句脏话，得出一个结论——人果然不能熬夜。

他清了下嗓子，故作轻松地道："吃饭了吗？"

"吃……"今睢刚要照实回答，想到了什么，下意识地要去保护陈宜勉因为被欺骗而变得脆弱不堪的心，连忙改口道，"还没吃。"

陈宜勉欲言又止，但还是说了："你这演技……要是来我的戏试镜，连龙套也演不上。"

"……"

算了，今睚看在他可怜的分儿上，就不和他计较了。

陈宜勉冲副驾驶座仰了仰下巴说："上车，陪我去吃饭。"

今睚应声，从车前绕到副驾驶座那边时，才注意到车身不像往常那样干净，问："你开车回来的？"

"嗯。怕追不上你。"

今睚抿嘴，心里的愧疚情绪越发浓了。

陈宜勉没将车开去餐厅，而是开去了一个高档小区。

今睚抓着安全带，朝外面望了望问："餐厅在小区里面吗？"

"我这样子去餐厅，会直接被人赶出来的。"陈宜勉侧着头看了她一眼说，"我先回家洗个澡。今天我们在家里吃。"

今睚"哦"了一声，嘟囔了一句："挺帅的啊。"

陈宜勉听见了，轻笑着评价："你是真不挑。"

小区一梯一户，出了电梯便是客厅。这里一看便是陈宜勉住的地方，个人特色太浓烈。落地窗边架着天文望远镜，地上丢着没来得及收的无人机，影视墙旁有个收纳架，里面是各种品牌、型号的单反照相机、摄影机。

"家里没有女生的拖鞋，你先穿这个。"

今睚看着陈宜勉搁到自己脚边的鞋，深灰色的，他的鞋码。

她穿上跟踩了两条船似的。

陈宜勉瞧见后，笑了一下说："一会儿帮你买一双合适的。"

"不用，我穿这个就行。"

陈宜勉让今睚随意坐，自己则去卫生间里把身上的外套脱掉丢到脏衣篓里，站在盥洗台前洗手时，看到镜子里的自己后先吓了一跳。

他刚才就是以这副样子见今睚的。

这也太邋遢了……

他蹙着眉挣扎了一会儿，故作镇定地出去，从冰箱里拿了一瓶水放到茶几上，借着看手机这一行为，低下了头，尽量不让今睚注意到自己此刻的样子。

"我在网上买了菜，一会儿送到了你接一下。"陈宜勉把手机放在了她面前，叩了叩桌子说，"听着点儿声音。我先去洗澡，一会儿吃饭。"

"好。"

陈宜勉边往卫生间里走边说："家里随便逛，我对你没有秘密。"

今睢赶人："你快去洗。"

陈宜勉走进卫生间了，闻言，往后退了一步，逗她："这么迫不及待啊？"

今睢不甘示弱地叫嚣："我饿！"

今睢以为陈宜勉买的是现成的菜肴，等物业人员把东西送上来后才知道，他买的是新鲜的蔬菜，还有肉、蛋和海鲜，以及单独装在一个打包袋里的粉色的拖鞋。

拖鞋是今睢的鞋码。

"浪费钱。"今睢把拖鞋上的标签拆了，换下脚上的两条"船"，嘟囔道。

"你常来就不浪费了。"

陈宜勉不知道什么时候洗完澡出来了，此刻换上了深灰色的家居服。

今睢扭头，佯装没听到这句话，指了指自己摆在料理台上的东西说："食材到了，要自己做饭吗？"

陈宜勉洗过澡，刮了胡子，整个人恢复了平日的样子，一身蓬勃的少年气。

"我第一次下厨，你有口福了。"陈宜勉说得理直气壮的。

今睢被吓了一跳，问："真的假的？"

"当然是假的。"陈宜勉弹了下她的额头道，"过来给我打下手。"

今睢应着，腹诽自己幸好是吃了饭才过来的，一会儿随便凑合一下，不要伤了他在厨艺上的自信心。

但很快，今睢便发现了，陈宜勉在骗她。

今睢看着他出神入化的刀工，井然有序的操作，对于火候的把控，以及颠勺的姿势，在心里暗暗决定，以后再也不要相信他了。

今睡没帮什么忙，餐桌上便摆齐了四菜一汤。

陈宜勉做的都是今睡爱吃的菜。

"出远门前吃一顿家里的饭，有个念想。"陈宜勉把碗筷放到她的跟前，提醒道，"时刻想着点儿我。"

今睡出国那天，陈宜勉没有来送她。

与李孝杰教授一起出国的，除了今睡，还有实验室里的一位男性研究生，今睡叫他"师兄"。

候机时，李孝杰问起两个学生的情况，听今睡说自己单身后，半开玩笑地把师兄介绍给她。今睡才二十岁，家里爱做媒的几个亲戚还没把主意打到她的身上，不过，今睡每年春节回老家吃饭时，都要听亲戚们给今渊朝说媒，也算有经验。

她有样学样，回导师："我夏天就出国了，暂时不考虑这个。"

李孝杰接话："这怕什么？现在国际航班这么方便，举办学术论坛时也有出差的名额，不要让外界因素成为束缚自己的枷锁。"

今睡只管笑，点到为止，没再说话。

李孝杰做完今睡的工作，又看向男生，鼓励道："你们两个接触接触。"

今睡在吃上很挑剔，来了M国后因为水土不服，一连几天没怎么吃东西，体重掉了五六斤，整个人看着蔫蔫的，清瘦了很多。

和今渊朝视频闲聊时，今睡不敢说真实的情况，只解释是手机的瘦脸模式导致的。

因为会议举办的时间跨了十二月和一月两个月，所以今年的新年今睡要在国外过了。

华国比M国的时间快十二个小时，迎接新年的时间自然不统一。

京市时间的零点，今睡正跟师兄、导师在高校的食堂里吃饭。经过这段时间的适应，今睡水土不服的症状缓解了不少，不再那么抵触吃东西了。

今睡算着国内的时间，给陈宜勉发了一条"新年快乐"的消息。

陈宜勉可能是在和朋友们唱歌跨年，也可能是开车去郊区爬山、拍日出了，估计在忙，没有回消息。

她想到那晚在陈宜勉的公寓吃饭时，陈宜勉问了她第二天几点的航班，又说自己那个时间要忙没法送她，让她在国外有事的话就给他打电话。

虽然远水解不了近渴，但他能帮着想想办法。

结果他现在连消息都不回。

陈宜勉的嘴，骗人的鬼。

今睡下午进实验室学习，不常看手机。等学习结束后拿到手机看了一眼，她发现陈宜勉仍然没回消息。

他这么久没回消息，做什么去了？

今睡突然想起了先前自己不回陈宜勉消息的事情，突然就理解了陈宜勉当时生气的心情。

今睡的心里空落落的，可能是因为过去陈宜勉从不会这么久不回她消息。

快十点的时候，今睡接到了陈宜勉打来的电话。

"抱歉，刚才在忙，才看手机。你在做什么？"

今睡不想暴露自己一直在等他回消息的事，遂说："准备去时代广场跨年。"

傍晚吃饭时，导师提了一嘴，让今睡和师兄这两个年轻人晚上去凑凑热闹，感受一下当地的文化。今睡没打算去，这会儿是话赶话说出来了。

陈宜勉没探究这件事情的真实性，只说："是吗？那记得拍照片给我看。"

可能是太久没见了，今睡觉得电话那头的陈宜勉有些陌生，过去那些相处的点点滴滴，仿佛都是虚假的幻影，历历在目，但抓不住。

"好。"今睡的情绪听上去有些失落。

若放在平时，陈宜勉会听出端倪，追问情况，但今天，陈宜勉并没有。

他那边有些乱，她不知道他在什么公共场合，他说："我先挂了，一会儿聊。"

今睢挂了电话在发呆，心想：一会儿，陈宜勉会不会给我打电话？

他的朋友真的很多，身边永远不缺热闹，今睢离开后空出来的位置，轻易地便能被别人补上。

想到这儿，今睢失落地垂下眸，卑微地列着自己之于陈宜勉，有哪些不可替代的吸引力。

不多时，师兄来问她要不要去时代广场，今睢本没想去的，但想到了陈宜勉让她拍照片的事情，便答应了。

时代广场上人山人海，晚上才过来的人，根本没办法挤进去。不过他们所在的位置很好，距离广场的中央虽然远了一些，但人少，他们活动自由，不拥挤，正对着时钟。

今睢记得给陈宜勉拍照片的事情，举起手机找了几个角度，拍了一张现场的照片，给陈宜勉发了过去。

但这条消息仿佛石沉大海……

陈宜勉又消失了。

过了一会儿，她搓了搓被冻红的手，把手机放回口袋里，张望着远处。

师兄跟她聊今天下午的实验、当地有趣的文化，说广场上很多人提前八个小时便穿着尿不湿来排队了。今睢听着，时不时应几句，却完全没听进去。

又等了一会儿，师兄说快要倒数了。

今睢借着拿手机看时间的机会，查看了一下微信里的未读消息，仍没看到陈宜勉的回复。

她正打算把手机放回口袋里，决定今天晚上不再看时，陈宜勉的电话打来了。

她本想等铃声响一会儿了再接的，但动作快于大脑的指令，下意识地将电话接通了。

今睢在心里疯狂地骂自己不争气，同时赌气般没有开口说话。

陈宜勉似乎没意识到她在闹脾气，语气里带着笑意道："原来我们斤斤有人陪啊。"

"什么？"今睢没听懂他在说什么。

"回头看一下。"

身后传来的声音与听筒里的声音重叠，一虚一实，来自同一个人。

今睢愣了一下，后知后觉地举着手机扭过头，眼底带着一丝茫然。看到了本该在华国的人此刻站在她的面前，她顿时瞪大双眼，喜不自禁。

他怎么来了？

陈宜勉张开双臂，让她看到了一个完整的他。风把他的大衣的下摆卷起，他站姿挺拔，颈间的深色围巾之上，是一张英俊的脸庞。

今睢在他张开双臂后，不自觉地小跑起来。

临近了，陈宜勉见她跑得不太稳，怕她摔倒，抬手扶了她的腰侧一下。

两人的动作太流畅，像是她朝着他的怀抱奔来，他及时拥抱住了她。

女孩儿秀气、白皙的下巴藏在围巾之下，衬得脸庞越发小巧了，鼻尖被冻得泛红。

他点到为止地"抱"了她一下，很快松开，说话时嗓音依旧很动听："瘦了。"

临近零点，远处的电子屏幕上跳着倒计时的数字，广场上的民众默契、有序地倒数着，迎接着新年的到来。

"3——"

"2——"

"1——"

还剩三个数时，人群中爆发出来的声音达到了最高。

陈宜勉在今睢满足而恬静的注视下，清晰地说："新年快乐，今睡。"

今睡觉得此刻无比快乐。她说:"新年快乐。"

有烟花在高空中绽放,漆黑、单调的夜幕多了五彩斑斓的痕迹。

"这位是……?"师兄慢了几步过来,闯入了两人的视线里。

今睡这才想起他。

陈宜勉看了一眼眼前戴着眼镜的瘦且高的男生,抬了抬眉,朝今睡望去。

今睡从陈宜勉的眼神中,看出了强烈的占有欲和敌意,主动解释道:"他是我的师兄。"

陈宜勉了然地一点头,眼底含笑,却让今睡十分心虚。他冲师兄一点头说:"师兄好,我特意飞来 M 国,陪斤斤跨年。"

师兄扶了扶眼镜,笑着说道:"特意飞过来的啊?挺辛苦的。"

陈宜勉:"没办法,女孩儿想要的仪式感,咱们男生要尽量满足。"

今睡:"……"

跨年的庆祝活动结束了,广场上的人渐渐散去,今睡一行人也返程了。

她问陈宜勉今晚住在哪里,得知他只是来陪她跨年,明早便要赶回国内时,顿时一阵心疼。

陈宜勉觑着她咬嘴唇的小动作,问:"我多留一天,你有时间陪我吗?"

今睡:"我可以请假。"

她想:只要我好好说明理由,李教授会批准的吧?

陈宜勉从今睡纠结的表情里看出了不确定性,无所谓地笑了笑说:"来日方长。"

陈宜勉没让她送,以明天白天她还有事为由,把她送回了住的地方,让她早点儿休息,看着她离开后就去了机场,搭上了回国的航班。

正如李教授预料的,一行人待到了一月中旬才正式回国。

"这一趟够辛苦的,你们回学校后倒倒时差,休息好了再来实验室里……"从机场出来，李孝杰正在跟自己的两个学生说话，但很快注意到了正前方站着的身姿挺拔的帅小伙。

帅小伙露着牙，冲李孝杰喊了一声："李教授好。"

今睡正低着头整理行李牌，闻言，猛地一抬头，确认来人正是陈宜勉。

他今天穿得板正、规矩，打底的衬衣上的纽扣规矩地系到了顶端，里头穿着毛衣，外面是一件深色的羽绒夹克，领子上毛茸茸的半圈毛，看着格外温暖。

"您可能还不认识我，我是今睡的……"他略一停顿，故意似的，说到这儿朝今睡看了一眼，轻轻地笑了笑，很快看回到李孝杰的身上，继续道，"暂时是朋友。我来接你们回学校。"

"……"今睡不知道陈宜勉在搞什么名堂。

她接住李孝杰投来的带着疑惑的目光，低声解释道："教授，坐他的车吧。您和师兄都累了，开车也辛苦。"

李孝杰点了点头，看向陈宜勉，和善地笑着说道："那就麻烦……"李孝杰还不知道他叫什么名字，不方便称呼他。

陈宜勉很有眼力见儿，接话道："陈宜勉。您喊我'宜勉'就行。"

陈宜勉安排李孝杰和师兄先上了车，并帮他们放好了行李，关后备厢的门的时候，今睡扯了扯他的袖子，低声问："你怎么来了？"

"宣示主权。"陈宜勉关上后备厢的门，抬手拨了一下她鬓边的碎刘海儿，说，"下次你的导师再给你介绍师兄或师弟时，你知道该怎么说了吧？"

"怎么说？"

陈宜勉"啧"了一声，恨铁不成钢地教她："你就说我正在追你，条件比我差的不考虑。"

"……"

已经坐到后座上的人见两人迟迟不上车，师兄下车，往后探了探头问："是不是箱子太重了，需要帮忙吗？"

今睡别开眼，陈宜勉却反手隔着衣服攥住了她的手腕，不让她躲。

"不重，比斤斤轻多了。"

"……"今睡怀疑自己少听了一个"的"字。

好好的话被陈宜勉回答得带上了挑衅的意味。

一路上，陈宜勉边开车，边陪李孝杰闲聊，没再阴阳怪气地跟师兄宣示主权。

车子直接开进了学校，停在实验楼前，今睡并没有下车。

师兄问："今睡，你不下来吗？"

今睡看了看陈宜勉，说："我还有点儿事情。"

师兄看了陈宜勉一眼，陈宜勉坦然地接受着他的打量，颇有胜利者的姿态。

等车门关上，李孝杰和师兄渐渐走远了，陈宜勉问她："要跟我说什么事？"

今睡抿了抿唇，说："我有礼物要送给你。"

礼物是一对情侣手链中的一条，牌子是 M 国当地的一个潮牌，说是手链，其实更像是一个运动手环，也叫鞋带手链，时尚百搭，很多明星戴过。

今睡承认，在时代广场上见到陈宜勉的那一刻，自己就被陈宜勉打动了。

所以，她那天在街上经过这家品牌店时，便鬼使神差地进去选了两条手链——一条白色的，一条黑色的，是新推出的情人节限定款。

今睡因心动作祟，买东西时非常干脆，但此刻，又开始不好意思了。

她应该提前排练一下的，如何把礼物拿给他，才会显得更自然，送礼物时该说些什么话。

陈宜勉明里暗里提醒过她很多次，他喜欢她，但她没有立即回答，错过了最佳的答应时机。她总觉得现在再说这些，有些不合适。

她希望一会儿陈宜勉看到手链后能懂。

她的心情很复杂，若要叙述成文字，简直是长篇大论，但在时间上来说，仅仅是这一瞬间的事情。

今睢说着，去随身的包里拿礼物。

不过，还没等今睢把东西拿出来，手机先振动了一下，孟芮婷发来了消息。今睢以为是实验室里的事情，结果看到她问："陈宜勉和陶菡的事情是不是真的啊？我之前还以为你和陈宜勉那什么呢……"

今睢愣住了，不知道这些话是什么意思，犹豫了一下，问："怎么了？"

"你不知道吗？哦，对，你这段时间可能没时间上网。"孟芮婷发完这条消息，给今睢发过来一条链接。

是一条微博。

"什么礼物？"陈宜勉盯着她，见她看手机时脸色不对，问，"怎么了？"

今睢点开链接，仓促地浏览了一遍，眼睫毛颤抖，眼下发烫，再怎么努力地伪装，脸上也挤不出笑容。

"今睢……今睢？"

陈宜勉说话的声音把她叫醒了，他凑近了一些，担忧地打量着她，问："你没事吧？"

今睢把手机屏幕朝自己这边藏了藏，按下锁屏键，轻轻地摇了摇头，往车门那边小幅度地挪着，下意识地拉开与陈宜勉之间的距离。

陈宜勉察觉了，微微蹙着眉头，面露不解之色。

"礼物忘记带了，我下次拿给你。"今睢飞快地说着，手已经推开了车门，"突然有点儿事，我需要先回去。"

陈宜勉跟下去，帮她拿行李箱。今睢只想离开这儿，说了声"谢谢"后，也没抬头看陈宜勉。

陈宜勉将手按在行李箱的拉杆上，逼迫今睢看向自己，才说："如果有事，就给我打电话。"

"好。"今睢没停留，扭头就走。

陈宜勉望着她失魂落魄的背影，不放心，但因为她不想说，便没立马喊住她追问。

今睡故作镇定地离开了陈宜勉的视野范围，才拿出手机重新看微博上的内容。

她用小号关注了陈宜勉的微博账号，所以知道前段时间他的粉丝只有一万多，但现在，已经破了十万大关。

他最新的那条微博是十二月中旬发的，发的是在天津拍的一些日常照片。

今睡很快发现了这条微博的转赞数和评论数，是上一条微博的几倍，怀着好奇心点开了评论详情。

最早的几条评论已经被冲掉，热度很高的几条大多在感慨"小哥哥好帅啊""不愧是学导演的，拍的照片好好看"以及"图5中披着羽绒外套、抱着暖水袋的女生是陶菡吗？原来他们在一起工作啊，好甜啊"。

今睡："……"

今睡重新看微博的内容，注意力放在了图5上。

这张照片拍的是陈宜勉坐在摄像机后面，拿着剧本跟人讲戏的画面。照片被加了滤镜，调成了黑白色，看着格外有氛围感。

画面中有很多人，有男有女，陈宜勉在跟一个男生说话，一只手拿着剧本，一只手悬在空中，似乎在比画着什么。因为那条评论，今睡注意到了站在角落里的陶菡。

陶菡只是无意间入镜的，焦对在陈宜勉和那个男生的身上，她甚至被虚化了，侧脸都看不全……

但在那条评论的提醒下，评论区里有很多粉丝在聊陶菡，甚至催两人多秀秀恩爱，带货、接拍广告都行，粉丝愿意被他们"薅羊毛"。

今睡从来没听陈宜勉提过这些……

不过，今睡在路上时情绪再复杂，到家后也立马没心思想这些事情了。

今睡到家时，深吸了一口气，让自己平静下来。

"我回来啦。"今睡在玄关处换鞋，看到鞋柜旁边有一双红底高跟鞋，扬声问，"是有客人来家里吗？"

前段时间，家里的亲戚给今渊朝介绍了一个对象，是个护士。她当警察的丈夫在执行任务时去世了，她便一直没再嫁人，有一个比今睬小八岁的儿子。阿姨很随和、本分，还在读初中的弟弟虽处在叛逆的年龄段，但非常懂事，从他说话、做事的方式，能看出他是一个很有教养和正义感的孩子。

今睬对这对母子印象很好。

因为她马上要出国了，一走两年，就算其间时常回来，但很多事情做起来也是不方便的。

她担心今渊朝一个人孤单，便对这件事情很上心。有她的助攻，今渊朝和那个阿姨相处得确实很愉快。

所以此刻，她以为来家里的人是那位阿姨，询问的语气非常欢快。

不料，等她换好拖鞋，走了几步看清客厅里的人时，脸色僵了僵。

"斤斤回来了？"来人是陶苣萍。

她穿着墨绿色的连衣裙，妆容精致，头发黑亮、浓密，脸上寻不见一丝细纹。她整个人端庄、有气质，但与这里格格不入。

所以，她的眼底虽然带着笑，但由于过于精打细算，她的眼神看上去有些精明与刻薄的意味。

陶苣萍此刻笑吟吟地对今睬说："我正在跟你爸说，帮你移民去 M 国的事情。"

今睬的视线从陶苣萍放在一旁的，比这间公寓还要贵几倍的大牌包上移开，今睬强调道："我之前已经拒绝过了。"

上次她赴陶苣萍那场仓促而令她失望的约时，陶苣萍说的便是这件事情。

陶苣萍执意如此道："你还小，不知道这样做的优势，让你爸爸来决定。"

今睬脸色铁青，恨不得没教养地把陶苣萍轰出去，但考虑今渊朝在场，便忍了忍说："我的事情，我自己决定。你和他说也没用。"

她看向一旁皱着眉沉思的今渊朝，说："我突然想起来有东西落在车上了，回去取一下。爸，你聊一会儿就把客人送走吧，客人的时间挺宝贵的，不能浪费在说废话上。"

今睡说完，不管两人的反应，扭头出了门。

她靠在门板上，沉重地喘息着，努力让自己平静下来。

她这个状态是不能回去见陈宜勉的，刚才说的话不过是摔门而去的借口。

她在门口冷静下来，看着脚上没顾上换的室内拖鞋，考虑自己这会儿能去哪里待一会儿。

恰巧郄浩宇回来了，站在两层楼间的平台上，仰着头看到了今睡一脸苦恼的样子，随即笑了，问她："又没带钥匙？"

今睡摊了摊手说："跟我爸吵架被赶出来了，我能去你家里坐一会儿吗？"

郄浩宇打开房门，路西法摇着尾巴迎出来。他摸了摸狗的头，让开路示意今睡进来，道："不用换鞋。"

今睡不好意思地笑了笑说："打扰了。"

郄浩宇家的户型与她家的一样，但设计、装潢上要讲究很多，而且他的家里有很多建筑模型。今睡一进客厅便看见了靠在影视墙上的相框。

这就是先前今睡帮陈嘉俊拼过的那个模型建筑的设计图纸，白色的纸，黑色的线条，装裱在相框里时没有多余的装饰，但确实是这个客厅里最显眼的物品。

今睡突然想起，陈宜勉严肃地提醒过她，要提防郄浩宇。

不过她还没被推到悬崖边上，即使被警告悬崖危险，也很难清晰地感受那种畏惧的情绪。

郄浩宇给她倒了一杯水，出来时看到今睡和路西法相处得还挺和谐，道："它很喜欢你。"

今睡说了句"谢谢"，看看路西法，莞尔道："我很有宠物缘。"

郄浩宇坐在旁边的单人沙发上，跟今睡聊了起来："留学的事情准备得怎么样了？"

"还挺顺利的。"

郄浩宇不会让气氛冷却，也不会让今睢觉得聊天的内容很无聊。

不一会儿，今睢的情绪舒缓了很多。

郄浩宇去给路西法倒狗粮时，今睢拿起手机看了一眼时间，打算给今渊朝发消息问问陶茞萍走了没有。

她这才看到陈宜勉发来的消息，他说自己到学校了，问她事情解决了没有。

今睢不想他担心，没说具体的事情，只回："我爸在处理。"

陈宜勉没回消息，而是直接打了电话过来。

"现在在做什么？"他问。

今睢撒谎："在喝水，准备睡一会儿。"

陈宜勉说："醒来后给我打电话，带你去吃饭。"

今睢委婉地拒绝道："我想在家里陪陪我爸。"

陈宜勉说："那周末怎么样？"

"再说吧。要准备出国的事情，这半年可能会比较忙。"

陈宜勉这会儿还没意识到事情的严重性，说："行吧。我是个成年人了，会学着自己照顾自己，一个人也会好好吃饭。"

今睢抿着唇，佯装没听到他的玩笑话，自顾自地道："先不说了，我收拾一下东西，就要睡觉了。"

今睢挂了电话，盯着暗下去的手机屏幕，心情又变得低落起来。

郄浩宇喂完狗回来，重新坐下，语气如常地问："宜勉是在追你吧？"

今睢愣了一下，没想到他会突然问这个，茫然地抬眼，疑惑地"啊"了一声。

尽管在今睢的面前保持着一副随性的姿态，但事实上，陈宜勉这段时间过得并不轻松。

陈康清让他回去接手公司的决心越发强烈了，他去 M 国陪今睢跨年的那天，因为这件事情和陈康清大吵一架。

当时从家里出来后，他站在人来人往的街上，心里是前所未有的迷茫。朋友们在群里讨论着今晚跨年有什么活动，也有人问陈宜勉有什么想法。

这一刻，他却觉得十分孤独。

陈宜勉想约今睢出来吃饭，随便吃什么都好，她吃东西时很享受，看她吃东西也是一件很享受的事情，好像人生的快乐不过一日三餐。

但他拿出手机时才想到，今睢去国外了。

陈宜勉去了两人曾经去过的一家餐厅，点了上一次来时，今睢说好吃的那几道菜。

但菜上来后，陈宜勉拿起筷子尝了几口，只觉得也没有多好吃。

也怪他自己心情不好，导致没有胃口。

他本来打算起身走，但想到如果今睢在场，一定会说他浪费食物，所以他坐了回去，又吃了一些，才招呼服务生过来打包。

等待服务生装盒打包的时候，陈宜勉在手机软件上订了最近一班飞往 M 国的航班。他把打包好的食物给了路边的流浪狗，随后直奔机场。

很神奇，陈宜勉一想到要去见她，心便渐渐安定下来了。

但他和陈康清的矛盾一直在，短暂的逃避并不能解决问题，甚至在这个年初，矛盾变得越来越激烈。

从 M 国回来后，今睢总借口忙，拒绝陈宜勉的邀约。

陈宜勉在与陈康清的交锋中身心俱疲，也怕自己的负面情绪影响她。

加上马上要过年了，今睢说自己回了老家，被安排给亲戚家的表弟补课，很少看手机，所以两人连聊天都少了。

陈宜勉觉得今睢在躲着他，但翻了翻两人近来的聊天记录，好像她和以前没什么区别，只是更忙了而已。

陈宜勉知道她对自己要求高，跟那些出国镀金的留学生不一样，她是抱着做研究的态度出国的。所以陈宜勉也就没多想，两人不见面的日子，他便搜罗全城的美食一样样地给她送去。虽然两人交流少了，但他对她的关心并没少。

不知不觉就到了陈宜勉的母亲温苓的忌日。

陈宜勉自打从 M 国回来后便一直没回过家，没和陈康清见过面，这天在墓园里，父子俩碰上了。

跟电视剧里每到墓地剧情必有阴雨的设定不一样，这天阳光很好。也是，温苓喜欢晴天，喜欢一切温暖、炙热的美好事物。

陈宜勉带了温苓爱喝的酒，绕着坟冢倒了一圈，冲她的照片笑了笑。

温苓是个很有才情的人，不只局限在她所热爱的建筑设计领域，她对生活也有自己的态度。

关于自己与温苓的事情，陈宜勉其实不记得几件。她去世时他还很小，这些年翻看着她留下的专业笔记和生活旧物，靠着自己在导演专业上领悟到的叙事技巧，不自觉地还原着她活着时的画面。

所以真真假假，他连自己一起欺骗着，骗到最后便分辨不清了。

是真还是假好像也不重要，不是吗？

不管是真还是假，如果他能靠这份寄托健康快乐地成长，便是有意义的。

陈宜勉正在跟温苓讲自己遇到了一个女孩儿，很喜欢，想下次带给她看看，便遥遥地看见了陈康清从远处的石级上下来。

陈康清每每出行便有车接送，缺乏运动，从墓园门口到这里没有多远，他便累得微微喘着粗气了。

可能是因为在温苓的墓前，所以父子俩难得地没有吵架。

这天，父子俩心平气和地聊了很久，陈康清说起和温苓在一起时，他只是一个穷小子，但能力还是有的，没过几年便事业有成，人也跟着忙了起来。

温苓也忙，但她不会让工作霸占本该属于家庭的时间。她在这方面对自己、对陈康清有着很清晰的要求，再忙每天也要一起吃一顿饭，每周要约会，每个月要互相送一次礼物，每半年要一起旅行一次。

她需要很多仪式感，来充实自己的生活。

陈康清那时候事业刚起步，急于用工作上的成就向温苓和温苓的家人证明自己，所以他在事业与温苓要求的生活品质间极其力不从心。

两人为此争吵过。

但陈康清深爱着这个要强又温柔的女人，每次都妥协了。

温苓出事那天的早晨，两人因为很小的一件事情拌了几句嘴。陈康清着急出门，特意推掉了晚上的出差行程，订了餐厅和鲜花，要陪温苓吃晚饭，并给她道歉。

结果比晚饭更先到来的，是医生打来的电话。

温苓去世后，陈康清过得并不好。他因为自己没能多陪陪她而感到愧疚，因为自己那天跟她吵架而感到愧疚——虽然这与温苓的去世没有关系，但成了陈康清心中的遗憾。

公司发展得越成功，这份遗憾的分量便越重。

郗斓过去是陈康清的秘书，为家庭放弃了事业，结果与家人争吵不断，还被丈夫殴打。

温苓去世两年后，陈康清与离了婚的郗斓在职场上重逢了。郗斓当时开了一家小公司，已有起色，陈康清看重她的个人能力，也念着过去共事的情谊，帮了她一些忙，一来二去两人便熟悉了。

郗斓是一个心狠且有能力的人。她的存在很快填补了陈康清在感情上的缺失。

关于他们的关系，陈宜勉没点评什么。

但陈康清的坦诚让陈宜勉渐渐理解了父亲。

所以，从墓园回来后的某一天，陈康清说要与陈宜勉一起吃饭时，陈宜勉没多想便答应了。

他并不知道，这就是鸿门宴。

同一天，郗浩宇把今�约到了同一家餐厅里。

今睻微笑着对帮自己摆好餐具的服务生说"谢谢"，等对方离开后，才看向对面的郗浩宇，问："怎么突然请我来这里吃饭？"

自打那天在郄浩宇家里与他聊了一会儿天儿后，今睡觉得自己想通了陈宜勉说的那些话。其实人性是很脆弱的，不要试图用考验得出孰是孰非的结论，真诚相处，将心比心，能更轻松、自在一些。

就像自己和陈宜勉的关系，她也不想去验证什么。

因为网上昙花一现、很快便被娱乐圈里更大的话题盖过去的花边消息，今睡重新审视了自己与陈宜勉的关系，而她想到的解决办法，往好听了说是顺其自然，说得真实一点儿，便是当起了鸵鸟。

反倒是她和郄浩宇的关系越来越亲近了。

毕竟除了陈宜勉的那番叮嘱，今睡没在郄浩宇的身上感受到一丝一毫的危险气息，所以很难理解陈宜勉的提醒。

"有一件事情需要你帮忙。"

今睡自然不会拒绝，于是说道："好啊，我很乐意帮忙。是什么事情？"

郄浩宇的笑容很有亲和力，让人不自觉地放松下来。他说："先点菜，一会儿再说。"

今睡开玩笑般道："我突然开始怀疑自己的能力，我别帮了倒忙。"

郄浩宇赞许地望着她说："很小的一件事情，只有你能完成。"

今睡耸了耸肩说："既然你这么信任我，那我就没压力了，可以放心地享用美食啦。"

两人坐在大堂里就餐，店里客人不多，舒缓的音乐声让客人放松，餐厅里的环境十分舒适。

他们吃到一半的时候，有两个女生经过，说话声传到了今睡的耳朵里。

"刚才我没认错吧，那是陈宜勉和陶菡吗？"

"我也看见了，我看与他们在一起的还有长辈，他们是见家长了吗？"

"……"

再多的话今睡就听不见了。

她从面前的甜品上移开视线，状似不经意地朝两个女生看了一眼。

她们身材很好，脸庞漂亮，今睚猜她们是戏剧学院的学生。

今睚又朝两个女生过来的方向看了一眼，没有看到陈宜勉和陶菡。

郤浩宇俨然没听到刚才那两个女生的对话，一脸不解地看着今睚问："怎么了？"

他想了想，又自顾自地问："是要去卫生间吗？"

今睚知道自己不可能装作无事发生，继续在这儿坐着，便顺着郤浩宇的话，点了点头说："我去一下卫生间。"

今睚不知道卫生间在哪儿，就近问了问服务生，朝着那个方向过去了。

卫生间在二楼，包间也在二楼。

今睚琢磨着刚才那两个女生的对话，到了二楼后走得很慢。有服务生推着餐车给包间里的客人上菜，今睚正好碰上，在服务生敲了敲临近的包间的门，推门进去时，今睚不经意地侧过头看了过去。

包间的门开着，从今睚所在的位置看过去，围坐在圆桌旁的客人一目了然。

她看到了陈宜勉，看到了陶菡，也看到了陈康清、郤澜，以及陶芷萍。陶芷萍和陶菡在说话，跟陈康清也有互动，郤澜笑着，时不时地应几句。

看大家的表情，她觉得这是一场很愉快的家宴。

不过，陈宜勉低着头在玩手机，看不见他的表情。

今睚不知道自己此刻是什么心情，手脚冰冷，浑身僵硬，猜测了无数种可能。

她根本不知道自己是如何离开这里的。

回到大堂里，今睚看向郤浩宇，顾不上整理表情，只说："不好意思，郤教授，我突然身体不舒服，想要先回家。"

郤浩宇看着她的脸色，没多想，跟着起身道："我送你。"见今睚怕麻烦他，要拒绝，他补充了一句，"你现在的脸色看着不太好，让你自己回去我也无法放心。正好我也要回家，一起回去吧。"

"好。"今睚没再拒绝。

一路上，郄浩宇没有追问她的情况，只说"休息一会儿，如果还不舒服，要记得去医院"。

今睢应着，道了谢，进了家门。

今睢是真的病了，连着一周没有去实验室。

孟芮婷担心她，不顾她的糊弄，来家里看她。

孟芮婷来的时候今渊朝没在家，两个女生靠在榻榻米上，肩膀挨着肩膀，互相依偎着。

孟芮婷说："陈宜勉来实验室里找过你，还说你不接他的电话。怎么了？你们闹矛盾了吗？"

今睢听到这个人名后，已经被调整好的情绪再度崩溃了。

孟芮婷认识今睢两年了，与她相处的时间也很多，对她的性格和事情多少有一些了解，见她的反应，小心翼翼地问："你喜欢他？"

今睢点点头。

孟芮婷微微瞪圆了眼，不过很快收敛了诧异的神色，让自己平静下来，问："那他知道吗？"

"不知道。"

孟芮婷想说，喜欢一个人怎么可能瞒得住？这就像人坐在火炉旁边，肯定能感受到炉子里的温度一样。

"可他明明在追我，"今睢很艰难地说，"却还跟别人纠缠不清。是我这么不值得被喜欢，还是他的喜欢就这样廉价，他连专一都做不到？"

"不是的。"孟芮婷捧着今睢的脸，帮她抹眼泪，说，"你这么好，是他配不上你。"

孟芮婷消化着这个消息，脑筋飞快地转着，尽可能地想办法安慰今睢。

今睢趴在孟芮婷的怀里，抽泣着，埋怨自己："我为什么要喜欢上陈宜勉啊？好累……"

大哭了一场后，今睢便消化了这些颓废的、自我怀疑的负面情绪。除了孟芮婷，实验室里的人都不知道，她连着请了一个星期的假是因为什么，只当她是家里有事情。

陈宜勉又来找过今睡几次，今睡躲着他不想见他，孟芮娉便替她一次次地用各种理由回绝了陈宜勉。

这样的状态，一直持续到春天结束。

今睡的生日要到了。

薛媛主演的那部古装偶像剧的热度渐渐消退了，薛媛的讨论度也下去了，而因作为薛媛的好友被关注的陈宜勉和陶菡，也渐渐被大家遗忘了。

五月底的时候，一篇来自商业圈的报道，将陈宜勉和陶菡再度推上了话题榜。

两大集团强强联手，开拓新的商业版图，在商业圈引发了不小的变动，紧接着传出了两大集团的掌权者的子女联姻的好消息。

"这俩人的家里这么有实力吗？是我格局小了。"

"门当户对。谁不说一句'般配'啊？"

"以前只当是青春校园剧，没想到这竟然是豪门小说。"

陈宜勉被陈康清设计的那场鸿门宴，恶心得一个人去新疆待了一个月。这天他回宿舍了，刚进门，便挨了一拳。

他摸了摸嘴角，瞪眼问："陆仁，你犯什么病？"

陆仁还想打第二拳，拳头紧紧地攥着在发抖，心里的火迟迟不消，问陈宜勉："你不打算解释一下吗？网上都吵翻天了，你真的以为今睡不上网？"

"网上吵什么？"

陆仁疑惑地问陈宜勉："你不知道吗？"随即，抽起桌上的平板电脑，摔在他的身上，大声说道，"你自己看。"

口腔内壁磕在牙齿上，应该是流血了，火辣辣地疼，陈宜勉朝脚边的垃圾桶内吐了一口血沫，拿起平板电脑看。

他越往下看，眉头蹙得越紧。

陈宜勉把平板电脑还给陆仁，扭头出了门。

陆仁恨自己这一拳没有早点儿把陈宜勉揍醒。

他把平板电脑拿起来，准备退出时，点到了"刷新"，看到了刚才冲出去的这位哥，更新了一条微博动态："假的，别瞎传了。女朋友会闹。"

关于他因为薛媛的爆红而被曝光隐私的事情，陈宜勉知道。正是因为如此，陈宜勉便不再更新微博动态了，加上这段时间事情多，他便没上网。他是真的不知道近来网上发生的事情。

但到了现在这个阶段，陈宜勉的回应根本于事无补，整件事情已经从陈宜勉和陶菡两个人的事情，变成了两个家庭的事情，庆阳集团和盛平集团的合作是板上钉钉的。

因为今睢马上要出国了，所以孟芮娉对她今年的生日格外重视，早早地便做好了计划。

接到陈宜勉的电话时，今睢正在浏览孟芮娉为她的生日安排制作的十八页演示文稿。

她听见手机响，随手接起："喂。"

"我的礼物呢？"

这是今睢熟悉的声音。

今睢脸上的笑僵住了，她拿低手机，看到了屏幕上显示的来电人的备注名。

她将听筒拿近了一些，没说话。

陈宜勉："我现在在实验楼的楼下，如果你不下来，我就上去了。"

"我的实验还没做完。"今睢下意识地拒绝了他。

陈宜勉看了网上的消息，便知道了这段时间今睢的性情变得古怪的原因，原来不是他的错觉。

既然知道了原因，他便不会让这事一错再错下去。

"不耽误你太多时间，麻烦你把答应送给我的礼物拿给我。"陈宜勉说道。

今睢："……"

孟芮娉见今睚表情沉重地挂断了电话，问："陈宜勉吗？"

今睚点点头说："他在楼下。"

孟芮娉如临大敌，陡然坐直说："我下去把他赶走。"

今睚摇摇头说："我下去吧。有些事情总要说清楚的。"

今睚要下楼时为难了，要给陈宜勉带礼物，可是能给他什么呢？她在实验室里扫视了一圈，总不能抱着一盆多肉植物下去吧？

她想了想，想出了一个非常不礼貌的做法。她拿出手机叫了一个跑腿小哥，在大学城的商场门店买了一个打火机。

订单很快被接单，显示十五分钟后送达。

今睚这才下楼，去见陈宜勉。

陈宜勉的嘴角带着伤，左侧的脸颊微微肿着。

今睚下楼时酝酿了开场白，但在看到陈宜勉的一瞬间全忘了。她紧张地看着他问："你的脸怎么了？"

陈宜勉垂眸，抬手碰了碰嘴角说："没事。"

今睚不放心，说："你等我一下。"她扭头要回楼上拿冰袋，走了两步，想了想，回头对陈宜勉说，"你也上来吧，先处理一下伤。"

陈宜勉"嗯"了一声，没拒绝，也没多说什么，跟着今睚进了实验楼。

两人一前一后地上了楼，没有交谈。

今睚让陈宜勉坐到自己的位子上，然后去对面实验室的冰箱里拿冰袋。

孟芮娉看着今睚回来又出去，再看看被留在位子上、脸上受了伤的陈宜勉，暗暗叹了一口气，想：今睚这么猛吗？失恋了会揍人？

她是该说陈宜勉太老实，还是该说他对女生太纵容了？

她看陈宜勉心情复杂，在陈宜勉冷冰冰的目光扫视过来时，心中一颤，麻溜地起身跟上今睚的脚步出去了。

"什么情况？"孟芮娉守在冰箱旁，看今睚从冷柜里拿冰袋。

"一会儿再跟你说。"今睚问，"你知道碘伏放在哪儿吗？"

孟芮娉指了指旁边，回答道："那边的柜子里。"

今睢取了东西，对孟芮娉说："我先过去了。"

看着今睢坚强的模样，孟芮娉心疼地点点头，自觉地给两人腾出沟通的空间，没有跟过去。

陈宜勉看着今睢回来，把拿在手里的笔记本放回桌上。

今睢淡淡地看了一眼那本笔记本，是她的化学笔记，里面没什么秘密。她收回视线后把手里的东西递给他。

冰袋、碘伏。

陈宜勉看了一眼，只接过了冰袋。

今睢见他没有继续拿东西的动作，也没硬塞，把手里的碘伏往桌子上一放，然后拿过书立旁的镜子，竖在陈宜勉的面前，用行动无声地示意他：你自己来，我不会管你。

陈宜勉觉得涂不涂这碘伏都无所谓，但看着今睢把东西都拿来了，知道自己不涂，她肯定不舒服，便没故意和她作对。

瓶子里是碘伏棉球，瓶子的外壳上挂着塑料夹子，使用起来很方便。

陈宜勉对着镜子，简单弄了一下便算完事了。

今睢坐在旁边的椅子上，看着陈宜勉敷衍的动作，忍着没吭声。

今睢的手机一振，她低头看了一眼，孟芮娉发来了消息。

孟芮娉将陈宜勉半个小时前发的那条微博的内容截了图，发给今睢看。

这边，陈宜勉也开口说话了："关于网上的事情……我没意识到会变得这样恶劣。我已经联系朋友撤热度了，但因为牵扯着两家公司，处理起来没那么容易，但你要相信我，我能处理好。"

陈宜勉强调道："我和陶菡清清白白，只是朋友。"

今睢垂眸，不看他。她其实不擅长与人发生争执，半晌后才说："你们熟到两家人坐在一起吃饭吗？"

陈宜勉诧异地道："你怎么知道？"

"不巧撞见了。"今睢冷静地回答道。

陈宜勉说："我是被我爸骗去的，而且我只是坐了一会儿便走了。"

今睡摇摇头说："不重要了。关于你们的关系是亲密还是疏远，都不重要了。"

"这很重要。"陈宜勉顿了下，问，"你是怀疑我对你告白的真心吗？"

"我没有怀疑，可我会很在意。陈宜勉，我很在意你是不是对其他的女生也像对我这样好。"今睡垂着眸，说完才从手机上移开视线，直直地看向陈宜勉。

陈宜勉被她这样的眼神看得心里一紧，微微张开嘴说："不是……"

但这干巴巴的两个字，显得非常没有说服力。

别人对他的评价根深蒂固，虽然今睡平时不觉得有什么，但当遇到事情六神无主，缺乏安全感的时候，这份对他的怀疑或者说自我怀疑，便成了致命一击。

今睡低声说："对不起，我太贪心了，我想要的是你全部的爱。"

今睡的手机响了，这次是电话铃声。来电显示是本地的陌生号码，应该是跑腿小哥打来的电话。

今睡接起电话后，得知对方已经到了校门口，便给对方说了来实验室的路线，麻烦他把东西送过来。

她等了一会儿，跑腿小哥的电话又打过来了，他说自己到了。

今睡听见说话声是从走廊里传来的，立即出去签收了订单。

今睡没避着陈宜勉，当着他的面把被包得严严实实的纸袋拆开，取出里面的盒子，确定是自己挑的那款打火机后，将其转手递给了陈宜勉。

"这是答应给你的礼物。"她说。

纸袋上挂着的订单上，显示着买家下单的店名和时间。

陈宜勉垂眸看见了，沉默片刻后将打火机接下，说道："谢谢。"

陈宜勉觉得，今睡先前要送给他的礼物不是这个。

今睡在他低头看打火机的时候说："我还有事，就不送你下楼了。"

陈宜勉知道自己死缠烂打地留下，对她而言是困扰，点了点头，机械地抬步，走出两步后又顿住了。马上就要到今睢的生日了，他赶在这个时间回来，便是因为这个。

但现在，他是没办法陪她过生日了。

"提前祝你生日快乐，"陈宜勉头也没回，顿了下，继续说，"学业顺利，接下来的每一个重要的日子都快乐，人生的每一个阶段都顺利。"

今睢："谢谢，你也是。"

隔天，陈宜勉确实没有再来找今睢。

今睢按照那十八页演示文稿里的安排，过了一个愉快而轻松的生日。

自那天见面后，陈宜勉仿佛失踪了，没再出现在今睢的生活中，今睢也没有主动去联系过他。

又过了一个月，今睢临出国前收拾东西，看到有几个胶卷没有洗，便挑了一个不忙的日子，在实验室里自己洗照片。

她轻车熟路，整个过程很顺利。

直到她看见了一张不是她拍摄的照片——这张照片拍的是一张电影分镜的手稿，白色的纸，上面有由黑线打出的几个框，框里用铅笔勾勒出了一个连贯的场景。

准确地说，是告白的场景。

是一个男孩儿对一个女孩儿告白的场景。

画面中，女孩儿有着狐狸耳朵，穿着裙子；男生有着狼耳朵，穿西装、打领带，手里拿着花。

男生给女生准备惊喜。

女生的脸上洋溢着幸福的微笑。

男生的头顶上有一个气泡，里面有文字：做我的女朋友好不好？

最后一个框是空白的。今睢猜想，按照正常的、合理的剧情发展，这里男女生应该拥抱在一起，周围被粉色的泡泡环绕。

白纸的右下角，留着创作者的名字。

——cr. 陈宜勉

这张照片是陈宜勉拍的，是陈宜勉用那部他送给她的照相机拍下的第一张照片。

因为这张照片，今睢在冲动之下主动给陈宜勉发了消息："我还能去欵壹洗照片吗？"

陈宜勉回："什么时间？"

今睢："今天可以吗？"

陈宜勉："现在在哪儿？"

今睢："在学校。"

陈宜勉："原地等着。"

今睢老实地在原地等着他来接，心想：是应该好好和他告个别。

今睢收到陈宜勉发来的短信后才出发，在校门口看到陈宜勉倚在摩托车上抽烟。他穿着黑色的牛仔外套，斜摆着的大长腿笔直、修长，让人挪不开视线。

今睢停在远处，连着深呼吸了几次，让自己的神情变得轻松一些，不想让他们连这次见面都是带着遗憾的。

她小跑着过去，没着急上车，而是说道："等久了吧？这个给你。"

陈宜勉闻声看过去，是个糯米糍雪糕，香草口味的。

今睢仰头看他，小声地炫耀道："从实验室的冰箱里拿的，最后一个，被我抢来了。"

陈宜勉接过问："你没吃？"

今睢微微一笑道："麻烦你跑一趟，这是谢礼。"

陈宜勉撕开包装，把冒着冷气的雪糕往外推了推，自个儿没吃，送到了今睢的嘴里。

今睢刚才自觉地取了头盔，正在扣下巴处的锁扣，猝不及防地被陈宜勉投喂了。她咬着绵软的雪糕，眨了眨眼，听见陈宜勉沉声说："自己拿着。"

今睢去拿雪糕。

陈宜勉则腾出手来，帮她把没扣好的头盔整理好。

卡扣子的时候，他的手指碰到了她的下巴。她的皮肤是软的，他的指腹是滚烫的。

两人默契地没有聊过去的事情，也没有聊未来的事情。

陈宜勉靠在车边等今睢吃完。她跟仓鼠似的，嚼东西时嘴巴闭着，两颊一鼓一鼓，吃得很慢、很专注。

他隐隐担心，这丫头嘴这么挑，等去了国外不习惯当地的饮食可怎么办？

"吃完了。"今睢把包装纸叠好，收到挎包的夹层里。

陈宜勉"嗯"了一声，先一步跨上车，戴着头盔等今睢坐好。

今睢自觉地将手环到他的腰侧，比以往任何时候抱得都紧。

陈宜勉垂眸看了一眼，喉结上下一滚。

摩托车飞驰而去。

摩托车直接停在了欻壹的楼下，今睢刚下车，就听到有人喊了一嗓子："勉哥、勉爷、勉爹，您可算回来了！我连输两把了，抽屉里的钱都快被他们赢光了，不要替你打了。"

今睢闻声望去，是个十七八岁的男孩儿，穿着白色的卫衣，个子比陈宜勉矮些，微胖，看着体形有些壮。

对方是听见摩托车的声音后，才出来找陈宜勉的，冷不防瞧见一个小美女从陈宜勉的车上下来，愣了一下。

陈宜勉笑了一声，回了一句"真有出息"，把车把上挂着的外卖小龙虾递过去说："多吃点儿，补补脑。"

然后，陈宜勉看向今睢道："你先上去，东西随便用。"

"那你忙。"今睢冲旁边抱着小龙虾外卖袋的男孩儿笑了笑，提醒道："身上沾上油了。"

今睢在小男孩儿"救命，我再也不要穿白衣服了"的哀号声中，往楼梯上走去。

今睢到了二楼，才松了一口气，伪装出来的轻松、自在的神情尽数消失。她开门时朝楼下看了看，陈宜勉和穿着白色卫衣的男孩儿边说话边往屋里走，没管她。

就好像他确实以为她只是来洗照片的。

今睢从暗房里出来时，陈宜勉在外面的沙发上坐着。他在玩手机，不知道坐了多久。

他抬头看了今睢一眼，问："洗完了？"

"还没有。"今睢说。

陈宜勉见今睢的情绪有点儿低落，以为她是累着了，从旁边的小冰箱里拿了一盒酸奶给她，问她："饿了吗？"

今睢接酸奶时，看到了陈宜勉右手小臂处的文身，摇了摇头说："你刚才在楼下打麻将？"

陈宜勉轻轻地"嗯"了一声，问她："想玩？"

今睢摇了摇头，喝了一口酸奶。

过了一会儿，她突然喊他："陈宜勉。"

陈宜勉正在点外卖，随口应了一声，直到听见了今睢接下来说的话，才不解地抬起了头。

"帮我文个文身吧。"今睢说。

陈宜勉垂眸打量了她一眼，问："想文在哪儿？"

今睢沉默片刻后，说了一个位置。

陈宜勉冷着脸，斩钉截铁地回："不帮。"

今睢撇了撇嘴，把酸奶盒丢掉，说："那我找钟哥帮忙。"

陈宜勉："他敢！"

今睢望着他，认真地说："那你来。"

陈宜勉："今睢，你别招我。"

陈宜勉倒是想今睢多招他，但凡事有界限。她要出国，两年虽然不长，但也不短，遇到什么人，动点儿什么心思太正常了。他认识她，不过也才两年时间。

有些事不该他来做，但他更不想让别人来做。

在她的胸口给她文身这事，今睢只提了这么一次。陈宜勉本来也是听听就过，没动什么心思，但近期发生了一件事情，让他改变了想法。

那天他回宿舍后，一进门便闻到了满屋的酒气。

"什么情况？划一根火柴，这屋里能立马着火。"连陈宜勉都没意识到，自己已经潜移默化地被今睡影响了。

陆仁刚才去开窗户了，从阳台上回来后，朝某一张床上指了指说："被女朋友背叛了。"

接下来陈宜勉没问，陆仁主动说道："他和他的女朋友恋爱长跑七年，当年学校里的老师为他们的事情请过家长，但两家人很聊得来，这几年更是把俩孩子的婚事定了，让他们一毕业就结婚。不料，出现了这种情况……跨国恋难捱啊。"

陈宜勉："……"

失恋了的室友下楼去跑步，陆仁也出去了，窗户开着通了会儿风，屋里的酒气渐渐散了。

陈宜勉靠在椅子上，手臂搭在桌面上，正在发呆。过了一会儿，他自我嫌弃地舒了一口气，屈着手指，在桌面上叩了叩，捡起一根铅笔，拿出绘画本，翻开新的一页铺好。

被削尖的铅笔在白纸上悬了一笔，下落起笔，勾出流畅的线条。

今睡要乘坐八月十日的航班飞往 M 国，日子越临近，离别的气息越浓。他们虽然不说，但感受是强烈的。

实验室里与今睡相熟的师兄师姐订了餐厅，给今睡饯行。

前一天下了点儿雨，傍晚，街道上湿漉漉的，云压得很低，说不准什么时候便又会下雨。

今睡在大家热闹的祝福声中，接到了陈宜勉打来的电话。

陈宜勉问她："还想文身吗？"

这顿饭吃了两个小时才结束，今睡是实验室里的"团宠"，大家是真的舍不得她，大家与她说了好一会儿话，才往学校走。

今睡在校门口和大家分开，目送他们进了校园后，给陈宜勉回了电话。

十分钟后，陈宜勉骑着摩托车，出现在了今睢的视线里。

今睢今晚跟着陈宜勉过来了才注意到，歆壹楼下的那家文身店没有名字。

她看到了陈宜勉设计的图案，是一个英文单词"freedom〔自由〕"，旁边点缀着星星和月亮。

很漂亮的图案，但这并不妨碍文身时今睢痛得受不了。

看着她的眼眶里蒙了一层薄薄的水雾，陈宜勉把东西一丢，背靠到椅背上，脚踩在旁边的桌子的横梁上，说："不文了。"

今睢拢了拢身前的衣服，撑着手臂坐了起来，说："我没事。"

陈宜勉没吭声，起身去外套的口袋里摸出烟盒和打火机，去窗口处点上。

今睢看着他从旁边拿起一把刻刀，咬着烟，眼眸垂着，神情专注地在今睢送给他的那枚打火机上刻着什么。

今睢不知道该说什么，拿起手机打发时间。因为她即将出国，所以很多朋友发来消息问候她。其中包括郅浩宇。

陈宜勉回来时，今睢正在问郅浩宇关于留学的一些事情。她之前虽然咨询过，但总归不是亲身体验，独自生活在异国还是有些担忧的，便借着机会与他多聊了几句。她用余光注意到了旁边过来的人，才移开视线问："你好了吗？"

今睢穿着一件 V 领吊带衫，坐在那儿，黑而亮的长发垂落在她的肩上、身前，抬眸望过来时，清澈的眼神里带着一些茫然的神色，十分惹人怜爱。

陈宜勉从她的身上移开视线，重新扫视了一眼她的手机屏幕，聊天列表里的"郅教授"三个字格外刺眼。

他冷冷地命令她："躺好。"

他刚洗过手，今睢闻到了淡淡的艾草的清香，这味道强势地压过了他身上被风吹得极淡的烟草的味道。陈宜勉的手稳且麻利，今睢抿着唇，看着他专注而沉默的侧脸。

他的脸冷峻、好看，他沉默着做事时，依然散发着强大的气场。

好在陈宜勉设计的这个图案，线条简约到了极致，看着十分漂亮，但面积不算大，他尽可能快地完成了。

陈宜勉做完便出去了，今睡对着镜子看了一会儿，弯唇，笑了。

她穿好衣服出来时，看到陈宜勉站在廊下抽烟，雨不知什么时候下起来了，淅淅沥沥的，跟断了线的珍珠似的，从房檐上坠下来。

陈宜勉盯着远处的地面上一圈圈的涟漪，在想事情。今睡在他的旁边站了好一会儿，他才有反应。

他换了一只手拿香烟，抬手拨散眼前的雾。

雨水的潮湿感带来绿树的清新的味道，她几乎闻不到香烟的味道。

陈宜勉抬起拿着香烟的右手，朝斜前方一指，说："M国在这个方向。"

一个需要漂洋过海的远方。

今睡轻声说"是"。

陈宜勉没看她，突然说："斤斤，我觉得你离不开我。"

今睡闻声转头，看到了他的眉眼间凝聚着的散不去的忧伤，收回视线时，注意到他的手里拿着的打火机上，新刻的图案是一株麦穗。

今渊朝原本要送她，但他前几天去隔壁省跟考古队的队员们开会了，订了昨晚的航班返回京市，结果因为暴雨航班停飞，硬生生地错过了。

今睡从小没离开家这么久过，今渊朝在视频的那头别开脸偷偷抹了几次眼角，该叮嘱的也忘了叮嘱，反倒是今睡零零碎碎地念叨了很多，让他一个人也要照顾好自己。

今睡出国那天，文身还没恢复好。

孟芮婷送她来机场，在安检门前分别时抱她抱得太用力，疼得她皱了皱眉。今睡又想起了陈宜勉说的那句话——"斤斤，我觉得你离不开我。"

但事实证明，今睡离开他后过得很好。

今睎来 M 国之前，在网上看好了要租的房子，与她合租的室友是个华人女生，学音乐的。今睎刚到，便被她拽到桌前喝了一杯茶。室友说这杯茶是用当地的水冲泡的，喝下这杯茶，叫"上堂问礼，入乡随俗"。

不知道是不是这个原因，今睎连一直担心的水土不服的反应也不是很强烈。

适应了实验室里的研究节奏后，今睎在课余时间还考了潜水证、学了冲浪。她的皮肤晒黑了些，但她整个人精气神很足。她的英语口语很不错，可能是觉得异国他乡的文化有趣，她与人沟通时积极了一些，不知不觉，身边多了不少朋友。

如果不是那次意外，今睎真以为自己会顺顺利利地度过这两年的留学生活。

也因为那次意外，陈宜勉之后便安排了人寸步不离地守着她。

那天本该挺开心的，今睎收获了一个理想的实验数据，可以拥有一个短暂的假期，和室友去音乐厅里听演奏会。

演奏会结束时，她们遇到了一群持枪的黑人袭击路人，今睎眼睁睁地看着，一个白人在距离自己半米的位置中枪倒地。

枪响后，今睎人是蒙的，站在那儿忘记了动作。旁边的男生扑过来，拽着她躲到了安全的位置。

"谢谢。"今睎惊魂甫定道。

拽她的是个华人男生，他跑得嗓子发干，摆了摆手缓了一下才出声："你要是出事了，我也别活了。"

这是京市口音。

他这话说得太亲密，今睎听得茫然。对方瞪着眼，指了指自己，提醒她："我，小龙虾、白卫衣，我们之前在欸壹见过。"

今睎定睛看，依稀认了出来。男生看上去瘦了些，看着帅气。

男生见她对自己有印象，松了一口气，拿出手机，低头操作着什么，同时对今睎说道："你等会儿。"

今睎垂眸看了一眼，似乎知道他要做什么。

果真，下一秒，他拨出了陈宜勉的电话。等待电话被接通时，男生又说："刚才在音乐厅里时，我坐在你后面，看到你后觉得眼熟，就拍了你的照片给宜勉哥看，我果然没认错。枪响时，我和他在打电话，我现在给他报个平安吧。"

　　今睢抿唇，视线落在了处于连接状态的手机屏幕上。

　　"现场怎么样了？"陈宜勉的语气有些急，传来些许的声响，他似乎在找什么东西。

　　"我没事，刚才太惊险了，简直真人反恐……"

　　陈宜勉没听他继续比喻，在他某处断句后及时打断，自顾自地问："她呢？"

　　干脆、果断的两个字。

　　"也没事，就在我旁边呢。哥，我跟你说，刚才要不是我，她估计就危险了。最近的一个受害者，距离我们只有半米远。"

　　陈宜勉似乎终于松了一口气，听他把这一长串话说完，淡淡地"嗯"了一声，道："把电话给她。"

　　手机开着免提，今睢听见陈宜勉的话后，自觉地接话："我在。"

　　"你拿着，我去买水。"男生把手机递给她说。

　　今睢点了点头，看男生走远。

　　陈宜勉在电话那头问："受伤了吗？"

　　"没有。"

　　陈宜勉："一个人去听音乐会？"

　　今睢："和朋友一起，刚才走散了。"

　　陈宜勉："出门在外，注意安全。"

　　附近有警车的警笛在响，声音嘈杂。今睢的心中很乱，情绪复杂，但她能明确地说出口的话几乎没有，只是在陈宜勉的关心下机械地回答着。

　　陈宜勉又问："害怕了吗？"

　　今睢承认，这一刻她想家了。

　　她想回京市，想和孟芮婷在实验室里闲聊，想吃今渊朝做的饭，想在陈宜勉的身边安静地待着。

"有点儿后怕。"今睢说。

今睢离开后的这段时间，陈宜勉过得并不好。

那天他说："斤斤，我觉得你离不开我。"

但他知道，是他离不开她。

十月份，陆仁的生日，基本上还是前两年的那批人聚在一起，但少了今睢。

在这群人里，今睢的存在感很低，见她没来，别人顶多是问一句，听说她出国了，"哦"一声——除了极个别知道今睢和陈宜勉的关系的人。

就是这几个极个别的人，在今天的这次聚会上心情都不太好。

陆仁好歹是寿星，不能太冷场。他抱着手机，等到了来自 M 国的生日祝福后，便喜气洋洋地过起了生日。即便被人发现他神色惆怅，他也能虚张声势地叹一口气说："又老了一岁，突然有点儿抑郁。"其他人在调侃一番后，也没当一回事。

一整晚，陈宜勉和陶菡都兴致不高，大家都以为是因为互联网上的那些事。

"你们两家真的要联姻吗？"

陈宜勉斩钉截铁地道："假的。"

他回答得太干脆，根本没有给其他人把话说完的机会，甚至没在乎另一位当事人在公众场合被驳了面子有多难堪。

陶菡的小姐妹本欲像往常一样调侃、打趣，把两人的关系说得暧昧一些，听陈宜勉这样否定，面面相觑，这才觉得气氛不太对。

陶菡的脸色也不太好，尽管她已经努力地挤出笑脸，仍然显得很尴尬。

陶菡强颜欢笑地道："我之前说过的，我和陈宜勉是好朋友，以后别瞎传了。"

大家觉得古怪，却也默契地没提。

避开人，陶菡跟陈宜勉道歉："是我妈误会了我们的关系，所以才闹出了乌龙事件。对不起啊，阿勉。"

"没事。"他无所谓地道，"是我自己没做好。"

陈宜勉待了一会儿，便提前离开了。

他出来后，站在车边，一时不知道要去哪里。

他抽了一根烟的工夫，不远处就多了几个女生。她们推搡着猜拳，谁过来要他的微信号。

最终，一个扎着马尾辫的女孩儿小心翼翼地挪了过来，红着脸问："帅哥，可以加个微信吗？"

陈宜勉一只手拿着烟，另一只手插在口袋里。他的神色淡淡的，他拒绝得很干脆："抱歉，女朋友管得紧。"

"好吧，打扰了。"

女生沮丧地回去和小姐妹们会合。

其中一位小姐妹问："怎么样？"

女生回："他有女朋友了，没给。"

接下来的几天一直在下雨，天晴的时候，池桉他们组织了露营。

陈宜勉是一个人去的，刚下车就有人发现了端倪，调侃道："怎么就你自己，你家妹妹呢？"

这人说的是今睢。

陈宜勉没什么表情，仿佛只是在陈述事实："出国留学了。"

"你是不是欺负人家了，人家怎么一下子躲到国外去了？"

好像所有人对她留学这件事反应平平，唯独陈宜勉的生活，发生了翻天覆地的变化。

不知怎么就传开了，陈宜勉那条澄清微博中提到的，爱吃醋的"女朋友"是今睢，而今睢因为陈宜勉不清不楚的异性缘，出国了。

被甩了的陈宜勉一蹶不振，气质都变得忧郁了。

陈宜勉顶着这张脸，配合着忧郁的气质，显得越发深情了。但他从不给任何人机会，痴情得谁也接近不了他，说是不近女色也不为过。

他撇清了与除今睡外所有异性的关系。有时候他甚至觉得，哪怕他和今睡能在传言中有所交集也是好的。

那天在李鸣打来的电话里听到枪声时，陈宜勉承认自己后悔了。他不该让她出国，或者说不该让她一个人出国。

他也顾不得什么用时间证明自己的真心了，当机立断地要去 M 国。就在出发前，他的护照找不到了。

陈宜勉想起，前几天陈康清的助理来他家，找他签股权转让合同时进过书房。

他预感是陈康清搞的鬼，两人为此大吵了一架。

陈康清晕倒住院了，陈宜勉才得知，陈康清着急让他回家接管公司，是因为自己的身体出了问题。

他对管理公司毫无念头，先前陈康清的秘书让他签署那份股权转让协议时，他便是这样的态度。对于公司由谁管理、未来发展如何，他不在乎。

只是，陈康清生病一事，对他的打击很大。

为什么他身边的人都在离开？

先是温苓去世，然后今睡出国，现在就连陈康清也要走了。

两年间，陈宜勉去过 M 国两次。

一次是第一年冬天，陈康清出殡那天。

他坐在路边的车里，看着今睡和朋友们拎着购物袋从超市里回来，他们应该是在家里开派对。

陈宜勉看着她走近又走远，看着她很好地融入了新的生活，没现身。

一次是今睡进行毕业论文答辩的那天。

那天，今睡完成的是一场全英文答辩，慈祥的导师翻到论文的最后一页时，耸了耸肩，戏谑地道："这位陈先生对你很重要？"

窗外，建筑巍峨、树木葱郁，入眼景致辽阔，也显得空旷。

阶梯教室里坐满了等候答辩的学生，陈宜勉坐在最后一排的角落里，并不起眼，专注地盯着讲台上的女孩儿。

今睚将投影幕布的遥控器放在讲桌边，将两只手交握着放在身前，挺直后背，微微抬起头，看向提问的教授。

在明晃晃的日光下，她抿了抿唇，露出甜美的笑容，缓缓说道："He was my catalyst.（他是我的催化剂。）"

催化剂？

催化剂不参与化学反应，质量和组成没有丝毫改变，理论上是可以重复使用的。

但……在实验室中，催化剂经过反应后，附着上不属于自身的物质，而提纯、回收的成本，远大于更换催化剂的成本，所以在实验室中，催化剂被用过一次后便会被丢掉。

所以，你会丢掉我吗？

斤斤，我什么都没有了。

你会回到我身边的，对吧？

第八章

回到他身边

　　两年时间眨眼过去，今睢在一群人还没各奔东西时回来了，就好像从没离开过。

　　她穿着学士服站在陈宜勉面前，过往的经历如电影画面一帧一帧地在她的眼前闪过：大一开学那天他坐在行李箱上跟人打电话的样子，他站在实验楼下等她的样子，他送她到校门口目送她回学校的样子。开心的他，生气的他，藏着坏心思的他，深情强势的他……

　　他好像一直在，也确实与她走在不同的道路上。

　　婚礼上再遇，他的眼角眉梢仍挂着对她的关心与思念，但她一句"我们只是朋友"彻底划清了两个人的界限。

　　那天今睢从婚礼上回来，微信上多了很多好友申请，备注不是"孙梦瑶的同事""孙梦瑶的表哥"便是"郭劼的高中同学""郭劼的朋友"。

　　孙梦瑶是新娘的名字，郭劼是今睢的师兄，也就是新郎的名字。

　　大概是新娘在婚礼上的喊话起了作用，不少单身男士从婚礼活动的群组里找到她，添加了好友。

今睡通过也不是，不通过也不是。

正当她犹豫时，孙梦瑶在群组里喊她：小师妹，你不要有压力，他们公平竞争。

陈宜勉也在这个群里。

今睡盯着陈宜勉的头像，下意识地猜他有没有看到。

门口传来声响，是今渊朝回来了。

今睡起身过去，喊了声"爸"，看见今渊朝身后还跟着一个人。那人还是喜欢穿深色的衣服，有着平直的肩膀和单薄的背脊，阳光且有少年感，举手投足间依然是自己熟悉的那个大男孩儿。

"小陈，你还是穿这双。"今渊朝给他拿了鞋，今睡听这话的意思，对方不是第一次来。

陈宜勉笑着应："谢谢叔。"

今睡看向陈宜勉，后者却垂着头换鞋，没有看她。

今睡接过今渊朝手里的购物袋，拎着还挺重："怎么一次买这么多？"

"小陈今天在家吃晚饭，我多做几道拿手菜。"今渊朝说完，转头看向陈宜勉，介绍道："这是我家姑娘，叫今睡，跟你一般大，前几天刚回国。"

今睡拎着购物袋打算放去厨房，被今渊朝喊住："你这孩子，怎么也不喊人？"

今睡一脸莫名其妙："我该喊什么？"

今渊朝问："小陈几月生日？"

陈宜勉露出人畜无害的微笑，先报了个年份，又说："十二月。"

"我姑娘比你小半年。"今渊朝判断完，对今睡说："斤斤，你就喊哥吧。"

今睡不想喊，拎着东西就走，装没听见。

陈宜勉挑挑眉，眼角的笑意更浓。

今睡不礼貌归不礼貌，但还是洗了水果又沏了壶茶端出去。

今渊朝把中毒的电脑拿给他修，在一旁帮不上忙，随口问道："之前还没问过你，父母是做什么的？家里还有兄弟姐妹吗？"

今睡想到在卫生间听说的陈宜勉爸爸去世的事情，顿时打断今渊朝的话："爸，你查户口的啊？"

陈宜勉笑笑，如实答了："我妈是建筑师，在我很小的时候去世了；我爸是做生意的，一年前也去世了；我还有个弟弟，跟着阿姨生活。"

今渊朝闻言，一怔，看了一眼今睡，反应过来，嘟囔道："是不该问的。"

"没事。生老病死是常事，我会担负起该担负的责任，毕竟我还有想要守护的人。"

今睡接住陈宜勉投来的目光，心口一痛，心中五味杂陈。

"离别在所难免，活着的人更要积极生活。一会儿尝尝我的手艺，以后常来家里吃饭。"今渊朝似是被勾起了什么伤心事，跟陈宜勉说话的时候，抽空看了看今睡，继续道，"小陈有女朋友吗？觉得我家斤斤怎么样？"

今睡及时断掉他爸这个念头："爸，他有女朋友。"

"是吗？小陈，怎么没听你说过？"

比今渊朝更吃惊的是陈宜勉这个当事人，他瞧着今睡的态度，觉得这不像是她为了糊弄今渊朝编出来的谎话。他摊摊手说："我也刚知道。"

今渊朝看着俩小辈，隐隐觉得有戏，笑着拍了下腿，起身去厨房收拾自己买的菜，给俩小辈腾出说话空间。

客厅里只剩下两个人。

陈宜勉重装完系统，开机时传来一阵轻快的经典音乐，像是宣告两个人对话开始。

陈宜勉把电脑往桌子里面推推，双手离开键盘，坦荡的目光尽数落在今睡身上，问："我有女朋友了？"

"……"今睡想：刚刚不该急着说话的。

她是担心陈宜勉不提过去有女朋友的事或者糊弄过去，让今渊朝误会，乱点鸳鸯谱。

陈宜勉又问："什么时候的事啊？"

"……"今睡面露疑惑之色。

陈宜勉："你不还没答应我吗？"

"……"今睡突然意识到自己误会了什么。

"说话。"陈宜勉催她，语气不重，却听得今睡心一颤。

今睡被陈宜勉逼得节节败退，在脑袋里飞快地将整件事情的来龙去脉回忆了一遍，估算着自己误会了的概率，最终说："是小俊告诉我的。"

"……"陈宜勉不解地挑眉。

今睡没有乱说，事实便是如此——

除了遇见枪击那天，今睡和陈宜勉还联系过一次。

那段时间，陶芏萍为了把她留在国外，无所不用其极。今睡疲于应付学校里被陶芏萍授意表现出强烈的赏识态度希望她留下来的教授，还有对她猛烈追求，说愿意帮她解决绿卡问题，为她提供衣食无忧的生活的优质异性。

她最初并不明白陶芏萍送自己出国的目的是什么，只当她是想从今渊朝的身边抢人。后来闹出陶菡和陈宜勉所代表的两个家庭要联姻的事情，今睡才猜到，陶芏萍是为了让自己离开陈宜勉，为她的宝贝大女儿扫清障碍。

她不仅留不住陈宜勉，也争不过陶菡。

陈宜勉是个浪漫的人，虽然今睡知道，他对待异性的态度没有外界传的那样乱，但今睡与陈宜勉相识相知的那两年，陶菡未必不曾拥有。

她开始无休止地失眠。

她便是在某一个失眠的夜里接到了一通来自国内的陌生来电，号码归属地是京市。

她格外敏感，忐忑地接通电话。对面传来小男孩儿带着哭腔的喊声："姐姐……"

今睢松了口气，又有些难过——打来电话的不是他。

不过很快，今睢听出了对方的声音，试探地喊："小俊？"

陈嘉俊刚哭过，鼻音很重地应了声："姐姐，你听出我的声音啦！"

"哭什么？你哥哥呢？"

陈嘉俊被说到伤心事，语气低落下来："我哥哥有女朋友就不爱我了，他今天还凶我。我长这么大，他从来没有凶过我。我偷偷从哥哥的手机里查到了你的手机号，我好想你啊……"

后面陈嘉俊说了什么，今睢一个字也没听进去。

直到电话那头传来陈宜勉的声音，今睢才回神。

"小鬼，在给谁打电话？"他的声音一如既往地具有磁性，仿佛那张俊朗的脸近在眼前。

陈嘉俊愤愤地控诉："我在跟今睢姐姐告状！"

陈宜勉又说了句什么，好像是"别打扰她"之类的，今睢没听清。

陈宜勉拿到手机后，传到今睢那边的声音才清晰了些。

"还没休息？"陈宜勉跟她说话时，嗓音很沉，没了过去的戏谑感，更正经严肃，或者说是客气。

今睢敏感地察觉到这细微的变化，沉默片刻，在寂静的夜里掩住所有越界、失礼的情绪，轻轻地"嗯"了声，说："正准备睡。"

陈宜勉淡淡地说："早点休息。"

"好。"

电话很快被挂断，今睢没有机会，也没勇气跟陈宜勉确认他有没有女朋友。

今睢就是那时候养成了抽烟的习惯。

她一想起他便会抽烟。她对烟草没瘾，但对他有。

陈宜勉的手机发出的嘟嘟声将今睢的思绪拽了回来。

"陈嘉俊。"他声音严厉，连名带姓地喊他的弟弟。

陈宜勉开了免提，让今睢也能听见。

陈宜勉屈着手指叩叩桌面，语气不善："你跟今睡姐姐说什么了？"

今睡想说"不重要，你别凶他"，但打量着陈宜勉计较的神情，隐约觉得自己不该插嘴。他想要给一个解释，而她也需要一个答案。

电话那头的陈嘉俊被问蒙了，迷茫地道："啊？"

陈宜勉提醒他："我什么时候有女朋友了？"

陈嘉俊被问得莫名其妙，天真地"咦"了声，反问："哥哥，是你自己说过的，你失忆了吗？"

"……"

今睡看向陈宜勉。

陈宜勉一摊手，说："我没有。"

顿了下，他想到什么，问陈嘉俊："是带你去吃冰激凌那次吗？"

"对啊。"陈嘉俊轻快地道。

陈宜勉敛眉，知道是怎么一回事了："行了，没你的事了。"

陈嘉俊却没完，此时兴奋地说："哥哥，是今睡姐姐回来了吗？我们什么时候一起去游乐场啊？"

今睡想跟陈嘉俊打个招呼，说自己也想他。

但陈宜勉快她一步："什么时候也不去。"陈宜勉说完，把电话一撂。

陈宜勉嘟嚷了一句"真行，别家弟弟是来报恩的，你是来报仇的"，随后看向今睡，解释道："那天有女生问我要微信，我说'女朋友管得紧'，没给，结果被小俊听去了。"

"哦。"今睡摸摸鼻子，不吭声。

"清白了？"陈宜勉放松地往沙发上一靠。

今渊朝听着外面的人聊得差不多了，适时地扬声问："小陈，你喜欢吃牛腩萝卜汤，还是番茄牛腩汤？"

陈宜勉问今睡："想吃哪个？"

"我爸问你。"

陈宜勉大声回:"叔叔,番茄的。"

"好。斤斤也爱吃番茄牛腩汤。"

今睢不服气地嘟囔:"我喜欢萝卜汤。"

陈宜勉笑着起身,去厨房帮忙。

今渊朝备好菜,刚准备开火,手机就有电话打进来。他笑吟吟地接起电话,对面的人不知说了什么,只见他的脸色瞬间变了,紧张地安抚对方:"你和小远待在原地别动,我现在过去接你们。"

挂了电话,今渊朝把围裙一摘,看了一眼料理台上的半成品,对今睢和陈宜勉说:"我现在要出去一趟,这些先搁着吧。你们饿的话,今睢,你叫外卖或者带小陈去学校食堂吃。"

陈宜勉无所谓:"我随便吃点就行,您先忙。"

今渊朝:"下次让你尝尝我的手艺。"

今睢关心地问:"怎么了?出什么事了?需要我跟你一起去吗?"

今渊朝言简意赅地解释道:"你姚静姨的车子追尾了,还挺严重的。"

今睢叮嘱道:"那你注意安全,我们等你回来吃饭。"

今渊朝想说让他们先吃,想了想,没说话,拿着钥匙换好鞋出去了。

公寓里只剩下今睢和陈宜勉两个人。今睢担心今渊朝,他一着急就容易慌,路上可别出事。直到她听见燃气灶打火的声音才回神,定睛看去,陈宜勉系上了今渊朝摘下的围裙,正在倒油炝锅。

切过的姜丝和葱段上挂着水,下锅时发出刺啦一声,香味很快被煸出来。

久违的独处引发的亲密和依赖感此刻重新涌上今睢的心头。

她想到了上次见到的陈宜勉下厨的情形。那年冬天,今睢因为一场化学讲座要去 M 国出差,出国前,陈宜勉给她做了顿饭,说吃顿家里的饭留个念想。

兜兜转转这么久,她对他的思念一直在。

"帮我拿一下白糖。"

陈宜勉转头和她说话时，逮到她投过来的视线，神情一松，扬起笑。

今睡不等他说话，连忙别开脸去找糖罐子，然后递过去："给你。"

陈宜勉接东西的时候，指腹碰到她的手指，他的手刚碰过凉水，凉意明显。

那只是无意的触碰，陈宜勉就着她的手开了盖子，捏着勺子舀了一勺糖。

今睡看着他有条不紊的动作，问出了自己一直好奇的问题："你怎么认识我爸的？"

"我还以为你不打算问了。"陈宜勉给锅里的梅花骨翻了个面，趁着上色的时间，扭头回今睡，"我说是在球馆打球遇见的你信吗？"

"你去中老年活动中心打球？"

陈宜勉随手把案板往料理台中间推推，才说："要不怎么能偶遇呢？"

今睡抿唇，想到一件事："我爸摔断腿时，送他去医院的那个热心小伙子是你吗？"

陈宜勉不瞒她，点头："是。"顿了下，他补充，"就算是个陌生人，我也会帮的。你不要因为这件事绑架自己。"

今睡追问："我绑架自己什么？"

陈宜勉扬眉说："比如觉得我在危急时刻救了你爸爸，你作为女儿要以身相许什么的。"

"并不会！"今睡觉得自己被看扁了，一字一顿地反驳他。

陈宜勉轻声笑了，又说起几件在中老年活动中心遇上的趣事。

今睡听着，仿佛能看到他和今渊朝相处时的样子。他有能力跟任何年龄段的人相处得很好。

今睡说："谢谢。"

谢谢你照顾老今，谢谢你义无反顾地走向我。

"你说什么？"抽油烟机的声音盖过了今睡的说话声，陈宜勉没听见。

"我说——"今睡拖着长音说，"你动作快点，我要饿死了。"

陈宜勉无语，提醒她："今大小姐，你搞搞清楚，我是客人。"

厨房里油烟重，两个人斗了会儿嘴，陈宜勉便把今睡赶了出去。今睡没走远，抽出餐桌旁距离厨房最近的那把椅子坐下，这样低头看手机时，也能随时注意到厨房里的陈宜勉是否需要帮忙。

正如那天她和孟芮婳说的那样，她接下来会进研究院或者读研。她这会儿正跟导师聊这个话题，导师说了自己的见解，也问了她的想法。

今睡正准备放下手机时，看到通知栏弹出一条新的好友申请，这才想起之前的那几条申请还没通过。

她估计别人已经开始在背后吐槽她清高了。

今睡只觉头痛，宁愿被吐槽也不想多生枝节。

但好歹对方是朋友的朋友，她正琢磨先把好友通过，然后挨个解释效果会不会好一些时，眼前出现一道黑影。

"听说你喜欢看话剧，周末一起去吗？"陈宜勉站在她面前，垂着头，视线落在她的手机上，一字一顿、毫无感情地朗诵完这句话。

今睡有种被抓包的窘迫感，急忙锁掉手机屏幕，不让他再看，刚准备问他"怎么出来了？是要找什么"时，就听见陈宜勉揶揄道："我们斤斤有小秘密了。"

锅里加了水，开了小火炖着，陈宜勉不急着过去，保持着居高临下和今睡说话的姿势。

他眼角挂着笑，说话的语气也是轻松的，但今睡从他漆黑寂静的眼底看到了极强的压迫感。

长久地沉默后，陈宜勉再开口说的话，让今睡知道，这份压迫感不是她的错觉。

"我们谈谈。"他说。

今睡拿在手里的手机一振，是有新消息进来，她顾不得低头看，接住陈宜勉投来的郑重的、严肃的目光，轻轻点点头，"嗯"了声。

厨房里抽油烟机在嗡嗡地工作着，推拉门关着，挡住了大半噪声。

"那年，陶菡的事是我没处理好，你误会也是应该的。如果你一点都不介意，那我可能就死心了，但你生气，我便知道，你也喜欢我，对吗？"

今睢眼睫微颤。她攥紧了手机，想说点什么，但不知道怎么开口。

她喜欢他比他知道的还要久，久到连她自己都不确定是什么时候开始的。

因为他帮自己挡开了篮球吗？还是因为他标新立异、特立独行的魅力？

今睢因为家庭的问题，生活在一个相对保守且安全的环境里，所以陈宜勉的存在是特别的。

只要他再坏一点，再平庸一点，不要这般肆意拔尖，今睢就不可能对他动心。

但偏偏，他活成了她喜欢的、羡慕的模样。

她不抱希望地喜欢着，但这份喜欢越来越浓烈。

"让我重新追你一次好不好？"陈宜勉问她。

今睢抿唇，点头答应："好。"

陈宜勉见她同意，才说："周末不准和别人去看话剧，因为你要和我约会。"

"我没打算去。"今睢嘟囔。

饭快做好时，今渊朝也回来了，一起进屋的还有姚静阿姨和她的儿子郭文远。

人一多，屋里立马热闹起来。

"姚静姨。"今睢喊人。

姚静在市人民医院做护士，朴素本分，和小辈说话时带着令人舒服的亲和力："哎，小睢回国了啊。"

"前几天刚回来。"今睢说着，跟小远打招呼："小远比姐姐都要高了。"

郭文远比几年前见时晒黑了些，身体线条流畅，很有力量感。他喜欢这个文静的姐姐，闻言胸膛一挺，站得笔直，说："有一米七了。"

姚静看着这俩孩子相处，笑着，转头注意到从厨房走出来的陈宜勉，眼前一亮，瞬间忘记了自己的儿子，目光在陈宜勉和今睢间打转，最后颇为满意地打量着他说："这是……斤斤谈男朋友了？看着真般配。"

今睢下意识地摆手说："不是，不是，姚静姨您误会了。"

陈宜勉不见外，自来熟地说："还没追上。"

今睢："……"

姚静一愣，随即意味深长地笑了起来。

今渊朝跟着介绍道："这是我之前跟你提过的小陈。"

姚静低声埋怨道："你可没说长得这么帅。"

今睢装没听见，只要她不插话，那她就不尴尬。

一行人落座吃饭。

今渊朝看着一桌子色香味俱佳的菜肴，跟姚静一样，对陈宜勉越看越满意。

吃饭的时候，今睢一直在观察今渊朝和姚静。

当年是今睢撮合两个人，让他们接触看看，两年间今渊朝在电话里也常提起姚静姨，什么"你姚静姨灌了香肠送过来一些，你过年回来得早还能吃上"，什么"今天小远生日，我和你姚静姨在外面给小远庆祝生日"。

今睢不在国内的这两年，今渊朝的生活不但没有过得很差，反而幸福又充实。她知道，今渊朝接受了姚静姨。

此刻看着两个人默契的样子，今睢由衷地为今渊朝高兴。

过去今渊朝在今睢身上倾注了全部的精力，如今他也要有自己的生活了。

"发什么呆？吃饭。"今渊朝和姚静说了几句话，抬头夹菜时，看到自个儿闺女用筷子戳着米饭，不知在想什么。

他夹了一块红烧肉放到她的碗里，说："尝尝小陈的厨艺。"

今渊朝看着她吃肉，问："爸爸做的好吃，还是小陈做的好吃？"

今渊朝和陶苹萍离婚时，今睢还小，没什么记忆，所以不知道有没有被今渊朝问过"喜欢爸爸，还是喜欢妈妈"这种问题；但她觉得，今渊朝在问她他和陈宜勉谁做饭好吃时的心情应该和问这种问题类似。

他非常无聊！

今睡无奈地说："我不能都喜欢吃吗？"

"行，那你就都喜欢。我又不吃醋。"今渊朝明明在跟今睡说话，却直冲陈宜勉挤眼。

"……"今睡觉得自己被胳膊肘往外拐的老今算计了，恼羞成怒，皱着脸，又不能发泄。

陈宜勉读懂了这个秘密信号，脸上挂着笑，给今渊朝倒酒："叔，我陪您喝一个。"

"好。"今渊朝自个儿的事解决了，该操心女儿的终身大事了，巧的是陈宜勉还是他自个儿中意的女婿，这不得铆足了劲撮合啊？

吃完饭，一家人说了会儿话，陈宜勉悄无声息地起身，进了厨房。

今睡正在陪小远玩乐高，余光注意到他，以为他是去拿什么东西，结果他半天没出来。让小远自己玩，今睡跟去了厨房。

陈宜勉在洗碗，水流得缓慢，拿碗的那双手细长白皙，水珠挂在皮肤上，晶莹剔透。

陈宜勉过了一会儿才意识到身后有人，转头看了眼。

"我帮你。"今睡要上前帮忙。

陈宜勉拦住她："水池就这么大，你一起的话得贴着我站了。"

今睡无语，软着声道："你想得美，我不洗了。"今睡记仇，瞅着他的动作，挥着手指来指去，故意挑刺，"你这里没洗干净，盘底也得洗。你洗完后要控控水……哦，你都控过了。"

陈宜勉嘴角抿出笑，听今睡在一旁叽叽喳喳说个不停。

公寓不到一百平方米，两室两厅，厨房的面积不大。今睡原本站在推拉门边，为了挑刺方便，往里面走了些，站在陈宜勉的斜后方。

两个人挨得很近。

这生活气息浓郁的空间，让两个人的心也离得很近。

陈宜勉洗完最后一个盘子，控过水，放到沥水架上后转身，直勾勾地看着她，声音放得很轻，但吐字清晰："如果我们已经在一起，那此刻我该吻你了。"

他的嘴唇很软。

这是今睢被他吻住时的第一感受。

今睢的神经处于麻痹状态，眼皮沉沉地合着，似有白光刺来，让她睁不开眼，但温暖极了，她整个人懒洋洋的。

他带着凉意的手掌滑过她的脖颈、她的肩膀，然后顺着她的脊背，慢慢落在她的腰上，似乎还做了什么。

今睢被他紧紧地拥在怀里，整个人挂在他身上，任由他摆布。

"我该吻你了。"

今睢依稀听见他说的是什么，在急促的呼吸中回他："已经吻了……"

但是接下来，她还没反应过来时，身体急速下坠，突如其来的惊悸和恐慌情绪冲散了所有窃喜羞耻的情绪。

今睢在一阵疼痛中醒来，意识到是自己狼狈地摔下了床。想起醒来前的梦，她破罐破摔地一头扎进被踢下床的软被里，发出了痛恨自己不争气的叫声。

自我嫌弃够了，今睢伸手拿起床头柜上一直在响的手机，把闹钟关掉。

她手脚并用地爬回床上，自暴自弃地趴在那儿又回忆了一遍那个梦。她强迫自己不要太快清醒，好像这样她便能多记起一些梦里的细节，但事实是，她明明才醒来几分钟，便已经不确定刚刚是做的梦，还是因为欲望而生出的臆想。

闹钟又一次响起时，今睢才挣扎着从床上起来。

她回国已有一周，时差已经调整回来，恢复成早上六点起床的作息。

她简单地拢了拢头发，换上身运动服，便出门去学校操场跑步。夏日天亮得早，六点钟太阳已经悬得很高。今睢照例跑了三圈，出了一身薄汗，浑身舒坦，被太阳一晒，什么梦都忘了。

距离学生上早课的时间还早，今睬到餐厅买早餐时人流量不大。

她拎着早餐往家走时，看着校园里抱着书本和好友结伴而行的学生，突然有些怀念。

今睬趁着今天太阳好，吃过早饭后把房间打扫了一遍，整理出一些闲置的旧物，又打算再添置几样装饰品换换心情。

她坐在飘窗旁看别人的家装方案找灵感时，接到了陈宜勉的电话。

陈宜勉在电话那头问她："糯米糕想吃桂花味的，还是黑米的？"

今睬被问蒙了，顿了下答："桂花味的。"

陈宜勉应了声"好"，紧跟着，今睬听见他跟摊主说要两支桂花味的，并且叮嘱多裹糖，随后才对自己说："我快到了，你准备下楼。"

"好。"

今睬打开衣橱挑衣服时，几乎没怎么纠结。她换上条白裙，站在全身镜前抬着胳膊编头发。在国外这两年，她积极参加课余活动，没有一味地待在实验室，皮肤不似以前那般冷白，娇弱的气质也淡了，整个人更精神了。

她前倾身体，凑近镜子看了看自己的脸，觉得唇色有点淡。她对着镜子涂口红时，想起了两年前那个因为出门见陈宜勉，选衣服能选好久的自己，感慨万千。

这两年他们虽然联系甚少，但感觉好像从未变淡，反而经过时间的考验，两个人都越发坚定了。

她依然心动，而他也还在。

几分钟后，今睬接到陈宜勉的电话下楼，一出单元门就看到一辆黑色的车子停在楼前。

陈宜勉倚在车门上，一手拿着装糯米糕的纸袋，另一只手拿着手机，正低头看着。

听到老旧的单元门传来开门声，他才抬头看过去。

"等久了吧？"今睬朝他走去。

陈宜勉微微站直，在她走近后把手里的糯米糕递给她："这个给你。"

他还是像以前一样，习惯给她带吃的。

今睡说了声"谢谢"，笑着接过糯米糕，这种熟悉的相处方式让她觉得踏实。

坐上车，今睡系好安全带开始吃糯米糕。陈宜勉转头看她，今睡以为他是在等自己的评价，正准备说"好吃"时，只听他先开口了："斤斤，你其实可以……"

陈宜勉扫了她的上半身一眼。

今睡随着他的视线低头，还以为是自己吃东西时有糖粒落到了衣服上。她用手背随意地扫了扫裙子，抬头时，见陈宜勉还盯着自己。

她茫然地眨眼。

陈宜勉隐晦地暗示她："稍微依赖我一下。"

陈宜勉举了个例子："比如忘记系安全带，给我个帮你的机会。"

今睡默默地把咬在嘴里的一小口软糯香甜的米糕咽下去，朝锁扣插销的位置低头看了看，在陈宜勉的注视下，伸手一按。

安全带弹出来，她做作又夸张地强调道："呀，我怎么没扣好？"

陈宜勉原本只是故意逗她，见她如此配合自己搞怪，顿时轻轻笑出声，倾身过去拿起还没完全收回的安全带，不带什么暧昧感情地帮她扣好。

他靠回驾驶座时说："斤斤，你真的变了很多。"

今睡自己可能没有感觉，两年时间，她身上的变化非常明显。这种变化不仅局限在头发和穿衣风格上，更多的是在举手投足间的韵味和散发的气质上。她比以前更自信了，过去的她，精神富足，不论何时，安静又从容；而这两年的种种将她打磨、雕琢，她变得愿意展示自己的优势，自信心处于外露状态。

过去，她是优秀的；而现在，她是耀眼的。

今睡接受了这个评价，把身前的安全带扯了扯，卡在一个舒服的位置，专注地吃着糯米糕，说："好像是变了吧，我们都两年没见了。"

听到她说这个，陈宜勉似乎是想到什么不开心的事情，神色黯然地问："这两年你过得好吗？"

自打枪击事件后，陈宜勉安排的人形影不离地保护着她，所以关于她的事情，陈宜勉远在国内仍能第一时间知道，但陈宜勉问的不是她经历了什么事，而是经历过这两年的留学生活后她的心情。

"挺充实的，但……"今睢停下吃东西的动作，说，"以后不想离家这么远了。"

"那就不走了。"陈宜勉缓缓发动车子，说，"以后再敢一个人去那么远的地方，我绑也要把你绑回来。"

车子开出一段路，今睢接到导师的电话。电话里李孝杰问她周三有事情没，说 X 国有一个论坛值得参加，问她有没有意向去。

今睢对这方面的资讯了解得很及时，导师一提，她便有印象。她眼睛放光，这是非常想去的意思。不过她想起刚刚跟陈宜勉聊的内容，顿时体验到什么叫作"打脸"。

她侧头看了陈宜勉一眼，问导师："要去多久啊？"

"大概一周。如果你想多了解一下那边的学校和实验室，我可以托人沟通，你多待几天也可以。"

今睢闻言，很痛快地答应了。

陈宜勉侧了侧头，确定她挂断了电话，才问："又去哪儿？"

他的语气看似不经意，可恰恰是这样，今睢才觉得自己又一次让陈宜勉空欢喜了。

"李教授说 X 国有论坛会，周三出发，大概去一周。"

陈宜勉淡淡地"嗯"了声，无所谓地说："跟我说这么详细做什么？我又不去送你。"

今睢坐正些，知道他是故意这样说，所以脸上挂着笑，弥补他："我给你带纪念品。"

结果陈宜勉想起来另外一件事："你两年前去 M 国出差，买的礼物还没给我。"

今睢一愣，脱口而出："已经给了啊，你用的那个打火机……"她话说到一半，拇指的指甲无意识地掐着自己的食指指节，不说话了。

礼物她确实没送出去。

当初她介意陈宜勉和陶菡的事情，狠心退出了他的生活，那两条情侣手链也被她藏进了储物柜的最底层。

她用打火机敷衍他的态度非常明显，现在被提起，她只觉得自己当时既幼稚又矫情，心里有一种往事不堪回首的窘迫感。

她一度非常讨厌那个任性、没分寸的自己。

陈宜勉还在等她继续说，今睬整理了一下情绪，开口："有机会拿给你。"

"有机会？"陈宜勉重复一遍她这个时间状语，计较地问，"我们见面的机会很稀缺吗？还是礼物的意义太特殊，不好意思送我了？"

说话间到了餐厅门口，他一顿，把车子停下，单手搭在方向盘上，望着她问："所以，真正要送我的是什么？"

今睬气鼓鼓地别开脸，一副被他逼问得恼羞成怒的模样，哼了声说："不理你了。"

今睬解开安全带，率先下车。

她车门关得潇洒，但走到路边时愣住了。

哪家餐厅啊？

眼前连着三家营业的餐厅，陈宜勉只说订了餐厅，带她来吃饭，没说吃什么，今睬怀揣着对他的信任，丝毫没有过问。

"怎么不走了？"陈宜勉下来，见她戳在原地。

今睬头也没回，干巴巴地说："个高的走在前面挡太阳。"

陈宜勉被这理由逗笑了，应了声"好"。他三步并作两步走到她跟前，真走在她斜前方帮她遮阳。

陈宜勉看她走在自己的影子里还不放心，抬起手来，用手掌挡在她的额前问："还晒吗？"

今睬被他一闹，忘了刚刚为什么生气，"哎呀"一声去扒拉他的手，埋怨道："你怎么这么讨人厌啊？"

"讨人厌点好，免得被人轻易地喜欢上，烂桃花挡也挡不住，平白让某人吃醋跟我置气，连给我买的礼物都不送给我。"

话题又被陈宜勉绕回来了，今睢瞪他一眼，心想，算了，谁让他请客呢，拿人手短，吃人嘴软。

陈宜勉不知道自己被原谅了，带着今睢进了餐厅。

陈宜勉向来对就餐环境不挑剔，只要菜品味道好，苍蝇馆子也常去。但是今天对他而言是很正式的约会，所以吃饭的餐厅从店面内外的装潢到菜品的命名及味道，凡是今睢会体验到、感受到的细节，他都做了慎重的考虑，综合之后选择了最好的，所以订了这家餐厅。

看今睢的反应，她很满意这里。

"要不要拍照发朋友圈？"

今睢被问得一愣，下意识地问："是有集赞活动吗？"

陈宜勉欲言又止地看她一眼，不为难她了，只说："想让你哄哄我怎么就这么难？"

今睢没哄陈宜勉，结果自己被他这句话哄好了。

两个人在服务生的引领下到了位置坐下。点餐时，今睢打量着陈宜勉，还在琢磨他提议的发朋友圈的事情——自己和陈宜勉有过很多次单独相处的经历，但她作为一个很爱发朋友圈的人，从来没有发过与他相关的动态。

她应该是没有发过。

今睢将对他的情绪藏在心底，开心也好，失落也好，都默默地自己体验着。

今睢去包里摸手机，打算翻一翻过往朋友圈的内容时，忽然发现自己没带手机。

"我的手机落在车上了。"今睢起身，对陈宜勉说，"车钥匙给我一下，我去取手机。"

陈宜勉正在点餐，随手把车钥匙递给她。

今睢的手机壳是深色的，和坐垫的颜色恰好融为一体，不仔细看真不好发现，也难怪下车时她没有注意。

她拿到手机，临关门时，看到扶手箱的杂物下面露出来某张纸的边角，她愣了愣，犹豫着拿起来——是两张话剧票，是今睡先前想看的那部话剧。

票的时间很不巧是周三傍晚。

"……"

今睡似乎懂了陈宜勉方才那别别扭扭的小情绪是为何。

今睡一脸平静地回到餐厅，像往常一样，愉快地吃完了这顿饭。

只是这天，今睡回到家后发了一条朋友圈。

她把自己和陈宜勉去过的每一家餐厅、吃过的每一顿饭的照片找出来，挑出一些有纪念意义的，拼成了九张长图。

然后她在每张照片上标注了一两句点评或者当时的心情和趣事。

最后她为这条朋友圈配文案：和最帅的饭搭子，吃最美味的饭。

有些照片里今睡拍到了陈宜勉的手或者衣服，熟悉的人单凭他食指上戴着的戒指便认出是他。

孟芮娉在评论区咋咋呼呼：你背着姐妹偷吃了这么多次吗？等等，对面是个男生吧。睡啊，你这是变相宣布恋情吗？

池桉回复：我猜是陈宜勉，押一顿八百八十八元的海鲜自助餐。

今睡谁的消息都没回，发完便锁上手机屏幕，根本不敢看，生怕自己冲动之下把这条费心思编辑好的朋友圈删掉。

周三一早，今睡出国，陈宜勉开车送她和李孝杰去机场。

下车从后备厢往外拿行李箱时，陈宜勉趁李孝杰没看这边，跟今睡打趣："这次没有学长啊？"

今睡不想理他，被他看得心里热，怼他："你小心眼。"

"我的心确实小，只能装下一个你。"

"你今天嘴上抹蜜了吗？"

"干吗？"陈宜勉往后躲了躲，警惕地瞥她，"你想吃糖也不能觊觎我的嘴唇吧？"

"你少诬陷我，我才没有。"

"我又没说不愿意让你觊觎。"

今睡不想和他闹，她早该意识到的，她永远占不了上风。

今睡这趟出差归出差，和陈宜勉却没断了联系。她只要拿到手机，便要与他聊几句，没什么重要的事情，就分享自己看到的、听到的有趣的事情。两个人太熟悉了，默契在，一个话题稍微发散便能聊很久。

连李孝杰都察觉了今睡不对劲，问她是不是谈恋爱了，说她单纯，不要被男人的花言巧语哄骗了，要擦亮眼睛。

今睡应了，转头吓唬陈宜勉："我导师觉得你不靠谱。"

陈宜勉："啊？"

紧跟着他发出控诉："长得帅不是我的错，但你不懂得欣赏就是大错特错。"

今睡发现自己跟陈宜勉聊天会变得特别开心，眼睛弯成月牙，嘴角忍不住上扬，心里甜滋滋地冒着粉红色泡泡。

今睡狡辩："又不是我说的。谁知道你给我导师留了什么不好的印象？"

陈宜勉没再回消息，而是打了电话过来。今睡清了清嗓子，接通后，听见陈宜勉说："斤斤，陌上花开，可缓缓归矣。"

今睡定的是周六回国，订好机票后把航班信息发给陈宜勉，后者才没再说什么酸溜溜的害今睡又觉得喜悦又觉得羞涩的话。

回国那天早晨，李孝杰得知孩子生病住院，心急如焚，特意让今睡改签了两个人回国的机票。

今睡知道陈宜勉会来接机，正准备同步告诉他改签后的时间，但临时改了主意，把消息逐字删除——她想给他制造个惊喜。

只是这个时候谁也不知道，因为这个微小的、意外的变动，他们的人生将会迎来什么样的改变。

因为改签了航班，今睡和李孝杰提前三个小时回到了京市。

今睡让司机先送李孝杰去了医院，然后才出发去找陈宜勉。她昨晚隐晦地问过，得知池桉换了新的工作室，今天陈宜勉会去现场忙装修的事情。

距离原定那班航班落地还有一个小时，陈宜勉肯定还没有动身去机场，她这个时候过去，正好能见到他。

在去新工作室的路上，今睢忍不住猜想陈宜勉一会儿见到自己的反应，肯定会很有趣。

直到出租车车载广播的声音将今睢叫回神："13 时 15 分，由 X 国飞往京市的 CC935 班次客运航班，在 × 省 × 县附近山林坠毁……"

司机叹气，感慨了句："碰到这种事，得有多少个家庭受苦。"

今睢缓慢地一眨眼，大脑嗡的一声，自己原本是要坐这趟航班的。

因为李孝杰着急回来照顾高烧引起肺炎住院的女儿，才临时改了航班。

这种逃过一劫的侥幸感掺杂着悲痛的情绪，让今睢僵在出租车后座上久久不能回神。

许久后，今睢才从这复杂的情绪中挣扎出来，慌忙从包里翻出手机，顾不得什么惊喜不惊喜，先给今渊朝发短信报了平安，又给陈宜勉打电话。

电话没人接。

今睢连打了三遍，每一遍都是在长久的嘟嘟声中自动挂断。

她让司机快点开，赶到工作室时，陈宜勉的电话也拨通了。

电话是池桉接的。

工作室正处在装修阶段，地上都是建筑废材，今睢挑着能下脚的地方往里走。

刚接到陈宜勉手机来电的池桉第一时间看到她，拿着手机的手垂下："今睢？你没在飞机上？太好了！"

"池哥，陈宜勉呢？"

"宜勉看到航班失事的新闻后赶去了机场，他的手机落在工作室了。你……"

今睢也顾不得打断别人说话不礼貌，当即说："我现在去机场找他。"

"行。那你把他的手机带上。"

"好。"

此刻机场的人流量比刚才她离开时更大了，今睢在机场找了好久才看到陈宜勉。

他站在攒动的人头间，仰头看着墙上电子屏的信息，侧身时，今睢看到了他的神情——沉默而悲伤，眉头紧紧地皱着，整个人透着一种说不出的落寞感。

似乎是机场的工作人员出来了，他的周围都是焦急寻亲的乘客家属，这一刻，人群躁动到了极点，七嘴八舌的声音包裹着陈宜勉孤独的身影。

他随着人流往前走，周围很乱，但他仍然听见了今睢的声音。

"陈宜勉！"

这声音有些急，但是她的声音。

陈宜勉以为自己出现了幻觉，茫然地抬头，四下张望。

今睢又喊了一次，陈宜勉才转头，朝着她站的方向看过来。

嘴角的笑还没有完全绽开，她便看到眼前的男人大步流星地过来，她刚要说话，便被男人扯着手臂，大力地拽过去。

情绪临近崩溃的边缘后，失而复得让他忘记了放松。

他必须确定眼前的人是真实的今睢。

今睢还没站稳，陈宜勉已经搂过她的后颈，深深地吻下来。

陈宜勉像是要把她咬碎了吞掉，今睢觉得快窒息了。他无限地加深着这个蕴含了太多情绪的亲吻。

后颈处是陈宜勉的手掌，她压根没有后退的可能，腰被他紧紧地揽着狠狠地压向他，快折断了。

"喘不过来气了。"

今睢好不容易找到说话的时机，抬头对上陈宜勉含着谨慎意味的眼神。

她知道这眼神是因为什么而生，所以也明白这个吻的意义。她咬了咬唇，怕碰碎什么似的，只小声地央求道："松开一点。"

不知道是进机场时跑的，还是此刻紧张的，今睎额头上蒙着层薄薄的汗，眼底也湿漉漉的。

她望过来的目光中带着试探与询问的意味，细细地打量着他。

不只陈宜勉许久没见她了，她也很久没见陈宜勉了。

小别后的拥抱让他们溺在这拥有的温柔里，陈宜勉又低头亲了亲她，很轻，也很快离开了，他抬起手指用指腹抹了下她的嘴角，把人放开了。

"什么时候回来的？"陈宜勉问她。

今睎两颊红着。她说："提前一趟航班。"

陈宜勉没说话，垂眸盯着今睎的鞋子，准确地说是盯着今睎往后退的这一小步。

今睎那是下意识的动作，刚刚两个人贴得太近了，近得她不能呼吸。

不远处的乘客家属那里渐渐传来哭声，他们不知道从哪里听说了遇难航班无人生还的消息。

陈宜勉听见声音微微侧了侧头，就在刚刚，他也是这些家属中的一员，把那种失去挚爱至亲时无能为力的悲痛感体验了一遍。

今睎看着人群，看着陈宜勉，神情也不太轻松。

"我们先出去。"陈宜勉低声说。

今睎低头看了看被陈宜勉牵住的手，没有挣开，跟在他身后往外走，走回他的世界里。

陈宜勉给她开了车门，等她坐好，才带上门往驾驶座那侧走。

今睎把陈宜勉的手机拿出来放到扶手箱里，说："你的手机忘在工作室了。"

陈宜勉拿起手机，指腹碰到解锁键，屏幕亮起。他看到了屏幕弹窗显示的未接来电，问："你刚刚去找我了？"

今睎在扯安全带，"嗯"了声。安全带不知被什么卡住了，她拽了半天也没弄好。

她最终放弃了动作，手僵在那儿，求助似的望着他。

陈宜勉接住她的目光，探身过来，胳膊越过她的肩膀，隔空横在她的身前。

今睢的后背紧紧地贴着车座，她甚至往后仰了仰头。陈宜勉估计是察觉了，撩起眼皮望向她。

两个人隔着十分近的距离，四目相对。

陈宜勉明白今睢是故意示弱，在哄他。

他平静地问："是想给我惊喜？"

"嗯。"她说，"没想到变成了惊吓。"

"不，"陈宜勉纠正，"没有什么比失而复得还令人喜悦。"

随后他顺利地扯出安全带，扣好，坐回了驾驶座。

车子发动，今睢慢吞吞地侧头觑他。

从这个距离看，陈宜勉的神情是放松的，仿佛在机场大厅撞见的那个恐慌无措的陈宜勉是今睢的错觉。

过了会儿，陈宜勉的手机响起，打破了寂静。手机连着车载蓝牙，今睢看到是学校老师打来的电话。陈宜勉接通时，她别开脸，看向车窗外。

陈宜勉接电话时，朝今睢看了一眼，两个人的视线在深咖色的车窗玻璃上撞在一起，带着心照不宣的默契。

学校有事，需要陈宜勉回去一趟。

陈宜勉挂了电话，问今睢："一会儿跟我回趟学校？"

今睢点头，正要应"好"，自己的手机也响了，是导师打来的电话。李孝杰的爱人是外科医生，有手术安排，家里阿姨这两天请假没在，李孝杰无奈之下给今睢打电话托她来医院替自己一会儿，他要去家里拿几样孩子的生活用品。

今睢听完，没犹豫，当即应了。

见她挂断电话，陈宜勉问："有事？"

今睢点点头，解释了原因。

医院和戏剧学院在相反的方向，她说："你找个方便停车的位置把我放下吧，我自己打车过去。"

陈宜勉说："我不急，先送你过去。"

市人民医院门口，车子缓缓停下。下车前，今睡边解安全带，边叮嘱他开车注意安全。

"忙完给我打电话，我来接你。"陈宜勉说，"晚上的时间归我。"

这话说得暧昧又霸道，今睡怔了下，想到在机场的吻，抓着安全带的手指互相搓了搓。她对上他坦荡漆黑的眸子，不敢不答应。

"好。"

今睡按照李孝杰给的病房号来到所在楼层，刚从电梯间出来，便看到李孝杰站在病房门口低声讲电话，聊的似乎是航班失事的事情。今睡停住脚步，等他结束通话才迈步过去。

"李教授。"

李孝杰点点头问："空难的事情知道了吗？"

"在出租车上听说了。"

李孝杰感慨："小家伙这次生病给我挡了灾，这样想想，似乎也不那么难受了。"

今睡没说话。人在生死面前，非常渺小。

李孝杰去护士站要了个口罩，递给今睡，然后简单地交代孩子醒来她能做的事情，便回家取东西了。

小孩儿在睡觉，很乖。今睡坐在病床旁守着时，搜失事航班的新闻来看，越看心情越沉重。

其间李孝杰的爱人过来看了一下孩子，和今睡没说几句话，便被电话叫走忙工作去了。

李孝杰路上没耽搁时间，取了东西便回来了。

今睡忙完这边的事情，告诉了陈宜勉。

陈宜勉说自己在住院部楼下大厅，她下来就能看到。

今睡下来时，看到陈宜勉站在大厅里跟姚静说话。姚静穿着护士服，两手插在口袋里，见今睡出来，笑着招招手："你俩快点吃饭去吧。"

今睡喊了声"姚静姨",又说了几句,跟陈宜勉走了。

走出一段距离,今睡问:"你刚刚和姚静姨聊什么了?"

"随便套套近乎,提前留个好印象。"陈宜勉意味深长地看她一眼,改口问,"饿吗?"

今睡这会儿脑袋沉,没深想他的话,闻言摇摇头说:"没什么胃口。"

陈宜勉说:"那先带你去个别的地方。"

今睡随口应下,没追问。

陈宜勉打开副驾驶座一侧的门,示意她上车。今睡走近时,看到座位上有一大束比自己的腰还要宽的玫瑰花。

没有女孩儿不喜欢花,今睡此刻的想法简单纯粹。她扭头看陈宜勉时,眼睛亮亮的。

陈宜勉弯起嘴角说:"谢谢你回到我身边。"

一整天的疲惫这才消散些,她说:"也谢谢你来接我。"

坐上车,今睡抱着花傻乐了会儿,才想起来问:"我们现在去哪儿?"

"带你去摘星星。"

"好。"今睡没从这模棱两可的答案里猜到什么,心想随他吧,他带自己去哪里都行。

车子在城市的道路上穿梭,渐渐驶离市中心。

许久后,陈宜勉把车子停下,正要说话,侧头见副驾驶座上的人歪着脑袋靠在颈枕上,正睡得安稳。她还捧着花,带着露珠的玫瑰花鲜艳欲滴,但此刻人比花娇。

陈宜勉抬手,勾起手指刮了刮她的鼻尖,轻笑:"你睡得倒熟,我是白准备了。"

陈宜勉怕她抱着花睡得不舒服,准备把花拿开。

哪知他刚一碰,今睡便察觉了。她在睡梦中把花抱得很紧,生怕被人抢走似的。

今睡缓缓睁开眼,正看到陈宜勉那张英俊的脸放大数倍出现在自己眼前，她神色忐忑地道："你……你做什么？"

陈宜勉深觉无辜，辩解道："把花放到后座。你再睡会儿。"

今睟应了，照做，调整坐姿时注意到外面，诧异地道："这是瑰云谷？怎么来这儿了？"

她刚刚的睡容太美好，此刻睡眼惺忪的模样又让人十分怜惜，陈宜勉后悔刚刚吵醒她了。陈宜勉知道她今天累坏了，没有急着把准备好的事情告诉她，只轻描淡写地说："开错路了。"

瑰云谷在平安峰的山顶，远离繁华的市中心，陈宜勉显然是在撒谎。

车子此刻停在观景平台，今睟从车窗望出去，恰好能俯瞰夜幕下的城市。斑驳的金色灯光如散落的碎星，又连接成线，古长城蜿蜒向远方，高耸建筑的灯光倾洒如瀑，车道也是金色的，明亮耀眼，一直流淌到远方。

"真好看。"

陈宜勉问："要下车看看吗？"

"好。"

今睟的注意力被眼前的景致吸引。

陈宜勉则朝车子后备厢看了一眼，犹豫之下，最终收回了视线。

两个人站了会儿，今睟打了个哈欠，陈宜勉开口道："送你回家。"

今睟说"好"，坐上车后，忍不住又看了一眼窗外宁静的夜景。随着车子驶下盘山公路，今睟眼前掠过平安峰错落有致的梯田、深邃辽阔的夜空。

"我们是从那个方向过来的。"今睟对这座城市太过熟悉，轻易地辨认出来时的方向，抬手指了指。

陈宜勉望过去，"嗯"了声，说："再睡会儿。"

他想到两年前，今睟出国前，两个人站在欻壹楼下文身店的廊下，陈宜勉隔着雨幕也为她指过方向。那时他望的是 M 国，是离别的远方。

两年过去，他们还一起指着远方，不过这次望的是家的方向。

她终于回来了。

今睡隔天睡醒才开始想：昨晚陈宜勉带自己去瑰云谷是要做什么？

不过她还没深想，便被晨练回来的今渊朝打断。今渊朝把早餐放到桌上，打开电视看新闻。昨天飞机失事的地点下了一夜暴雨，救援队的搜救工作变得异常艰难，很多民众虽然没有亲人在事故中去世，却为这件事情悬着一颗心。

今睡咬着牙刷站在卫生间门口听了会儿，劫后余生的侥幸感伴随着后怕一点点强烈起来。

今睡出去收拾餐桌，把从学校餐厅外带的包子、豆浆拿出来。

今渊朝看着新闻，没转头，叹了口气。

今睡过去抱了抱他，跟小时候一样赖在他的怀里。她没说话，今渊朝却懂她的意思。

陆仁前段时间在外地演出，也是昨天回的京市，约了今睡中午吃饭。

"不好意思，路上堵车。"

今睡是一路小跑进来的，额前短短的头发被吹得蓬乱。

陆仁看了一眼她的头发，说："我也刚到，点菜吧。"

她坐下后才开始整理头发，目光不经意地扫到他平放在桌子上的手机，说："在看我的朋友圈？"

陆仁没藏着掖着，闻言把手机拿起来，朝着她晃了下说："在看你有没有吃过这家餐厅。"

陆仁看的是今睡发的那条九宫格长图的动态。

他熟悉陈宜勉，对今睡的事情更是上心，所以只在照片角落入镜的戒指并没有逃过他的眼睛。

但他还是问了问："这些都是和陈宜勉一起去吃的吗？"

今睡整理好仪容，拿过陆仁先前往这边推了推的菜单，边翻边接话："嗯，这只是一部分。"顿了下，她又说，"这家餐厅我吃过，店里的松鼠鳜鱼很好吃。"

今睢又报了几个菜名，说也不错。

陆仁抬手，招呼守在不远处的服务生过来点菜。

服务生记好菜品，拿着菜单离开。今睢整理面前的餐具时，听见陆仁说："恭喜你。"

"什么？"今睢没听懂。

陆仁笑了笑，又说："毕业快乐。"

今睢望着陆仁，觉得他的眼神深情到不像是在说这个。

"谢谢。"

今睢手上的动作慢下来，最终，她把手放到自己的腿上，一点点敛起脸上轻松欢快的神情，垂下眼，缓缓吐了口气。

陆仁眼中的今睢理性、坚定，唯独遇到与陈宜勉相关的事情时会露出踟蹰不定、自我怀疑的神色。

往常这个时候，陆仁势必会带着一副"放心，不是还有我这个'僚机'吗？"的态度，说着轻松的话缓解气氛——有时候他也在想，自己这样的态度是不是从一开始便错了。

明明是他先认识她、先喜欢她的。

如果今睢此刻分一些精力在陆仁身上，便可以注意到，他今天有些反常。

陆仁问："你们在一起了？"

今睢盯着桌布上的细纹，说："没有。"

陆仁随意搭在桌上的手攥紧又松开，挑了一个并不合适的时间，说："斤斤，其实我……"

今睢的手机突然一振。

她面露喜色，满怀期待地去拿手机。

陆仁看着她的神情，心中五味杂陈，当即顿住，不再说了。

今睢以为是陈宜勉发来的微信消息，拿起手机才知道，不是他发的。

消息是池桉发来的，说工作室搬家，整理出一些与摄影相关的东西，觉得她会感兴趣，让她有时间过去看看。

今睢应下。

池桉是有事藏不住的性子，觉得自己铺垫够了，忍不住打听：你和宜勉在一起吗？

中华文字博大精深，有一瞬间，今睢觉得自己突然理解不了中文了：池桉这句话是什么意思？

今睢谨慎地回：我跟朋友在吃饭。

池桉发了个"哦"。

今睢以为池桉找陈宜勉有事，便没再问。

她正准备把手机放下，池桉又发过来一条消息：你有空可以看看陈宜勉的后备厢，哥只能帮你到这里了。

今睢茫然，不解这是什么意思，更摸不准池桉这句话预示的是好事还是坏事。

后备厢怎么了？

"菜来了。"

今睢的思绪被陆仁的说话声打断，她回神，看到服务生端着摆盘精致的菜肴过来。

今睢看着服务生上菜，又看着服务生离开，这才想起来问陆仁："你刚刚要说什么？"

刚刚她回消息时，陆仁自觉地停了话茬，她注意到了。

不过陆仁没打算继续刚才的话题。他笑笑说："我接下来计划出国留学。"

今睢愣了下才问："一直没听你说起，怎么突然要出国？"

"进修，也想体验异国的风土人情。"

今睢抿唇问："什么时候？"

"下个月。"

陆仁出国的事情有些突然，让今睢意识到，随着成长，她会不断地与身边的人分离。

正因为如此，她更珍惜身边停留的人。

所以，她虽然记着池桉的提醒，也怀揣着好奇心，但没有真去检查陈宜勉的后备厢里有什么。

那仿佛是个潘多拉魔盒，今睢不知道打开会是惊喜还是惊吓。

直到那天，今睢和陈宜勉去看了话剧，结束时天已经黑了。陈宜勉开车送她回家，到小区楼下后，他把车子熄火，和她一起下车。

"怎么了？"今睢不解地看着他。

陈宜勉神色平静地说："有东西给你。你帮我开一下后备厢。"

陈宜勉仰仰下巴，示意今睢现在就去，自己则开了后座的车门拿东西。

今睢不知他要做什么，但还是照做了。夏夜的风带着燥热，今睢站在车后，看着后备厢缓缓打开。

陈宜勉款款地走过来，手里抱着一束娇艳欲滴的玫瑰花。

他又送花……

今睢心下觉得诧异，但当即弯起来的眼睛表示，她因为陈宜勉无处不在的仪式感而喜不自胜。

"今天是什么日子啊？"今睢将两手交握在身前，捏着自己的手指，晃了晃胳膊，笑着问。

陈宜勉把花递给她，示意她看后备厢里面，道："是七夕节，你愿意的话，以后每年我们都一起过。"

今睢先转头看见后备厢里的摆设，然后才听见陈宜勉的话，所以，虽然觉得自己该回应一下陈宜勉的这句告白情话，但她更震惊于自己看到的。

宽敞的后备厢里被人装饰得满满当当——底下铺着白色的满天星和橙色的气球，上面堆着小山高的大小不一、形状不同的礼物盒，最上面拉着满天星形状的灯泡。

今睢打量着车里的东西，收紧了抱着玫瑰花的胳膊。

鲜花包装纸偏硬，而今睢的手臂皮肤柔软，她只觉得手臂有些痒，心里也麻麻痒痒的。她想到了和陈宜勉在时代广场看到的烟花，觉得自己此刻的心情简直比那铺满烟花的天空还要美好。

烟花转瞬即逝，但陈宜勉的浪漫一直在。

"这两年我去了不少地方，看到新鲜的玩意儿总想拿给你看看，一不小心就攒了这么多。你拆了，看看有喜欢的吗？"陈宜勉说得随意，用眼神示意今睡动手。

今睡蜷了蜷手指，就近拿了个巴掌大小的白色盒子，盒子很轻。她把怀里的花束放到一旁，拆开盒子，看到里面只有几张拍立得相纸。

陈宜勉看了一眼说："这是去年跟磊哥露营时晚上拍的银河，没有流星雨，也没有那年我们一起看过的星空好看，但当时我很想你。"

今睡仔细看了看相纸，把这个盒子放到一边，又伸手去拿那个最大的盒子。

今睡一下没搬动，自个儿被逗笑了："这里面是什么？这么沉，不会放的石头吧？"

陈宜勉帮她挪出来，实话实说："有点记不清了。"

他随着今睡打开的动作看过去，里面是个建筑模型，和今睡过去帮陈宜勉拼过两次的公园模型一般大，也是榫卯结构，但这次的是一幢别墅。模型内部的构造十分精致，陈列着各种微缩家具，布置非常讲究。

不用陈宜勉提醒，今睡发现了底座上有个按钮，按下后，别墅内外的灯光全亮了。

这是一个家，很温馨的家。

陈宜勉沉默了一会儿，似乎是在想怎么介绍。

"我看过一些建筑学的书，不算精通。设计时费了些周折，用这么小的模型呈现出来就更费事，不过没经别人的手，每一处细节都是我自己来的。"陈宜勉拉过她的胳膊，让她看向自己，"本来想你还得拆几个，没想这么快就挑到这个了。今天这个情形，我设想了很多回，但始终拿不准该说些什么。"他顿了下，看向模型，继续说，"它还原了我心中家的样子，可以不大，但有我们就足够了，可以把福大接过来，再养只猫。我看中了几块地，你如果愿意，改天一起去挑挑，我们把家安在那里。明天和意外我不知道哪个先到，但我想一直在你身边。斤斤，我喜欢你，想每天看到的第一个人和最后一个人都是你的那种喜欢。"陈宜勉桀骜霸道，只要是他喜欢的，费多少事都要得到。他从未如此谨慎忐忑过。

"斤斤，我们在一起好吗？"

今睢觉得自己做了一场梦，因为太美好了。

"嗯。"今睢应道，又道，"好。"

她应了两遍。

陈宜勉的神情终于放松了，他拉着今睢的手腕，将人带到怀里，在寂静的夜幕下，与她接了个深情又绵长的吻。

第九章
未婚妻

陈宜勉的手是什么时候探进她的衣服的？等今睢察觉时，已经迟了。

他的食指上还戴着戒指，凉的，硬的，刮在今睢柔软如凝脂的皮肤上，触感明显。

她想拦他，但发出的声音不自觉地成了呻吟声。

那是很轻的一声，更像是对此刻状态极高的评价。

陈宜勉似是被鼓舞到，扣着她的后颈，将人按向自己。

直到今睢的手抓在陈宜勉的手臂上，陈宜勉才停住。

陈宜勉把她的衣服整理好，揽住她的腰。两个人额头相抵，互相交换着呼吸。

今睢觉得自己的心脏快要从嗓子眼跳出来了。她口干舌燥，神经处于亢奋状态。长期缺氧让她大脑空白，许久后，她才开口说话："继续拆礼物吧。"

陈宜勉亲了亲她的眉心，说"好"。

他嘴上虽然答应，但宽厚、滚烫的手掌按在她的后腰上，没着急离开。

今睡被她揽在怀里动弹不得，仰头看他，距离太近了，她说话根本不用多大声音对方便能够听清楚。

"你干吗？"

"再抱一会儿。"

"一会儿该有人来了。"

"那你把脸埋在我身上，别人认不出。"陈宜勉深深地望着她说，"斤斤，我喜欢你。"

今睡说："我也是。"

陈宜勉终于松开她，今睡觉得自己要溺死在他的这份深情与温柔里。

"拆吧。"陈宜勉示意她。

今睡就近拿了个盒子，刚刚的拥抱、接吻、情话让她受宠若惊，这会儿手指不争气地发软，使不上力。

今睡不想在陈宜勉面前丢人，没吭声，深吸了口气，手指轻轻握了下又松开。勉强平静一些，她顺利地把盒子打开。

陈宜勉站在她的身侧，两个人的身体贴得很近。今睡拆东西的时候，陈宜勉随手帮她整理了一下肩上的头发，百无聊赖地说："准备这些东西费了我挺多精力的，不过这不重要，珍贵的是我这两年来，一直在想你，你说呢？"

今睡刚平复下来的情绪因为陈宜勉这句话，顿时又不淡定了。

尤其是在她听见陈宜勉接下来的话时，她手腕一软，险些没拿住手里的东西。

陈宜勉说的是："所以，作为奖励，我们斤斤每拆一个盒子必须亲我一口。"

剩下的盒子太多了。

两个人全部拆完，足足用了快一个钟头。

今睡虽然迷糊，却还能想起来正事："我也有东西要给你。"

"什么？"

今睢从肩膀上挂着的那个装个手机便没多少空间的链条包里拿出个东西，递给他。

这条手链跟今睢手腕上的手链是一对。

陈宜勉垂眸看一眼，便能确定。

今睢看他发呆的神情，误会道："不喜欢？"

这是两年前的情人节限定款，他觉得过时也是正常的。她想送给他，如果他平时愿意戴就戴，不戴……也没关系。

陈宜勉却自嘲地笑了下说："斤斤，我到底错过了什么？"

在今睢的注视下，陈宜勉把手链戴好，然后拉过今睢的手，与她十指相扣，另一只手拿出手机，咔嚓拍了一张照片。

这晚，陈宜勉登上了自己的微博账号，时隔两年更新了一条动态，是近期的一组生活照，有风景，有美食，有生活，有自拍照，有他和今睢十指相扣、戴着同款手链的照片。

陈宜勉的这条微博动态发出去没多久，陆仁便知道了。

有共同的好友截图后向他确认："陈宜勉谈恋爱了啊？跟谁？"

陆仁拿酒时，看到了右手手腕上的手表——这是几年前今睢送他的生日礼物。陆仁后来自己买过很多块手表，朋友也送过他很多块手表，可他始终没有替换过这一块。

他很喜欢这款手表测心率的功能，不管他表现得多平静、多无所谓，手表测出的数字还是残忍又真实地反映了他的心情。

这种感觉就好像，真的有同伴懂他似的，就好像他的喜欢不再孤立无援。

除了在关于今睢的事情上，陆仁的行动力还是很强的，他很快定下了出国的时间。

那天是个周末，路上车流拥挤，陆仁出发去机场时被堵在路上，耽搁了半个小时，像是这座城市在无声地挽留他。

出租车司机把他送到机场后，去接其他乘客。陆仁拖着没装多少东西的行李箱，随着人流孤零零地走进机场，取机票、把行李办托运，他做起这些来轻车熟路。

往安检口走的时候，他想起很多事情——小时候搬家前，小陆仁因为长得胖，公园里顽皮的孩子给他取外号，叫他"气球"，还故意推倒他，是小今睡这个小女侠掐着腰奶声奶气地把别人赶走；上中学时，陆仁跟随父母回到京市，转学到和今睡同一学校，他已不再是过去的小胖子，英俊高挑，常有女生为了偷看他下课故意从他教室外的走廊经过，今睡没有第一时间认出他，但这并不影响他重新回到她的生活里。

不过他现在是时候和她说再见了。

"陆仁！"

背后有人喊他，是个男声。

陆仁应声转头，看到陈宜勉站在几米外，皱着眉，眼底因为他不告而别染上了生气的情绪。

陆仁稳稳地接住陈宜勉的眼神，脸上扬起个笑容，试图给他们这不知归期的离别留一个美好得体的印象。

只是下一秒，他看到一道亮丽的身影姗姗来迟。

今睡刚刚扭了脚，怕错过送陆仁的时间，便让陈宜勉先去把人留住。这会儿她过来，扶着腰，微微喘着气，先看了陈宜勉一眼。两个人说了什么，只见今睡摇摇头，然后跟陈宜勉一起看向了安检口。

见陆仁还没走，今睡便松了口气。

"你们怎么来……"

陆仁刚说，迎面被陈宜勉照着肩膀来了一拳："连招呼也不打，不够意思。"

"痛！"陈宜勉这一拳并不重，陆仁夸张地皱了皱眉，活跃气氛。

今睡看着两个男生打闹，笑着问："国庆回来吗？"

"应该不回了。"

今睡说："那一个人也要记得吃生日蛋糕。"

"放心，还能没人陪我一起庆祝生日了？"陆仁像往常一样轻松地笑笑。

几个人又说了会儿，广播通知陆仁搭乘的那趟航班的乘客及时安检，陆仁这才赶人："不用送了。我只是出国进修，又不是移民定居。"

"走了。"他最先转身，头也不回地挥挥手。

从航站楼出来，今睢和陈宜勉没着急离开，来到旁边的草地上，看着陆仁搭乘的那班飞机起飞，陈宜勉才拍拍今睢的肩膀说："我们也回去了。"

"送我回家吧。今天姚静姨来家里，老今让我回去吃饭。"

车子在宽敞的城市车道上穿梭，今睢望着车窗外，不知在想什么。

趁着十字路口亮起红灯时，陈宜勉伸过胳膊牵住今睢的手，拉到自己的嘴边亲了亲。

今睢已经习惯两个人在确定关系后他私下里时不时动手动脚的小习惯。

反正没有别人看见，她也想和他黏在一起。

陈宜勉在绿灯亮起前说："有人会离开，也有人正朝你走来，未来会永远为你停留。"

"谢谢。"

半个小时后，黑色的车子停在华清大学旁边的教师公寓楼下。

"你不上去吗？"今睢解安全带时，见陈宜勉没动，问道。

"改天挑个日子，正式上门提亲。"陈宜勉说。

今睢瞥他说："谁问这个了？"

陈宜勉伸手过去揉揉她的头发说："替我跟叔叔阿姨问好。我还有事，今天就不上去了。"

今睢"哦"了声，说："那我走了。"

陈宜勉"嗯"了声，说："多吃点，你太瘦了。"

"那你还摸？"

今睢声音低，陈宜勉笑着提醒她："我听见了啊。"

"走了！拜拜！"

今睢生怕被他留住，麻溜地下车，跟陈宜勉挥了挥手。

她往单元门走时，目光触到灌木丛旁一团黑黑的身影，脚步突然顿住。

她侧头打量了一番，依稀认出来，试探地喊道："小远？"

陈宜勉坐在车里，见今睢站在单元门前的台阶下面，不知在看什么，开了车门下去问："怎么了？"

说话间陈宜勉走近，看到了躲在墙角抱着膝盖缩成一团的男孩儿。

是姚静姨的儿子，郭文远。

郭文远比今睢小八岁，还在读初中，已经是个大孩子了。他蹲在那儿，皱着脸，神情低落，跟平日里坚定顽强、永远充满朝气的模样不同。

他是被家长训了吗？

姚静姨虽然对他要求高，却是个温和有耐心、懂得尊重孩子的慈母。

"你先出来。"今睢冲他招招手。

郭文远磨磨蹭蹭地站起来，又磨磨蹭蹭地走过来，别别扭扭地不理会也不看今睢，而是径自走到陈宜勉旁边。

陈宜勉看着他后背衣服上蹭的一大块土，捏着他的肩膀把人带到自己跟前，帮他拍了拍。

"谢谢哥哥。"郭文远有礼貌地道。

"小事。"陈宜勉回车里取了瓶水，问他，"怎么在这儿？"

郭文远垂下头说："我妈妈不要我了。她要和今叔叔结婚。"

陈宜勉下意识地看向今睢，后者也是一惊。她嘴唇微微张开，又轻轻合住，似乎是有什么要问，但又觉得没有必要问。

"你妈妈怎么能不要你呢？她最喜欢你了。"今睢笑着，冲郭文远说，"走，回家吃饭啦。"

郭文远看着今睢，往后躲了躲，那眼神好像她是抢别人东西的坏人："我不回去。"

今睢垂眼看着他，透过这双含着惊慌之色的眼睛，仿佛看到了自己的另一面——她完全明白小远的心情。重组家庭里，会有另一个孩子来分享你的爸爸或者妈妈，分享本该独属于你的爱和关注；虽然过去作为朋友，作为两个独立家庭中的一分子，他们相处得很愉快，但二者存在的意义是不同的。

不过她比十四岁的小远多了一些考虑。除了被迫分享出去一些东西，他们还能拥有很多。

"那你跟我走。"陈宜勉的声音打断了今睡的思绪。

他冲一脸别扭的小孩儿抬抬下巴，问："敢吗？"

只要不回去就行，他不想回去。郭文远应了声："好。"

今睡看向陈宜勉，不解其意。

陈宜勉说："我带他出去玩一圈，下午给你送回来。放心，现在小孩儿不值钱。"

郭文远："……"

今睡叮嘱道："你记得先带他去吃饭。"

"嗯。"陈宜勉应着，示意今睡，"上去吧。"

今睡一步三回头，不放心地打量着郭文远和陈宜勉。

陈宜勉倒是淡定，回给她一个放宽心的眼神。

目送今睡进了单元楼，陈宜勉轻轻一拍郭文远的肩膀，示意道："走了。"

陈宜勉腿长，步子迈得大，郭文远快走了几步才跟上，问道："宜勉哥，我们要去哪里？"

"去工地搬砖。"

郭文远愣了下，茫然地"啊"了声，像煞有介事地评价："那你挺辛苦的。"

陈宜勉觑他一眼，说："我这不是找到帮手了吗？"

郭文远突然后悔了，觉得这个看上去十分靠谱的大哥哥此刻有点让人不放心。

事实上陈宜勉并不是去工地。陈宜勉把车停在一家电玩城前，熄火、解安全带，示意郭文远："下车。"

轰趴馆开在闹市区，生意不错，进门右手边的休息区有客人坐着闲聊，柜台前有客人在登记，也有客人说笑着准备离开。

陈宜勉带着郭文远径自穿过会客区旁的走廊，往台球厅那儿走。

陈宜勉跟朋友摆手打了个招呼，对郭文远说："你随便逛逛，或者先在沙发上坐会儿，我忙完带你去吃饭。"

"哦。"

郭文远没来过这里，新奇地四处看起来。这里有 K 歌厅、桌游室，也有麻将厅、台球厅，还有 VR 游戏厅……凡是年轻人爱玩的游戏，都能在这里找到，还有怀旧游戏专区。

郭文远只有一个人，逛了一圈后，也玩不了什么，老老实实地坐在沙发上等陈宜勉忙完。

他和这个哥哥见面次数不多，大多时候是在很多人在场的场合。这个哥哥和今睢姐姐走得近，在今睢姐姐面前也很有耐心，还能默画出华国地图，也会闭眼转魔方，还能回答很多自己不知道的问题。他很崇拜这个大哥哥。

此刻陈宜勉坐在沙发上，姿势放松随意，但肩背线条流畅，是一种很随意的端正模样。

郭文远觉得这个哥哥和平日里不一样，但又说不上哪里不同。

陈宜勉手里拿着份合同，边翻看着边跟朋友讨论，最后在右下角签了字。

而他旁边坐着几个男生，是平日里常和他一起玩的朋友。

这会儿，坐在沙发上的文身男将手机屏幕给一旁抱着台球杆的男生看了一眼，问："有想法没？"

台球杆男扬扬眉，无所谓地说："我都行。"

两个人又去问陈宜勉："阿勉，觉得这怎么样？"

后者看过来。

往常这时候，他都是爽快答应的，玩嘛，说走就走，管它远近，以前也不是没疯狂过。

几个朋友已经开始讨论开哪辆车出发了，陈宜勉淡淡地看向屏幕，看其余的照片，说："风景不错。"

文身男说："怎么样，走着？"

陈宜勉把地名记下来，说："你们去吧。"

台球杆男问："你有别的安排？"

陈宜勉叹口气道："今非昔比，有家室了。剪个头发也得跟老婆报备。"

"……"

他这听着苦恼，实则炫耀的语气着实有些让人不爽。

陈宜勉正把这个地方安排到自己的约会地点里，郭文远挪到他跟前说："宜勉哥，我饿了。"

陈宜勉一收手机，说："带你去吃饭。"

一大一小两个男生往外走时，陈宜勉问郭文远："觉得这里怎么样？"

"挺酷的。"

"那想好做什么工作了吗？"

郭文远道："我没有要找工作。"

陈宜勉："不是说你妈不要你了吗？你自己不打工赚钱，开学谁给你交学费，还是说你想辍学？"

郭文远动动嘴角说："雇用未成年人违法。"

陈宜勉："没事。你就说自己是老板的弟弟，过来蹭饭，顺便帮忙。没人管你。"

"……"

郭文远看看陈宜勉，倔强地别开脑袋，说："你不懂。"顿了下，他仰脸问，"哥哥，你会和今睢姐姐结婚吗？"

"会。"陈宜勉斩钉截铁地说完，垂眸，眼神戏谑地瞧着男孩儿说，"所以不准欺负她。"

郭文远澄清："今睢姐姐对我很好，我喜欢她。"

陈宜勉："可你中午把人冷落了，她会很伤心。"

"我……"郭文远绷着唇，胸口起伏。

陈宜勉问他："那是不喜欢今叔叔？"

"喜欢。"

陈宜勉："所以为什么闹别扭？"

郭文远装哑巴。

关于妈妈要跟今叔叔结婚的事情，是他偷听到的。他端着装樱桃的果盘离开客厅时，偷听到两个大人在厨房里说话。

"一会儿吃饭，我来说。"是今叔叔的声音。

母亲忐忑："要不改天吧？我担心小远会闹，想先私下里和他解释一下。"

郭文远站在餐厅里，忘记了离开。直到姚静转身从厨房出来，看到他："小远？你怎么站着，樱桃没洗干净吗？"

"洗干净了。妈，你尝尝，很甜。"郭文远语气如常，把盘子递过去，又说，"突然想吃冰激凌了，我下楼去超市一趟。"

不顾姚静的阻拦，郭文远丢下一句"很快回来"便跑了。

他对周围的环境不熟悉，只是跟着姚静来过几次。从公寓里跑出来，他一时也不知道去哪里，抱着膝盖蹲在灌木丛和楼体外墙间窄窄的水泥路上，忍着眼泪看蚂蚁搬家，一直躲到今睢喊他。

"我有爸爸。"郭文远眼里亮着坚定的光，道，"我的爸爸是个英雄。"

陈宜勉听今睢提过，姚静的丈夫是缉毒警察，因公殉职。

郭文远是遗腹子，姚静顶着极大的家庭压力和生活压力把他生下来，将他抚养大。丈夫虽然不在，但姚静教育小远时，常用丈夫的事迹激励鼓舞孩子，因此父亲在小远心里留下了极深刻的印象，很难被取代。

"你想过吗？你妈妈一个人照顾你会很辛苦，如果有个人帮她分担，会让她每天更加轻松和开心，你愿意吗？"

"我可以分担。"郭文远笃定地强调道，"我长大后会照顾妈妈。"

"但在你长大之前呢？"

郭文远垂眸，用力咬着唇，似乎是在思考。

彼时，今睚那边的情况比较顺利。

首先今睚是个成年人；其次今渊朝和姚静能走到一起，很大程度上是她促成的。刚刚在楼下听到这个消息的那一刻，她确实有些蒙，没料到会这样快。

一直以来稳定的生活节奏被打乱，有新的成员加入这个大家庭，这将是一种全新的生活状态。

今睚是有些紧张和忐忑的。

不过上楼的这短短几分钟里，她很快整理好情绪，开门换鞋时，脸上洋溢着轻松喜悦的笑容，喊人："爸，姚静姨。"

今渊朝问她："小远说下楼买雪糕，你碰见他了吗？"

"碰见了。"今睚说，"听陈宜勉说要去什么电玩城，小远跟他走了，玩一会儿陈宜勉就把他送回来。"

姚静笑着说："这孩子，净给人添麻烦。"

今渊朝也对今睚说："我饭菜快做好了，你喊他们回来吃顿饭，一会儿再出去。"

"已经走了。"今睚说，"他们好像有什么秘密活动，神秘兮兮的，还瞒着我。"

姚静了解自己的儿子，说："小远这是喜欢宜勉，两个孩子难得投缘，让他们玩去吧。小远性格有点孤僻，过于早熟了，跟班上那些一心顾着玩闹的同龄孩子玩不到一起。我做母亲的不能事事帮到他，让宜勉带带他挺好的。"

听姚静这么说，今渊朝也没意见，招呼今睚洗手吃饭。

今睚应着，像往常一样洗手，然后扒着厨房的推拉门朝里面望望，看今渊朝做了什么。今渊朝念叨着里面油烟重，顺便塞一盘子菜让她端到餐桌上，让她要么帮着摆摆碗筷，要么老实坐好准备吃饭。

她没提从小远那得知他们要结婚的事情，不动声色地等着他们主动提。

四菜一汤被摆到餐桌上，大家陆续落座。

今渊朝说着哪道菜是姚静做的，让今睚尝尝口味。今睚很捧场，尝了口后眼睛弯成月牙，眼底亮晶晶的。

这顿饭有了个其乐融融的开场。

今睢家没有食不言的习惯，今睢和今渊朝吃饭时习惯天南海北地聊些话题。这顿饭吃到一半时，今渊朝和姚静对视一眼，今睢垂着眸夹菜，等他们提到自己时，才缓缓抬头。

"斤斤，爸爸和你姚静姨有个事情想听听你的意见。"

今睢放下碗筷，安静地听两个人说。

"我和你姚静姨认识快三年了，相处下来觉得挺合适的，各方面都聊得来，所以想挑个吉日，去民政局把证领了。"

今渊朝从小对今睢的教育偏民主，家里或者自己工作上遇到什么事，都会说给今睢听，让她帮着参谋一下、拿拿主意，想着她多经历些事情，以后遇到困难时能更加从容镇定。

在今渊朝的教导下，今睢优秀、善解人意。

此刻，她闻言，愉快地笑道："好啊，姚静姨，我爸就麻烦您多多照顾了，我也会和小远好好相处的。"

"哎，好。"姚静嘴角抿出微笑，明显松了口气。

今渊朝在饭桌下拉过姚静的手，轻轻拍了拍。四目相对时，他无声地表示：我说过的，今睢很懂事，一定会接受并支持我们的。

吃了饭今渊朝又聊了接下来一家人住在哪里的问题。华清这处教师公寓面积不大，一家人可以搬到市里的公寓住，偶尔学校有事可以留宿在这边。他又说起家里家具有些旧了，等改天带姚静和小远过去看看，换几样好一点的。

他们又说起办酒席。姚静的意见是不必办了，两家人坐在一起吃顿饭，把事公开就行。

今渊朝尊重她的意见，又说挑个假期，出去旅游一趟。

两个大人没把今睢当小孩儿，把即将要面临的事情都摊开来讲，有商有量的，这是正式定下来了。

陈宜勉带小远回来时，今睢在房间里看电影。

今天信息量有些大，她消化起来需要时间。听见卧室外传来说话声的时候，她浑身懒洋洋的，不想出去打招呼。

她听到陈宜勉问了句"斤斤呢"。

今渊朝回他："在房间里。"

又过了会儿，卧室门被敲响，今睢说了声"可以进"。门打开，只见小远扒着门框往里面探头。

"小远？"

"今睢姐姐。"郭文远将手背在身后，拿着什么东西，慢吞吞地往书桌旁挪。

今睢侧转电脑椅，看郭文远耷拉着脑袋，一脸歉意地站在自己面前。她刚想说几句话缓解气氛，只见他把背在身后的手抽出来，把手里拿着的糕点打包袋递给她："我买了榴梿酥，你要不要尝一尝？"

"好啊。"

今睢笑着，去开袋子的封口。

她喜欢吃榴梿。

今睢和郭文远分享榴梿酥的时候，郭文远正盯着电脑屏幕里正在播放的电影画面看。今睢见他看得出神，便没有打断他。这是陈宜勉的毕业作品，文艺片，郭文远这个年纪的小孩儿一般不会喜欢。

果然，郭文远看了会儿，不解地挠挠头，这是不感兴趣。

今睢吃完第二块榴梿酥的时候，卧室门又被敲响。门没关，陈宜勉意思性地敲了两下后，抱着肩膀靠在门框上，笑着看屋里的姐弟俩："聊完了吗？"

他对郭文远说："聊完了给我腾个位。"

莫名其妙当了电灯泡的郭文远自觉地说："姐姐，我先出去了。"

"好的。"

等郭文远出去，陈宜勉把门带上，才往屋里走。

今睢刚刚吃东西时，有碎渣掉到身上。她这时才注意到，低头处理干净，然后抽了片湿巾把桌面擦了擦，问他："你跟小远说什么了？他怎么突然这么客气？"

"这是男人之间的秘密。"陈宜勉停在她的书桌旁。今睡注意到卧室里只有一把电脑椅，遂把椅子让出来给他，自己坐到床沿上。

陈宜勉来过这里好几回了，却是第一次进她的卧室——跟她的穿衣风格很像，卧室的整体色调是暖色调，很整洁；窗台上摆着一排陶瓷娃娃；蓝牙音箱旁是她没做完的手工；电脑显示器支在一个合适的高度，右边贴着方便贴便笺的亚克力板；平板电脑立在键盘旁；她在学画画，纯色的画布上是她画的线条；桌面上摆着喝水的杯子、耳机，还零零散散摆着水晶发卡和草莓发圈，东西很多，但不凌乱。

卧室里呈现出的是很温馨的生活状态。

陈宜勉在她让出的椅子上坐下，将视线从电脑屏幕上移开，问："觉得好看吗？"

"还可以。"

陈宜勉面朝她，大大咧咧地敞着腿，今睡坐得板正，并在一起的腿恰好在他的膝盖之间，这是一个很亲密的姿势。

陈宜勉拉住她的手，无比自然地将手落在她的腿上，深深地望着她说："我们斤斤会拥有很多很多的人，是这世上最幸福的小女孩儿。"

今睡知道，陈宜勉是在哄自己。

明明他比谁过得都要苦，却总能在她最需要安全感的时候，给予源源不断的信念。

今睡晃了晃他拉住的那只手，软着声喊他："哥哥。"

陈宜勉正垂眸，盯着她卷翘的眼睫毛，目光在她薄薄的眼褶上一点点描摹，听见她说话，下意识应了声，后知后觉她说了什么，顿时眼含笑意地抬眸问："你说什么？"

今睡抿住唇，故意不说，甚至试图往后躲。

陈宜勉哪能如她的意？他原本两手分别抓着她的左右手腕，这会儿改成一只手抓着。她手腕纤细，陈宜勉一只手完全能抓得过来。他腾出的那只手往前一捞，揽在她的后腰上。

今睡被碰到痒痒肉，为了躲背后那只手，往前弯了弯腰。

这样正遂了陈宜勉的意，他扶着今睡的腰，把人带到自己的怀里，按在自己的腿上坐好。

今睡为了坐稳，抬手攀上他的肩膀，两个人四目相对，一时没人说话。

"再叫一声。"陈宜勉倾身过来，与她额头相抵，眼神中满是深情，暧昧的气息在两个人之间慢慢发酵。

卧室外面，今渊朝在跟郭文远讲着什么历史专业上的大道理，说话声一阵阵地传来，只不过并没有今睡的心跳声清晰。

她被陈宜勉箍在怀里，却没开口说话，而是下巴一仰，吻上了他近在咫尺的唇。

两个人间气氛到了，是该接个吻，但实话说这个场景有些不合适——外面是闹腾的小远和说话的大人，他们随时都有敲门进来的可能。而且之前的每次接吻都是陈宜勉主动——主动吻她，或是主动提接吻的要求。

今天是第一次，她主动。

今睡吻得笨拙，四片唇瓣碰在一起，贴了会儿便要分开。

陈宜勉哪能如她的意？手顺着她的后背滑到她的后脖颈，他没怎么用力就让她不能轻易逃脱。他重新吻住她，在今睡唇间溢出声似乎是要说话时，成功地撬开了她的牙关。

跟以往他强劲的攻势不一样，今天陈宜勉意思性地深吻了她一番，便松开，问："学会了吗？"

今睡自知被看扁，坐直些，急于证明自己。

但陈宜勉并没有配合。他懒散地往电脑椅背上一靠，躲得远远的。

今睡不开心地一撇嘴，收紧钩在他脖子上的手臂，离开他的大腿略一起身，下一秒屈起一条腿往陈宜勉腿间一跪。

陈宜勉被吓得眼皮一抖，低头觑了眼，确认自己坐的位置比较靠里，不会被压到才放心。

不过他这口气还没等呼出来，只见今睡已经倾身压过来，精准地吻住他。环在他脖子上的手臂收紧，两个人上身紧紧地贴着，因为身量有差距，今睡单膝跪着不舒服。她渐渐地把身体重心放在膝盖上，缠他的动作没停，整个人跨坐到他身上。

她贴得太近、太紧了。

今睡宛如初生牛犊，不计后果地为非作歹，只管放火不管灭。

陈宜勉漆黑透亮的瞳仁骤然放大一圈，他想叫停，又不舍得，情绪复杂地挣扎在失控与克制之间。

在今睡又一次无意识地往上坐时，陈宜勉不客气地捏着她的后颈把人拎开，自己则别开脸，压着声清了下嗓子。

今睡正跃跃欲试地问他要作业评分时，只听陈宜勉先说了："往下挪挪，坐腿上。"

她愣了下，后知后觉到什么，评不评分根本顾不上，脸唰一下红起来，腿也不敢坐了，连忙滑下来。

"坐……坐疼你了？"

陈宜勉故意逗她："那你揉揉。"

"这么严重吗？"今睡刚刚被提醒的那一瞬是蒙的，但渐渐冷静下来后，便垂眸盯着，一副要进行实践的认真模样。

"……"陈宜勉生怕她真上手，坐正些，随手把腰后的抱枕抽出来放到身前，"现在不行。"

今睡哦了声，看向别处，两秒后，又忍不住朝抱枕看来。她也没想到会突然到这地步，望向陈宜勉的眼神里带着歉意和尴尬之色，又因为过于喜欢和信赖他，隐隐流露着期待的意味。

对，是期待。浓情蜜意的恋人对彻底探索、拥有另一半这件事，既感到羞涩，也期待。

所以陈宜勉瞧着她，问了："要去我那儿吗？"

两个人从房间出来，说朋友过生日要庆祝，顺利地离开了家，一路畅通。

今睡上次来陈宜勉家还是几年前，那年冬天她跟导师去国外参加论坛会，出发前一天，陈宜勉带她回家吃了顿饭。

"你一直住这里吗？"

陈宜勉"嗯"了声，说："你可以常来。"

今睢本是随口一问，但猛然间想到陈宜勉家里的事情。

陈宜勉没跟她聊过，但今睢依稀听说了。

当年陈、陶两家企业要联姻，为的是帮庆阳渡过难关。陈康清去世后，郗斓成了庆阳集团的执行董事，管理公司大小事务，联姻的事情没人再提，公司的事情也与陈宜勉无关。

他在陈康清去世后，彻底被踢出陈家。

那几年，他一定很苦吧？

不对不对，现在不是想这个的时候，今睢想到一会儿要发生的事情，突然就紧张起来。本着有备无患的态度，她拿出手机，埋头搜索着理论知识，开始自己的预习工作。

她越查心里越没底。

车子缓缓驶进小区，过闸口时，陈宜勉突然刹住车。

"怎么了？"今睢还以为是车子坏掉了。

话音刚落，只见保安亭里蹿出来个小男孩儿，模样帅气，和陈宜勉长相有几分相似。

"哥！你终于回来了！"小男孩儿小跑过来。

这个帅气的小男孩儿，除了陈嘉俊还能是谁？

"你不是在夏令营吗？"陈宜勉皱着眉问他。

驾驶侧的车窗降下，陈嘉俊个子长高了，望过来时视线越过黑着一张脸的哥哥，瞧见了坐在副驾驶座上的人。

"今睢姐姐！"陈嘉俊对陈宜勉的疑问充耳不闻，兴奋地喊了一声后，冲她直摆手。

陈宜勉把陈嘉俊带回家，让他换了身干净的衣服，一边收拾他背回来的双肩包，一边训他不该自己偷跑回来。

陈嘉俊振振有词："我没有偷跑，我是平安到家后才来找你的。"

陈宜勉还要说什么，陈嘉俊很有眼力地往今睢身后一藏，拽着她的胳膊挡在脸前，只小心翼翼地从上面露出一双眼睛瞥他，嘴上跟今睢告状："姐姐，我哥哥又要凶我。"

今睁无奈地笑，把小孩儿拽到跟前老实坐好，问："还有哪里被蚊子咬了？"

"没有啦。"

今睁把花露水放下，刚朝陈宜勉看了一眼，手便被陈嘉俊抓住。

陈嘉俊拽着她，邀请道："姐姐，我们一起玩游戏吧。"

今睁没拒绝："好啊。"

男孩儿对电子类产品格外精通，没一会儿便把游戏机投到液晶屏幕上，连好了手柄。今睁看着陈嘉俊插的游戏卡，提议："我们玩个别的好不好？"

"不要嘛，我喜欢玩这个！"

今睁被陈嘉俊塞了个游戏手柄，见小孩儿已经轻车熟路地进入游戏，叽叽喳喳地跟今睁讲起他做的任务。

今睁看出他是真的喜欢，不忍心扰乱他的积极性。

今睁低估了小孩儿玩游戏的劲头，陈嘉俊连打了几个哈欠，还在孜孜不倦地抓鱼、摘菜、做饭、打怪……

"行了，洗洗手吃饭。"

好在陈宜勉煮好了面，摘掉围裙过来，把一大一小两个人拎起来。注意到今睁不太好看的脸色，陈宜勉低声问："怎么了？"

今睁不想让他担心，只搪塞道："我好菜。"

陈宜勉嗤笑出声，用刚用冷水冲过的有些凉的手指轻轻刮了下她的鼻尖，说："一会儿老公带你赢回来。"

陈嘉俊率先洗好手，坐到餐桌旁的椅子上，捧着装面条的汤碗，靠近嗅了嗅，陶醉地惊呼出声："哇！好香啊！哥哥，我好久没吃你做的饭了。"

今睁听见，小声跟陈宜勉说："我也好久没吃了。"

陈宜勉俯身亲了亲她，说："那你住进来，天天做给你吃。"

今睁不答了，飞快地溜去餐厅接陈嘉俊的话："吃的什么啊？"

兄弟俩拌了会儿嘴，陈嘉俊吃了饭犯困，没一会儿便靠在沙发上抱着抱枕睡着了。陈宜勉把他抱回卧室睡，出来时，给家里的司机打了个电话。

家里换了主人，很多东西都变了。好在司机是以前的老人，认陈宜勉这个少爷，这个电话打过去，对方态度很是恭敬。陈宜勉说小俊在自己这里睡着了，让家里人不用担心，两个小时后过来接。

挂了电话后，陈宜勉朝今睢这边走来。

今睢正站在阳台上，背对着陈宜勉，举着手机拍晚霞。

陈宜勉从后面抱着今睢，弯着背，下巴垫在她的肩膀上，整个人的重心都落在她身上。

今睢慢慢地垂下胳膊，侧头看他。

陈宜勉原本冲着她的脖颈，此刻侧了侧头，和她接了个吻。

今睢觉得陈宜勉心情不好，因为自己很直观地感受到他吻她的动作前所未有的霸道。

衣服还好好地穿在身上，但并不妨碍陈宜勉"胡作非为"。

直到陈宜勉察觉到今睢兴致不高，有些犯懒，才停下动作，关切地问她："怎么了？"

今睢转身抱着他，和他额头相抵，垂着眼说："有点头痛。"

"空调吹着凉了吗？"陈宜勉习惯喝冷水，家里的中央空调温度设置得低，她不适应也正常。他抬手试了试她额头的温度，不发烧。

"我调高一点。"

今睢摇摇头，环在她腰上的手没有松开。

"应该是因为游戏。"她说话慢悠悠的，"我有点晕 3D，缓一会儿就好。"

陈宜勉"嗯"了声，保持着拥着她的动作，抬手，分别按住她两边的太阳穴，动作缓慢地揉起来。

屋里有小孩儿在睡觉，所以两个人不敢大声说话。黄昏时分的霞光旖旎浪漫，慷慨地铺洒在眼前。今睢靠在陈宜勉怀里，没睁眼，眼皮上洒了一层淡金色的晚霞，她被晒得热热的，很舒服。

陈宜勉手上动作不停，垂眸看着她的小巧立体的五官。

陈嘉俊的突然出现，让一些陈宜勉试图忽略的事情摊开到表面上，沉默许久后，他状似不经意地说："斤斤，我什么都没有了。"

今睢缓缓睁眼，撞上陈宜勉平静无波的双眼。

"有时候夜里醒来，都不知道自己该做什么。"陈宜勉说。

今睢遮住他的眼，不忍看他这样子："你还有我。"

九月初的时候，今渊朝和姚静去民政局领了证，因为工作关系，他们没有空出时间坐下来和大家吃顿饭，一直到月中，今渊朝在外面订了餐厅，才确定了一家人吃饭的时间。

今渊朝提前几天跟今睢说，让她把陈宜勉喊上。

先不说今睢和陈宜勉目前还处于恋爱阶段，他适不适合来，他这段时间也确实是比较忙，连今睢见他都少了。

所以今睢一直没找到合适的机会说。

那天今睢想给今渊朝和姚静挑个礼物做新婚礼物，在网上做了好久的功课，最终还是决定去商场看一看。这天今睢约了孟芮娉帮自己拿主意。

两姐妹久不见面，攒了太多的话可以聊，逛了会儿商场，又订了周边的餐厅吃饭。

从商场出来往附近的餐厅走时，孟芮娉突然望着某个方向"咦"了声，示意今睢看："那是你家陈宜勉吗？"

这天阳光很好，商场落地玻璃干净。那是一家装潢讲究的咖啡厅，靠窗的这张桌子旁围坐着十几个人，桌子上放着几台笔记本电脑，散着纸质文件和签字笔。他们似乎是在开会，积极地讨论着什么。

孟芮娉没认错，陈宜勉在其中。

"应该是剧组开会，我们走……"今睢的话音刚落下，陈宜勉似有所感，朝窗外看了一眼。

今睢抿唇，冲他笑笑。

陈宜勉旁边的同事正和他说话，今睢趁他转头的时候，拽着孟芮娉走了。

刚走出没几步，今睢收到陈宜勉的短信："不过来打个招呼？"

"我都不认识。"

今睢趁着这个机会，跟他说了家里吃饭的事情："你那晚有事吗？"

"有剧本会。"

顿了下，他又发："不方便推。替我跟叔叔阿姨说声抱歉。"

今睢有些失落，下一瞬又觉得自己有些操之过急。她说："那我替你挑个新婚礼物。"

"好。"

今睢正要收起手机，看到陈宜勉给她转了一笔钱。

他说："不要心疼钱。"

"我有钱。"

陈宜勉说："想赚钱给你花。"

陈宜勉确实忙，明年有项目开机，今年正是集中忙的阶段。夏天和今睢在一起度过的日子好像偷来的时间，遥远缥缈，如果不是确实能联系到她，陈宜勉都要怀疑是一场梦。

不过那天他还是来了。

一家人吃完饭，今睢把今渊朝和姚静赶去看电影，让他们约个会。

她和郭文远在家附近的公园散步聊天时，接到了陈宜勉的电话。

陈宜勉刚结束剧本会，风尘仆仆地出现。

"听说小远要过生日了是吗？这是给你的礼物。"陈宜勉把手里的盒子给郭文远，示意，"打开看看，喜欢吗？"

陈宜勉送的是一架无人机，很酷的新款。郭文远的眼睛立马亮了，他脆声道："谢谢姐夫！"

今睢正瞧着盒子上的品牌标识，闻言想制止时已经迟了。

陈宜勉很受用地一点头说："去玩吧，一会儿我教你几个绝招。"

"好！"

今睢瞧着，自打两个人一起出去一趟后，小远似乎更加崇拜陈宜勉了，笑容也多了，更开朗了，也愿意与人交流了。

陈宜勉这人怎么有这么大魅力？

很有魅力的陈宜勉也十分较真："那天叫你打招呼，怎么不过来？"

今睢回答得有理有据："你在工作。"

陈宜勉仔细看她的神情，问："没吃醋？"

"没有。"

"那我尝尝。"

今睢茫然地"啊"了声，没理解他说的是尝什么，下一秒，陈宜勉倾身过来，用实际行动回答了她——

两个人接了个吻。

无人机在郭文远的操纵下缓缓起飞，似乎离今睢很近，她能清晰地听到嗡嗡声。只是还没等她听得再清晰些，只听郭文远不知看到什么，吓得哎呀一声，因操作失误，无人机悲惨地坠机。

郭文远刚上手，对这架无人机还不熟悉，按着遥控器捣鼓了半天，始终没能让它再次成功起飞。

今睢去推陈宜勉："干吗突然亲我？"

陈宜勉笑着放开她，说出自己的判断："是甜的。"

一旁的灌木丛晃动，郭文远低调地蹲在那儿，一点点地朝无人机坠机处挪。

距离差不多了，他伸出手，飞快地将无人机捡走，溜之大吉。

今睢捶他的胸口，埋怨道："被撞见了。"

"我十四岁的时候，身边的男生都开始……"陈宜勉凑近今睢，低声说了句什么。

今睢听见了，但不想回应。

陈宜勉莞尔，用指腹碰了碰今睢的脸颊，说："好久没见你脸红了。"

今睢狡辩："被你吓的。"

那天两个人闹了会儿，陈宜勉说回正事。他明年夏天有电影开机，这段时间是筹备期，零零碎碎的工作很多，会很忙。

今睢表示理解。

随着开学，今睢也忙了起来，一头扎进实验室里，手机也不常看。两个人好像又恢复到读本科时的状态，不过因为他们关系的转变，很多东西已经变得不一样了。

两个人挑了个都有空的时间去了趟救助站。今睢这才知道，救助站这两年越办规模越大，也越来越正规，甚至成立了流浪动物救助网站，号召力更强了。

周恒正对他俩在一起了这事一点也不感到意外。

"我眼光准，当时看你俩站在一起，我就觉得一准有戏，郎才女貌，多般配。"

跨年的时候，陈宜勉在外地，两个人隔着视频倒计时庆祝，这次他没有搞惊喜突然出现在她身边，但她依然满心欢喜。

倒是春节的时候，两个人是一起过的——

除夕那天，今睢跟姚静在房间里试新买的耳环时，听到陈宜勉的说话声，今睢一愣，出去看了一眼，确定是本人，当即问道："你怎么来了？"

今渊朝瞅了女儿一眼，替陈宜勉回："我叫他来的，干吗？你不欢迎啊？"

今睢大叫冤枉："我以为他在外地。"

"再忙过年也要回家吃饭。"今渊朝说。

姚静出来打招呼："宜勉来了，饿吗？桌子上有点心，你洗洗手，先垫一下肚子，一会儿吃年夜饭。"

"哎，谢谢静姨。"

陈宜勉去洗手时，今睢跟着去卫生间，小声埋怨道："你也不提前告诉我。"

"晚上你还约了别人？"陈宜勉和她开玩笑，视线落在她圆润的耳垂上，问，"怎么只戴了一只？"

"忘记了。"另一只耳环在今睢手里。她抬手，朝镜子看了一眼，摸索着戴耳环。

镜子隔得有点远，看不太清，今睢半天没戴好。

最终是陈宜勉擦干手，道："我来。"

今睢耳垂小巧，挂一颗珍珠的耳饰正合适。

陈宜勉轻松地帮她戴好，身体往后仰了仰，隔远些打量她一番，说："很好看。"

长辈还在外面，卫生间的门敞着，两个人没停留太久，便出去了。

陈宜勉要去厨房帮忙，被姚静拦住说："我跟你叔做饭就行，你们小孩儿在外面说话。"

也只有在长辈面前，他们永远是孩子。

"姐夫，你来看我养的金鱼。"郭文远捧着自己的鱼缸，扬声喊。

陈宜勉应了声。

倒是今睢碰了下陈宜勉的胳膊，提醒道："你别乱答应，我爸还在呢。"

陈宜勉说："你爸都让我来家里吃年夜饭了，这意思还不明显？你就早点嫁过来吧。"

"谁说要嫁了？我才不急。"

"是是是，我急行了吧？"

郭文远还在那边喊陈宜勉，姐夫长姐夫短的，听得今睢一阵脸红，连忙把陈宜勉往那边推推，示意他快点过去。

今睢许久没吃到这么温馨的年夜饭了，没有老家那些爱攀比的亲戚，只有他们一家人。今渊朝和姚静感情稳定，今睢和郭文远相处得很愉快，陈宜勉也在，而且他很招两个长辈喜欢，郭文远对他也很是崇拜。

零点过了，吃了新煮的饺子，一家人又说了会儿话，陈宜勉看了一眼时间，说自己得回去了。

姚静说："我已经把客房收拾好了，宜勉住这儿吧。明早还得吃一顿饺子，这个年才算过完。"

今渊朝也让他留下来。

陈宜勉便没拒绝，在今睢的带领下，去了客房。

客房门一关，陈宜勉把人搂过来压在门板上，先亲了会儿，然后抵着她的额头，低声说："除夕快乐。"

"除夕快乐。"今睢回道，伸手抱着他。

两个人亲热了会儿，今睢轻轻地推他说："我不能待太久，得出去了。"

陈宜勉没松开她："不舍得。"他强调，"好久没见你了。"

今睢盯着他宽阔的胸膛说："有二十多天了。"

陈宜勉轻轻地"嗯"了声。

今睢仰脸和他亲了会儿，最终是陈宜勉主动把她松开，说："出去吧，早点休息。"

今睢："晚安。"

凌晨时分，一家人陆续入睡。

不知道是因为已经过了困劲，还是因为陈宜勉在客房，今睢躺在床上，翻来覆去睡不着。

最终她没忍住，拿出手机给陈宜勉发消息："你睡了吗？"

陈宜勉回："睡不着？"

今睢问："我能过去找你吗？"

今睢顿了下，强调："想和你说会儿话，什么也不做。"

"过来。"

今睢怕拖鞋踩在地上有声音，鞋子也不敢穿，轻手轻脚地开了卧室门出去，往客房走的这一路上都小心翼翼的。

她手扶在门把手上按下去，推门。直到人进去，成功关上门，她才彻底松了口气。

客房里只开了一盏床头灯，陈宜勉靠在床头，薄被上放着一台笔记本电脑。听见门口的声音，他抬头看过去，正好瞧见今睢捂着胸口微微喘气、惊魂甫定的模样。

他拍拍自己旁边的位置，示意她："过来。"

今睥爬上床，钻进被子，被他揽到自己身边，和他一起看电脑屏幕。

他在看布景方案，几十页演示文稿。今睥起初还有耐心听他介绍这个项目的内容，渐渐地就只顾着侧头看他说话的样子。

他好像瘦了，英俊的五官更加立体了，下颌线紧绷。他身上混合了成熟男人和意气少年的气质。

今睥抬手，摸了摸他修长脖颈上凸起的喉结。

喉结上下一滚，陈宜勉垂头，对上她清澈的眼眸。

今睥的手指一点点往上移，拂过紧绷的下颌、柔软的嘴唇、高挺的鼻梁、冷峻的眉眼。

陈宜勉下巴一仰，吻了她的手心。

今睥只觉手心一痒，是陈宜勉舔了她一下。她手一蜷，刚要缩回，便被陈宜勉擒住手腕。他身前放着的笔记本电脑已经被他单手合上，丢到了床头柜上，紧跟着他腾出手来，把薄被撩起来些，翻身把她压在床上，不让她再乱摸。

"不是只说说话吗？"

今睥厚着脸皮道："是你诱惑我。"

陈宜勉被气笑了。

今睥得寸进尺，没被他抓住的那只手在他的胸膛上摸了摸。

陈宜勉垂眸，盯着她的动作。

今睥一字一顿地说："宜勉哥，春宵一刻。"

陈宜勉再看她时，漆黑的眼底含着笑意，也带着火。

太久没见，他是真的想她，更何况这会儿小姑娘见他久不动作，不知死活地挑衅他："你是不是不敢啊？"

她眼一眨，又问："还是……不行啊？"

"长本事了是吗？"

在她眼巴巴的注视下，陈宜勉吻住她。

吻了会儿，陈宜勉把人松开，捋了捋她鬓角的碎发，说："睡觉。"

今睢感觉到他身体的变化，要说什么，被陈宜勉一记眼刀瞪回去。

她抿着笑，抓着薄被盖住嘴角，合上眼皮，乖巧地睡觉。

陈宜勉的一只胳膊被她枕着，人躺在她旁边。

没一会儿困意袭来，今睢迷迷糊糊快要睡着时，才想起来她忘记定闹钟了，得赶在今渊朝和姚静起床之前溜回房间。可她实在是太困了，这个顾虑才冒出头，下一秒她便睡了过去。

隔天一早，今睢被卧室外的说话声音吵醒，皱着眉头，正要翻个身多睡一会儿，想到什么，猛然睁开眼。

糟糕！家里人都起床了吗？

今睢从床上坐起来，念叨着"完了完了"，一转头发现陈宜勉不在，而且这不是客房的床——她睡在自己的房间。

她正疑惑这是怎么回事时，外面传来陈宜勉和今渊朝的说话声。

今渊朝似乎是说了一句："斤斤还没起吗？宜勉你喊她一下。"

今睢没听清陈宜勉应了什么，下一秒，卧室的门被敲响。

今睢下意识地觉得敲门的是陈宜勉，立马从床上下来，把被子铺好，然后用手指胡乱梳了梳头发，趿拉着拖鞋去开门。

"起了啊。"

今睢抿出微笑说："早。"

大年初一，家里很是热闹。今睢给今渊朝和姚静拜了年，收了今渊朝的红包，快快乐乐地去洗漱了。

陈宜勉和今渊朝大清早在下象棋，今睢洗漱完在旁边看了会儿，没找到和陈宜勉单独说话的机会。

一直到吃早饭时，今睢才用手机的微信软件问陈宜勉："我早晨怎么睡在自己房间？"

陈宜勉正跟今渊朝聊时事政治，手机屏幕一亮，他立马回了："你睡着了我抱你回去的。"

今睢的手机设置了新消息振动提示音，在饭桌上嗡地响了一下，今渊朝立马看过来。他看着陈宜勉回消息，又看着今睡收到新消息，这两个人在跟谁聊天不言而喻。

陈宜勉和今睡刚搁下碗筷，说吃好了，便被今渊朝摆摆手赶出了家门："你俩去街上逛逛，省得在我们大人面前玩得拘束。"

这个年过完，两个人似乎比读本科时还要忙。今睡虽然读的是本校的研究生，但因为项目与科学院那边有联系，所以大部分时间待在科学院那边的实验室，这样一来，不论是回市中心的家，还是回华清那处公寓，都不是很方便。为了休息好，她在科学院附近租了房子，结果租房上遇到一连串问题，让她心力交瘁。

陈宜勉为了马上要开机的项目，大会小会不断，偶尔还要去外地出差。两个人聚少离多，连聊天也时常隔着"时差"，今睡珍惜每次联系、见面的机会，没在他面前提过任何糟心的事情。

夏天，陈宜勉的电影开拍，两个人更是迎来了近半年的异地恋状态。

那天今睡在实验室待得晚了些，回到出租房洗漱完准备睡觉时，听到一阵拍门声。

对，是毫无礼貌的拍门声。

"姑娘，你在家吗？物业说你屋里的水管漏水，我帮你修一下。"

"姑娘，你把门打开，我听到你的声音了。"

是房东大叔的声音。

门反锁着，钥匙插在门内的锁孔里，锁上还挂着防盗链。这是今睡出国租房总结的经验，她在这方面很小心。她皱眉听着门外的声音，警惕地关掉电视，开了手机摄像模式，对着被敲得砰砰响的门板开始录像。

好在门外的人只是敲了一会儿，很快离开。

今睡松了口气，把视频保存好，去卫生间把头发吹干，吹风机嗡嗡运行时，她突然很想陈宜勉。

今睡买机票、打车去机场一气呵成，人在贵市落地，在行李传送带旁等着取行李时，被工作人员告知她的行李因为他们的失误被托运到了别处。

今睡不是为难人的性格，见对方客气且真诚地承诺会及时把行李追回，便登记了个人信息，没再追究。

只是今睡没想到，这将是她坎坷一天的开始。

她搭大巴去陈宜勉所在的县时，才给他发消息说了自己来找他的事情。

陈宜勉估计在忙，迟迟没有回她。

今睡没催，按照陈宜勉先前聊天时给她发过的定位坐标换乘交通工具自己过去。

不巧的是，她扑了个空，当地人说在这儿拍电影的剧组昨天已经走了。

　

陈宜勉知道今睡来了贵市已经是两个小时后。

剧组为了拍摄效果，想利用真雨拍摄，好不容易等到老天爷赏脸降雨，但拍摄效果迟迟达不到要求。

陈宜勉不是喜欢发火的性格，就算碰到演员懈怠或者拍不出满意的效果的情况，也只会闷着头一直拍，面色冷静，若说跟平时有什么不一样，可能也就多了些专注和严肃吧。但是熟悉他的人知道，这个时候最好不要打扰他。

暂停调整时，助理犹豫一番后，把陈宜勉的手机递过来说："陈哥，你的电话一直在亮。"

陈宜勉为了保持工作状态，可以断网几个月，工作时更没有看手机的习惯，免得被分散注意力。他正在跟编剧聊剧本，讨论这个地方怎么调整更合理，见到助理的动作，第一反应是摆手说"不接"，顿了下，又把人留住，接过了手机。

他刚拿到手机，看到未读消息和未接来电，眉头就皱了起来。

那边演员出声示意："导演，我调整好了。"

今睡穿了条无袖单裙，露着嫩藕似的手臂和圆润的肩膀，风一吹，冷得直打战。

终于，一辆已经被泥水溅得分不清原本的颜色是白色还是灰色的面包车在她的面前停下。车子刚停下，驾驶座一侧下来个男生。他将手机屏幕里的照片和眼前身形纤瘦的女孩儿比对一番，急匆匆地迎上去。

今睡被人打量时，也仔细地看了一眼面包车的车牌，同时对电话那头的陈宜勉说："我看到你助理的车了。"她报了一遍车牌号，问，"是吗？"

"是这辆。"

陈宜勉在剧组走不开，此刻一心二用，边看着监视器指挥演员拍戏，边戴着蓝牙耳机保持和今睡的通话。

大多数时间陈宜勉是在跟剧组的人说话，但今睡听见他的声音，便觉得自己一个人在这异地他乡淋着暴雨也不算太可怜。

助理小跑过来，试探着喊了声："今睡老师？"

见女生点头，小助理才松了口气，连忙把伞斜到她这边，愧疚地解释："不好意思，不好意思，过来时车子陷在路上耽误了时间。陈哥走不开，让我来接你，先上车吧。"

"谢谢。"

今睡的行李在托运时丢了，此刻她只背了一个双肩包，里面装着证件和充电宝这类应急物品。她没料到这边会突然降温，没随身带外套。

在雨幕下吹了会儿冷风，坐到车里，她才渐渐暖和过来。

陈宜勉一直听着她这边的情况，说："先让小程送你去酒店，我这边一结束就回去。"

"好。"

说是酒店，其实是镇上的小宾馆，灯牌字都没亮全。宾馆外面看着旧，里面更旧。如果不是已经联系到陈宜勉，今睚真的要怀疑自己是被人骗了。

"今睚老师，陈哥的房间是这间，您先休息，我得赶回剧组。"

今睚抿出浅浅的笑说："麻烦你了。"

"应该的。您存一下我的手机号，需要什么随时联系我，这里条件简陋，您多担待。"

"好。"

送走助理，今睚给陈宜勉发了消息，说自己到住处了。

收到陈宜勉回复的消息时，她正守在电热水壶旁等水开。卫生间的淋浴是太阳能装置，今天天气差，热水供应不足，所以今睚要洗澡，必须自力更生。

热水壶容量小，但烧得快，今睚洗了头，又用热毛巾擦拭了身上，才暖和过来。原本穿的衣服是没法再穿了，她从陈宜勉的行李箱里找他的衣服应急。

陈宜勉回来时，今睚坐在沙发上，歪着头，已经睡着了。她这是一直在等他。

小宾馆房间的灯管不知用了多久，不怎么亮，今睚穿着一件宽松的黑色 T 恤，皮肤白得刺眼。

今睚在睡梦中感觉到自己被人抱起，疲惫地睁了睁眼，还没看清眼前人，就先听到了声音："去床上睡。"

今睚伸手去钩他的脖子，陈宜勉顺势低头，亲了亲她，低声问："怎么突然过来了？"

"想你了。"今睚靠在他的胸膛上，听着有力的心跳声，浮躁了一天的情绪渐渐平稳下来。

陈宜勉把人放到床上，给她盖好被子，说："我也十分想你。"

有人来敲门，陈宜勉怕吵醒她，疾步过去。

编剧来催他去开会，陈宜勉应着说"知道了"。

他开完会已经是凌晨，今睢一路奔波，累坏了，这个时间睡得正熟。陈宜勉悄声进了浴室，看到还没收起的热水壶，大概懂了今睢是怎么洗的澡。

他像往常一样冲了凉水澡，把自己收拾干净，轻手轻脚地躺到床上。他两个小时后便得出去，这会儿想跟今睢说说话，却又不忍吵醒她，等身体暖和了些，才钻进被子里伸手去抱她。

很快，陈宜勉发现今睢眉头皱着，鬓角有一层薄薄的汗珠。他原本以为她是做噩梦了，抬手把她紧蹙的眉头揉开，然后有一下没一下地拍着她的后背安抚她的情绪。

过了会儿，陈宜勉感觉她抖得越来越厉害，后知后觉地意识到她可能不是做噩梦，是发烧了。

今睢觉得这一觉睡得很累。

颠簸的大巴，漫长的旅途，不知名的目的地……她像没有根的浮萍，一直漂啊漂。

她依稀听到陈宜勉叫她起来吃药，但她太疲惫了，睁不开眼，抬不动手，脑袋昏昏沉沉，不知道自己最后有没有听他的话。

又睡了好久，暴雨似乎停了，她听到了清晨的鸟鸣，感受到了和煦的微风。有人摸了摸她的额头，说："烧退了。"

这是陈宜勉的声音。

又过了会儿，今睢听到屋里的人离开又回来，但她太困了，梦呓般喊了陈宜勉一声。他好像应了，又好像没听见，今睢还没分辨清楚，便又睡过去了。

她彻底睡醒是在中午。

太阳高悬在天空中，洒下的阳光炙热干燥。

"你醒啦？"

今睢坐起来，一脸蒙地看着坐在窗边玩手机的短发女生，动了动嘴唇，嗓子沙哑地问："有水吗？"

"有。常温的可以吗？"女生从床头柜旁的购物袋里翻了翻，拿出一瓶矿泉水，递给她。

"谢谢。"

今睡刚醒，四肢的运动神经还没缓过来，攥拳时没什么力量，她捧着水瓶缓了会儿，才顺利拧开盖。

见今睡喝了水，女生找到她的手机，递过来："陈哥说，你醒了给他回个电话。"

"好。"

今睡怕陈宜勉在拍戏，不方便接电话，只发了条消息，告诉他自己醒了。

今睡发完消息，刚准备放下手机，陈宜勉的电话就打了进来。今睡接起，听到他的声音："还难受吗？"

不知道是被太阳晒的，还是发烧后遗症，今睡醒来后觉得心口像有火在烧，但听到他的声音后，这种灼烧感突然缓解了很多。

今睡说："好多了。"

陈宜勉："一会儿喝点粥，再吃两片消炎药。"

短发女生还坐在床边的椅子上注视着她。今睡心里想跟陈宜勉多说说话，但碍着有外人在场，加上他现在在工作，便什么也没说，只淡淡地应了声。

那边有人在喊陈宜勉。

今睡忙说："你先忙，我能照顾自己。"

陈宜勉"嗯"了声，又说："你把电话给小双。"

今睡闻言，才知道"小双"是短发女孩儿的名字，遂把手机递给她："他让你接电话。"

陈宜勉似乎是叮嘱了什么，只听小双连应了几声。随后小双挂断电话，把手机还给今睡说："今睡姐，你再睡会儿，我去楼下取餐。"

今睡昨晚出了很多汗，虽然是大病初愈，起床后还是去卫生间简单地擦拭了身上，清理一番后，才觉得舒坦些。

小双动作麻利，取餐，拿药，还买了水果，回来后给同事发语音聊工作。

她把桌子清出来，把袋子里的餐盒往外拿时，见今睡从卫生间出来，说："陈哥说，你喝了粥如果想出去走走，让我带你去剧组找他。"

今睢原本担心突然出现在剧组会碍事，到了后才发现，剧组里人来人往，杂乱吵闹。

小双把她带到地方，手机突然有来电，小双拿起手机看了一眼说："今睢姐，陈哥在那儿，你过去吧。我去接个电话。"

今睢应声，却没立马过去。她站在远处等了会儿，等陈宜勉拿起扩音器喊了声"过"后，才混在人流中往他那边走。

只是不凑巧，有演员和编剧围过去聊下一场戏，今睢走到近处后下意识地停住脚步，没再靠近打扰。

但陈宜勉似有所感，朝她这边侧了下头，看到她后，眼底的神色柔和了一些，招手让她过来。

今睢走近时，他自然地起身，让她坐在折叠凳上，自己则和演员、编剧站在一旁说事情。

陈宜勉和别人说话时一直拉着今睢的手，陆续有人朝这边投来带着探究和新奇意味的目光，陈宜勉视而不见，一直没松开她。

今睢佯装没注意到这些视线，安静地坐在一旁等他们聊完。

编剧有眼力，聊了会儿，拽走其中一个演员："我给你讲讲下一场。"

大家自觉地散开后，陈宜勉才得空看向今睢。她穿着 T 恤和短裤，四肢匀称修长，确实是休息好了，脸色红润了些，不再是躺在床上脸色苍白的病美人模样。

"早晨航空公司打来电话，我接了，你的行李箱找到了，我让助理去取了，晚上送到宾馆。"

今睢应了声"好"，凑近些，问陈宜勉："大家怎么都在看我？我今天状态还行吗？没给你丢人吧？"

"不会，你什么样子都漂亮。"陈宜勉捏捏她的脸说。

有工作人员拿来一张折叠凳，陈宜勉坐下。

没一会儿编剧回来了。

"说悄悄话呢？"编剧看上去和陈宜勉差不了几岁，一副文艺青年的模样，跟演员讲完戏，拿着剧本回到这边。他一手搭在陈宜勉的肩上，冲今睢笑笑，对陈宜勉道："她就是昨晚在你房里留宿的人啊？介绍一下。"

陈宜勉先对今睢说："这部电影的编剧，也嘎。"

今睢眨眼，看向陈宜勉，确认道："写《傲骨》的那个也嘎吗？"

也嘎径自接话："啧，没想到我还有读者呢。"

今睢知道他这是谦虚，《傲骨》这本书常年蝉联各大平台畅销榜榜首，占据书店正冲门口的展台，读者多了去了。

陈宜勉没给两个人客套的机会，继而一指今睢，冲也嘎介绍道："今睢，我未婚妻。"

第十章
胜新婚

下午来剧组探班的小美女是陈导未婚妻的消息不胫而走。

等今睡意识到时，剧组的工作人员已经一口一个"嫂子"地喊她了。今睡厚着脸皮应着，根本找不到理由埋怨陈宜勉。

下午吃饭的时候，今睡想起来一件事，问："我是不是该请剧组的人喝点凉茶什么的？"

剧组上下统一吃盒饭，陈宜勉帮今睡把盒饭的塑料盖子掀开，笑道："这么快就有家属意识了？"

今睡不理他的玩笑，说："我认真问呢。"

陈宜勉拆了副一次性筷子，掰开后，交错着把毛刺磨掉避免扎手，递给今睡，说："没那么讲究。"略一顿，他又说，"比起凉茶，他们可能更喜欢吃'狗粮'。"

"……"

不讲究归不讲究，礼数她还是要讲的。

夜戏拍摄间隙，剧组工作人员再碰见今睡时，不再是单纯地称呼她"嫂子"，还多了几句感谢的话。

"凉粉很好吃。

"谢谢嫂子。"

今睡一脸蒙，走到陈宜勉旁边时，听到编剧老师对自己说："弟妹有心了，还特意给我们准备了夜宵。"

今睡和陈宜勉对了个眼神，猜到这些都是陈宜勉安排的。

等编剧老师走了，今睡问陈宜勉："不是说不需要吗？"

陈宜勉凑过来，在大庭广众之下亲了亲她的嘴角，说："今天陈导高兴，夜宵能请，'狗粮'也管够。"

夜戏要拍到很晚，陈宜勉让小双先把今睡送回去休息。

陈宜勉结束今天的拍摄回到小宾馆时，今睡还没睡，靠在床头看正在拍的这部电影的原著小说，模样专注。

陈宜勉进门时，她潦草地打了个招呼，便埋头继续看。

陈宜勉在外面吹了一天的尘土，先去冲了澡，换了干净衣服，擦干头发出来，坐到她旁边。

"好看吗？"

"还可以。"

陈宜勉去捏她的下巴，逗猫似的闹她："那你也看看我，你老公也好看。"

"你连书的醋也吃啊？"今睡被他挠到痒痒肉，笑着去拨他的手，陈宜勉顺势抓住她的手，拉到自己嘴边亲了亲。

他洗完澡没刮胡子，今睡柔软的手掌被短短的青色胡楂刺得又麻又痒。

陈宜勉认真地说："让我好好看看你。"

今睡晚上回来时，行李箱已经被送到房间里了。今天天气好，太阳能足，热水也足，今睡洗了个舒服的热水澡，对皮肤做了清洁和护理，还喷了香水。

这会儿长发落在瘦削的肩上，她靠在床头看书的模样娇软可人。

今睡被他看得莫名害羞，往后缩了缩脖子。

陈宜勉想到昨天的事情，严肃地跟她说："下次不准偷偷来，要提前打招呼。"

今睡本想给他惊喜，没想到弄巧成拙害他担心。她心里过意不去，插科打诨道："不搞突击检查，我怎么知道你有没有藏人？"

"那你现在查到人了吗？"陈宜勉凑近她，萦绕在鼻息间的淡淡的、冷冽的甜香更加明显了。

他循着香气倾身，贴在她的颈间嗅了嗅。

温软的唇落在上面，一路向上，吻到她的唇。

今睡手里的书是问小双借的，看完还得还回去，怕被陈宜勉压坏，她缓缓往外抽胳膊，摸索着要把书放到床头柜上。

只是没等今睡把书放好，陈宜勉率先揽过她的腰，把人往下一抱，在她平躺在床上后，俯身深吻下来。

始料未及的状况让今睡手一抖，没合上的书吧嗒落在地上。

今睡预想过这个场景很多次，但真正经历时感觉还是不一样的。

今睡觉得外面好像又下起了雨，她回到了那个来找陈宜勉却扑了空的潮湿闷热的傍晚。

但下一秒，她又像是陷入了一个全新的梦境——

她撑着独木小舟漂荡在浩瀚无垠的海上，风雨过境，翻滚的海浪将脆弱的小船掀起又荡下。

突然，呼啸的风掀起一阵滔天巨浪，独木小舟被送到浪尖，就在今睡以为自己要死了时，海浪裹着木舟，把她稳稳放下。

不知过了多久，雨停了，风停了。

顽强的独木舟还在海面上摇摇晃晃。

陈宜勉下床，把手里的东西打结，丢了，才来抱今睡："去洗个澡。"

"不想动。"今睡往另一边翻了个身，闹起了脾气，不让他抱。

陈宜勉没强迫她，走过去捡起自己的裤子，抖了抖，从裤口袋里摸出烟盒和打火机。

他赤条条地坐在床尾，架着腿，点烟。

今睢快睡着时，被尼古丁的味道勾得睁开眼。

今睢起身，坐到他身边，问他要："给我一根。"

陈宜勉捡起烟盒磕了下，抖出一根烟。

今睢抽出来，衔在齿间，前倾凑近他，借着他唇边的烟吸了口，点着了嘴里的烟。

陈宜勉瞧着她娴熟的动作，往后仰了仰，将胳膊撑在身后，才想起来问："什么时候学的？"

今睢随便扯了件衣服披在背上，抱着膝盖坐在那儿，原本盯着猩红的火光，闻言，转头看过来，将侧脸枕在膝盖上，让人辨不出真假地笑着回答道："在国外想你的时候。"

"真的假的？"

"不信拉倒。"

陈宜勉笑了："你一直没告诉我你是从什么时候开始对我动心的。"

他像是平静地陈述一个事实，又像是随口一问，所以对她的答案不怎么上心，最后吸了口手里的烟，将烟丢进一旁装着半杯水的一次性纸杯里。

下一秒，陈宜勉把她拽到怀里。

今睢仰躺在他的腿上，看他把自己手里才烧了半截的烟摘走，丢进纸杯里，又看他低头亲了亲自己。

两个人分开时，他捋了捋她鬓角被汗湿的头发，说："以后不准抽了。"

今睢跟着说："你也不抽。"

陈宜勉深深地望着她说："好，一起长命百岁。"

翌日，阳光大好。这里是偏僻幽静的山区，虽然有很多不便利之处，但空气十分清新。

微风将窗帘吹起，缕缕和煦的晨光洒在屋里。今睢靠在陈宜勉怀里，阳光下的睡容美好又乖巧。

陈宜勉要早起拍戏，起来时轻手轻脚的，怕吵醒她。

他穿好衣服，简单地洗漱了一下，走之前绕到床边，俯身亲了亲今睢。

"我一会儿让人送早饭来。"

今睢觉得脸上痒，晃着脑袋动了动，原本以为是蚊子，在一巴掌打过去之前，渐渐意识到是陈宜勉。

她觉得自己刚睡着便又醒了，此刻眼睛惺忪、浑身无力地趴在枕头上，侧了侧头，因为还没有完全睡醒，吐字不清楚地提醒他："不用让人来照顾我，我自己下楼吃。"

"好。有事给我打电话。"陈宜勉将她往床中间抱了抱，免得她一会儿翻身栽下去。陈宜勉出了门。

今睢被这么一闹，渐渐没了睡意。主要是身上不自在，腿是酸的，腰是痛的，感觉自己浑身上下哪儿都不舒服，但她趴在床上回味着昨晚的事情，又觉得除了这些表面的疼痛，心里哪儿都是舒畅的。

今睢又偷了会儿懒，才下楼吃饭。清粥小菜是当地的口味，今睢有些吃不惯，不过还是慢吞吞地吃光了，十分捧场。

她回去后把房间收拾了一下，没去剧组，把没看完的书看完了，然后在附近逛了逛。

晚上，她掐着陈宜勉拍戏结束的时间过去接他下班。

陈宜勉扬起两个人十指紧扣的手，放在嘴边，亲了亲她的手背说："不舍得你回去，但又不想你在这儿吃苦。"

"有你在，不苦。"

两个人牵着手踩着月光回到房间，简单地吃了夜宵，说了会儿话。

两个人睡觉前，澡是一起洗的。

用陈宜勉的话说就是热水器里热水不多了，要省着用。

结果他们洗到最后，水一点也没剩。

今睢在小宾馆里住了一周，剧组要转到别的城市继续拍摄时，她回京市的日子也到了。

分别前一晚，陈宜勉带今睢去山里看星空。

今睢怕晚上山里有蚊子，特意穿了条紧身牛仔裤。陈宜勉看见，和她说穿裙子拍照好看，硬是哄得她去换了。

今睢边不服气地嘟囔"我刚刚搭的那身也好看啊"，边老老实实地按照他的意思换了他选的那条短裙。

今睢怕冷，偷偷摸摸地搭了条过膝袜。

今睢一直以为陈宜勉挺正经的，到了山上才知道，陈宜勉让她穿裙子完全是为自己谋福利。

今睢从机场出来，看到米莱靠在一辆粉色敞篷车上冲自己招手。

"米莱姐？"今睢不确定地喊。

喜多乐队去年参加了一档乐队综艺节目后，商演活动多了起来，线下演出更是一票难求。今睢上次见他们还是几年前跟陈宜勉一起，今天乍一见到米莱还有些不敢认。

米莱是乐队的主唱兼吉他手，偏可爱类型的女生，比乐队的另一个女生吉吉更平易近人。她见到今睢，表明来意："阿勉让我来接你，上车吧。"

今睢把行李箱放到后备厢里，两个人坐上车。

"我先送你回泰华小区，你把东西收拾一下，把家搬了。多的话我叫人来帮忙，少的话咱俩开车拉过去。新住处离你原本住的小区不远，距离科学院更近些。小区一梯两户，一层物业二十四小时值班，电梯需要刷卡才能搭乘，安全性更好。是阿勉的房子，不会再有房东骚扰你。"

今睢还在听电台放的歌，听到米莱聊起这个，当即一愣，下意识地问："你们怎么知道……"

米莱看向她："阿勉让人查的。你找的那个房东有前科，之前因为骚扰女性进过派出所，你继续住下去不安全。"

今睢一时冲动跑去贵市，没跟陈宜勉说过情绪波动的导火索。她自以为隐藏得很好，没想到还是被陈宜勉看出了端倪。

"麻烦你了。"今睢抿唇说。

米莱："小事。贵市好玩吗？我看了阿勉的朋友圈，你们看到彩虹云了？真幸运。"

他们是挺幸运的。

那天出发去山上时，还没到傍晚，天空是清澈的湛蓝色，所以那朵飘在高空的彩虹云格外显眼。

不过那天比罕见的彩虹云更好看的是缀满繁星的夜空以及陈宜勉伏在她身上深情亲吻她的样子。

陈宜勉开的是敞篷车，后座宽敞干净。

他说尽缱绻情话时，今睢为了迎合他亲吻自己脖颈的动作，仰着下巴，看向夜空，入眼的是辽阔美丽的星空。

…………

今睢搬完家，简单地收拾了下，请米莱在小区附近的餐厅吃了顿饭。

快吃完的时候，今睢接到了陈宜勉的电话。

"房子的格局还喜欢吗？临时只能找到这处，你先住段时间，有哪里不喜欢我们再调整。"陈宜勉在电话那头说。

今睢回答："挺好的。我白天在实验室，晚上有个能睡觉的地方就可以。"

陈宜勉估计是不忙，还有闲心跟她开玩笑："生活条件必须好，我还得过去住呢。"

米莱还坐在对面吃东西，今睢脸皮薄，电话讲得小心翼翼，没直接回答什么，只问道："你什么时候回来啊？"

"想我了？"

"嗯。"

陈宜勉："哪里想？"

今睢清了下嗓子，提醒他："我跟米莱姐在吃饭，小区附近的一家粤菜，还挺好吃的。"

陈宜勉意味深长地"哦"了声，故意为难她："我好想你。"

今睢心里咬牙切齿地骂他，面上却不动声色地说道："好，一会儿拍照给你看。不说了，我先挂了。"

挂断电话后，今睢红着脸颊，微微呼了口气。

她冲米莱笑了笑，后者望着她说："看别人谈恋爱真甜哪。"

陈宜勉回来那天是周六。今睢知道陈宜勉会过来，提前把家里打扫了一遍，该洗的洗，该晒的晒，又把冰箱里填得满满当当，还买了鲜花装饰家里。

不过在陈宜勉回来前，家里迎来了另一位朋友——那天接到孟芮婳的电话时，今睢正坐在露台上翻大学时的相册。

听到电话那头的哭声，今睢陡然坐直，紧张地边安慰她边问："出什么事了？你现在在哪里……好，我过去接你。"

今睢急匆匆地往外走，险些忘记换鞋子。

她打车到孟芮婳家时，门没关，地上到处是白瓷瓶的碎片，还有几个多肉盆栽，根茎和泥土散了一地，房间里被翻得乱七八糟。

她挨个房间看过去，在卧室里找到了孟芮婳。

孟芮婳缩在床边，今睢站在门口往卧室里看时，险些忽略掉她。

孟芮婳似乎是在哭，肩膀一抖一抖的。今睢疾步过去，发现她十分狼狈，身上的 T 恤被扯得皱皱巴巴，嘴角红肿，额头不知道怎么磕到的，伤口有血。

"你这是怎么了？"今睢扑到她跟前，蹲下后扶着她的肩膀，查看她的情况，问，"是遇到贼了吗？"

眼泪不停地往下流，孟芮婳低低地"嗯"了声。

"报警了吗？"今睢扶着她说，"你先起来，我带你去医院。"

"我不去医院。"孟芮婳浑身颤抖着摇头问，"我能去你那儿住几天吗？"

"好。"

今睢觉得以孟芮婳的状态必须去医院做个彻底的检查，但见她一直抵触去医院，便暂时作罢。

今睡帮孟芮娉简单地处理了伤口，把次卧收拾出来做客房让她休息，打算等她情绪稳定后，再劝她去医院做个全身检查。

孟芮娉睡得并不好，眉头紧紧蹙着，嘴角、额头的伤口触目惊心，整个人在发抖。

她冷吗？

今睡帮她把被子掖好，后知后觉地意识到她这是在害怕。

关于家里发生的事情，孟芮娉没有说太多，今睡想帮忙，一时也不知道从何下手。

今睡把次卧的门带上，让孟芮娉安心睡觉，然后去客厅把孟芮娉刚刚拿睡衣时弄乱的行李箱收拾好。

箱子里的东西是今睡临时帮忙收拾的，洗漱、护肤用品都没带，睡衣和外出穿的衣裤、鞋也没有——这些孟芮娉完全可以用她的。今睡只帮孟芮娉装了些做科研要用到的材料和换洗的内衣裤。

今睡把东西归类放好，准备合上行李箱时，注意到网兜的夹层里有一张郄浩宇的名片。

孟芮娉还留着啊。

今睡想起本科时孟芮娉单恋郄教授的情形，那仿佛还是昨天发生的事情，但眨眼已经过去了好多年。

今睡把行李箱扣好，拎起来推到墙角，进了厨房，准备煮点粥等孟芮娉醒来吃。

孟芮娉是在一阵心悸中醒来的，噩梦带来的惊恐感令她满头大汗。

她紧张地抓着被面，睁眼后认清自己在今睡家，才松了口气。

孟芮娉从次卧出来，听到厨房里有抽油烟机运转的声音，慢吞吞地走过去。

"在做什么？"

今睡扭头看到她，放下手机，冲她笑道："你醒了。煮了点砂锅粥，炒了两道青菜。刚开始学做饭，可能不太好吃，你凑合一下。"

因为忙着照顾孟芮娉，今睢忘记了陈宜勉今天会来的事情。

收到陈宜勉下飞机后报平安的短信，今睢才记起这件事情。她把做好的菜肴摆到桌上，跟孟芮娉说："陈宜勉一会儿过来，你方便吗？不想见人的话，我让他先不过来。"

孟芮娉知道今睢和陈宜勉久不见面，哪能让自己耽误两个人相处？孟芮娉轻轻地摇摇头说："你们不嫌弃我在这里碍事就行。"

"怎么会？"今睢从砂锅里舀出一碗粥，递给孟芮娉，让她先垫一下肚子。

今睢光顾着做饭，没腾出手来把孟芮娉在她这儿的事情告诉陈宜勉。在她看来，这本来是件很寻常的事情，引不起什么糟糕结果，不承想真的闹出了笑话。

门铃响的时候，今睢已经摘了围裙从厨房出来，坐在餐桌旁，一边跟孟芮娉说话，一边等陈宜勉回来。

孟芮娉低头喝粥，自觉地把开门的事让给今睢去做。

今睢遮掩着心里的轻快情绪，经过玄关处的全身镜时，飞快地上下打量了一遍自己——头发很随意地披散着，素面朝天，穿着家居服，该补个口红、换个裙子的……不过现在有想法也来不及了，今睢在反思中过去开了门。

"你回……"

后两个字还没说出口，今睢就觉得一阵天旋地转。陈宜勉大步跨进门后，把行李随手往旁边一丢，揽着腰把人往里推，然后按在了墙上。

他一路风尘仆仆，从室外进来时带进一股热浪。他瘦了些，晒黑了些，头发长长了些。他着急回来见她，胡子也没刮，看着有些糙，蓬勃的少年气淡了，桀骜嚣张的野劲正浓。

"怎么这么慢？"陈宜勉准确无误地吻住她的唇，一手扶着她的后颈，避免她的头撞在墙上，揽在她腰上的那只手强势又霸道，一阵摸索后探进了她的上衣，"想你了。"

今睢被他吻得喘息不止。胳膊被他压在身前，她费了好半天劲才抽出来，及时拦住他在自己身上"胡作非为"的手，叫停："等会

355

儿……家里有人。"

"嗯？"

陈宜勉动作一顿，今睢借机把他的手拽出来，陈宜勉反扣住她的手，与她十指紧扣，不悦地皱起眉，顺着今睢使眼色的方向看去——

孟芮婳尴尬地笑着，继续留也不是，扭头走也不合适。

孟芮婳保证自己绝对不是故意的。她刚才准备再去舀一碗粥，起身后决定先过来和陈宜勉打个招呼，哪承想撞见了这样香艳的一幕。

"你……你们继续。我什么也没看到。"

今睢炒的菜比较清淡，因为陈宜勉还在，所以她做饭时点了几样外卖。

恰恰是这笔送达的外卖订单打破了屋里尴尬的局面。

"应该是外卖到了。"今睢听见自己放在餐桌上的手机响，扯了扯陈宜勉的手，示意他松开，"我去接一下。"

外卖放在一楼的餐架上，今睢跟外卖员确认好信息，便准备下去取。

孟芮婳快她一步，走到玄关处换好鞋子，表示："我下去拿吧。"

不等今睢点头，孟芮婳便开门出去了。今睢生怕她错拿了，在她关上防盗门前，飞快地报了一遍手机尾号。

"风风火火的。"今睢瞧着她的背影，无奈地评价道。

今睢说完才看向陈宜勉，打算问他"路上还顺利吗？"，结果话还没说，便被陈宜勉抓住手腕，央求道："过来，让我抱抱。"

孟芮婳不在，今睢也放松了些，挪过去，贴着他的胸膛反抱住他的腰。

今睢仰着头，陈宜勉低着头。

"想我了吗？"陈宜勉问她。

今睢眼巴巴地望着他说："想。"一个字不足以概括内心的情感，她补充道，"好想好想啊。"

今睢在陈宜勉一副"并没有感受到"的神情下，踮脚亲了亲他，亲完说："房子的事情谢谢你。"

陈宜勉很受用，淡淡地"嗯"了声，问她："你准备怎么感谢我这个房东呢？"

今睢知道陈宜勉又在想坏事，不客气地和他说理："米莱姐说这个房子的房东不会骚扰女租客。"

"那在你报警之前，让我尝尝甜头。"陈宜勉倾身，一手搂着她的后颈，一手揽着她的腰，深吻她。

今睢被他亲得腿发软，结束时险些站不住。

"晚上再收拾你。"陈宜勉捏了捏她的耳垂，把人松开。

话是那么说，吃饭时两个人也没消停。

孟芮娉在一楼拿到外卖后没急着上楼，和值班的物业小姐姐聊了会儿天，收到今睢的微信消息后才搭电梯上楼。她神色如常，心想只要自己不尴尬，那尴尬的就是另外两个人。

吃饭时三个人坐在餐桌旁，孟芮娉挨着今睢，陈宜勉坐在今睢对面。

其间今睢的筷子掉在地上，陈宜勉去厨房帮她取筷子。

"一会儿我订个酒店，吃完饭就搬走。"孟芮娉觉得自己头顶锃光瓦亮，这个灯泡当得晃人眼。

今睢却表示："没事，陈宜勉不住这儿。"顿了下，她又说，"吃完饭我陪你去趟医院吧，你额头上的伤口需要及时处理一下，免得留疤。"

"只是几处皮外伤，我自己去就行。"

今睢又说："你报警后警察有联系你吗？需不需要我陪你去做笔录？"

孟芮娉见陈宜勉拿着筷子从厨房出来，遂说："放心，我一个人能解决。先吃饭。"

今睢"哦"了声，接过陈宜勉递来的筷子，轻声说"谢谢"。

今睢在陈宜勉回来前边和孟芮娉说话边喝了一碗粥，这会儿不饿，加上她自己炒的菜跟用热水焯过一遍加点调味料的菜没什么区别，难以下咽；点的这家外卖店她之前堂食过，但不知怎的，今天大厨像是手抖了加多了盐，吃起来也不合胃口，今睬象征性地吃了几口后，便放下筷子不再吃了。

孟芮娉似乎在想事情，低着头，筷子只夹自己面前的那一道菜。

倒是陈宜勉很捧场，在听说桌上的菜是今睬做的后，吃得津津有味。

今睬坐在餐桌旁，上半身没动，用脚踢了踢陈宜勉，在他不解地抬头看过来时，笑着问他："好吃吗？"

"还行。下次别做了。"陈宜勉本来想多夸夸，但担心夸奖太过会让她对下厨这件事情上瘾，以后自己会沦为实验小白鼠，顿时改了主意，回答得诚实又直白。

今睬知道自己的实力，但听他这样说，还是不开心，撇了撇嘴巴，报复性地踢掉拖鞋，用脚趾踩他的脚背。

他撩起眼皮觑她一眼，没吭声，甚至没有任何反常的神色，倒是将拿着筷子的手朝她伸过去——不是打她，而是夹她面前的菜。

今睬认为他这一动作颇有"恐吓"意味。礼尚往来，她也没轻易放过陈宜勉。

她的脚趾踩在他的脚上，慢慢往小腿上移，动作渐渐大胆。

直到陈宜勉状似不经意地把桌上的不锈钢勺子碰到地上，发出当嘟一声。

孟芮娉听到这声音，身体一抖。不过同桌的两个人沉浸在自己的小世界里，没人注意到她的警惕状态，就像孟芮娉刚刚在专注地想事情，也没有发现他们两个人的隐秘互动一样。

陈宜勉往后一推凳子，准备弯腰去捡勺子。

今睬才恍如受惊的小鹿，急匆匆地收腿，拖鞋也顾不上穿。

陈宜勉得逞，轻轻笑了下，把勺子捡起来放好。

今睬落荒而逃："我去拿把新的。"

陈宜勉假正经："谢谢。"

孟芮婷没去成医院。

吃完饭，孟芮婷接到个电话，是快递员打来的，说有一个国际包裹正在派送，问她现在在家没，需要她当面检查并签收。

孟芮婷借口拿快递，从今睡家离开，并说："我签收了快递后自己去医院，你不用担心。"

"真不需要我陪吗？"家里刚遭祸事，今睡怕孟芮婷一个人回去害怕。

孟芮婷轻松地说："没事，青天白日的，我还能被绑架不成？"

今睡听她如此说，便没再过度关心，只说："那你有事给我打电话。"

"放心吧。"

等孟芮婷离开，陈宜勉才问今睡孟芮婷脸上的伤怎么来的。

今睡把孟芮婷家里的事情说了。

陈宜勉听完，沉默片刻，以这件事为例子教育她："你以后不论是租房子还是平日生活，不要逞强，自保意识要有，知道吗？"

"我又不是三岁小孩儿。"今睡觉得他小题大做，敷衍地答应几声，嘟囔，"我一个人在国外的时候，不是生活得好好的吗？"

说起这事，今睡想到自己在国外那两年也没少让陈宜勉帮助，顿时说不出话了。

他安排的人，平时跟路人一样，不留心可能都发现不了。她遇到什么危险或者着急的事情时，才是他们真正派上用场的时候。

不过今睡很幸运，在那次枪击事件后，没再遭遇难以预料的危险事件。

不过她挺好奇："我在国外发生点什么事情，你都知道？"

陈宜勉"嗯"了声，说："连你带男生回家过夜我都知道。"

"你别诬陷我。"今睡想了想，大概知道陈宜勉说的是哪次，严肃地澄清，"那天是室友过生日，在家里开派对，很多同学在场，有男生也有女生，玩到后半夜就离开了，没有单独留谁过夜。"

陈宜勉想到那天自己坐在停在她公寓门口的车里，还未从陈康清去世带来的悲痛情绪与对未来的迷茫和怀疑中走出来，脸色并不好看。

公寓里有多热闹，他心里便有多难过。

那次，他一直待到隔天才离开。

今睢不知道这些事情，自顾自地把话题扯开道："你坐了一天车，要不要先休息会儿？"

"那你在旁边陪我。"

"好。"

陈宜勉一直觉得今睢和自己的母亲很像，是一个对生活品质和生活体验感要求很高的人。今睢不是那种会耗时间去把头发丝都捯饬得散发着香气的女孩儿，她大部分时间奉献给了科研事业，但这并不意味着她生活不讲究。

她的房间整洁，朝南阳光好，窗帘最里层的窗纱拉住，屋里亮堂，但光线不刺眼。床上四件套是奶油色的，床头柜上放着她看到一半的书和藤编的收纳篮，床边铺着地毯，上面是可爱的卡通小狗图案。

陈宜勉抱着她靠在床头，想去拿烟，胳膊伸到一半，想到答应今睢要戒烟的事情，收回手，把靠在自己胸膛上的人抱起来，又亲了亲，把烟瘾压下去。

有手机响，是陈宜勉的。今睢怕他再来，借机推了推他，提醒他接电话。

电话是池桉打来的。池桉知道陈宜勉今天回京市，打电话让他出来吃饭。陈宜勉问了时间地点，说自己一会儿带着今睢过去。

今睢惦记着孟芮娉，也拿过手机，发消息问她去医院了没有。

孟芮娉很快回了，说："放心。"

今睢还要发消息，忽觉一阵天旋地转，原来是挂断电话的陈宜勉突然把她抱起来，让她跨坐到他身上。

他目光灼灼，在她惊魂甫定的神色中征求她的意见："还有点饿。"

陈宜勉压着她亲了会儿，今睢只觉得身子一轻，是陈宜勉扶着她的肩膀将她翻了个面。

今睡趴在枕头上，腰被提起来，以一种跪趴的姿势背对着他。

她发现了，陈宜勉很喜欢这个姿势。

他这次真的坚持了好久。

今睡被撞得精神恍惚，所以听见手机响，愣怔了几秒才抬手拿过手机。

那时候，陈宜勉刚刚"缴械"，趴在她的身上缓神。她则趴在枕头上，慢吞吞地侧头，准备先看一眼来电人再决定要不要接这个电话。

来电人是孟芮娉。

孟芮娉这个时候打电话来，估计是有什么急事。

今睡没耽搁，摁了接听键："喂……"

陈宜勉见她有事，也不再闹她，自觉地起身。

今睡还没问有什么事，只听电话那头传来孟芮娉惊恐的声音："不要打我，求求你不要打我了……我知道错了……对不起……"

"师姐，你怎么了？谁在打你？"今睡猛地从床上弹起来，下身传来的不适感让她哼了声。她根本顾不上处理，焦急地冲着电话喊孟芮娉的名字。

"怎么了？"陈宜勉问。

通话被挂断，今睡连忙又打回去，这次没打通，对方手机关机了。

今睡回："有人在打她……孟芮娉好像遇到危险了。"

"先报个警。"陈宜勉当机立断，"她家在哪儿？我们现在过去。"

"好。"

两个人没敢耽搁，报了警，以最快的速度出门。

路上有些堵，今睡担心孟芮娉的情况，一直胡思乱想。

"会不会是她的房东……"今睡在租房的事情上有过教训，下意识地联想到这个层面。

今睡之前也没听孟芮娉提过她小区有哪户人家被盗，好端端的怎么就盯上孟芮娉了呢？孟芮娉长得漂亮，性格爽朗，但不是爱招摇的性格，今睡思来想去也找不到其他原因。

陈宜勉摸摸今睢的头发以示安慰，拿起手机拨出去："喂，诚哥，你现在有空吗？有个事需要你帮一下……"陈宜勉把孟芮娉公寓的地址精确到门牌号报过去，说要查房主。

半分钟不到，电话那头的人说了个答案。

陈宜勉："近期有回国吗？"

"没有。"

陈宜勉听见，略一顿，又说："那租户呢，有登记租户信息吗？"

电话那头的人很快查到结果。

陈宜勉朝今睢看了一眼，说："好，我知道了。谢谢哥，改天请你吃饭。"

对于陈宜勉这一眼，今睢没多想，只当是陈宜勉担心自己的状态。直到陈宜勉挂断电话，今睢着急地问了句"怎么样"，陈宜勉回她："房主一家在国外，没查到近期的回国记录。"他一顿，继续说，"租户是个熟人，你之前的邻居，郐浩宇。"

"……"

今睢这才明白陈宜勉方才的眼神是什么意思。

早在很多年前，陈宜勉便提醒过她，郐浩宇是个危险人物，接触时要当心。

但那时今睢未曾切身遭遇伤害，对陈宜勉的警告没有明确的概念，甚至认为陈宜勉是因为母亲的事故对郐浩宇有了偏见。

即便那年今睢在郐浩宇推荐的餐厅就餐时恰好撞见陈宜勉和陶蔺所在的两个家庭聚餐的场景，也从未怀疑过郐浩宇是故意的。

毕竟那时就算没有郐浩宇，她与陈宜勉感情上的嫌隙和矛盾也一直存在，迟早会被引燃。

"孟芮娉和郐浩宇有往来吗？"陈宜勉问到了事情的关键。

今睢迟疑了，这关系三言两语说不清。想了想，她尽量简洁地说："本科时，孟芮娉常去听郐教授的课，不过这几年我没有听她说过郐教授的事情。哦，对，"今睢想起来了，"我今天帮她收拾行李时，在她的行李箱里看到一张郐教授的名片，可能郐教授恰好把房子转租给了她？"

今睡到现在都不认为郄浩宇会伤害孟芮娉。

陈宜勉欲言又止，最后只说："我们先去她住的地方看看。"

今睡抿唇说："好。"

孟芮娉在一直住着的这处公寓里。

先前今睡来接她时，公寓里便一片混乱，此刻比先前更乱。

孟芮娉抱着膝盖缩在沙发上，因为刚刚不小心踩到了花盆碎片，右脚大拇指被划破了一道口子。

郄浩宇刚刚帮她处理过这道伤口，涂碘伏的时候动作极其温柔，贴上创可贴后，特意叮嘱她伤口不要碰水。

孟芮娉将头埋在膝盖上，一边哭一边把贴得平整的创可贴揭开，有眼泪落在伤口上，疼得孟芮娉皱了皱眉，但很快，她后背直冒冷汗，感觉不到这处的疼痛了。

她恐惧地往后缩了缩，盯着悄无声息从书房出来站在书房门口正看着自己的郄浩宇。

郄浩宇带着一贯温润从容的神情，若是换个场景，用"如沐春风"这四个字来形容正合适，但在这里，在郄浩宇亲手弄得一片狼藉的公寓里，孟芮娉看到他这个神情，只能想到"阴鸷"两个字。

郄浩宇穿着衬衣、西裤，脚上是深灰色的家居拖鞋，英俊优雅。他款款走来时，垂着眼，目光轻飘飘地落在孟芮娉的脚趾上，准确地说是孟芮娉受伤的右脚大拇指和那只被揭到一半的创可贴上。

他走近时，孟芮娉一直往后缩着肩膀，但她已经在沙发的角落了，根本无处躲藏。

看着这个人前斯斯文文惯会伪装的大学教授朝自己伸出手，她下意识地朝旁边了别脸，不敢看他。

但郄浩宇只是捧起她的脸，用修长柔软的手指轻轻擦过她眼下满是泪痕的皮肤。

他仿佛感受不到孟芮娉在颤抖一般，提了提挺括的西裤，在她面前单膝跪地，拿起被她揭到一半的创可贴，重新贴好。

然后郐浩宇伸手扶着她的后颈，将她往自己身前拉了拉，眼神温柔地在她的额头上落下一个吻，说："在家乖乖的，不准调皮。"

孟芮婷咬唇憋着泪，一直到郐浩宇走远，公寓防盗门打开又关上以及反锁门锁的声音传来，她才崩溃到号啕大哭。

许久后，她终于停止哭泣。虽然泪水不受控地继续往外涌，但她眼神坚定，跌跌撞撞地从沙发上下来了。

公寓的防盗门是双重锁芯，从外面反锁后，里面的人需要用钥匙才能打开。

孟芮婷没有钥匙。她寄希望于郐浩宇把备用钥匙漏放在家里的某个抽屉里，同时一并翻找着家里可以用来报警的电子设备。

但家里没有备用钥匙，电子设备也都被郐浩宇收走锁进了保险柜。

孟芮婷压根不知道密码。

孟芮婷蹲在保险柜旁抱头痛哭，好一阵后，她转头朝着明亮干净、布满美丽晚霞的窗户看了一眼。

等她被外面传来的开门声叫回神时，人已经踩上了放在窗台边的凳子，只需要一步，她便能站到窗台上。

风扬起窗帘，她高挑纤瘦的身影此刻站在这里，脆弱又渺小，满身伤痕，十分不堪。

"学姐！学姐？你在家吗？"

孟芮婷定了定神，压低啜泣声，听见有人在喊她。

这是今睢的声音。

是的。孟芮婷先前在今睢那儿留了把钥匙，上午过来接孟芮婷去她家住的时候，便是今睢自己开的门。

今睢上午便是在卧室里找到孟芮婷的，所以这次下意识地先去了卧室。

卧室里没人。

她接着才来到书房，看到孟芮婷站在窗台旁，顿时双眼圆睁："学姐！"

孟芮娉站在凳子上，扭头，冲今睢露出一个非常难看的笑容。

今睢将手往前伸，想要把她拉下来，但距离太远了，今睢担心刺激到她，不敢随便往前走，只声音发着颤劝她："不管发生什么，你先下来，学姐，你还有大好的前程……"

"我没事。"孟芮娉笑着说，"我腿有点软，你过来扶我一下。"

今睢这才松了口气，把她从凳子上扶下来，生怕她再有什么冲动行为，紧紧地抓着她的胳膊不敢松手。

孟芮娉问："你怎么突然来了？"

"我接到你的电话，听见有人在打你，便和陈宜勉过来了。你……"今睢后怕地把她往房间中间拽拽，远离窗台。

"我没事。如果想死，早就已经死了。"孟芮娉安慰今睢。

今睢看到孟芮娉脸上新添的几道伤，心疼地抱了抱她。

警察也到了，陈宜勉确认今睢和孟芮娉安全后，在外面跟警方说明情况。

过了会儿，今睢搀扶着孟芮娉出去。

有警察过来问孟芮娉的情况，还要带她去做伤情鉴定。

今睢不放心她一个人去，跟陈宜勉打了声招呼，便陪着她出去了。

陈宜勉还有事情要跟警察说，便没跟着去，让今睢有事给自己打电话。

几人忙完一系列事情，已经是深夜了。

孟芮娉结束笔录，离开时，在走廊里和被警察带来配合调查的郤浩宇迎面遇见。

孟芮娉独立理性，明明已经很虚弱了，在面对警察问话时，因下了决心要与过去决裂，还是积极地配合。她强撑了一整晚，可在看见郤浩宇的那一刻，仍是险些崩溃。

她垂着头，走得很慢。

比起恐惧，她内心更多的是恶心和气愤。

她恨自己的无能，恨自己没有在认清这个人的真面目后毅然离开。

孟芮娉在女警的护送下走完了这段长长的走廊。

今睡等在休息椅上，看见她，急忙迎上去："刚刚郐教授也来了，你们没遇上吧？"

孟芮娉笑着轻轻摇头说："没事。我们走吧。"

今睡点点头，见孟芮娉一副坚强的样子，渐渐放下心来。

今睡把孟芮娉带回家，安置在次卧。孟芮娉呼吸渐渐平稳，今睡以为她睡着了，准备关掉夜灯。手刚碰到台灯的开关，今睡还没按下去，孟芮娉突然出声制止："别关灯。"

"你没睡着啊？"

"不敢睡。"

"那我陪你聊聊天。"今睡语气轻松地说。

今睡提了几件实验室里有意思的事情，孟芮娉的状态渐渐放松下来。

等孟芮娉睡着了，今睡才悄悄起身从次卧出来。

陈宜勉也忙完回来了，此刻坐在客厅看手机。听见开门声，他抬头看了眼，冲今睡伸伸手。

今睡过去，抓着他的手顺势跨坐到他的腿上，面对面抱着他。

这是一种很有安全感的拥抱姿势。

客厅里只开了廊顶的灯，光线微弱，两个人谁也没说话，今睡趴在他的肩膀上，合着眼皮。今天事情太多，她一时很难全部消化。她有很多话想要跟陈宜勉说，但一时不知道怎么说。

陈宜勉抱着她，注意力落在手机上。他拍了拍今睡的肩膀说："睡会儿吧。事情留到明天解决。"

"好。"

陈宜勉的怀抱足够让人安心，今睡渐渐睡着了。

孟芮娉的事情比较难处理，民警对双方进行调解后，短时间内没有给出什么明确的惩罚措施。

孟芮娉从那间公寓搬走，住回了学生宿舍。

今睡担心她，但也没办法时时刻刻陪着她。陈宜勉在家待了几天后，便去忙剪片子的事情了，也帮不上太多忙。

孟芮娉能顺利从这件事情上彻底脱身，倒是多亏了周恒正。

周恒正路子野，朋友多，有他帮忙，孟芮娉也算松了口气。

那天陈宜勉推了池桉的约，一拖拖到了来年。

春天的时候，陈宜勉那群爱玩的朋友组织了一年一度的常规活动——露营。陈宜勉把今睢拉进那个名为"老年人活动中心"的微信群里。

今睢当时刚结束一天的实验内容，脱了外套，洗了手，准备离开实验室，拿到手机时，群里已经就她入群这件事聊了不少内容。

群里的人大都是在明知故问地起哄让陈宜勉介绍这是谁。

陈宜勉知道这群人的性格，直截了当地回："我老婆。"

大家不放过宰陈宜勉的机会，纷纷表示："这不发个红包庆祝一下说不过去吧？"

今睢点进群聊时，正看到大家一句接一句地在发"谢谢嫂子""谢谢弟妹"，"热情"得今睢一时不知道该发什么消息。

她发了个玩偶熊奔跑过马路的表情包，故作淡定地打招呼："以后请大家多多关照。"

起哄完，大家聊回露营的话题。

今睢觉得大家挺厉害的，总能在周边发现风景好、空气清新、僻静的地方。今年大家一合计，租了个别墅，白天露营烧烤，晚上在别墅里玩解密游戏。

聊了会儿，今睢又被大源拉进另一个聊天群组。她这才知道，难怪今年的露营活动这么隆重，原来他们"密谋"着大事啊。

大源是喜多乐队的成员，米莱的男朋友。

他打算在这次露营中向米莱求婚。

他们相恋多年，感情非常稳定，也见过家长，两家有在商量结婚的事情，但大源说米莱是个有仪式感的人，想要给她补个求婚仪式。

现场他都布置好了，里面有米莱喜欢的莫兰迪色系和满天星元素。

求婚那天，今睢被安排带米莱先去别处逛逛，一会儿再回来。

今睢佯装平静，说那边风景好，让米莱陪自己过去拍照。她觉得自己这理由找得有些牵强，生怕露馅，所以一路都紧张兮兮的。

反倒是米莱，挽着她走出一段距离后，主动问："大源是要求婚吧？"

今睢当时在喝奶茶，闻言，险些被椰果呛到。她咳了几下，问："你知道了？"

"猜的。"米莱一脸幸福地解释道，"中午出门前又是给我拿新裙子，又是暗示我可以化点妆，还把订婚戒指要了去，说什么送去店里做保养，他的演技可真是太差了。"

今睢慢吞吞地把椰果咽下去，心想，他的演技好不好我不知道，但你们是真甜蜜。

虽然发生了这段小插曲，但并不影响这场求婚仪式的展开。

就像"我爱你"一样，恋人间也常说"我愿意"，愿意一起经历所有的苦，愿意一起品尝所有的甜，愿意陪对方走过风华正茂，愿意陪对方白头到老。

电视剧里欢喜的结局常有，而人生中不常有，所以我们生活中的每一个幸福瞬间都值得纪念。

池桉作为专业的摄影师，全程记录着这次求婚的过程。求婚结束后，大家热热闹闹地分喜糖、开香槟庆祝，池桉为了让这对新人第一时间有美图发朋友圈，从行李箱里抽出电脑，敬业地开始做修图工作。

今睢研究过池桉的修图风格——华丽且细腻，符合大众审美，且有个人风格。池桉修图的时候，不介意旁边有人盯着，甚至问今睢选哪张做主图更好。

"你先选着，我去拿杯喝的。"池桉起身，示意今睢随意看。

今睢正在吃米莱姐给她的巧克力，闻言，也没谦虚，顺势在池桉让出的凳子上坐下，真帮着看起来。

陈宜勉过来时，今睢正盯着电脑屏幕上的照片，神情专注。

池桉除了拍了人像，还在求婚开始前拍了很多现场布置的空镜头。

今睢正在看的就是这些空镜头。她想着今渊朝和姚静姨领证有一年了，却没有办任何仪式，也该有个类似的小活动庆祝一下。

长辈们为了子女做过太多牺牲，也该享受这样浪漫的小惊喜。

今睢想着这件事情的可行性，随手从旁边的伴手礼盒里拿出第二块巧克力，垂眼撕包装纸时，听见陈宜勉问："喜欢吗？"

今睢以为他问的是巧克力，莞尔说："好吃。"她把包装纸撕开，把巧克力递到陈宜勉嘴边，示意他，"你尝尝。"

陈宜勉就着她的动作咬了口，没点出她误解了自己的问题。

他问的是这次求婚的风格。

不过这种事情哪有直白地去找当事人参谋的？

陈宜勉决定自己观察她的喜好，然后来确定自己将来求婚时现场的风格。

很快陈宜勉发现，今睢似乎真的挺喜欢这次的现场布置。

池桉拿了两杯蜂蜜百香果冷饮回来，递给今睢一杯。

今睢说"谢谢"，把位子让开，跟他说了自己比较喜欢的两张照片。在池桉修图的时候，今睢问起准备这样一场求婚的预算。

池桉答了，又从这次的求婚聊到自己先前跟拍的几次求婚，进行比较说明。

今睢听着，心里计划着给今渊朝和姚静姨准备什么样的合适，因此多问了几句。

池桉见今睢对这个感兴趣，一指在场的一个鬈发女人说："她，做求婚策划的，今天的求婚就是她的创意，你感兴趣可以找她聊聊。"

"好啊。"

今睢朝池桉指的方向看了一眼，还真过去了。

池桉瞧今睢和对方聊得火热，渐渐回过味来。

他侧身碰了碰一旁站着的陈宜勉，问："这你还坐得住？"

陈宜勉刚刚虽然没说话，但自然也注意到了今睢的上心程度，说："是该考虑了。"

这晚两个人"运动"后，陈宜勉问她："你还记得我设计的那幢别墅吗？"

今睢还没完全缓过神，这会儿脑袋嗡嗡的，处于亢奋状态。她闻言淡淡地嗯了声，说："记得，怎么了？"

他表白时送给她的别墅模型。

那天后备厢里的礼物实在是太多，没有上百件也有几十件了。今睢拆开盒子，听陈宜勉讲了每一件礼物的故事，然后装了满满一纸箱才将那些东西抱回家。

她把那个别墅模型放在卧室最显眼的位置，在无数个夜晚和清晨将它看了一遍又一遍。

"想早一点和你住进去。"陈宜勉俯身咬她的耳垂，轻声说，"下周我带你去看看地皮，挑个你喜欢的位置，把它建出来。"

"好。"今睢仰着头，接受着他的吻。

陈宜勉的行动力很强，他这天提起来，没几天便挑了个今睢有空的时间来接她去看地皮。

今睢坐进车后，打量着陈宜勉，问他："你昨天不是熬夜了吗？要不要我开？"

"睡了四个小时，这会儿不困，回来时你开。"陈宜勉把放在扶手箱上的纸袋递给她说，"提拉米苏，新开的一家店，你尝尝。"

"谢谢。"

今睢吃东西挑，也爱吃，陈宜勉不仅惯着她挑剔的口味，还愿意四处搜罗好吃的买给她。

今睢拆开包装盒，先欣赏了一下这家店甜品的外观，评价道："感觉应该很好吃。"

随后她拿出手机打算先拍几张照。

研究生同学群里正在说半个月前的体检结果出来了，在公众号里可以查询体检报告。

今睢把通知栏弹出的消息关闭，找了几个角度拍了几张照片，然后把手机放在一边，自己先尝了一口。

"不算太甜，口感细腻，好吃。"

今睡也给陈宜勉挖了一块，喂到他嘴边："你尝尝。"

陈宜勉在开车，侧过身子吃掉甜品，说："店里还有其他甜品，改天再尝尝。"

他心想，如果今睡觉得不错，求婚现场的甜品就用这家店的。

别人说"改天"可能是敷衍的说辞，但今睡知道，陈宜勉口中的"改天"是真的会兑现。这也是今睡和陈宜勉相处时能感受到十足的安全感的原因。

她有被坚定地选择，也有被郑重地对待。

今睡一边吃甜品，一边按照微信群里提到的查询流程去公众号里下载了自己的体检报告。

她的生活习惯很好，除了在饮食上挑剔，平日里连感冒发烧都不常有，所以她没想到自己的身体会出现问题。

"怎么了？"陈宜勉不经意地侧头，看到今睡神色严肃地盯着手机，将黑色的塑料叉子咬在齿尖忘记了动作。

陈宜勉问完，不放心地又看了一眼。

今睡在陈宜勉的说话声中回神，轻松地笑了笑，边用叉子继续挖蛋糕吃，边解释道："一组实验数据出了问题，虚惊一场，我让同学帮我处理一下。"

陈宜勉淡淡地"嗯"了声，没打扰她跟同学沟通。

今睡根据自己的体检结果在线上咨询了医生。

对方说情况不太好。

今睡又查了一些资料，结果指向都不太好。

今睡神色严肃，做了会儿心理建设后，觉得有些自己吓自己。

她把手机收起来，深呼吸，心想先去医院复查看看，不管好坏，日子都得过。

复查那天，今睢是自己去的。她做了胃肠镜，一周后取活检报告。

她看到病理诊断这一栏里"癌"这个字时，浑身喇的一下就凉了。

她挂了专家号，主任医师看了她的情况后，说情况不太乐观。

那天她怎么走出医院的都不记得了，直到出大厅时，旁边人好心地提醒她："姑娘，你的手机在响。"今睢才回过神。

是陈宜勉打来的电话。

她拿起手机，借着往路边走的这段时间整理好心情，才接通电话。

"吃饭了吗？"

今睢知道自己现在不适合见他——状态不稳定，太容易暴露情绪让他看出端倪，但现在她太想见他，所以回答："还没有。"

"我来接你去吃饭，然后去见设计师。"陈宜勉除了工作，还热衷于装修的事情。

"好。"今睢报了附近商场的地址，让他过来接。

陈宜勉到商场门口，正准备给今睢打电话。今睢看到他的车子，先一步过来。

陈宜勉见她坐到副驾驶座上，问："买了什么？"

"随便逛了逛。"

陈宜勉没怀疑，自顾自地说："一会儿去吃淮扬菜。朋友开的店，知道你嘴挑，让你过去尝尝味道，点评一下。"

今睢谦虚地道："我属于瞎吃，哪里敢点评？"

"那就瞎点评。"陈宜勉发动车子前朝她看了一眼，抬手碰了碰她的脸颊，问，"是不是商场空调的温度太低了，你的脸色不太好？"

今睢抬手焐了焐自己的脸，顺着他的话说："是有点。"

见陈宜勉没怀疑，今睢松了口气，但自己的身体情况总归是要和他说的。

陈宜勉很快察觉到今睢一直在看自己。下车后，两个人往餐厅走时，他把手放在她的头顶揉了揉，问："怎么了？"

今睢抿出个轻松的笑说："想给我爸和姚静姨办一场小型的婚礼，你有什么建议吗？"

陈宜勉将胳膊落在她的肩上，边往前走边把她往怀里揽了揽，说："让我想想。"

今睢只是提议，陈宜勉却很快帮她安排好了。

从场地到餐品，从给姚静准备的婚纱到装着喜糖的伴手礼，陈宜勉把今睢那些可行的、不可行的想法一一落实了。

今睢看着很多对长辈而言可能没什么实际作用，完全是为了感动自己的环节，问陈宜勉："会不会太烦琐了？"

陈宜勉回："就当练练手。"

那天两个人在家里做一些准备工作，陈宜勉看着请柬在发呆。

今睢不解地看看请柬，又看看他，问："怎么了？有什么问题吗？"

陈宜勉把请柬放下，回身拉着她的手，说："突然想到我们结婚的时候，公婆的位置是空的。斤斤，我发现自己只有你了。"

今睢心一疼，陈宜勉……他的家人都不在了，而自己也……

今睢嘴上开着玩笑道："谁答应嫁给你了？而且你少煽情。"今睢反驳他，也像是在安慰自己，"你还有舅舅，还有弟弟，还有池桉那群朋友。没有人比你生活得更热闹充实了。"

"如果你不嫁给我，我的心都要空了，心空了，人便死了，要再多的热闹有什么用？"

"呸呸呸！"今睢立马打断他的话，表情严肃地看着他。

陈宜勉学着她，也呸了三下，回到最初的问题："那你嫁不嫁？"

今睢怕他觉得自己小题大做，将神情放松些，扭扭捏捏地说："我还没想好。"

"还没想好？"陈宜勉一字一顿地重复了一遍她的答案，胳膊紧紧一箍，把她拉到怀里，质问道，"我看你是欠收拾。"

陈宜勉的手不老实，今睢被碰到痒痒肉，在他的怀里站不直，又不肯服软，提醒他："哪有你这样逼婚的啊？"

陈宜勉望着她。

"臭流氓！"今睢凶巴巴地瞪他。

陈宜勉不甘示弱："你这个坏女人。"

两个人拌完嘴，搂着腰，亲了会儿。

今睢靠在他的怀里，听着他有力的心跳声，嘴角的笑容一点点变得僵硬、苦涩。一想到有可能没办法和他长久地走下去，她便好难过，好难过啊。

今睢以为自己瞒得很好，直到那天在肿瘤科的科室门口遇见姚静。

姚静当时上来给同事送东西，不经意朝这边一看，便移开视线跟同事说话。一句话没说完，她再次扭头，朝科室门口的休息椅看过来。

顾不上跟同事说话，她迟疑地走过去，认人："小睢？"

今睢在想自己生病对家里的影响，在想自己要是不在了，谁来听父亲的絮叨，谁来照顾父亲的晚年。

她在想怎么跟陈宜勉说。就像米莱猜到大源要求婚一样，今睢也知道陈宜勉动了要和她结婚的念头。

正想着，今睢听到有人在叫自己。

她闻声抬头，见到是谁后下意识地要躲，但姚静正撇开同事朝她走来，视线下垂，直直地落在今睢手里那一沓诊断单据上。

今睢微微收紧手指，尽量平静地喊了声："姚静姨。"

姚静朝头顶的科室名字看了一眼，"肿瘤科"三个字非常显眼。她将视线移回来，问今睢："身体不舒服？"

"印戒细胞癌……医生说不太好。"

今睢把手里的诊断单递过去，姚静将手从口袋里抽出来，接了翻看起来："告诉你爸了吗？"

"还没有……能麻烦你帮我保密吗？先不要告诉我爸，也不要告诉陈宜勉。"今睢说。

姚静在医院工作，见惯了各种离别，现在轮到自己家遇上这事，她此刻脸色平静，但不代表她不难受。她和今渊朝组建家庭，今睢便也是她的女儿。

她把单据整理好，递回去："早晚要知道的。"

今睢垂眼说："那晚一点让他们知道。我……我还没有想好怎么安慰他们。"

"好。你也不用太悲观，患者的心态对于身体的恢复很重要。"姚静语气温柔平和地帮她安排，"在想好怎么跟你爸和宜勉说之前就先不说，跟学校请个假，我陪你办住院手续。"

今睢轻轻应了声"好"，快绷不住的时候，肩膀被姚静揽过去。

今睢情绪低落："静姨，我怕。"

姚静："人生中会遇到很多困难，你才二十几岁，是最勇敢的年纪。"

今睢在住院前还有件事情要做，那就是参加今渊朝和姚静的婚礼。

婚礼是小型的，算是一场隆重的家庭聚会。

计划是他们骗姚静说今睢要去看看婚纱，让她陪着参谋参谋；两个人来到婚纱店挑婚纱时，安排好的店员会向姚静推荐事先准备好的属于她的那款婚纱，再和今睢一起哄让她试试；等姚静穿着婚纱出来，已经换好西装、皮鞋的今渊朝早已等在外面。

因为医院里的这个小插曲，那天今睢和姚静去婚纱店时心情格外沉重。也正因为这个插曲，姚静一门心思放在今睢身上，在店员和今睢提出让她试婚纱时，她为了让今睢开心，很配合地答应了。

姚静在店员的帮助下换好婚纱。

随着试衣间的帘子拉开，姚静不太自信地边嘟囔着"是不是有点别扭……"，边抬头。

外面哪里还有今睢的身影？

回应她的是今渊朝儒雅随和的目光。今渊朝说："不别扭，很漂亮。"

姚静张张嘴："你怎么来了？"

"俩孩子给咱安排的惊喜。"

今睢和陈宜勉还有郭文远从远处过来。

郭文远扑到姚静的怀里，仰着头夸赞："妈妈，你真好看。"

姚静脸上挂着幸福的笑容，哭笑不得地用手指点点今睢说："竟然被你骗住了。"

今睡挽着陈宜勉的胳膊，做了个鬼脸说："妈，以后我爸就由你照顾了。"

今睡一直没改口，正好借着今天这个机会改了对姚静的称呼。

姚静笑着："哎，好。以后一家人，互相担待，互相照顾。"

咔嚓——

池桉冒出来，举着相机冲这一家人先拍了一张照片，随后才说："衣服换好了，大家过去拍照吧。"

今渊朝和姚静拍了几组婚纱照后，池桉招呼今睡和郭文远："两个孩子也来，接下来拍几组全家福。"

摄影师安排好几个人的位置，拍摄了几张后，姚静看向场边在和工作室小助理聊天的陈宜勉，说："宜勉也一起吧。"

今渊朝没意见："宜勉来，站在斤斤旁边。"

今睡这段时间格外敏感。她觉得姚静姨是想让陈宜勉在自己生命中的存在感强一点，这样自己便不舍得轻易放弃了。

和陈宜勉对视了一眼，她抿出个浅浅的笑容，意思是让他过来。

陈宜勉笑着调侃："这是不是有些早了？"

今渊朝板起脸，质问他："干吗？你还想反悔不成？"

陈宜勉："哪能啊？叔，我现在是不是该改口了？"

今渊朝："也行。不过先说好，我今天身上没带红包。"

陈宜勉："都把宝贝女儿嫁给我了，是我该给您养老。"

众人笑着闹着，现场气氛轻松。

合照里，西装革履的今渊朝和穿婚纱的姚静坐在凳子上，后面站着今睡、陈宜勉和郭文远，一家人，团团圆圆。

第十一章
二十七岁

　　今睢住院的事情，只有姚静知道。姚静陪今睢安置好，又说了自己轮班的时间，说还缺什么给她打电话。

　　今睢抿出一个不太好看的笑容。

　　姚静又问："还没想好怎么告诉你爸和宜勉？"

　　今睢说："想等这次手术做完再跟他们说。"

　　今渊朝那边有姚静打掩护，今睢说自己去西市参加学术论坛会，他便没再多问，只叮嘱她出门在外照顾好自己。这些年今睢国内国外到处飞，独立惯了，今渊朝是放心的。

　　倒是陈宜勉那边有些麻烦……今睢平日里和陈宜勉联系多，说自己去西市后，他每日的关心便更多了。他问她吃的什么，住的地方怎么样，担心她水土不服，又担心她一进实验室就忘记吃饭。

　　今睢听着他絮叨，编谎话骗他的时候于心不忍。

　　今睢就这样别别扭扭地瞒了快一周，她的生日到了。

　　"还不打算回来吗？"这天陈宜勉和今睢语音通话时，问道，"你不回来的话，那我飞西市陪你过生日。"

"不用……"今睡说，"我这边工作应该能提前结束，我跟导师申请提前回京市。"

陈宜勉如愿了，轻快地说："给你准备了生日礼物。"

今睡表示："我也有事情和你说。"

今睡挑了个陈宜勉要去电影节参加活动的时间"回京市"，避免陈宜勉来机场接自己。

两个人见面那天是今睡的生日。

今睡原本想自己来订餐厅，挑的是陈宜勉喜欢去的地方，但陈宜勉说："今天不行。我已经订好了地方，改天再吃你推荐的这家。"

今睡没纠结。

今睡在医院简单收拾了自己，打车回了家。她戴着口罩，话不多，看到街上追逐打闹的小孩儿，忍不住多看了几眼。

她回家洗了澡，换了身颜色鲜嫩的衣服，等陈宜勉来接。

今睡原本以为陈宜勉会上楼坐一会儿，但他只是等在楼下，说自己到了。

今睡没多想，下楼看到陈宜勉靠在车边。

今睡过去，两个人拥在一起亲了会儿。

今睡察觉到他周身的低气压，分开后问："是电影节不顺利吗？"

"最近有点烦心事。"陈宜勉捏了捏她的腰和胳膊，说，"是不是瘦了？"

今睡故作平静地说："马上夏天了，瘦一点穿衣服好看。"

陈宜勉又捏了捏她说："硌手。"

今睡撇嘴说："你怎么只想着自己？"

陈宜勉耍赖："我哪里只想自己了？我这段时间可都在想你。"

两个人闹了会儿，出发去餐厅。

陈宜勉选的是一家棒球主题餐厅，天花板上挂着不同队伍的旗帜，墙壁和桌椅上多有棒球元素。

今天店里没什么客人，餐厅中央高挂的幕布上正播放着激烈对抗的棒球赛，衬得现场越发冷清。

"先坐。"陈宜勉招呼服务生点餐。

今睢对陈宜勉在餐厅的选择上无条件信任，但不得不承认今天陈宜勉选的这家餐厅的菜不合她的胃口。

也可能是今睢这段时间没什么胃口。

她有忌口，挑着自己能吃的，慢吞吞地吃了会儿，没意识到自己此刻正一副兴致不高的样子。

陈宜勉看出来了，说："不喜欢就不吃。我之前吃过也不太喜欢。"

今睢没想到是这个情况，把筷子搁下问："那怎么还选了这家餐厅？"

陈宜勉说："想让你记住今天。"

"什么意思？"今睢茫然地眨眨眼。

"一会儿再说。"陈宜勉示意她，"你不是有事情要跟我说吗？你先说。"

今睢轻轻抿唇说："我也想一会儿再说。"

陈宜勉没追问，说："那看会儿比赛。"

"好。"

两个人一起看向投影幕布，今睢的注意力却没在比赛上。

过了会儿，店里另外几桌客人陆续走了。

今睢觉得连路人都在为她制造谈事的私密环境，自己也确实该说了。

"阿勉……"

哪知今睢刚一开口，眼前突然一黑，比赛画面熄灭，对抗声戛然而止，餐厅里陷入一片寂静。

"是停电了吗？"今睢问。

话音刚落，眼前的幕布突然亮了，不过播放的不是比赛，而是一段私人制作的、用来求婚的纪念视频。

视频内容不是两个人的生活照，而是一些手绘图的绘画过程。这个图片的画风类似陈宜勉之前画过的那张告白分镜。

视频画外音是陈宜勉的声音。

"在很久很久以前，一只狐狸捡到了一只迷路的狼，并且邀请他到自己家做客。狐狸温柔善良，对他很是照顾，同样对这只凶猛强悍的狼十分忌惮。他们用了四年的时间生活在一起，一起去往森林，一起跑过小溪，一起送走了共同的朋友，也一起认识了新的朋友。现在他们认识快七年了，狼想向狐狸求婚，想永永远远和她生活在一起。"

今睢眼睫微颤，嘴角抿出微笑。她试图把溢满眼眶的泪水憋回去，但效果甚微。

陈宜勉已经取了花，手里拿着戒指盒，款款地走到她的身前，单膝跪下。

"斤斤，我们做了四年的朋友、三年的恋人，接下来，我想成为你生命里更亲密的爱人。人生际遇不定，前途未知，但我想给你一心一意的爱与不离不弃的情。

"斤斤，你愿意嫁给我吗？"

没有围观起哄的客人，陈宜勉像是为今睢预留出了拒绝的余地。

他不逼她。

"你先起来……"今睢没接他手里的玫瑰与戒指，伸出去的手托在他的手腕上，不管他的视线，自顾自地扶他。

等他坐回到对面的凳子上，今睢才准备好措辞，缓缓开口："对不起，我不能答应你的求婚。"

她略一顿，把接下来的话说出口："我最近一直在思考我们的关系……你是自由的风，是疯长的草，是燎原的火，你该酣畅淋漓地去享受不被定义的人生；而我，陈宜勉，我只想闷头待在实验室里，每天和论文数据、实验仪器打交道。你发现了吗？我们其实挺不合适的……所以，陈宜勉，我们分手吧。"

今睢害怕的歇斯底里没有发生。

长久地沉默后，陈宜勉问："这就是你要跟我说的事情？"

今睢将双手放在腿上，心虚地抠着手指："对，我每天在你面前装开心会很累。"

"还有呢？"陈宜勉慢悠悠地追问。

餐厅里的灯还是没有亮，只有投影幕布上映出微弱的光。

今睡为了让陈宜勉死心，当真继续说："我不喜欢你了。"

陈宜勉自嘲地笑了一声，没说话。

不知道过了多久，今睡的手机响了，是姚静打来的电话。

她接起，听到姚静在电话那头担心的声音："你去哪儿了？我在病房没看见你，护士说你下午就出去了。你忘记医生的叮嘱了吗？你现在的身体不适合乱走。"

今睡垂眼，低声说："我现在回去。"

挂了电话，今睡点开手机软件叫了出租车，把放在身后的链条包拿起来挂到肩上，看向陈宜勉："我先走了。"

陈宜勉靠在椅子上，懒散地抬起眼皮觑她，有些颓有些傲也有些让她觉得陌生。他淡淡地"嗯"了声，似乎还没从打击中冷静下来，带着对今睡的怨念，一抬下巴，示意她随意。

今睡的嘴角微动，她有话要说，但知道自己现在什么也不能说，越心软，断得越不干净。

今睡离开餐厅，确定陈宜勉没有追出来，才坐进出租车，跟司机报了自己的手机尾号确认乘客信息，回了医院。

姚静一直守在病房，见到今睡安全回来，才松了口气。

"你脸色怎么这么难看？"姚静仔细打量她说，"我让医生来给你做个检查。"

今睡摇摇头，解释道："不用。我只是有些累，休息一会儿就好。"

姚静半信半疑地说："那你睡一会儿，我换班时过来看你。"

今睡躺在病床上，却没有困意。

她挑了部电影，看了没一会儿，觉得脸颊有些凉，抬手摸了摸，才意识到是自己在哭。

"这位先生，请问你找谁？"

走廊传来的护士说话的声音，吸引了今睡的注意。

她抬头看了一眼，很随意的一眼，却再也没能轻易挪开视线。

她微微坐直，愕然的表情取代了刚刚悲伤的神情。她张了张嘴，好半晌才终于出声："你怎么来了？"

陈宜勉穿着晚上吃饭时穿的衣服，卫衣配长裤，很随意舒适的穿搭。

今睡之前帮他买过衣服当礼物，所以研究过他常穿的几个潮牌，那几个牌子的衣服都是很宽松的板型，也多亏了他身材好，穿起来显得清爽又有少年气。

他严肃地垂着眼，听见今睡的声音后朝这边撩起眼皮。

他没看护士，回答了对方刚刚的问题："我找她。"

护士见患者认识这位先生，便没再问，自觉地走开前，忍不住多看了他们几眼。

今睡看着陈宜勉抬步走进病房，距离自己越来越近，下意识地往后缩了缩，问："你怎么知道的？"

陈宜勉早就觉得不对劲，从她骗自己商场冷气太冷，到她说自己去西市出差。

他脸色不好看，反问："我有没有告诉过你，你演技真的很差？"

"……"

陈宜勉目光淡淡地扫过她因为心虚而不自觉绞在一起的手指，重新看向她说："我们谈谈。"

隔壁床的病人前几天出院了，还没有人住进来。空荡的房间里只有他们两个人，消毒水的味道刺鼻，病房的环境让人有些心慌。

准确地说是陈宜勉的出现，让今睡变得心慌。

许久后，陈宜勉问："想分手是吗？"

"对不起，我……"今睡害怕和陈宜勉对峙，因为她也不舍得分开。

"我不同意。"陈宜勉斩钉截铁地打断她的话，"你是我追了四年才追到的人，我不会被你用几个字打发。你休息吧，我改天再来看你。"

姚静过来时，正碰见陈宜勉离开。陈宜勉喊了声"静姨"，没多寒暄，提步走了。姚静诧异于他出现在这里，慢了半拍应着，扭头时，他人已经走远了。

姚静进了病房，问今睢："你告诉他了？"

今睢咬唇说："他自己猜到了。"

姚静叹气："他要走就走吧，也拦不住。"

今睢没解释。

陈宜勉再来医院是三天后。

今睢当时在睡觉，醒来时依稀看到床边坐了个男人。她眨了眨眼，清醒过来后，认清对方是陈宜勉。

他靠在看护椅上抱着胳膊睡觉，脑袋歪垂着，不知保持这样的姿势睡了多久。

今睢轻手轻脚地下床，去捡他掉在凳子旁边的外套。他可能是睡得浅，也可能是没睡着，今睢刚弯腰碰到外套他便醒了。

"你做什么？"他嗓音低沉，带着疲惫和困倦之意。

今睢保持着捡东西的姿势，仰头看向他。两个人一高一低，一坐一趴，四目相对。其实今睢是有些尴尬的。

她把外套捡起来，抖了抖。

陈宜勉接过去说："谢谢。"

陈宜勉把外套从中间一折，搭到椅背上，同时拿起腿上的平板电脑，将其放到了床头柜上。

今睢回到床上，靠着床头坐好，才注意到自己的平板电脑在陈宜勉那儿。陈宜勉刚刚退出的页面，上面是今睢昨晚没看完的那部电影的画面。

"……"

陈宜勉这几天没来医院，是去国外参加颁奖典礼了，他凭去年拍摄的那部文艺片《溯》斩获了最佳新人导演奖。

昨天孟芮婷发了网上的娱乐新闻给今睢看，所以今睢知道。

她看的正是陈宜勉得奖的电影。

她昨晚没看完便睡着了。今睢将视线从平板电脑上移回来，对陈宜勉说："恭喜。"

"谢谢。"

两个人一阵沉默。

医生来查房，病房里一下热闹起来。

今睢回医生问题时，一直往陈宜勉这边瞟。陈宜勉佯装没看懂她是因为自己在这里不自在，冷着脸，稳稳地接住她的目光。

医生问了基础的问题，又安慰了她一会儿，跟陈宜勉交代了几句，才离开。

今睢起来去了趟卫生间，简单洗漱了一下，回来后发现枕头旁多了个金灿灿的奖杯。

这是个金色的小人，身上裹着飘扬的电影胶片带。

奖杯是铸铜镀金构造，重量不轻。今睢晃了下手腕，才拿稳。

今睢看到底托上刻着的陈宜勉的名字和获奖奖项的字样，听见他说："拿着冲喜。"

"谢谢。"

今睢觉得自己任性了，也低估了陈宜勉对自己的感情。

"早饭来咯，今天感觉怎么样？"姚静过来送早饭，看到陈宜勉，有些意外，说："宜勉也在啊。"

"静姨。"陈宜勉看向姚静手里的保温桶说，"给我吧。"

"好。"姚静看看今睢，又看看陈宜勉说，"还以为你被吓走了。"

陈宜勉低头整理保温盒，把里面的米粥拿出来，自顾自地说："不能。生活上的难题一个接一个，要是碰见了就放弃，那趁早别过了。"

姚静欣赏陈宜勉，满意地笑笑说："你在这里我就不多留了。有事去护士站找我。"

"好。"

屋里再次只剩下今睢和陈宜勉两个人，分手遗留问题带来的尴尬气氛还没完全散去。

今睡看着陈宜勉并不熟练地给她调着病床的高度，轻声说："你要喂我吗？"

"没名没分的，不喂。"陈宜勉回答得干脆，头也没抬，直到衣摆被人轻轻地拽住。

今睡抓着他的衣服，晃了晃。

陈宜勉严肃地觑着她问："动手动脚的，干吗？我女朋友爱吃醋。"

今睡："不是说不分手了吗？"

陈宜勉："我一个人说了算吗？"

今睡钩着他的脖子，耍赖："你凑过来点，我胳膊没力气，拽不动你。"

陈宜勉嘴上跟她来硬的，却不敢真欺负她，往下弯了弯腰。

今睡亲他，一下又一下。

陈宜勉板着脸无动于衷，今睡眼巴巴地看着他说："我错了，以后再也不提分手的事情了。"

陈宜勉"嗯"了声，这是同意了。

"那……亲亲？"今睡莞尔，问完，凑过去又亲了他一下。

他见陈宜勉还没反应，正准备佯装生气，却被陈宜勉托住后脑勺。

陈宜勉把她拉向自己，加深了这个吻。

"下次还敢骗我吗？"

"不敢了。"

陈宜勉陪今睡吃完饭，把保温盒洗干净，才去食堂解决自己的早饭。

之后他去花店挑了束花，回到病房时，看到今睡正专注地盯着手机。

"在跟谁聊天？"

"我爸。"今睡略一顿，苦恼地说，"我还没告诉他我住院的事情。"

"……"陈宜勉无语，点评她的行为，"你真行。"

注意力落在陈宜勉手里的花瓶上，今睡说："你买的花真好看。"

陈宜勉十分清醒："夸我也没用，我帮不了你。"

今睢撇嘴，吐槽："陈宜勉，你好没用。"

今睢侧着脑袋，一会儿看看窗外的云，一会儿看看床头的花，一会儿看看自己手里的手机，一会儿看看坐在床边给她削苹果的陈宜勉。

"我该怎么跟我爸说啊？"今睢最终还是苦恼地求助于陈宜勉。

只是还没等陈宜勉回答，门口传来一声："我已经知道了。"

今渊朝来了。

"……"

陈宜勉手一抖，刀刃险些割到自己。

"宜勉也在呢！"今渊朝语气轻快的招呼声让人后背一凉。

"叔。"陈宜勉毕恭毕敬地喊了声。

今渊朝前所未有地端着架子，沉沉地"嗯"了声，说："你之前答应我会好好照顾小睢，这就是你'好好'的意思？把人照顾到医院来了，还挺厉害。"

今睢解释道："爸，我这是癌，跟他没关系。"

"你闭嘴。"今渊朝被闺女瞒了这么久，心里有气，但冲着闺女也不能发火，只能不轻不重地唠叨几句，"一会儿再说你。"

"就是，叔叔在说我呢，你别插嘴。"

"我真是……"今渊朝被陈宜勉这一圆场，气笑了，"我要说什么来着？"

"叔，你吃个苹果，一会儿再说。"陈宜勉把手里削好的苹果递过去。

今渊朝说："给小睢吧。"顿了下，他问今睢："能吃吧？"

"能。吃水果能提高免疫力，帮助抵抗癌细胞的扩散。"今睢说着，伸手去接苹果。

陈宜勉没给她，拿了个干净的瓷盘说："我给你切一下。"

"好。"

今渊朝看着陈宜勉尽心的态度，心里烦躁不安的情绪消散了一大半。

挫折是考验，人生嘛，关关难过关关过。

"爸，对不起，我没想瞒着你，是怕你担心。"

"下次不许了。"今渊朝说，"从小到大，你哪次生病住院不是我陪着？你爸的心理承受能力真要是只有芝麻那么大，早就被吓死了。"

"我知道了，下次不管遇到什么事，肯定不瞒着你了。"

几个人说了会儿话。

今睢跟陈宜勉说："你要不要回去休息一下？"

今渊朝闻言，不客气地说："心疼男朋友，不心疼老爹啊？"

今睢解释道："他刚从 M 国出差回来。"

今渊朝哼了声。

陈宜勉笑着揉揉今睢的头，跟今渊朝说："叔，我回去洗个澡，晚上过来替你。"

"去吧去吧。路上注意安全。"今渊朝摆手。

哪知陈宜勉这一回去，便被事情绊住，迟迟没再回来。

今睢吃完晚饭看书时，接到了陈宜勉发起的视频通话邀请。

"有个网络剧的导演因为个人作风问题被行业封杀，朋友有意让我救场，晚上一起吃了顿饭。现在结束了，我出发去医院。"陈宜勉刚从餐厅包间出来，正往停车场走。

"你这风格能拍网络剧吗？"今睢不解。

陈宜勉说："不知道我朋友哪儿来的对我的信心。"

两个人正说着。

"宜勉。"响起的是个女声。

今睢这边看到镜头晃了晃，是陈宜勉转过了身。

镜头一直对着陈宜勉的脸，今睢看不到女生的样子。

不过说话声音她倒听得清楚："我助理说车子在路上出了点状况，暂时来不了，我能搭你的车顺路回家吗？"

今睢："……"

这是"职场桃花"啊。

今睡拿过水杯，慢悠悠地喝着水，猜着陈宜勉会怎样高情商地回复时，只见他抬起左手晃了晃说："抱歉，老婆爱吃醋，不喜欢其他异性坐我的车。你问下其他人吧，或者叫个车，挺方便的，使用方法可以百度。"

噗。

今睡被水呛了下。陈宜勉真是一点余地都不给人留。

她把平板电脑推开，扯了纸巾把洒出来的水擦干净，再看屏幕时，陈宜勉已经坐上了车。

"你没事吧？"

"水不小心洒了。"

今睡把水杯放远些，看向陈宜勉，想起来问："我看看你的左手。"

陈宜勉抬起左手停在镜头前。

今睡盯着他无名指上的戒指问："另一枚呢？我也要戴。"

陈宜勉到医院时，看到今睡靠在床头看电影，过去亲了亲她的额头。

"拿的什么？"今睡余光注意到陈宜勉把手里的什么东西放到了床头柜上，转头去看。

那是一个星空灯。

陈宜勉拿过来帮她拆了，递过去。

"今年还没有带你去看星星。"陈宜勉说，"简单地对付一下。等你出院，我们一起去珠峰看星空。"

"好啊。"今睡愿意听陈宜勉各种各样的承诺，因为她知道，他一定会兑现。

两个人肩膀挨在一起，今睡靠在他怀里，头顶是璀璨浪漫的星河，像极了两个人过去看过无数次的星空。

在这宁静美好的星空下，两个人接了个绵长的吻。

吻到一半，今睡看着近在咫尺的爱人，轻声问："我的戒指呢？"

"在身上。"陈宜勉低头又亲了亲她，声音沙哑低沉，"你自己来摸。"

他眼里带着火，话里藏着欲。两个人分别太久，经历太多，缠绵悱恻的情绪压在心口，变得格外复杂。

今睢伸手去摸，故意不摸着。

陈宜勉把今睢的手从身上拨出来，抵着她的额头，质问："借机使坏？"

"想你了。"今睢抬起下巴亲了亲他，还要说什么，只觉得手指一凉，是陈宜勉将一枚硬质的圆环戴到了她的无名指上。

"你是我的。"他说。

"一直都是。"今睢回。

戒指尺寸正合适，一定是陈宜勉在她不知情的时候，偷偷量的。

钻石很闪，象征着两个人矢志不渝的爱情。

今睢靠在陈宜勉的怀里，伸直胳膊，仔细欣赏了会儿，又去拉陈宜勉的手。

两个人手挨在一起，一大一小，两枚戒指。

直到胳膊抬累了，今睢才把手收回来，用手摩挲着戒指坚硬的轮廓，说："你知道这个癌为什么叫印戒吗？"

今睢平静地继续说："那些病发的细胞里会有很多黏液，黏液将细胞核挤到了一边，就像戒指一样。它一点都不美好，黑乎乎的，还很调皮，躲猫猫似的，不会轻易被发现，等能被发现时，病情已经到了中晚期……"

陈宜勉一直盯着她，自然没有错过她眼底类似认命的无奈情绪。

他亲了亲今睢的眼皮，不愿意看到她露出这些情绪，说："你已经有我的戒指了，就不能要其他的了。"

今睢的手术安排在翌日一早。

整整六个小时，陈宜勉和今渊朝他们寸步不离地守在手术室外。

已发现的病变组织已经被切除，今睢从手术室出来后，麻醉的作用还没完全消失。

她喊陈宜勉的名字的时候，嘴唇还在哆嗦。

好在今睢平日里身体素质不错，医生说她手术后整体状态是好的。

第三天，今睢下地走路。

第五天，今睢各项检查正常，医生说可以出院，回家静养。

今睢觉得在医院住的这段时间，精气神快没了，回到家后，才稍微缓过来些。

今渊朝和姚静单位家里两边跑，精力多少有些跟不上。好在有陈宜勉，他把这段时间的工作行程全推了，给自己放了个长假陪今睢。

陈宜勉来得勤了，街坊邻里见着都会打听这个小伙子是谁，今渊朝也不避着，大大方方介绍这是自己的女婿。

有回被今睢听见了，她红着脸制止今渊朝："爸，你别乱说。"

"你戒指不都戴了吗？"

"不一样。"今睢抿唇，不多说了。

因为这份担心，今睢避开今渊朝，挑了个和陈宜勉独处的时间，状似不经意地提起陈宜勉身边和他玩得挺好的一个女生，说："我觉得她人挺好的。"

陈宜勉当时在忙事情，头也没抬地说："她有恋人。"

"那那个谁呢，之前在剧组总借着给我送零食跟你说话的女演员，她有男朋友吗？"

"她……"陈宜勉顿住，转头去看今睢。

今睢爱吃醋，他已经习惯了，但听到这里，陈宜勉隐约琢磨出点其他意思来。

"我觉得你学姐不错。"陈宜勉搁下手上的东西，故意说。

"孟芮娉吗？"今睢望着他问，"你喜欢她？"

陈宜勉没点头也没摇头。

四目相对，数秒后，今睢垂眸，捏着自己的手指，慢吞吞地说："学姐也挺好的，独立、幽默，你们俩肯定有很多话题可以聊……"

不等今睢说话，陈宜勉捏着她的脚踝，把她拽向自己。

今睢原本靠在床头，陈宜勉这一动作让她背后一空，险些被拽倒，费了半天劲才保持住平衡。

陈宜勉完全理解了今睡的意思，抬手捏着她的下巴，强迫她看向自己。

今睡对上他冰冷的眼神，听见他严肃地强调道："不准胡思乱想，不准丢下我，不准把我推开。"

"你怎么这么霸道？"

"不准就是不准。"

"哦。"

复查的那天，今睡的担心成真了。

来医院的次数多了，很多以前不清楚的流程她都一清二楚了，哪里该缴费，哪里打印病历，取药的袋子要怎么取，哪部电梯是可以坐的，诸如此类。

好像，这并不是一件值得庆幸的事情。

复查结果不容乐观，医生对患者说得很保守，但避开患者对家属说了实话。

"手术干预可以将病变的部位切除，但这个病侵袭性较高，医生肉眼难以分辨哪里是病变组织，手术后存在已发生病变的组织未被切除导致疾病复发的情况……"医生的话戛然而止。

陈宜勉顺着医生的目光朝后看去，发现今睡不知什么时候出来了。

"需要什么？"陈宜勉前一瞬平静漆黑的眼底，在今睡出现后，立马柔和起来。今睡的链条包和装着病历、医保卡以及一些单据的袋子在陈宜勉这里，他提了提，以为今睡是缺什么凭条。

今睡轻轻摇一摇头说："我这边结束了。"

陈宜勉揉揉她的头说："那我们回家。"

从医院出来，今睡心血来潮地提议："我们一会儿去你那里吧。"

陈宜勉不解："怎么了？"

"想和你单独待一天。"今睡生病后特别爱撒娇，像个没有安全感的小孩儿，"好不好？"

陈宜勉笑着刮她的鼻子说："想待多久都行。"

回家路上，今睢没怎么说话。

陈宜勉除了开车时间，一直牵着她的手，生怕一不留神便把她丢了似的。

他掌心滚烫，手指有力，今睢四肢百骸处于一种疲惫颓丧的状态，被他领着一步步回家。

很不巧，陈宜勉早上走时还正常运作的电梯，此刻正在维修。物业的工作人员在电梯前立着"禁止使用"的告示牌，说两个小时后才能修好。

今睢开口说："我们走楼梯吧。"

他家在十六层，除了走楼梯，好像也没有别的选择。她现在哪里也不想去，只想跟陈宜勉单独待着。

陈宜勉把手里的东西递过来，示意她拿着："我背你。"

"不用。我自己能……"

不等今睢说完，陈宜勉已经扎好马步，俯身弯背。

他转头看她，示意道："上来。"

今睢没再拒绝。

经过这段时间的静养，她恢复得很好，但较之以前，还是瘦了很多，陈宜勉背起她时，心里如是想。

"我是不是瘦了？"上楼时今睢问。

陈宜勉说："瘦点好，我一只手就能抱过来。"

这个以前陈宜勉总问她的问题，被今睢反问回去。

今睢挺长时间没来过陈宜勉这里，家里的陈列没什么改变。她看着陈宜勉生活的痕迹，随手帮他把落在地毯上的书本、抱枕捡起来放回到原位，吐槽道："你怎么变得这么邋遢？一个人住也要搞卫生。"

陈宜勉从后面抱着她说："一会儿再收拾家里，你先来收拾收拾我。"

陈宜勉和她交颈吻着。

今睢抬高下巴，加深了他浅尝辄止的吻。

陈宜勉摸到她因为做手术肚子上留下的疤，问："疼吗？"

今睡摇摇头："忘记了。"

晚上，陈宜勉煲了鸽子汤，炒了几样今睡爱吃的菜。

回卧室喊她时，她正好醒了。她眉头皱着，一脸不耐烦地盯着天花板，像是灯欺负了她似的。

"灯晃到眼睛了吗？"陈宜勉抬手去摸她的额头，宽大的手掌挡着她眼前的光。

今睡轻轻摇头，窸窸窣窣地从被子里把胳膊抽出来，朝他微微展臂说："抱抱。"

陈宜勉迎接她的拥抱，手在她的后背上拍了拍，问："做噩梦了？"

"没有。我怕认识你是一场梦。"

陈宜勉亲了亲她的眼皮，亲了亲她的脸颊，最终亲她的嘴唇，问："现在真实了吗？"

今睡低低地"嗯"了声。

"放心，我一直在。"陈宜勉轻声说，"起来吃饭。"

今睡坐起来，看着陈宜勉把地毯上被踢得东一只西一只的拖鞋拿过来放到床边，突然连名带姓地喊他："陈宜勉。"

陈宜勉应了声，听见她说："我想穿婚纱了。"

"婚期定在明年夏天怎么样？我们在海边举办婚礼仪式，晚上和朋友们吹着海风听着海浪喝酒。喜多乐队会给我们写歌，李教授会当我们的证婚人，池桉会帮我们记录婚礼的过程。舅舅说福大生了一窝狗崽子，留了只毛色最好看的给你，如果你想，我们把它养在家里。到明年，我们的新房也可以入住了，家里只有我们两个人是冷清了点，但我们两个人也能把地方填得满满当当……"

今睡被他带着陷进了他描述的美好未来里，但身体的疼痛让她很快意识到现状，所以她说："不想等那么久，而且我只想穿给你一个人看。"

陈宜勉回忆自己的过往，感觉自己似乎很少这样无力过。温苓去世时，他还很小，等他知道时，只是一个结果。他号啕大哭，崩溃绝食。那种发疯折磨自己的感觉和此时无论如何也抓不住什么的感觉完全不一样。

陈宜勉嗓子有些堵，应了声："好。"

他还想再说话，听见今睢要求道："这次让我来安排。"

陈宜勉说："都听你的。"

婚纱店开在一个胡同里，店面不大。

"以前和孟芮娉闲逛时发现的，别看这家店小，开在居民区，但婚纱都是纯手工制作，还是很漂亮的。"今睢见陈宜勉露出疑惑的神情，自顾自地解释道。

陈宜勉摸了摸她的头说："我是怕委屈你。"

今睢扬眉："我喜欢这里。"她一顿说，"之前和孟芮娉经过这里，就想以后结婚时，要穿这家店的婚纱。"

陈宜勉莞尔，纵容说："好，都听你的。"

今睢来之前打电话预约了，进店后和店员说了自己的姓氏后，老板从后面的制衣间走了出来。

老板叫云企，三十岁出头，身材高挑纤细，前凸后翘，是个大美女。她做过模特、占星师等，最终开了这家规模不大的婚纱店。

店小，但婚纱不便宜。

"云企姐。"

云企冲今睢一点头，简单打了招呼，视线落到陈宜勉身上，上下仔细打量一番，扬扬眉："你没告诉我，你男朋友这么帅啊。"

陈宜勉的注意力始终落在今睢身上，他对外人只是淡淡地一点头，礼数到了就好。

云企见怪不怪，让员工把今睢挑好的婚纱和白色西装拿出来，安排他们去换。

陈宜勉动作快，换好衣服出来时，今睢还在试衣间没动静。

他坐到沙发区等待，同时拿出手机开始回刚刚没回完的短信。最近有个胃癌方面的专家在某家医院开讲座，陈宜勉想把今睢的病历拿给他，看看有没有更有效的治疗方案；但这位医者名望高，慕名求医的患者家属不计其数，陈宜勉托了几个朋友，都找不到机会。

就连在医院工作的姚静，给出来的答复也是联系不到。

姚静对这件事情也十分上心，表示："我再想想办法。"

陈宜勉回着姚静的消息，飞快地想自己认识的人里还有谁能说上话。他因为在处理事情，所以神色专注，微微蹙着眉头，丝毫没有注意到一旁将水放到桌边的小店员在打量自己。

一直到试衣间的方向传出今睢的声音，陈宜勉才终于从手机上移开目光，缓缓抬头。

随着试衣间的门帘向两侧拉开，一身洁白婚纱的今睢出现在陈宜勉眼前。

云企刚刚帮今睢做了发型，很简单温柔的造型，没有过多的装饰点缀，她只戴了一枚镶钻的麦穗形状的发卡。

婚纱是一字肩样式的，长袖设计，露着她圆润单薄的肩膀，脖颈被衬得格外修长。收紧的腰身和蓬松的裙摆上是大片的刺绣花卉，生长不息，浪漫不止。

今睢缓缓走出来时，步步生花。

陈宜勉的目光自打她出现的那一瞬间便没再移开，在她刚迈出几步时，他便迫不及待地迈步朝她走去。

今睢抬手，要他牵，同时问道："好看吗？"

陈宜勉适时地牵住她的手，拉起凑到嘴边亲了亲，说："很美。"

两个人执手相望，深情地对视了会儿。

云企站在一旁，不忍打断，意思性地轻咳了一声，说："还需要戴个头纱。"

两个人交汇的目光这才分开。今睢看着云企给自己戴头纱。头纱边缘也有刺绣，图案是与婚纱上相同的花卉，融合了麦穗元素。头纱被固定好，今睢注意到边缘还有自己和陈宜勉名字的拼音首字母的刺绣图案。

她眼前一亮，听见云企解释："你要得急，婚纱来不及定做，只能改成适合你的尺寸，头纱是根据你挑选的这款婚纱赶工定做的。"

"谢谢。我很喜欢。"

"小意思。"云企说，"你们慢慢聊，接下来的时间不会再有人打扰。"

老板和唯一的员工离开，店里只留下今睢和陈宜勉两个人。

两个人四目相对，陈宜勉撩起她的头纱，吻上来。

分开时，陈宜勉说："嫁给我好吗？一生一世，不离不弃。"

今睢这一次没有迟疑，没有顾虑，干脆直接地答应："好。"

那天从外面回来，今睢便发起了高烧，吃什么吐什么，身体十分虚弱。

陈宜勉跟今渊朝道歉，说不该带她出去乱跑。

今睢维护陈宜勉，实话实说，说是自己要出去的。

一家人没有谁怪罪谁、谁迁怒谁，每个人心里都不好受，都恨不得替今睢分担一点痛苦。

陆仁和家人打电话时，知道了今睢生病的事情。

他给今睢打电话那天，今睢的身体刚刚恢复了一点，勉强吃得下东西了。电话里，陆仁问今睢为什么不告诉自己，语气里带着焦急与责备之意。

今睢心虚地道："你别大声凶我，我现在身体不好，不能生气。"

"你也知道我要凶你。今睢，你有拿我当朋友吗？"

今睢说："就是因为把你当朋友，才不想让你担心。我想等病情好一点了再告诉你。"

陆仁本就不是爱动怒的脾气，对着今睢更是说不出重话。他被今睢三言两语地安抚住，或者说，陆仁不想再听她找借口编理由糊弄自己，只问道："最近感觉怎么样？"

"感觉好多了。"今睢大概说了最近几次化疗的情况。

陈宜勉过来帮她收拾碗筷，小声问她："要喝水果汁还是蔬菜汁？"

今睡说想喝"枇杷汁"，电话那头的陆仁听到这边的说话声，问："陈宜勉在你旁边吗？"

今睡"嗯"了声，问："你要和他讲电话吗？"

陆仁："不讲了，我现在在去机场的路上，等到了京市再说。"

今睡："好。一路平安。"

陆仁："你好好休息。"

在家静养了一段时间，春天的时候，今睡重新住回了医院。

陈宜勉在周恒正的帮助下，如愿见到了那位在胃癌方面多有研究的医学专家，但对方没有对今睡的病情提出明确的治疗方案。

今睡的身体一天不如一天。

那天是今睡的生日，大家给她简单地庆祝了一下。

孟芮娉也带着礼物过来看她，说了好多实验室里有趣的事。

陆仁向学校那边请了长假留在国内，也在多方奔走想办法。

大家在今睡面前都没表现出沉重的样子，但是避开她，站在病房外的走廊里时，都不约而同地抹起了眼泪。

只要今睡的状态看上去好一些，大家就会开心些。

今睡许了愿，吹了蜡烛，大家各忙各的事去了，病房里只留下今睡和陈宜勉。

今睡看着床边的人说："陈宜勉，我想吃米糕。"

"下次给你买。"这段时间陈宜勉也瘦了很多，脸部线条明显，比以往更显凌厉，但他对今睡比过去任何时候都要温柔百倍、千倍。

今睡要赖道："现在就想吃。"

"那你休息，我去买。"

"好。"

陈宜勉起身，手却被今睡拽住。

他不解："还想吃什么？"

"你亲我一下再走。"

今睡黏着他，爱撒娇，陈宜勉习惯了。他倾身，在她的额头上亲了亲，又亲了亲嘴角，说："乖乖等我回来。"

"嗯。"今睡微笑着目送他。

陈宜勉回来得很快，停车，进医院，经过住院部大厅时，旁边一个家庭不知道经历了什么，年迈的阿姨扑通一声跪在地上，毫无形象地大哭起来，她身边的家人也在抹眼泪。

医院里有太多绝望、离别，任何形式的哭声都不罕见。

但看到这一幕，陈宜勉感同身受，心一慌，从原本的疾步走变成了奔跑。他像是在逃离，又像是想飞奔回去，早一点见到她。

一切停止在陈宜勉的手机铃声响起的刹那，停在他奔跑着去见她的时候。

电话是孟芮娉打来的，她克制着哭腔说："阿勉，斤斤她……她过世了。"

今睡以买米糕为由把陈宜勉打发走后，身体出现了极大的病理反应。

半个小时后，医生向家属下达病危通知，不多时，今睡呼吸衰竭，离世。

陈宜勉回到楼上，第一个跟他说话的是姚静。

"让护士带你去见见她吧。"

陈宜勉忘记自己应了还是没应。

他被带到一个房间里，看着躺在床上毫无生气的今睡。

她永远地停留在了二十七岁。

之后的几天是怎么过的，陈宜勉没印象。

今睡葬礼那天，陆仁敲开他公寓的门。陈宜勉还没来得及说话，迎面接了陆仁一拳。

"醒了吗？"陆仁眼睛通红，声音里带着狠劲，"醒了就好好活着！"

那天下午陈宜勉去参加了今睢的葬礼，之后便失踪了。

没有人找得到他。

如果不是今渊朝的银行账户每个月都有来自他的汇款，他们真的要怀疑他是不是跟今睢一起离开了。

陆仁再见到陈宜勉是在两年后的夏天。

陆仁在一家拳击馆里找到他。陈宜勉留着寸头，黑了些，整个人散发的疏离感更重了。陆仁找到他时，他正站在拳台旁跟人说话。

店里有女学员捂着嘴窃窃私语夸他帅，互相推搡着让别人过去要微信。

陈宜勉淡淡地看了一眼被小心翼翼递到跟前的手机，直白干脆地说："结婚了。"

女生们遗憾地离开。

球台上胳膊搭在护栏上的拳击教练不知跟他说了什么，只见陈宜勉不甚感兴趣的样子。

听了会儿，陈宜勉摆摆手说："走了。"

他扭头，结果看到站在不远处的陆仁。老朋友碰面，很多相关的回忆纷至沓来，许久后，他说："好久不见。"

那天陈宜勉和陆仁在拳击台上酣畅淋漓地打了一场。

过去，他们是兄弟，是情敌。

时隔数年，一场拳，让回忆重新清晰起来。

这两年，陈宜勉一直在逃避，逃避熟悉的地方，逃避与今睢共同的朋友，逃避她爱吃的食物，逃避一切一切与今睢一起经历过的事情。

他行尸走肉般行走在一个个未曾去过的城市，与一个又一个新的朋友相遇、相识，过着另外一种全新的生活——没有今睢，没有回忆。

两年时间，他以为自己能够平静地接受她的去世，但随着他回到这座生活了二十几年、有着他和她无数回忆的城市，随着他遇见陆仁，那些所谓的坚强、所谓的冷静顷刻间溃不成军。

原来，他仍然忘不掉，走不出。

他陷在与今睢的回忆里无药可救。

拳击比赛结束，陈宜勉和陆仁之间并没有分出输赢。两个人躺在拳台上，陆仁转头看他，问："还走吗？"

"不走了。"

既然离不开，那他便留在这里，守着她。

更衣室里，陆仁注意到陈宜勉腰腹的位置有一道做手术留下的疤，问："你受过伤？"

陈宜勉低头看了一眼，淡淡地回："是文身。"

陆仁面露不解之色，又扫了一眼，确定是文身，嘴上嘟囔了句"你这什么奇奇怪怪的爱好"。他并不知道这个位置和今睢做手术留疤的地方是同一个位置。

陈宜勉虽然说不会再离开京市，但后来很长一段时间，陆仁没见过陈宜勉。

有人说在国外见过陈宜勉；有人说他在大西北采访；也有人说他就在京市，前几天还碰见他跟某个爆红的女明星亲密地一起参加饭局。

不论到了什么年纪，陈宜勉的朋友圈里关于陈宜勉的讨论从未停止，真真假假，什么传言都有。

直到冬天的时候，陆仁接到了陈宜勉的电话。

陈宜勉主动打来电话，问了一件有关今睢的事情——

"你认识 S 同学吗？"

陆仁当时在录节目，现场很混乱，助理把手机递过来后，低声说着开拍的时间。

陆仁应着助理的话，一时没听清陈宜勉说什么。

电话那头的陈宜勉不再是那副颓丧低迷的语气，很认真地解释着这件事情："我在整理今睢的东西，在她的化学笔记本以及一些资料书上频繁地看到她写了'S 同学''S 先生'这样的话。她有跟你说过这个人是谁吗？"

"……"

长久地沉默后，陆仁问："斤斤她……她没有跟你提过吗？"

"所以，你知道是谁？"陈宜勉站在公寓的落地窗前，望着小区熟悉到不能再熟悉的绿化广场，如是问道。

注意到电话那头陆仁言辞吞吞吐吐，陈宜勉紧绷神经，握着手机的手因为紧张而微微收紧。

这是自打今睡去世，陈宜勉第一次有了在意的事情。

陆仁并没有立马回答他，陈宜勉没催，抬起垂在腿侧的拿着一本化学资料书的手。

他刚刚收拾东西时，这本书掉在了地上。书页打开，他意外地发现了隐藏在书上的秘密。

"怎么办？还是习惯叫你 S 同学。"

"想你了。"

"晚上见面吧。"

"S 先生，很高兴认识你。"

…………

陈宜勉又翻了翻其他书本，发现这样的话还有很多，但陈宜勉从来没听今睡提过。

在联系陆仁之前，陈宜勉联系了所有他认识的今睡的同学，问他们认不认识 S 同学。孟芮婷他们都说不知道。

沉默许久后，陈宜勉忍不住问陆仁："今睡是不是没有那么爱我？"

陆仁没直接回答，而是说："今睡走后，你是不是不敢面对她？去看看今睡吧，她会告诉你答案。"

他的话模棱两可，陈宜勉一时不知道他是在回答这个问题，还是在回答上一个问题。

直到又过了一年，陈宜勉在收拾今睡高中时的旧物时，知道了答案。

那天是今渊朝主动打电话给陈宜勉的。今睡去世后，今渊朝一度苍老了很多，幸好姚静陪在他身边，减轻了他心理上的很多痛苦。

他从陆仁那儿听说了陈宜勉回京市的消息，让他来家里吃顿饭。

陈宜勉自打今睡去世，没再去过今家，但关心没少，除了每月汇款，逢年过节都会寄东西，也交代了住得近的朋友帮忙关照一下。

为此朋友还总调侃："人小姑娘只是谈了一段恋爱，你却搭上了一辈子。陈宜勉，我以前怎么没发现你是个情种呢？有时候你真该学学人姑娘，说出国就出国，说把你踹了就踹了。现在的女生清醒着呢，爱自己永远比爱恋人要多，你真该反思一下了，何必陷得这么深？"

是啊，他怎么就陷得这么深了？

他想起自己那天疑神疑鬼，通过今睡笔记本上的蛛丝马迹怀疑她是不是心里有别人。他其实并不是怀疑、责备她，毕竟人已经去世了，哪怕她真的不忠，他也不能把她怎么样，但是……如果能找到她没有那么爱他的证据，大概他就可以不用如此难以忘怀了吧。

以前常来今家，陈宜勉这次过来轻车熟路。不过小区值班的保安早换了几轮，陈宜勉进小区时费了些事。

他开车进去后，把车子停在今家楼下以前常停车的那个位置，又在车里坐了会儿，才整理好情绪上楼。

很普通的一顿家常饭，今渊朝下厨，还是熟悉的味道。

开饭前姚静陪着他坐在客厅聊天，问起他这两年的情况，又说家里这两年过得很好，让他不用总汇钱。

陈宜勉没答应，说这是替今睡给的，晚辈孝敬长辈，应该的。

提到今睡，姚静别开脸偷偷抹眼泪。姚静是个内心坚强也柔软的人，进了这个家，便把今睡当成自己的亲闺女对待，只是没承想，白发人送黑发人。

陈宜勉不忍聊天的气氛变得沉重，适时地问起小远的学习情况，把话题岔开。

今渊朝是个宽容随和的人，吃饭的时候说起陈宜勉的年龄，又说男人不能一味地扑在事业上，该早成家，有个人照顾，生活才能好。

"这些话该你爸妈来说，但你家里的情况我也知道。我喜欢你这个孩子，重情义。之前你忙前忙后，为这个家尽了心、出了力，叔都知道。我一直拿你当半个儿子看，你要是不介意，我就多唠叨几句。"

陈宜勉自然是不介意听他唠叨。他知道今渊朝是不想让回忆困住他，但有些事强求不了。

姚静看出陈宜勉的态度，碰碰今渊朝的胳膊，示意他别再说了。

吃完饭，姚静见陈宜勉朝今睢卧室的方向看了一眼，主动提道："小睢的东西都在屋里，他爸定期会去打扫整理。你要进去看看吗？"

陈宜勉轻声应："好。"

房间还是老样子，干净整洁。

姚静在他进来后便去忙自己的事情了。陈宜勉坐在卧室里的书桌前，回忆着过去今睢坐在这里时的样子。

能立马想起的回忆都不太美好，她那时候身体已经很差了，因为化疗，掉发很严重。陈宜勉怕她看到伤心，便偷偷捡起掉在各处的头发丢到垃圾桶里。

她生病后，躺在床上休息的时间居多，已经很少坐在书桌前了。

"去看看今睢吧，她会告诉你答案。"

陈宜勉正仰躺在椅子上回忆着过去的事，陆仁那句模棱两可的话突然冒出来。

陈宜勉缓缓睁眼，转头看向旁边的书架。今睢是个很难断舍离的人，初、高中的课本还保留在书架上。

他坐在椅子上看了会儿书架，最终还是起身，走到书架旁。

"她会告诉你答案。"

陈宜勉很需要一个答案。

他先是发现了一本相册，里面是很多有关他的照片，准确地说，是高中时的他。

有他在球场打球的照片，有他靠在走廊栏杆上和朋友聊天的照片，有他坐在教室后排靠着墙脚底踩着篮球、胳膊搭在桌子上看书的照片。

这本相册里所有的照片，陈宜勉都不知道今睢是什么时候拍的。

他百思不得其解，心事重重地把相册放回书架的最底层，打算再找找其他东西时，一张小小的卡片从相册的夹缝里掉了出来。

准确地说，是一张一寸照片。

陈宜勉的照片。

这张照片似乎是从什么报名表上撕下来的。

一寸照飘到地上时，背面朝上，他注意到上面有字——

就叫你"S"吧。Secret（秘密）的"S"。

谜团在时光里被抽丝剥茧地揭晓。

他们的爱，至死不渝。

原来，他是她藏了很多年未公之于众的秘密。

番外一
我有所念人

　　陈宜勉是被吵醒的。

　　他抬手揉了揉后脖颈，皱着眉缓缓睁眼，意识到自己睡在高中的教室里。

　　讲台上老师在讲语法，老师讲课的兴致不高，学生学习的兴致也不高。这是艺术班，学生上文化课的态度并不端正。

　　就比如坐在陈宜勉前排的两个男生，已经说了半节课的话了。他们聊天的声音不算高，是陈宜勉勉强能听见的音量。

　　至于聊天的话题——

　　"那个妹子就是今睢啊，以前只知道她学习好，没想到离近了看还挺好看。陆仁这小子可以啊。"

　　"听说两家父母都认识，有娃娃亲。"

　　"这都什么年代了，还搞娃娃亲？不过今睢和陆仁站在一起，美女俊男，看着很般配。"

　　陈宜勉抬腿，怒不可遏地踢了正前方男生的凳子。

男生猝不及防地往前一趴，责问的话还没出口，转头看到陈宜勉不耐烦的脸色，立马赔笑，道："勉哥，我们的说话声吵到你了？我们小点声……哦，不，我们不说了。"

陈宜勉刚睡醒，脑袋还是蒙的，思考问题略显迟钝。

但他已经意识到，自己这是在高二的课堂上。

窗外树上叶片的颜色很罕见，是黄绿色的，学生们穿着冬季校服，椅子上搭着厚外套，看来是要入冬了。

高二上学期。

前排的男生还在跟他说话，陈宜勉记性好，从记忆里找出了对方的名字。他淡淡地嗯了声，表示自己有在听男生讲话，但大脑飞快地转着，思考既然是在高中时期，自己是不是能见到今睢。

他连掐自己一下都不敢，是梦也不愿意醒来。

下课铃响，前排的男生正准备问陈宜勉下节语文课要不要去打球，结果一扭头，发现他那么大个人突然间不见了。

"勉哥干吗去了？"

陈宜勉从教室后门出去，比下课回办公室的老师还要快几步。他是用跑的，跑过走廊、楼梯间，来到五楼理科尖子班的教室外。

"同学，帮我叫一下你们班的……"

"宜勉！"

陈宜勉站在教室前门，正跟坐在第一排座位上的同学说话，却被人打断。他朝讲台看去，是个戴眼镜的高个子男生，是陈宜勉认识的人。

对方丢掉黑板擦，走过来，一副跟他十分熟悉的样子，手搭上他的肩膀，眼睛打量他："你腿好了？改天一起打球。"

陈宜勉怔了下，故作轻松地说："小问题，已经没事了。"

陈宜勉一心要找今睢，不停地朝教室里张望，但男生十分没眼力见，连珠炮似的说个不停。

"要我说早该报警了，这样的人哪配做老师？"

陈宜勉敷衍地应着："是啊……"

教室里没有今睡，他想，难道自己记错了，今睡不在这个班级？

男生又说了几句话，见陈宜勉没应，不解地顺着他的视线看："你在找谁？"

"你们班有没有个女生叫……"

"早晨只吃了一个肉包，芹菜肉末馅的，香而不腻，明早给你带。"

陈宜勉听着身后响起的熟悉的女声，自觉地收声。在上午大好的日头下，陈宜勉转身的动作很快，因为迫不及待地想要见到她，但如果有人将他的动作放慢，又会发现这穿梭了数年光阴的重遇拥有更饱满丰富的细节。

男生因为在与陈宜勉对话，自始至终注视着他，所以看到了陈宜勉眼神里那种类似失而复得的惊喜情绪。

干净，直白，浪漫一点说，这是一种可以称之为心动的眼神。

男生微感诧异，随着陈宜勉转身，看到自己班上的两个同学——今睡和蒋洁正从办公室的方向走过来。

此刻的陈宜勉只看到了今睡一人。

今睡穿着与其他人一样款式的校服，扎着马尾辫，给人的感觉很安静。

她抱着一摞作业本，侧头与旁边的人说着话，不紧不慢地从陈宜勉旁边经过，走进教室。

陈宜勉缓缓放下刚刚抬起的要打招呼的手，虽然有些难过，但知道她在这里他已经很开心了。

陈宜勉回到教室，看到陶菡坐在自己同桌的位置。

"你坐这儿？"陈宜勉不记得自己是否跟她同桌。

"我跟大刘换了座位。"陶菡穿着改得修身的校服，笑容明媚地望过来。

陈宜勉反应冷淡，站在桌边，示意道："换回去。"

"不嘛。"

陈宜勉竟不记得自己过去是怎么处理这样的事情的，但现在，他不耐烦地一皱眉，拍了下前排男生的肩膀，摆摆手道："咱俩换一下。"

前桌的同学一脸蒙，看看陈宜勉，又看看陶菡。

陶菡脸上挂不住，抿着唇，无声地抗议着陈宜勉这一行为。

但陈宜勉无动于衷，很果断地划清两个人的界限。

又一个课间，陈宜勉打算出去碰碰运气，不知道能不能偶遇今睬。只是他刚起身，教导主任出现在后门，冲他招招手："陈宜勉，你来，跟我去办公室。"

陈宜勉高中时成绩不好，但不影响学校老师和主任喜欢他——他有分寸，与老师、主任相处得既随性又有礼数。

往办公室走的路上，主任问他的腿怎么样了。

陈宜勉才想起来，前段时间自己出了个小车祸伤到腿的事情。

"已经恢复得差不多了，下午课外活动还跟同学约了打球。"

"那就好。下次不能这样莽撞了。"主任说，"我知道你这个年纪讲究仗义，爱出风头，觉得勇敢能战胜一切，但你们啊，更要学会自保。"

陈宜勉腿受伤不是意外。那天他有事请了半天假，返校时，门卫大爷腹泻跑卫生间，让他顶了会儿班。陈宜勉和大爷混得熟，在保安亭里看起了球赛。

过了会儿，有老师开车要出校门，按着喇叭示意陈宜勉开门。陈宜勉认出对方是高三年级那个经常骚扰女同学的数学老师，看着他那副道貌岸然的样子，在他又按了一次喇叭后才慢吞吞地按下伸缩门的操控按钮。

目送车子离开，陈宜勉只觉得扫兴，正要继续看球赛时，猛然间想起自己刚刚好像看到后门车缝那儿别了一块蓝色的布料，像是校服的边角。

因为先入为主的不好印象，陈宜勉越发觉得事情不对劲。

不过他也只是怀疑，不确定自己是不是看错了，所以当保安大爷嘟嘟囔囔从卫生间回来时，陈宜勉连提都没提这事，抓起大爷停在校门口角落的那辆电动车的车钥匙，只说了一句"我再出去一下，马上回来"，便溜出了学校。

这一跟踪，陈宜勉便看清了那个数学老师和后座被迷晕的女学生，而自己也被数学老师发现了。数学老师不知道是狗急跳墙还是惊慌失手撞了陈宜勉，这才出了事。

他确实莽撞了，不过也幸好他警觉，对方没有得逞，免于酿成不可挽回的局面。

陈宜勉答应道："我记住了，下次遇到问题第一时间反馈给学校。"

说话间，到了办公室门口，陈宜勉迫不及待地问："那我能走了吗？"

"走什么走？放心，不逼你写检讨。"主任推门走进办公室，示意陈宜勉跟上说，"前段时间的期中考，你缺席了，我特意让老师留了份卷子，你今天什么也别做，在这儿把试卷写了。"

"啊……这还不如让我写检讨呢。"

教导主任板起脸："还考不考大学了？"

"考考考。"

把陈宜勉留在办公室后，教导主任夹着保温杯出去了。

陈宜勉坐在办公桌前玩手机，心想，既然不好乱跑，那先去贴吧里看看有什么有用的信息吧。

哪想没过一会儿，有人敲门，门口传来一个好听的女声："报告。"

来人是今睢。

陈宜勉闻声转头，看到站在门口正低头看手里表格的今睢，心情不错地弯唇，心想这就是缘分吧。

"请进。"

今睢并没有注意说话的人是谁。听到屋里传来的答复，她才缓缓抬头，迈步进去。然后她很快发现，主任办公室里没有老师，刚刚应她的是个男同学。

年轻有朝气的陈同学转了下笔，看着今睢先是愣怔了一下，在与自己短暂地对视后，迅速移开视线，走到对面教导主任的办公桌旁。

今睚过来用老师的电脑走一个流程，因为总过来，轻车熟路，但今天她操作到一半抬头时，撞上了对面男同学滚烫的眼神。

陈宜勉一直盯着她，从她进来，便一瞬都没有挪开视线。

高中时的今睚有些婴儿肥，专注做事时脸颊看着软乎乎的，让人忍不住想上手捏捏。她绑着马尾辫，发际线不高，有美人尖，而且鬓角的碎发很多，看着清纯有活力。

和陈宜勉不同，今睚只淡淡地觑了他一眼便把视线移开，一直到要离开时，才又看了陈宜勉一眼。

陈宜勉把人喊住："同学。"

"有事？"今睚在桌边站定，和他隔了两三米的距离。

"有道题目不会，想麻烦你讲一下。"

今睚站在原地停顿片刻，朝陈宜勉那边微微挪了一小步："什么题目？"

她的模样太乖了，让陈宜勉觉得她根本不会拒绝别人。

"物理。"陈宜勉把卷子往旁边一推，方便今睚看，"这道。"

今睚过来，看向他随手一指的题目。这是期中考试中做过的题目，今睚有印象，看了一眼便记起解题步骤，说："这题要用到……"

今睚正说着，见陈宜勉把笔递过来，便抬手接过笔，说了句"谢谢"，在题目旁边的空白处写了几个公式。

今睚讲题的时候，陈宜勉眼底含笑，直勾勾地盯着她。

今睚不是察觉不到，而是被看得莫名其妙，和他对视了几次也没搞明白他到底是什么意思，最终懒得管，一次性帮他把这个题目解完。

"听明白了吗？"今睚把笔放下问。

"大概、可能、也许明白了。"陈宜勉的注意力压根就没在题目上，眼睛里是她的脸庞，耳畔是她的声音，他根本听不进去她讲的解题思路，自始至终将手撑在脸侧瞧她，见她看过来，他正了正色问，"同学，刚刚忘记问你了，你叫什么名字？"

"今睚。"

陈宜勉扬扬眉，说："我叫陈宜勉，宜家宜室的宜，勤勉的勉。记住了吗？"

"……"

陈宜勉心情不错地回到教室时，有朋友上网回来顺便打包了校外卖的小吃，正在和几个同学分着吃。

陈宜勉过去说了几句话，顺手尝了个紫米饭团。

紫米新鲜，馅料丰富，口感很不错。

"从哪里买的？"陈宜勉听朋友说了个店名，大概有印象，不过还是仔细地问了一遍，"那条街上还有哪家东西比较好吃？"

同学一一说了，陈宜勉记下。

下午课外活动前，陈宜勉去校门口取了在网上订好的、店家派送来的紫米饭团和炒酸奶，直奔理科尖子班的教室。

这次没等让人喊今睢出来，刚转过楼梯间他便瞧见今睢站在教室前的栏杆旁说话。

站在她对面的是陆仁，陆仁只留给陈宜勉一个后脑勺，不过陈宜勉对他熟悉，一眼便认了出来。

陆仁是来给今睢送药的："中午吃饭时听你咳嗽了几声，最近降温严重，你注意保暖。"

今睢看了看手里的止咳糖浆和一包让她在吃药后压苦味的水果软糖，说："谢谢。我会记得吃的。"

两个人没说多久，有同学告诉今睢老师找她，陆仁便让今睢把药放下去办公室，自己则回了教室。

陈宜勉站在拐角处，看着陆仁离开时的背影，又看看今睢手里的药和糖，若有所思。

班上男生正组织人趁课外活动时间去打球，见陈宜勉回来，兴奋地问他去不去。

陈宜勉把打包的小吃丢给对方，说："没问题。"

这天打篮球，陆仁也在。

陈宜勉和陆仁都是艺术生，圈子一样，且都是正直善良的人，能玩到一起。

往常，两个人是互动最默契频繁的。

不过今天，陈宜勉心里有些别扭，几次陆仁示意他传球过去他都装没看见。陆仁不知道陈宜勉在别扭什么，也没往别处想，只以为陈宜勉是因为腿伤长时间没打球憋坏了，今天要过把瘾。

这场球一直打到天黑，已经过了晚饭时间，篮球场旁边的林荫道上有吃完晚饭散步的同学三三两两地经过。

其中女生居多。

她们经过时，时不时会朝球场上奔跑的少年们看过来，大部分视线是投向陈宜勉的，但当事人并没有回应，也没有在意。他的注意力尽数落在前来给陆仁送水的今睢身上。

今睢是吃过晚饭顺路过来的，她校服外套的口袋里装着巴掌大小的单词本，她打算一会儿去操场边散步边背单词。

注意到陈宜勉看的方向，一旁的男生跟着打趣："哟，陆仁的小青梅又来给他送水了。"

"你认识？"

男生说："今睢妹妹嘛，尖子班的好学生。"

陈宜勉问道："她常来送水？"

"可不？"男生言之凿凿，"你和陆仁不在一个班，所以不知道，他的桌洞简直是给他小青梅备的百宝箱，雨天送伞，降温送外套，特殊日子送红糖水，贴心着呢。我觉得这俩人保不准已经在一起了。"

陈宜勉没回话。

他盯着远处夕阳下面对面站在一起的两道身影，明白了什么。

陆仁很细心。

在自己没出现在今睢生活中的那段时间，陆仁将今睢照顾得很好。

今睢送了水便离开了。

陆仁回到队伍中，一行人休息够了，打算再打一会儿球便去吃饭。

陈宜勉从陆仁身边跑过时，拍了拍他的肩膀说："谢了。"

陆仁面露茫然之色，没懂他的意思。

打了会儿球，男生们结伴去吃饭。

酣畅淋漓的运动让男生个个精神十足，充满力量。

陈宜勉被同行的男生搭着肩膀，畅聊着他刚刚那个帅极了的三分球。

走出一段路，陈宜勉回头望望，落日的余晖洒在宽敞宁静的校园里，操场上只有零星的同学还没离开。

"你们先去。我有点事。"陈宜勉拍了拍旁边人的肩膀，扭头往回走。

对方："你干吗去啊？一会儿食堂窗口就关了。"

陈宜勉脚步没停，坚定地往他们来的方向走，径自穿过篮球场，走向操场跑道。

夕阳渐渐落下，操场上开了灯，但光线还是偏暗。今睢已经收起了单词书，打算走完这一圈便回教室。这样想着，她不自觉地朝篮球场的方向望去，这才发现，球场上打球的那伙男生不知道什么时候已经离开了。

她刚准备走离跑道时，身旁突然传来陈宜勉的声音，清朗干净，语调上扬："找我呢？"

今睢双眼微睁，看看身边人，又看看球场。她不知道他是什么时候过来的，当即心虚地后退半步，揣在口袋里的手不自觉地抓紧了薄薄的单词本。

"你怎么在这儿？"

"散步啊。"陈宜勉看向今睢时，眼睛弯弯的，带着笑意。

今睢挪回迈离跑道的脚，继续沿着跑道走下去。

她往前，陈宜勉面朝她背着走。

今睢想提醒他好好走路，免得栽倒，想了想，放弃了这句提醒，只是分神帮他看着路。

"你每天都来背单词吗？"陈宜勉的手在她的衣服边一晃，把她口袋里歪歪斜斜放着露出一个边角的单词本抽出来。

"嗯。散步的时候心静，记忆力好。"今睢说。

陈宜勉随手翻了翻说："iridescent，什么意思？"

他的英文发音很标准，口音正宗，很好听。

今睢怔了下，陈宜勉举起单词本轻轻拍了下她的额头提醒："抽查一下你的学习成果，回答。"她回神，垂下视线回："彩虹色的，色彩斑斓的。"

陈宜勉又翻了翻，将单词本一合，在金灿灿的余晖中望着今睢说："Some of us get dipped in flat, some in satin，some in gloss. But every once in a while you find someone who's iridescent, and when you do, nothing will ever compare."

这是一句电影台词：有人住高楼，有人在深沟，有人光芒万丈，有人一身锈。世人万千种，浮云莫去求，斯人若彩虹，遇上方知有。

他想告诉她的是：斯人若彩虹，遇上方知有。

这天下了晚自习，陈宜勉没在教室里逗留，早早地去了停车场，找到今睢的电动车，守株待兔。

相熟的男生招呼陈宜勉，问他走不走。

陈宜勉摆摆手说："等人，你们先走。"

为了制造一会儿偶遇搭讪的机会，他没有离得太近。结果他离得远，给了别人接近今睢的机会。

今睢下来时，陈宜勉跨坐在一辆闲置的自行车上，戴着耳机在找一会儿可以分享给今睢的歌。他身上的校服很宽松，是学校统一的款式，但他穿着尺码很合适，不需要特意裁剪就显得肩宽腿长，挺拔清爽，一身少年气。

陈宜勉看着楼梯口拐下来的纤瘦身影，正要起身打招呼，便发现了与她同行的陆仁。

他们两个人是要一起回家的，连电动车都摆在一起。

陈宜勉见到站在今睢身旁的陆仁，心里那种嫉妒又感激的复杂情绪再度冒出。正因为他的犹豫，今睢和陆仁说笑着，一起骑车离开了停车场。

陈宜勉知道，在嘘寒问暖这件事情上，他总是迟陆仁一步。

骑车回家的路上，吹着寒冷的夜风，穿过车水马龙的街道，看着霓虹成河，星光熠熠，陈宜勉回想着过去今睢和陆仁相处的点点滴滴，心里虽然别扭地吃醋，但不得不承认，幸好有陆仁在。

不过，幸好归幸好，感谢也该感谢，现在他来了，今睢便是属于他的，他不会因为感激就拱手相让。

这晚天气并不好，几声闷雷后，瓢泼的雨水直直地砸到地面上。陈宜勉躺在床上，看着窗外漆黑的夜景，水珠打在窗户玻璃上，一遍遍蒙糊了他的视线。

他枕着一只手臂，另一只手拿着手机百无聊赖地查看着。他想到了今睢藏在书架最底层的那些照片，想象着今睢高中时拍照片的样子，而那时，自己在做什么呢？往好听了说，他是尽情地享受着轻狂的青春；说得残忍一点，他险些错过一个全世界最好的女孩儿。

许久后，他长长地舒了口气，轻轻合上隐隐泛着湿意的眼睛。

陈宜勉听了半宿的雨声，到了后半夜才昏昏沉沉地睡去。

翌日，陈宜勉到学校时，雨水还没停。五颜六色的雨伞鲜花般盛开在校门口，形成一道亮丽的风景线。陈宜勉的视线从一张张青涩的脸庞上滑过，分辨着这其中有没有今睢。

有女生扎着和今睢差不多的马尾辫，连体形也相似，陈宜勉看过去的时候险些认错，发现这个身影不是今睢后，又陷入了低落和沮丧的情绪之中。

他想，今睢默默关注他的那些年里，应该也是这样子的。

这天陈宜勉碰见今睢是在学校的超市。

因为是下雨天，来超市的学生明显少了。

陈宜勉从冷藏柜里取了饮料，转身时，看到今睢从货架间经过的身影。

她早晨起晚了，随便垫了几口，便一路赶来学校，所以还没到中午便饿了。她拿着饼干和牛奶去结账，脑袋里在想下节生物课老师要提问的书本知识，所以没有注意到陈宜勉在她身后。

陈宜勉结了账，跟着她出来，见她撑开折叠伞，他想了想，把手里的雨伞丢到超市门口的置物架上，三步并作两步，俯身钻进了今睡的雨伞下。

"今睡同学，好巧啊。"

今睡没提防有人突然过来，顿时吓了一跳，险些把手里的雨伞扔掉。

陈宜勉及时抬手，帮她拿住了雨伞。

手指被他攥住，她不自在地抽出来，一时竟不知道怎么下手把自己的雨伞接回来。

"你没带伞吗？"今睡注意到他的手里只有一瓶运动饮料。

陈宜勉"沮丧"地耸耸肩，说得毫不心虚："忘了。所以今睡同学，需要麻烦你送我回教学楼了。"

今睡淡淡地"嗯"了声，也确实是没法拒绝。

她和陈宜勉没矛盾，没有理由把他赶出去淋雨。

从学校超市到教学楼大厅不算远，两个人撑一把伞也没有多大影响。她这样想着，便答应了他的求助。

但事实是，她的雨伞太小了。

如果是两个女孩儿撑，手挽手肩膀紧紧贴在一起，还勉强能遮雨。

但陈宜勉肩宽，她和他关系也没有到能进行身体触碰的阶段。陈宜勉拿着今睡这把小花伞，无声地朝她这边倾斜，自己的一半肩膀暴露在雨伞外面，薄薄的校服外套被雨水打湿了。

今睡不想让他淋湿，又不好意思往他身边挪，再挪两个人的胳膊便要贴在一起了。

好在这段路很快走完，两个人站在教学楼一楼的大厅里，旁边是贴着今睡以及很多优秀学生一寸照的照片墙，当然这里也贴过陈宜勉的检讨书。

"雨伞留给你用吧，我教室里还有一把。"

有了雨伞，顺理成章就有了下一次见面的机会，陈宜勉没推辞，扬扬眉说："那我就不客气了，谢谢。"

今睢小心翼翼地看了一眼男生被淋湿的肩膀，指了指楼梯间说："那我先回教室了。"

这场雨淅淅沥沥下了好久，终于结束时，学生们迎来了月考。

考完试的周末，老师把试卷批改好，周一的时候公布了成绩。陈宜勉在艺术班，班里的学生各有各的特长，将来是要走艺考路线的，不论老师怎么强调，大多数人对于文化课的重视程度远没有那么高。

试卷发下来后，学生们大都是往桌洞里一塞便不管了。

陈宜勉是个例外。他把试卷摊开在桌面上，盯着这张几乎空白的试卷已经足足三分钟了。

前桌的男生回头向他借杂志，注意到陈宜勉抱着肩膀靠在墙上盯着试卷的姿势，茫然地问："勉哥，怎么了？试卷有什么不对吗？"

"没事。"陈宜勉终于有所动作，把试卷板板正正地叠好，笑了笑说。

又一节课间，陈宜勉去门口取了打包的小吃，带着今睢借给自己的那把雨伞和自己这张试卷去了理科尖子班所在的楼层。

陈宜勉让第一排的同学帮忙找一下今睢，自己在走廊里等了会儿，便见她走了出来。

今睢似乎没想到是他，面露诧异之色："有事吗？"这次今睢没有不认识他，也没有陆仁这个电灯泡。

"这个拿着。"陈宜勉把吃的和雨伞往她眼前一递，说，"感谢你在办公室给我讲题和借我雨伞，以及，我还有一件事情要拜托你。"

今睢将视线从小吃的打包盒上移开，注意到他手里还拿着样东西："什么事？"

在今睢的询问下，陈宜勉把自己的试卷递出去，说："我对我联考和校考挺有自信的，但这文化课吧……有些拖后腿。你能不能帮我补习一下？"

今睢接过他的试卷，翻看了一遍，对他的文化课水平大概有了了解。

陈宜勉瞧着今睢的神情，适时地问："周末怎么样？市图书馆。作为感谢，补习完我请你吃大餐。"

"好。"

周六一早，陈宜勉和今睢在市图书馆门口碰面。进图书馆后，两个人在自习室挑了个靠窗的位置。

"吃早饭了吗？"陈宜勉拉开书包，往外拿东西。

今睢说吃了，把初中的课本拿出来，准备一会儿给陈宜勉用。

陈宜勉从包里取出一袋牛奶，说："温的，记得喝。"他放下牛奶，垂眸看到今睢拿出来的书，质疑道，"要从初中的知识点开始补吗？"

听着今睢笃定干脆的应答声，陈宜勉突然后悔了。

补课这种事情，真的有损他的形象。

自己考这么点分，也太丢脸了吧。

想归想，陈宜勉还是很开心有这次补课的。

但就是……他只顾着看今睢，根本没在听她讲什么。

"陈宜勉。"

图书馆内禁止吵闹，今睢心有不满，尽量克制地压着声喊他。

她板着一张脸，虽然没有威慑力，但足以让陈宜勉意识到自己的问题。他清了清嗓子，端正地坐好说："我认真听。"

今睢叹气，决定暂且再相信他一次。

陈宜勉为了不被今睢看扁，决定认真听。他学习能力强，一旦端正态度，上了心，学习效率便上去了。

给人补课的今睢渐渐有了成就感，也为陈宜勉的学业松了口气。

中午十一点半，陈宜勉看了一眼时间，说先吃饭。

陈宜勉对今睡的喜好了如指掌，所以在餐厅的选择上完全可以自己做主。

去餐厅的路上，陈宜勉注意到，每次自己靠近，今睡便会不经意地拉开安全距离。

直到有车迎面逆行而来——是小孩儿在玩滑板车。小孩儿不太熟练，横冲直撞，神情倒是很兴奋，过来时并没有刹车的征兆。

"当心。"陈宜勉抓住今睡的手腕，把她往自己身前带了带，同时身子朝外侧，这样一来，即便滑板车会撞到人，撞到的也是他。

好在小孩儿技术差归差，陈宜勉和今睡很幸运地没有被撞到。

惊魂甫定，陈宜勉及时松开今睡的手："没抓疼你吧？"

今睡捏了捏被他抓过的手腕，轻轻摇一摇头说："没事。"

陈宜勉自觉地走到今睡的左侧，说："你走里面。"

路上，陈宜勉介绍起今天选的这家餐厅的特色，还说了其他几家自己觉得还不错而她一定会喜欢的餐厅，并表示："今天先吃这家，下周再去另一家，一家家地吃，为了答谢你，我可是做足了功课。"

今睡接话："希望你在补课时也能拿出找餐厅的态度。"

"这是自然。小今老师，我今天上午的学习态度还算可以吧？"陈宜勉有些得意地说起来，"虽然刚开始有些没进入状态，但渐渐地，我找到了节奏，你讲的几个知识点，我都记住了。"

今睡鼓励道："照这样学下去，等期末考试，你考及格不是问题。"

陈宜勉扬眉，抓住她话语里的漏洞，及时地道："多亏了你在旁边监督我，有个好学生做榜样，我的学习效率肉眼可见地提高了。"

今睡看着他，没吭声，听见他说："所以下周末你还会来给我补课吧？"

今睡望着他说："你下周的餐厅都选好了，我说不补课，你还会请吗？"

"当然。和你吃饭，我乐意之至。"

这天，陈宜勉一进教室，就看到桌上和桌洞里堆满了礼物盒。

"什么情况？"

前桌的男生抢先解答："今天是平安夜，这些是咱们班以及别的班的女同学给你的礼物。"

"……"

陈宜勉随手翻了下，想找一找里面有没有今睢送的，但又一想，今睢就算给他送礼物，应该也不会署名。

他盯着这花花绿绿的礼物盒发愁，下一秒，他冲前桌的男生招招手说："帮哥们儿个忙。"

上午还没过完，整个年级的人都在聊"陈宜勉把女生送的礼物挨个退回"的事情。

往年也不是没人送，陈宜勉每次都会收下。虽然不知道他会不会拆开看，但他确实是收了。今年这是怎么回事？

他居然全给退了。

大家一上午别的事都没干，净看跟陈宜勉相熟的几个男生担任起"邮递员"游走在各个班级外还礼物了。

敢给陈宜勉送礼物的女生长得都很漂亮，而陈宜勉对她们的态度明显，两个字——"没戏"，所以退礼物这事，几个男生还挺乐意做的。

当然，陈宜勉也没白让他们出力。

"辛苦了，请大家喝饮料。"

大家取了喝的，纷纷说："谢谢勉哥。"

桌子上还剩几个没署名的。

陈宜勉靠在椅子上盯了会儿，伸手，一个个拆开。

"勉哥，你在找什么？"

"找你嫂子有没有给我写情书。"

"啊？"

陈宜勉没多解释。

上完今天的最后一节正课，今睢在同桌疲惫的哀号声中，被对方拽去了小卖部。吃到了美味的辣条，同桌才愉快起来。

今睡听她吐槽着学业的压力，说自己拼了老命考到尖子班是不是个错误选择，经过艺术班的教室时，今睡故作不经意地朝里面看了看。

陈宜勉的座位常年在后排靠窗的位置，但此刻，座位上空荡荡的，她没见着人。

片刻后，今睡在自己教室前面的走廊里如愿见到了他。

陈宜勉靠在栏杆旁和她班上的男生说话，身高腿长，背脊单薄挺直，五官俊朗，手里拿着个包装精美的礼物盒，不知道是新收的还是要还回去的礼物。参照他今天闹得全年级乃至全校都在讨论的"退礼物"风波，想来这个礼物是要还的。

她班上的女生吗？

同桌吃多了辣条口渴，着急去喝水，挽着今睡的胳膊一个劲地往教室里走。

今睡急匆匆地将余光从陈宜勉的身上收回，踉跄着往前走，险些栽倒。

她便是在这样狼狈而匆忙的处境中听到了陈宜勉的声音——

"今睡同学。"

半分钟后，今睡和陈宜勉面对面站在走廊里，刚刚和陈宜勉说话的男生回教室做其他事情了。

今睡看着陈宜勉递到自己眼前的礼物盒，诚实地说："这不是我送的。"

陈宜勉把手抬了抬，示意她接："这是我送给你的。"

今睡愣住了，听见他继续道："平安夜快乐。"

今睡回教室坐下，老师在黑板上写这节课的知识点，同学们打开书本，逐渐进入了学习状态。她把放到桌洞里的礼物盒拿出来，又看了一眼，才重新放回去。

晚上的时候，大家都在聊明晚那个圣诞市集的活动，说是看网上发布的照片，现场布置得十分讲究，届时还会有魔术表演。不少同学充满期待，找到自己玩得好的小伙伴，说一定要去看看。

今晚不爱凑热闹，所以大家聊的时候，她只是听了听，没有上心。

翌日是周六，今晚按照自己的规划先是写了部分作业，做了手工，傍晚的时候挑了本外国名著，打算看一看。

她做事专注，一旦进入状态，很少被其他事情转移注意力，但她只是看到"satin"这个单词，便想到了陈宜勉那天在操场上念的那句英文电影的台词，继而想到了与陈宜勉相关的一些事情。

他是为了出国吧，英语说得流利又标准。

今晚将视线从外文名著上移开，托着脸，小声地重复了一遍他那天说的电影台词。她模仿着他的停顿，模仿着他的发音。

斯人若彩虹，遇上方知有。

陈宜勉也是她的彩虹。

陆仁打来电话时，今晚正提醒自己集中注意力看书，不能乱想。

她接起电话，听到陆仁说起圣诞市集的事情，问她要不要去。今晚正要开口拒绝，听见陆仁补充了一句："陈宜勉也去。"

到嘴边的话被咽回去，今晚改口道："我去。"

市集上圣诞花环、胸针装饰以及各种各样的手工工艺品应有尽有。几乎每一家商铺前面都聚满了人。

今晚站在被挤得水泄不通的街上，如果不是有陆仁这个"僚机"在，她恐怕很难和陈宜勉碰到。

现场的人实在是太多了。

"你们在哪儿呢……行，我现在往那边走。"陆仁挂了电话，说，"陈宜勉他们在圣诞树边上，我们往里面走走，和他们会合。"

"好。"

往圣诞树那走时，今晚打量着货架上琳琅满目的商品。为了刺激群众冲动消费，商品体积不大，方便携带，都是些精美的小工艺品。

她对这些花花绿绿的买回去可能第二天就想不起来的小玩意儿很

感兴趣，看得很认真，等她想起来去找陆仁时，发现自己和他不知什么时候走散了。

今睢心想走散了就走散了，直接去圣诞树边上会合也行。

今睢决定自己去旁边的摊位上买个装饰品挂在身上增添节日气氛。

正在想要胸针还是花环时，眼前晃过来一只手，骨节分明、手指修长的手在她的眼前打了个响指，吸引她看过去。

"巧啊。"

是陈宜勉。

他穿了一件藏蓝色的外套，敞怀穿，里面搭的毛衣是棕色的，脖颈上系着柔软保暖的长围巾，整个人帅气十足。

"苹果吃了吗？"他笑着问。

陈宜勉昨天送她的是个苹果，红彤彤的，甘甜可口。

"吃了，很甜。"今睢如实回答。

"这个给你。"陈宜勉抬起胳膊，又给了她一个盒子，说，"圣诞快乐。"

"谢谢。"今睢有些意外，没想到今天还有礼物。

礼物是用透明塑料板包装的，红绿色的丝带在正方体上缠了几圈，在顶部打了个漂亮的蝴蝶结。

这是一个水晶球，里面的小王子和玫瑰花通身雪白，飘飘扬扬的雪花是金色的，非常好看。

盒子里面还有张卡片，写着《小王子》里的一句名言："也许世界上有五千朵和你一模一样的花，但只有你是我独一无二的玫瑰。"

"我很喜欢这个礼物。"今睢莞尔道。

她很喜欢这句话，也很喜欢这个礼物。

两个人顺着这条街走，今睢接连收了陈宜勉两份礼物，有意也买点什么送给他。

她送什么才显得有诚意呢？

今睢正想着，只听咔嚓一声。

今睢听到身侧响起快门声，从商品货架上移开视线，转头去看。

是陈宜勉在拍她。

陈宜勉在今睢望过来后，将手机从眼前移开，眼底含笑道："加一下联系方式吧，我把照片传给你。"

今睢有点蒙。

"我的拍照技术还是不错的，你确定不看看吗？"

他说得十分自然，根本没有给今睢拒绝的机会，更何况，今睢也没理由拒绝。

拿到今睢的手机号，陈宜勉非常高兴。

这天在教室，陈宜勉托着下巴，盯着列表里今睢的头像，想着两个人可以聊点什么。

和他相熟的男生见他这样子，心里十分好奇。往常陈宜勉对电子设备没什么依赖，今天手机一直没离手。

不过这已经不是陈宜勉身上唯一古怪的地方了，这些天来，准确地说，是陈宜勉自打腿受伤返校，整个人就变得奇奇怪怪。

别人不知道的是，陈宜勉的变化只是因为他有了喜欢的、在意的人。

今睢似乎是不看手机的，陈宜勉给她发了张自己拍的蓝天白云的照片她都没有回消息。

他知道今睢一心扑在学习上，做事专注起来饭都可以不吃，也没太纠结于她没回消息这件事，琢磨着中午的时候去她班上找她。

结果，还没到中午，便出状况了。

陈宜勉知道今睢出事时刚上完体育课。陈宜勉打完篮球，和几个相熟的男生说笑着离开操场去超市买水，结账时，听见排在后面的两个女生在聊救护车来学校的事情。

陈宜勉敏锐地捕捉到某个关键字眼，慌忙扭头。顾不得对方因为自己这突然的动作吓得一哆嗦，也顾不得对方在认出自己是陈宜勉后面颊微微泛着绯红，兴奋而羞涩地晃着同伴的胳膊，陈宜勉眼眶通红，追问道："你们刚刚说什么？"

"我……"

陈宜勉的语气如刀似剑，不知道的还以为他要揍人。他意识到自己的过激反应把人吓到了，深呼吸平复了心情后，明确地问道："今睢怎么了？"

"今睢她胃疼晕倒，被救护车拉走了。"

"……"

今睢确实是因为肚子痛晕过去被救护车拉走的，不过不是胃病，是阑尾炎。

陈宜勉赶到医院时，已经做完手术的今睢正在跟今渊朝打电话。今渊朝这几天在外省出差，接到医院给他这个第一紧急联系人打的电话，才知道了今睢做手术的事情。

今睢听今渊朝要订机票赶回来照顾自己，觉得他小题大做，低声哄他："只是阑尾切除手术，休息几天就能正常生活了……"

正说着，今睢听见门口传来陆仁和陈宜勉说话的声音："不是吧陈宜勉，你刚刚是被地上的血吓哭了吗？你一大男人也忒弱了吧？"

"闭嘴。"陈宜勉不耐烦地打断他，径自问，"是这间吗？"

"对。"

进门前，陈宜勉强调："一会儿不准提刚刚的事情。"

"行呗，让我三个球。"

"成交。"

陈宜勉在来医院的路上想到很多种情况，得知今睢得的是阑尾炎才稍稍松了口气。今睢离开他的记忆太过刻骨铭心，哪怕是在梦里，他也不愿经历第二遍。如果可以，他真的不想再来医院。

刺鼻的消毒水气味勾出了陈宜勉压抑在心底的痛苦感受，所以他每一步都走得很沉重。

陆仁从热水间拎着水壶经过时，发现了蹲在角落里哭的陈宜勉。

陆仁认识陈宜勉以来从没见他哭过。之前腿骨折打石膏，他连眉头都没皱一下。所以陆仁第一反应是认错了人，等试探性地喊了一声陈宜勉的名字，得到回应后，才敢确定。

…………

来到病房后，陈宜勉看到躺在病床上的今睢，脸色并不好看。

今睢举着手机，心想：陆仁这是把陈宜勉绑来的吗？不过，陆仁绑他来做什么啊？

今睢又哄了今渊朝几句，才把电话挂断。

"他自己来的。"陆仁看出今睢的疑惑，在她挂断电话望过来时主动说道。

今睢看向陈宜勉，笑了笑说："我没事了。"

"嗯。"

有护士来看今睢的情况，并让她补住院手续和缴费。

今睢第一次住院，对该去哪儿缴费、补手续完全陌生，想问清楚一点。只是还没等她问，陈宜勉已经起身，说："我去吧。让陆仁先陪你会儿。"

今睢诧异地看着陈宜勉。

望着陈宜勉跟着护士离开的背影，陆仁一脸莫名其妙，问今睢："你有没有觉得，他这话说得很有主人翁意识？他跟你只是普通同学好吗？"

今睢顾不上琢磨陈宜勉话里的深意，示意陆仁："你跟着去，需要多少钱你先帮我垫上。"

"好，你安心休息，有事按铃叫护士。"

几分钟后，陆仁回来了。他不想承认，但又不得不承认："在帮病人办理住院手续这件事上，陈宜勉确实更有经验。"

今睢不解地问道："他呢？"

陆仁仰仰下巴说："去超市买你住院需要的生活用品了。"

今睢："……"

不多时，陈宜勉回来了，今睢笑着打招呼："麻烦你了。"

"小事情。"陈宜勉神色平静，看向坐在床边陪护椅上的陆仁。

陆仁接住他的目光，下一秒自觉地起身示意："你坐着歇会儿。"

"谢谢。"陈宜勉没客气，直接过去坐下了。

整间病房，只有这里距离今睢最近。

陆仁站起来后，出于好奇过去翻陈宜勉带来的东西。今睢也好奇，跟着看过去，感觉挺全，确实是她会用到的。

今睢在看陈宜勉买回来的东西时，陈宜勉也在看她。

今睢皮肤本来就白，刚做过手术，伤了元气，看着更苍白，好在只是个阑尾切除手术，她的心态算轻松，所以看着精气神还可以。

"这个给你。"陈宜勉递过来个东西。

"什么？"今睢看着手里的东西，记忆棉材质，一个卡通猪，是个解压玩具。

陈宜勉说："伤口疼的时候捏它转移注意力。"

今睢捏玩具的动作慢了点，对陈宜勉的这个答案感到意外。准确地说，面对陈宜勉，她感到意外的不仅仅是这个答案，还有他的周到、细心与贴心。

"谢谢。"

今渊朝提前结束出差，家都顾不上回，直接打车来了医院。

今睢长这么大从来没离开过他的照顾，如今一个人住院，肯定会手足无措，说不准还会背着人偷偷抹眼泪。

哪知赶到医院后，他发现自己担心的一幕并没有发生。

"你看这部电影，我觉得这个导演拍的东西你应该会喜欢……"

今渊朝站在病房门口，看到今睢靠在病床上，脸色虽然苍白，但眼睛明亮，看着精神，坐在床边的陪护椅上的男生手里拿着个平板电脑正在和她说话。

两个人一起看向平板电脑，并没有注意到走进来的今渊朝。

今渊朝快走到床尾时，陈宜勉率先注意到他。

"叔叔来了。"陈宜勉从椅子上站起来，打招呼。今睢后知后觉，从平板电脑上移开视线，诧异地看向今渊朝说："爸，你回来了。"

今渊朝淡淡地"嗯"了声，注意力尽数落在陈宜勉身上，将这个帅气挺拔的男生上下打量了个遍。如果不是现在场合不对，今渊朝真想问他是谁，家里还有什么人，和今睢什么关系，等等。

"叔叔，你好。我叫陈宜勉，是今睢的同学。"陈宜勉谦逊礼貌，认真地介绍自己。

今睢察觉到她爸对陈宜勉的好奇，把平板电脑放下，微微坐直，小心翼翼地介绍道："爸，这几天是他和陪护阿姨一起照顾我的。"

"嗯，坐吧，不用站着。"今渊朝抬抬手，在陈宜勉坐下后又问今睢："怎么没听你提过？"

今睢一时不知道怎么说。

陈宜勉主动道："我和今睢不在一个班，所以她不常提起。"

关于陈宜勉的话题很快被带过，今渊朝主要问了今睢的身体情况，问她感觉怎么样。

做手术、住院的事情，因为陈宜勉在，今睢基本上没有操心。这会儿被今渊朝问起，今睢只说自己目前感觉挺好的，没什么不良反应，再多的也不知道怎么解释了。

倒是陈宜勉，他对今睢这次住院的一些病理问题了如指掌，条理清楚地和今渊朝说了，甚至说了一些日后生活中的注意事项。

今渊朝听着，对眼前这个拥有英俊外表的少年多了份稳重踏实的印象。

今睢看着意外合得来的陈宜勉和爸爸，松了口气。

陈宜勉在今睢身上表现出的细心成功取悦了今渊朝。

陈宜勉每天都来，一直照顾到今睢出院。

这天，大病初愈，站在太阳下，今睢感到异常喜悦。

今睢抬手遮了遮太阳，跟陈宜勉说："我爸很喜欢你。"

"我感觉到了。"陈宜勉朝车后看了一眼，确认今渊朝听不见，问今睢，"那你呢？"

今睢没想到陈宜勉会这样问，一时语塞，觉得自己好像又病了，还需要再回医院治疗一下，要不她怎么会浑身不自在，大脑反应迟钝呢？

今渊朝放好行李，过来和陈宜勉说话。

"你也上车，去家里吃顿饭。"

"改天吧，叔。我现在空手，也不合适啊。"

"这有什么不合适的？你这孩子就是礼数周到。这段时间麻烦你照顾斤斤了，来家里吃顿饭，就当我们感谢你。"

"今天真有事，改天一定去。斤斤总夸您做饭好吃，我早就想尝尝了。"

"是吗？斤斤嘴巴挑，我要是做得难吃了，她会给我甩脸子，我这厨艺是练出来了。"

今睚目瞪口呆，看着陈宜勉和今渊朝一唱一和，沟通得非常愉快。

今渊朝："那我就不强留你了，你也有我的手机号，咱随时联系，有什么事需要叔帮忙的，尽管说。"

"好。路上慢点开。"

注意到今睚一直盯着自己，陈宜勉朝她看去，神态自若："学校见。"

周一，今睚返校上课。同桌和她关系好，见她回来，拽着她，一会儿问她身体的情况，一会儿说这些天学校里发生的事情，还把自己的课堂笔记拿出来让今睚补进度。

今睚平日在班上话不多，但同学有事需要帮忙时她绝不推辞，所以人缘特别好，这天回来，每节课课间都有同学过来问她的情况，表达关心。

今睚一直到午饭后才找到机会，拎着准备好的东西去艺术班找陈宜勉。

今睚在学校成绩名列前茅，但比她成绩好的人还有很多。她平日里文静低调，不算风云人物，但因为陆仁的关系，艺术班的同学有不少知道她的。

见她过来，大家还以为她是要找陆仁。

有男生热心肠地告诉她："陆仁在艺术楼排练。"

今睢应着，说"谢谢"，然后往前面一间教室走。

陈宜勉的座位是最后一排，今睢往后门一站，他便注意到了。

陈宜勉靠在墙上，看着她，听见她喊自己的名字，才起身往外走。

"这个给你。"今睢递过去的是两个便当盒，"我爸爸自己做的卤牛肉和酱猪蹄，带给你尝尝。"

"替我谢谢叔叔。"陈宜勉又问，"那你的呢？"

"我在家里吃过了。"今睢茫然地道。

"小没良心的。"陈宜勉轻轻一弹她的额头，责问她，"我照顾你这么多天，你就没有礼物给我？"

今睢当然准备了。她挑了好几样礼物，但觉得要么太敷衍，要么太隆重。

思来想去，她倒是想到了一样很适合陈宜勉的礼物，但怕送出去，陈宜勉会觉得自己太古板。

所以这会儿，她看似不是很情愿，实则内心非常犹豫，慢吞吞地把怀里抱着的几本笔记本给他。

陈宜勉扬扬眉："什么意思？"

今睢慌忙解释："这是我高一时的笔记，整理了一些很基础的知识点，你用来辅助学习正合适。"

"把笔记本留给我，是以后不想帮我补习了？"陈宜勉像煞有介事地问。

"我没有这个意思。"今睢解释，"周末的补习我会去。笔记本可以帮助你平时在学校里学习，这个过程中你如果有不懂的，随时来问我。用手机发消息也行，去班上找我也可以，我都有时间。"

陈宜勉一怔，感觉到今睢是真的希望他好好学习。

他收起方才戏谑的调笑，眼神柔和下来，看了看手里保存良好的笔记本，抬手摸了摸今睢的头说："谢谢，我一定不辜负小今老师的期望。"

陈宜勉去今睢家里吃饭那天是周六。他确实没有空着手，拿着给今渊朝准备的茶叶和白酒，还特意去超市买了足够的食材。

今渊朝在厨房里忙活时，陈宜勉也没闲着，洗了手，挽起袖子，在旁边打下手。

今渊朝看他做事有模有样，心下一喜，夸赞道："在家里没少帮父母干活吧？"

"我妈去世得早，我爸要操心公司的事情，没办法照顾我，所以厨房里的事情，我多少会一点。"陈宜勉三言两语说了家里的情况，没有因为母亲去世流露出颓丧的神色。

他不卑不亢、坚定沉稳的生活态度，让今渊朝对眼前这个少年多了些欣赏。

清蒸鱼出锅时，今渊朝正在案板前备菜，见陈宜勉把鱼盘端出来，正准备说"先放在这里，一会儿再端出去"，转眼就见陈宜勉拿起一旁的干净筷子挑上面撒的姜丝。

这个普通的小习惯让今渊朝愣了愣。他笑道："看来做过功课啊。"

今睚吃的菜放姜可以，但不能让今睚看见姜，一点姜末都不行。

陈宜勉没谦虚，说："之前和斤斤吃过饭，她的习惯我都记得。"

今渊朝满意地点点头说："你今天买的肉菜也都是斤斤爱吃的。"

今睚在客厅拿着遥控器调台，坐立不安，一个劲地朝厨房方向看。

厨房里抽油烟机嗡嗡地运转着，今睚并不能听见两个人在说什么，所以特意凑过去，主动问有什么需要自己帮忙的，正好听到两个人讨论自己爱吃什么，不爱吃什么。

今睚一脸蒙，心想自己没跟陈宜勉说过啊。

带着这个疑问，今睚趁陈宜勉往餐桌上端菜，问他："我有跟你说过我爸做饭好吃吗？还有，你怎么知道我喜欢吃什么？"

陈宜勉冲她笑笑说："这是个秘密。"

就像你将我藏在青春里很多年一样，这是我的秘密。

今渊朝喜欢陈宜勉，觉得这孩子是个正直坦荡的人，值得深交，所以哪怕他看出陈宜勉对今睇有远超于朋友的感情，也没有制止，甚至默许了他们的接触。

今睇有些诧异她爸爸转变得如此之快，但在她看来，陈宜勉就是这样，是一个很有个人魅力，很容易便被别人喜欢上的人。

两个人在学校里是处在不同楼层、不同班级的普通同学，陈宜勉时不时会借着问问题的机会给她送零食小吃，今睇偶尔也会去陈宜勉的班级给他送辅导书。

傍晚的操场上，旁人常能见到两个人散步背书的身影，她朝前走，他背着身面朝着她走。

旁人也会调侃他们的关系，常有风言风语传到他们的耳朵里，陈宜勉听见会把人拎过来教训一顿，今睇却表现得十分平静，没有因此而拉开两个人之间的距离。

周末的时候，两个人则相约在图书馆，补课，刷题，吃遍了附近好吃的餐馆。

陈宜勉看着佻达不羁，爱逗今睇，但在学习上也是下了功夫的。

期末考试很快到了。

陈宜勉发挥得很好，年级排名有了很大进步。

拿到成绩单那晚，陈宜勉当即去今睇面前邀功。成绩单是陈宜勉从年级主任那儿提前要来的，还没有向其他学生公开。今睇在睡衣外面套了羽绒服，打着哈欠被陈宜勉从家里叫出来，站在冷风飕飕的居民楼下，看到陈宜勉的成绩后，面露惊喜之色。

"保持这样的学习态度，考大学是稳的。"今睇是由衷地为他感到高兴，喜洋洋地问他，"你这不得请我吃顿大餐啊？"

"请，必须请。请多少顿都行。"见今睇开心，陈宜勉也开心，不单是因为成绩。

楼下太冷了，今睇的鼻尖被冻得通红，陈宜勉把自己的围巾解下来，缠到她的脖子上。

柔软厚实的围巾带着陈宜勉的温度，一点点温暖着今睇。

今睇又看了一眼成绩单，问陈宜勉："你想过考哪所大学吗？"

"你呢？"陈宜勉反问她。

今睢说："华清吧。我爸在华清教书，我常去那所学校，很喜欢那里的校园氛围。"

陈宜勉说："我考戏剧学院。坐地铁二十分钟到华清，自己开车或者骑摩托车的话，会更方便。"

今睢诧异地道："你连这都查过了？"

陈宜勉点头说："当然，我可是很认真地思考着未来。"

与你的未来。

我们的未来。

今睢装听不懂，拖着长音"哦"了声，下巴藏进拉高的围巾里，手揣进口袋。

"其实……"今睢的声音闷闷的，传出来有些模糊。

她不知道该如何说。

那天她知道陈宜勉被教导主任叫到办公室，故意在主任面前说起学生系统的问题，主任这才让她去办公室处理。

去圣诞市集，也是因为事先知道他会去，她才答应陆仁的邀约。

还有过去很多很多在陈宜勉看来微不足道，但对今睢来说非常重要的时刻。

陆仁知道她喜欢陈宜勉，所以时不时便透露陈宜勉的事情给她听，也不厌其烦地为两个人制造一个又一个接触的机会。

她希望陈宜勉也知道，希望他不要误会自己。

今睢局促地垂着眼，小声说："我之前总去操场散步，去篮球场给陆仁送水，是因为你。"

陈宜勉始终盯着她，看着寒冷的风吹过她的发梢、眼角，看着她粉嫩的脸庞在昏暗的夜晚灯光下变成绯红色，说："我知道。下次直接来给我送。"

"好。"今睢轻声说。

这个年纪的他们，句句不提"我爱你"，但句句都藏着心意。

陈宜勉又说："斤斤，高考后在一起吧。"

今睡抬头，在陈宜勉坚定的眼神下，同样坚定地应道："好。"

十八岁那年，高中毕业，两个人确定了关系，今睡考去了华清大学化学系，陈宜勉没有出国，报考了戏剧学院导演系。

两个人在各自热爱的专业里汲取知识，在丰富多彩的大学校园里交到了新的朋友。没课的时候两个人会约会，去附近的餐厅吃好吃的，去看最新上映的电影。周末的时候，两个人偶尔去舅舅的救助站帮忙，也会和池桉他们去郊区露营看星空。

今睡偶尔也会为陈宜勉身边的"莺莺燕燕"吃醋，但陈宜勉给了她足够的安全感。两个人甜蜜热恋，一个明目张胆地偏爱，一个无条件地信任。

今睡二十岁那年还是出国了，但陈宜勉经常搭飞机去看她，今睡也常回国。两个人一起过七夕节、圣诞节、跨年夜、春节以及每一个普通却不平淡的日子。陈宜勉的父亲因为疾病去世，家里的公司由郗澜掌权，但陈宜勉被今睡带回了家，今渊朝很喜欢他，陈宜勉并不是没有家的孩子。

后来，两个人大学毕业，今睡结束了在 M 国的学业，回国后赶上了华清的毕业典礼。陈宜勉作为家属，和她一同出席，两个人在校门口合影留念。

秋天的时候，今睡继续读研，陈宜勉则开始筹备自己的第一部电影。

两个人偶尔分隔异地，但永远在热恋。

今睡二十五岁那年生了场重病，不过上天垂怜，他们顺利地挨过去了。

因为短暂地感受过苦难，所以两个人更懂得珍惜，在他们大学毕业后的第三年，陈宜勉求婚成功。

又一年，两个人在盛夏举办了一场浪漫的海边婚礼，白天举行婚礼仪式，晚上的时候，朋友们围坐在一起喝酒唱歌。

海边的落日美，穿婚纱的新娘更美。

二十七岁，今睢怀孕了。她看着趴在自己身前听胎动的丈夫，问他喜欢男孩儿还是女孩儿，得到的回答是"都喜欢"。

今睢怀胎十月，孩子出生，是一对龙凤胎，哥哥叫陈椿萱，妹妹叫陈棠棣。

"椿萱并茂，棠棣同馨"，意思是一家人和和睦睦，身体康健。

正如陈宜勉当初回答今睢的，对两个孩子，他都喜欢，但他更爱孩子的母亲。

今睢三十七岁，陈宜勉去研究所接上下班的妻子，再和妻子一起去接孩子放学。一家人去吃饭或者去看电影，都是妈妈挨着爸爸，兄妹俩坐在妈妈的另一边，一家人和和美美，妈妈永远是最受宠的。

今睢四十七岁，两个孩子考去了不同的学校，离家的时间越来越多，也谈起了恋爱，即将拥有各自的小家庭。

今睢五十七岁时从研究所退休，陈宜勉也渐渐地从电影行业隐退。化学系的学生们常看今睢参与编写的教材和发表的论文，陈宜勉过去拍摄的数部口碑极佳的电影也从未令观众遗忘。

两个人去了很多以前去过的、没去过的地方，看了辽阔山川，走过繁华城市，长久地厮守，从未停止热恋。

今睢九十七岁，两个人手拉手，从容而平静地迎接死亡。

…………

"陈哥，哥？"

陈宜勉听见有人在喊自己，睁眼后先是看到漆黑的轿厢顶，然后才注意到坐在驾驶座上回头跟自己说话的男生。

男生是陈宜勉的助理，平日里帮他处理一些与导演的工作相关的事情，偶尔也会被他安排处理私事，有时也会充当陈宜勉的司机。

"哥，再过一个路口就到电视台了。今天要采访的问题已经发到你的微信上了，你要不要先熟悉一下？"

陈宜勉嗯了声，调整了下坐姿，把原本搭在自己身上现在滑到地上的外套捡起来，抖了抖，丢到一旁的空座椅上，拇指一下下拨着戴在食指上的念佛计数器，安抚着自己的心绪。

随着意识的清醒，刚刚的梦境一点点从陈宜勉的记忆里消失。

陈宜勉今年三十七岁，在电影圈有了成熟的作品，也有了一定的个人影响力，但距离他理想中的优秀导演还有很长的一段路要走。

外人眼里，他是兢兢业业、有脾气、有个性的挑剔导演。

鲜有人知道，他也会因为一个梦而惶恐失措，惴惴不安。

一刻钟后，调整好状态的陈宜勉坐在采访席上。

采访的问题中规中矩，他提前做了准备，沟通起来非常顺利。

所有的问题问完，主持人放下台本，笑着看向陈宜勉："感谢陈导接受我的采访。我个人很喜欢陈导这款英俊有魅力的男人啦，所以，冒昧地问一下，陈导有恋人吗？"

陈宜勉露出冷淡的笑容，回答道："我已婚，妻子是化学家，我们很相爱。"

从电视台出来，陈宜勉直接让司机将车开回了家。

一路上他靠在放倒的座椅上，手臂遮在眼上，头后仰着，试图在这晃晃悠悠的车辆上，重新回到那个拥有圆满结局的美梦中。

但一直到车子开到目的地，陈宜勉也没有睡着。

"今天辛苦了，你早点回去休息吧。"

"陈哥晚安。"

告别助理，陈宜勉一个人回了这处打算做婚房的住宅。住宅上下两层，还有一个小阁楼。院子里修了小花圃，只种了玫瑰花。

小花圃常有人来打理，但没有人在意它的美。

"我回来了。"陈宜勉进门换鞋时会习惯性地说这么一句话。

当然，没有人应他，家里连条狗都没有。

陈宜勉洗了澡，裹着舒适柔软的浴衣，去酒柜上拿了酒，挑了只合眼缘的酒杯，去了别墅里的放映室，然后挑了部节奏轻快的经典电影。

这些年他一旦忙起来，便很少想起今睢，所以他将自己的行程安排得满满当当，让工作充实自己的大脑。

但一闲下来，他就发现自己仍旧接受不了今睢离开的事实。

他想带着她的那份梦想，好好地活下去。

但他真的好辛苦啊。

电影笑点十足，但陈宜勉没笑。

酒杯里醇香的液体在电影幕布传来的微弱亮光下显得晶莹剔透。陈宜勉垂着眼，一杯接着一杯地喝。

直到电影画面变成了雪花屏，轻微的刺刺声过后，屏幕上出现了另外一段录像。

录像中，今睢穿着婚纱，坐在他们去过的那家婚纱店里。今睢穿婚纱时，身体状况已经很差了，站一会儿便觉得累，打了腮红的脸颊依然能窥见带着病气的苍白。不过，这依然是陈宜勉记忆里今睢最美的模样。

随着画面一点点地变得清晰，陈宜勉缓缓坐直，垂下手臂，把拿在手里的酒杯放到一旁的小圆桌上。

他盯着屏幕，诧异于怎么会有这一段视频：今睢是什么时候录的？自己怎么没早一点发现？无数种情绪顷刻间涌上他的心头，惊喜，悲伤……矛盾又复杂的情绪让这个处于颓丧状态的男人喜极而泣，漆黑、深沉、满是哀伤的眸子里一点点地燃起亮光。

圆桌上的酒杯被失手打翻，杯底没饮尽的红酒染脏了昂贵的地毯。

不过这些都无关紧要。

"开始录了吗？"今睢摸了摸头上的假发，又整理了身上的婚纱，问摄影机后面的人。

录像的应该是婚纱店的老板，对方说了"可以"后，今睢冲镜头露出甜美又干净的笑容，语气轻快地打招呼："你一定没想到，我把你支走是要偷偷录视频吧？"

看到熟悉的脸庞，听到熟悉的声音，陈宜勉跟着露出了微笑。

他记得，那天婚纱店的小员工说要卸一批货，很重，自己搬不了，今睢热心肠地把陈宜勉推出去，让他帮忙。

"一直以来，都是你对我说肉麻撩人的情话，现在我也想跟你说一说。我好爱你啊。我爱积极向上、一往无前的你，爱失意消沉、迷茫无措的你，爱你身上干净浓烈的少年气，爱你处变不惊的从容模样，爱你故意调笑我时揶揄的笑眼，爱你说情话时宠溺温柔的目光。陈宜勉，我真的好爱好爱你啊。"

"我希望你像我爱你一般，也深爱着我；但我又想，你不必多么爱我。你看外面葱郁的树、娇艳的花，还有空中璀璨的星、翱翔的鸟，多么美好。你喜欢冒险，懂得欣赏一切美好的事物，你一定会遇到懂你、喜欢你，并且你也喜欢的女孩儿，这世上还有很多很多比我优秀千倍万倍的女孩儿不是吗？我离开后，你不要为我难过，我喜欢你所有的样子，但不包括我让你为难的样子。"

今睢垂下眼，缓了缓，嘴角挂着笑，但说话声已经哽咽。

她说："我允许你每天少想念我一次，我欣然接受你终将把我遗忘这件事；但你不必带她来我面前，因为我小心眼，会吃醋。你们生活圆满就好，我负责祝福你们。我……就做一棵树吧，长在你必经的路旁，我会借微风传递思念。等百年后，下一世重逢，换你对我一见钟情，好不好？"

录像结束，幕布上今睢的身影消失。

陈宜勉保持着同一个姿势，坐了很久很久。

直到突兀响起的手机铃声打破了房间的宁静气氛，陈宜勉接起电话，听见陆仁在电话那头问："出来喝酒吗？"

陆仁前几年参加过一档音乐类综艺节目，进入总决赛拿下了第一名的好成绩，爆红过。不过综艺节目的热度很快退去，陆仁还是更注重舞台表演，当然，遇到合适的、喜欢的通告也会接。

陆仁有在健身，看着比大学那会儿壮了些，还是简约休闲的穿搭风格，胸口斜挎了个包，戴着个渔夫帽过来赴约。

吃饭的烧烤店在戏剧学院旁边，大学时他们常来这儿。

在这样的就餐环境中，两个人不自觉地放松下来。

两个人聊最近的状态，聊过去的事情，自觉地避开那个名字。

过了会儿，陆仁状似不经意地开口道："我遇到了一个很像今睢的女孩儿。"

"是吗？但，没有人是她。"陈宜勉说这句话时眼神哀伤又坚定。

十年生死两茫茫，不思量，自难忘。

番外二
月下逢

逢芋觉得自己这个替身当得很有自知之明，如果不是她先越界动心。

逢芋认识陆仁那年二十二岁。

逢芋跟蓝星传媒的合同签得早，条款苛刻不说，解约费还高得离谱。她签合同时不懂其中的门道，再就是合同是她妈为了二十万块钱按着她的手签的，她自己根本没有决定的权利。

蓝星打造了一个偶像团体，漂亮的女生跟韭菜似的，割了一茬又一茬。

逢芋长得美，鹅蛋脸，眼神纯，身段好。她瘦归瘦，但很有料，举手投足间满是江南水乡女子的温婉气质，她这样的身形穿旗袍最好看。

但再美，被丢进这个偶像团体里，她连水花都激不起，在娱乐圈里，美女太多了。

当时奶奶生病，逢芋为了筹手术费，找到老板，提出预付薪水的请求，对方毫不客气地回道："我是做慈善的吗？"

急着筹手术费，逢芎甚至想过，哪怕为公司白打一辈子的工，只要现在能换到这笔钱，也是值得的；只要奶奶能好，便是有意义的。至于日后的生活保障，只要人活着，总是有办法的。但……她看着老板冷漠绝情甚至带着嘲讽之意的眼神，意识到是自己天真了。

她是赚钱工具，但并不是不可取代的。她没有那个价值。

为了筹手术费，她有生之年第一次，也是唯一一次，主动联系了她生物学意义上的父亲。

逢芎在父亲公司的楼下如愿等到了人。

逢鸣摆着手，赶恶狗似的打算把她赶走。

不知想到什么，逢鸣顿住脚步，退回逢芎面前，上下打量她一番，冲一旁的助理招招手，说了句什么。

只见助理从包里翻出什么递过来，他接过后转手递给逢芎："想要钱是吧？可以，今晚十点到这里去。"

逢芎接住他递来的东西，是一张房卡。

逢芎确实是走投无路，以为逢鸣是忙，连奚落她的时间都要另找，没多想，当晚准时出现在酒店房间里。

她左等右等，不见逢鸣来。任她以什么理由，她的电话都打不到逢鸣那儿，被助理几句话就给挡了回去。

时间越来越晚，接近零点时，她以为自己被逢鸣耍了，沉着脸起身要离开。

哪知她刚走到玄关，酒店的房门就被人从外面打开了。

"小美人。"

一个大腹便便的中年男人喝得酩酊大醉，摇摇晃晃地走进来。来人根本不是逢鸣。

酒店的两台电梯相隔半分钟停在这个楼层，电梯门缓缓打开。陆仁刚参加完品牌商的晚宴活动，穿着笔挺的西装，在经纪人的陪同下款款走出来，准备回酒店休息。

逢芊跑出房间，被巴掌扇过的那半边脸火辣辣的，伴随着反胃恶心感。

走廊里有人经过，逢芊心一横，扑到那人身上。

陆仁正在听经纪人说话，听到这边的声音，抬头扫了一眼，正准备低头，哪知下一秒人就扑到了自己怀里。

逢芊按着眼前男人的胳膊，哀求道："救救我。"

逢芊这些天为奶奶的事情奔波，根本顾不上打扮，马尾辫，脸庞素净。

她当时还不知，自己这样，像极了陆仁认识的一个人。

经纪人见有陌生人冲过来，立马要把人拉开。只是还没等行动，他便被陆仁抬手制止了。

逢芊似乎是看到了希望，抬头看向他，无声地求助。

被逢芊用花瓶砸了一下后背的中年男人骂骂咧咧地追出来，逢芊紧张极了，生怕陆仁把自己推出去，瞬间收紧了抓着他的手指。

"认识？"

"不，我不认识，他突然闯进我的房间的。"逢芊直视着陆仁，生怕他不相信似的。

终于，男人看向一旁的同伴："贺哥，麻烦你处理一下。"

被叫作"贺哥"的男人一点头。

逢芊被男人带回了他在这层的套房。

"怎么回事？"

逢芊抓着冰袋的手指微缩，带着凉意的水珠顺着她的掌心滑过她纤细的手腕，像泪珠，但她没有流泪。

她垂眸，神情冷漠，照实说了。因为带着对逢鸣的厌恶情绪，逢芊没忍住说了奶奶的事情，大骂逢鸣这个当儿子的没良心。

陆仁一直盯着她，不说信，也不说不信，一直到手机响——是贺哥打来的电话。

"我知道了。谢谢哥。"

挂了电话，陆仁轻描淡写地对逢芋说："解决了。需要让人送你吗？"

逢芋说了声"谢谢"，起身后，又说了一遍："谢谢你刚刚帮我。我自己可以走。"

套间的面积很大，逢芋坐在单人沙发上，陆仁则站在一米开外，靠着柜子，一手抱着手臂看手机。两个人保持着很安全的距离，逢芋能感受到，这是男人顾及她感受的绅士行为。

逢芋抿唇，为自己今天劫后余生松了口气，但随即她又开始苦恼：奶奶的手术费该怎么办？

"手术费多少？"

逢芋快走到套间门口时，身后的男人突然开口。

"什么？"逢芋转身望过去，怀疑这人有读心术。

陆仁自然是没有特异功能，但他说："手术费多少？我帮你出。"

逢芋一脸愕然。

陆仁说到做到。

做手术的前一晚，逢芋在医院陪了奶奶一会儿，离开医院时给陆仁发了消息："您今晚有时间吗？"

"钱不够？"

"足够了。"陆仁给的钱绰绰有余，他安排了人缴费，还联系了专家，一切远超过逢芋的预期。她说："奶奶明天做手术，我想感谢您。"

"知道了。"

"可以见面吗？"

"我在上次的酒店。"

"好。"

逢芋去酒店前先回了家，洗过澡准备好，才打车过去。

上次在酒店这层楼有不愉快的经历，电梯门一打开，逢芋立马想起恶人恶心的嘴脸，又想到陆仁，两者形成鲜明的对比。

逢芋站在陆仁的房间前，没看到门铃，深吸了口气。

团体里为了资源，为了在公司过得轻松些，私下联系粉丝或者巴结老板、富商的人数不胜数。她没做过这样的事情，但有些时候，人总得低头。

　　她不认命，但需要保命。

　　她刚要敲门，面前的门便打开了。

　　走出来的是个性感妩媚的年轻女人，鬈发，穿着 V 领镂空的针织衫，里面是黑色的抹胸。

　　逢芋以为走错了房间，当即后退半步，还没说话，便见女人环抱着胳膊转身，对陆仁评价道："艳福不浅哪。"随后她才看向逢芋，说："进来吧，小美人。"

　　逢芋进去，女人却没往房间里走，冲陆仁仰仰下巴说："她来了，那我就走了。"

　　陆仁："路上慢点开。"

　　女人摆摆手，走了。

　　"突然过来没有打扰你吧？"目送女人离开，逢芋边打量套间里的环境，边问陆仁。

　　"不会。"陆仁把桌子上的几张纸随手整了整，问，"有事？"

　　逢芋轻轻地"嗯"了声，却没说什么事情。

　　陆仁把杂乱的地方收拾好，朝小冰箱走去："只有矿泉水，先喝点水。"

　　身后人没应，只传来窸窸窣窣似乎是衣料摩擦的声音，他对声音敏感，却没多想。然而，当他拿着水瓶转身看过去时，当即愣住。

　　下一秒，他别开眼，沉声道："把衣服穿回去。"

　　"我是自愿的。"

　　逢芋缓缓走近他，并不打算听他的命令。

　　陆仁的眉头越皱越紧，目光落向一旁的椅子。在对方走到近处，呼吸越来越清晰时，他抬手，拿起自己随手丢在那儿的衬衣，也顾不上去确认是洗过的还是换下的，扯着衣领将衣服展开，从前往后裹住她。

"转身。"

陆仁一字一顿，声音听着有些严厉。

但他是学音乐剧的，毋庸置疑，声音有磁性又动听，即便是再冷漠无情的话，被他说出，也自动带上了深情的滤镜。

逢芋被他捏着肩膀转过身。

陆仁垂眸把靠近领口的纽扣扣好，松开她。

"想报答的话，明天中午陪我吃顿饭。"

"好。"

逢芋见识过人性险恶，知道没有白吃的午餐。

她把自己当成陆仁的一步棋。

然而翌日中午，逢芋渐渐发现，这只是一顿很普通的饭。

逢芋坐下后，不动声色地打量着餐厅的环境——雅致安静，桌与桌之间有足够的距离，互不影响。

"有忌口吗？"

听见陆仁的声音，逢芋忙说："没有。"

心里疑惑不断，她不解陆仁找她吃这顿饭的目的。这张餐桌旁只摆了两把椅子，不像是还有人没来。

逢芋正想着，陆仁自顾自地道："我胃不太好，这几天吃不得辛辣，你担待些。"

"没关系。"逢芋说，"我不太饿。"

"嗯。"

渐渐地，逢芋知道，陆仁这段时间在休假。

他刚参加完综艺节目，人气暴涨，却也是被黑得最严重的时候。

急性肠胃炎导致他缺席活动，他却被说耍大牌。

他淡出娱乐圈，回归音乐剧老本行。

不知不觉，两个人成了饭搭子。说饭搭子是抬举逢芋了，准确地说，是逢芋随叫随到，她的任务很简单，陪他吃饭。

偶尔逢芋也会主动问他：下一顿吃什么什么可以吗？

这天，逢芋找到一家还不错的餐厅，推荐给陆仁，说："下次去这家吃如何？"

收到逢芋的消息时，陆仁在录音棚给一部仙侠剧录音乐原声带。等录制结束，陆仁看到消息已经是晚上。婉拒掉制片人一起吃饭的邀请，陆仁离开录音棚，在车上给逢芋回消息。

下一秒，陆仁接到了逢芋的电话。

"抱歉，刚结束工作。"陆仁后半句"吃饭了吗"还没有问出，便发现电话那头的声音不对劲。

逢芋现在人在酒吧。

今天团队里一个女生过生日，逢芋跟她说不上熟悉，但大家在一个团里待着，偶尔要一起工作，逢芋想着今晚没事便带着礼物来了，哪想出事了。

不知谁在她喝的东西里做了手脚，等她意识到时已经迟了。

她离开卡座，在去卫生间和离开这两个选项间纠结时，被人拦住了路。拦路的是过生日的那个女生。

女生假笑着说什么"如果身体不舒服，就去楼上的房间休息一会儿"，逢芋觉得应该不是什么好事，摆摆手，把人推开，拒绝了。因为那女生过于缠人，逢芋抗拒跟她多说话，就近去了卫生间，躲进了隔间。

逢芋身上难受，好在带着手机。她本来想打电话给相熟的朋友请对方过来接自己，碰巧陆仁这时发消息过来，她不小心拨通了他的电话。

陆仁问了她的地址，让她待在原地别动。

挂了陆仁的电话，逢芋开始回忆自己刚刚有没有表达清楚。

过生日的女生执着地在外面敲门，还打电话不知跟谁抱怨逢芋躲在卫生间里锁着门。挂了电话，她继续敲隔间的门，询问逢芋的情况，劝逢芋把门打开。

逢芋抗拒和她对话，索性装没听见。

许久后，外面没了声音，对方不知道是去叫帮手了，还是放弃了。

又过了会儿，逢芋听到有人喊自己。

是陆仁的声音。

逢芋抬手开了门锁，自己扶着门起身，脚发软地走出去。没走几步，她一个踉跄。好在陆仁大步走过来，及时接住了她。

下一秒，逢芋双脚腾空，是陆仁把她打横抱起了。

"我抱你出去。"

两个人从酒吧出来，嘈杂混乱的电子音和说话声终于消失了。

保姆车后座上，陆仁端详着她问："你还好吗？"

"我被下药了。"逢芋抓住他的手，放到自己身前说，"您帮帮我。"

轿厢里光线昏暗，街道两侧的霓虹灯的光落在人的脸上、身上。陆仁觉得她整个人都在发烫。

"去附近的酒店。"陆仁抓过她的手，拉到身后，单手抓着，对司机说。

司机大气不敢喘，油门踩到底，生怕慢了。

保姆车停在酒店楼下，陆仁把刚刚参加活动时穿的西装外套往逢芋头上一丢，在她扒拉开之前，把人打横抱起。

"躲好了，敢露脸我就把你丢在大厅。"

逢芋被抱起后，用手钩住他的脖子，在他说了这句话后，整个人抱他抱得更紧了。

陆仁大步流星地进了酒店。有值班的前台人员朝这儿望来，被陆仁阴沉的脸色吓得立马收回好奇的目光。

逢芋整个人软得像一摊水，在颠簸摇晃中紧贴着陆仁结实宽厚的胸膛，很有安全感。

她想克制，但身体的反应越发明显，整个人异常煎熬。

她钩着陆仁脖颈的手臂渐渐收紧，脸贴到他的脖颈上，随着他的走动磨蹭着。

她亲他的锁骨，吻他的喉结，咬他的下巴。

她马上要亲到他的嘴唇了……

就在逢芊以为自己要得逞时，身体一轻，整个人不受控地重重往下坠。

逢芊被丢到浴缸里，还没来得及反应，哗啦啦的水流冲过来——陆仁开了花洒，把她的浑身浇透了。

是凉水。

逢芊扑腾着，在水位越来越高的浴缸里打着冷战。

不知过了多久，逢芊在冷水中彻底清醒。她站在镜子前看着自己狼狈且毫无尊严的样子，长长地舒了口气，穿着浴衣出去了。

陆仁还没走。

他抱着手臂靠在椅子上假寐，听见卫生间方向传来的开门声，缓缓地睁开眼。

他因为没吃饭，胃有些难受，看过去时，脸色并不好看。

逢芊这会儿已经清醒，被陆仁瞪了一眼，开始反思自己刚刚做的事情。

"今天谢谢你。"逢芊难以想象自己继续在那儿待下去会发生什么事情。

"你第一天进娱乐圈吗？"陆仁冷冰冰地质问她。

逢芊心虚地辩解道："是相熟的同事过生日，来的都是女孩儿，我没设防，不知道谁在我的酒里下了东西。"

陆仁要生气，但这气不知如何发泄。

敲门声打破了房间内的沉默。

逢芊看了陆仁一眼，以为是他让服务生送了什么东西，正要去开门。结果她刚一转身，酒店的门被从外面打开。

经纪人从外面进来，手里拿着房卡，进门后先看到近处的逢芊，笑了下打招呼："又见面了。"随后视线才落到远处坐着的陆仁身上，他边往屋里走边说："你要的衣服。"

经纪人刚刚没在车上，不知道发生了什么事情。他晚上要来找陆仁谈事情，给陆仁打电话确认见面时间时，被陆仁要求带身女装过来。

他一头雾水，带着准备好的衣服，在来的路上给从下午起便一直陪在陆仁身边的助理兼司机打了电话，才知道陆仁带了个女生回酒店。更多细节，助理便不知道了。

等贺川亲自到了酒店，才知道情况。

孤男寡女，共处一室。

饶是贺川做足了心理准备，也没敢往深处想。

贺川了解陆仁，知道他不是重欲的人。据贺川所知，陆仁身边女性朋友不少，但他没有谈过恋爱。

贺川对这个逢芋很熟。不是关系亲近的那个"熟悉"，而是贺川了解逢芋的情况——先前陆仁接连两次帮她，贺川作为一个合格的经纪人，自然要替陆仁查清楚对方是什么来路，尤其是对方也是圈里人，那就更要查清楚了。

在这个圈子里的人，一夜爆红，难；但若被人整，身败名裂那就是一瞬间的事情。

陆仁是歌手，并非偶像，粉丝对其谈恋爱这事还算包容。

如果对象是良人，那也就罢了；如果对象的身份不清不楚，那就纯属给陆仁找麻烦，稍有不慎还会搭上陆仁经营许久的事业和前途，那粉丝们肯定不赞同。

"我刚进来时看到有媒体在楼下，你们最好分开走。"贺川把衣服放下后，提醒道。

陆仁起身说："不用。我跟你走。"说着他看向逢芋，说："你在这儿休息，袋子里的衣服是给你的，有需要叫前台的人。"

"好。"

几分钟后，陆仁和贺川坐上车子离开酒店。

在贺川的目光不知道第几次地落到自己身上，又悄无声息地移开后，陆仁主动开口道："有话就说。"

"这个逢芋……"贺川问得比较小心，"喜欢？"

陆仁没立马回答，过了会儿才说："算不上。"

既然不是喜欢，那陆仁怎么就这么热心肠呢？

陆仁心善他知道，但有时候吧，人的善心是不能乱发的。

没等贺川发问，陆仁主动解释道："看到她，就想到一个老朋友。一个很久没见，以后再也见不到的老朋友。"

贺川微张嘴巴，想到什么，又轻轻地合上。

他对陆仁的私事虽然不完全了解，但也知道他有个很好的朋友因为癌症去世了。很年轻的一个小姑娘，本该前途光明，生活幸福的。

陆仁和她关系要好，所以她的去世让陆仁的状态变得很差。

他不好好吃饭的毛病就是因为这事留下的。虽说逝者已矣，生者如斯，但真正经历过的人才知道，这种生离死别不是那么容易释怀的。那段时间陆仁吃什么吐什么，走在路上看到一个广告牌都会不可避免地想到她。他是个成年人，不会让这种情绪影响到别人，自己却深深地受到这种悲痛情绪的折磨。

他瘦了很多，头发长了，人也冷淡了很多。

不过从事艺术创作的人，往往会在苦痛中产出优秀的作品。陆仁因为这状态，确实在事业上拥有了更光明的前景。

不过这代价太大了。

如果可以，他宁愿自毁前程，换她音容如旧。

逢芋确实需要跟陆仁说句"谢谢"，不单是为了这天的事情。先前陆仁替逢芋收拾了那个猥琐的男人，男人第二天酒醒后，虽然没在酒店里调到监控了解昨晚发生了什么事情，但他的记忆不会骗人，他把这段不愉快的经历记到了逢鸣身上。

逢鸣的一笔生意因此受到影响，逢鸣联系不到逢芋，便直接找来医院。

当时奶奶刚做完手术，身体还没恢复，逢芋只外出打了个电话，逢鸣便找来病房，在奶奶面前一通胡说八道。

逢芋虽然是出去接电话，但没走远，听到病房里的声音后立马返回来。

"不信你问问你的宝贝孙女啊，你的手术费怎么来的？有手有脚不好好赚钱，净走些歪路。"

"……"

逢芋没想到他居然还有脸来挑拨离间。自己亲妈生病不出钱就算了，他还要来胡搅蛮缠，闹得所有人都不愉快。

逢鸣闹了一番后，知道在这对祖孙俩身上一点油水也捞不着，恶狠狠地白了逢芋一眼，便走了。

逢芋又气又无语，纳闷地想：人怎么能不要脸到这个地步？

她连着深呼吸了几次，才把心中这股气憋回去，去看奶奶的情况。

奶奶捂着胸口，脸色焦急，担心孙女的情况："他说的都是真的？你真的跟不三不四的人来往？我年纪大了，生老病死都是命。但奶奶怕你走错路，我的囡囡啊，人要是走错了，可是比贫穷和死亡还要严重的。"

"奶奶，我没有。"逢芋扑在床边，拉着老人的手说，"没有什么不三不四的人。手术费是我问我朋友借的，等你身体好些，出院后能自己活动了，我就要努力打工赚钱了。所以，奶奶，你要快点好起来，这样我才能去工作，才能早日把钱还给我朋友。"

"好。真是苦了我的囡囡了。"奶奶似乎是被她劝住了，不过又好奇地问道，"是男朋友吗？奶奶年纪大了，照顾不了你几年了。如果有喜欢的男生，带来给奶奶看看，奶奶帮你掌掌眼，也能放心。"

逢芋刚要说"不是男朋友"，结果听到老人的后半句话，又把这个回答吞了回去说："奶奶，你放心吧，我自己也能照顾好自己。"

"我当然知道你自己能照顾自己，但日子要两个人过，才有家的感觉。"

祖孙俩又就男朋友的事情聊了几句，逢芋才把老人哄睡着。

傍晚的时候，逢芋去医院食堂吃饭，回到病房里，发现陆仁在。

"你怎么来了？"逢芋诧异地问。

"看看奶奶。"陆仁起身，跟老人打了个招呼，便和逢芋去了走廊。

逢芋听他说了才知道，上午逢鸣来闹时，自己因为心急回病房，忘记挂断电话。当时她正给陆仁打电话，感谢他联系医生的事情，因此被他听见了病房里的动静。

"让你看笑话了。"逢芋不好意思地说。

陆仁问："之后没再找你麻烦吧？"

"没有。"逢芋说，"其实他和家里联系得很少，如果不是这次急用钱，我也不会去找他。结果找了也没用，他太冷血了，一点良心都没有。"

陆仁听她说着家里的事情，说："还需要钱找我。"

逢芋看向他，保证道："我会还你的。"

"不急。"陆仁说。

逢芋问："你吃饭了吗？"

"还没有。"

逢芋："你等我一下，我跟奶奶打声招呼，陪你去吃饭。"

陆仁没拒绝，说："一起吧。"

"好。"

奶奶出院后，逢芋找了个阿姨照顾她的生活，自己恢复了工作。因为欠了一大笔钱，所以逢芋比过去要忙碌很多。

不过再忙，陆仁喊她吃饭，她是一定会去的。

这天，逢芋接到了陆仁的经纪人的电话："逢小姐，打扰了。我是陆仁的经纪人贺川。"

"你好。"逢芋拿着手机走到人少的地方，心里奇怪贺川为什么给自己打电话。一直以来，贺川知道她的存在，但负责联系她的是陆仁的助理。

没等逢芋发问，贺川表明自己的来意："陆仁和你在一起吗？或者你知道陆仁现在在哪里吗？"

逢芋听贺川说了才知道，陆仁今天满满一天的行程，但他从早晨起便失踪了，电话打不通，家里没人，仿佛从这个世界上消失了。

"往年一到今天是不给他安排工作的，但今年他主动要求工作。我还以为他这是走出来……"贺川话说到一半，知道自己多嘴了，不过想起自己面对的是谁，又开始犹豫，这个时候能帮忙找到陆仁的或许只有她了，所以贺川定了定神，问逢芊，"你想想之前陆仁有跟你提过今天会去哪里吗？或者他之前带你去的地方，他现在有没有可能去？"

贺川这句话问得莫名其妙，逢芊听得一头雾水。

"准备开拍了，逢芊，别打电话了。"

"哎，来了！"逢芊扭头应了声，匆忙地跟贺川说："贺哥，我现在在工作，得挂电话了。我如果想到什么地方，立马打电话告诉你。"

"行吧。你先忙。"

陆仁一出道，贺川便是他的经纪人。他俩都是新人，互相扶持着成长。陆仁命里带红，早早便名声大噪，商演通告密集起来；贺川是个新人，应付起来难免手忙脚乱。公司为了陆仁的前途，有意让更有经验的金牌经纪人带他，但陆仁明确地拒绝了，说自己和贺川合作得很愉快。

事实就是，陆仁的成名之路如昙花一现，很快热度与人气便被他人瓜分。

贺川不停地检讨自己，觉得是自己没有长袖善舞的能力才导致陆仁的工作青黄不接。

但陆仁从未怪过他。陆仁似乎已经预料到了，并且坦然地接受了现实。他热爱音乐和舞台，对工作兢兢业业，不论多忙、多累，工作压力有多大，他从不抱怨。

好在贺川没有辜负陆仁的信任，飞快地成长，不再是拖后腿的存在。

工作上，陆仁给了贺川足够的信任，但自己的私事，陆仁从不主动提。

之前有次去戏剧学院参加活动，两个人碰见了陆仁以前的专业课老师，老师问陆仁是不是工作太累，人看着都抑郁了。

陆仁开玩笑说这是成熟音乐家的气质。

贺川那时才明白，陆仁身上藏着的故事感不是与生俱来的。

那是贺川不知道的故事。

另一边，逢芋挂断电话后，去到导演安排的位置，准备开拍。

这个剧组哪里都不正规，主演耍大牌，编剧现场编剧本，导演偶尔计较得要命，偶尔又仿佛毫无审美。逢芋在里面演个台词还没有女三号多的女二号，对于女三号站在编剧旁边颐指气使地要求加一些没有意义的台词的现象敢怒不敢言。

她就装看不见算了，这个剧能拍未必能播，就算能播也未必有人看，就算有人看也未必有正面的评价。总之，快点拍完吧，她只想早点下班。

因为以上种种不快，逢芋在开拍后甚至怀疑，摄像头是不是压根没有在拍自己。

好吧，摄像头确实都冲着女三号去了。

也好，她此刻明目张胆地走神也没人注意。

她还在想刚刚贺川的电话。

陆仁失踪了吗？那么大个成年人了，好端端的怎么会失踪？

拍摄结束，逢芋没卸妆、没换衣服便拦了出租车离开了。好在她今天拍的是一部现代剧，背景设定在大学校园，跟妆发讲究衣服华丽的女三号相比，逢芋的角色形象显得朴素多了。她扎着黑色的马尾辫，妆也很淡，放在现实校园里看着干净清纯，但镜头吃妆严重，逢芋这个妆丝毫没有攻击性，也就很难吸引观众的眼球。

不过这都不重要。

逢芋跟司机报了地址，司机直奔目的地。

逢芋找到陆仁时，他已经喝得大醉。

"又梦见你了。"陆仁笑得有些心酸，跟跄着走过来时，脚底一软，朝着逢芋这边栽过来。

逢芋怕他摔倒撞到哪里破相，连忙抬臂迎过去，稳稳地把人扶住。

逢芋的个头在女生中算不上高，站在陆仁身边更是显得娇小，但此刻陆仁站不直，弓着背，趴在她的身上，脸侧了侧，卡在她的颈窝的位置，滚烫的呼吸喷在她滑腻柔软的皮肤上，酥酥麻麻的感觉顿时传遍她的全身。

两个人不是没有过亲密接触，逢芋被他撞得倒到床上时，心里这样想。

逢芋想把他推开，让他清醒些，告诉他贺川找他快找疯了，但她还没开口，便听到了陆仁的声音。

他说话音量低，逢芋第一遍没听清楚。

好在陆仁又说了一遍："你知不知道我也喜欢你？"

陆仁滚烫的唇滑过她的皮肤，逢芋被迫高仰起头。逢芋知道，陆仁把自己当成别的什么人了。

男女之间力量的悬殊在这一刻得到了体现。

逢芋根本推不开他。

但陆仁不知道想到什么，忽然停住了动作。他抓着她的手臂，支撑着自己慢慢站直，垂着头，不敢看她，愧疚而懊悔地说："抱歉。"

像是被什么约束，陆仁强迫自己停下了侵犯的动作。

逢芋平复着呼吸，缓缓地道："我没事。你酒醒了就给贺哥回个电话吧，他找你一天了。"

逢芋话音刚落，见到陆仁抬头，一脸疑惑地看向自己，似乎酒还没醒。

"你这什么眼神，不认识我了吗？我是逢芋。"

"逢芋啊……你是逢芋。"陆仁呢喃着，喊她的名字，一遍又一遍，嘴角挂着自嘲的笑，似乎才清醒过来，认出是她。

逢芋察觉到他此刻的状态有些不对劲，问："你怎么了？"

陆仁拨了拨她额边散乱的碎发，仿佛要把她看得更清楚些，直直地盯着她。

逢芋屏息凝神，听见他问："还想感谢我吗？"

这晚两个人睡在一起。

逢芋快睡着时，听见陆仁在跟经纪人打电话。她原本想挣扎着起身，但实在是太困了，纠结了一会儿便沉沉地睡着了。

她再醒来时，陆仁已经不在房间里了。窗帘隔开的窗外，晨光大亮。

逢芋躺着缓了会儿，回忆着昨晚的事情。

手机一振，有短信进来。

她以为是公司的人发来的消息，拿起来看到是陆仁发来的。

这是一份体检报告。

紧接着，又来了一条消息，陆仁说：醒了让服务生送早餐。

逢芋关掉手机，预想不到今天过后，两个人的关系会有什么改变。

逢芋拍的戏也不全是那种不靠谱的。

接下来逢芋要进组拍的戏是个仙侠剧，她演里面女主角操纵的灵兽。灵兽初化人形，古灵精怪，满眼都是对繁华人世的好奇，对其他人冷漠疏远，唯独亲近喜欢她的主人，在剧中多次帮主人拯救天下苍生，最终为了保护主人幻化回原身，须重新修炼千年才可化人。这部剧是个悲剧，逢芋这条故事线虽只是整个大故事的一环，但如果演好了将会十分出彩。

这个角色是她自己试镜，导演和主创团队敲定的。

逢芋目前戏不多，乱七八糟的通告也少，所以有大量时间钻研剧本。

这个剧是大制作，是平台的 S 级项目。主演要么是口碑佳的实力派演员，要么是人气很高的当红女明星；几个主要配角也都有自己成熟的代表作，拥有固定的粉丝群体；剧中年长的角色更是由几位德高望重的老戏骨出演。明眼人都知道，除非主创乱编、演员翻车、上头限制这类题材，否则，这个剧一定大火。

这么一块香饽饽，任谁都想来分一杯羹。蓝星作为这个剧的投资人更是塞了自家的小偶像来剧组，说好听了是历练，让导演试试人；说现实点，就是带资进组。

被塞来的人不是别人，逢芋认识，正是先前过生日的那个女生，叫若原。若原在组合里人气算不上最高，但私下里最会来事。

那天生日后，逢芊有思考过对方为什么这样做，自己和她是什么时候结下的矛盾，但思索无果。

就像这天，逢芊搞不懂，自己怎么又招惹到若原了——

今天先拍其他人的戏份，逢芊做完造型后便在旁边看大家演戏。她不是科班出身，没有经过系统的训练，签给公司前没有上过任何与演艺相关的培训课，签到公司后倒是上过一些有关仪态、唱跳、演戏的课程，但她比起镜头前从容自信的前辈，缺的不是一星半点。

她能通过试镜让导演选中，完全靠的是模仿。她平日里爱看电影，生活中也喜欢观察人，拿到角色后自动对应上自己先前在影视剧中看过的相似的角色，以此来演绎角色，获得了认可。

导演点出她在致敬前辈，但没有批评她的行为，只说让她回去继续钻研角色，加入自己的理解和特色才会更出彩。

逢芊理解导演的意思，实现起来却没有这么容易。

"你在看什么？"中场休息时，有演员注意到逢芊，来到她身边，朝着她一直看的方向望了望。

逢芊回神，认出这是组里的一个老戏骨，过去常出现在大银幕上、很少演电视剧的前辈。她解释说自己在看别人演戏。

两个人聊了会儿，纯属闲聊。

导演一开拍，现场需要保持安静，两个人便没再说话了。

若原就是这时候凑到她身边的。

"你和袁振坤很熟？"若原提到的是刚刚的老戏骨。

逢芊看了她一眼，并不打算回答。

若原回想着刚刚逢芊和袁振坤相谈甚欢的模样，心里就不舒服，瞥了一眼哪儿都不如自己、要家境没家境、要人气没人气的逢芊，摆出一副好心的模样，漫不经心地提醒她："虽然我不知道你是怎么混进来的，但我想提醒你的是，结交人脉是好，但要擦亮眼睛，袁振坤在电影圈混不下去了才来拍电视剧，你跟他走近了只会沾上霉运。"

逢芊原本对若原的话爱搭不理，听到这里才收回视线，冷冷地瞥了她一眼，说："是吗？在这方面我确实不如你有经验，我好羡慕你啊。"

"你！"

因为旁边在拍戏，两个人的说话声不宜太大。

逢芋说完，扭头就走，压根没给若原跳脚发泄的机会。

很快轮到逢芋上场。她之前拍过戏，但那部戏的剧组班底没有这次的正规。上次演员演得差不多导演就给过，但这次，逢芋在场边看到导演一个场景拍了十几条，一个细节一个细节地分析演员的表现，所以，当她站到镜头下时，紧张感渐渐溢出来。

不过这些都是逢芋的心理戏，也许是过去的坎坷经历让她具备了强迫自己淡定下来的技能，心里再慌，她面上也没有表现出来。

随着她做好心理建设，现场正式开拍。

几条下来，她表现得中规中矩，不算出彩，但导演说，比试镜时找到些感觉了，还要继续加油。

导演要拍其他人的戏，没跟她多说。

逢芋知道自己道阻且长。

逢芋的戏份拍了快一个月才杀青。结束拍摄那天，逢芋原本是要去见陆仁的，结果接到经纪人的电话，说有个饭局让她陪自己去。

逢芋在公司待得不顺，但经纪人王芳对她不错。

逢芋不好推托，便按照王芳的意思，打扮得漂漂亮亮的去赴约了。

"今天来吃饭的是《长相》剧组的投资人，孙总，你有眼力一点。"到了餐厅，进包间时，王芳提前跟逢芋通气，"机会可是给你了，能不能把握住就看你的态度了，机灵点。"

王芳推开包间门，没给逢芋说话的机会。

包间里已经坐了两个男人，年纪大些的那位一副上位者姿态，说话慢悠悠的，端着架子，应该就是王芳口中的孙总。旁边一位应该是他的助理，边听领导安排任务边手脚麻利地帮忙倒茶水。

逢芋一进去便感觉到孙总的目光黏糊糊地落在自己身上。王芳跟孙总客气地打招呼，说了自己来迟的原因，又招呼服务员上菜，说这家餐厅如何如何，让他一定要好好尝尝。

"吃饭不急，你们一路过来，先喝口水。"孙总示意一旁的助理倒茶，自个儿则推了推面前的小碟茶点方便她们吃，准确地说是推到逢芋面前。

王芳笑吟吟的，对这样的状况心中窃喜。她知道逢芋一定会讨人喜欢，逢芋脸蛋生得美，身段好，虽然不笑的时候看着冷淡，但眼神干净清澈，给人单纯好把控的感觉。

孙总主动问起："这是你新签的艺人？"

王芳顺势介绍起来："小姑娘好奇心重，非要跟着，带她出来见见世面。"

几人一顿饭吃得很愉快。

饭吃到一半，王芳借口去卫生间，实则是去前台结账。

逢芋一个人坐在他们对面，感觉到了一股无形的压力。

孙总问起逢芋平时的爱好，说他朋友新开了一个度假村酒店，环境优美，私密性好。

逢芋赔笑听着，怀疑王芳把自己丢在这儿，提前开溜了。

好在王芳没有。

就在孙总借着拿茶壶的动作要摸逢芋的手时，门口传来了王芳的说话声。

王芳不是一个人回来的，和她同行的人逢芋碰巧认识，不，不单单是认识，应该说是怪熟的。

"不打扰吧？"陆仁不只唱歌好听，平时说话的声音也十分有磁性。

"怎么会？"王芳把人带进门。

逢芋看着孙总和陆仁熟稔地说话，知道他们之前间接有过合作。今天见了面，孙总不放过任何一个与陆仁合作的机会，当即说起自己新投资的仙侠剧，而且里里外外把剧的档次抬高，邀请他去唱音乐原声带。陆仁听孙总说完影视剧的配置，愣是不说自己答应还是不答应。

逢芋见惯了生意人打交道的方式，却对陆仁竟然深谙此道、游刃有余而感到意外。

察觉到陆仁的视线投过来，逢芋嘴角的笑抿得更深了些，是很礼貌得体、不带任何私人感情的微笑。

她觉得这个时候，陆仁装作和自己不认识最合适，所以逢芋乐意配合他。

只是没料到，陆仁没有任何假装的念头。

他不解地觑了她一眼，神色淡淡地问："手机没电了吗？"

逢芋疑惑地"嗯"了声，照实说："没，还有电。"

说着，她拿出手机，按亮屏幕，想确定一下，结果看到通知栏上显示的来自陆仁的未读消息。

与此同时，陆仁垂眼瞧着她，说道："有电就回一下我的消息，等得挺久了。"

"……"

他这话一出，包间里的其他人神色各异。

王芳笑着问道："小芋，你和陆仁老师是朋友啊？"

因为这个问题，逢芋朝陆仁看过去。

陆仁神情淡定，把决定权交给她："你说我们什么关系？"

逢芋咬咬唇说："我是他女朋友。"

从餐厅出来，逢芋看到陆仁的车停在路边。

王芳正跟孙总小声道歉，说不知道这个情况，又塞过去一张卡，说在酒店房间里准备了礼物，让他务必赏光。

等应付完孙总，目送他的车子离开，王芳才来到逢芋身边："你啊你，怎么不早点跟我说你男朋友是陆仁？那我还用得着帮你……"

逢芋笑笑："不好意思啊，芳姐，给你添麻烦了。"

王芳："行了，小问题。我们也回去吧。"

"芳姐，你先走吧。"逢芋朝陆仁的车子看了一眼，王芳跟着看过去，不等王芳问，逢芋率先解释道，"陆仁的车。"

"行，你去吧。明天来公司找我一趟。"

送走经纪人，逢芋才朝着陆仁的车子走过去。

陆仁在车上听东西，戴着耳机，手指滑着平板电脑最下面的进度条。

陆仁的助理在车上，见逢芋走近，主动帮她开了车门。陆仁注意到，抬头看过去。

逢芋朝车里露露头，问："是在等我吗？"

陆仁仰仰下巴，示意："上车。"

"女朋友？刚刚是你自己承认的。"

逢芋慌忙解释，一副自己僭越失礼的态度："抱歉，经纪人要把我推出去应酬，我拿你当挡箭牌，给你造成困扰了。"

陆仁沉默，刚刚他要说的不是这个意思。

他没再聊这个话题，只说："家的地址告诉司机。"

逢芋应了声，照做。

到了公寓楼楼下，司机过来开门，逢芋下车后发现陆仁坐在原位没动，问："你不上去吗？"

陆仁说："下次吧。"

逢芋下车走出几步，回头看到陆仁坐的车子已经掉头离开。盯着渐渐消失在远处的车子，逢芋才回忆起陆仁的话。

今晚在餐厅，陆仁默许她自己定义关系。

在车里，由于道歉的速度太快，她忽略了陆仁的反应。

逢芋回家没立马休息，而是挑了部电影看。

等时间差不多，要洗漱睡觉时，她才看了一眼手机，顿时被手机里爆满的消息吓了一跳。一些平日里不联系的、不熟悉的朋友都给她发来消息，问的还都是同一件事。

"你跟陆仁的事情是真的吗？"

"你真和陆仁老师在谈恋爱啊？"

…………

逢芋一脸蒙，不知自己看了一部电影的时间，大家怎么就变得奇奇怪怪的了。

她点开其中一个人发来的微博链接，才知道缘由。

她被拍了。

准确地说，是陆仁送她回来的时候，两个人被拍了。

陆仁常坐的车子在大众面前不是秘密，随便结合他出席其他活动的现场返图便能对应上。照片从两个人前后脚从同一家餐厅出来，到逢芋上他的车，再到两个人乘车回到同一小区，逢芋下车。

虽然狗仔队没有拍到陆仁下车的照片，但这并不影响营销号引导网友看图说话，理解出两个人共赴良夜的意思。

逢芋连一部成熟的作品都没有，团体拍合照时站在最角落的位置，不仔细看根本找不到她，所以网友除了能查到她是某组合的成员，其他的一概不知，而她这个组合的名声并不好，导致网友先入为主，对她的印象也就那样。

至于陆仁，出道零绯闻，专业学院毕业，出国深造的音乐才子，颜值高，品行好，业内合作过的人对他没有不看好的。虽然他之前参加音乐综艺节目时跟其他选手有过绯闻，不过那些甜蜜的互动都是粉丝戴着显微镜靠想象拼凑出来的，私底下他们是好朋友。

陆仁先前在某个采访中提过，自己的灵感缪斯是一个女孩儿。

记者问是不是喜欢的女孩儿，陆仁承认了。当记者问两个人现在在一起没有时，陆仁却说没有。

陆仁难得提起自己的私生活，记者当然不舍得错过这个话题，又问为什么没有在一起，陆仁却不回答了。

经纪人上来提醒时间到了，结束了那天的采访。

所有粉丝都对陆仁提到的这个女孩儿万分好奇，奈何陆仁的社交圈子太干净，营销号猜来猜去，把陆仁合作过的女艺人猜了一个遍，最终也没有有力的证据证明是谁。

比较起来，这次的几张图竟然算得上有力证据了。

因为陆仁不算偶像，所以大多数粉丝对这件事情的看法还比较乐观，不约而同地持祝福的态度。

当然，这是在逢芋身上的负面新闻被挖出来前。

逢芋自己没做什么损人利己的事情，奈何她在团队里没什么话语权，经常被队友连累，久而久之，也有那么一两件能被营销号拿出来做文章的事情。

于是乎，粉丝们纷纷喊话，提醒陆仁擦亮眼睛找女朋友。

好在，网上虽然吵得沸沸扬扬，但对陆仁的评价都是正面的，至于落在自己身上的骂声，逢芋平静地接受。别人的评价对她来说不痛不痒，她见识过更肮脏、更恶劣的事情，这些键盘敲出来的冷冰冰的话还真的伤害不到她。

这晚逢芋是抱着手机睡着的，翌日一早被经纪人的电话吵醒。

电话那头王芳语气严肃，但难掩喜悦意味。王芳让她尽快去公司，说有正事要谈。

逢芋昨晚睡觉的姿势不对，落了枕。她简单地洗漱后便打车去了公司。网上的事情发酵迅速，公司上下没有人不知道，所以逢芋一进公司，大家的目光不约而同地朝她投去，羡慕的、嫉妒的，什么情绪的都有。

逢芋一概忽略，奔着老板办公室过去——王芳让她一到公司立马去老板办公室。

逢芋敲开办公室的门，注意到房间里的两个人似乎沟通得不太愉快。

"我自己带的艺人，公司不疼，我来疼。"

两人间的气氛剑拔弩张，逢芋没听到前情，进去便听到王芳在不满地吐槽。

逢芋跟老板打过交道，知道他是派头十足的一个人，他的决定可以不对，但别人不能反驳，王芳这么一句显然驳了他的面子，他这会儿也在气头上。

逢芋这时出现，恰好终止了两个人的争执。

王芳看着逢芋进来，看着她走到跟前，乖巧温顺地和老板、和自己打招呼。王芳压了压自己的脾气，适时地说："小姑娘性子软，不争不抢，从不跟你提要求，但你看看她这条件，要脸蛋有脸蛋，一晚上连着五个话题在热搜榜上，人气是别的小艺人比不了的。这么好的条件，再不好好把握，可不是'可惜'两个字可以挽回的，这损失的可是真金白银。"

逢芋知道两个人是在为她的事情争吵，王芳在尽可能多地为她，也为自己争取利益。

"绝对是蓄谋已久！打逢芋在酒店接近你时，我就该拦着点。这一个接一个的热搜不管她是有意还是无意，背后肯定少不了她经纪团队的推波助澜。"

贺川挂掉不知来自哪家娱乐媒体的电话，当着陆仁的面愤愤地吐槽道。

"你连车都没下，就被人误解了，这些营销号只会要些看图说话的把戏，还能不能行啊？真是离谱！"

贺川没法吐槽陆仁，就只能多吐槽有很大嫌疑的逢芋和颠倒黑白的营销号。

他吐槽得起兴，视线从手机上移开，才注意到身为当事人之一的陆仁正一脸平静地站在窗边浇花。

贺川夸赞道："你倒是挺有雅致，被蹭热度蹭得心甘情愿呗。"

"再不传点儿绯闻，粉丝真该以为我是同性恋了。"陆仁倒是乐观。

他先前参加那档音乐综艺节目，被粉丝组在一起叫嚣着"可甜可甜"的对象可都是男人。

贺川心说，还真是。

贺川本来想发通稿替陆仁澄清这次的绯闻，不过转念一想，又觉得这澄清多此一举。

网友闹归闹，还是有分寸的，而且这也算不上污点。

贺川倒不是有多讨厌逢芋，至少在逢芋出现的这段时间，陆仁的状态肉眼可见地好了不少。她人虽然冷淡，看着不易接近，但在此前没有利益冲突时，没有给贺川留下不好的印象——除了昨晚的热搜。

贺川极其讨厌被人利用。他当陆仁的经纪人有些年头，觉得自己是懂陆仁的。陆仁一心做音乐，拥有的人气、名誉、掌声等这些锦上添花的东西，从不是他所追求的。

贺川揣摩着陆仁这一转变的原因，只听陆仁放在桌上的手机振动几下，有新消息进来。

"中午要来我家吗？我做饭给你吃。"

这个时候，贺川草木皆兵，看向拿起手机查看短信的陆仁，问："谁发的短信？"

"逢芋。"

贺川问："说的什么？"

陆仁照实回答："让我去她家里吃饭。"

"真是司马昭之心。"贺川此刻对逢芋怨气满满，说，"她蹭热度的意图还能再明显一点吗？你信不信？她肯定安排了记者在小区蹲点拍你呢，她的团队现在估计开始写两个人同居的文稿了，就差你出现拍照配图了。"

陆仁没接他的话，低头看着手机，编辑着消息。

贺川担心地道："你答应了？"

"没有。"陆仁果断干脆地说。

贺川心想陆仁还是有些理智在，没有彻底昏头，正要松一口气，结果听到陆仁继续说："我约了她去餐厅吃。"

"……"

逢芋在去与陆仁约定好的餐厅的路上，看到了陆仁针对昨晚热搜话题的回应。

陆仁今天白天有杂志要拍，合作的摄影师发了一条微博，提到陆仁聊起这个话题时的回应。

他只说了一句话："看来网友对我的恋情很好奇啊，等稳定了告诉大家。"

他没有提自己和照片中的女孩儿是什么关系，话也说得模棱两可，但近乎是变相地默认了。

王芳那边显然也看到了这条回应，第一时间给逢芋发消息，让她回应一下。

逢芋装没有看到，把手机收了起来。

餐厅是陆仁选的，逢芋到了没一会儿，陆仁也来了。

陆仁从出工作室那一刻起便被狗仔队盯上了，他知道并且默许了这个行为。

"有狗仔队在拍。"两个人坐在餐厅里点餐时，逢芋敏锐地发现了斜后方花瓶旁那桌客人手里的相机，问陆仁的意见，"需要走吗？"

陆仁面不改色，没有朝那方向多匀一丝眼神，说："不用。点菜吧。"

逢芋应了声，没再执着于这个问题。

"原本想让你到家里吃的，奶奶准备了好多吃的，说要感谢你。"逢芋说出原本的意图，"她对你的印象很好，那天你从医院走了后，她总在我面前念叨你。"

"改天去家里看望奶奶。"陆仁说，"抱歉，这段时间比较忙，应该打电话问候一下的。"

"没事，我都跟她解释了。老太太自己在家闷，爱操心。"逢芋说。

两个人就着奶奶的话题聊了会儿，逢芋看着胃口不错的陆仁，放下餐具，用餐巾擦了擦嘴角，犹豫地说："网上的事情，抱歉。那天你送我回小区，我没想到会被拍。还有……我确实因为这次偷拍享受了很多优待，想跟你说声谢谢。"

逢芋不是没有礼貌的人，而且懂得感恩。她这次占了他这么大的便宜，不论是道歉，还是感谢，都不合适，像是得了便宜卖乖，她觉得这样的自己一点也不敞亮。

"逢芋，"陆仁也听出她这话说得不自在来了，连名带姓地喊她，提醒道，"都是男朋友了，需要算得这么清楚吗？"

"哦。"逢芋一边吃东西，一边没底气地嘟囔，"我上次是应付我经纪人的。"

"那我们现在假戏真做，怎么样？"

"这么草率的吗？"

"要不我现在给你跪一个？"陆仁开玩笑。

"不用不用，"逢芋心有余悸地瞥了一眼远处的狗仔队，心想他这一跪，那可真是全网直播了，"我就是说说。偶像剧里表白的情节不都很有仪式感吗？"

陆仁反问他："干吗？跟我在一起委屈你了？"

"我不是这个意思。"

两个人毫无意义地聊着天，说绕口令似的。就像奶奶说的，日子要两个人过才有意思，逢芋在奶奶和陆仁身边的时候，才切身感悟到这句话的含义。

逢芋觉得，陆仁似乎并不反感被自己蹭热度这件事。

他这段时间状态很好，心情也不错，不再是逢芋刚认识他时那副病恹恹的模样。

"你什么时候有空？"逢芋问他，"我跟奶奶说一声，让她不要总念叨。你在她心里的地位都快超过我了。"

"你想什么时候？"陆仁反问她。

逢芋说："我都行。你最近是不是在筹备新专辑？要不等你忙完这阵吧。"

"行。"

两个人吃完饭准备离开的时候，逢芋余光注意到有人朝自己这桌过来，是个纤瘦美艳的女人，看着亲和力很强，打扮得舒适大方。

"陆大仁。"对方在陆仁身后拍了下他的肩膀，在陆仁转头时，绕到了他的另一侧，背着手，在他朝正确的方向侧过头时，笑盈盈地弯起了眼睛。

"服了，孟芮娉，你能再幼稚点吗？"

孟芮娉做了个鬼脸，随后冲逢芋看过去，打量一番后，扬扬眉说：

"妹妹，有点眼熟啊。"

逢芋笑笑说："我大众脸。"

陆仁打断俩姑娘的交谈，问孟芮婷："你过来做什么？"

孟芮婷慢悠悠地说："宜勉在那边，过去打个招呼？"

陆仁起身，想到逢芋，看向她。逢芋说："我在这儿等你。"

陆仁一点头，示意孟芮婷带路。

走出一段距离，孟芮婷好奇地道："女朋友啊？我刚真觉得她和那谁长得像。"

陆仁"啧"了一声，反问她："你今天话怎么这么多？"

"陆仁，你变了，变得陌生了。"孟芮婷开玩笑，"这么久不谈恋爱，不会还在等我吧？"

"你暗恋我就直说，不用拐弯抹角地打探我的感情生活。"

"我这不是关心你吗？一个你，一个陈宜勉，都是痴情种。这世上哪这么多痴情种啊？怎么没被我碰上一个？"

陆仁："你还说没暗恋我？少惦记我。"

"你要不要脸啊？"

逢芋能看出来，陆仁和这个女生是私交很好的朋友，不是成年人间的假客套。

目送两个人走远，逢芋低头看手机消息。她最近在跟公司博弈，试图借着目前的处境，将自己的利益最大化，只不过事情并不如她想象中那样容易。

逢芋和经纪人聊，又跟老板聊，同时还要跟律师聊，一刻钟不到，逢芋只觉得自己的脑细胞都死光了，希望能有个好结果吧。

逢芋长长地叹了口气，把手机锁屏。暗掉的手机屏幕映出她并不清晰的五官轮廓。她刚刚没有谦虚，她确实是大众脸，娱乐圈里美女如云，营销号不止一次拿她的长相做文章，说她像这个，又像那个，就连逢芋刚出道时，公司也是给她安了"小××"的头衔。

她说不上喜欢，却也不反感，准确地说是没有资格反感。

吃饱的人才有时间矫情。她这种连温饱都成问题的一百八十线小艺人，哪里有资格说喜欢不喜欢？

如果因为像谁而多了机会，她应该庆幸才是。

"走吧。"陆仁不知道什么时候回来的，拿起椅背上搭着的外套，对逢芋说话。

逢芋从手机屏幕上移开目光，露出轻松如常的神情说："这么快回来了，还以为你要聊一会儿。"

陆仁说："是我大学同学，见面的机会多，不差这一会儿。"

逢芋点点头，说"哦"，心里则诧异于陆仁竟然主动跟自己提起他朋友的事情。

"领子。"

逢芋穿上外套后，听到陆仁提醒自己。她正要抬手整理风衣的外翻领口时，就见陆仁先她一步抬手，帮她整理好。

陆仁垂着眼，没看她，卷翘的睫毛在眼下投出一小块阴影。

可能和他音乐人的身份有关，逢芋从他的眼睛里，从他的声音里，甚至从他慢条斯理的举止里都能读出故事感，又或者，他本身就是一个有故事的人。

陆仁帮她整理好便收回手，说："好了。"

逢芋心里还记得有狗仔跟踪，问："没被狗仔队拍到吧？"

"不用回头。"陆仁回答她，"拍到了也没事。"

在王芳的催促下，逢芋终于登录了微博，隐晦地回应了这次的绯闻：在努力变优秀，成为自己以及所爱之人的骄傲。

她没有按照王芳提醒的那样在回应里提到陆仁，逼迫他承认两个人的关系，也没有正面回应自己和陆仁的关系。

但她这样发消息也足够了。

人如果想走得远，便不能只贪图一时痛快。

发完微博，逢芋没有再看手机。她躺到床上，天花板上的吊灯明亮刺眼，像她看不清的未来，也像她看不透的过去。

逢芋抬起手臂，遮住了眼睛。

她想起自己和陆仁的初遇，当时在酒店的走廊上，他那么干脆地选择相信她、帮助她。在娱乐圈待久了，所见所闻足以让一个成年人对这类事情选择忽视，如果陆仁当时选择袖手旁观，逢芋是可以理解的。

　　但他选择帮助自己，而且当自己说了奶奶的事情后，他又毫不犹豫地，甚至没有要求任何回报地给自己钱。

　　一切都是因为自己像那个人吗？

　　网上闹得沸沸扬扬，但逢芋和陆仁都是互联网一关，生活并不会受影响的性格。两个人依旧是过去那种相处状态，并没有特意定义两个人的关系。

　　王芳在和公司的博弈中取得了阶段性的胜利，为逢芋争取到了一档户外综艺节目。综艺节目是直播性质，以无台本、真实作为噱头，嘉宾阵容也不错，有偶像、有演员，不缺收视率。

　　综艺节目让逢芋收获了一拨人气，王芳很好地抓住这个机会，给她做了工作安排。那之后逢芋很长一段时间都很忙，忙着上演技培训课，忙着出席各种活动保持曝光度，忙着试镜。

　　她和陆仁见面的机会少了，偶尔的几次见面，地点也从餐厅变成了酒店。

　　这样的状态，两个人维持了半年。

　　新的热搜话题层出不穷，鲜有网友会主动回忆起陆仁曾经有个绯闻女友。逢芋目前处于沉淀期，人气的增长趋于平稳，但她整个人的状态较之前有了肉眼可见的变化。

　　她更专业，更自信，更从容，更有明星样了。

　　这天逢芋从剧组杀青，第一时间来酒店等陆仁。陆仁结束了一个音乐剧排练才过来，进门时还在打电话，打开门时，逢芋正裹着浴巾从浴室里出来。

　　他一手拿着手机，一手拿着刚刚经过前台时酒店人员递来的逢芋点的外卖。

两个人在门口对上视线，陆仁一边讲电话一边把外卖袋提了提。逢芋没接袋子，抬起的手钩住他的脖子，人凑到他的怀里。

　　电话那头的人还在说话，好在不是工作电话。陆仁将外卖放到玄关柜子上，用脚把门关上，低头接住她热切的吻。

　　电话那头的朋友不知情，还在絮叨。陆仁和逢芋吻了会儿，趁分开时，仓促地对电话那头的人说了句"我有点事，先挂了"，然后把手机放下，两手抱起她，往床边走："这么急？"

　　逢芋咬他的下巴，说："想你了。"

　　王芳给她接的戏水准高，导演不许演员乱请假。逢芋没法请假，陆仁倒是去过剧组几次，有一回借口说刚好经过，去探导演的班，那天逢芋没戏，两个人在酒店待了一整天。还有一回陆仁是悄悄去的，自己开车，到的时候挺晚了，逢芋也刚结束夜戏，两个人都累，只是一起单纯地睡了个觉，没做什么。

　　这是两个人近四个月来的第三次见面。

　　逢芋是真的想他。

　　看他的表现，逢芋知道，他也是想自己的。

　　结束时逢芋点的外卖已经凉了，陆仁胃不好，是不能凑合的。好在已经到了酒店餐厅开放的时间，陆仁叫了餐到房间。

　　联系了酒店人员送餐，陆仁才起床。

　　逢芋靠在床上看陆仁穿衣服。因为要保持肺活量，所以他有健身的习惯，身材其实很有料，腰腹四肢的肌肉漂亮流畅。他的穿衣风格偏斯文简约，给人的感觉沉稳优雅，带着点艺术气质。

　　只是这手表……

　　逢芋注意到陆仁拿起来戴在手腕上的手表是某电子品牌几年前的款式，略显笨重和老旧，不过表盘很新，表带干净，能看出来表的主人很爱惜它。

　　"一直见你戴这块表，是有什么特殊意义吗？"

　　表盘上有道轻微的划痕，陆仁发现后皱了下眉头，正在思考是什么时候碰伤的，听见逢芋问道。

陆仁淡淡地从手表上移开视线，拿起外套，拎着抖开，边穿边说："戴习惯了。"他并不想聊关于表的话题，顿了下说："在剧组还顺利吗？"

　　"还可以。导演、编剧对我挺照顾的，学到了很多东西。"逢芋想起一件事，也起身去拿自己的手机。

　　随后陆仁的手机振了下，收到了逢芋的转账消息。

　　陆仁扬扬眉，看她。

　　"这是你借我的那笔手术费。"逢芋解释道，"我和公司重新签了合同，现在能拿到不错的报酬。"

　　逢芋说得轻描淡写，其中的困难从不在陆仁面前说明。

　　接下来一段时间，逢芋依然忙，不过不用长时间待在一个地方了，隔几天就会和陆仁见一面。又过了段时间，两个人同居了。

　　同居的事情是陆仁提的。他没有直白地说这件事，只是那天给了她一把钥匙，说这是哪里的房子，有两把钥匙，自己留了一把，这把是她的。

　　同居的生活很甜蜜，两个人还领养了一只猫，叫雪花。

　　逢芋不管工作多忙，都会抽时间休息。陆仁的胃病静养了这么长时间，好了很多。年初的时候，他发了新专辑，逢芋是他专辑 MV 的女主角。

　　专辑发布那天，逢芋和他一起登上了微博热搜榜。

　　网友们这才记起逢芋便是曾经和陆仁有过绯闻的小女星。不过今非昔比，逢芋虽然没有走到金字塔顶端，但身上也有了实打实的成绩。她在综艺节目里有笑点，演技有进步，人长得美，还勤奋努力。虽说一夜爆红对应着数年的积累，但只要有合适的包装和运作，一组照片便能捧红一个人。

　　逢芋的成功与其说是靠自己的实力，倒不如说是靠资本的运作。

　　逢芋知道自己的处境，想要在水深火热的娱乐圈里拼杀出一条血路，这已经是她能想到的最佳选择了。

陆仁不算是高产的歌手，但新作品一发表，就引起了极大的反响。

为了庆祝，逢芋给他准备了一个礼物，不过没有直接给他。

这天早晨，两个人吃了早饭准备出门。

"你看到我放在这里的手表了吗？"陆仁找了一圈没看到，过来问逢芋。

逢芋走到自己放外套和包的地方，俯身翻找着，过了会儿，拿着一个盒子递给陆仁。

陆仁在逢芋的注视下打开盒子，看到里面是块和他那块老式手表同品牌的运动手表，最新发布的型号，扬眉，不解地问："什么意思？"

逢芋："戴这块吧。"

陆仁没听她的建议，执着地问："我原来那块呢？"

他是个很绅士的男人，几乎不在别人面前急眼，除非真的气急了。

逢芋感受到他隐隐波动的情绪，嘴角的笑一点点地收起。她撒谎："我不小心摔坏了。"

陆仁问："坏掉的表呢？"

逢芋："丢了。"

逢芋觉得自己讨厌极了。

她有什么资格和陆仁吵架？如果不是陆仁，她现在还生活在那肮脏的烂水沟里。

陆仁把装手表的盒子放到一旁的桌子上，坚硬的纸壳棱角撞到桌面，发出的声响并不大，但落在逢芋的耳朵里格外清晰。

"丢哪儿了？"陆仁咬牙切齿，一字一顿艰难地问。

"陆仁，你别这样……"

"我问你丢哪儿了？"这句话吼出来的一瞬间，陆仁的眼睛红了。

逢芋垂在腿侧的手握拳又松开，为自己说出接下来的话鼓劲。

"她已经去世了……"

逢芋要知道那个女生的事并不困难，现在是互联网时代，只要人存在过，便能够在互联网上找到蛛丝马迹，更何况她们还在同一个城市，运气好的话总能遇到共同的朋友。

但逢芋没有特意去调查，最主要的原因是不敢，不敢面对迷雾背后的事实，怕与自己的猜测对上。再就是她怕陆仁伤心，就像现在。人总以为自己足够坚强，坚强到可以面对一切悲欢离合，哪知一块手表便能够让所有强撑出来的体面溃不成军。

陆仁蹲在墙角，手臂抱着头。他好像哭了，声音哽咽沙哑，无力地重复着："你丢哪儿了……"

逢芋还听见他说："她什么也不属于我，她留给我的只有这块表。"

陆仁在房间里待了一天，经纪人的电话、助理的电话一遍又一遍地打进来。逢芋听见他的手机铃声响了又停，停了又响，陆仁一次也没有接。最终，电话打到逢芋这里，逢芋于心不忍地说陆仁身体不舒服，让经纪人帮他把今天的通告都推了。

逢芋也哪儿都没去，坐在客厅里，隔着一扇门陪着陆仁。

那块被逢芋藏起来的旧款手表就放在她近处的桌子上，不过已经不重要了。陆仁在意的不单是这块表，那个女孩儿才是他心里过不去的坎。

两个人一直僵持到晚上，逢芋的手机响了，打破了宁静。

是助理发来短信提醒她一会儿要出发，问她行李收拾好了没有。逢芋这才注意到时间，居然已经这么晚了。

逢芋挪动着僵硬的四肢从沙发上下来，趿拉着拖鞋，缓缓地朝厨房走去。

陆仁一整天只吃了早饭，再这样下去，恐怕胃病要犯了。

逢芋做的食物比较清淡，煮了一碗面，卧了个荷包蛋。

逢芋因为要照顾奶奶，所以厨艺很不错。简单的一碗清汤面做得香味十足，她撒了把葱花，又滴了几滴香油，将面端去了卧室。

陆仁听见开门声看过去时，动作有些迟钝。卧室里光线暗，逢芋看不清楚他的表情，却也没有开灯。

她不知道怎样面对陆仁，也不知道怎样让陆仁面对自己。

这像是一场无声的博弈，稍有不慎，她便会成为弃子。

陆仁吃东西时很安静，快吃完的时候，才注意到逢芋在收拾行李。他默不作声地看着逢芋仓促地装了几件换洗衣服和洗漱用品便扣住行李箱，提了起来。

行李箱的万向轮摩擦地板发出尖锐的声响，逢芋怕吵到陆仁，下意识地扭头看过去。

两个人四目相对。

两个人算是冷战了一天，冷战的原因是逢芋非要把一些往事问出个所以然来。

所以这会儿，逢芋一时不知道怎么开场缓和气氛。她微张着嘴，想解释自己要出差，去上海参加节目录制，要三四天。

陆仁却先她一步开口问道："你要离开了吗？"

逢芋按在行李箱拉杆上的手指微微蜷缩，她似乎透过陆仁略带忧伤神色的眼睛看到了他内心的惧怕情绪。

没有人愿意离别。

逢芋不是要离开他，只是想救他。

逢芋到上海后没有联系陆仁，一如陆仁也没有主动联系她。

她和公司签了对赌协议，忙碌是她目前的常态。身边人来人往，声音嘈杂，逢芋行色匆匆，留给她的机会和时间并不多。

上升的人气让她拥有了可观的商业价值，开始有工作人员对她礼貌恭敬，逢芋用真诚回应，时刻提醒自己不忘初心。

难得偷闲拿到手机，逢芋第一件事便是查看消息。

陆仁始终没有联系她。

其实逢芋早该清楚的，自己从不是被生活优待的例外。

彼时，陆仁将自己关在工作室里，却没有写歌。

工作室的投影墙上正在播放一部零几年的爱情片，张震饰演的数码店老板和舒淇扮演的酒吧歌手急切疯狂地相爱，决绝而热烈。

熟悉的、倒背如流的画面刹那间轻易地将他拉回到那无数个对某个特定的人思念成疾的夜晚。

那年，他也曾像数码店老板一样对她说过："照片洗好了，明天交给你。"

他也曾隐晦地对她说：睡不着，想你了。

只是想念。

电影的名字叫《最好的时光》，对陆仁而言，这段最好的时光并不美好。

陆仁与今睡有着偶像剧般的开始——两小无猜，长辈是故交。但可能正是因为过于熟悉了，今睡对他少了悸动与新鲜感。他曾陪今睡度过无数美好的时光，但别人只是帮她挡了下篮球，便轻易掠走了她的芳心。

自此，他成了今睡生命里的配角。

但所幸，今睡那段最好的时光里曾有他的影子。

几年了？

陆仁掰着手指细数年月，过往的回忆不断闪现。陆仁被回忆的网捕住，仿佛即将溺死在这暗不见底的深海里。

隐约间他好像看到了光，一道清丽模糊的身影轻灵地踏光而来。

她身形纤瘦，长发扬起，有着与今睡相似的样貌，但陆仁确定对方不是今睡。

与逢芋相关的记忆纷至沓来，挤掉今睡那微弱的存在感。

逢芋是坚韧的，是要强的，是不服输的，是爱他的，而他呢？

陆仁贪恋她的陪伴，给予她力所能及的帮助，却吝于分享自己的爱。他执拗地保持对逢芋的冷漠，仿佛自己说多做多便是对今睡的背叛。

但事实上呢？

逢芋的存在，于他而言到底意味着什么？

电影画面一阵阵地更迭变化，陆仁面无表情地坐在光影间。

就像电影迎来了属于这个故事的结局，他的人生也该拥有一个句点。

对自己，对逢芋的句点。

结束了上海的工作，逢芋没多耽搁便动身回京市。

她接下来还有别的工作安排，回去也不能第一时间去见陆仁，只是她没想到，忍着不见的人此刻出现在机场，恰好和她遇上。

陆仁不知道逢芋今天回来，碰见后却也没躲。

机场有接机的粉丝，他站在人群密集处，等着逢芋发现自己。

他英俊挺拔，在人群中极为耀眼，逢芋自然第一时间注意到了。她垂下眼，在公共场合刻意避免与他互动，目光却没成功移开。

陆仁袖口卡在小臂中央，手腕处戴着逢芋买的那块曾引起两个人冷战与矛盾的手表。

四周的噪声潮水般退去，逢芋定睛仔细看，确定自己没看错。

他选择了她。

（完）